Reinhard Kleindl
Das Gotteselixier

Weitere Titel des Autors:

Die Gottesmaschine

Über den Autor:

Reinhard Kleindl ist ein österreichischer Thrillerautor, Wissenschaftsjournalist und Extremsportler. Er studierte Theoretische Elementarteilchenphysik und gehört zu den aktivsten Wissenschaftserklärern Österreichs. Er schrieb für Tageszeitungen, Magazine und Universitäten. Seit 2022 ist er Wissenschaftsredakteur bei der österreichischen Tageszeitung DER STANDARD.

REINHARD KLEINDL

DAS GOTTES ELIXIER

THRILLER

lübbe

Dieser Titel ist auch als Hörbuch und E-Book erschienen

Die Bastei Lübbe AG verfolgt eine nachhaltige Buchproduktion. Wir verwenden Papiere aus nachhaltiger Forstwirtschaft und verzichten darauf, Bücher einzeln in Folie zu verpacken. Wir stellen unsere Bücher in Deutschland und Europa (EU) her und arbeiten mit den Druckereien kontinuierlich an einer positiven Ökobilanz.

FSC
www.fsc.org
MIX
Papier | Fördert gute Waldnutzung
FSC® C014496

Originalausgabe

Textredaktion: René Stein, Kusterdingen
Titelmotive: © shutterstock.com: sakkmesterke; © stock.adobe.com: Bednarek | viperagp | ilolab
Umschlaggestaltung: Johannes Wiebel | punchdesign, München
Satz: Dörlemann Satz, Lemförde
Gesetzt aus der Adobe Garamond Pro
Druck und Verarbeitung: GGP Media GmbH, Pößneck
Printed in Germany
ISBN 978-3-404-18892-5

2 4 5 3 1

Sie finden uns im Internet unter luebbe.de
Bitte beachten Sie auch: lesejury.de

Für Romy

Die Geschichte beruht auf realen wissenschaftlichen Theorien und Fakten.

PROLOG

KUYÛNIK, PROVINZ MOSSUL (1837)

Pater Ryllo blickte auf, als er die aufgeregten Rufe hörte. Er hatte gerade seine Hände im Tigris gewaschen, der laut der Genesis im Garten Eden entsprang, hatte sein Spiegelbild mit dem immer vertrauter werdenden Turban betrachtet und über die Leute hier nachgedacht. Wie viel Potenzial in ihnen steckte, wenn sie sich nur ihrer Fähigkeiten bewusst wurden. Bis vor wenigen Jahren hatten mameluckische Statthalter das Land regiert, christliche Sklaven, die zu Herrschern erzogen worden waren. Doch der letzte Mameluckenpascha war zu eigensinnig geworden, und die Ottomanen hatten die Gebiete wieder unter die Kontrolle Istanbuls gebracht.

Ryllo wusste, dass er vorsichtig sein musste. Er war als Missionar hier, sein Einfluss als Jesuit wurde derzeit geduldet. Doch sein Sinn für Gerechtigkeit machte ihm die Arbeit schwer. Seine Predigten seien zu politisch, hatte man ihn gewarnt. Er riet den Leuten, sich gegen Unterdrückung aller Art zu wehren, was ebenso Argwohn erweckte wie seine Bestrebungen, überall Schulen zu errichten. Aber er war fest davon überzeugt, dass die Menschen ihr Schicksal letztlich selbst in die Hand nehmen mussten.

Ryllo wischte sich die Hände ab und folgte den Rufen. Er hatte einen jungen Mann losgeschickt, um sich nach der Stelle zu erkundigen, die von den Einheimischen Ninaa *genannt wurde. Ein Name, der ihm vertraut erschien. Schon bei seiner Ankunft hatte er von seltsamen Ornamenten gehört, die in dieser Gegend gefunden worden waren und manche Gelehrte wahlweise als sinnlose Verzierungen, andere als heidnische Gebetsformeln ansahen.*

Doch als Ryllo dem Mann folgte, führte dieser ihn nicht ins Dorf, wo sich vielleicht einer der Alten an etwas erinnerte, sondern auf den Hügel, der Ryllo vorhin schon aufgefallen war, weil er etwas zu regelmäßig schien. Als sie den steilen Hang hinaufkletterten, entdeckte er zerbrochene Tonziegel, und sein Herz schlug schneller.

Oben angekommen, zeigte ihm der Mann eine frisch ausgehobene Grube. Als er sah, was sich auf ihrem Grund befand, wusste er sofort, dass er mit seinem Verdacht richtiglag. Er hatte sich nicht getäuscht, als ihm der Name Ninaa bekannt vorgekommen war.

Ninaa – Ninive.

Was vor ihm lag und für Laien aussehen mochte wie ein Haufen Schutt, war ein Schatz, der den Schlüssel zum ältesten Geheimnis der Menschheit darstellte – einem Geheimnis, das gefährlich werden konnte, wenn es in falsche Hände geriet.

Ryllo musste dringend mit Rom Kontakt aufnehmen, damit der Heilige Stuhl davon erfuhr.

TEIL 1

LOMBARDI, ROM (HEUTE)

Nichts im Leben kommt so, wie man es plant.

Der Gedanke ging Stefano Lombardi durch den Kopf, als er um kurz vor halb acht morgens durch die Grenzkontrolle in der *Via Tunica* das Gelände des Vatikanstaats betrat. Die Kühle des Morgens lag noch in der Luft, doch der Himmel war wolkenlos und der Wetterbericht versprach einen warmen Tag, den ersten in diesem Jahr. Beim Aussteigen aus dem Taxi hatte er die Glocken des Petersdoms vernommen, was seltsam war, denn um diese Uhrzeit sollten sie eigentlich nicht läuten.

Der Wachsoldat der Schweizergarde nickte ihm zu.

»Exzellenza …«

Lombardi zuckte zusammen, nickte flüchtig zurück und eilte weiter. Heute trug er nach längerer Zeit wieder einmal seine Priestertracht mit schwarzem Kollarhemd. Es war für ihn ungewohnt, als Geistlicher erkannt zu werden. In Zivil fiel er normalerweise nicht auf, ein zurückhaltender Mann mittleren Alters, der langsam, aber sicher einen Bauch bekam.

Lombardi ließ den deutschen Friedhof hinter sich und hielt auf die Sakristei des Doms zu, die selbst die Ausmaße einer mittleren Kirche hatte. Er blickte hinauf zum Dom, der zu seiner Rechten wuchtig aufragte und dessen Glocken inzwischen wieder schwiegen. Konnte es ein Jux gewesen sein? Immerhin war gerade Karneval. Lombardi verwarf die Erklärung mit einem Kopfschütteln. Er durchquerte zwei aufeinanderfolgende Durchgänge zwischen der Sakristei und der Kirchenmauer, passierte das vatikanische

Ausgrabungsamt und tauchte in die Gärten ein, die vom Regen der vergangenen Wochen in prächtigem, frischem Grün erstrahlten.

Er hatte einen Termin bei Kardinal Turilli. Seit Monaten wartete er darauf, und nun musste es auf einmal schnell gehen. Vor einer Stunde hatte er die E-Mail mit der Einladung erhalten. Er hatte gerade noch Zeit gehabt, sich umzuziehen und ein Taxi in die Innenstadt zu rufen. Und dank der Rushhour der römischen Metropole drohte er nun zu spät zu kommen.

Sein bester Freund, Alessandro Badalamenti, hatte ihm von seinem Vorhaben abgeraten.

»Der Heilige Stuhl gibt dir eine zweite Chance. Bist du sicher, dass du das in den Wind schlagen willst?«

»Ich schlage es doch gar nicht in den Wind. Ich bin sehr dankbar für die Nachsicht des Heiligen Stuhls. Und für deine Unterstützung. Das weißt du.«

Badalamenti hatte genickt. »Und doch könnte man das falsch auffassen. Eine Freundin? Die kennen doch deine Geschichte. Sie werden glauben, dass du eine Beziehung hast.«

Lombardi hatte sich unwohl gefühlt auf dem Sofa der Dachterrasse, von der aus Rom wie eine Spielzeugstadt ausgebreitet vor ihnen lag, der Hügel mit der päpstlichen Universität im Süden, die Kuppel des Petersdoms im Norden. Eine Skyline, die ihn schwindlig machte, wenn er darüber nachdachte. Die Gebäude hier wussten mehr Geschichten zu erzählen als in irgendeiner anderen Stadt der Welt. Wer in Rom ein Loch grub, stieß auf Gemäuer, die Könige beherbergt hatten oder Päpste. *Julius Caesar was here,* behauptete ein Graffiti an einer Hauswand hier in der Nähe.

Lombardi hielt sich nicht gern in Badalamentis Penthouse auf. Es erinnerte ihn an den Reichtum seines Freundes. Obwohl er wusste, dass Badalamentis Geschäfte sauber waren und dieses Penthouse mit Geld aus der Automobilzulieferindustrie bezahlt war, beschäftigte ihn dieser zur Schau gestellte Prunk.

»Du solltest dir langsam überlegen, was du wirklich willst«, war Badalamentis Ratschlag zum Abschluss gewesen.

Das war das Grundproblem, dachte Lombardi. Ein Bischof durfte nicht zweifeln, zumindest nicht so, wie er das tat. Schon gar nicht einer, der bis vor Kurzem eine so lupenreine Karriere hingelegt hatte.

So musste es von außen jedenfalls ausgesehen haben.

Vielleicht war sein Weg zu gerade verlaufen. Manche Männer fochten schwere Kämpfe mit sich und ihrem Glauben aus, bevor sie sich für das Priesteramt entschieden. Er wusste, dass die anderen seine Bodenständigkeit schätzten, die sie vielleicht sogar insgeheim für Einfältigkeit hielten – der unverdorbene Junge vom Land, wo gab es so etwas noch?

Lombardi hatte es mit seiner demütigen Art bis zum Bischof gebracht, unter großen Erwartungen der Diözese, er könne bald dem alten Bischof nachfolgen. Doch irgendwann waren angesichts der bevorstehenden Verantwortung auch ihm Zweifel gekommen. Er hatte sich in karitative Arbeit geflüchtet, bis er schließlich bei einem Hilfsprojekt in Afrika gelandet war. Lombardi hatte einer Händlerin ein Moped gekauft, der Mutter von acht Kindern einen Esel. Schließlich hatte er den Bau einer Schule finanziert und dort Chibuike kennengelernt. Und damit war alles erst richtig kompliziert geworden.

Es gab eine Szene, an die er oft zurückdenken musste. Sie hatte sich einige Monate nach seiner Weihe zum Bischof zugetragen. Er hatte mit Badalamenti und Kardinal Turilli in den vatikanischen Gärten Fußball gespielt, wobei sie sich einander den Ball zugeschoben und gekichert hatten wie Schuljungen. Schließlich war der Gärtner aufgetaucht und hatte zu einer Schimpftirade angesetzt, bis er Turillis Kardinalskluft erkannt hatte. Heute, Jahre später, glaubte Lombardi, dass es die letzte unbeschwerte Zeit in seinem Leben gewesen war. Auch wenn es danach noch Zeiten rauschhaften, verwirrenden Glücks gegeben hatte.

Doch auch das war inzwischen wieder Vergangenheit. Seit einiger Zeit versuchte er nun, sein Leben so zu akzeptieren, wie es war. Er fühlte sich ein wenig verloren, durchlebte Phasen der Melancholie, aber nichts, was einen daran hinderte weiterzumachen. Vielleicht war die bübische Fußballrunde weniger weit entfernt, als er glaubte. Es galt nur, mit Offenheit durchs Leben zu gehen, und das war sein Ziel.

Doch dann hatte er plötzlich diese eilige Nachricht aus dem Vatikan erhalten, einen Antrag betreffend, den er vor Monaten abgeschickt hatte.

Warum er ausgerechnet Turilli treffen sollte und nicht den zuständigen Beamten des Wirtschaftsrats, der Arbeitsvisa für Ausländer ausstellte, war ihm ein Rätsel, und er nahm sich vor, seinen Unmut zur Abwechslung einmal rauszulassen. Lombardi wusste, wie sensibel Aufenthaltsgenehmigungen im Vatikan waren und dass sie nur äußerst selten bewilligt wurden.

Dazu noch für eine afrikanische Lehrerin, die von dem Antrag gar nichts wusste.

Doch die Art und Weise, wie man ihn hinhielt, fand er unangemessen.

Vor Lombardi kam das zentrale Verwaltungsgebäude in Sicht, in dem sich Turillis Büro befand – ein massiver Komplex, der in die Innenstadt Roms gepasst hatte, hier in den Gärten aber deplatziert wirkte. Davor parkten Kleinwagen, von denen die meisten italienische Kennzeichen hatten. Nur wenige trugen weiße vatikanische Nummerntafeln mit dem Kürzel *SCV*. Er passierte ein Beet mit dem Wappen des Heiligen Stuhls und wollte die Straße überqueren, als er plötzlich einen Motor aufheulen hörte. Er trat instinktiv zur Seite, als ein niedriger, aschgrauer Sportwagen unmittelbar neben ihm zum Stillstand kam – ein Wagen, der ihm bekannt vorkam. Eine Frau hatte eine Mappe verloren und ließ eine Schimpftirade vom Stapel.

»*Vaffanculo!* Hier ist eine 30er-Zone!«

Doch der braun gebrannte Mann in dem blauen Slimfit-Anzug, der aus dem Maserati stieg, dessen Motor weiter leise schnurrend lief, ignorierte sie. Lombardi sah, dass er sich nicht getäuscht hatte, was den Wagen anging.

»Stefano, Gott sei Dank – du musst mitkommen!«, sagte Alessandro Badalamenti und ging auf ihn zu.

Lombardi brauchte eine Sekunde, um sich zu sammeln. »Bist du vollkommen wahnsinnig? Du hättest mich fast überfahren!«

Badalamenti wischte die Bemerkung mit einer Geste beiseite. »Ich erkläre dir alles. Jetzt steig schon ein!«

»Aber ich muss zu Turilli! Ich habe einen …«

»Turilli weiß Bescheid«, unterbrach ihn sein Freund und schubste ihn unsanft in Richtung Beifahrertür, öffnete sie und eilte um das Heck des Fahrzeugs herum, wobei er sich an der Kofferraumklappe abstützte.

Lombardi wollte noch etwas sagen, doch Badalamentis Blick duldete keinen Widerspruch. Ihm blieb nichts anderes übrig, als zu gehorchen, und noch bevor er die Tür ganz geschlossen hatte, setzte sich der Sportwagen in Bewegung und Lombardi wurde in den überraschend harten Schalensitz gedrückt. Badalamenti wendete mit quietschenden Reifen, wobei das Heck über das kunstvoll aus kniehohen Büschen geformte Papstwappen schlitterte und Erde in hohem Bogen in die Luft wirbelte. Die Fußgängerin, die ihre Mappe wieder unter den Arm geklemmt hatte, rettete sich erneut mit einem Sprung zur Seite. Badalamenti raste in Richtung der *Piazza Stazione*, wo er scharf um die Ecke bog, die vatikanische Tankstelle passierte, die sich gleich neben dem Gästehaus der Heiligen Martha befand, in dem der Papst wohnte. Dessen Wachbeamte griffen erschrocken zu ihren Waffen, bevor sie Badalamentis Sportwagen erkannten.

Sie verließen den Vatikanstaat durch die Via Tunica, wo sie sich rechts hielten und sich in den römischen Stadtverkehr einordneten.

Badalamenti hatte zwar sein Vermögen in der Automobilzulieferindustrie gemacht, aber ein guter Autofahrer war er nie gewesen. Trotz des Sportwagens, den er sich leistete – alle zwei Jahre ein anderes Modell –, fuhr er nie schnell. Er war bekannt dafür, zu seinen eigenen Firmenmeetings zu spät zu kommen. Wer legte schon Wert auf Pünktlichkeit, wenn der Kaffee stark und gut war und die Pasta den richtigen Biss hatte? Seine Unbeschwertheit ließ sich normalerweise kaum erschüttern. Etwas Schlimmes musste passiert sein.

»Du wirst noch jemanden umbringen!«, sagte Lombardi. »Wo fahren wir überhaupt hin?«

Badalamenti kniff die Augen zusammen und hupte, als ein Radfahrer vor ihm keine Anstalten machte, zur Seite zu fahren.

»Turilli sagt, bei ihnen ist alles in Aufruhr. Es ist nur ein Gerücht.«

»Was für ein Gerücht?«

»Von einem Wunder.«

»Ein Wunder?«

»Noch unbestätigt. Die medizinische Kommission nimmt gerade ihre Arbeit auf. Aber Turilli will, dass wir für ihn einen Blick darauf werfen.«

Die Kommission. Es würde also eine offizielle kirchliche Untersuchung geben. Das klang nicht nach einem Gerücht. Hier ging es um mehr.

»Aber warum wir? Und wozu diese Eile?«

Badalamenti überholte den Radfahrer und stieß dabei fast mit einem entgegenkommenden Auto zusammen. Lombardi kam zum Schluss, dass es sicherer war, ihn nicht weiter abzulenken. Sie ließen den wuchtigen Komplex der Engelsburg hinter sich und fuhren in Richtung Osten. Lombardi musste sich immer wieder an den Seiten des Schalensitzes festhalten, wenn sein Freund mit quietschenden Reifen eine Kurve fuhr oder scharf bremste, weil sich irgendeine Lücke zwischen zwei Autos doch wieder geschlossen hatte.

Der Bahnhof Termini tauchte vor ihnen auf, und kurz darauf fanden sie sich in einem Viertel mit engen Gassen wieder, das von Schildern mit chinesischen Schriftzeichen beherrscht war. Badalamenti steuerte den Wagen in eine Seitengasse, die so schmal war, dass Lombardi überzeugt war, der breite Maserati könne unmöglich hindurchpassen. Bevor Lombardi etwas sagen konnte, rammte sein Freund einen Haufen nicht abgeholter Müllsäcke und brachte den Wagen auf einem kleinen Platz zum Stillstand, über den Wäscheleinen gespannt waren.

Sofort fiel Lombardi der Polizeiwagen auf, der quer vor einem Gebäude mit abbröckelndem Putz geparkt war. Vom Auto zu den Ecken des Hauses war ein Absperrband der Polizei gespannt. Davor hatte sich eine kleine Gruppe Schaulustiger versammelt. Ein Mann mit einer großen Spiegelreflexkamera beobachtete den Eingang, eine Frau hatte einen Rosenkranz in der Hand und betete.

Ein Polizist ging auf sie zu und blieb vor dem aussteigenden Badalamenti stehen.

»Da sind Sie ja endlich. Hier entlang. Wir haben nicht viel Zeit.«

Badalamenti bedankte sich, und sie folgten dem Mann, der sie zu ihrer Überraschung nicht zum Eingang führte, sondern in eine Seitengasse und von dort in ein weiteres Gässchen, das so schmal war, dass sie im Gänsemarsch gehen mussten. Eine Katze erschrak und lief davon.

Der Polizist brachte sie zur Hinterseite des abgesperrten Hauses, wo ein alter Lancia mit platten Reifen geparkt war. Sie betraten ein Treppenhaus mit zerbrochenen Bodenfliesen und hielten auf eine offen stehende Wohnungstür zu, aus der ihnen warme Luft entgegenkam, in der ein süßlicher Gestank nach faulem Obst hing. Als sie eintraten, verdichtete sich der Geruch, und Lombardi atmete flach durch den Mund. Sie durchquerten einen fensterlosen Korridor mit knarrendem Parkettboden, der mit dunklen Flecken gesprenkelt war. Lombardi machte unwillkürlich größere Schritte, um darüberzutreten. Durch einen Türspalt vor ihnen drang trübe Helligkeit. Der Gestank wurde beinah unerträglich. Als der Polizist die Tür aufstieß, erwartete ihn ein Bild, an dem nichts stimmte.

SAMIRA AMIRPOUR, REYKJAVIK

Samira Amirpour musterte den gealterten Naturschützer, der vor ihr auf einem Barhocker lungerte, und fragte sich, was sie hier eigentlich wollte. Die Bar, mit ihren Harpunen und Walknochen an den Wänden, war ein Relikt zwischen hippen Cafés. Draußen spuckte einer der isländischen Vulkane Feuer und lockte die Kundschaft weg. Der Barkeeper polierte gelangweilt Gläser, während Matthias Wank, ihr Fotograf, unruhig mit dem Fuß wippte.

Bereits als kleines Mädchen hatte sie Journalistin gespielt. Sie war ihren Eltern mit einem viel zu großen Notizblock in der Hand nachgelaufen und hatte in schlechtem Englisch Dinge wie *Was sagen Sie dazu, Frau Amirpour? Herr Amirpour, ein kurzes Statement für unsere Leser!* gerufen, wobei sie den Bleistift wie ein Mikrofon hochgehalten hatte, um danach konzentriert Kreise und Linien auf das karierte Papier zu malen. Sie trug dabei die zu große Brille ihrer Mutter, die kurioserweise ihrer jetzigen ähnelte, und auch die dunklen Haare, die sich wild zu locken begannen, wenn sie nicht täglich gebändigt wurden, waren damals schon die gleichen. Journalismus entwickelte sich während ihrer Schulzeit zu einer ernsthaften Option. Doch wenig später war ihre Liebe zu abstrakten Dingen erwacht, und es war alles anders gekommen.

Sie musste zugeben, dass es in ihrem Labor zuletzt einsam geworden war. Zwei Projektanträge für neue Forschungen waren abgelehnt worden, und so hatte sie ein paar alte Freunde angerufen. Eins hatte zum anderen geführt, und seither schrieb sie für ein Magazin namens *Wunder der Wissenschaft*. Bis vor einer halben

Stunde hatte sich das perfekt angefühlt. Sie war extra für dieses Interview nach Island geflogen, und inzwischen fragte sie sich, ob das eine gute Idee gewesen war.

»Sie hören mir nicht zu«, sagte der Mann mit mehr Müdigkeit als Enttäuschung in der Stimme. »Niemand hört mir zu.«

Sein Name war Floris Meyer, ein Schweizer, der seit zehn Jahren in Reykjavik lebte und seine eigene Tierschutz-NGO unterhielt. Mit einem kleinen Schlauchboot hatte er mit wehenden Fahnen isländische Walfänger gejagt, doch die letzten Fotos auf seiner Website waren drei Jahre alt, und der rote Gummi seines Boots war blass geworden. Ohne Motor stand es auf einem Anhänger in der Nähe des Hafens. Doch nun war ihm der große Wurf gelungen, behauptete er.

»Ich höre Ihnen zu«, widersprach Amirpour. »Doch Sie müssen sich so ausdrücken, dass ich Sie verstehe. Ich habe mit Greenpeace telefoniert, und die wissen nichts von der Jagd auf geschützte Wale.«

Er wich ihrem Blick aus, und sie beugte sich zu ihm, bis er gezwungen war, ihr in die Augen zu sehen.

»Ich meine es ernst. Bitte. Was für ein Wal war das noch mal?«

Er seufzte. »*Balaena mysticetus.* Grönlandwal, früher auch *Gemeiner Wal* genannt. Er war einst der verbreitetste Wal überhaupt, bevor er gnadenlos gejagt wurde. Weil er so langsam schwimmt, ist er leichte Beute. Er war das erste Lebewesen überhaupt, das unter Schutz gestellt wurde. Heute gibt es noch fünftausend Exemplare.«

»Und es war bestimmt ein Walfangschiff, sagen Sie?«

Er zeigte auf das ausgedruckte Foto, das immer noch vor ihnen lag. »Sehen Sie doch!«

»Ich sehe da gar nichts«, gestand Amirpour.

Tatsächlich handelte es sich um einen unscharfen Umriss vor einem nächtlichen, blauen Sternenhimmel.

Er breitete fatalistisch die Arme aus. Amirpour verstand, dass ihr die Situation entglitt.

»Ich habe auch davon gelesen«, begann sie. »Isländische Walfänger jagen Finnwale, jedes Jahr, was erlaubt ist, weil es Tradition ist.«

»Ein Skandal!«

»Ein Skandal. Und sie verkaufen das Fleisch nach Japan. Was vermutlich ein viel größerer Skandal ist. Aber was Sie erzählen, ergibt keinen Sinn. Warum sollte jemand einen Grönlandwal jagen? Und nachts heimlich an Land bringen? Und wie überhaupt? Das muss doch ein enormer logistischer Aufwand sein.«

»Der Wal wurde an einem Strand nicht weit von Reykjavik an Land gebracht. Dort waren Scheinwerfer aufgestellt. Aber da waren überall bewaffnete Sicherheitsleute, ich konnte nicht näher ran.«

Amirpour verkniff sich die Frage, warum er davon keine Bilder hatte. »Aber warum?«, drängte sie.

»Ich verstand es erst auch nicht, habe mir den Kopf zerbrochen, wochenlang. Und dann entdeckte ich diesen Gebäudekomplex neben dem Erdwärmekraftwerk. Ist Ihnen der Stacheldrahtzaun drumherum aufgefallen?«

Tatsächlich war sie, auf den Hinweis von Meyer hin, zu dem Gelände gefahren und hatte vor dem Zaun gestanden. Jemand wollte keine Eindringlinge, das zumindest stand fest.

»Okay«, sagte Amirpour. »Angenommen, ich glaube Ihnen. Wie geht es weiter? Sie müssen mir mehr geben. Das hier ist keine Geschichte.«

Ein Lächeln blitzte in seinem Gesicht auf, und kurz sah sie den geistreichen, humorvollen und wahrscheinlich liebevollen Mann, der er einmal gewesen war.

»Ich habe eine Theorie«, sagte er. »Und ich bin bereit, Ihnen alles zu erzählen, wenn wir die Verwertungsrechte –«

In diesem Moment klingelte Amirpours Telefon. Sie sah, dass ihr Redakteur versuchte, sie anzurufen. Amirpour nahm das Gespräch an und presste das Telefon an ihr Ohr. Sie hörte seine Stimme, doch der Empfang war schlecht, er kam nur abgehackt durch.

»Warte, ich gehe hinaus, vielleicht ist es dann besser.«

Sie schaltete das Aufnahmegerät auf dem Tisch auf Pause und ging vor die Tür, wo sie schneidend kalte Luft empfing. Doch nun hörte sie plötzlich gar nichts mehr.

Sie überquerte die Straße, in der Hoffnung, dass es dort besser war. Als sie aus dem Schatten der Bar trat, traf das Sonnenlicht warm auf ihre Haut. Doch als sie wieder auf das Display blickte, war die Verbindung unterbrochen. Resigniert ließ sie das Gerät sinken. Vielleicht lag es an der Asche, die der Vulkan in die Atmosphäre spie. Es war schwer gewesen, ein Hotel zu bekommen, weil das Spektakel so viele Schaulustige anzog.

Wank war ihr ins Freie gefolgt. Abgesehen davon, dass er sie immer wieder unbeholfen anbaggerte, schien er in Ordnung zu sein. Seine Bilder waren gut. Und ab und zu schrieb er sogar selbst ein paar Zeilen zu seinen Fotos, auch wenn sie noch nie etwas von ihm gelesen hatte. Er wäre lieber zum Vulkan gefahren wie die Touristen. Vielleicht wäre das tatsächlich besser gewesen.

»Meyer ist gegangen«, sagte er. »Er war angepisst.«

»Kann ich nicht ändern.«

Wank hielt die Bilder hoch, die Meyer von dem Schiff gemacht hatte, und Amirpour nahm sie entgegen. Auch ihr Aufnahmegerät hatte er mitgebracht. Er blickte hinauf zu der Rauchsäule, die sich am wolkenlosen Himmel abzeichnete.

»Wissen Sie, wir könnten auch einmal etwas anderes machen«, begann Wank. »Eine echte Abenteuergeschichte.«

Amirpour stand mit dem Handy in der Hand da und überlegte, was sie jetzt tun sollte.

»Es muss nicht dieser Vulkan sein, wenn Sie nicht möchten. Ein Freund hat mir Bilder von Perlentauchern auf den Philippinen geschickt«, fuhr Wank fort. »Die können zehn Minuten die Luft anhalten! Er sagt, die Wissenschaftler können das nicht erklären.«

Amirpour nickte abwesend, während sie abwog, ob sie zurück

ins Zentrum von Reykjavik gehen sollte, um zu sehen, ob sie dort Empfang hatte, oder ob sie sich besser auf die Suche nach einer WLAN-Verbindung machte.

»Perlentaucher«, wiederholte er. »Was denken Sie? Weiße Strände, blaues Meer. Einmal etwas anderes! Und wenn wir schon einmal dort sind, können wir ein bisschen Urlaub machen.«

Amirpour sah ihn an. »Sie wollen mit mir Urlaub machen?«

»Warum nicht? Wir harmonieren doch gut.« In dem Moment, in dem es ihm herausgerutscht war, wurde er rot.

Amirpour sah auf das Meer hinaus. Ein Eisberg trieb vor ihnen. Sie dachte daran, dass der Wind, den sie im Rücken hatte, direkt vom Nordpol kam.

»Ich finde das Polarmeer beeindruckender«, murmelte sie.

Er sah sie irritiert an, dann schüttelte er plötzlich den Kopf. »Das Polarmeer ...«, wiederholte er verächtlich. »Sie wissen doch gar nichts über das Polarmeer.«

Amirpour drehte sich zu ihm um. »Was meinen Sie?«

»Sie wissen nicht, wie es sich anfühlt, mit Haien zu tauchen, wie es auf einem aktiven Vulkan riecht. Weil Sie in Ihrem Labor gesessen haben, während ich draußen in der Wildnis war, um Bilder zu machen.«

»Ich habe ein Handtuch im Gepäck. Wir könnten hineinhüpfen.« Sie deutete mit der Hand auf den Eisberg.

Er lachte. »Das Wasser hier hat unter zehn Grad.«

»Und wenn schon, so schnell kühlt der Körper nicht aus.«

»Wissen Sie was? Gehen Sie zurück auf Ihre Universität, wo Sie hingehören«, sagte Wank und trottete davon.

LOMBARDI

Im Zimmer herrschte Chaos. Zwischen dem Müll gab es kaum Platz, sich zu bewegen. Bücher, Kleidung, Bilder mit schweren Rahmen, alles lag wild durcheinander. In Regalen lagen Töpferwaren aus rohem Ton, von denen manche auf den Boden gefallen waren. An einem Bücherregal hing ein groß geschnittenes Abendkleid, daneben ein Pelzmantel. Mehrere volle Müllsäcke zeugten davon, dass jemand begonnen hatte aufzuräumen. Das Fenster war mit einer Jalousie verschlossen, durch die nur einzelne Lichtstreifen drangen. Auf dem Boden davor lagen tote Fliegen. Es stank so intensiv nach fauligem Obst, dass Lombardi sich einen Ärmel vor Mund und Nase hielt und einen Moment die Augen schloss. Als er sie wieder öffnete, brannte sich das Bild in seine Netzhaut.

Mitten im Raum stand ein riesiges, weißes Intensivkrankenbett, das inmitten des restlichen Mobiliars wirkte wie ein Raumschiff. Darin lag ein offensichtlich sehr alter Mann, die Decke bis zum Kinn hochgezogen. Das Bild erinnerte an Aufbahrungsriten für hohe Geistliche, doch mit absurden Abweichungen: Der Mann war intubiert, der Beatmungsschlauch war mit Klebeband an seinem Mund befestigt. Neben den Händen kam ein Schlauch unter der Decke hervor, der zu einem Infusionsbeutel an einem metallenen Ständer führte. Neben dem Bett standen Geräte, die nicht hierher gehörten, sondern eigentlich in der Intensivstation eines Krankenhauses stehen sollten, darunter ein Beatmungsgerät, ein EKG-Monitor und ein Defibrillator. Es gab noch weitere weiße, blinkende Apparate, die Lombardi nicht zuordnen konnte. Alles sah nagelneu aus, als wäre es gerade erst ausgepackt worden.

Lombardi wurde von Schwindel erfasst und konnte nicht sagen, ob es am Gestank lag oder daran, dass er kaum noch atmete. Das Gesicht des Mannes im Bett war abgemagert, mit eingefallenen Wangen. Die Haut wirkte zerbrechlich wie altes Papier. Die Augen waren kaum zu sehen, so tief lagen sie in den Höhlen. So maskenhaft dieses Antlitz auch war, so vertraut wirkte es zugleich auf Lombardi, obwohl er nicht sagen konnte, woran das lag.

Er hörte ein langsames, rhythmisches Geräusch und sah, wie sich der Brustkorb des Mannes hob und senkte. Abgesehen von dem Polizisten schienen sie allein zu sein, nirgendwo war medizinisches Personal zu sehen. Hatte man ihn aufgegeben? Ein Monitor zeichnete den Herzschlag auf, die Pulsfrequenz sah mit über hundertfünfzig Schlägen pro Minute und starken Unregelmäßigkeiten alles andere als gut aus.

Badalamenti stand inzwischen am Bett und begann, den Mann genauer in Augenschein zu nehmen. Er wollte gerade die Decke zurückschlagen, als hinter ihnen der Polizist den Raum betrat.

»Bitte nichts anfassen!«, flehte er. »Ich habe getan, was Seine Eminenz Turilli verlangt hat. Einen Blick, hat er gesagt.«

Badalamenti bückte sich nach etwas, das neben dem Krankenbett auf dem Boden lag. Der Polizist drängte sich zwischen ihn und das Krankenbett. Badalamenti schien einzusehen, dass er nicht näher randurfte, und begann, Fotos mit seinem Handy zu machen. Vor allem eine Hand, die unter der Decke hervorlugte, schien ihn zu interessieren. Lombardi trat ebenfalls näher, um die Hand genauer betrachten zu können. Sie wirkte sehr zart, mit heller Haut, fast wie aus Porzellan.

»Wer ist das?«, fragte er. »Kennst du ihn?«

Doch sein Freund war so konzentriert, dass er ihn nicht zu hören schien. In diesem Moment erklang aus dem Treppenhaus ein Rumpeln.

»Meine Kollegen müssen jeden Moment hier sein. Bitte, man darf Sie hier nicht sehen!«, drängte der Polizist.

Badalamenti machte ein letztes Foto, bevor er schließlich nickte. »Danke, dass Sie gewartet haben.«

Der Mann schien sehr erleichtert und griff zu seinem Telefon. Draußen war Getrampel zu hören, dann ging die Tür auf. Es handelte sich um zwei Sanitäter, die kurz wegen des Gestanks zusammenzuckten, bevor sie sich dem Mann in dem Krankenbett zuwandten. Ihnen folgte ein schwarz gekleideter, stämmiger Kerl, der einen kurz getrimmten, blonden Vollbart hatte und zu einem Sicherheitsdienst zu gehören schien.

Der Polizist hatte noch sein Handy am Ohr und starrte sie mit offenem Mund an. Er steckte das Telefon ein.

»Was machen Sie hier?«

Die beiden Sanitäter reagierten nicht. Es war der Mann in Schwarz, der sich mit einer beschwichtigenden Geste an den Polizisten wandte.

»Keine Sorge. Wir verlegen nur den Patienten«, sagte er mit unverkennbar skandinavischem Akzent.

»Wer hat das veranlasst?«, gab der Polizist zurück.

»Es ist mit Ihrer Dienststelle abgesprochen. Rufen Sie Ihre Kollegen an.«

»Davon weiß ich nichts. Mit wem haben Sie gesprochen?«

Darauf wusste der Mann in Schwarz keine Antwort. Unter dem blonden Bart zeichnete sich eine lange Narbe ab. Sein Lächeln hatte sich nicht verändert, und man konnte sehen, dass die Freundlichkeit nur gespielt war. Auch der Polizist bemerkte es und trat einen Schritt zurück. Er senkte die Hand zu seinem Gürtel, doch als er den Griff seiner Dienstwaffe berührte, war ein dumpfes Plopp zu hören. Ein Ruck ging durch den Körper des Beamten, und er sank zu Boden. Erst jetzt entdeckte Lombardi die Pistole mit dem Schalldämpfer in der Hand des Schwarzgekleideten.

Die Szene war so ruhig über die Bühne gegangen, dass Lombardi einen Moment zweifelte, ob er richtig gesehen hatte. Dann sah er einen Blutfleck, der sich langsam auf dem Uniformhemd des Beamten ausbreitete. Aus seinem Augenwinkel nahm er wahr, wie Badalamenti die Hände hob.

»Bitte, wir sind unbewaffnet!«, sagte er.

Der Mann, der auf den Polizisten geschossen hatte, richtete seine Waffe auf ihn. Lombardi war wie erstarrt und wartete darauf, das schreckliche Geräusch eines weiteren schallgedämpften Schusses zu hören, doch nichts passierte.

»Weitermachen«, sagte der Mann mit der Waffe in Richtung der beiden Sanitäter, die entsetzt den leblosen Polizisten anstarrten.

Während Lombardi noch immer wie betäubt war, schien Badalamenti hoch konzentriert.

»Wir sind gerade erst gekommen. Wir haben nichts gesehen. Lassen Sie uns gehen, bitte.«

Der Mann trat an ihn heran und versetzte ihm mit dem Ellbogen einen Schlag gegen den Kopf. Badalamenti ging zu Boden. Lombardi stürzte zu ihm hin.

»Keine Bewegung!«, fauchte der Mann.

Doch Lombardi war schon bei seinem Freund, der benommen schien, aber sofort mit der Hand anzeigte, dass es ihm gut ging.

Währenddessen begann der Blonde leise zu murmeln. Lombardi erkannte, dass er in ein Mikrofon sprach. Dann nickte er.

»Ihr beide, mitkommen«, befahl er.

Badalamenti rappelte sich auf und bekam sogleich vom Angreifer einen Stoß in den Rücken.

Mit weichen Knien ging Lombardi hinaus, gefolgt von Badalamenti und dem Bewaffneten. Als er auf die Hintertür zuhielt, kam ihm der Gedanke an eine Flucht in den Sinn. In welche Richtung konnte er sich wenden?

Doch er verdrängte die Idee schnell wieder. Er wäre viel zu langsam. Ihm blieb nichts weiter übrig, als zu tun, was der Mann von ihnen verlangte.

Draußen standen neben dem rostigen Lancia ein großer Krankenwagen, den Lombardi als Intensivtransportwagen erkannte – einen speziell ausgerüsteten Rettungswagen, mit dem Intensivpatienten verlegt werden konnten –, und ein weißer Lieferwagen. Der Bewaffnete trat kurz an das Fenster der Fahrertür, dann führte er seine beiden Geiseln zur Schiebetür und öffnete sie. Ein Stoß in seine Rippen beförderte ihn ins Innere des Lieferwagens. Sie setzten sich auf den Boden des Laderaums, in dem sich Kisten befanden, die etwas Militärisches an sich hatten. Der Mann schloss die Tür hinter ihnen. Einen Augenblick später heulte der Motor des Wagens auf, und sie setzten sich holpernd in Bewegung.

Lombardi wusste nicht, wie ihm geschah, aber er war froh, Badalamenti neben sich zu wissen.

Mein Gott. Sie haben den Polizisten erschossen.

Doch sie beide waren noch am Leben. Wo brachte man sie hin? Wer waren diese Leute?

Da bemerkte er, dass Badalamenti sich zu ihm beugte und ihn ansah.

»Nicht reden!«, herrschte ihn der Angreifer an.

Badalamenti zog sich sofort zurück und hob die Hände.

Lombardi versuchte zu eruieren, wohin sie fuhren. Im Stadtverkehr dauerte es bestimmt eine ganze Weile, um sie aus Rom hinauszubringen, vielleicht in ein Landhaus der Mafia oder das Lager eines Drogenkartells. Diese Leute waren eindeutig dem Kreis des organisierten Verbrechens zuzurechnen, auch wenn er keinen Schimmer hatte, was sie mit dem kranken Mann vorhatten. Lombardi unternahm einen Versuch, das Straßennetz der Stadt zu visualisieren, scheiterte aber. Sie konnten überall sein, es hatte keinen Sinn.

Als sie eine Weile geradeaus gefahren waren, bemerkte Lombardi, dass der Mann mit der Waffe seinen Blick auf die Scheibe zum Fahrerhaus richtete. Da spürte er eine Berührung am Arm. Sein Freund versuchte, ihm etwas mitzuteilen. Lombardi tastete nach Badalamentis Hand und fühlte plötzlich etwas Kühles, Rundes.

»Du musst jetzt genau zuhören. Zeig das Turilli, sag ihm, ich hatte recht.«

»STILL JETZT!«, schrie der Angreifer. Er wollte erneut mit dem Kolben der Waffe nach ihm schlagen, doch Badalamenti hob abwehrend die Arme.

»Das ist alles ein Missverständnis. Ich kann es erklären.«

Er stand auf und kam auf den überraschten Mann zu, es entstand ein Handgemenge, und ein Schuss löste sich. Durch das Dach des Wagens fiel plötzlich ein dünner Lichtstrahl. Da hatte der Angreifer die Gewalt über seine Waffe wiedererlangt, und kurz dachte Lombardi, dass sein Freund jetzt sterben würde. Doch der Mann zögerte. Als Badalamenti es bemerkte, versetzte er ihm einen Fußtritt. Der Mann stolperte und fiel rücklings hin. Badalamenti beugte sich zur Hecktür des Fahrzeugs und betätigte den Türgriff. Es wurde hell im Innenraum. Nun konnte Lombardi auch das Gesicht seines Freundes sehen, in dessen Augen ein seltsames Strahlen war.

»Hab keine Angst. Es sieht nicht so aus, aber das ist der Beweis, dass etwas Wunderbares geschieht.«

Hinter ihm regte sich der Angreifer, und bevor Lombardi überhaupt wusste, wie ihm geschah, bekam er einen Stoß und kippte nach hinten. Er prallte mit seiner rechten Körperhälfte hart auf die Straße und rollte mehrmals über den Asphalt, bevor er zum Liegen kam. Ein lautes Hupen ertönte, und ein Auto wich im letzten Moment aus. Ein zweites kam nur Zentimeter vor ihm zum Stillstand. Jemand stieg aus und beugte sich zu ihm hinunter.

»*Signore* – geht es Ihnen gut? Sind Sie verletzt?«, fragte ihn eine Frau.

Lombardi hob den Blick und versuchte, sich zu orientieren. Der Lieferwagen verschwand in der Ferne.

Er rappelte sich auf, und mithilfe der verdutzten Frau gelang es ihm, sich aufzurichten. Seine ganze rechte Seite schmerzte, doch er konnte stehen. Er wollte etwas sagen, brachte aber keinen Ton heraus.

Lombardi spürte etwas Feuchtes in seiner Hosentasche. Als er danach tastete, erkannte er, dass das Ding, das Badalamenti ihm gegeben hatte, ein Medikament war. Die Ampulle war zerbrochen.

DER GOTTESFÜRCHTIGE

An diesem Morgen war es noch ruhig in der Basilika. Im Zwielicht waren die Ausmaße des Gebäudes nur undeutlich erkennbar. Draußen war die Ewige Stadt erwacht und einem lebendigen, atmenden Körper gleich in flirrende Aktivität verfallen, doch bis hierher war der Trubel noch nicht durchgedrungen.

Niemand nahm Notiz von ihm, als er die letzten Stufen der Treppe unmittelbar vor dem Altar nahm und über die Absperrung stieg. Dabei kontrollierte er, ob an seinen Schuhsohlen noch Lehm klebte.

Er befand sich im Hauptschiff der Basilika. Vor ihm zogen sich vergoldete Rundbögen bis zum Zentrum hin, wo unmittelbar über dem Grab des Apostels der Altar errichtet worden war, überdacht von einem Baldachin, der von vier gewundenen Säulen getragen wurde.

Der Gottesfürchtige holte mit einer tausendmal geübten Bewegung seine Taschenuhr hervor, schüttelte sie und horchte am Gehäuse. Kurz hatte er das Gefühl, dass sie tickte, doch das musste eine Täuschung gewesen sein. Sie war vor einigen Wochen stehen geblieben, nachdem sie jahrzehntelang ein Muster an Verlässlichkeit gewesen war. Die Uhr war ein Geschenk seiner Mutter zu seiner Firmung gewesen. Er hatte daran gedacht, sie reparieren zu lassen, sich dann aber dagegen entschieden. Ihm gefiel der Gedanke, dass sie aus einem bestimmten Grund zu einem bestimmten Zeitpunkt stehen geblieben war. Umso sonderbarer, dass er in den letzten Tagen das Gefühl hatte, ihr Ticken zu hören.

Du bist nur angespannt. Wegen dem, was kommt.

Er zwang sich zu einem Moment der Ruhe und blieb stehen, um den Dom auf sich wirken zu lassen, den Baldachin und das dahinter liegende Alabasterfenster Berninis aus dem Jahr mit der seltsamen Nummer 1666, das eine Taube zeigte. Er wusste, dass er diese Pracht vermutlich zum letzten Mal sah, und auf einmal wurde das Gefühl des Verlusts fast übermächtig. Er musste unwillkürlich schlucken.

Zwei Touristen begannen neben ihm laut zu kichern. Der Gottesfürchtige erwachte aus seiner Trance und blickte sich um. Ein schneller Griff zum Schulterhalfter, in dem seine Glock steckte – eine weitere Verlegenheitsgeste, die zunehmend Routine wurde, obwohl er die Waffe erst seit ein paar Wochen trug.

Er ermahnte sich, seine Gefühle unter Kontrolle zu bekommen. Er hatte keinen Bedarf mehr für Symbole wie dieses, das für den Heiligen Geist stand. Die Zeichen verdichteten sich, dass der Wendepunkt nah war – jener Zeitpunkt, den sie *Singularität* nannten und an dem die bisher bekannten Gesetze ihre Gültigkeit verloren. Der Segen, den er in diesem Raum immer wieder empfangen hatte, war bedeutungslos geworden. Und falls ihn Zweifel heimsuchten, diente die Waffe unter seiner Achsel als Erinnerung daran, dass er die Brücken ein für alle Mal abgebrochen hatte.

Der Gedanke war unverändert seltsam. Er hatte dieser Autorität bisher alles untergeordnet, auch das Private, wenn es in seinem Leben je etwas gegeben hatte, das es wert gewesen war, privat genannt zu werden. Er hatte wahrlich viel aufzuholen, aber es eilte nicht.

Er erinnerte sich an eine weitere Arbeit von Bernini, das Grab von Papst Alexander VII., das über einem niedrigen Durchgang errichtet worden war. Er musste nur ein paar Schritte nach rechts gehen, um es hinter dem Baldachin ausmachen zu können. Unter der weißen Papststatue befand sich ein aus dieser Entfernung absolut lebensecht wirkendes Tuch, das in Wirklichkeit aus rotem Stein bestand. Darunter ließ sich ein aus Bronze gefertigtes Skelett ausmachen, dem jemand das Tuch über den Kopf geworfen zu haben schien. Ein groteskes Bild, das fast etwas Komisches hatte, würde der Tod nicht eine Hand unter dem Tuch hervorstrecken, in der er eine Sanduhr hielt. Es war eine Warnung, die der Gottesfürchtige zum ersten Mal mit anderen Augen sah. Er hatte das Grabmal so oft betrachtet, dass er es in- und auswendig kannte.

Einen Moment lang dachte er darüber nach, noch einmal hinunterzugehen und die Spitzhacke zu holen. Er fragte sich, ob die Sanduhr gleich abbrechen würde oder ob es mehrere Schläge brauchte. Die Verlockung war groß, doch er wollte das Risiko nicht eingehen. Wichtigere Dinge standen an.

Leb wohl. Du hast keine Macht mehr über mich.

Das Brummen seines Mobiltelefons riss ihn aus seiner Trance.

»Was ist?«, fragte er gepresst.

Als er hörte, was der Mann am anderen Ende zu sagen hatte, kühlte seine Wut ab. Es gab neue Entwicklungen. Die Schlacht war noch nicht geschlagen. Er hatte sich schon gefragt, ob es wirklich so leicht gehen konnte.

Er bedankte sich und beendete das Gespräch. Seine Leute waren auf Probleme gestoßen und verlangten Anweisungen. Er musste die Sache selbst in die Hand nehmen.

LOMBARDI

Als er wieder in der Lage war zu sprechen, gelang es ihm, die Fahrerin davon zu überzeugen, dass er nicht in ein Krankenhaus wollte. Sie ließ es sich aber nicht nehmen, ihn zurück zum Vatikan zu bringen, wobei sie sich lauthals über die Rücksichtslosigkeit der Autofahrer beschwerte.

»Er hat nicht einmal angehalten! Sie müssen Anzeige erstatten!«

Lombardi nickte nur und beobachtete den Verkehr. Der weiße Lieferwagen war nirgends mehr zu sehen.

Lombardi fasste vorsichtig in seine Tasche und versuchte, die Scherben herauszupicken. Es gelang ihm, ein größeres Stück zu fassen zu kriegen, auf dem ein Etikett klebte. Lombardi entzifferte mit Mühe einige englische Begriffe: … *Lösung für subkutane Injektion … Verwendung laut Studienprotokoll …*

Eine Herstellerangabe oder ein Logo fand er nicht. Überhaupt sah das Etikett ungewöhnlich aus. Als die Frau abrupt bremste, wäre ihm die große Scherbe beinahe aus der Hand gefallen.

»Wir sind da. Sind Sie sicher, dass es Ihnen gut geht?«

»Es geht schon. Danke, dass Sie mich gefahren haben.«

Lombardi schleppte sich zum zweiten Mal an diesem Tag an dem Gardisten am Grenzposten vorbei, der erneut salutierte. Er passierte den Platz vor dem Verwaltungsgebäude, wo der Gärtner mit mehreren Mitarbeitern gerade den Schaden an den Beeten begutachtete, und erreichte das Büro von Kardinal Turilli. Durch die geschlossene Tür hörte er laute Stimmen.

»… das ist nicht Ihre Zuständigkeit! Sie führen unsere sensiblen Prozesse ad absurdum! Und überhaupt – wer ist dieser Autohändler, dass er hier aus- und eingeht, wie es ihm passt?«

Die Antwort verstand Lombardi nicht, die zweite Person sprach leiser. Er glaubte aber, Turillis Stimme zu erkennen.

»Man hat mir gesagt, dass die Wohnung leer ist«, polterte der Mann. »Wie erklären Sie sich das? Nachdem Ihre Leute dort waren?«

Turilli antwortete etwas, doch der laute Mann unterbrach ihn. Er sprach Italienisch mit deutschem Akzent. »Er bewegt sich in diesen Mauern, als wäre er hier zu Hause. Was wollte er im Museumsmagazin? Weiß man das schon? Das ist unsere Untersuchung! Er hätte sich fernhalten müssen!«

Lombardi machte gerade noch rechtzeitig einen Schritt zur Seite, als die Tür aufflog und ein hochgewachsener Priester aus dem Raum stürmte, ohne sich umzusehen.

Lombardi trat ein und sah Kardinal Turilli, der an seinem Schreibtisch saß und den Kopf in die Hände gestützt hatte. Erst als die Tür ins Schloss fiel, nahm der Geistliche ihn wahr.

»Lombardi, da sind Sie ja. Wo ist Alessandro … mein Gott, was ist denn mit Ihnen geschehen?«

Turilli sprang auf, so schnell es seine Leibesfülle erlaubte. Er schien in letzter Zeit zugenommen zu haben, was seiner Gestalt eine fast barocke Unförmigkeit gab. Es war die Art von widersprüchlicher Anmutung, die Maler und Bildhauer inspirierte. In der Art und Weise, wie er ihm voller Sorge zu Hilfe eilte, erkannte Lombardi aber sofort den alten Turilli. Als er den Griff des Kardinals spürte, gaben seine Knie nach.

»Bitte, ich möchte mich setzen«, sagte Lombardi.

Turilli führte ihn zu seinem Schreibtisch und holte einen Stuhl, in den sich Lombardi fallen ließ.

»Ich hole einen Arzt«, sagte Turilli, doch Lombardi bedeutete ihm mit einer Geste zu schweigen. Er brauchte nur einen Moment Ruhe, sonst nichts. Als er sich das Geschehene vergegenwärtigte, schnürte sich ihm der Hals zu, und die Gefühle drohten ihn zu überwältigen.

»Was ist geschehen?«, fragte Turilli. »Wo ist Alessandro?«

Lombardi kämpfte um Beherrschung und begann zu sprechen, und als er einmal angefangen hatte, sprudelte es regelrecht aus ihm heraus. Als er berichtete, wie der Polizist erschossen wurde, unterbrach ihn der Kardinal.

»Man hat auf ihn geschossen?«, fragte er fassungslos.

»Ja. Ich glaube, er ist tot.«

Obwohl er nicht sicher war, ob Turilli ihm glaubte, erzählte er weiter. Als er geendet hatte, wankte Turilli mit hängenden Schultern hinter seinen Schreibtisch. Lombardi war erleichtert und spürte nun, wie erschöpft er war. Doch die Unruhe kehrte schnell zurück.

»Da ist noch etwas. Bevor er die Tür des Wagens öffnete, hat er mir das hier für Sie gegeben.«

Er fasste in seine Tasche und zog die Scherbe mit dem Etikett der Flasche heraus.

Turilli stand auf und beugte sich darüber, als wäre es vergiftet. Die Inschrift schien ihn zu irritieren.

»Was bedeutet es?«, fragte Lombardi.

»Sonst hat er nichts gesagt?«

Lombardi verneinte. Turilli schien ratlos, und Lombardi nahm ihm das Etikett wieder aus der Hand. Er ließ nicht locker.

»Was haben wir dort gesehen? Alessandro meinte, Sie hätten ihn beauftragt. Ich hätte heute einen Termin mit dem Wirtschaftsrat haben sollen, doch stattdessen wurde ich zu Ihnen geschickt, und dann gabelt mich zufällig Alessandro auf. Was ist hier los?«

Turilli sah zu ihm auf. »Haben Sie sein Gesicht gesehen? Können Sie sagen, ob Sie ihn kannten?«

Lombardi schüttelte den Kopf. »Hätte ich ihn kennen sollen?«

»Hat Alessandro irgendwas gesagt?«

Lombardi wurde zornig. »Ich habe gerade zugesehen, wie ein Mann erschossen wurde, und ich bin selbst mit dem Tod bedroht worden! Sie sind mir eine Erklärung schuldig.«

»Sie haben vollkommen recht«, sagte Turilli schuldbewusst. Doch er schien nicht zu wissen, wie er anfangen sollte.

»Vor zwei Stunden machte hier ein Gerücht die Runde«, begann er schließlich. »Dass ein Wunder geschehen sei. Eine medizinisch nicht erklärbare Heilung.«

Lombardi wartete auf weitere Ausführungen. »Der Mann vorhin«, half er Turilli auf die Sprünge, »das war doch Severin Gaisel, nicht wahr?«

Turilli nickte. Gaisel war Leiter der vatikanischen Behörde, die Selig- und Heiligsprechungen behandelte. Im Rahmen von Heiligsprechungsprozessen wurde im Umfeld des Kandidaten nach Wundern gesucht – spontane Heilungen, unerklärbare Erscheinungen. Dafür wurden sogar medizinische Sachverständige verpflichtet, insbesondere Atheisten, die nach einer natürlichen Erklärung für das jeweilige Phänomen suchten. Erst wenn dieser *medizinische Beirat* keine wissenschaftliche Erklärung fand, wurde das Wunder als solches akzeptiert, und der Heiligsprechungsprozess ging seinen weiteren Gang. Es handelte sich um ein Politikum und eine wichtige Einnahmequelle für den Heiligen Stuhl, denn solche Untersuchungen kosteten viel Geld. Dabei wurden vom *Dikasterium für Selig- und Heiligsprechungen*, wie die Behörde genannt wurde, mit großer Regelmäßigkeit Wunder identifiziert – allein unter den letzten drei Päpsten wurden über tausend Menschen heiliggesprochen, es gab also, laut Untersuchungen des Vatikans, mindestens zweitausend dokumentierte Wunder ohne wissenschaftliche Erklärung allein in diesem Zeitraum.

Lombardi kannte Gaisel nur flüchtig. Er war ein Mystiker alter Schule, der sich stundenlang darüber unterhalten konnte, wie viele Engel auf einem Stecknadelkopf Platz fanden – ein leidenschaftlicher, streitbarer Mensch, der gern recht behielt und den die Ministranten hinter vorgehaltener Hand *Gaisel Gottes* nannten. Lombardi wäre nicht auf die Idee gekommen, einem wie ihm eine vatikanische Behörde zu übertragen, aber seit der letzten Kurienreform waren Besetzungen wie diese häufiger geworden – die Kardinalswürde war keine Voraussetzung mehr für höchste Ämter, und sogar Frauen waren nicht mehr davon ausgeschlossen. Gaisel erfüllte seine Aufgabe mit Feuereifer, der selbst innerhalb des Vatikans außergewöhnlich war.

»Er will eine kanonische Untersuchung beginnen«, erklärte Turilli.

»Wie kommt er darauf?«, fragte Lombardi.

Turilli konnte Lombardi nicht in die Augen sehen. »Gaisel hat medizinische Befunde, die er überall herumzeigt, Blutuntersuchungen, Röntgenbilder. Jemand hat sie ihm zugespielt, aber wir wissen nicht, wer.«

Lombardi schüttelte den Kopf. »Ich weiß nicht, was wir dort gesehen haben, aber ich traue mich zu sagen, dass es kein Wunder war.«

Turilli zögerte. »Sind Sie sicher, dass sich alles wirklich genau so zugetragen hat, wie Sie es mir erzählt haben?«

Lombardi sah zu ihm auf. »Was soll das denn bedeuten?«

Der Kardinal suchte nach Worten, dann platzte es aus ihm heraus. »Was Sie erzählen, ergibt keinen Sinn! Warum sollte jemand auf Polizisten schießen? Und warum sollte Alessandro so seltsam reagieren?«

Turilli kämpfte sichtlich mit sich. Lombardi wusste, dass er und Badalamenti sehr vertraut waren. Der Geistliche war der Grund, warum ihr gemeinsamer Freund sich im Vatikan so frei bewegen konnte, warum er in verschiedenen informellen Gremien saß und zu Wirtschaftsfragen und Fragen der Medienarbeit hinzugezogen wurde. Vieles, was dort besprochen wurde, war streng geheim und nicht für fremde Ohren bestimmt, nicht einmal für die eines römischen Weihbischofs.

Er weiß mehr, als er zugibt.

»Es tut mir so leid, dass ich Sie da hineingezogen habe«, flüsterte Turilli. »Wenn ich das gewusst hätte, hätte ich Alessandro niemals hingeschickt. Ich entschuldige mich.«

»Das ist doch jetzt egal.« Lombardi stand auf, und sofort wurde ihm schwindelig, sodass er sich an der Tischkante abstützen musste.

»Meine Güte, Sie müssen wirklich in ein Krankenhaus«, sagte Turilli.

Lombardi wartete, bis der Schwindel nachließ, dann schüttelte er den Kopf. »Ich will nur wissen, ob es Alessandro gut geht.«

»Dann sollten wir jetzt die Polizei informieren. Sie müssen berichten, was Sie erlebt haben!«

Bei dem Gedanken war Lombardi nicht wohl. Er hatte Angst, dass man ihm nicht glauben könnte. Schließlich glaubte er es selbst kaum.

»Ich meine natürlich die *Gendarmeria Vaticana*. Es gibt da einen Mann, dem ich vertraue. Und danach überlegen wir beide, was wir für Alessandro tun können.«

FLORIS MEYER, REYKJAVIK

Es war immer noch Tag in Reykjavik, doch Floris Meyer konnte nicht länger warten. Die Sonne war soeben hinter der Rauchsäule des Vulkans verschwunden, und ein sonderbares Zwielicht legte sich über die Landschaft.

Dazu war Wind aufgekommen, über den Meyer froh war. Er wirbelte Staub und alten Schnee auf und bot ihm Schutz, auch wenn die beißende Kälte Gift für seine Gelenke war und ihm das Gesicht abfror.

Meyer trug eine mit Klebeband geflickte Daunenjacke, und sein Rucksack war schwerer als zuletzt. Er hätte längst beim Zaun sein sollen, doch jedes Mal, wenn er aufblickte, brannten ihm Eiskristalle in den Augen. Er bewegte sich einfach langsamer vorwärts als das letzte Mal. Der Zaun würde kommen.

Bisher war er noch nie auf der anderen Seite des Zauns gewesen. Er hatte gehofft, dass das nicht nötig sein würde. Doch sie hatte ihm nicht geglaubt, genau wie die anderen. Er musste es selbst in die Hand nehmen, die Beweise zu beschaffen.

Als der Zaun schließlich auftauchte, wäre er fast hineingelaufen. Seine Finger ertasteten die kalten Drahtmaschen, als müsste er sichergehen, nicht zu träumen. Meyer stellte seinen Rucksack ab und holte den schweren Bolzenschneider heraus. Mit diesem Teil konnte er auch Vorhängeschlösser knacken, wenn es nötig war. Er hatte keine Lust, ein zweites Mal herzukommen.

Meyer durchtrennte einen Draht nach dem anderen, bis ein Teil des Geflechts scheppernd zu Boden fiel. Dann packte er den Bolzenschneider wieder ein und schob sich vorsichtig durch das Loch.

Er war drin. Davor hatte er sich gefürchtet, doch es gab kein Zurück. Er dachte an das alte, leckgeschlagene Boot im Hafen von Reykjavik. Diese Geschichte war seine Rettung.

Mit eingezogenem Kopf ging er weiter. Kurz darauf tauchten die Umrisse eines Gebäudes auf.

LOMBARDI

Lombardi war froh gewesen, dem jungen, etwas steifen Gendarmen seine Geschichte zu erzählen. Der Beamte hörte sich alles ruhig an, und obwohl seine Augen größer wurden, je länger Lombardi erzählte, schien er ihm zu glauben und unterbrach ihn kein einziges Mal. Zum Abschluss ließ er sich noch Lombardis Nummer geben.

»Was geschieht jetzt?«, fragte Lombardi.

»Wenn es stimmt, was der Polizist Ihnen gesagt hat, dann müssen seine Kollegen ihn inzwischen gefunden haben«, sagte der Gendarm.

»Das ist alles? Mein Freund ist in der Gewalt dieser Leute!«, ereiferte sich Lombardi. »Sie müssen doch irgendetwas tun!«

»Sobald ich weiß, wer die Ermittlungen übernimmt, werde ich Kontakt aufnehmen. Und wenn ich etwas erfahre, gebe ich Ihnen Bescheid.«

»Uns wäre sehr daran gelegen, wenn Sie damit noch etwas warten«, schaltete sich Turilli ein.

Lombardi riss ungläubig die Augen auf, und auch der Beamte schien nicht besonders glücklich zu sein.

»Bischof Lombardi steht unter Schock. Geben wir ihm etwas Zeit, bevor die römische Kriminalpolizei über ihn herfällt.«

»Ich sehe, was ich tun kann«, entgegnete der Gendarm, nahm sein Mobiltelefon und ließ sie allein.

»Schauen Sie nicht so«, sagte Turilli. »Das verschafft uns eine Atempause, die wir nutzen müssen, um herauszufinden, wie wir Alessandro helfen können.«

Lombardi schluckte seinen Unmut hinunter. »Gaisel hat vorhin etwas gesagt, das ich nicht genau verstanden habe. Alessandro war im Magazin des Museums?«

»Sind Sie sicher, dass Sie nicht …«

»Mir geht es gut«, unterbrach Lombardi eindringlich, obwohl es nicht stimmte.

Turilli seufzte. »Was Gaisel gesagt hat, ist wahr. Ich zeige es Ihnen, kommen Sie mit.«

Kurz darauf standen sie in der Kaserne der Schweizergarde und starrten über die Schulter eines Soldaten in Zivil auf die Monitore der Überwachungskamera. Turilli hatte erst den Chef der Garde überreden müssen, doch Turillis Nervosität schien ihn überzeugt zu haben.

Das Bild zeigte eindeutig Badalamenti, sein entschlossener Gang war unverkennbar. Er durchquerte eilig die unterirdischen Räume, die mit Kunstgegenständen aus aller Welt gefüllt waren – Geschenke für die Päpste, die über die Jahre zu einer der bedeutendsten Sammlungen der Welt herangewachsen waren und Stücke von unschätzbarem Wert enthielten. Lombardi hatte immer geglaubt, dass diese Räumlichkeiten sicher seien wie ein Tresorraum, aber er hatte sich offenbar getäuscht.

»Was hat er da in seiner Hand?«, fragte Turilli.

Gerade hob Badalamenti etwas auf, das so groß war wie eine Untertasse. Dann warf er einen Blick hinauf zur Überwachungskamera, deren Position er offenbar genau kannte, und verschwand eilig wieder.

»Hat er es mitgenommen?«, fragte Lombardi ungläubig. »Weiß jemand, was sich in dieser Abteilung befindet?«

Niemand antwortete ihm.

»Wir müssen dorthin«, sagte Lombardi und zeigte auf den Bildschirm. »Wir müssen wissen, was er dort wollte. Können Sie das arrangieren?«

Turilli biss die Zähne zusammen, widersprach aber nicht.

Meyer konnte sein Glück kaum fassen. Die beiden Wachen waren direkt an ihm vorbeimarschiert. Er hatte sich nicht aus seiner Deckung hinter einem Abluftgebläse gewagt und nur die geschnürten Stiefel ausmachen können. Als ihre Stimmen ganz verstummt waren, ging Meyer weiter. Er hielt auf das Gebäude zu, einen niedrigen Komplex, der mit einigen Glashäusern verbunden war.

Meyer schlich in angemessener Entfernung am Gebäude entlang. Während er nach offenen Fenstern Ausschau hielt, fiel ihm ein seltsamer Geruch auf, wie jener, der von Tierexkrementen stammte. Er wusste, was das bedeutete.

Ich hatte recht! Das ist der Beweis!

Er wollte es dieser Journalistin ins Gesicht schreien, die ihm nicht zugehört hatte: Es ging hier nicht bloß um Walfang. Diese Geschichte war viel größer. Doch er wusste, dass er nicht voreilig sein durfte. Er brauchte echte Beweise. Als er die Hinterseite des Gebäudes erreichte, entdeckte er eine Tür, neben der ein großer Schneehügel aufgeschüttet war. Sie war vermutlich auch alarmgesichert und noch dazu verschlossen. Doch er war hier am Rand des Geländes, wenn etwas schiefging, konnte er zum Zaun rennen und dort ein Loch hineinschneiden. Bis jemand reagieren konnte, wäre er längst über alle Berge.

Meyer atmete durch den Mund, während er sich dem Gebäude näherte. Es handelte sich um eine simple Tür aus Stahlblech, die er mit seinem Bolzenschneider wie eine Dose Bohnen aufhebeln konnte.

Da war das altbekannte Kribbeln wieder. Er tat es wirklich. Er zog nicht den Schwanz ein. Bald würde ihn niemand mehr Mongo nennen, Kurzform für *My Own NGO*, ein Schmähbegriff für Ein-Mann-Organisationen wie ihn. Heute wurde selbst aktivistische Arbeit in nackte Zahlen gegossen. Ein guter Mensch konnte nur sein, wer effizient half, so wie dieser junge Milliardär, der sein mit

Kryptowährungen aufgebautes Unternehmen wohltätigen Zwecken spenden wollte.

Doch er würde beweisen, dass ehrlicher Aktivismus wie der seine immer noch einen unentbehrlichen Beitrag leistete.

Er brauchte die Journalistin nicht. Wenn er erst Bilder vom Inneren hatte, würde jedes Medium der Welt darüber berichten.

Meyer setzte den Rucksack ab, um den Bolzenschneider herauszuholen, probierte aber doch die Türklinke.

Die Tür schwang auf. Es gab keinen Alarm.

Er war drin.

LOMBARDI

Am Eingang zum Magazin des Vatikanischen Museums sahen sie zu, wie die Nonne, die sie hergeführt hatte, mittels Fingerabdruck und Eingabe eines Codes die Glastür entriegelte.

Sie befanden sich in jener verborgenen Ebene unmittelbar unter der der Vatikanstadt, in der sich das Petrusgrab und das Geheimarchiv befanden.

»Wäre es möglich, dass wir uns allein umsehen?«, fragte Turilli, während Lombardi vorausging, ohne die Antwort abzuwarten.

Als drinnen flackernd das Licht anging, glaubte er sich in einen Abenteuerfilm versetzt. Im Hauptraum, der etwa hundert Quadratmeter maß, befanden sich die großen Objekte, die zur ethnologischen Sammlung gehörten – Statuen aus Stein, Möbel aus Holz, ein präkolumbianischer Totempfahl, eine sechsarmige Shiva-Skulptur, eine grün schillernde Federkrone und ein chinesischer Drache. Diese Stücke waren, wenn sie nicht Geschenke für den Heiligen Stuhl gewesen waren, von Missionaren in aller Welt zusammengetragen worden. Manche von ihnen, wie der Jesuit Diego de Landa, der in Mexiko die Maya den christlichen Glauben gelehrt hatte, waren immerhin so klug gewesen, die heimische Kultur zu dokumentieren, bevor sie sie zerstörten. Viele dieser Exponate waren die letzten ihrer Art, ein Schatz von unschätzbarem Wert, vielleicht bedeutender als die bekannteren Kunstwerke von Raffael und Michelangelo oder die antiken Skulpturen, die in den Vatikanischen Museen ausgestellt waren. Während Lombardi staunend dastand, hatte Turilli keine Augen dafür.

»Hier entlang!«

Sie betraten einen kleinen Raum, an dessen Wänden Regale standen, sodass in der Mitte gerade noch Platz für zwei Personen blieb. Turilli zog weiße Handschuhe an und nahm vorsichtig eine braune Schachtel heraus.

»Es muss etwas aus diesem Regal gewesen sein.«

Er hob den Deckel an, und darin befand sich, auf ein Tuch gebettet, eine kleine Tontafel in der Form einer Teigtasche. Sie war über und über mit kleinen dreieckigen Abdrücken gefüllt.

»Keilschrift«, sagte Lombardi.

Turilli nickte. »Das hier ist die orientalische Sammlung. »Aber warum eine antike Tontafel? Was sollte er damit wollen?«

»Vielleicht hilft es, wenn wir wissen, welches Stück er sich angesehen hat«, meinte Lombardi und nahm eine der Schachteln in die Hand.

»Nicht!«, entfuhr es Turilli.

Doch Lombardi war bereits dabei, eine Schachtel nach der anderen zu öffnen.

»Keine Sorge, ich fasse die Stücke nicht an.«

Turilli mahnte ihn zur Vorsicht, doch Lombardi hörte ihn kaum. Einige der Schachteln enthielten kleine Zylinder aus Stein oder Elfenbein, Rollsiegel, die man in weichen Ton drücken und dann die darauf in Spiegelschrift geschriebenen Zeichen abrollen konnte. Er fand ägyptische Stücke mit Hieroglyphen, aber keine weitere Tontafel.

Schließlich entdeckte Lombardi eine Schachtel, die ihm leichter erschien als die anderen. Er öffnete den Deckel und sah seinen Verdacht bestätigt.

»Da, sehen Sie!«

Doch Turilli hörte ihn nicht. Er war ganz auf sein Telefon konzentriert.

»Sie hatten recht.«

»Womit hatte ich recht?«, fragte Lombardi.

»Sehen Sie selbst.«

Lombardi las die Schlagzeile auf der Website des *Messagero* und verstand, wovon Turilli sprach.

An einer Autobahnauffahrt südlich von Rom hatte man einen toten Polizisten gefunden.

FLORIS MEYER

Der Geruch war wieder da, stärker als vorhin. Trotz der Dunkelheit, in der er sich vortastete, war er sicher, dass sich in diesem Bereich mehrere Gehege für Tiere befinden mussten.

Meyer spürte etwas Weiches unter seinen Füßen. Wo war er hier wirklich gelandet? Er beschloss, einen Blick mit seiner Taschenlampe zu riskieren, und sah, dass er recht gehabt hatte: Es handelte sich um Kot, aber die schwarzen Brocken waren kleiner, als er gedacht hatte. Er atmete erleichtert auf. Er hatte schon Angst gehabt, im Käfig eines gefährlichen Raubtiers gelandet zu sein. Doch der Raum schien leer zu sein, abgesehen von ein paar im Boden fixierten Ästen, die entrindet worden waren und wie kleine Bäume nach oben ragten. Meyer richtete den Strahl seiner Lampe höher, etwas Großes hing an der Decke. Da traf ihn etwas Weiches im Gesicht, und im selben Moment brach um ihn herum die Hölle los.

Schrilles, ohrenbetäubendes Geschrei schien von überallher zu kommen und raubte ihm die Orientierung. Meyer hob die Hände über den Kopf, als etwas Pelziges, Kratzendes ihn im Genick berührte. Er verlor seine Taschenlampe und schrie auf. Instinktiv rannte er zurück zu der Tür, durch die er gekommen war, doch er fand sie nicht mehr. Er trat mehrmals auf etwas Weiches, das ein quietschendes Geräusch von sich gab. Meyer tastete mit den Händen die Wand ab und versuchte verzweifelt, sich an die Position der Tür zu erinnern. Weiter nach rechts? Oder nach links? Alle paar Sekunden spürte er, wie etwas gegen seinen Kopf stieß. Als etwas sein Auge berührte, griff er reflexartig danach und hielt für einen kurzen Moment ein kleines Tier in seiner Hand. Da erst verstand er, womit er es zu tun hatte: Fledermäuse. Meyer duckte sich und blieb ruhig stehen, wobei er den Kopf mit seinen Händen schützte. Langsam ließ das Wirbeln um ihn herum nach.

In diesem Moment wurde der Raum von Licht geflutet. Jemand hatte die Tür geöffnet. Das Wirbeln der Fledermäuse ging wieder los. Doch Meyer hatte genug gesehen, in dem Augenblick, als die Tür aufschwang, hatte er eine weitere Tür am anderen Ende des Raumes ausgemacht. Er rannte los.

»*Hæ þú!*«, rief der Mann, der an der geöffneten Tür stand. »Sie da, halt!«, fügte er auf Englisch hinzu, als Meyer nicht reagierte. Doch da hatte er die andere Tür bereits erreicht.

Im nächsten Raum roch es anders als in jenem mit den Fledermäusen. Meyer hielt sich nicht mit Mutmaßungen auf. Er schlich die Wand entlang, wobei er ein dünnes Metallgitter ertastete. Hier musste es einen weiteren Ausgang geben. Er verfluchte sich nun dafür, dass er die Taschenlampe verloren hatte. Als er gerade überlegte, ob er es riskieren sollte, quer durch den Raum zu laufen, wo er die nächste Tür vermutete, ging plötzlich das Licht an.

Meyer schloss unwillkürlich die Augen, so gleißend hell war es. Als er sie wieder öffnete, sah er, dass er sich nicht getäuscht hatte: Der Raum enthielt unzählige Käfige. Er hielt nach der Tür Ausschau, als sein Blick in einen von ihnen fiel. Plötzlich wurde ihm eiskalt.

Hier wurden irgendwelche Nagetiere gehalten, aber mit diesen Tieren stimmte etwas überhaupt nicht.

Meyer rannte los. Sofort begann er, an dem Gesehenen zu zweifeln. Das Bild konnte nicht real gewesen sein, es musste sich um eine Einbildung gehandelt haben.

Er erreichte eine weitere Tür, die verschlossen war. Hastig warf er den Rucksack zu Boden und hob den Bolzenschneider heraus. Er versuchte verzweifelt, die Klingen in den Türspalt zu zwängen, doch das ging nicht, die Klingen waren zu breit. Es gab hier nichts, das er mit diesem Gerät ausrichten konnte. Seine Verzweiflung verwandelte sich in Wut. Mit beiden Händen schwang er den Bolzenschneider über den Kopf und drosch damit auf die Türklinke ein. In diesem Moment betrat ein Wachsoldat den Raum. Ein kleiner bulliger Kerl, der aussah, als hätte er früher als Söldner gedient, was nicht einmal unwahrscheinlich war.

»Was tun Sie hier? Lassen Sie das, Sie können nirgends hin!«

Der Kerl kam näher, doch in ein paar Schritten Entfernung blieb er stehen. Er schien vor Meyers Wutausbruch Respekt zu haben.

Recht so, dachte Meyer. Er war ein Mann, der nichts zu verlieren hatte.

Und tatsächlich hatte sich die Tür unter seinen Schlägen bewegt. Ein Spalt war entstanden. Meyer rammte den Bolzenschneider hinein und warf sich gegen die langen Hebel. Die Tür splitterte auf, und Tageslicht strömte herein. Nun musste er es nur noch bis zum Zaun schaffen.

Euphorie durchflutete ihn, als er ins Freie trat. Da war wieder der Gestank, der ihm vorhin aufgefallen war, und diesmal konnte er seine Quelle lokalisieren. Er schien von dem großen Schneehaufen zu stammen. Als Meyer erkannte, dass der Schnee nur oberflächlich war und dass sich darunter etwas anderes befand, erfasste ihn Schwindel. In diesem Moment wurde er von hinten gepackt, und der Wachmann drehte ihm den Arm auf den Rücken.

»Bitte«, winselte Meyer, »bitte tut mir nichts!«

Der Sicherheitsmann aktivierte sein Funkgerät. »Ich habe ihn.«

Dann führte er Meyer davon, der den Blick nicht von dem riesigen, gefrorenen Haufen toter Tiere direkt neben der Tür losreißen konnte. Tiere, die wie groteske Karikaturen von Ratten aussahen, unbehaart und runzelig, und aus deren Haut schwarze Fäden ragten. Es war das gleiche Bild, das er im Raum mit den Käfigen gesehen hatte. Dort war er sich nicht sicher gewesen, ob er sich nicht täuschte. Nun gab es keinen Zweifel mehr.

Jemand hatte die Tiere seitlich am Körper zusammengenäht und sie in künstliche siamesische Zwillinge verwandelt. Er hatte solche Tiere schon einmal gesehen, auf Abbildungen in Büchern. Sie waren in Afrika heimisch und gehörten zu den sonderbarsten Lebewesen des Planeten, blind, unfähig zur Empfindung von Schmerz und mit der beneidenswerten Eigenschaft, niemals an Krebs zu erkranken. Tiere, die jemand von einem anderen Kontinent hierher gebracht hatte, um ihnen dann das hier anzutun.

Es geht nicht um Walfang. Hier werden Experimente mit Tieren durchgeführt.

Er musste unbedingt mit dieser Journalistin Kontakt aufnehmen.

LOMBARDI

Lombardi war es im Büro von Turilli zu eng geworden und er hatte sich entschuldigt. Draußen auf dem Gang hatte er ganz plötzlich Lust auf eine Zigarette bekommen. Wenn der Stress zu groß wurde, kam die alte Sucht manchmal zurück. Doch nachdem er vergeblich an fünf unterschiedliche Türen geklopft hatte, gab Lombardi es auf. Früher waren etliche der Angestellten im Vatikan Raucher gewesen, Laien ebenso wie Priester, doch während er in Afrika gewesen war, schien sich das geändert zu haben. Als er resigniert zu Turilli zurückhumpelte, kam ihm der Geistliche bereits entgegen. Er fasste Lombardi am Arm und führte ihn in sein Büro.

»Ich habe die Befunde«, flüsterte er.

Erst als der Kardinal die Tür hinter ihnen schloss, verstand Lombardi, wovon er sprach.

Turilli tippte etwas in sein Handy und legte das Gerät auf den Tisch. Lombardi sah, dass es sich um hastig abfotografierte medizinische Dokumente handelte, Listen mit Zahlenwerten, aber auch Röntgenbilder und EKG-Diagramme.

»Das ist von dem Mann, den ich gesehen habe?«, fragte Lombardi.

Er sah sich ein Dokument nach dem anderen an. Auf dem Röntgenbild war der Hersteller des Geräts ausgewiesen, aber keine Informationen über den Patienten oder das Krankenhaus, wo das Bild erstellt worden war. Er hätte nicht sagen können, ob etwas daran ungewöhnlich war. Aber er verstand, dass er drauf und dran war, in einen innervatikanischen Streit hineingezogen zu werden. Turilli schien in Gaisels Untersuchungsteam einen Maulwurf zu haben, der die Befunde beschafft hatte.

»Und was ist daran so außergewöhnlich?«

Turilli rang die Hände. »Woher soll ich das wissen? Sie wollten mehr Informationen! Außerdem geistert das hier im Haus herum.«

Der Kardinal scrollte weiter. Es waren unscharfe Bilder, die Details eines nackten Körpers zeigten.

»Was ist das?«

Turilli prüfte seine Reaktion genau, bevor er sprach. »Es soll den Mann zeigen, den Sie gesehen haben.«

Lombardi betrachtete die Bilder genauer. Sie waren verwaschen und zeigten doch eindeutig einen schlanken, jugendlichen Torso, halb von einer weißen Decke verhüllt. Er schüttelte den Kopf. »Das kann nicht sein. Der Mann war uralt, er lag im Sterben.«

Turilli riss die Augen auf. »Sind Sie ganz sicher?«

Lombardi dachte nach. Der Patient war künstlich beatmet worden, mehr wusste er nicht über seinen Zustand. Doch es konnte sich unmöglich um den Mann handeln, den er gesehen hatte.

Aber stimmte das wirklich? Hatte er nicht einen Blick auf die Hand des Mannes geworfen? Badalamenti hatte sich sofort auf die Hand gestürzt. War ihm selbst nicht etwas daran seltsam vorgekommen? Als er das Bild wieder vor sein geistiges Auge rief, glaubte er zu wissen, was ihn so irritiert hatte. Die Hand war unversehrt gewesen, faltenfrei und blass, wie die einer Statue. Eine jugendliche Hand ohne Altersflecke und mit schlanken Fingern.

»Weiß man, woher diese Befunde stammen? Die Namen der Ärzte?«

Turilli schüttelte den Kopf. »Es ist alles auf Englisch. Aber vor etwa vierundzwanzig Stunden soll ein Privatjet für Krankentransporte am Flughafen Ciampino gelandet sein. Es gibt einen Zeugen, der gesehen haben will, dass ein Patient in einen Intensivtransporter geladen und in die Innenstadt gebracht wurde.«

Ein Rettungswagen zum Transport von Intensivpatienten. So einen habe ich in der Innenstadt gesehen, als wir entführt wurden.

Lombardi schob das Handy von sich weg. »Gaisel spricht von einem Wunder. Es muss also irgendetwas Wichtiges an diesen Dokumenten sein. Wir brauchen jemand, der uns das erklärt.«

Turilli sah aus wie ein Tier, das in die Enge getrieben wurde. Lombardi wurde wütend.

»Ich habe gerade zugesehen, wie ein Mensch erschossen wurde! Diese Leute haben Alessándro und mich entführt! Wollen Sie mir sagen, all das geschah wegen ein paar medizinischen Befunden, die nicht zusammenpassen?«

»Ich will gar nichts sagen!«, gab Turilli brüsk zurück. »Ich will nur verhindern, dass Gaisel in seinem Wahn einen riesigen Fehler macht, der auf uns alle zurückfällt!«

Lombardi verschränkte die Arme. »Sie wissen mehr, als Sie zugeben. Sie haben mich gefragt, ob ich das Gesicht des Mannes gesehen habe. Weiß Gaisel, wer es ist? Stürzt er sich deshalb so auf die Sache?«

Er sah in Turillis Augen, dass er recht hatte, als Turillis Handy die Stille zerriss. Hastig griff der Kardinal danach.

»Was ist?«

Der Angesprochene reagierte nicht, bevor Turilli wortlos das Gerät um hundertachtzig Grad drehte und Lombardi zuschob.

Wunder in der Ewigen Stadt?

Rom. Das Gerücht verbreitet sich wie ein Lauffeuer. Mitten in Rom, in der Nähe des Bahnhofs Termini, soll sich eine Wunderheilung ereignet haben. Seit sich die Nachricht in den Morgenstunden verbreitete, versammeln sich mehr und mehr Gläubige vor dem Haus, das vielen anderen in Rom gleicht. Sie beten und zünden Kerzen an. Unbestätigten Berichten zufolge soll der neunzigjährige Besitzer der Wohnung ein hoher geistlicher Würdenträger sein, der im ersten Stock in seinem Bett lag und wie ein junger Mann ausgesehen hat. So unglaublich die Geschichte klingt, Insider aus dem Vatikan berichten, dass ein medizinisches Komitee beauftragt wurde, die Sache zu untersuchen – ein Zeichen, wie ernst man die Angelegenheit beim Heiligen Stuhl nimmt. Das ungeplante Läuten der Glocken des Petersdoms in den Morgenstunden soll entgegen anderslautender Berichte damit in keinem Zusammenhang stehen, sondern auf einen Softwarefehler zurückgehen. Wer die wundersame Heilung verursacht haben soll, ist nicht bekannt. Ein offizielles Statement wird in Kürze erwartet.

(red)

Lombardi wandte sich angewidert von dem Display ab. »*Wie, ein junger Mann?* Der Mann, den ich gesehen habe, war nicht jung!«

»Verstehen Sie jetzt, was ich meinte? Gaisel macht einen Fehler!« Turilli hielt inne und schien nachzudenken. »Ich muss mit dem Kardinalstaatssekretär sprechen. Er muss etwas tun.«

»Ein Würdenträger – in diesem Drecksloch? Das kann ich mir nicht vorstellen. Sie haben mich gefragt, ob ich sein Gesicht sehen konnte. Ist es jemand aus dem Vatikan? Jetzt sagen Sie schon!«

»Woher soll ich das wissen, wenn Sie mir nichts Bestimmtes sagen können?«, schimpfte Turilli.

Lombardi musste an die Hand des Kranken in der Wohnung denken. »So kommen wir nicht weiter.«

Der Kardinal nickte. »Es tut mir leid, dass ich Sie hineingezogen habe.«

»Das meine ich nicht. Ich will sagen, dass wir externe Hilfe brauchen. Gaisel hat schließlich Experten, die etwas von Medizin verstehen. Wir brauchen auch jemanden.«

Hoffnungsvoll blickte Turilli auf, dann nickte er eifrig. »Sie haben recht, wir müssen einen Experten hinzuziehen. Ich werde … oder kennen Sie jemanden?«

»Es gibt da jemanden, dem ich vertraue. Sie ist Wissenschaftlerin und kann uns helfen, die Lage einzuschätzen. Sie wissen, an wen ich denke.«

Turilli brauchte einen Moment, bis er verstand. »Lombardi, nein, das ist ausgeschlossen.«

»Sie hat uns schon einmal geholfen.«

»Ja, und dabei ein mittelalterliches Kloster in Schutt und Asche gelegt.«

»Das war doch nicht ihre Schuld!«, sagte Lombardi schnell.

Doch Turilli machte keine Anstalten, darauf einzugehen. »Ausgeschlossen. Das ist mein letztes Wort.«

Sie wurden aus ihrer Unterhaltung gerissen, als ohne Vorwarnung die Tür aufging und der Gendarm im Raum stand, mit dem er vorhin gesprochen hatte.

»Was ist los?«, ereiferte sich Turilli. »Können Sie nicht anklopfen?«

Doch der Beamte wandte sich Lombardi zu. »Was Sie mir vorhin erzählt haben – sind Sie sicher, dass das alles war, was Sie zu sagen hatten?«

»Was meinen Sie?«

»Sie haben nicht vielleicht etwas ausgelassen?«

Lombardi wurde schwindlig. »Nein, nicht, dass ich … Warum fragen Sie mich das?«

»Die römische Polizei hat versucht, Sie zu erreichen, doch man hatte Ihre Nummer nicht. Ich habe sie ihnen nicht gegeben.«

»Drücken Sie sich klar aus!«, befahl Turilli. »Was ist hier los?«

»Wenn Sie wirklich die Wahrheit gesagt haben, sollten Sie sich schnell einen Anwalt besorgen, falls Sie keinen haben«, sagte der Gendarm, unbeeindruckt von Turillis Ton. »Zwei Kollegen von der Kriminalpolizei in Rom sind auf dem Weg hierher. Sie behaupten, sie wollten Ihnen nur ein paar Fragen stellen, aber das ist gelogen. Sie und Badalamenti wurden bei der Wohnung gesehen, in der der Polizist erschossen wurde.«

Lombardi ahnte, was als Nächstes kam.

»Herr Bischof, Sie und Ihr Freund werden als Tatverdächtige geführt.«

DER GOTTESFÜRCHTIGE

Als der an den Holzstuhl gefesselte Krankenpfleger zu atmen aufhörte, war der Gottesfürchtige sicher, dass der Mann alles gesagt hatte, was er wusste. Das bedeutete, dass die Situation noch schwieriger war, als er bisher geglaubt hatte.

Nachdem er seine Hände mit einem Taschentuch abgewischt und kontrolliert hatte, dass kein Blut an seiner Kleidung klebte, holte er seine Taschenuhr hervor. Doch dann erinnerte er sich daran, dass sie ja stehen geblieben war. Er ließ sie in die Tasche zurückfallen und rieb sich die Hände. Es war kühl in der Halle aus Wellblech. Die Kälte stieg aus dem Loch im Boden auf. Die Ausgrabung pausierte schon seit Monaten, sie waren hier vorerst also sicher.

Sie waren zu spät gekommen. Dabei hatte er geglaubt, die Situation im Griff zu haben, nachdem die Behandlung erfolgreich gewesen war. Doch der Primar ihrer Klinik hatte kalte Füße bekommen, trotz der Unsummen, die sie seit Jahren an eine Briefkastenfirma in Panama überwiesen. Die Leute würden Fragen stellen, hatte es geheißen, und wenn sie erst herausfanden, wer der Patient war, würde all das, was sie mit so viel Aufwand begraben hatten, wieder ans Licht kommen. Die Sache sorgte für mehr Wirbel als beabsichtigt, und sie hatten improvisieren müssen.

Doch sie hatten den Verantwortlichen gefunden. Einen Pfleger, der schon vor der Behandlung durch besondere Neugierde aufgefallen war. Er musste ihnen in die Stadt gefolgt sein und außerdem Fotos sowie einen Teil der Krankenakte den falschen Leuten zugespielt haben, sodass sie erneut gezwungen gewesen waren, schnell zu reagieren. Sie hatten den Patienten entgegen allen medizinischen Vorgaben noch einmal transportieren müssen.

Der Gottesfürchtige fühlte, wie sich Wut in ihm aufstaute. Eine feurige, heilige Wut, die verborgene Kräfte freisetzen konnte, mit denen sich Außergewöhnliches erreichen ließ. Genau diese Energie brauchte er jetzt, denn er wusste, dass seine Gegner stark waren. Sie wurden sich ihrer Stärke von Stunde zu Stunde mehr bewusst.

Er glaubte, ein Geräusch zu hören, und wandte sich um, doch da war niemand. Nur die Totenköpfe starrten ihn an. Es mussten zwanzig sein. Sie wurden aus dem Untergrund hier heraufgebracht, um gesäubert und restauriert zu werden.

Es waren nur Knochen, von ihnen ging keine Bedrohung aus. Und doch hatte er das Gefühl, dass sie ihn anklagten.

Ihm wurde bewusst, warum er so wütend war: Er hatte Angst. So fühlte es sich also an, wenn man etwas zu verlieren hatte. Er war seinem Ziel so nah, wie er es nie für möglich gehalten hatte, doch nun lief er Gefahr, im letzten Moment zu scheitern.

Das durfte nicht passieren. Er hatte schwerwiegende Entscheidungen getroffen und einen Weg eingeschlagen, von dem es kein Zurück gab. Er hatte seine Freunde im Vatikan getäuscht und auch seine eigenen Leute. Er hatte sich mit Gott angelegt und konnte nicht mehr auf Gnade hoffen. Sein Plan musste funktionieren oder er war für immer verloren.

Er fühlte den Puls des Pflegers am Hals, und als er sicher war, dass seine Seele den Körper verlassen hatte, wählte er eine Nummer mit der Vorwahl der italienischen Polizei.

»Gib mir ein Update«, befahl er.

Der Mann am anderen Ende, der merkbar unter Strom stand, berichtete ihm vom Fund seines toten Kollegen, jenes Polizisten, den sie bei der Befreiung von Pabil ausgeschaltet hatten.

»Noch stellt niemand die Verbindung zu uns her?«, vergewisserte sich der Gottesfürchtige. »Sieh zu, dass das so bleibt. Was ist mit dem Priester? Er ist aus einem Auto gesprungen, vermutlich ist er verletzt. Habt ihr ihn gefunden?«

Die Antwort, die er erhielt, konnte er nicht glauben. »Wie unfähig kann man eigentlich sein? Ihr dürft ihn keinen Moment aus den Augen lassen! Findet heraus, wo er sich aufhält.«

Statt die Beteuerungen des Mannes anzuhören, schleuderte der Gottesfürchtige sein Handy gegen die Wand, wo es zerbarst und als Splitter- und Trümmerregen zu Boden prasselte. Das Geräusch schreckte seine Leute auf, die am anderen Ende der Halle standen und Kaffee tranken. Einer kam zu ihm. Es war Thor, der Chef seines Einsatzteams, ein bulliger Norweger mit exakt getrimmtem Vollbart. Er hatte ihn direkt von einer privaten Söldnertruppe namens Valhalla rekrutiert, nachdem sie infolge von Ermittlungen gegen deren Chef wegen rechtsextremer Aktivitäten aufgelöst worden war. Thor selbst hatte sich nie politisch geäußert und schien immer froh gewesen zu sein, nicht nach seinen Ansichten gefragt zu werden.

Thor erschrak, als er den Zustand des Gefesselten auf dem Stuhl sah. »Alles in Ordnung?«

»Gib mir dein Handy«, sagte der Gottesfürchtige und schickte den Mann fort, um seine SIM-Karte aus den Bruchstücken seines Telefons zu bergen und in das neue Gerät einzusetzen.

Er hasste Unsicherheit. Wann immer sie ihn zu übermannen drohte, setzte er ihr Wut entgegen.

Die Zeit der Zurückhaltung war vorbei, es bedurfte drastischerer Maßnahmen. Er ging in einen Nebenraum, vorbei an zwei Wachen. Dort, in einem leer geräumten Büro, dessen Fenster mit Jalousien abgedunkelt war, lag Pabil. Zwei Krankenpfleger saßen erschöpft auf Stühlen und sprangen erschrocken auf.

Pabils Gesicht war weiß wie Pergament, und der Gottesfürchtige kontrollierte zum wer weiß wievielten Mal die Werte auf dem Monitor, die einen schwachen Puls verrieten. Es schmerzte ihn, seinen Freund so zu sehen.

»Wie geht es ihm?«, fragte er.

Die beiden Krankenpfleger sahen sich an.

»Wir tun, was wir können«, sagte einer von ihnen. »Mit den Mitteln, die wir hier haben …«

Er deutete auf das Beatmungsgerät, das sie noch aus der Wohnung hatten mitnehmen können, doch die Zeit hatte nicht für alle Geräte gereicht.

»Wenn ihm etwas passiert, mache ich euch persönlich dafür verantwortlich.«

»Aber …«

»Raus!«, schrie der Gottesfürchtige.

Er wartete, bis die beiden den Raum verließen. Dann legte er dem Sterbenden die Hand auf die Stirn und streichelte sie.

Er musste an den erbärmlichen Zustand der Wohnung denken, in der Pabil die letzten Jahre verbracht hatte. Wie er sich hatte gehen lassen. Nach Jahrzehnten fiebriger Aktivität und zahlreichen Opfern, die sie für ihren Traum erbracht hatten, verließ ihn nun die Kraft.

»Ich hätte besser auf dich aufpassen sollen, mein Freund«, murmelte er.

Jemand betrat den Raum.

»Was jetzt?«, polterte er.

Thor stand unschlüssig in der Tür, er trug etwas in der Hand. Der Gottesfürchtige winkte ihn herbei. Es war ein kleines Päckchen. Er suchte nach einem Poststempel, fand aber keinen.

»Es wurde bei Pabils Wohnung abgegeben«, erklärte Thor.

»Hat jemand gesehen, wer es gebracht hat?«

Sein Mann schüttelte den Kopf.

»Ist es das, worauf Sie gewartet haben?«, fragte er.

Der Gottesfürchtige schluckte die erneut aufkeimende Wut hinunter und wog das Päckchen in der Hand, bevor er begann, das Papier aufzureißen. Als eine Holzschachtel zum Vorschein kam, begann sein Herz schneller zu schlagen. Auf dem altertümlich aussehenden Behälter befand sich eine Einlegearbeit aus schwarzem Stein. Er wandte sich Pabil zu, nahm dessen Hand und drückte den Daumen auf die dunkle Fläche. Der Fingerabdruck wurde erkannt, und ein Klicken ertönte, als die Box entriegelt wurde.

Er sandte Thor mit einem Blick weg, dann öffnete er die Schachtel. Sie enthielt ein Bett aus grünem Samt, in das eine Tafel aus Ton gebettet war. In die Oberfläche war ein einziges Zeichen eingeprägt:

Auf den ersten Blick sah die Tafel antik aus, doch er wusste es besser. Er kannte dieses Zeichen, und es ließ nur einen einzigen Schluss zu.

Ich hatte recht. Endlich beginnt es.

Es war Zeit, sich dem anderen Gefangenen zuzuwenden, dem Automenschen. Mal sehen, was er zu sagen hatte und wie stark man nachhelfen musste, bis er die Wahrheit sagte. Doch als er Pabils Zimmer verließ, sah er, dass sein Team nervös war.

»Was?«, fragte er.

»Chef, unsere Bewegungsmelder haben angeschlagen. Da ist jemand auf dem Gelände.«

LOMBARDI

Lombardi blickte von seinem Handy auf. Der Espresso vor sich auf dem Tisch war kalt geworden, während er abwechselnd die kryptischen Befunde und die neuesten Meldungen im Netz gelesen hatte.

Er hatte den Vatikan über die Pforte der *Santa Anna* verlassen und sich in ein muffiges Café gesetzt. Lombardi kannte viele gute Cafés in Rom, doch er hatte es nicht gewagt, sich irgendwo blicken zu lassen, wo man ihn erkennen konnte. Zu gern wäre er das zerrissene Priesterhemd losgeworden, doch auf die Schnelle fiel ihm hier kein Laden ein, wo er eines bekommen würde, und auch in seine Wohnung wagte er sich nicht.

Er hatte sich durch alle Meldungen geklickt, die er gefunden hatte, bis er sicher war, nichts übersehen zu haben. Die Entführung, der tote Polizist, nichts von alledem wurde erwähnt – es war immerzu die Rede von einem Wunder.

Wie würde der Vatikan reagieren? Würde man Gaisels Einschätzung folgen? Oder war er es, der die Geschichte den Medien zugespielt hatte? Von Stunde zu Stunde verstand er Turillis Nervosität besser.

Wir werden wegen Mordes gesucht. Wo hast du mich da hineingezogen, Alessandro?

Nach den Ereignissen des Tages hatte Lombardi zum ersten Mal

Zeit, das Geschehene sacken zu lassen, und als er an die Entführung in der Innenstadt dachte, musste er einen Anflug von Panik niederkämpfen. Erst nach und nach begann er zu realisieren, was da geschehen war. Als der Zustand nachließ, suchten ihn lebendige Erinnerungen mit Badalamenti heim, Erlebnisse, an die er lange nicht gedacht hatte.

Etwa, als er mit fünfzehn Jahren Ministrant im Vatikan geworden war, ein schüchterner Junge vom Land aus einer traditionell katholischen Familie. Eines Tages hatte sein Vater ihn nach Rom mitgenommen und ihm die heiligsten Stätten gezeigt, die den kleinen Stefano durch ihre schieren Dimensionen beeindruckt hatten. Wenn er eines Tages dort hinwolle, könne er das ermöglichen, hatte der Vater gesagt. Der Bischof der Heimatdiözese unterstütze es.

Hinter seinem Rücken, so erzählte man ihm später, hatte die Familie schon länger gemunkelt, dass der empfindsame und scheue Junge einen guten Priester abgeben würde. Auch für Mädchen schien er sich weniger zu interessieren als die anderen, und wenn, dann pflegte er wunderbar unschuldige Freundschaften.

Die Unterstützer hielten Wort, und Lombardi landete im Vatikan. Obwohl er zuerst der Kirche Santa Anna am Rand der vatikanischen Mauern zugeteilt wurde, schüchterte die Gigantomanie der Architektur ihn ein, überall gab es Verbote und ungeschriebene Regeln, bei deren Übertretung man Gefahr lief, sich gegen höhere Mächte zu versündigen. Die Liturgie war ein Minenfeld, und jeder Fehler konnte religiöse Gefühle verletzen. Er hatte Heimweh, sagte seinem Vater aber nichts davon, weil er Angst hatte, ihn zu enttäuschen. Lombardi senior war der stolzeste Mann auf Erden, seit sein Sohn als Ministrant im Kirchenstaat rekrutiert worden war.

Alessandro kannte er damals nur flüchtig. Er hatte, noch vor seinem Wechsel in den Vatikan, als Klassenarbeit für die Schule ein karitatives Projekt für Obdachlose in Rom geplant und dafür Sponsoren gesucht. Badalamenti hatte vor Kurzem seine erste Firma gegründet, die Dichtringe für die Autoindustrie herstellte.

Lombardi hatte davon in der Zeitung gelesen. Er war ins Büro des Jungunternehmers marschiert und hatte für seine Sache geworben. Badalamenti war freundlich gewesen und hatte ihm etwas Geld versprochen, doch Lombardi hatte dennoch das Gefühl gehabt, dass der Mann sich über ihn lustig machte. Er war damals vierzehn gewesen, Badalamenti kaum zehn Jahre älter.

Als er später als Ministrant für den Petersdom vorgeschlagen wurde, wusste er nicht, dass es auf Badalamentis Betreiben hin geschehen war.

Nach drei Monaten Dienst im Petersdom war Lombardi drauf und dran, alles hinzuschmeißen. Man hatte ihm seine Mutlosigkeit wohl angesehen, denn kurz darauf stand Badalamenti vor seiner Zimmertür und bat ihn mitzukommen.

Mehrere Stunden lang führte er Lombardi durch den Vatikan. Staunend registrierte der junge Ministrant, wie sich Türen öffneten, die bisher verschlossen gewesen waren und die sie in vermeintlich weit entfernte Räume führten, als hätten sie eine Abkürzung durch Raum und Zeit genommen. Badalamenti nahm ihn mit in die Museen und das Geheimarchiv, warf mit ihm einen Blick in die Arbeitsräume des Papstes und tat das mit solcher Leichtigkeit, dass Lombardi sich beruhigte. Und was schließlich den meisten Eindruck machte, war die Herzlichkeit, die Badalamenti und ihm von den Soldaten der Schweizergarde, den vorbeieilenden Beamten und den überall gegenwärtigen Kardinälen entgegengebracht wurde – eine Herzlichkeit, die von Badalamenti ausging, aber ohne Zögern erwidert wurde.

Die Tour endete auf dem Dach der Basilika, nicht am Rundgang der Kuppel, dem höchsten Punkt, der für Touristen zugänglich war, sondern ein Stockwerk höher, auf einem Plateau, das nur durch eine extrem enge Treppe erreichbar war, wo keine Fremden hindurften und alles voller Taubendreck war. Da gestand Badalamenti ihm, dass er sich für seine Aufnahme als Ministrant starkgemacht hatte.

»Habe ich einen Fehler gemacht?«, fragte er.

Lombardi erkannte, dass das seine Chance war, ganz ehrlich zu sein, und vor einigen Stunden hätte er die Frage vielleicht noch bejaht, doch nun zögerte er. »Es ist nur … alles ist so groß. Es erdrückt mich.«

»Du brauchst keine Angst zu haben«, sagte Badalamenti leichthin, »es sind nur Mauern.«

»Es sind heilige Mauern.«

»Mauern können nie wirklich heilig sein. Es geht immer um etwas anderes.«

Und da hatte Lombardi einen damals noch seltenen Anflug von Mut. »Und um was?«, fragte er.

Badalamenti sah ihn verblüfft an. Einen Moment lang war er sprachlos, dann lachte er.

»Es ist ganz einfach. Glaube ist eigentlich wie eine Wette.«

Lombardi verstand nicht, also erklärte es ihm Badalamenti. Glaube handle immer von Dingen, die man nicht wisse. Die Möglichkeit zu irren bestehe immer. Doch als Mensch habe man nichts zu verlieren. Wenn man sich täuscht, stirbt man ohnehin. Aber wenn man recht hat, winkt die ewige Seligkeit. »Kein schlechter Deal, finde ich.«

»Ich bin mir sicher, dass es viele hier gibt, die das nicht so sehen«, gab Lombardi zu bedenken.

»Dann ist es gut, dass uns hier niemand hört!«

Sie hatten gelacht und das Panorama genossen, das ihnen einen Moment lang die Illusion verschaffte, unbesiegbar zu sein.

Lombardi dachte an die Freundschaft, die sich daraus entwickelt hatte – so groß, dass Badalamenti später sogar das Schicksal seines Ziehsohns in seine Hände gelegt hatte, als er Lombardi in ein Kloster nach Frankreich schickte, weil er sich Sorgen machte.

Dass er nach seiner Ministrantenzeit Theologie studiert hatte und vom Heiligen Stuhl zum Weihbischof seiner mittelitalienischen Heimatdiözese ernannt worden war, hatte er zum Großteil

Badalamenti zu verdanken. Sein Freund hatte etwas in ihm gesehen und seine Karriere mit allen ihm zur Verfügung stehenden Mitteln vorangetrieben, wie Lombardi später erfahren hatte.

Ihn überkam Wehmut, wenn er an das Erlebnis auf der Kuppel nachdachte. Er fand, dass es Zeit war, seinem Freund einen Besuch abzustatten. Nicht dass er glaubte, ihn in seiner Wohnung vorzufinden, aber vielleicht konnte er mehr erfahren, bevor die Polizei dort auftauchte.

TURILLI

Kardinal Turilli fühlte sich wie ein Schuljunge, der sich für den bösen Streich eines Mitschülers rechtfertigen musste, als er mit Kardinalstaatssekretär Gnerro durch die vatikanischen Gärten schlenderte. Es war dunkel geworden, und sie bewegten sich von einer Laterne zur nächsten. Die Masten trugen alle das Wappen des Heiligen Stuhls, damit man nie vergaß, wo man sich befand. Gnerros Miene war freundlich, doch das war meist ein schlechtes Zeichen. Obwohl sie im gleichen Alter waren, hatte Turilli seinen Respekt gegenüber der rechten Hand des Papstes nie ablegen können. Dem Heiligen Vater gegenüber war er viel entspannter.

»Ich will nur wissen, was ich Seiner Heiligkeit erzählen soll«, erklärte Gnerro geduldig. »Er verfolgt das Geschehen mit großem Interesse, wie Sie sich vorstellen können. Sie wissen, wir stehen Wissenschaft und speziell der Medizin sehr positiv gegenüber, aber sie geben einen strengen Rahmen vor, in dem das Göttliche immer weniger Raum hat, sich zu entfalten. Wenn wirklich irgendwo ein Wunder geschieht, wird es meist für einen Fehler gehalten.«

Turilli nickte eifrig. »Ich sage auch nicht, dass es kein Wunder ist. Ich will nur sicher sein, womit wir es zu tun haben, bevor der Heilige Stuhl seine Erklärung abgibt.«

Gnerro blieb stehen. »Haben Sie etwa Zweifel an der Kompetenz von Gaisels Team?«

»Nicht im Geringsten, aber ...«

»Aber?«

Turilli spürte, wie er Schritt für Schritt weiter aufs Glatteis geführt wurde. »Ich will nur sicher sein, dass Gaisel alle Informationen hat. Es stimmt doch, dass der Geheilte unauffindbar ist.«

»Aber es gibt wissenschaftliche Befunde. Daten, die ein Wunder eindeutig beweisen, wie man mir erklärt hat.«

»Bei allem Respekt vor Gaisels Amt, aber wie will er das wissen, wenn die Untersuchung noch läuft? Außerdem soll es bei der betreffenden Wohnung eine Schießerei gegeben haben. Ein Polizist wurde getötet.«

Gnerro biss die Zähne zusammen. »Sie sprechen, als würden Sie mehr wissen als ich und Monsignore Gaisel. Klären Sie uns auf? Nebenbei – wo sind eigentlich Ihre beiden Freunde, Signore Badalamenti und dieser Bischof Lombardi?«

Turilli hielt die Luft an. Gnerros Blick verfinsterte sich. Er wartete auf eine Antwort, und Turilli realisierte, dass der Kardinalstaatssekretär nur mit ihm spielte. Er lauerte wie ein Raubtier auf einen Fehler.

»Glauben Sie, ich bin naiv? Auch ich weiß, dass hier etwas nicht stimmt. Aber die Menschen haben sich nun einmal entschieden, an ein Wunder zu glauben. Wir müssen sehr vorsichtig damit umgehen. Wenn keine guten Gründe dagegen sprechen, werden wir das Wunder als solches anerkennen.«

»Es heißt, Gaisel kennt die Identität des Mannes«, begann Turilli.

»Ja, das ist bestätigt«, sagte Gnerro. »Er ist es.«

Turillis Hoffnungen zerschlugen sich. Die Katastrophe nahm immer größere Ausmaße an.

»Wie kommen Sie dazu, auf eigene Faust jemanden dorthin zu schicken?«, brach es aus Gnerro heraus. »Sie müssten doch verstehen, wie sensibel all das ist!«

Deshalb habe ich doch jemanden von meinen Leuten hingeschickt. Weil man das nicht Gaisel allein überlassen kann.

Turilli verkniff sich, es auszusprechen. Gnerro hob den Blick und ließ ihn über den Himmel bis zur Kuppel des Petersdoms wandern, die hier fast auf Augenhöhe vor ihnen thronte. Die Aussicht vom vatikanischen Hügel war hier am schönsten.

»Sie haben drei Stunden«, sagte er schließlich. »So lange können wir unser Statement zurückhalten. Wenn Sie mir bis dahin nicht reinen Wein einschenken, werden wir damit hinausgehen. Der Heilige Stuhl wird erklären, dass an diesem Mann ein Wunder gewirkt wurde. Und wenn im Nachhinein irgendetwas auftaucht, das der Kirche schadet, werde ich Sie allein dafür verantwortlich machen.«

Turilli schluckte. »Danke«, sagte er.

Gnerro entließ ihn mit einem Nicken, und Turilli machte sich eilig davon.

Er hoffte, dass Gaisel sich täuschte, was die Identität des Mannes in der Wohnung anging. Die Sache war so schon kompliziert genug. Insgeheim verfluchte er Lombardi, dass dieser nicht genauer hingesehen hatte.

Turilli kehrte in sein Büro zurück und setzte sich hinter seinen Schreibtisch. Er öffnete die unterste Schreibtischschublade und warf einen Blick zur Tür, bevor er eine Flasche aus der Lade nahm und sich einen großen Schluck genehmigte.

DER GOTTESFÜRCHTIGE

Er erkannte schnell, dass sein Mann recht hatte. Auf einem Tablet mit robustem Gehäuse sahen sie sich an, welcher der Bewegungsmelder angeschlagen hatte. Sie fanden die dortige Tür angelehnt, obwohl sie eigentlich abgeschlossen gewesen war.

»Sofort Bereitschaft herstellen!«, befahl der Gottesfürchtige.

»Aber wir wissen doch gar nicht …«, begann Thor, wagte aber nicht weiterzusprechen. Schließlich nickte er und wandte sich seinen Leuten zu, die erwartungsvoll in Respektabstand dastanden. Er schrie ihnen Befehle zu, und Hektik breitete sich aus. Während die Männer ihren Sprechfunk aktivierten und ihre Waffen kontrollierten, erloschen plötzlich die Deckenlampen.

Einen Moment lang war es totenstill, dann tönten wieder Thors Befehle durch den Raum.

»Weiß jemand, wo zur Hölle der Sicherungskasten ist?«

Taschenlampen gingen an und erzeugten Lichtkegel, die über die Betonwände irrten. Nach und nach schwärmte das Team aus, und es wurde wieder dunkel.

Wir wurden schon wieder entdeckt. Wie ist das möglich?

Das letzte verbliebene Licht näherte sich ihm. Es war Thor.

»Chef, Sie müssen sich verstecken.« Thor hielt einen Schlüssel in der Hand und wollte ihn überreichen.

»Gib mir verdammt noch mal eine Taschenlampe, und dann verschwinde!«, schrie der Gottesfürchtige.

Thor wagte nicht zu widersprechen. An der Stelle, wo das Team gewartet hatte, fand er eine Lampe, die er dem Gottesfürchtigen gab. Dann eilte auch er davon.

Der Gottesfürchtige nahm die Lampe in die eine, die Glock in die andere Hand und machte sich auf, ihm zu folgen. Im nächsten Moment hörte er einen Knall, gefolgt von Geschrei. Das war ein Schuss gewesen, dämmerte ihm. Zwei weitere Schüsse fielen.

Die Wut war auf einmal verschwunden, hatte sich vollständig in lähmende Angst verwandelt. Schon bereute er, Thors Rat nicht angenommen zu haben.

Ich muss zu Pabil.

Doch etwas hielt ihn davon ab, in das Büro zu gehen, in dem sein sterbenskranker Freund lag.

Was, wenn der Angreifer es auf ihn abgesehen hat?

Der Gottesfürchtige kam zum Schluss, dass es vernünftiger war, sich zu verstecken und stillzuhalten. Statt zum Büro mit Pabils Krankenbett zu laufen, wandte er sich in die Gegenrichtung, wo eine hölzerne Stiege in ein Loch im Boden führte. Er erreichte die Treppe und stieg hinab, bis er staubigen Grund erreichte – gerade rechtzeitig, denn Schritte hallten über ihm. Er hockte sich neben der Treppe an die Wand und schaltete die Lampe aus.

Er horchte auf weitere Schüsse, doch es fielen keine. Nur das Getrappel von Schritten war zu hören, verdächtig leise. Waren das seine Leute? Oder jemand anderes?

Mit Bestimmtheit konnte er es nicht sagen, weil er sich hier versteckte wie ein Feigling. Schnell versuchte er, das aufkeimende Schamgefühl niederzuringen, was ihm nur halb gelang.

Es war vernünftig, kein Risiko einzugehen. Er hatte zu viel zu verlieren, anders als seine Soldaten.

Natürlich musste er Pabil beschützen, aber Freundschaft war nicht alles. Hier musste er auf sich selbst achtgeben. Er musste daran arbeiten, solche Gefahren künftig zu vermeiden.

Wieder Schritte, und diesmal näherten sie sich. An der grob behauenen Steinwand gegenüber sah er Licht. Es fiel auf eine Nische im Fels, in der Knochenfunde lagen. Ein Totenkopf war zur Seite gedreht, und im Flackern des Lichtes sah es kurz so aus, als würde er sich bewegen.

Der Gottesfürchtige hielt den Atem an. Sein Herz schlug so heftig, dass er die absurde Angst hatte, man könnte es hören. Die Schritte waren unmittelbar über ihm verstummt.

Wenn er herunterkommt, bin ich verloren.

Alles war umsonst gewesen. All die Opfer, die er gebracht hatte, die Sünden, die er begangen hatte, Gott wendete sich gegen ihn. Es war vermutlich gerecht.

Als sein Zwerchfell begann, in regelmäßigen Abständen zu zucken, stieß die Person oben einen erstickten Fluch aus und wandte sich ab. Da realisierte er, dass es sich um Thor handelte.

Er wartete noch einige Sekunden, bis er seinen Mann außer Hörweite glaubte, dann holte er so tief Luft, dass ihm schwindlig wurde. Der Geruch aus der Gruft erschien ihm so frisch wie Alpenluft.

Ich lebe.

Eilig richtete er sich auf und klopfte den Staub von seiner Kleidung. Dann schlich er die Treppe hinauf, bis er die Halle überblicken konnte. Hier versammelte Thor gerade sein Team. Die Lichtkegel der Lampen tanzten zwischen menschlichen Silhouetten umher. Dem Gemurmel nach zu urteilen schien der Angriff vorbei zu sein.

Der Gottesfürchtige trat durch die Tür, und in diesem Moment ging das Licht an.

Alle Augen waren auf ihn gerichtet. Er fühlte sich ertappt.

»Chef?«, fragte Thor.

Der Gottesfürchtige sah, dass seine Hose immer noch staubig war. Er widerstand der Versuchung, sie abzuwischen.

»Wo waren Sie?«, fragte Thor.

Einen Moment lang wusste er nicht, was er sagen sollte, dann kehrte die Wut zurück.

»Ich habe den Angreifer verfolgt. Wo wart ihr?«, polterte er. »Habt ihr ihn erwischt?«

Thor senkte betreten den Blick.

»Sag bloß, er ist euch entkommen. Und wer hat überhaupt geschossen?«

Alle sahen einen von Thors Leuten an, der zögerlich die Hand hob.

Es stellte sich heraus, dass der Mann einen Schatten gesehen und dann die Schüsse abgegeben hatte, doch sie hatten keine Blutspuren gefunden, keinen Hinweis, dass er jemanden getroffen hatte.

Der Gottesfürchtige spürte neuen Zorn aufwallen. »Wisst ihr, was das heißt? Jemand wird die Polizei rufen, sie werden uns hier finden! Wir müssen Pabil erneut verlegen!«

Thor wollte etwas sagen, verkniff es sich aber gerade noch.

Der Gottesfürchtige deutete auf die Leiche des Krankenpflegers, die immer noch angebunden auf dem Stuhl saß. »Was ist? Räumt den da weg! Und packt eure Sachen!«

Das Einsatzteam setzte sich in Bewegung.

Sie waren schon wieder entdeckt worden. Dabei hatte er Thor befohlen, einen Umweg durch die Stadt zu nehmen und zwei rote Ampeln zu überfahren, um etwaige Verfolger abzuschütteln. Jemand musste in der Lage sein, ihre Telefone zu peilen, eine andere Erklärung gab es nicht. Sie mussten alle Geräte austauschen.

Er spielte mit der Uhr in seiner Tasche, als ein Schrei ihn aus seinen Gedanken riss. Er war vom Büro gekommen, und nun strömten alle Männer dorthin.

»Was ist jetzt schon wieder?«, wollte der Gottesfürchtige wissen.

Dann sah auch er es. Das Schloss des Büros war aufgebrochen.

Er rannte hin, rempelte zwei Männer zur Seite und betrat das Büro. Als er das leere Bett sah, überkam ihn als Erstes Erleichterung.

Zum Glück war ich nicht hier.

Doch er verstand sofort, dass dies Pabils Todesurteil war. Nach dem zweiten Intensivtransport innerhalb weniger Stunden war sein Zustand sehr schlecht gewesen. Sein Leben hatte am seidenen Faden gehangen. Der Beatmungsschlauch war grob mit einem Messer durchtrennt worden, und an der Infusionsnadel klebte noch Blut.

Eine Träne sammelte sich in seinem Augenwinkel, doch er riss sich zusammen. Er wollte Thor und seinen Leuten auf keinen Fall zeigen, was er fühlte.

Er konnte sich nicht erklären, wie der Angreifer es zuwege gebracht hatte, aber das Bett war leer, Pabil war fort.

»Wir müssen los«, sagte er nur. »Die Schüsse waren überall zu hören. Es kann nicht lange dauern, bis jemand kommt, um nachzusehen.«

»Da ist noch etwas, Chef«, sagte Thor hinter ihm. »Der Gefangene. Dieser Badalamenti.«

»Was ist mit ihm?«

»Seine Tür wurde ebenfalls aufgebrochen. Er ist verschwunden.«

Der Gottesfürchtige sah ihn fassungslos an. Einige Sekunden stand er reglos da, dann zog er seine Waffe und richtete sie auf Thor, dessen auftrainierte Muskeln sich sichtbar verkrampften. Einen Moment lang genoss der Gottesfürchtige seinen eingeschüchterten Blick.

Angst ist etwas Schreckliches, nicht wahr? Wie frei man doch ist, wenn man sie überwindet.

Dann richtete er die Waffe auf den Mann, der zugegeben hatte, die Schüsse abgegeben zu haben, und drückte ab.

LOMBARDI

Das Penthouse Badalamentis beeindruckte ihn jedes Mal aufs Neue, wobei nie ganz klar war, was den größeren Eindruck machte: die Geräumigkeit der Wohnung oder der sonderbare Stil. Die Einrichtung stammte aus den Achtzigern und machte großzügig Gebrauch von Mahagoni und braun getöntem Glas. Dazu kamen schwere Vorhänge und Teppichböden.

Dass er überhaupt die gepanzerte Tür überwunden hatte, verdankte er Badalamentis Nachbarin, die ihn vom Sehen kannte und einen Schlüssel hatte.

Als er das Türschloss betrachtete, musste er daran denken, dass er sehr wohl jemanden kannte, dem er zutraute, eine solche Tür ohne Schlüssel zu öffnen. Leider hatte Turilli ihm verboten, sie hinzuzuziehen. Eine Schande.

Er schob den Gedanken beiseite und wandte sich der Wohnung zu, ohne zu wissen, wonach er eigentlich suchte.

Er hatte das Licht im Vorraum eingeschaltet, der Rest der Wohnung lag im Dunkeln. In Schuhen tapste er in Richtung des

Wohnzimmers. Sein Blick fiel sofort auf das Regal mit den Automodellen, und er musste schmunzeln. Die Modelle waren im Maßstab eins zu vierundzwanzig gefertigt, und manche stammten noch aus seiner Kindheit. Das Glanzstück war ein silberner Bugatti Atlantic. Es war ein Jugendtraum Badalamentis gewesen, einmal ein solches Auto zu besitzen. Dieser Traum war ein Grund, warum Badalamenti als Unternehmer so erfolgreich geworden war, aber den Bugatti besaß er immer noch nicht. Dieses Auto konnte selbst er sich nicht leisten.

An den Wänden zeigte sich dann ein anderes Bild. Kopien von Gemälden alter Meister zierten den Raum, bedrückend mit ihrem dunklen Hintergrund, dem *Chiaroscuro*, von dem Badalamenti oft gesprochen hatte. Die Heiligen starrten aus dem Halbdunkel anklagend auf ihn herab, und er musste den Blick abwenden.

Priester wie er waren seit dem letzten Konzil dazu angehalten, die Bibel als Erlösungsgeschichte zu erzählen, doch wer hier in Rom in die Hinterzimmer blickte, konnte eine andere, dunklere Seite kennenlernen – eine Version des Christentums, in der nicht jeder gerettet wurde, sondern allein jene, die *guten Willens* waren, wie es im griechischen Original der Bibel geschrieben stand. Die Androhung von Hölle und Fegefeuer wurde in den Pfarreien der Welt selten in ihrer vollen Tragweite diskutiert, fand Lombardi. Sie waren Andenken an eine ältere Kirche, die sich von finsteren Mächten bedroht fühlte und in ihren Mitteln nicht zimperlich war.

Badalamenti hatte ihn in dieser Hinsicht immer fasziniert. Er hatte sich in seinem Glauben eine Leichtigkeit bewahrt, die Lombardi seinerzeit in Afrika verloren und seither nicht wiedergefunden hatte. Nun, in der Wohnung seines Freundes, deutete sich etwas an, das er bisher übersehen hatte: Das, was ihn an Badalamenti so beeindruckt hatte, war im Prinzip ein Widerspruch. Die kindliche Unbeschwertheit, die aus diesen Modellautos und größeren Spielzeugen wie dem Maserati sprach, und die religiöse

Wucht dieser Gemälde ließen sich nicht vereinbaren. Badalamenti war zu intelligent, um diesen Widerspruch nicht gesehen zu haben.

Je länger Lombardi darüber nachdachte, desto mehr kam er zum Schluss, dass es auf diese Frage keine Antwort gab. Im Leben seines besten Freundes existierten Versatzstücke, die nicht zueinander passten.

Lombardi wandte sich von den Gemälden ab und ging in die Küche. Hier schien alles aufgeräumt. Badalamenti lebte seit einigen Jahren allein und hatte jemanden, der jede Woche sauber machte.

Such nach etwas, das nicht hierher gehört.

Als Lombardi den Geschirrspüler öffnete, kam ihm der Geruch von verdorbenen Essensresten entgegen. Unter der Spüle fand er den Mülleimer, der bis auf etwas Packpapier leer war. Lombardi zog das Papier heraus und suchte nach einem Absender, denn es gehörte offensichtlich zu einer Postsendung. Doch obwohl kein Stück zu fehlen schien, war der Absender nirgends zu finden.

Etwas war hier seltsam.

Alessandro hat ein Päckchen bekommen.

Lombardi begann, die Wohnung zu durchsuchen, und als er sich gerade der Wäsche seines Freundes zuwenden wollte, fand er, was er gesucht hatte. Zwischen den Automodellen, unmittelbar neben dem Bugatti, stand eine Schachtel aus Holz.

Im selben Moment hörte er jemanden vor der Eingangstür. Das Geräusch der Klingel ließ ihn zusammenzucken.

WÄHRENDDESSEN, NICHT WEIT DAVON ENTFERNT

Auf dem Petersplatz näherten sich zwei Arbeiter mit Helmen dem Obelisken, der wegen Renovierungsarbeiten seit Wochen von einem Gerüst eingehüllt war. Die aus dem antiken Alexandria stammende Säule, anderthalb Jahrtausende älter als der Petersdom, die schon lange vor seiner Errichtung im Vatikan gestanden hatte, bestand zwar aus widerstandsfähigem Granit und war nicht wie die meisten anderen Obelisken in Rom oder sein bekanntes Gegenstück am Place de la Concorde in Paris mit feinen Hieroglyphen geschmückt, doch die Abgase des römischen Stadtverkehrs machten auch diesem Relikt zu schaffen, und der Vatikanstaat kümmerte sich um das heidnische Symbol mit derselben Hingabe wie um die Werke der christlichen Meister.

Deshalb wunderten sich die Polizisten, die den Platz bewachten, auch nicht über die beiden Arbeiter, die zu dieser späten Stunde noch hier zu tun hatten und einen sichtlich schweren Rollwagen hinter sich herzogen. Sie hatten ihre Ausweise vorgezeigt und gehörten offensichtlich zu der Baufirma, die ihr Logo ungeniert auf die Abdeckung des Gerüsts gedruckt hatte. Je schneller das Gerüst wieder abgebaut werden konnte, desto besser.

Die beiden kletterten, mit Stirnlampen auf ihren Helmen, unter der Plane das Gerüst hoch. Ab und zu hörten die Beamten Werkzeuge, die gegen die Metallstäbe des Gerüsts schlugen, einmal wurde die Ratsche eines Spanngurts angezogen, und ein anderes Mal klang es, als würde jemand eine Sprühdose bedienen.

»Die werden doch nicht ein Graffito auf den Obelisken sprühen?«, fragte der eine Polizist.

»Forza, AS Roma«, sagte der andere. Sie lachten.

Auch als sie kurz glaubten, den Geruch von Benzin wahrzunehmen, wunderten sie sich nicht. Die Duftwolke schien von der Straße gekommen zu sein und war so schnell verschwunden, wie sie gekommen war.

Erst als ihnen eine ungewöhnliche Ruhe auffiel und der Rollwagen plötzlich weg war, fragten sie sich, wohin die beiden verschwunden waren, doch keiner von beiden hatte groß Lust, den Posten unter den Kolonnaden zu verlassen und nachzusehen.

LOMBARDI

Badalamentis Penthouse verfügte über eine Dachterrasse, die Platz für eine Sitzgarnitur, einen Elektrogrill und eine Palme bot. Einige Häuserblöcke weiter konnte man die beleuchtete Kuppel des Petersdoms sehen.

Lombardi kauerte hinter dem Tontopf der Palme, während Polizeibeamte die Wohnung durchsuchten.

Das Klingeln an der Tür hatte er ignoriert, doch dann war ihm aufgefallen, dass man das Licht im Vorraum durch den Türspion sehen konnte. Bald hatte es an der Tür gehämmert, und jemand hatte sich lautstark als Polizist zu erkennen gegeben. Lombardi hatte keine andere Möglichkeit gesehen, als auf die Terrasse zu fliehen. Kurz darauf war die Tür aufgebrochen worden.

Nun hockte er in der Dunkelheit, mit Schmerzen in Knie und Hüfte, wie ein gejagtes Tier. Dabei hatte er nichts Falsches getan, im Gegenteil. Wie hatte es so weit kommen können?

Er wusste, dass seine Chancen, unentdeckt zu bleiben, äußerst gering waren. Bald würde jemandem auffallen, dass die Tür zur Terrasse nur zugezogen und nicht verriegelt war. Dann würde man ihn finden. Wäre es nicht klüger, sich einfach zu stellen? Wenn er einfach erzählte, was vorgefallen war, hatte er nichts zu befürchten.

Oder doch?

Er musste daran denken, wie Turilli reagiert hatte. Der Kardinal hatte verhindern wollen, dass Lombardi von der römischen Polizei befragt wurde. Gab es dafür einen besonderen Grund? Und noch etwas beschäftigte Lombardi: Er selbst wusste, dass er unschuldig war, aber konnte er das mit Sicherheit auch über Badalamenti sagen? Er hatte mehr denn je das Gefühl, dass sein Freund etwas verbarg.

Lombardi blieb, wo er war, und lauschte nur angestrengt, ob er etwas von dem verstehen konnte, was die Polizisten sprachen.

Gerade unterhielten sie sich über den Luxus, in dem Badalamenti lebte.

»Ich sollte auch für den Papst arbeiten«, sagte ein Mann.

»Die schöne Wohnung wird ihm nicht viel bringen, wenn er erst einmal in U-Haft sitzt«, antwortete eine Frau.

»Glaubst du, wir kriegen ihn?«

»Sieh dich um – sieht das nach ehrlicher Arbeit aus? Der Kerl hat Dreck am Stecken. Und er war am Tatort. Das ist unser Mann.«

»Und dieser Priester?«

»Bischof!«

»Was hat er damit zu tun?«

»Das werden wir bald wissen. Es ist nur eine Frage Zeit, bis wir ihn über sein Handy orten können.«

Die Stimmen wurden leiser. Sie bewegten sich vom Wohnzimmer weg. Lombardi tastete nach dem Telefon in seiner Tasche, fingerte das Gerät heraus und betätigte schnell den Ausschaltknopf.

Er hatte keine Gelegenheit, länger darüber nachzudenken, denn nachdem es einige Sekunden verdächtig still gewesen war, trat jemand an die Terrassentür und warf einen Schatten auf die Bodenfliesen.

»Komm einmal her«, sagte die Frau.

Der Mann antwortete nicht, und Lombardi wusste, dass das ein schlechtes Zeichen war. Sie wussten, dass er hier war. Er hatte nur noch Sekunden, bevor sie ihn entdeckten. Es war besser, sich gleich zu erkennen zu geben.

Der Kerl hat Dreck am Stecken …

Lombardi entschied blitzschnell. Er stand auf und stieg über das Geländer hinter der Palme auf das angrenzende Dach. Vorhin hatte er undeutlich erkennen können, dass es einige Grad geneigt war, mit Mönch-und-Nonne-Ziegeln gedeckt war und nach anderthalb Metern steil in die Dunkelheit abfiel.

Als er das Dach mit seinem Gewicht belastete, brach einer der Ziegel mit einem lauten Knacken, und er verlor das Gleichgewicht.

Als er glaubte, in den Abgrund zu stürzen, griff seine Hand wie von selbst nach dem Geländer und klammerte sich unbeirrt fest, auch als sein Körper nach hinten rotierte.

Mit weichen Knien stand er auf dem brüchigen Dach, beide Hände nun am Geländer, und wartete darauf, dass die Polizisten ihn aus seiner misslichen Lage befreien würden. Eine polizeiliche Vernehmung in einer römischen Wache schien ihm gar keine so schreckliche Vorstellung mehr zu sein.

Doch während er wartete, dass die Tür zur Terrasse sich öffnete, hörte er plötzlich von drinnen ein unterdrücktes Fluchen.

»Im Ernst? Was will er dort?«

Getrampel drang aus dem Wohnzimmer, wieder war da ein Schatten. Lombardi hörte, wie die Terrassentür verriegelt wurde, dann zogen die Polizeibeamten ab und ließen ihn zurück.

Lombardi war so verwundert, dass er einen Moment auf dem Dach stehen blieb, bevor er mühsam über das Geländer zurück auf die Terrasse kletterte. Er wankte zur Hauswand, wo er zitternd niedersank. Nun erst entfaltete der Schock seine Wirkung. Doch als Lombardi so dasaß und noch einmal rekapitulierte, was er da gerade gehört hatte, verstand er, dass er keine Zeit verlieren durfte.

Er wusste, von wem sie gesprochen hatten. Der Name war undeutlich gewesen, aber er hatte ihn trotzdem verstanden. Euphorie erfasste Lombardi, als er genauer darüber nachdachte.

Badalamenti war offenbar am Petersplatz gesehen worden. Das musste bedeuten, dass er entkommen war.

SEVERIN GAISEL

Als Gaisel auf die Traube an Journalisten zutrat, die sich unter den Kolonnaden zur Rechten des Petersplatzes versammelt hatten, war ihm mulmig zumute. Zu dem bestellten Team des Staatsfernsehens hatten sich Printjournalisten gesellt. Er hatte nicht zum ersten Mal mit diesen Leuten zu tun. Sie nannten ihn arrogant und eingebildet. Es stimmte: Er hielt sich für klug, aber ob andere das auch so sahen, war ihm einerlei. Woran er nicht das geringste Interesse hatte, war Öffentlichkeit. Und doch fiel ihm nun die Aufgabe zu, ein Statement für die Presse abzugeben.

»Halte dich kurz«, hatte Kardinalstaatssekretär Gnerro befohlen.

Gaisel hatte sich darauf gefreut, allen von dem Wunder zu berichten, doch nun wiederum irritierte ihn, dass alles so schnell gehen sollte. Und er hätte es vorgezogen, wenn die Presseabteilung des Heiligen Stuhls den Job erledigt hätte, in den dafür vorgesehenen Räumlichkeiten. Doch Gnerro war unerbittlich gewesen.

»Es ist deine Einschätzung. Deine und die deiner Experten. Wir vertrauen dir ganz. Im Normalfall hätten wir das gern länger vorbereitet, aber die Zeit drängt. Wir müssen die Themenführerschaft an uns reißen.«

Dieses Wort hatte Gaisel noch nie gehört, doch er hatte nicht nachgefragt. Nun stand er vor den Journalisten, und Scheinwerfer blendeten ihn.

Du kannst das. Stell dir vor, es ist eine Predigt.

Als er erst einmal zu sprechen begann, kam auch die Selbstsicherheit zurück.

Ärgerlich war nur, dass er die Identität des Geheilten nicht preisgeben durfte. Gnerro hatte es ihm verboten.

LOMBARDI

Er sah die Menschentraube von Weitem, und als er näher kam, hörte er auch Gaisels Stimme. Heute klang er ungewöhnlich zurückhaltend.

»Die Untersuchungen dauern an. Aber ich kann Ihnen bestätigen, dass wir die Möglichkeit eines Wunders nicht, ich wiederhole, nicht ausschließen.«

Lombardi hatte einige Minuten gewartet, bis er sicher war, dass die Polizei weg war. Dann hatte er versucht, wieder in die Wohnung zu gelangen. Ihm war nichts anderes übrig geblieben, als mithilfe eines Stuhls die Scheibe der Terrassentür einzuschlagen. Bevor er ging, warf er noch einen Blick auf das Regal mit den Modellautos, und tatsächlich war die Holzschachtel noch da. Nach kurzem Zögern nahm er sie an sich und öffnete die Wohnungstür, wobei er zwei Polizeisiegel zerriss, die die beiden Beamten auf der Außenseite angebracht hatten.

Nun war er hier und sah sich plötzlich Severin Gaisel gegenüber, der vor einer immer weiter wachsenden Menschentraube ein Pressestatement abgab.

Was macht Gaisel da?

Er dachte daran, was Turilli gesagt hatte. Das, was der Kardinal hatte verhindern wollen, nahm nun seinen Lauf. Lombardi sah ein, dass er nichts daran ändern konnte. Er hatte drängendere Sorgen.

Die Polizisten hatten davon gesprochen, dass jemand Badalamenti auf dem Petersplatz gesehen hatte. Lombardi sah sich um, ob er in der Menge das Gesicht seines Freundes entdeckte. Währenddessen wurde Gaisels Stimme lauter.

»Wunder sind ein ganz normaler Teil des christlichen Lebens. Uns ist bewusst, dass in der heutigen Zeit der Gedanke an wissenschaftlich nicht erklärbare Phänomene radikal anmutet, doch ich versichere Ihnen, dass das nicht der Fall ist. Wichtig ist, Fälle wie diesen mit der nötigen Sorgfalt zu behandeln. Nicht alles, was wie ein Wunder aussieht, ist auch eines. Deshalb bitte ich Sie, uns die Zeit zu lassen, dass wir diesen Fall genau prüfen. Eines kann ich Ihnen aber bereits verraten: Unsere Untersuchungen deuten darauf hin, dass ein Ereignis stattgefunden hat, wie es seit der Zeit der Heiligen Schrift nicht mehr zu beobachten war. Es handelt sich um eine Verjüngung im biologischen Sinne, die sich bisher allen wissenschaftlichen Erklärungsversuchen widersetzt.«

Erste Zwischenrufe erklangen. Die Journalisten wollten Details. Wo war der Geheilte jetzt? Und was war dran an dem Gerücht eines toten Polizeibeamten in der Nähe der Wohnung des Gesegneten?

Lombardi hielt den Kopf gesenkt und verfluchte die Priestertracht, die er immer noch trug. Nirgends war Badalamenti zu sehen. Stattdessen entdeckte er in einiger Entfernung einen Mann und eine Frau, die sich mit zwei Polizisten in Uniform unterhielten. Er vermutete, dass es die beiden Zivilbeamten waren, die Badalamentis Wohnung untersucht hatten. Lombardi trat schnell ein paar Schritte zurück und umrundete die Gruppe, bis er keinen direkten Sichtkontakt mehr hatte.

»Wenn Sie mich nach meiner persönlichen Meinung fragen, dann sage ich Ihnen nur, dass ich ein Mann des Glaubens bin. Der Glaube ist bei mir immer stärker als der Zweifel, und auch wenn ich meines Amtes wegen das Ergebnis der Untersuchung abwarten muss, sagt mein Herz mir, dass das Wunder echt ist. An diesem Mann wurde ein Werk Gottes vollbracht. Schreiben Sie das, wenn Sie wollen. Die Pressekonferenz ist hiermit beendet.«

Gaisel wollte gehen, doch die Meute ließ nicht locker und folgte ihm über den Platz.

»Herr Gaisel, stimmt es, dass es sich bei dem Mann um einen Priester handelt?«

»Herr Gaisel, wo hält er sich im Moment auf?«

Als sich die Menge weiterbewegte, stellte Lombardi fest, dass die Polizisten verschwunden waren. Er konnte sie nirgends mehr sehen.

Das war nicht gut.

Gaisel drehte sich um. Er schien kurz zu überlegen, dann sprach er mit lauter Stimme, als müsste er einen Kirchenraum mit seinen Worten füllen.

»Sie haben richtig gehört. Wie Sie wissen, wirkt Gott Wunder an besonderen Menschen, an Heiligen. Auch dieser Mann ist außergewöhnlich.«

»Wer ist es?«, rief jemand.

Gaisel sah die Journalistin, die das gerufen hatte, mit sichtbarer Geringschätzung an. »Es handelt sich um einen der verdientesten Mitstreiter, den die Kirche je besaß: Monsignore Pabil Visconte.«

Lombardi erschrak, als er den Namen hörte, doch er hatte keine Zeit, sich damit zu beschäftigen, denn er entdeckte die Polizisten hinter sich, die geradewegs auf ihn zuhielten. Es konnte nur noch Augenblicke dauern, bis sie ihn entdeckten, und er wollte schon loslaufen, als ein metallisches Quietschen erklang.

Sofort verstummten die Journalisten und sahen sich erstaunt um.

Ein weiteres unangenehm hohes Geräusch war zu hören, wie ein Messer, das über einen Teller gezogen wird. Dann war da ein Krachen.

»Das Gerüst!«, rief jemand, und alle drehten sich zu dem verhüllten Obelisken.

Auch die beiden Polizisten waren nun abgelenkt, und Lombardi machte ein paar Schritte auf die Kolonnaden zu, wo er sich verstecken konnte.

Das Gerüst wankte und sank an einer Seite ruckartig ein. Einige Sekunden schien es unentschlossen, dann neigte es sich langsam, mit einem lang gezogenen Kreischen, bevor es mit ohrenbetäubendem Krachen in sich zusammenfiel.

Lombardi hatte die Kolonnaden gerade erreicht, als Geschrei aufkam. Er drehte sich um und versuchte zu erkennen, was die Leute so aufregte. Dann sah er es: Der Obelisk in der Mitte des Petersplatzes sah anders aus als sonst. Es war, als hätte jemand der heidnischen Stele ein christliches Symbol umgehängt – eine lebensgroße Darstellung des Gekreuzigten. Doch was auf halber Höhe am Obelisken hing, war keine Darstellung. Es war ein Mensch, der in ein weißes Tuch gehüllt war.

Lombardi hatte eine schreckliche Vorahnung.

Bitte nicht.

Er ließ alle Vorsicht fahren und rannte auf den Obelisken zu, stieß Menschen beiseite, um die Person genauer sehen zu können. Obwohl es dunkel war, konnte er erkennen, dass sie mit Spanngurten fixiert war. Sie trug ein weißes Gewand voller Blutflecken, das wie ein Krankenhaushemd aussah. Das Gesicht war sehr bleich und gehörte nicht seinem Freund Badalamenti. Der arme Kerl da oben am Obelisken war älter.

Erleichterung durchflutete Lombardi, bevor das Offensichtliche zu ihm durchdrang. Einen Moment wunderte er sich darüber, wie schwerfällig sein Denken war und warum er nicht sofort erkannt hatte, wer da an den Obelisken gebunden war. Die Verwunderung hielt nicht an, sondern verwandelte sich in Grausen. Es handelte sich um den Mann aus der Wohnung, offenbar jener Pabil Visconte, von dem Gaisel gerade gesprochen hatte. Irgendwo glaubte er diesen Namen schon einmal gehört zu haben, damals, als er noch Ministrant gewesen war.

Alle Umstehenden waren wie erstarrt, gebannt von dem grotesken Anblick. Niemand schien es für wert zu befinden, ihm zu helfen. Wie lange konnte er derart fixiert dort oben überleben? Wenn er überhaupt noch am Leben war. Lombardi fluchte innerlich, dann rannte er auf die Säule zu, nicht ohne sich der Hoffnungslosigkeit seines Unterfangens bewusst zu sein. Pabils Körper hing in mehreren Metern Höhe. Das Gerüst war komplett eingestürzt, und es gab keine Möglichkeit, zu ihm zu gelangen.

Als Lombardi den Obelisken erreicht hatte, fiel ihm ein seltsamer, scharfer Geruch auf. Ein Geruch, der ihn schwindlig machte. Eine warnende Stimme machte sich in seinem Kopf bemerkbar.

Weg von hier.

Im nächsten Moment sah er das Licht einer kleinen Flamme unmittelbar vor sich, dann explodierte Helligkeit um ihn herum.

Lombardi wurde nach hinten geschleudert und schlug hart

auf dem Pflaster auf. Er war kurz benommen, doch dann hob er den Kopf und sah, wie Flammen den Obelisken emporzüngelten. Sie waren drauf und dran, den fixierten Körper zu erreichen. Die Menge ließ ein Raunen vernehmen, das auch ein Jubelgeschrei hätte sein können.

Jemand fasste Lombardi am Arm und zog ihn weg.

»Nicht«, murmelte er. »Wir müssen ihm helfen!«

Doch da hatten die Flammen den Körper bereits erreicht, und die Kleidung des Mannes fing Feuer. Einen Moment lang erstrahlte das bleiche Gesicht in dem Feuerschein, und es wurde deutlich, dass der Mann nicht mehr am Leben war. Dann verzehrte das Feuer die Haut.

Und noch etwas erhellten die Flammen, als sie höher und höher schlugen.

Über Pabil Viscontes Körper hatte jemand riesengroß die Ziffer 8 auf den Granit gesprayt.

AMIRPOUR

Das Wasser war herrlich. Amirpour spürte es mit allen Sinnen – die Wärme, der leichte Schwefelgeruch, die von anderen Badenden verursachten Wellen, die ihre Haut kitzelten. Sie saß an einer natürlichen, weißen Steinkante und hatte die Arme nach links und rechts weggestreckt.

Amirpour hatte sich vorgenommen, Wanks Seitenhiebe nicht zu ernst zu nehmen. Kurz hatte sie mit dem Gedanken gespielt, wie angekündigt ein Bad im Polarmeer zu nehmen, doch dann war ihr eine andere Idee gekommen.

In unmittelbarer Nähe von Reykjavik gab es ein natürliches Thermalbad. Die ganze Insel war im Wesentlichen ein aktiver Vulkan, überall brodelte und rauchte es, und immer wieder traf hier vulkanische Aktivität auf Gletschereis, was entweder wunderbare Naturschauspiele oder schreckliche Flutkatastrophen auslöste – in diesem Fall Ersteres. Der Vulkanismus sorgte außerdem für Geysire und heiße Quellen. Das warme Wasser, das hier aufstieg, wurde einem Geothermiekraftwerk zugeführt und versorgte die ganze Stadt mit Energie. Nebenbei blieb noch genug übrig, um in natürlichen Steinbassins unter freiem Himmel zu baden.

Nach der Transkription von Meyers Interview hatte sie noch einmal versucht, ihren Redakteur zu erreichen. Es war ihr nicht gelungen, also hatte sie beschlossen, einen Abstecher zum *Vesturhöfn* zu machen. Dort lagen die isländischen Walfangschiffe vertäut, und mit viel Fantasie konnte es sich bei dem Umriss auf dem Foto tatsächlich um ein solches Schiff handeln.

Mysteriös war die Sache schon. Sollte sie Meyer nachlaufen? Er war offensichtlich darauf aus, die Sache zu Geld zu machen, und das konnte sie nun wirklich nicht gebrauchen.

Amirpour ließ ihre Gedanken kreisen.

Mit einer Sache hat Wank recht. Ich muss mehr solche Dinge tun. Ich muss spontaner sein.

Ein guter Vorsatz, stellte sie fest. Nur weil sie Physikerin war, hieß das nicht, dass sie keinen Spaß haben konnte. Sie bemerkte, dass ein Mann sie ansah. Er musste um die dreißig sein und hatte langes blondes Haar, das ein wenig wild war, als würde er viel Zeit im Freien verbringen. Als sie seinen Blick erwiderte, schwamm er zu ihr her und setzte sich neben sie, sodass sie ihren Arm einziehen musste.

»Ein herrlicher Ort, nicht wahr?«, sagte er mit starkem skandinavischen Akzent.

»Können Sie laut sagen.«

»Zum ersten Mal hier?«

Amirpour musterte ihn unauffällig. Seine Frage wirkte unverbindlich, nicht wie eine Anmache. Nur Small Talk. Dagegen war nichts einzuwenden, fand sie.

»Zum ersten Mal auf Island. Ich bin beruflich hier.«

»Wegen des Vulkans.«

»So ähnlich. Es ist schön, ich sollte öfter herkommen. Sind Sie von hier?«

»Aus der Stadt. Einer der glücklichen Hundertdreißigtausend. Angeblich gehören wir zu den zufriedensten Menschen der Welt.«

»Mir wäre es zu teuer.«

»Da lässt sich Abhilfe schaffen.«

Amirpour wandte sich ihm zu. »Ach ja?«

»Ich könnte Sie auf etwas zu trinken einladen. In der Stadt. Es gibt dort eine Bar, die Sie unbedingt kennenlernen müssen.«

Amirpour musste über seine Dreistigkeit lachen. Dabei wirkte er gar nicht dreist, nur offen, und sie hatte bereits von der skandinavischen Offenherzigkeit gehört. Eigentlich waren die Südländer für ihre Leidenschaft bekannt, aber mehr Sex hatten eindeutig die Leute im Norden. Die Polarwinter in Island waren lang, da vertrieb man sich die Zeit mit freier Liebe.

Für Amirpour war das heute zu viel des Guten, auch wenn der Typ nett schien und sie sicher war, sich nach ein, zwei Getränken verabschieden zu können, ohne ihn zu beleidigen.

»Ein andermal vielleicht«, sagte sie. »Danke für die Einladung.«

»Wie Sie meinen«, sagte er. »Eine gute Zeit noch in Reykjavik!« Er schloss die Augen und ließ mit einem genüsslichen Lächeln den Kopf nach hinten sinken. Für ihn war die Sache erledigt. Amirpour fühlte sich plötzlich, als hätte man ihr etwas weggenommen.

»Noch etwas«, begann sie, und der Kerl schlug die Augen wieder auf. »Da nebenan gibt es ein Gebäude mit Stacheldraht drumherum. Wissen Sie, worum es sich dabei handelt?«

Er wiegte den Kopf. »Das gehört zu irgendeinem amerikanischen Biotechnologiekonzern.«

»Wissen Sie auch, welcher?«

»Leider nein. Irgendwas Medizinisches. Gehört einem Milliardär, eines seiner Hobbys. Verschlingt angeblich Millionen.«

»Gehört Walfang auch zu seinen Hobbys?«

Sein irritierter Blick war Antwort genug.

»Danke«, sagte sie, und er schloss die Augen wieder.

Als sie sich wenig später umzog und ihr Handy einschaltete, hatte sie noch keinen Rückruf von ihrem Redakteur Paul bekommen. Sie suchte im Internet nach Biotechnologieunternehmen auf Island und fand tatsächlich eines, das ein ungewöhnliches Logo hatte, welches an ein Möbiusband erinnerte – wie das Unendlichkeitszeichen. Als sie gerade überlegte, was sie Paul schreiben sollte, erhielt sie eine E-Mail von einem alten Freund. Im Anhang der Nachricht befanden sich eine Menge Dateien. Was er schrieb, klang einigermaßen verwirrend, aber als sie die Seite einer internationalen Nachrichtenagentur aufrief und sah, was sich derzeit in Rom abspielte, kehrte sie schnell zum Hotel zurück, packte eilig ihre Sachen und machte sich auf den Weg zum Flughafen.

Biotechnologieunternehmen vervierfacht Wert – Börsenaufsicht ermittelt

Wall Street, New York. Das börsennotierte Unternehmen Aetheromed mit Sitz im Silicon Valley verzeichnete über Nacht eine sprunghafte Wertsteigerung. Die Aktie stieg zwischenzeitlich um das Vierfache auf einen neuen Höchstwert von 364 Dollar, bevor sie sich auf hohem Niveau stabilisierte. Warum die Anleger plötzlich auf die Werte des Biotechnologiekonzerns setzen, der experimentelle medizinische Behandlungsmethoden entwickelt und seit Jahren Verluste schreibt, ist ein Rätsel. Die Börsenaufsicht untersucht den Vorwurf des Insiderhandels. CEO Dan Leistner kündigt dazu eine Erklärung an. Gerüchte zu neuen Entdeckungen in einem Forschungslabor in Island wollte das Unternehmen bislang weder bestätigen noch dementieren.

(red)

TEIL 2

Wer ist der Tote auf dem Obelisken? Eine Spurensuche

Rom. Wer ist Pabil Visconte? Diese Frage stellten sich in den letzten Stunden viele Menschen, als die Identität des Mannes auf dem Obelisken von der Polizei bestätigt wurde. Pabil Visconte war Immobilienmakler in Rom, bevor er die Priesterweihe empfing und in die Verwaltung des Kirchenstaates wechselte. Dort arbeitete er eine Zeit lang in der Vatikanbank, bevor er zur Akademie für Archäologie wechselte. Die Presse mied er, aber Menschen, die ihn kannten, beschreiben ihn als bescheidenen und korrekten Mann. Visconte, der dem konservativen, romtreuen Flügel des Vatikans zugerechnet wird, wurden einige Zeit Chancen auf höhere Weihen nachgesagt, was er selbst nie kommentierte. Vor etwa zwanzig Jahren wurde es ruhig um ihn. Gerüchte um Unregelmäßigkeiten bei Immobiliendeals des Heiligen Stuhls wurden nie bestätigt. Es hieß, Visconte habe sich für seinen Lebensabend in ein Kloster im Piemont zurückgezogen. Wie es um die Hintergründe bestellt ist, dass er plötzlich auf diese schreckliche Weise in Rom auftaucht, und was es mit der auf den Obelisken gesprayten Zahl auf sich hat, ist nach wie vor ein Rätsel. Pabil Visconte wurde neunzig Jahre alt.

(red)

GAISEL

Es wurde Morgen in Rom, ein ganz normaler Tag in einer ganz normalen Großstadt brach an. Doch in den unzähligen Kirchen der Stadt bereitete man sich auf einen besonderen Tag vor. Messdiener holten violette Priestergewänder hervor, klopften den Staub ab und verbrannten Palmzweige, deren Asche später als Kreuz auf die Haut Gläubiger gezeichnet werden sollte, um sie an ihre Vergänglichkeit zu erinnern. Es war Aschermittwoch, der Vorbote der wichtigsten christlichen Feierlichkeiten des Jahres.

Bedenke, Mensch, dass du Staub bist …

Und doch würde dieses Jahr alles anders sein. Der Obelisk auf dem Petersplatz war mit schwarzem Molton verhüllt, Fernsehteams aus aller Welt hielten ihre Kameras darauf. Die Titelseiten der Zeitungen zeigten Bilder der Flammen, die nur einige Sekunden lang gelodert hatten. Die seriöseren Medien verwendeten einen unscharfen Videostillshot einer deutschen Kamerafrau, auf denen sich der von Flammen umhüllte Körper nur undeutlich abzeichnete, aber viele Zeitungen bedienten sich bereitwillig eines der hochwertigen Fotos, die ebenfalls kursierten und auf denen mehr Details zu erkennen waren. Jüngere Semester nahmen die gedruckten Blätter ohnehin kaum wahr, sie schickten einander verwackelte TikTok-Videos, während der Betreiber der Plattform alle Hände voll zu tun hatte, die besonders unpassenden Beiträge zu löschen, weil immer wieder neue Kopien auftauchten.

Im Vatikan waren die Nerven zum Zerreißen gespannt. Vor dem Deutschen Kolleg herrschte reger Verkehr, seit der Leichenwagen hier durchgefahren war. Ein wütendes Hupen ließ Severin Gaisel aufschrecken. Er lag nach einer durchwachten Nacht in seinem Bett, und seine Nerven waren so gereizt, dass er Angst hatte, den Verstand zu verlieren.

Gaisel wohnte in einer winzigen Kammer im Deutschen Kolleg, das sich am Rande der Vatikanstadt befand. Er hatte die einfachste

Unterkunft gewählt, die er gefunden hatte, eine Einzimmerwohnung, die ursprünglich für Bedienstete vorgesehen gewesen war.

Als letzte Nacht die schrecklichen Ereignisse ihren Lauf genommen hatten, war er zügig von Soldaten der Schweizergarde in Sicherheit gebracht worden. Er war dankbar dafür, denn er selbst wäre unfähig gewesen, sich zu bewegen.

Er hatte sofort gewusst, dass der Mann am Obelisken Pabil Visconte war. Ereignisse wie dieses geschahen nicht einfach zufällig, sie folgten immer einem Plan, der entweder göttlichen Ursprungs war oder von Geistern stammte, die sich gegen Gott stellten. Und in diesem Fall war klar, wer der Urheber war.

Er hatte geglaubt, einer Eingebung von oben zu folgen, als er den Medien spontan Pabils Namen verraten hatte. Er hatte es voller Vertrauen getan, umso größer war der Schock gewesen. Später hatte ihn ein Wagen der Schweizergarde in sein Zimmer gebracht, wo er sich eingeschlossen hatte.

Wie hatte er sich so täuschen können? War das Geschehene etwa seine Schuld? Vielleicht handelte es sich nicht um das Werk dunkler Mächte, sondern etwas anderes, eine Warnung, nicht anmaßend zu werden?

Zweifel nagten an ihm, ein Zustand, der ihm zutiefst verhasst war. Gaisel verachtete Zweifel, die in seinen Augen immer selbst verschuldet waren. Wer auf Gott vertraute, hatte keine Zweifel, und dieses Gottvertrauen steckte in jedem, der nicht von den Ablenkungen der modernen Welt fehlgeleitet wurde.

Gaisel besaß kein Mobiltelefon, doch er wusste, dass sein Festnetztelefon im Vatikan inzwischen heißklingelte. Er musste in sein Büro gehen, die Anfragen beantworten und seinen Leuten sagen, wie es mit der Untersuchung weiterging. Wie sollten sie auf das Geschehene reagieren? Er hatte nicht die geringste Idee. Die ganze mühsam aufgebaute Kontrolle über sein Leben und seine Arbeit war dahin. Er war wieder der kleine, verirrte Junge, den die Klassenkameraden hänselten.

Sein Groll wurde so groß, dass er aufsprang. Er durfte diese Gedanken nicht zulassen. Das war nicht mehr er. Er wurde nur geprüft, das war alles. Die Bibel war voll von Menschen, deren Glaube auf die Probe gestellt wurde. Wer war er, wenn er angesichts einer solchen Prüfung versagte?

Gaisel, der immer noch die Kleidung vom gestrigen Tag trug, zog sich aus und ging in die kleine Nische, in der sich die Dusche befand. Er ließ das Wasser laufen, bis es eiskalt war, dann stellte er sich unter den Strahl. Zuerst blieb ihm die Luft weg, doch nach einer Weile entspannte sich sein Zwerchfell, und er begann ruhig zu atmen. Als seine Haut völlig taub war, drehte er das Wasser aus und trocknete sich ab.

Zitternd stand er in seinem Zimmer, und augenblicklich fühlte er sich besser. Die Zweifel vergingen, und das Vertrauen kam zurück, dass es eine Lösung gab, auch wenn er sie noch nicht vor sich sah. All das hatte einen Sinn, und er würde ihn ergründen.

Und als seine Zähne zu klappern begannen, kam ihm plötzlich ein Geistesblitz, so klar, dass er unmöglich von ihm selbst stammen konnte, sondern ihm eingegeben worden war. Seine Überraschung war so groß, dass er laut auflachte.

Er wusste nun, was zu tun war.

AMIRPOUR

Sie hatte gleich gespürt, dass sie beobachtet wurde, als sie gegen halb sieben Uhr morgens den Ankunftsterminal des Flughafens Leonardo da Vinci betrat, ohne das Gefühl an einer konkreten Person festmachen zu können. Amirpour war von Reisenden umgeben, die eilig Gepäckwagen vor sich herschoben oder Zeit mit Kaffeetrinken, Telefonieren oder ihrem Handy totschlugen. Nichts wirkte ungewöhnlich.

Doch bevor sie noch dazu kam, Lombardis Nummer zu wählen, wurde sie von einem Mann mit Hoodie angerempelt. Zuerst glaubte sie, jemand wolle ihre Umhängetasche stehlen, und vergewisserte sich mit einem schnellen Griff, dass sie noch da war. Sie wollte dem Mann eine Schimpftirade hinterherschicken, als sie unter der Kapuze eine Nase und die Andeutung eines Lächelns ausmachte, die ihr beide bekannt vorkamen. Der Mann nickte entschuldigend, und sie machte mit einer Geste ihrem Unmut Luft.

Zumindest hoffte sie, dass es wie echter Unmut aussah.

Aus dem Augenwinkel beobachtete sie, in welche Richtung sich der Mann bewegte, dann ging sie zu einem der Cafés, um die Vitrine mit dem Gebäck genauer in Augenschein zu nehmen, bevor sie ihm unauffällig folgte.

Als sie die Abzweigung erreichte, wo sie ihn aus den Augen verloren hatte, sah sie ihn an einem Schaufenster mit Illustrierten stehen. Sie näherte sich ihm und starrte ebenfalls ins Schaufenster. Durch die Reflexion im Glas stellten sie Blickkontakt her. Sie hatte sich nicht getäuscht.

»Neues Outfit?«, fragte sie.

»Gefällt es Ihnen?«, gab er zurück.

»Sie sehen jünger aus.«

Das Lächeln unter der Kapuze war gequält, aber er schien dankbar über den Scherz.

»Sie gefallen mir so gut, dass ich beinah überlege, Sie auf ein Getränk einzuladen«, sagte Amirpour. »Falls Sie noch eine dieser Zeitschriften kaufen wollen, warte ich auf Sie.«

Doch seine Lust auf Scherze schien erschöpft. »Die Polizei sucht nach mir.«

Amirpour musterte ihn, und jetzt erst erkannte sie die Ringe unter seinen Augen. »Tut mir leid«, sagte sie.

Er machte eine abfällige Bewegung mit der Hand. »Sie können sich gar nicht vorstellen, wie sehr ich mich freue, dass Sie da sind.«

Ihr wurde kurz warm ums Herz.

»Ebenso«, sagte sie. »Kommen Sie mit.«

»Wohin?«

»Wir sind mit jemandem verabredet.«

LOMBARDI

Wenig später saßen sie in einem Café an der Küste und tranken Cappuccino. An der Bar herrschte reges Kommen und Gehen, die Römer gönnten sich vor der Arbeit noch einen schnellen Espresso und etwas Gebäck. Die glänzende Kaffeemaschine lief auf Hochtouren.

Lombardi fühlte sich unwohl in seiner Verkleidung. Die Kapuze hatte er inzwischen abgenommen, ein Mann in seinem Alter fiel damit erst recht auf. Hier schien ihn niemand zu beachten, und dennoch hatte er Angst, man könnte ihm seine Unsicherheit anmerken.

»Auf wen warten wir?«, fragte er, um sich abzulenken.

»Eine Freundin. Sie haben meine Antwortmail also bekommen?«

Er nickte. »Ich habe mich nicht getraut zurückzuschreiben. Mein Handy … Ich erkläre es Ihnen später. Ich habe einfach auf die Flüge von Island nach Rom gewartet, nachdem Sie geschrieben hatten, dass Sie kommen.«

»Wegen der Polizei.«

»Ja. Das ist etwas kompliziert.«

»Kann ich mir vorstellen. Mit den Flügen haben Sie Glück gehabt, ich hab zur Abwechslung ein normales Ticket ergattern können.«

Lombardi sah sie fragend an.

»Erkläre ich Ihnen bei Gelegenheit. Ich habe natürlich die Zeitungen gelesen. Diese Befunde – gehe ich richtig in der Annahme, dass die …«

»Sie gehören zu dem Mann, der gestern auf dem Petersplatz verbrannt ist.«

Sie schien zu bemerken, wie sehr ihm das Geschehene zusetzte. »Haben Sie ihn gekannt?«, fragte sie sanft.

Er schüttelte den Kopf. »Ich werde Ihnen alles erzählen. Aber zuerst muss ich wissen, ob Sie aus diesen Unterlagen schlau geworden sind.«

»Sie wissen, ich bin keine Medizinerin.«

»Das ist mir klar. Aber ich dachte, Sie haben doch sicher Kontakte. Ich wusste nicht, an wen ich mich sonst wenden sollte.«

»Sie haben richtig gedacht. Um zu Ihrer Frage zu kommen, ja, ich habe die Befunde gelesen, und womöglich kann ich helfen.«

Lombardis Anspannung ließ augenblicklich nach. »Klären Sie mich auf!«

»Geduld! Sie muss gleich hier sein. Die Medien haben nichts von dem, was Sie mir geschickt haben, richtig?«

Er schüttelte den Kopf. »Und sie dürfen es auch nicht bekommen. Wenn herauskommt, dass ich das weitergegeben habe, gerate ich in Teufels Küche.«

Amirpour seufzte theatralisch, verdrehte die Augen und trank ihren Kaffee in einem Zug leer. »Sie liefern mir die Story des Jahrhunderts auf einem Silbertablett und sagen mir, ich darf nichts darüber schreiben?«

Er biss die Zähne zusammen. »So ist es. Aber ist es wirklich so eine große Story?«

Amirpour nahm ihre Brille ab und putzte sie. »Wir werden sehen.«

Als sie die Brille wieder aufgesetzt hatte, entdeckte sie jemanden hinter Lombardi und winkte. »Hier sind wir!«

Lombardi duckte sich unwillkürlich. Seit einigen Stunden lebte er in der ständigen Angst, jemand könnte ihn erkennen.

Die Frau, die auf sie zukam, hatte graues Haar, ein etwas förmliches Lächeln und trug einen Mantel mit Pelzkragen, der für die Jahreszeit zu warm schien.

»Samira!«, sagte sie und umarmte Amirpour, die aufgestanden war.

»Darf ich Ihnen einen Freund vorstellen? Sein Name ist Albert. Albert, das ist Laura.«

Lombardi stand ebenfalls auf, um ihr die Hand zu geben.

»Laura ist Anästhesistin im Aurelia-Krankenhaus. Sie ist die klügste Frau, die ich kenne. Anästhesistinnen haben das an sich. Die Chirurgen stehen im Rampenlicht, aber sie sind in Wirklichkeit Handwerker, die gut mit Sägen oder Klingen umgehen können. Wissen Sie, wie man diesen Schirm nennt, der bei einer Operation zwischen Chirurgen und Anästhesisten aufgespannt wird? Blut-Hirn-Schranke.«

»Samira ist eine Lügnerin«, erwiderte Laura, die sich nichts aus Komplimenten zu machen schien.

Lombardi erkannte, dass sich hinter dieser schroffen Art keine Unfreundlichkeit verbarg. Diese Frau war in der Lage, einen Menschen, mit dem sie gerade noch gesprochen hatte, zu betäuben, um dann zuzusehen, wie ihm Chirurgen den Bauch aufschnitten, das färbte auf die Umgangsformen ab. Angesichts der vielen Überstunden, die von Krankenhauspersonal geleistet wurden, war es durchaus möglich, dass sie beim Anblick eines Fremden wie Lombardi zuallererst daran dachte, wie sie ihn am besten intubieren konnte.

»Hast du dir die Sachen angesehen?«, fragte Amirpour, und Laura nickte.

Lombardi horchte auf. »Sie haben sie doch nicht etwa weitergegeben? Ich hatte Ihnen gesagt …«

»Laura ist absolut vertrauenswürdig«, erklärte Amirpour, bevor sie sich wieder an die Ärztin wandte. »Also?«

»Diese Befunde sind ein ziemliches Durcheinander«, begann

Laura, die sich die Papiere ausgedruckt hatte und sie nun vor ihnen ausbreitete. »Aber ich glaube sagen zu können, dass er in intensivmedizinischer Behandlung war. Auf den ersten Blick sieht es aus, als wäre der Patient für einen Eingriff vorbereitet worden.«

»Einen Eingriff?«

Laura nickte. »Eine Operation. Sie müssen sich das so vorstellen, dass der Patient ein Schlafmittel bekommt und zusätzlich Schmerzmittel, damit er nicht von den Schmerzen aufwacht. Danach wird er intubiert und beatmet.«

»Er bekommt einen Schlauch in die Luftröhre gesteckt«, erklärte Amirpour überflüssigerweise.

»Dann wird mit kurz wirksamen Schmerzmitteln auf das jeweilige Geschehen reagiert. Wenn der Hautschnitt gemacht wird, fahren wir die Schmerzmittel hoch. Wenn die Schmerzen nachlassen, geht der Kreislauf runter, dann müssen wir dort nachhelfen. Wir überwachen die Flüssigkeitszufuhr und die Flüssigkeit, die rauskommt.«

»Da gibt es so einen Schlauch …«, begann Amirpour.

Lombardi winkte ab. Was ein Katheter war, wusste er.

»Ein Teil der Befunde könnte zu einer Narkose-Voruntersuchung gehören.«

Lombardi dachte nach. »Okay. Aber warum sprechen alle von einem Wunder?«

Laura wandte sich an ihre Freundin. »Nach dem, was du geschrieben hast, habe ich mich besonders auf das Alter der Person konzentriert, und das ist interessant. Bei einer Narkosevoruntersuchung gibt es verschiedene Informationen, die Aufschluss über das Alter geben, Blutbild, EKG, Thoraxröntgen. Und hier wird es sonderbar.«

Lombardi wartete darauf, dass sie weitersprach, während sie zu überlegen schien, wie sie es am besten ausdrückte.

»Erst einmal fehlt der Name. Das ist bei Notfällen üblich, aber hier ist es doch seltsam. Als hätten sie nicht gewusst, wen sie behandeln. Und außerdem wurden manche dieser Untersuchungen im Abstand von mehreren Tagen durchgeführt. Genug Zeit, um die Identität des Patienten herauszufinden. Doch es ist nicht passiert.«

Laura nahm ihr Handy und zeigte auf ein Feld, in dem der Name stehen sollte und in dem nur ein *P* stand.

»P steht für Pabil«, sagte Lombardi.

»Die Voruntersuchung zeigt eindeutig einen alten Mann. Sie sehen da erhöhtes Kreatinin, verringerte Filterfunktion der Niere, Cholesterin außerhalb der Norm, außerdem ein leichter Diabetes mellitus. Und hier«, sie zeigte auf ein EKG, »sehen Sie den Linksschenkelblock, auch das ist typisch.« Laura wischte einige Bilder zur Seite. »Und jetzt sehen Sie sich das an«, forderte sie Lombardi auf.

Er warf einen Blick darauf, erkannte aber nur Zahlen und Begriffe, die er nicht verstand. »Bitte erklären Sie.«

»Das hier wurde eine Woche später gemacht, hier ist alles in Ordnung, Zucker, Cholesterin, auch das EKG. Sogar die Verschattungen im Thoraxröntgen sind weg.«

Sie scrollte zu einem Röntgenbild, auf dem Rippen erkennbar waren.

»Eine andere Person«, mutmaßte Lombardi.

Laura wiegte den Kopf. »Natürlich. Das dachte ich auch, doch dann habe ich genauer hingesehen. Wissen Sie, was das Xiphoid ist?«

Lombardi erinnerte sich dunkel an ein griechisches Wort, das er im Studium gelernt hatte.

»Der unterste Teil des Brustbeins, auch Schwertfortsatz genannt. Der kann bei verschiedenen Menschen sehr unterschiedlich aussehen. Meist ist er zweistrahlig, geteilt wie eine Gabel. Doch nicht hier.« Sie zeigte auf eine Stelle im Zentrum des Röntgens. »Und jetzt sehen Sie her.«

Laura rief ein anderes Bild auf.

»Das wurde eine Woche später aufgenommen. Das Xiphoid ist identisch.«

Lombardi war nicht sicher, ob er ebenfalls sah, was sie meinte. Aber er glaubte ihr.

»Zufall?«

»Möglich«, gab sie zu.

Er suchte nach dem Feld, in dem der Name des Patienten stand.

P.

Lombardi musste wieder an die wenigen Minuten denken, die er in der Wohnung an Pabils Krankenbett verbracht hatte. War ihm nicht etwas an Pabils Händen seltsam vorgekommen? Könnte es daran gelegen haben, dass sie zu jung für Viscontes Alter gewesen waren?

Laura ließ ihren Blick zwischen Lombardi und Amirpour hin- und herpendeln. »Ist es das, was ich glaube?«

Lombardi sah Amirpour an. Ihm war nicht wohl dabei, eine außenstehende Person einzuweihen. Doch sie hatte bereits die Unterlagen weitergeschickt, die Turilli ihm im Vertrauen gegeben hatte, und damit vollendete Tatsachen geschaffen. Es hatte keinen Sinn, zu lügen.

»Meinen Informationen zufolge handelt es sich um den Mann, der gestern Abend auf dem Petersplatz verbrannt wurde. Aber nach allem, was Sie sagen, muss es ein Fehler sein.«

Doch Laura legte skeptisch den Kopf schief. »Vermutlich. Die Befunde könnten natürlich gefälscht sein, das kann ich nicht beurteilen. Gibt es noch mehr von diesen Unterlagen?«

Lombardi schüttelte den Kopf. »Ich habe Samira alles geschickt, was ich hatte.«

»Du sagtest, es sieht nach einem Eingriff aus«, mischte sich nun Amirpour ein. »Aber es klang so, als wärst du nicht überzeugt.«

»Ein Eingriff kann die Dinge nicht erklären, die ich hier sehe. Ich befürchte, ich brauche mehr Informationen, um Genaueres zu sagen. Es muss im System des Krankenhauses, das ihn behandelte, noch weitere Befunde geben. Da müssten Sie irgendwie ran. Aber weil ganz Rom rätselt, nehme ich an, Sie kennen das Krankenhaus nicht.«

Lombardi nickte. »Es gibt Hinweise, dass der Patient mit einem Intensivtransport per Flugzeug nach Rom gekommen ist. Könnte es sein, dass ein Medikament dafür verantwortlich ist?«

Sie zog eine Grimasse, ließ sich aber für ihre Antwort Zeit. »Es gibt einzelne Medikamente, die für einzelne Werte in diesen Befunden verantwortlich sein könnten. Aber hier geht es um mehr. Ich halte es für ausgeschlossen, dass das im Rahmen der Medizin, die wir heute kennen, möglich ist.«

Lombardi warf Amirpour einen Blick zu, dann fasste er in seine Tasche. »Können Sie mir sagen, was das ist?«, fragte er und legte das Etikett vor ihr auf den Tisch.

Sie beugte sich darüber, bevor sie anerkennend nickte. »Wo haben Sie das her?«

Als Lombardi nicht antwortete, hob sie es auf.

»Was Sie hier haben, ist ein experimenteller Wirkstoff, der noch nicht zugelassen ist. Sehen Sie? Hier steht es: *Vorsicht: Neues Medikament.* Leider kann man am Etikett nicht erkennen, um welche chemische Verbindung es sich handelt. Hier steht nur eine Nummer.«

»Und der Hersteller?«

»Der sollte hier stehen«, sagte sie und zeigte auf eine Stelle am Ende des Etiketts. »Es gehört zum selben Patienten, nehme ich an?«

Lombardi nickte. »Es stammt aus dem Zimmer, in dem ich Pabil Visconte gefunden habe.«

Sie lehnte sich zurück und starrte nachdenklich auf einen Punkt hinter Lombardi. Dann schüttelte sie entschieden den Kopf. »Ich weiß, was Sie hören wollen, aber das können Sie nicht mit einem einzigen Medikament erklären.«

Die Antwort überraschte Lombardi nicht. Es gab eben keinen Jungbrunnen. Ein Medikament allein konnte so etwas nicht auslösen, es musste eine andere Erklärung geben.

Laura verschränkte die Arme und musterte ihn prüfend. »Ich dachte, der Vatikan hat seine eigenen Experten darauf angesetzt?«, fragte sie.

»Wie kommen Sie auf den Vatikan?«, fragte er.

»Samira hat mir von Ihnen erzählt. Sie sind der Bischof, mit dem sie befreundet ist, nicht wahr? Ich habe Ihren Namen vergessen, aber er war nicht Albert.« Als weder er noch Amirpour widersprach, nickte sie und fuhr fort. »Ich glaube, Sie haben es mit einem Schwindel zu tun. Das, was ich hier sehe, ist medizinisch nicht möglich. Ich hoffe, das hilft Ihnen weiter.« Sie wandte sich an Amirpour. »Pass auf, das ist eine heikle Sache. Leute, die sich in ihrem Glauben verletzt fühlen, sind zu schrecklichen Dingen fähig.«

»Warum sollte sich jemand in seinem Glauben verletzt fühlen?«, fragte Lombardi.

Laura stand auf. »Nichts für ungut, aber die ganze katholische Heilslehre ist auf der Idee von Unsterblichkeit aufgebaut. Wenn Sie die Entbehrungen des Lebens hier auf Erden brav ertragen, wird Ihnen unendliche Glückseligkeit geschenkt. Was, wenn ewige Glückseligkeit auch hier möglich ist? Dann bricht die Drohkulisse zusammen, die man so sorgfältig im Mittelalter konstruiert hat.« Sie nahm das Etikett an sich. »Das werde ich mitnehmen, wenn Sie nichts dagegen haben. Vielleicht finde ich etwas heraus.«

Lombardi war bei dem Gedanken nicht ganz wohl, aber Amirpour, die seine Vorbehalte bemerkte, legte ihm beruhigend die Hand auf die Schulter.

Laura streckte Lombardi die Hand hin, der sie zögernd ergriff. Dann bückte sie sich zu Amirpour, um sie zu drücken.

»Hat mich gefreut, dich wiederzusehen«, sagte sie und ging.

GAISEL

Die Beamten der römischen Polizei und der vatikanische Gendarm standen am Eingang der Halle und waren in einen Streit verwickelt.

»Sie wissen genau, dass die Katakomben im Eigentum des Vatikans sind!«, sagte der Gendarm.

»Trotzdem sind wir hier zuständig! Sie können nicht einfach aus- und eingehen, wie es Ihnen passt!«

Severin Gaisel kümmerte sich nicht um den Streit, sondern sah sich in der Halle um. Auf einem Tisch waren Totenschädel aufgereiht, die ihn angrinsten. Auf dem Boden lag zerknittertes Packpapier. Er bückte sich danach und sah nach, ob sich darauf eine Adresse oder ein Absender fand, doch als er nichts dergleichen entdeckte, ließ er es wieder fallen.

Seine Leute hatten einen Tipp bekommen, dass die Polizei den Ort identifiziert hatte, an dem Pabil festgehalten worden war, bevor ihn jemand an den Obelisken gebunden hatte. Nachbarn hatten Schüsse gehört, und als die Beamten nachsehen wollten, waren mehrere Fahrzeuge eilig davongefahren, unter anderem ein weißer Lieferwagen. Das Kennzeichen stimmte mit jenem überein, das auch in der Innenstadt bei Pabils Wohnung gesehen worden war.

Während Gaisel sein Team hatte ausschwärmen lassen, ließ er den Ort auf sich wirken. Es handelte sich um eine Ausgrabungsstätte für ein bisher unbekanntes Katakombensystem. Rom war von vielen solcher Katakomben unterhöhlt, die von frühen Christen ins Tuffgestein getrieben worden waren. Touristen liebten den morbiden Charme der Grabstätten. Doch es gab noch eine ganze Reihe wenig erforschter Katakomben, von denen kaum jemand wusste. Sie gehörten allesamt der Kirche, und von Zeit zu Zeit genehmigte der Vatikan Mittel für Forschungsunternehmungen. Die Frage war nur: Wer konnte von dieser Ausgrabungsstätte wissen? Es musste jemand mit guten Kontakten zum Vatikan sein.

Der Besitzer des Lieferwagens war laut Gaisels Informationen noch nicht ausfindig gemacht worden. Natürlich hatte Gaisel gleich diesen Badalamenti verdächtigt – einen Mann, dem er zutiefst misstraute. Er könnte auch von dieser Ausgrabung wissen. Und doch hatte Gaisel das Gefühl, dass es nicht passte.

Die Hinrichtung Pabils letzte Nacht – nicht anders konnte man es nennen – hatte für gehörigen Wirbel im Vatikan gesorgt. Ganz konnte Gaisel die Aufregung nicht verstehen, denn für ihn wurde das Bild nur noch klarer.

Was mit ihm geschah, ist mit vielen heiligen Männern geschehen.

Er hatte auch Gnerro gegenüber seine Meinung zum Ausdruck gebracht, als dieser ihn zur Rede gestellt hatte, warum er Pabils Namen der Presse verraten hatte.

»Sie hätten es ohnehin herausgefunden«, hatte Gaisel nur geantwortet und im Gegenzug nach Turillis Rolle in dieser Sache gefragt. Immerhin hatte der Kardinal seinen Zuständigkeitsbereich überschritten, indem er auf eigene Faust zwei Leute zu Pabil geschickt hatte.

Was gefolgt war, war ein internes Hickhack gewesen, als einige Kräfte im Vatikan forderten, ihm die Leitung der Untersuchungen zu entziehen. Dazu kam es nicht. Er hatte nur versprechen müssen, sich künftig besser mit der Pressestelle abzusprechen.

Er hatte gewonnen, vorerst.

Doch er musste Ergebnisse liefern. Die Presse nahm bereits Pabils Biografie unter die Lupe. Es war nur eine Frage der Zeit, bis die Anschuldigungen ans Licht kamen. Gaisel hielt es für eine unglaubliche Respektlosigkeit, einem Mann wie Pabil Visconte solche Dinge vorzuwerfen, selbst in einer internen Untersuchung des Vatikans. Sie nannten es Korruption und genossen es, sich moralisch überlegen zu fühlen. Ja, es gab Sünde und Verfehlung, auch innerhalb der Kirche. Doch deren Aufarbeitung war Aufgabe der Glaubenskongregation, und die Kongregation hatte keine Sanktionen gegen Visconte verhängt. Er hatte sich damals freiwillig zurückgezogen

Für Gaisel war Visconte unschuldig, und die Dinge, die in den letzten Stunden passiert waren, deuteten an, dass er noch viel mehr war als das.

Ein frommer Mann, an dem Wunder gewirkt werden, bevor er den Märtyrertod stirbt.

Noch schien es niemand außer ihm zu sehen. Das war gut so. Er würde die Medien ihren selbstgerechten Feldzug gegen Pabil Visconte führen lassen, und dann, wenn die Sache abebbte, würde er bereit sein.

»Monsignore?«, rief ein junger Mitarbeiter.

Gaisel folgte der Stimme in einen fensterlosen Abstellraum und erblickte sofort die durchgeschnittenen Fesseln auf dem Boden. Daneben waren ein paar Tropfen Blut.

»Hier!«, sagte sein Mann und hielt einen Ausweis hoch.

»Was ist das?«

»Sehen Sie selbst.«

Gaisel sah, was der Mann gemeint hatte. Es handelte sich um Alessandro Badalamentis Personalausweis und einen Wohnungsschlüssel.

Gaisel nickte zufrieden und gab den Ausweis zurück.

»Gut gemacht. Den können Sie der Polizei geben.«

»Und den Schlüssel?«

»Haben Sie nie gesehen. Verstanden?«

Der Junge nickte. Gaisel wartete, bis er weg war, dann wog er den Schlüssel in seiner Hand. Er musste wohl jemandem einen Besuch abstatten.

LOMBARDI

»Sie hat mich erkannt«, stellte er fest.

»Ist doch egal. Warum werden Sie noch mal von der Polizei gesucht?«

Lombardi blickte auf, als hätte man ihn geweckt. Er erzählte knapp und unaufgeregt, was passiert war.

»Wow«, sagte Amirpour, nachdem er geendet hatte.

»Es tut mir wirklich leid, Sie da hineinzuziehen«, sagte er. »Ich habe nichts getan, aber die Polizei scheint anderer Meinung zu sein. Wenn Sie mir helfen, machen Sie sich vermutlich strafbar. Das bedeutet, dass wir am besten unseren Kaffee austrinken und uns dann verabschieden. Ich will nicht, dass Sie Probleme bekommen. Danke, dass Sie mir so geholfen haben.«

Er lehnte sich zurück und wich ihrem Blick aus. Sie schien das nur zu belustigen.

»Lombardi, machen Sie sich nicht lächerlich.«

Er sah sie an, und sie wurde ernst.

»Ich werde Ihnen selbstverständlich helfen! Wie beim letzten Mal.«

»Beim letzten Mal wäre es fast schiefgegangen«, gab er zu bedenken.

»Ist es aber nicht. Und das, was in Frankreich passiert ist, war nicht meine Schuld, auch wenn einige Leute im Vatikan das zu glauben scheinen.«

Lombardi zog eine Grimasse. »Niemand glaubt das. Es ist nur, Kardinal Turilli hat gesagt …«

»Was?«

Er zögerte. »Nichts«, sagte er dann.

Sie nickte. »Dann sind wir uns ja einig! Und jetzt erzähle ich Ihnen, was sonst noch niemand weiß, auch nicht Ihre Leute im Vatikan. Ich habe nämlich ein bisschen recherchiert. Laura sagt, medizinisch wären die Befunde nicht zu erklären.«

»Und?«

»Es mag sein, dass sie recht hat, aber ganz so einfach liegen die Dinge nicht. Zu Lauras Verteidigung muss ich sagen: Wer jeden Tag das Leben von Menschen in seinen Händen hat, interessiert sich nicht besonders für Experimente. Nirgends gibt es so strenge

Zulassungsverfahren wie in der Medizin, und was nicht zugelassen ist, existiert für jemanden wie Laura nicht. Nichts anderes erwarte ich von einer Anästhesistin, wenn ich ihr mein Leben anvertraue. Ich hingegen bin Forscherin, ich reize die Grenzen des Möglichen aus, das ist mein Beruf. Und Laura hat verschwiegen, dass es sehr wohl Medikamente gibt, die gegen das Altern helfen. So etwas erzählt sie mir erst nach ein paar Gläsern Prosecco, wenn die Ärztin in ihr Feierabend macht.«

»Okay …«, entgegnete Lombardi vorsichtig.

Amirpour grinste. »Sirolimus, auch Rapamycin genannt. Das ist ein Immunsuppressivum, wird unter anderem bei Chemotherapien eingesetzt. Ich habe zuerst nicht verstanden, welchen Sinn es hier hat. Aber dann habe ich nachgeforscht. Rapamycin, benannt nach Rapa Nui – sagt Ihnen das was?«

Lombardi verneinte.

»Die Osterinsel. Ja, die mit den Steingesichtern. Dort wurde es nämlich entdeckt. Ein Forscher namens George Nógrády nahm in den Sechzigerjahren Bodenproben auf der Insel. Erst Anfang der Siebziger untersuchte ein Team in Kanada die Proben und stieß auf einen Pilz mit hochinteressanten Eigenschaften. Zuerst versuchte man, aus den darin enthaltenen Wirkstoffen ein Mittel gegen Pilzbefall zu machen, doch das scheiterte. Man fand aber durch Zufall heraus, dass der Wirkstoff das Immunsystem dämpft, und entwickelte daraus ein Medikament. Heute gibt es auf der Osterinsel sogar eine Gedenktafel dazu. Doch die Überraschung kam 2009: In einer Studie an Mäusen konnte nachgewiesen werden, dass das Medikament lebensverlängernd wirkt.«

Lombardi betrachtete sie immer noch skeptisch.

»Der Wirkstoff verlängerte das Leben von Mäusen um bis zu fünfzehn Prozent. Es handelte sich um gesunde, bereits ältere Mäuse. Stellen Sie sich vor, was das für den Menschen hieße!«

Lombardi überschlug im Kopf die Zahlen, und Amirpour fand den Anblick offensichtlich amüsant.

»Sagen wir, Sie werden neunzig Jahre alt. Was halten Sie von etwa dreizehn Jahren zusätzliche Lebenszeit, einfach so? Statt neunzig Jahre würden Sie hundertunddrei.«

»Das ist sicher nicht so einfach«, warf Lombardi ein.

»Natürlich nicht. Und es gibt Nebenwirkungen, die man abfedern muss. Für die Widersprüche in den Befunden kann es aber nicht verantwortlich sein, dafür ist die Wirkung zu schwach. Aber zum Glück gibt es noch andere Medikamente, die eine lebensverlängernde Wirkung haben.«

»Ach ja?«

»Eine ganze Reihe davon! Ein Wirkstoff ist Spermidin. Fragen Sie mich jetzt nicht, woher der Name stammt und wo es vorkommt.«

Lombardi brauchte einen Moment, bis er verstanden hatte. Seine Ohren wurden rot wie bei einem Schuljungen.

»Ich hatte beinah vergessen, wie süß Sie sind«, sagte sie betont herzlich.

Lombardi beeilte sich, das Thema zu wechseln. »Okay. Sie sagen also, es gibt Pharmaunternehmen, die Medikamente gegen das Altern herstellen.«

Sie nickte.

»Aber was ist mit Pabil Visconte?«

Zeig das Turilli – das hatte Badalamenti gesagt, als er ihm die Flasche mit dem Medikament gegeben hatte. *Es gibt Medikamente, die gegen das Altern helfen.*

Lombardi war skeptisch. Außerdem hatte ihnen Amirpours Bekannte gerade erklärt, dass kein Medikament Pabils wundersame körperliche Transformation erklären konnte. Er musste plötzlich an dessen brennenden Körper denken.

Leute, die sich in ihrem Glauben verletzt fühlen, sind zu schrecklichen Dingen fähig.

Am Nebentisch tauchte eine junge Kellnerin auf, die eilig begann, Gläser wegzuräumen. Als sie bemerkte, dass Lombardi und Amirpour verstummt waren, sah sie zu ihnen herüber. Lombardis Augen fanden ihre, und er konnte sehen, dass sie einen Moment innehielt. Dann hob sie ihr Tablett mit den leeren Gläsern hoch, wischte mit der freien Hand den Tisch ab und ging zurück zur Theke.

»Nicht gut«, sagte Amirpour.

»Was ist?«, fragte Lombardi.

»Die Kellnerin. Sie hat ein Handy in der Hand und sucht etwas. Jetzt sieht sie wieder zu uns hin – drehen Sie sich nicht um!«

Lombardi gehorchte. Er blieb ganz steif sitzen und zog unwillkürlich den Kopf ein. Amirpour zog ebenfalls ihr Handy hervor.

»Wir haben ein Problem«, erklärte sie. »Die Polizei hat gerade Fahndungsfotos von Badalamenti und Ihnen veröffentlicht.«

Sie zeigte ihm eine römische Nachrichtenseite. Dort fand sich tatsächlich ein altes Foto von ihm, noch aus den Tagen vor seiner Zeit in Afrika. Doch es genügte, ihn zu identifizieren.

Der Gedanke, dass dieses Foto für Millionen Menschen in Rom frei zugänglich war, verursachte ihm Schwindel.

Lombardi schüttelte den Kopf. »Was wollen sie von mir?«

»Es heißt, man habe neue Beweise, die Sie mit Pabils Tod in Verbindung bringen.« Sie blickte erneut auf. »Jetzt telefoniert sie. Wir müssen gehen.«

Sie standen auf. Während Lombardi die Kapuze überzog, legte Amirpour einen Zehneuroschein auf den Tisch. Gemeinsam gingen sie in Richtung Toilette, wo sie einen Hinterausgang fanden.

Als sie ins Freie traten, bekam Samira Amirpour einen Anruf.

FLORIS MEYER

Meyer stolperte durch gefrorenen Schnee, den der Wind zu bizarren Strukturen geformt hatte. Seine Lunge brannte, und weißer Dampf stieg in kleinen, regelmäßigen Wölkchen auf.

Er konnte sie weder hören noch sehen, doch er wusste, dass sie unmittelbar in der Nähe sein mussten.

Sie hatten ihn die ganze Nacht in einem winzigen, kaum mehr als einen Meter hohen Käfig festgehalten, neben Affen, die stanken und kreischten. Er hatte an der Gittertür gerüttelt und sich am Schloss zu schaffen gemacht, doch erfolglos. Mehrmals hatte er zu rufen versucht, hatte beteuert, dass er nichts gesehen hätte und dass alles nur ein Irrtum war. Doch jedes Mal waren die Affen neben ihm so wild geworden, dass er seine eigene Stimme nicht mehr hören konnte.

Irgendwann war er auf die Idee gekommen, sich hinzulegen und seinen Rücken gegen das Gitter der Seitenwand zu pressen. Zwar hatte es sich nicht, wie ursprünglich erhofft, herausbrechen lassen, aber schließlich hatte er den Käfig so weit verbogen, dass der Riegel nicht mehr richtig schloss. Ein Fußtritt hatte genügt, und die Tür war aufgeschwungen. Sein Handy und seine Geldbörse hatte er in dem Umkleideraum für Tierpfleger gefunden, wo er sie hatte ablegen müssen.

Doch nun rannte er den Stacheldrahtzaun entlang, in der Hoffnung, irgendwo eine Lücke zu finden. Wo war noch mal die Stelle gewesen, an der er sich Zutritt verschafft hatte? Vielleicht hatte man den Draht dort noch nicht geflickt. Doch er wusste, dass er sich darauf nicht verlassen konnte. Deshalb hatte er auch sein Handy sofort entsperrt und die Nummer der Journalistin gewählt. Er hatte keine Zeit zu verlieren. Und tatsächlich hob die Frau ab.

»Alles in Ordnung bei Ihnen?«, fragte sie.

»Hören Sie genau zu«, zischte er ins Telefon, »wir haben nicht viel Zeit. Sie werden mich jeden Moment finden. Die Wale sind nur die Spitze des Eisbergs. Hier im Gebäude werden Versuche an Tieren gemacht. Ich hatte recht. Es gibt hier Käfige und Gehege.«

Amirpour wollte etwas fragen, doch er ließ sie nicht zu Wort kommen.

»Etwas Bizarres geschieht hier! Ich habe Nagetiere gesehen, die jemand an den Flanken zusammengenäht hat! Ich bin mir ziemlich sicher, dass es Nacktmulle waren, die aus Afrika hierher gebracht wurden. Es war wie aus einem Horrorfilm. Ich werde versuchen, Ihnen Fotos zu schicken, aber zuerst muss ich einen Weg hinaus finden.«

»Sie sind auf dem Gelände?«, fragte Amirpour.

»Sage ich doch! Man hat mich hier festgehalten, aber ich konnte fliehen.«

Sie schwieg einen Moment. »Tut mir leid, aber ich bin gerade sehr beschäftigt. Können Sie mich in einer Woche wieder anrufen?«

Meyer wäre beinahe das Telefon aus der Hand gefallen. »Sie können nicht … Sie müssen mir zuhören! Die bereiten hier irgendetwas vor, etwas Großes! Hier gibt es überall Bewaffnete, eine richtige Armee. Die haben etwas gefunden, das sie mit allen Mitteln geheim halten wollen!«

Kurz war es still am anderen Ende der Leitung.

»Hören Sie, es tut mir wirklich leid, aber es gibt da eine andere Story …«

Meyer entdeckte einen schwarz gekleideten Mann, der vom Gebäude her über den Schnee auf ihn zurannte. Er wollte sich in die andere Richtung wenden, doch dort entdeckte er einen weiteren Wachmann. Die beiden verlangsamten ihren Lauf und streckten die Arme aus, als wollten sie ein Huhn einfangen.

Floris Meyer blickte auf sein Handy hinab und hörte, wie Amirpour seinen Namen sagte.

»Wenn ich mich nicht mehr melde, verständigen Sie die Behörden.«

Meyer steckte das Handy ein und machte sich daran, auf den Zaun zu klettern. Die beiden Sicherheitsleute liefen los und riefen ihm auf Englisch etwas zu. Er solle es lassen, sie wollten ihm nichts Böses.

Er kletterte schnell hoch, doch einer der beiden erreichte den Zaun, fasste nach Meyers Knöchel und hängte sich mit seinem ganzen Gewicht daran. Meyer gelang es im letzten Moment, seinen Ellbogen bei einem quer gespannten Draht unterzuhaken. Selbst durch die dicken Klamotten schnitt der Draht schmerzhaft ins Fleisch. Meyer versuchte, den Mann abzuschütteln, doch vergeblich. Er riss mehrmals heftig an Meyers Fuß, bis der Stiefel langsam hinunterrutschte. Der andere Wachmann hatte ihn inzwischen auch erreicht und versuchte, den anderen Stiefel zu fassen zu kriegen. Meyer trat nach ihm, ohne in zu erwischen, doch es gelang ihm, den Mann so weit zu irritieren, dass er einen Schritt zurückmachte. In diesem Moment verlor Meyer seinen anderen Stiefel, und der Kerl, der daran gezogen hatte, fiel rücklings in den Schnee. Ohne lang nachzudenken, zog Meyer seinen schmerzenden Arm hinter dem Draht hervor und kletterte weiter nach oben.

»Sie haben keine Chance. Sie werden sich nur verletzen«, sagte einer der Männer.

Meyer erreichte den Stacheldraht, der nach außen hin gekippt war, um Eindringlinge abzuwehren. Er versuchte, mit den Händen eine Stelle zwischen den Stacheln zu finden, wo er sich hochziehen konnte, doch er erwischte sofort eine der abstehenden Drahtspitzen, die sich in seine Haut bohrte.

Denk an die Tiere. Was sie durchmachen müssen.

Meyer ignorierte den Schmerz und packte zu. Er griff mit der anderen Hand weiter nach oben, wo es ihm wie durch ein Wunder gelang, eine nicht mit Spitzen besetzte Stelle zu finden. Meyer zog sich hoch, doch als er das Ende des Stacheldrahts erreichte, zögerte er.

Mit dem Stiefel konnte er auf den Stacheldraht steigen, um dann auf die andere Seite zu springen, doch einer seiner Füße steckte nur noch in einer gestreiften Socke, den ihm eine frühere Lebensgefährtin gestrickt hatte.

Meyer blickte nach unten. Das Gelände war eben, doch es waren über vier Meter. Wenn er sprang, würde er sich vermutlich verletzen.

»Seien Sie nicht albern«, sagte der Mann unter ihm. »Wir werden Ihnen nichts tun, versprochen.«

Meyer blickte hinab zu dem Stiefel, den einer der beiden immer noch in seinen Händen hielt, dann wandte er sich wieder dem Zaun zu, stieg mit dem sockenbewehrten Fuß mitten in die Dornen und sprang.

LOMBARDI

»Was war das?«, fragte er Amirpour, nachdem sie das Telefonat beendet hatte.

Sie war noch immer so mit dem Gespräch von gerade eben beschäftigt, dass sie ihn offenbar gar nicht hörte.

»Eine Story, an der ich dran war, bevor ich zu Ihnen nach Rom kam. Seltsamer Typ. Ich glaube, der sieht Gespenster.«

»Er klang sehr aufgeregt.«

Amirpour schien zu überlegen, was sie tun sollte. Schließlich schüttelte sie den Kopf und steckte das Telefon wieder ein. »Gehen wir?«

Kurz darauf saßen sie in einem Taxi. Der Fahrer stammte aus Indien und machte nicht den Eindruck, als würde er Lombardi erkennen. Lombardi nannte ihm eine Adresse in der Innenstadt.

»Und dieser Freund von Ihnen kann uns helfen?«, fragte Amirpour.

»Hoffen wir es«, sagte Lombardi.

GAISEL

Als er das durchbrochene Polizeisiegel an der Tür zu Badalamentis Penthouse sah, wusste er, dass er zu spät kam. Er zog Handschuhe an und schloss die Tür auf, um sie vorsichtig hinter sich zuzuziehen, und was er zu sehen bekam, bestätigte alle Vorbehalte, die er gegenüber dem Industriellen gehabt hatte.

Wie kann so jemand so viel Macht im Vatikan haben?

Doch weltliche Verflechtungen mit dem Kirchenstaat waren nichts Neues in seiner langen Geschichte, sondern eine Konstante.

In diesem Fall würde das Problem bald gelöst sein. Die Polizei hatte Badalamentis Fahndungsfoto veröffentlicht, nachdem sein Ausweis bei den Katakomben gefunden worden war, neben der Tür, die allem Anschein nach von innen aufgebrochen worden war. Die Reste der abgeschnittenen Fesseln hatte er dem Feuer übergeben. Sie würden niemandem fehlen, und so hatte er mehr Optionen, je nachdem, wie sich sein Plan entwickelte.

Gaisel durchsuchte die Wohnung oberflächlich, doch er gab die Hoffnung, etwas zu finden, bald auf. Jemand war vor ihm hier gewesen, und er glaubte auch zu wissen, wer. Nur gut, dass auch das zweite Fahndungsfoto veröffentlicht worden war, deswegen hatte er sogar nachgehakt und der Polizei erklärt, wer dieser Lombardi war. Das schien Eindruck gemacht zu haben.

Als er sicher war, nichts Offensichtliches übersehen zu haben, wandte er sich wieder der Tür zu.

Seine Enttäuschung hielt sich in Grenzen. Es gab da etwas anderes, das er tun wollte und von dem er sich mehr erwartete.

DER GOTTESFÜRCHTIGE

Er versuchte, das Klopfen an der Tür zu ignorieren, doch es hörte nicht auf.

Nachdem sie den weißen Lieferwagen losgeworden waren, hatten sie sich in ein billiges Hotel am Stadtrand zurückgezogen. Der Check-in erfolgte elektronisch, niemand hatte sie gesehen. Hier glaubte er, eine Weile sicher zu sein. Seine Männer klopften ständig an die Tür und bombardierten ihn mit Fragen, doch er brauchte Ruhe. Er musste entscheiden, wie er mit der Nachricht umgehen wollte, die mit der Holzkiste gekommen war. Das Ereignis, auf das sie so lange gewartet, auf das sie ihr ganzes Handeln abgestimmt hatten, stand unmittelbar bevor. Bei dem Gedanken überkam ihn abwechselnd Aufregung und Angst. Doch er wusste, dass es mehrere dieser Holzkisten gab, die an verschiedenste Leute gegangen waren, auch wenn niemand von ihnen die Tragweite würde erfassen können. Sie waren nicht vorbereitet auf solch ein Ereignis, deshalb musste er klug vorgehen. Er musste schneller sein als sie, und er hatte auch schon eine Idee, wie er das anstellen konnte.

Als das Klopfen nicht aufhörte, sprang er auf und riss die Tür auf. Er wollte schon eine Schimpftirade loslassen, doch als er sah, wer dort stand, blieben ihm seine Verwünschungen im Hals stecken.

»Wie hast du mich gefunden?«, fragte er.

»Du weißt, wie das ist, alter Freund«, antwortete Gaisel kühl und lächelte. »Achtzig Prozent der Römer sind Katholiken. Jeder hilft gern, wenn der Heilige Stuhl fragt.«

Der Gottesfürchtige verkniff sich einen zynischen Kommentar. Sie waren schon lange keine Freunde mehr. Er musterte Gaisel.

»Du weißt Bescheid«, stellte er fest. »Warst du schon bei unserem Versteck? Bei den Katakomben?«

Gaisel nickte. »Du musst dir keine Sorgen machen.«

Da brach der Gottesfürchtige in schallendes Gelächter aus.

»Was ist so komisch?«, fragte Gaisel.

Schlagartig wurde der Gottesfürchtige ernst. »Was willst du?«

»Ich will verstehen, womit ich es zu tun habe. Pabil. Was habt ihr mit ihm gemacht?«, fragte Gaisel.

»Verschiedene Dinge. Radikal und außerdem illegal, wenn du es genau wissen willst. Aber es hat nicht funktioniert. Wenn du die Befunde genau gelesen hättest, wüsstest du das.«

Gaisel hob den Blick und starrte ins Leere. Er schien enttäuscht. »Was in diesen Befunden steht – das wart alles ihr?«

»Wer sonst? Glaubtest du wirklich, dass ein Wunder geschehen ist?«

Gaisel antwortete nicht darauf, sondern fragte stattdessen: »Sie sind echt, nicht wahr? Die Befunde.«

»Sind sie. Aber niemand hat sie verstanden. Niemand wusste, wie sie richtig zu lesen sind. Zum Glück.«

Gaisel schwieg.

»Willst du gar nicht wissen, was wirklich passiert ist?«

Der Gottesfürchtige war ehrlich überrascht von Gaisels Indifferenz. Dann verstand er. »Du willst es wirklich nicht wissen. Dich hat nur interessiert, ob die Sache ins Gebiet der Wissenschaft fällt oder in dein Gebiet. Alles andere ist dir völlig egal.« Er lachte. »Ganz der Mystiker, der du immer warst.«

Der Zynismus schien an Gaisel abzuprallen. »Was hat Alessandro Badalamenti damit zu tun? Ich weiß, dass er dort war, bei den Katakomben.«

Der Gottesfürchtige war irritiert. »Nichts. Er war nur zur falschen Zeit am falschen Ort. Er und sein Freund haben mitangesehen, wie einer meiner Leute einen Polizisten erschossen hat. Wir haben sie mitgenommen, weil wir nicht wussten, was wir sonst tun sollten.«

»Ihr wart das?«

Der Gottesfürchtige verstand die Frage nicht.

»Wo ist er jetzt?«, fuhr Gaisel fort.

»Wissen wir nicht.«

Gaisel war skeptisch. »Wie ist das möglich?«

»Wir wurden angegriffen, bei den Katakomben. Wir wissen nicht, von wem.«

Gaisel schien mit der Antwort nicht zufrieden zu sein. »Du bist sicher, dass nicht einer der beiden dahintersteckt? Ich habe durchtrennte Fesseln gesehen. Badalamenti wurde befreit. Oder hat er sich vielleicht selbst befreit?«

Der Gottesfürchtige gab ihm keine Antwort.

»Bist du sicher, dass nicht er es war, der dich angegriffen hat? Oder vielleicht der andere? Lombardi?«

Der Gottesfürchtige wollte widersprechen, doch er überlegte es sich anders. »Was willst du wirklich hier?«

»Die Sache ist politisch geworden«, erklärte Gaisel. »Es gibt Dinge, die sich in den Vordergrund drängen und uns in einem falschen Licht erscheinen lassen. Ich frage mich, was deine Rolle in dieser Sache sein soll. Die Polizei sucht nach Verantwortlichen für den Tod Pabils und für den des Polizisten. Angenommen, sie finden dich. Was würdest du ihnen sagen?«

»Ich verstehe nicht«, gab der Gottesfürchtige zurück.

»Würdest du ihnen von einer medizinischen Behandlung erzählen? Oder von etwas anderem?«

»Was sollte ich ihnen sonst erzählen?« Er sah Gaisel forschend an, dann hatte er eine Eingebung. »Das ist also dein Plan. Du willst mich für deine Zwecke einspannen.«

»Für die Kirche. In deren Dienst du eigentlich stehen solltest.«

Der Gottesfürchtige wollte widersprechen. Er wollte sagen, dass er lange genug im Dienst der Kirche gestanden hatte, ohne je etwas zurückzubekommen als leere Versprechen. Dass er es keine Sekunde länger ertragen konnte und dass er eine neue Richtung gefunden hatte, einen neuen Gott, der seine Versprechen einhalten konnte.

Doch er sagte nichts dergleichen. »Was soll ich ihnen sagen?«, fragte er stattdessen.

»Die medizinischen Daten zu Pabil sind für die Medien verwirrend. Ich möchte, dass das so bleibt.«

»Sie sind überhaupt nicht verwirrend. Ich kann dir erklären .. «

»Nicht nötig.«

Der Gottesfürchtige staunte über diese Ignoranz. »Wie stellst du dir das vor?«

»Du könntest sagen, du hast ihn so gefunden.«

Da schnaubte der Gottesfürchtige vor Ärger.

»Da ist noch etwas«, sagte Gaisel. »Ich frage mich, warum du so sicher bist, dass es nicht dieser Lombardi war, der dich überfallen hat.«

»Warum sollte er das tun?«

»Um seinen Freund zu befreien?«

Der Gottesfürchtige schüttelte den Kopf. »Es wird egal sein, was ich sage. Man wird mich für den Tod des Polizisten zur Rechenschaft ziehen. Da kann ich mich nicht herausreden.«

Gaisel nickte. »Vielleicht war dafür ja auch jemand anderes verantwortlich.«

Als der Gottesfürchtige erkannte, wovon Gaisel sprach, war er überrascht. Diese Hinterlist hatte er ihm nicht zugetraut. Aber es konnte funktionieren, oder zumindest ließe sich etwas Zeit gewinnen. Schließlich hatte er einen Termin, den er nicht versäumen durfte. In zwei Stunden ging sein Flug.

»Mein Gott, du könntest recht haben«, sagte der Gottesfürchtige. »Vielleicht war es wirklich Badalamentis Freund. Er muss es auch gewesen sein, der Pabil an den Obelisken fesselte.«

»Übertreib nicht«, warnte ihn Gaisel.

»Das ist gewagt, das muss gut durchdacht sein.«

»Ich vertraue auf dich«, sagte Gaisel.

Sie sahen einander an. Alte Freunde, die einander aus den Augen verloren hatten und einander fremd geworden waren.

»Der tote Polizist«, begann Gaisel, »das war ein Unfall, nicht wahr?«

Der Gottesfürchtige zögerte mit seiner Antwort. Er genoss es einen Moment, sein Gegenüber zappeln zu lassen, dann nickte er. »Dich schickt der Himmel«, sagte er schließlich.

Gaisel sah ihn mit unergründlichem Blick an. »Ich weiß.«

LOMBARDI

»Meyer meldet sich nicht«, sagte Amirpour, als sie aus dem Taxi gestiegen waren. »Ich mache mir Sorgen.«

Lombardi sah sie an. »Der Mann, der vorhin anrief? Glauben Sie, es ist etwas passiert?«

»Ich weiß es nicht.« Sie steckte ihr Handy ein. »Ist es hier?«

»Ich habe es mir überlegt«, sagte Lombardi. »Ich glaube, es ist besser, wenn Sie unten warten. Gehen Sie einen Kaffee trinken.«

Amirpour sah ihn an, und ihre Augen funkelten vor Überraschung und Ärger. Sie standen vor dem Haus, in dem Turilli wohnte, und waren im Begriff, an seinem Türschild zu läuten. Nun war es doch aus Lombardi herausgebrochen.

»Ich fliege den ganzen Weg von Island hierher zu Ihnen, und jetzt wollen Sie mich loswerden?«

»Das ist es nicht, aber …«

»Aber? Ich höre.«

Lombardi seufzte. »Turilli war dagegen, Sie einzubeziehen.«

Als sie verstand, verschwand die Wut, und sie wurde ernst. »Okay. Aber ich gehe trotzdem mit. Sie können ja sagen, dass Sie dagegen waren.«

»Sie verstehen nicht, ich habe Ihnen Pabils Befunde gegeben, obwohl ich ihm versprochen habe, sie niemandem zu zeigen.«

»Ohne mich würden Sie noch im Dunkeln tappen«, erklärte sie

ruhig. »Ich dachte, die Kirche hätte ihre Vorbehalte mir gegenüber aufgegeben?«

»Das hat sie auch, aber …«

Amirpour schenkte ihm ein falsches Zahnpastagrinsen und drückte den Klingelknopf.

Lombardi war zu verblüfft, um sich zu beschweren. Er bezweifelte ohnehin, dass Turilli zu Hause war. Zwar sprach man im Vatikan davon, dass der Kardinal in letzter Zeit gern spät ins Büro kam, aber es war bereits acht Uhr, das war selbst für Turilli spät.

Sie warteten eine volle Minute, und als Lombardi sich gerade Amirpour zuwenden wollte, um ihr zu sagen, dass das ohnehin eine schlechte Idee gewesen war, erklang eine verzerrte Stimme aus der Gegensprechanlage.

»Wer ist da?«

Lombardi nannte seinen Namen, und nach einigen Sekunden öffnete sich die Tür.

Sie gingen nach oben in den vierten Stock – Lombardi hatte überlegt, den Lift zu nehmen, doch Amirpour war vorausgeeilt, und er hatte Mühe, mit ihr Schritt zu halten. Als sie oben ankamen, stand Turilli bereits in der Tür. Seine Soutane saß schief, und Lombardi sah, dass sie falsch zugeknöpft war. Turillis Haar stand wild nach allen Seiten ab, als wäre er gerade aufgestanden.

Als er Amirpour erblickte, sah es kurz so aus, als würde er die Tür wieder zuschlagen, doch schließlich trat er zur Seite.

Lombardi hatte schon von Turillis Wohnung gehört, aber war noch nie hier gewesen. Sie musste den Vergleich mit Badalamentis Penthouse nicht scheuen, auch wenn die Einrichtung viel älter war. Zumindest verzichtete Turilli auf die Haushaltsführung durch Nonnen, wie sie andere Kardinäle in Anspruch nahmen.

Turilli verschwand für einen Moment, bevor er mit frisierten Haaren und ordentlich zugeknöpfter Soutane wieder zurückkam.

»Hübsch«, sagte Amirpour, während sie sich umsah. »Haben Sie das mit Kirchensteuern oder mit Spendengeldern bezahlt?«

Turilli zuckte sichtbar zusammen, dann wankte er wie ein verwundeter Krieger in sein Wohnzimmer. Amirpour grinste.

»Wenn Sie nicht die Klappe halten, stelle ich mich der Polizei, verstanden?«, zischte Lombardi.

»Schon gut. Ich bin ganz brav.«

Der Kardinal bat sie mit einer Geste, Platz zu nehmen, und sie ließen sich in tiefe Ledersofas fallen. Dann befüllte er zwei Wassergläser, die er vor ihnen hinstellte. Amirpour strich mit den Fingern über das Leder und brummte zustimmend.

Turilli ließ sich ebenfalls nieder. »Ich bin so froh, dass es Ihnen gut geht. Es tut mir leid, dass ich Sie da hineingezogen habe!«

Lombardi trank einen Schluck Wasser. »Wenn ich Alessandros Bild in den Medien gesehen hätte, wäre ich von selbst gekommen. Gibt es schon etwas Neues?«

»Außer, dass Sie beide polizeilich gesucht werden? Nein! Natürlich ist man im Vatikan nicht untätig, aber mit mir spricht niemand mehr.« Er machte eine theatralische Geste, um auszudrücken, wie sehr ihn das beleidigte. »Gaisel hat die Zügel fest in der Hand«, erklärte Turilli, »trotz des Fauxpas mit der Pressekonferenz letzte Nacht. Dass wir mit Pabil Viscontes Namen nach draußen gehen, war nicht geplant.«

»Ich hatte mich schon gewundert«, sagte Lombardi. »Was ist mit der Ziffer, die auf den Obelisken gesprüht wurde? Weiß man dazu schon etwas?«

Turilli schüttelte den Kopf. »Auch die Medien rätseln. Es gibt mehrere Theorien dazu. Die Zahl acht wird – zumindest in der christlichen Mystik – als Symbol für einen Neubeginn interpretiert. Sie ist eine Referenz an den Tag von Jesu Wiederauferstehung und steht für die Wiedergeburt des Menschen in ein neues Leben. Aber es gibt auch Zahlenmystiker, die behaupten, die Acht stehe für Ambition und Erfolg.«

Lombardi fand das mehr als ironisch.

Wiedergeburt? Erfolg?

Was er gesehen hatte, eignete sich eher als Symbol für Scheitern und Tod.

»Und die Tafel, die Alessandro entwendet haben soll? Wissen Sie schon mehr darüber?«

»Irgendeine Geschichte über einen mesopotamischen König. Keine Ahnung, warum er sich dafür interessiert.«

»Stimmt es eigentlich, was die Medien über diesen Pabil schreiben?«, schaltete Amirpour sich ein. »Es soll unter seiner Verantwortung Unregelmäßigkeiten bei Immobiliendeals im Vatikan gegeben haben.« Sie tauschte einen Blick mit Lombardi, der am liebsten im Boden versunken wäre.

Er konnte sich inzwischen an Pabil erinnern. Er wusste noch von irgendeinem Skandal rund um Immobilien, der den Mann seine Kirchenkarriere gekostet hatte.

Turilli bedachte Amirpour mit einem Blick. »Ich bitte Sie, es nicht persönlich zu nehmen, aber ich würde alles Weitere gern mit Bischof Lombardi allein besprechen.«

»Ich nehme es nicht persönlich, machen Sie sich keine Sorgen«, sagte sie, machte aber keine Anstalten aufzustehen.

»Sie wissen, was wir zusammen durchgemacht haben, Eminenz«, schaltete Lombardi sich ein. »Sie genießt mein volles Vertrauen.«

Turilli schien sich zu fragen, ob ihm das genügte. Er räusperte sich. »Sie sind als Journalistin tätig, habe ich gehört?«

Sie nickte. »Ein toller Ausgleich. Ich komme herum und lerne viele Kolleginnen und Kollegen kennen.«

»Wird das, was wir hier besprechen, in der Zeitung landen?«

»Wenn alles vorbei ist«, gab sie trocken zurück.

Lombardi sah sie entsetzt an. »Sie haben mir versprochen, nichts darüber zu schreiben!«

»Stimmt. Das gilt bis auf Weiteres. Aber wenn alles ausgestanden ist, schreibe ich natürlich darüber, was haben Sie denn gedacht?«

Lombardi wartete darauf, dass Turilli sie beide hinauswarf.

Er war im Begriff aufzustehen, doch der Kardinal blieb ruhig. Er wandte sich an Lombardi.

»Warum sind Sie hier?«

Lombardi fasste in seine Tasche und legte die hölzerne Schachtel aus Badalamentis Penthouse vor sich auf den Tisch.

Turilli riss die Augen auf. »Wo haben Sie das her?« Er griff nach der Kiste und hob sie vorsichtig hoch.

»Ich habe es in seiner Wohnung gefunden.«

»Alessandro hatte das in seiner Wohnung?«, fragte Turilli verblüfft.

Lombardi nickte. »Jemand muss es ihm vor Kurzem zugesandt haben, ich habe noch die Verpackung gefunden.«

Nachdem Turilli es von allen Seiten betrachtet hatte, legte er es zurück auf den Tisch, offenbar froh, es aus der Hand geben zu dürfen.

»Toll«, sagte Amirpour. »Sehen wir nach, was drin ist!«

»Nur wie?«, fragte Lombardi. »Da ist nirgendwo ein Schloss.«

»Haben Sie Werkzeug?«, wandte sie sich an Turilli.

Der Kardinal verdrehte die Augen.

»Wir können es doch nicht einfach aufbrechen«, sagte Lombardi.

Amirpour sah ihn fragend an, dann verschränkte sie die Arme. »Ich dachte, Sie wollen Ihren Freund finden.«

Lombardi und Turilli tauschten einen Blick aus, dann stand der Kardinal auf.

Kurz darauf stellte er ein Tablett mit unterschiedlichstem Essbesteck auf den Tisch, silberne Gabeln und Messer, aber auch Kartoffelschäler und ein Nussknacker.

»Sie kochen?«, fragte Amirpour amüsiert.

Sie nahm die Holzschachtel zur Hand, und niemand hinderte sie daran. Es gelang ihr, ein scharfes Messer in den Spalt unter dem Deckel zu zwängen, doch als sie versuchte, die Box aufzuhebeln, glitt das Messer ab.

»Das ist nicht nur Holz«, stellte sie fest. »Da ist etwas Härteres darunter.«

»Soll ich es probieren?«, fragte Lombardi.

Zu dritt mühten sie sich mit der Kiste ab, nach Lombardi war Turilli an der Reihe, der das Ding wieder Amirpour übergab. Nach und nach verloren sie alle Hemmungen, und es war Amirpour, die einen Fleischklopfer zur Hand nahm. Es dauerte einige Minuten, bis ein Krachen ertönte und der Deckel zur Gänze abbrach.

»Kennen Sie diesen Witz, wo ein Mathematiker neben einer Dose ohne Dosenöffner verhungert und neben sich auf den Boden geschrieben hat: *Axiom Nr. 1: Die Dose sei offen*?«

Niemand lachte.

»Lassen Sie mich sehen«, forderte Turilli, doch Lombardi riss die Box an sich. Amirpour hatte recht gehabt, es hatte einen metallenen Riegel gegeben, den sie zerbrochen hatte. Darin befand sich etwas, das in ein Tuch eingeschlagen war. Als er es auswickelte, hielt er zur Verblüffung aller eine kleine Tontafel in der Hand.

»Das kann doch jetzt nur ein Scherz sein«, sagte Amirpour.

Doch Lombardi schüttelte den Kopf. »Sehen Sie!«

Er hielt ihr die Tafel hin, und sie erkannte sofort, was er meinte. Er zeigte es auch Turilli.

Die Tafel selbst war aus rohem, ungebranntem Ton gefertigt, doch in die raue Oberfläche war mit der Präzision eines hochmodernen Gerätes ein Schriftzeichen eingraviert worden.

»Keilschrift«, sagte Turilli.

»Aber das ist keine antike Tontafel«, warf Lombardi ein. »Diese hier ist neu. Was soll das bedeuten?«

»Wir könnten das Zeichen googeln«, schlug Amirpour vor.

Die beiden Geistlichen sahen sich an.

»Wie? Sollen wir eine Beschreibung des Zeichens in die Suchmaske tippen?«, fragte Lombardi.

Amirpour schien ihn zu belächeln. Sie nahm ihr Handy heraus und machte ein Foto des Zeichens.

»Was tun Sie?«, fragte Turilli.

»Ich suche im Netz nach ähnlichen Bildern.«

»Das geht?«

Amirpour würdigte ihn keiner Antwort.

»Acht«, sagte sie schließlich und steckte ihr Telefon wieder ein.

Die beiden Männer waren sprachlos.

»Wie?«, fragte Lombardi.

»Ganz eindeutig ist das Ergebnis nicht, aber ich glaube, das Zeichen ist eine Acht.«

Alle dachten darüber nach, was das hieß. *Die Zahl auf dem Obelisken.*

Zufall? Oder gab es einen Zusammenhang?

»Wie soll uns das helfen, Badalamenti zu finden?«, rief Lombardi frustriert aus. »Als ich ihn das letzte Mal sah, war er in der Gewalt von Bewaffneten! Er gab mir nur diese Medikamentenflasche für Sie. Was wollte er mir damit sagen?«

Turilli schien ratlos.

»Sie müssen doch etwas wissen!«, drängte Lombardi. »Alessandro entwendet eine antike Tafel aus den Vatikanischen Museen, just als er diese Box zugesandt bekommt.«

»Ihr Ton gefällt mir nicht, Lombardi!«, gab Turilli drohend zurück. »Sie kommen in mein Heim, nehmen diese Frau mit und zeigen kein bisschen Dankbarkeit. Wir haben einen gemeinsamen Freund, aber das bedeutet nicht, dass wir Freunde sind!«

Amirpour lächelte stumm, als hätte sie darauf gewartet, dass so etwas passierte. Lombardi hoffte, dass sie nicht den Mund aufmachte.

»Ich will nur Alessandro finden, genau wie Sie.«

Turilli hatte die Arme verschränkt und sagte nichts mehr.

Da stand Amirpour seufzend auf. »Ich muss telefonieren.«

Lombardi wartete, bis sie weg war.

»Es tut mir leid«, sagte er dann. »Sie wollte unbedingt mitkommen.«

»Um sie geht es nicht«, sagte Turilli müde. »Es ist nur so, dass ich auch nicht weiterweiß. Mir hat er auch nicht die ganze Wahrheit gesagt, Lombardi. Ich will mir nicht vorstellen, dass er etwas mit all dem zu tun hat.«

Plötzlich klingelte es an der Tür.

»Erwarten Sie jemanden?«, fragte Amirpour, die aus dem Vorzimmer zurückkam.

Turilli machte ein ratloses Gesicht, bevor er aufstand, um nachzusehen.

Lombardi und Amirpour hörten, wie er die Tür aufschloss und leise zu sprechen begann. Vom Wohnzimmer aus hatten sie keine freie Sicht auf die Tür, also lauschten sie angestrengt.

»Tut mir leid«, sagte Turilli. »Ich glaube, ich kann Ihnen nicht helfen.«

Lombardi hatte ein mulmiges Gefühl. Amirpours Lippen formten stumm das Wort *Polizei*.

»Nein, ich bin alleine«, sagte Turilli, und dann: »Wie kommen Sie darauf? Nein, ich kenne niemanden, der so heißt.«

Wenig später wurde die Tür geschlossen, und Turilli kam mit blassem Gesicht zurück ins Wohnzimmer.

»Was ist geschehen?«, fragte Lombardi.

»Zwei Beamte von der römischen Kriminalpolizei waren hier. Sie haben nach Ihnen gesucht.« Er wandte sich an Amirpour. »Haben Sie irgendjemandem erzählt, dass Sie bei mir sind?«

»Nein, warum?«

»Weil die beiden explizit nach Ihnen gefragt haben. Sie waren sich ganz sicher, dass Sie hier seien. Ich habe ihnen gesagt, ohne

Durchsuchungsbeschluss kommen sie nicht rein. Dann sind sie gegangen.«

»Hat uns jemand gesehen?«, fragte Lombardi. »Vielleicht der Taxifahrer?«

Doch Amirpour schüttelte den Kopf. Sie holte ihr Handy heraus und murmelte einen leisen Fluch, während sie es ausschaltete. »Ich hätte daran denken sollen. Aber ich konnte nicht ahnen … Die glauben wirklich, dass Sie in Pabils Tod verwickelt sind.«

»Sage ich doch!«

Sie schwiegen.

»Wen haben Sie angerufen?«, fragte Lombardi.

Sie sah Turilli mit unverhohlener Skepsis an. Der Kardinal seufzte theatralisch.

»Soll ich vielleicht hinausgehen? Damit Sie beide ungestört sind?«

Amirpour biss die Zähne zusammen. »Laura«, sagte sie schließlich. »Sie hat das Medikament analysiert.«

»Sie haben ihr das Medikament gegeben?«, fragte Turilli.

Doch Amirpour ignorierte ihn. »Leider konnte sie nichts über den Inhalt herausfinden. Aber sie sagt, dass sie den Hersteller identifizieren konnte.« Amirpour sah nachdenklich auf ihr ausgeschaltetes Handy. »Das ist wirklich seltsam. Wenn es stimmt, was sie sagt, stammt das Mittel von einem Unternehmen namens Aetheromed.«

»Und?«

»Ich habe diesen Namen schon einmal gehört. Sie erinnern sich an den Anruf, den ich vorhin bekommen habe? Die andere Story, an der ich dran war.«

Sie erzählte ihm von Floris Meyer.

»Er sprach von illegalen Tierversuchen, aber es klang alles recht kryptisch, deshalb habe ich nicht nachgebohrt. Ich wusste nicht, dass dort auch Medikamente entwickelt werden.« Sie griff nach ihrem Handy, bevor sie es sich anders überlegte. »Herr Turilli, haben Sie hier Internet?«

Dem Kardinal passte es gar nicht, so informell angesprochen zu werden, das war offensichtlich. Doch er führte sie zu einem alten Computer. Als sie den Namen des Unternehmens googelte, tauchten plötzlich Pressemeldungen auf.

Kursgewinne bei Biotechunternehmen.

Amirpours Augen hinter den Brillengläsern blinzelten schnell, als sie einen Artikel nach dem anderen öffnete.

»Was ist das?«, fragte Lombardi und zeigte auf einen stilisierten Schriftzug des Firmennamens Aetheromed, bei dem das »O« als liegende Acht ausgeführt war.

»Das ist das Logo von Aetheromed.«

»Sehen Sie doch, die Acht!«, rief er aus, als sie nicht zu reagieren schien.

»Das ist Zufall«, sagte sie, klang aber nicht besonders überzeugt. Amirpour stieß einen leisen Fluch aus. »Ich hätte dem Kerl besser zuhören sollen.«

»Ich will ja nicht drängen, aber die Polizei wird wiederkommen«, mischte Turilli sich ein. »Sie sollten sich in Sicherheit bringen.«

Amirpour stand auf. »Natürlich. Es tut mir leid, ich wollte Sie nicht in Verlegenheit bringen. Wir dürfen ohnehin keine Zeit verlieren.«

»Was haben Sie vor?«, fragte Lombardi.

»Wir müssen mit Floris Meyer sprechen.«

»Ich dachte, der ist auf Island.«

»Genau.« Sprachs und griff sich ihre Umhängetasche.

Lombardi schüttelte entmutigt den Kopf. »Ich würde Sie gern begleiten, aber wenn ich mich am Flughafen blicken lasse, kann ich mich genauso gut gleich stellen. Was vielleicht ohnehin eine gute Idee wäre.«

Turilli winkte, um auf sich aufmerksam zu machen. »Das hätte ich fast vergessen – ich habe da etwas für Sie, Lombardi.«

Er verließ das Wohnzimmer, um mit etwas wiederzukommen, das wie ein Pass aussah.

LOMBARDI

Er schwenkte den Pass in seiner Hand hin und her, während sie in einer Limousine des Vatikans zum Flughafen fuhren. Es war kurz nach zehn, der Himmel war bedeckt, und leichter Regen fiel auf die Windschutzscheibe, gerade genug, um die Scheibenwischer einzuschalten. Turilli hatte seinen Chauffeur angerufen, der sie wenige Minuten später abgeholt hatte. Noch immer konnte er es nicht glauben. Das Dokument trug keine Aufschrift, nur das in Gold eingeprägte Wappen des Papstes.

Ein Diplomatenpass.

Turilli hatte schlicht erklärt, dass sein Antrag genehmigt worden war. Lombardi hatte gefragt, welcher Antrag das gewesen sein sollte, und dann verstand er.

»Aber ich habe doch nur um ein Arbeitsvisum angesucht, und nicht für mich! Das ist für Chibuike!«

Turilli erklärte, dass es die einfachste Lösung gewesen war. Lombardi war nun offiziell ein Bürger des Vatikanstaats.

Zuerst weigerte er sich.

»Was ist mit meinem ursprünglichen Antrag?«

Turilli wurde wütend. Er erwartete Dankbarkeit, doch Lombardi ließ nicht locker, bis der Kardinal versprach, sich auch um Lombardis Freundin Chibuike zu kümmern.

»Sie treiben es ganz schön weit«, sagte Turilli zum Abschied. »Ich helfe Ihnen wegen Alessandro. Aber ich kann nicht behaupten, dass es mir gefällt. Sehen Sie zu, dass Sie ihn finden.«

Zuletzt hatte er Amirpour noch einen Blick zugeworfen, bevor er die Wohnungstür schloss.

Nun waren sie auf dem Weg zum Flughafen. »Und Sie glauben wirklich, dass wir dort Antworten finden?«, fragte er.

»Wenn es stimmt, was Sie mir erzählt haben, hat Badalamenti Ihnen aufgetragen, der Spur dieses Medikaments zu folgen. Und das tun wir.«

»In Reykjavik«, sagte Lombardi.

»Wir treffen Floris Meyer. Ich bin mir sicher, dass er etwas weiß. Haben Sie eine bessere Idee?«

Lombardi gab ihr im Prinzip recht. Doch er hatte große Zweifel, dass er es durch die Passkontrolle schaffen würde, selbst mit einem vatikanischen Diplomatenpass und den Tickets, die Turilli ihnen in Rekordzeit beschafft hatte. Vielleicht sollte er sich einfach stellen und mit der Polizei reden. Doch bei dem Gedanken hatte er immer noch ein äußerst ungutes Gefühl.

Wir werden nicht als Zeugen gesucht, sondern als Verdächtige.

Die Polizei schien der festen Überzeugung zu sein, dass sie in den Tod des Polizisten oder in Pabils Tod verwickelt waren. Er konnte sich nicht vorstellen, wie sie darauf kamen, und das irritierte ihn.

Als die Lichter des Flughafens vor ihnen auftauchten, bekam der Fahrer plötzlich einen Anruf. Er hatte einen Knopf im Ohr, sodass Lombardi den Anrufer nicht hören konnte.

»Grazie«, sagte der Mann und legte auf.

Er fuhr den Wagen rechts ran.

»Was ist?«, wollte Lombardi wissen.

Der Chauffeur drehte sich um. »Seine Eminenz Turilli hat angerufen. Er sagt, Sie können nicht fliegen, am Abfluggate ist alles voller Polizei. Es tut ihm sehr leid. Wir müssen umkehren. Ich bringe Sie zu ihm zurück, damit Sie besprechen können, wie Sie weitermachen.«

Amirpour schüttelte den Kopf. »Fahren Sie weiter!«, befahl sie.

Der Fahrer war irritiert. Er sah Lombardi an, als wäre er es nicht gewohnt, von einer Frau Befehle zu bekommen.

»Hören Sie schlecht?«, fuhr Amirpour ihn an.

Lombardi nickte, und der Mann gehorchte.

Wenig später hielten sie auf das Flughafengebäude zu. Amirpour hatte ihr Handy wieder eingeschaltet und hielt es sich ans Ohr.

»Ich dachte, Sie hätten es ausgeschaltet, wegen der Polizei?«, fragte Lombardi, doch sie beachtete ihn gar nicht.

Sie ließen den Haupteingang links liegen, um sich einem kleineren Eingangstor zuzuwenden. Zwei Piloten in Uniform kamen ihnen mit Trolleys im Schlepptau entgegen und sahen ihnen verwundert nach.

»Wollen Sie mir nicht sagen, wohin wir unterwegs sind?«, fragte Lombardi, nachdem sie mit Telefonieren fertig war.

»Das ist eine Überraschung«, antwortete sie grimmig. »Hier entlang.«

Sie hielten auf eine Kantine zu, wo ausschließlich Flugpersonal saß und sich stärkte. Stewards und Stewardessen waren in Gespräche vertieft und lachten. Amirpour blieb stehen und schien sie zu beobachten.

»Suchen wir jemanden?«

»Finn«, sagte sie, als würde das etwas erklären.

»Wer ist Finn?«

Da winkte Amirpour plötzlich, und ein großer Mann mit blondem Haarschopf und Bart winkte zurück. Er kam ihnen mit beschwingtem Gang entgegen, der so gar nicht zu seiner engen Pilotenuniform zu passen schien.

»Lombardi, Finn«, stellte sie die beiden vor.

Der Mann sah auf die Uhr. »Ich dachte schon, ihr schafft es nicht. Wo ist euer Gepäck?«

»Nur, was du hier siehst«, erklärte Amirpour.

Er zuckte mit den Schultern. »Hast du die Tickets bekommen, die ich dir geschickt habe?«

Amirpour hob ihr Telefon. »Schon eingecheckt.«

Finn nickte und ging voraus.

»Wer ist das?«, flüsterte Lombardi, als sie ihm folgten.

»Finn hilft mir hin und wieder. Er macht Leerflüge.«

»Was ist das?«

»Fluglinien schicken manchmal Flugzeuge ohne Passagiere oder

Fracht zwischen Kontinenten hin und her, um gewisse Quoten zu erfüllen, damit sie die Zeitfenster für ihre Flüge nicht verlieren.«

Lombardi staunte. »Und deshalb fliegen sie mit leeren Flugzeugen? Geschieht das häufig?«

»Häufiger, als Sie glauben würden.«

»Aber – das ist ja eine Katastrophe. Was ist mit der Umwelt?«

Amirpour zuckte mit den Schultern. »Eine Katastrophe, Sie sagen es. Für uns ist es positiv, so schnell hätten wir sonst keinen Flug bekommen. Außerdem sind die Tickets gratis. Früher durfte Finn sie sogar selbst ausstellen. Leider ist das seit ein paar Jahren nicht mehr möglich.«

»Und Finn ist gerade zufällig in Rom«, ergänzte Lombardi, dem die Geschichte eine Spur zu abenteuerlich war.

Amirpour grinste schelmisch. »Es gibt mehr als einen *Finn*, aber erzähl es ihm nicht«, flüsterte sie. »Er glaubt, er ist mein Ritter.«

Sie näherten sich einer Sicherheitsschleuse. Hier gab es keine Schlange und nur zwei Sicherheitsbeamte, einen Mann hinter dem Monitor des Röntgengeräts und eine Frau, die gerade Finns Pass kontrollierte und Small Talk mit ihm machte. Sie wünschte ihm einen guten Flug und wandte sich Amirpour und Lombardi zu. Amirpours Pass war schnell kontrolliert, doch bei Lombardi stutzte die Frau.

Jetzt kommt es. Ich bin geliefert.

»Vatikan? Sieh an.«

Als er nicht reagierte, gab sie ihm den Pass zurück.

Zehn Minuten später saßen sie in einem Airbus mit hundertfünfzig Sitzplätzen, der außer ihnen leer war, und rollten auf die Startbahn zu. Lombardi wartete darauf, dass irgendwo ein Auto mit Blaulicht auftauchen würde, um sie am Abheben zu hindern, doch nichts dergleichen passierte.

GUNDA SIGRUNSDOTTIR, FORSCHUNGSZENTRUM AETHEROMED

Alex Lamiche drückte die Hand seiner Frau, sichtlich bemüht, ruhig zu bleiben. Sie wollten das gemeinsam durchstehen, so hatten sie es einander bestimmt in vielen schlaflosen Nächten immer wieder versichert.

Sie tun nur, was alle guten Eltern tun würden.

Gunda Sigrunsdottir betrachtete die beiden über den Schreibtisch des Kundenraums hinweg. An der Wand hingen Bilder glücklicher Familien in freier Natur, was in diesem Moment nicht eben hilfreich war.

Die Kundenbetreuung gehörte zu Sigrunsdottirs Aufgaben, und normalerweise mochte sie die Abwechslung vom Laboralltag. Mit den beiden hatte sie in den letzten zwei Jahren immer wieder höfliche Gespräche geführt. Sie hatte ihnen geduldig erklärt, dass ihnen Aetheromed nicht helfen könne. Aber sie spürte, dass sie nicht mehr durchdrang.

»Sie sagen mir, Sie wollen unserem Kind nicht helfen«, sagte Alex Lamiche. »Sprechen Sie es doch aus.«

»So einfach ist es nicht«, erklärte Sigrunsdottir.

»Doch, ist es«, gab Lamiche zurück. Seine Frau hielt seine Hand.

»Es ist nur ein einzelnes Gen, das unser Kind krank macht. Ich habe im Internet recherchiert. Es gibt inzwischen Möglichkeiten, so etwas zu korrigieren, mittels Genschere. CRISPR-Cas-Methode, so steht es im Internet, ich habe alles darüber gelesen. Sie schneidet das fehlerhafte Gen einfach hinaus. Mehr erwarten wir nicht. Das ist es doch, was Sie hier tun, nicht wahr? Schneiden Sie das kranke Gen heraus, damit unser Kind leben kann!«

Sigrunsdottir verlor die Geduld. »Ich will nur noch einmal klarstellen, worum es hier geht«, sagte sie. Sie erklärte den beiden nun zum dritten Mal die Lage. Dass sie einen Gendefekt hatten, den sie an ihre Kinder weitervererbten. Der Defekt wurde während der ersten Schwangerschaft von Frau Lamiche vor zwei Jahren entdeckt, das Kind hätte sein erstes Lebensjahr nicht überstanden, also hatte sie abgetrieben. So etwas war enorm schwierig für Eltern, das verstand Sigrunsdottir. Danach hatten sie beschlossen, es mit In-vitro-Fertilisation zu versuchen, und hier wurde es kompliziert. Dabei wurden natürlich mehrere Eizellen befruchtet, aber nur eine wird der Mutter eingesetzt, so funktionierte das. Die übrigen wurden entsorgt, was ethisch zu hinterfragen war, aber erlaubt. Laut katholischer Kirche handelte es sich bei diesen Embryonen bereits um Menschen, aber die beiden waren nicht katholisch.

»Angesichts Ihrer Geschichte ist es nur verständlich, dass Sie wissen wollten, ob die Embryonen gesund sind«, betonte Sigrunsdottir. »Sie wollten sie also untersuchen lassen. Sie hatten Glück, in Frankreich ist solche Präimplantationsdiagnostik eigentlich verboten, aus ethischen Gründen. Nur in ganz bestimmten Fällen, genau genommen nur exakt in Ihrem Fall, ist es in Europa unter sehr strengen Auflagen erlaubt, die Embryonen zu untersuchen. Dabei zeigte sich leider, dass alle Embryonen an demselben Gendefekt leiden wie das Kind, das Sie abgetrieben haben. Keiner der Embryonen wird lebensfähig sein. Sie können eine erneute In-vitro-Fertilisation versuchen.«

»So viel Zeit haben wir nicht. Außerdem wurde uns gesagt, dass sehr wahrscheinlich wieder dasselbe herauskommt.«

»Das ist die Tatsache, die Sie akzeptieren müssen. Es tut mir leid, Sie können keine gesunden Kinder bekommen.«

»Ich verstehe Sie«, sagte Alex Lamiche, »Sie wollen unserem Kind nicht helfen. Weil irgendeine dumme Behörde glaubt, es verbieten zu müssen.«

»Welchem Kind?«, wurde Sigrunsdottir laut. »Sie hatten ein Kind, und das war krank. Sie haben mein ehrliches Beileid. Aber nun wollen Sie sich eines nach Ihren Vorstellungen ›herstellen‹ lassen, um es zu ersetzen!«

Lamiches Frau zog die Hand zurück und verschränkte die Hände. »Es ist nur ein einziges Gen«, sagte sie. »Warum sollte es verboten sein, das herauszuschneiden? Wie einen Tumor. Technisch ist es doch möglich.«

»Bei Mäusen und Schweinen, ja. Auch wenn Herausschneiden das falsche Wort ist. Diese Genschere, von der Sie sprechen, ist das Molekül CRISPR-Cas9. Es gibt darum einen Hype, aber bevor so etwas theoretisch bei menschlichen Embryonen eingesetzt werden darf, müssen mehr Forschungen ...«

»Wir unterschreiben alles, was Sie wollen«, erklärte Alex Lamiche.

»Was sonst noch?«, fragte Sigrunsdottir, die immer wütender wurde. »Wollen Sie es eher dick oder schlank? Soll es blaue Augen haben? Ich persönlich finde braune Augen schöner, aber Sie entscheiden, ich mische mich da nicht ein. Ich nehme an, Sie hätten gern ein kluges Kind, nicht wahr? Gut aussehend. Vielleicht können wir die abstehenden Ohren korrigieren, die Sie, Herr Lamiche, sich mit fünfzehn Jahren operieren ließen, wie ich Ihrer Gesundheitsakte entnehme. Am besten, Sie suchen sich aus, ob Ihr Kind einmal Wissenschaftler oder Künstler werden soll. Vielleicht Sport? Es gibt da ein Gen, das die Produktion schneller Muskelfasern steuert. Sollen wir seine Aktivität erhöhen? Sagen Sie einfach Bescheid!«

Alex Lamiche stand auf. »Komm, das müssen wir uns nicht bieten lassen. Ich bin mir sicher, wir finden ein Labor, das unserem Kind hilft.«

Gunda Sigrunsdottir legte die Handflächen auf den Tisch und senkte den Kopf. In ihr kochte es.

Lamiche und seine Frau hatten die Tür fast erreicht, als Sigrunsdottir sie zurückrief. Sie schrieb ihnen einen Namen und eine Mailadresse auf. Die Feindseligkeit der beiden verwandelte sich augenblicklich in überschwängliche Begeisterung. Sie konnten gar nicht mehr aufhören, ihr zu erklären, wie dankbar sie ihr waren.

Gunda Sigrunsdottir wollte nichts davon hören. »Kalifornien ist liberaler, dort haben Sie eine reelle Chance. Viel Glück.«

Sie begleitete das Paar zum Haupteingang, wo ihr der Chef der Presseabteilung entgegenkam.

»Hast du kurz Zeit? Du musst etwas für uns tun.«

»Jetzt?«

»In einer halben Stunde. Order von oben.«

Als Sigrunsdottir zurück in ihr Büro ging, sah sie zwei Männer, die den Schriftzug einer Tierkörperverwertungsfirma auf ihren Overalls trugen, durch eine Tür in den hinteren Teilen des Gebäudes verschwinden, dorthin, wo Sigrunsdottir keinen Zugang hatte.

LOMBARDI

»Das ist es?«, fragte er.

Sie standen etwa zweihundert Meter vom Zaun entfernt, hinter dem sich ein weißes Gebäude abzeichnete, Wellblechfassade mit schwarzem Dach und einer Laderampe für Lkw. Davon hatte Amirpour gesprochen.

»Hast du es noch einmal bei dem Naturschützer probiert?«

Sie nickte finster. »Nichts.«

Er schlang die Arme um seinen Körper. Der Kapuzenpullover war zu leicht für das isländische Wetter. Es war kurz nach halb vier Uhr nachmittags. Zwar regnete es nicht, aber seit Lombardi beim Anflug Eisberge gesehen hatte, fröstelte er.

»Ich glaube, Sie haben recht. Die Acht auf dem Obelisken, das ist bestimmt Zufall.«

Amirpour sandte ihm einen genervten Blick. »Wir hätten Sie auch in Rom bei der Polizei abladen und zusehen können, was passiert. Oder wir können auch gleich zurückfliegen. Finn tankt gerade den Flieger auf.«

»Tut mir leid. Ich frage mich nur – wie sollen wir da reinkommen? Gibt es einen Klingelknopf?«

»Ich habe keinen gesehen«, gestand sie.

In dem Augenblick sahen sie beide, wie sich hinter dem Zaun etwas bewegte.

»Schnell!«, sagte Amirpour.

Sie schlichen näher an das Tor heran und konnten hören, dass sich ein Motor in Bewegung setzte. Ein silberner Mietwagen fuhr vor, während das Tor sich zur Seite hin öffnete.

»Man wird uns sehen«, gab Lombardi zu bedenken.

»Lässt sich nicht ändern, oder?«

Der Motor des Autos heulte auf, dann fuhr der Wagen vom Gelände. Während sich das Tor wieder schloss, schlüpften Lombardi und Amirpour hinein.

»Und jetzt?«, fragte er.

»Jetzt sehen wir nach, ob es drinnen eine Klingel gibt.«

Lombardi nahm sich vor, keine Fragen mehr zu stellen.

Sie erreichten eine Schiebetür aus getöntem Glas, hinter der nichts zu erkennen war. Als sie näher traten, öffnete sich die Tür plötzlich.

»Nach Ihnen«, sagte sie schmunzelnd.

Lombardi war mulmig zumute, als er hinter Amirpour das Gebäude betrat. Was von außen ausgesehen hatte wie eine Lagerhalle, bot von innen ein völlig anderes Bild. Marmor wechselte sich mit Grün ab, hier wuchsen Bäume, Efeu rankte sich die Wände hoch, in der Ferne plätscherte Wasser. Die Luft fühlte sich tropisch warm an. Lombardi hörte Vogelgezwitscher und brauchte einen Moment, bis er realisierte, dass die Vögel echt waren. Sie saßen auf den Bäumen und flatterten von einer Baumkrone zur nächsten.

Er blickte zur Seite und entdeckte dort noch etwas anderes. Hier waren gläserne Vitrinen aufgestellt, die die Überreste toter Tiere enthielten. Er entdeckte Teile von Korallen, den Kiefer eines Hais und einen Schildkrötenpanzer. Doch es gab auch ein Aquarium mit lebenden Fischen, mit denen etwas nicht stimmen konnte. Sie schienen von innen zu leuchten, obwohl das nicht sein konnte.

»Sehen Sie!«, sagte Amirpour.

Vor ihnen befand sich eine Rezeption, daneben eine riesige, schwarze Wand, die sich bei näherer Betrachtung als Bildschirm entpuppte. Darauf war eine Uhrzeit angezeigt.

7 Stunden, 20 Minuten, 10 Sekunden.

Doch ein Blick auf die Sekundenanzeige machte deutlich, dass es sich nicht etwa um die Tageszeit handelte, sondern um einen Countdown.

Lombardi wollte gerade Amirpour danach fragen, als der Bildschirm zum Leben erwachte.

Willkommen!

Unter dem Schriftzug, der auf Italienisch und Deutsch angezeigt wurde, tauchten plötzlich zwei Porträts auf. Lombardi erschrak, als er Amirpours dunklen Lockenkopf sah, doch dann erkannte er, dass daneben er selbst abgebildet war – auf einem Foto, das er gar nicht gekannt hatte.

Sie hörten Schritte, die sich schnell näherten. Es war eine junge Frau, die einen weißen Laborkittel trug und geradewegs auf sie zuhielt.

»*Welcome!*«, begrüßte sie die beiden in akzentfreiem Englisch. »Mein Name ist Gunda Sigrunsdottir – *nice to meet you!* Ich arbeite für die Entwicklungsabteilung hier bei Aetheromed«, stellte sie sich vor.

»Angenehm«, antwortete Amirpour. »Ich würde uns ja vorstellen, aber mir scheint, Sie wissen schon, wer wir sind. Auch wenn mir nicht klar ist, wie das möglich ist.«

Sigrunsdottir lächelte unbekümmert. »Wir haben unsere Quellen«, lächelte Sigrunsdottir. »Journalistin, richtig?« Sie wandte sich an Lombardi. »Auch über Sie haben wir uns natürlich informiert,

Exzellenz. Ich glaube, es ist das erste Mal, dass wir einen Bischof hier begrüßen dürfen.«

Lombardi wäre am liebsten im Boden versunken. Noch nie hatte er so sehr das Gefühl gehabt, sein Amt nicht ausfüllen zu können.

»Wir wundern uns nur, Sie auf diese Weise kennenzulernen. Warum haben Sie keine Anfrage an unsere Presseabteilung gerichtet? Wir hätten Ihnen gern einen Termin gegeben!«

Lombardi staunte nicht schlecht. Er beobachtete Amirpours Reaktion, die süffisant lächelte. Er erinnerte sich daran, was sie gesagt hatte: Es gab nirgends ein Firmenschild am Gebäude, keinen Hinweis darauf, wer sich hinter der Fassade verbarg.

»Ist es gerade ungünstig?«, stichelte Amirpour, die etwas Ähnliches zu denken schien.

»Überhaupt nicht. Ich habe Zeit für Sie. Möchten Sie eine Führung? Währenddessen erkläre ich Ihnen, was wir hier tun.«

»Ich bitte darum.«

Sigrunsdottir führte sie einen Korridor entlang, der sich nach oben hin zu einem Lichtschacht verjüngte, durch den ein schmaler Streifen Helligkeit hindurchfiel.

»Willkommen in der zentralen Forschungseinrichtung von Aetheromed! Die Anlage gibt es seit fünf Jahren, hier sind fünfzig Mitarbeiter beschäftigt, hauptsächlich Molekularbiologinnen wie ich.«

Sie deutete auf eine große Glasfront zu ihrer rechten, hinter der sich ein Labor mit weißen Möbeln und teuer aussehenden Geräten befand. Manche sahen aus wie Kühlschränke, eines erkannte er als Zentrifuge. Eine Frau, die wirkte, als käme sie frisch von der Uni, nahm gerade ein Tablett mit runden Behältern aus einem der Kühlschränke. Die Behälter waren mit einem Filzmarker beschriftet. Alles wirkte sehr kühl und steril. Der Anblick hatte etwas Beruhigendes.

»Wir haben einen Umsatz von zweihundertfünfzig Millionen

im Jahr«, erklärte Sigrunsdottir weiter. »Etwa die Hälfte davon sind öffentliche Fördergelder der EU und von privaten Fonds.«

»Warum Island?«, fragte Amirpour.

»Das werden wir oft gefragt. Einerseits hat unser Firmengründer hier wegen der günstigen Energiepreise einige Serverfarmen laufen, andererseits hat das Umfeld in Reykjavik eine Rolle gespielt. Das ist eine faszinierende Stadt voller Kunstschaffender. Leistner hat das interessiert.«

»Leistner?«, fragte Amirpour.

»Ja, Dan Leistner. Der Gründer und Hauptanteilseigner. Kennen Sie ihn?«

Amirpour nickte. Ihr schien ein Licht aufzugehen. »Ich habe gehört, er war American-Football-Spieler. Wie konnte er so ein Unternehmen aufbauen?«

»Er startete nicht bei null«, erklärte Sigrunsdottir. »Er konnte das Business seines Vaters übernehmen, das er in einen IT-Konzern umbaute, der Sportwetten anbot. Schon von Anfang an interessierte er sich für Biotechnologie und investierte einen Teil der Gewinne in die Forschung.«

»War sein Vater nicht Werkzeugmacher?«, fragte Amirpour.

»Stimmt. Aber das können Sie im Internet nachlesen. Ich sage Ihnen lieber, was Sie nicht online finden.« Damit war für Sigrunsdottir das Thema beendet, sie begann zu erzählen, was auswendig gelernt klang. »Wir konzentrieren uns auf drei Bereiche, die wir für besonders vielversprechend halten: Veränderungen des Erbguts mit der Genschere CRISPR, mit mRNA-Technologie, wo Zellen animiert werden, bestimmte von uns ausgesuchte Proteine zu produzieren – besonders interessant für superschnell anpassbare Impfungen –, und schließlich für die Produktion maßgeschneiderter Enzyme mit der Software AlphaFold.«

»Können Sie das genauer erklären?«, fragte Amirpour und warf einen Seitenblick auf Lombardi, der sich plötzlich sehr dumm vorkam.

Nehmt nur keine Rücksicht auf mich! Ihr scheint euch ja so gut zu verstehen.

Sigrunsdottir sandte den Blick zur schwarzen Abhängdecke, um nachzudenken.

»Von CRISPR haben Sie bestimmt gehört«, begann sie. »Man nennt es auch Genschere. Es hat die Gentechnik revolutioniert, weil es nun erstmals möglich ist, Gensequenzen präzise zu verändern.«

»War das vorher nicht möglich?«, fragte Amirpour, obwohl Lombardi sicher war, dass sie es wusste.

»Nein. Früher hat man einfach mit Vektoren – also mit bestimmten Viren – fremden Gencode in den Zellkern eingebracht, ohne Rücksicht darauf, wo er eingebaut wird. Ab und zu funktionierte es, aber in vielen Fällen waren die Zellen nicht lebensfähig oder man erzeugte missgestaltete Monster. CRISPR-CaS9, wie es genau heißt, ist eigentlich eine Art Immunsystem, aber nicht im Blut, wo Immunzellen diese Arbeit machen, sondern in den Zellen selbst. Der Mechanismus erlaubt es diesem zelleigenen Immunsystem, fehlerhaften Gencode zu erkennen und rauszuschneiden. Und der Mechanismus lässt sich umprogrammieren, um an einer ganz bestimmten Stelle des Gencodes ganz bestimmte andere Gensequenzen einzufügen.«

»Erstaunlich«, sagte Amirpour. »Und was kann man damit machen?«

Sigrunsdottir sah sie verschwörerisch an. »Ist es unwissenschaftlich, wenn ich sage: *alles*?«

Amirpour lachte. »Tun Sie sich wegen mir keinen Zwang an!«

»Ich kann das auch bei befruchteten Eizellen anwenden, um bestimmte Eigenschaften zu verändern. Sie haben unsere Fische am Eingang bemerkt?«

Lombardi nickte. »Es sah fast so aus, als würden sie leuchten.«

»Das liegt daran, dass sie es tatsächlich tun. In ihr Erbgut wurden Gene eingebaut, die für Biolumineszenz sorgen.«

»Toll«, schaltete sich Amirpour ein. »So etwas hätte ich auch gern. Kann ich einen mitnehmen?«

Sigrunsdottir schien sich über die kleine Provokation zu amüsieren. »Leider ist das nicht möglich. Dieses Lebewesen ist ein Präzedenzfall und patentiert. Privat können Sie so etwas nicht erwerben, es ist verboten. Aber für Bildungszwecke gibt es Ausnahmegenehmigungen.«

»Die Sie natürlich haben«, ergänzte Amirpour.

»So ist es.«

»Genetische Veränderungen – geht das auch bei Menschen?«, fragte Amirpour.

»Das ist streng verboten!«

»Aber es wurde schon gemacht, oder? Ein chinesischer Wissenschaftler saß deshalb sogar hinter Gittern.«

Sigrunsdottir verschränkte die Arme. »Wir verzetteln uns. Wollen Sie nicht auch etwas über mRNA hören?«

»Ich glaube, darüber wissen wir Bescheid, nicht wahr?«, wandte sie sich an Lombardi. »Schließlich waren die ersten Corona-Vakzine mRNA-Impfstoffe.«

Sigrunsdottir nickte. »Die Technologie geht aber noch viel weiter. Im Prinzip geht es darum, sich in den Mechanismus einzuklinken, der aus dem Gencode Eiweißstrukturen macht. Indem wir der Zelle bestimmte mRNA zuführen, bringen wir sie dazu, bestimmte Eiweißmoleküle zu produzieren.«

»Klingt gefährlich. Kann dabei mein Gencode verändert werden?«

Lombardi fiel der schelmische Ton auf, mit dem sie das gesagt hatte. Sigrunsdottir brauchte etwas länger, um zu erkennen, dass Amirpour sie zu reizen versuchte.

»Das ist natürlich unmöglich, wie Sie sicher wissen. Die mRNA ist ständig in der Zelle präsent und wird nie in die DNA eingebaut. Wenn es so wäre, würde Leben, wie wir es kennen, nicht funktionieren. Für uns ist interessant, dass wir damit sehr genau auf seltene Krankheiten reagieren können, etwa auf Krebsformen, die von Patient zu Patient unterschiedlich sind.«

»Klingt gut«, sagte Amirpour. »Aber Sie hatten noch eine dritte Sache erwähnt, und das macht mich stutzig, um ehrlich zu sein. AlphaFold – das ist doch diese Google-Software, die jeden Großmeister im Schach schlagen kann.«

Sigrunsdottir grinste. »Sie kann sogar die besten Go-Spieler schlagen. Genauer gesagt, eine Variante der Software, AlphaGo genannt. Go ist noch komplexer als Schach.«

»Wow. Sie spielen hier Go?«

»Natürlich nicht«, gab Sigrunsdottir ungehalten zurück. »Diese Spiele waren quasi Aufwärmübungen. Inzwischen hat man die Software auf das Problem der Proteinfaltungen angewandt.«

»Das müssen Sie erklären.«

»Proteine – Eiweiße – sind eigentlich lange Ketten von kleinen Bausteinen, den Aminosäuren. Das fertige Protein ist aber nicht flexibel wie eine echte Kette, sondern hat eine ganz bestimmte Form, als würden Sie die Kettenglieder miteinander verlöten.«

Lombardi musste unwillkürlich gähnen.

Amirpour sah es und schmunzelte. »Mein Freund hier schläft schon ein. Können Sie vielleicht erklären, warum das so wichtig sein soll?«

Sigrunsdottir sandte ihr einen genervten Seitenblick.

»Die Form der Proteine ist wichtig. Enzyme etwa sind einfach nur Proteine, die durch die Form ihrer Oberfläche bestimmte Reaktionen begünstigen. Es wäre also für die Medizin enorm hilfreich zu wissen, wie ich ein Protein mit einer ganz bestimmten Form konstruieren kann. Welche Aminosäuren muss ich kombinieren, damit ein bestimmtes Protein herauskommt?«

»Und das war nicht möglich?«

Sie schüttelte den Kopf. »Das Problem ist extrem komplex. Auch mit den besten Supercomputern der Welt war es nicht möglich, anhand einer Reihe von Aminosäuren vorherzusagen, wie das fertige Protein aussehen wird. Und jetzt ist das auf einmal möglich.«

Amirpour und Lombardi sahen sich an.

Das ist alles sehr spannend, aber deshalb sind wir nicht hier! Wo verdammt noch mal ist Badalamenti?

Er hielt sich zurück, im Vertrauen, dass Amirpour einen Plan hatte. Solange man sie nicht hinauswarf, war alles gut.

»So, wie Sie das sagen, klingt es nach einer großen Sache«, stellte Amirpour fest.

Sigrunsdottir verdrehte die Augen. Es war für sie offensichtlich, dass Amirpour all das wusste und sie nur neckte. Sie wandte sich also direkt an Lombardi.

»Das wird einfach alles verändern. In den nächsten Jahren wird man es sehen. Das ist in etwa so groß wie die Erfindung des Rades oder des Internets. Wir werden bald völlig andere Medikamente haben und viel mehr Menschen helfen können.«

»Was mich interessiert«, begann Amirpour, »Sie sprechen hier immer von Mitteln gegen Krankheiten. Gendefekte, Krebs, Corona. Wäre es nicht auch interessant, gesunde Menschen zu behandeln? Sagen wir, als Prophylaxe. Oder um sie zu verbessern.«

Sigrunsdottir sah Amirpour in die Augen, ohne zu blinzeln. Die Sache verwandelte sich mehr und mehr in ein Kräftemessen zwischen den beiden Frauen, bei dem Lombardi staunender Zuschauer war.

»Wir halten uns hier streng an ethische Vorschriften.«

»Ach ja, Ethik«, begann Amirpour. »Wer sagt Ihnen eigentlich, was Sie tun dürfen oder nicht?«

»Die Deklaration von Helsinki, wie Sie bestimmt wissen. Oder einfach der gesunde Menschenverstand«, hielt Sigrunsdottir dagegen. »Niemand will Designerbabys, die schon vor ihrer Geburt hochgezüchtet werden. Und niemand will gesunden Menschen Medikamente mit Nebenwirkungen verabreichen.«

»Klingt für mich nach Ausflüchten«, gestand Amirpour.

»Es gibt Ethikkommissionen, die das, was ich Menschenverstand genannt habe, in Richtlinien gießen. Und der Gesetzgeber macht sie dann rechtlich bindend.«

Amirpour dachte nach. »Und in so einer Ethikkommission, da sind also einfach irgendwelche Leute, die bestimmen, was erlaubt ist und was nicht?«

»Nicht irgendwelche Leute, sondern unterschiedlichste Experten. Neben Wissenschaftlern auch Geistliche, Ärzte, Patientenrechtsvertreter, aber im Prinzip ja. Worauf wollen Sie hinaus?«

»Ich frage, weil bei Ihnen hier alles so streng geheim ist«, sagte Amirpour.

»Überhaupt nicht geheim«, gab Sigrunsdottir lächelnd zurück.

»Sie haben einen riesigen Zaun um Ihr Grundstück, kein Schild, das anzeigt, dass es sich um eine Zweigstelle von Aetheromed handelt.«

»Aber jetzt sind Sie doch hier! Was wir hier tun, ist experimentell, und wir haben exklusive Kundschaft.«

»Reiche wie der Firmengründer Dan Leistner, die sich eine personalisierte Behandlung leisten können?«, ergänzte Amirpour.

Doch Sigrunsdottir ging nicht darauf ein. »Vorhin war ein junges Paar hier. Die beiden leiden an einem seltenen Gendefekt, der ihnen nicht erlaubt, Kinder zu bekommen. Wir haben nach Lösungen gesucht.«

»Und welche gefunden? Mit CRISPR?«

Sigrunsdottir hielt ihrem forschenden Blick stand. »Leider nicht. Manchmal kann auch die Wissenschaft nichts machen.«

Lombardi hatte das unbestimmte Gefühl, dass das eine Lüge war. Amirpour sandte ihm einen vielsagenden Blick. Sie waren stehen geblieben. Hinter der Glasscheibe neben ihnen arbeiteten mehrere junge Leute in weißen Kitteln wie Sigrunsdottir, ohne sich durch ihre Anwesenheit aus der Ruhe bringen zu lassen.

Lombardi spürte, dass die Stimmung zu kippen drohte. Amirpour schien es auch zu bemerken. »Was ich unbedingt fragen wollte: Betreiben Sie eigentlich auch Altersforschung?«, begann sie. »Also nicht Forschung, wie man Krankheiten heilt, sondern wie man gesunden Menschen ein längeres Leben ermöglicht?«

»Es ist nur eine kleine Sparte bei uns, und wir sind noch ganz am Anfang, aber ja: Wir versuchen herauszufinden, wie wir Menschen ein langes, erfülltes Leben ermöglichen können.«

Amirpour lachte. Sigrunsdottir sah sie fragend an.

»In Würde altern ist ja schön, aber ich finde körperlichen Verfall an sich ziemlich unwürdig. Ich würde gern *nicht* altern. Oder jünger werden. Geht das? Ich habe Geld.«

»Sie wissen selbst, dass das nicht geht.«

»Ja, jetzt. Aber in Zukunft? Sie sagten gerade, die neuen Technologien werden alles verändern.«

»Das nicht«, sagte Sigrunsdottir.

Die Luft zwischen den beiden schien nun zu knistern.

»Ich habe gehört, dass man da bei Tierversuchen große Fortschritte gemacht hat.«

Sigrunsdottir wandte den Blick ab, als suchte sie einen Ausweg. »Kein Kommentar.«

»Also ja?«

»Wir tun nichts, was nicht andere auch tun.«

»Wie steht es mit Walen? Machen Sie eigentlich auch Versuche mit Walen?«

Der Vorwurf erschien Lombardi so lächerlich, dass er darauf wartete, wie die Forscherin in Gelächter ausbrach, doch sie verzog keine Miene.

»Wenn Sie keine Fragen mehr haben, dürfte ich Sie dann bitten, mich zu entschuldigen? Ich habe noch viel zu tun.«

Amirpour nickte voller Verständnis. »Natürlich. Wir halten Sie nicht auf.«

»Ich bringe Sie zum Ausgang«, sagte Sigrunsdottir, die es plötzlich sehr eilig hatte.

»Nicht nötig. Wo Sie doch so viel zu tun haben.«

Sigrunsdottir sah sie böse an. »Ich lasse Sie hier bestimmt nicht allein.«

»Natürlich, wie dumm von mir.«

Lombardi und Amirpour folgten ihr. Nun drohte ihre kleine Expedition ein schnelles Ende zu finden, obwohl sie bisher nur einen kleinen Teil des Gebäudes gesehen hatten. So offen Sigrunsdottir sich gab, es war inzwischen beinah mit Händen zu greifen, dass sie etwas zu verbergen hatte. Amirpour schien ähnlich zu denken, und es schien sie nervös zu machen. Lombardi hoffte, dass sie nicht auf dumme Gedanken kam.

»Ich habe noch eine Frage«, begann Amirpour, als sich der Korridor zur Eingangshalle hin öffnete. Von dort waren plötzlich Stimmen zu hören, die durcheinanderriefen. Etwas war geschehen. Jemand rief nach Sigrunsdottir, doch sie winkte ihm nur zu, um ihre beiden Gäste zum Eingang zu bringen. Doch Amirpour hatte nicht vor, Sigrunsdottir gehen zu lassen.

»Ich finde Ihr Logo super interessant. Was hat es mit der Acht auf sich?«

»Das müssen Sie unser Marketing fragen.«

»Ich frage nur, weil die Acht so eine interessante Zahl ist – sie steht für Wiedergeburt, wussten Sie das? Und wenn man sie um neunzig Grad dreht, sieht sie aus wie das Zeichen für Unendlichkeit. Faszinierend!«

Doch Sigrunsdottir hörte ihr nicht mehr zu. »Danke für Ihren Besuch. Und das nächste Mal rufen Sie bitte die Pressestelle an.«

»Werde ich tun«, sagte Amirpour.

Sie trat ans Tor, das sich automatisch öffnete, und ging hindurch. Sigrunsdottir nickte ihr zu, dann wandte sie sich um und rannte in die Richtung des Mannes, der sie gerufen hatte. Amirpour packte Lombardi am Arm, schlüpfte wieder hinein und zog ihn von der Tür weg.

»Lügen über Lügen«, sagte Amirpour. »Sie hat uns nicht einmal die Hälfte der Anlage gezeigt. Haben Sie sich das Ding einmal auf Google Earth angesehen? Es gibt weitere Gebäude, Glashäuser. Und haben Sie gesehen, wie sie reagiert hat, als ich die Wale erwähnt habe?«

Sie standen mit dem Rücken an eine Lifttür gelehnt. Amirpour beugte sich vor, um zu kontrollieren, ob ihnen jemand gefolgt war.

»Aber warum sollten sie uns einfach so hereinbitten, wenn sie etwas zu verbergen haben?«, fragte Lombardi.

Wieder waren Rufe zu hören.

»Ich glaube, sie suchen jemanden«, sagte Amirpour. »Das müssen wir ausnutzen.«

Bevor Lombardi etwas sagen konnte, lief sie los. Er hatte keine Wahl, als ihr zu folgen.

»Wo wollen Sie hin?«, flüsterte er, nachdem er sie eingeholt hatte.

»Es gab da eine Tür, die mit einem Codeschloss gesichert war. Wenn ich den Grundriss richtig im Kopf habe, befindet sich dahinter der größere Teil des Gebäudes.«

Lombardi war bei der Sache ganz und gar nicht wohl. Er wartete darauf, dass man sie entdeckte und hinauswarf, doch die Korridore waren menschenleer.

»Hier!«, rief Amirpour und hielt auf eine Tür zu.

Lombardi erkannte, dass es jene war, von der sie gesprochen hatte.

Während sie sich sofort dem gläsernen Tastenfeld daneben zuwandte, blieb er in einigen Schritten Entfernung stehen.

»Warten Sie«, sagte er.

»Worauf?«

»Ich halte das für keine gute Idee.«

Sie ignorierte ihn und nahm die Tasten genauer in Augenschein. Lombardi kannte ihre Fähigkeiten, was das Knacken von Schlössern anging. Sie hatte ihm einmal erklärt, dass dieses zweifelhafte Hobby vom großen Physiker Richard Feynman inspiriert war, der es sich zur Aufgabe gemacht hatte, jedes Schloss und jeden Safe zu knacken. Was für Feynman nicht mehr als ein Riesenspaß zu sein schien, entwickelte eine besondere Brisanz, als der Nobelpreisträger in Los Alamos lebte und Teil des Manhattan-Projekts war, bei dem die erste Atombombe entwickelt wurde. Feynman machte sich nicht gerade beliebt, als er Safes mit geheimen Informationen knackte, nur um zu beweisen, dass er es konnte.

Dass Amirpours Fähigkeiten denen des Physikers um nichts nachzustehen schienen, hatte Lombardi in der Vergangenheit bereits feststellen können. Dabei war es völlig irrelevant, ob es sich um altmodische Zylinderschlösser oder elektronische Sicherheitsvorkehrungen handelte. In Amirpour steckte eine Hackerin, was sie entschieden in Abrede gestellt hätte. In ihren Augen waren solche Problemstellungen ganz einfach, wenn man analytisch dachte.

Doch dieses Schloss schien ihr unerwartete Probleme zu bereiten. Sie war immer noch damit beschäftigt, das Tastenfeld zu untersuchen, doch der abenteuerliche Glanz in ihren Augen war verschwunden.

»Jemand hat es sauber gemacht«, stellte sie fest.

Sie versuchte, ihre Fingernägel hinter das Panel zu bekommen, musste aber davon ablassen.

»Wir sollten umkehren«, sagte Lombardi.

Sie wandte sich ihm zu und sah ihm in die Augen. »Floris Meyer meldet sich nicht! Als er mich anrief, war er sehr aufgeregt.«

»Aber wir suchen nicht nach Meyer, wir suchen nach meinem Freund Badalamenti! Wir wissen überhaupt nicht, ob er hier ist.«

Amirpour wandte sich der Tür selbst zu. Sie besaß kein konventionelles Schloss, nur einen silbernen Handknauf. Die Physikerin holte ihre Geldbörse heraus und versuchte, eine Kreditkarte in den Türspalt zu schieben, doch es sah nicht aus, als hätte sie große Hoffnungen, dass es funktionierte.

»Wir müssen es woanders versuchen«, stellte sie entmutigt fest.

Lombardi gefiel der Gedanke überhaupt nicht. Er trat selbst an die Tür, um sich die Situation genauer anzusehen.

»Lassen Sie das, es hat keinen Sinn«, sagte Amirpour.

Lombardi ließ sich nicht irritieren.

Vielleicht wollte Alessandro wirklich, dass ich hierherkomme. Ich bin genau, wo er mich haben wollte. Doch wozu?

Doch als Lombardi sich zu dem Ziffernfeld hinbeugte, blinkte plötzlich ein grünes Licht auf und ein Klicken ertönte.

»Was haben Sie getan?«, fragte Amirpour.

»Gar nichts!«

Lombardi drückte mit der Hand gegen den Knauf, und die Tür schwang auf. Amirpour konnte nicht glauben, was sie sah.

»Sie müssen irgendwas gemacht haben. Die Tür kann doch nicht einfach so aufgegangen sein!«

Lombardi gönnte sich einen Moment und genoss ihren Ärger. Er vermutete, dass Amirpour etwas am Schloss manipuliert hatte, das nur zufällig gerade in dem Moment funktioniert hatte, in dem er herangetreten war, doch das brauchte er ihr ja nicht auf die Nase zu binden.

Er trat zur Tür und schob sie ganz auf. »Kommen Sie?«

»Ich kann immer noch nicht verstehen, wie Sie das gemacht haben«, brummte Amirpour, als sie tiefer in das Gebäude eindrangen. Hier sah alles ganz anders aus – während vorhin alles dunkel und glänzend gewesen war, polierte Steinböden und große Glasflächen, waren die Gänge, in denen sie sich nun befanden, weiß und funktional. Als wären sie von einem Verkaufsraum in die Produktionseinheiten gewechselt.

Alles war still, auch hier waren die Flure menschenleer. Doch Lombardi traute der Sache nicht.

»Was suchen wir?«

»Meyer hat etwas von Tieren erzählt. Ich will wissen, was er gemeint hat.«

Sie holte sich eine Google-Earth-Ansicht des Gebäudes auf ihr Handy-Display, um sich zu orientieren.

»Hier entlang!«, befahl sie.

Plötzlich nahm Lombardi einen scharfen Geruch wahr. Er drehte sich zu Amirpour um, die es ebenfalls bemerkt hatte.

Ist das Rauch?

Er hatte keine Gelegenheit, weiter darüber nachzudenken, denn in diesem Moment hörten sie Stimmen, die ganz nah klangen. Amirpour trat zur nächsten Tür hin und rüttelte an der Klinke, doch sie war versperrt. Sie probierte eine weitere Tür, die sich öffnen ließ. Eilig winkte sie Lombardi herbei, und sie traten ein.

»Meine Güte. Er hatte recht!«, murmelte Amirpour.

Da sah Lombardi es auch. Sie befanden sich in einer Halle, es war dunkel, doch er konnte ausmachen, dass sie zwei Stockwerke hoch und etwa zwanzig Meter lang war. Sie wurde von sechs riesigen Wassertanks aus Glas beherrscht, jeder davon mehrere Meter breit und mannshoch. Nach oben hin waren sie offen, und über sie verliefen Stege aus Metall, auf denen Leitungen verlegt waren. Einige der Tanks wurden schwach von Scheinwerfern erhellt. Als Lombardi genauer hinsah, erkannte er, dass sie Leben enthielten – Seetang sowie Fische, die ihn an Barsche erinnerten.

»Tiere in Aquarien, wie?«, wiederholte Amirpour die Worte von Floris Meyer.

Während Lombardi immer noch gebannt von dem unerwarteten Anblick war, begann Amirpour, die Halle zu untersuchen. An einer Wand standen Tische, auf denen Bottiche aus weißem Kunststoff standen. Sie entdeckte ein Klemmbrett mit Papieren darauf.

»Was steht da?«

»Irgendwelche Anleitungen. Fütterungszeiten. Aber da muss es noch mehr geben …«

Sie sprach weiter, während sie begann, Fotos zu machen, aber Lombardi hörte sie nicht mehr. Er hatte nämlich auf einmal eine

Gänsehaut, ohne genau sagen zu können, warum. Er sah zu seinen Füßen hinunter, die in einer Wasserlache standen.

»Lombardi? Alles in Ordnung?«

Er bedeutete ihr, still zu sein, und deutete auf den Boden.

Hier stimmt etwas nicht!

Das Wasser kam von den Tanks, und er konnte sehen, wie es sich langsam im Raum ausbreitete. Eines der Becken schien undicht zu sein und Wasser zu verlieren. Zu viel Wasser, als dass es hätte normal sein können.

Es war still in der Halle, nur ein fernes Glucksen war zu hören. Lombardi und Amirpour wagten nicht, sich zu bewegen.

»Was ist hier eigentlich los?«, flüsterte Lombardi. »Sie sagten, die suchten nach jemandem?«

»So hat es für mich geklungen.«

»Ihr Naturschützer hat gesagt, man hätte ihn hier festgehalten. Sie glauben, dass er immer noch hier ist?«

Plötzlich griff sie nach seiner Hand und legte den Finger auf die Lippen. Er wollte fragen, was los ist, doch dann verstand er.

Da ist jemand.

Tatsächlich waren aus der Richtung der Tanks Schritte zu hören. Jemand schlich zwischen den Aquarien hin und her. Dann war es plötzlich ruhig.

Lombardi hielt den Atem an. Er wartete darauf, dass die Geräusche zurückkehrten. Der Gedanke, dass da etwas war, das er nicht lokalisieren konnte, machte ihm plötzlich Angst.

Hieß es nicht, dass hier noch andere Tiere gehalten werden?

Während er sich Mühe gab, den Gedanken zu verdrängen, und sich einredete, dass es ein Angestellter sein musste, streckte Amirpour plötzlich den Arm aus. Sie zeigte auf etwas unmittelbar vor ihnen.

Und da sah Lombardi es auch: Dort im Halbdunkel stand jemand. Der Mann trug eine Gummimaske, die ein Schaf darstellte, und eine Art Overall. Ein absurdes, geradezu surrealistisches Bild.

Der Gedanke kam ganz ungezwungen, als wäre es etwas Selbstverständliches. Dabei wusste Lombardi sofort, dass es nicht sein konnte. Trotzdem wollte er den Namen aussprechen.

Alessandro – bist du das?

Während sie alle still dastanden und warteten, was passierte, hob die Gestalt plötzlich etwas hoch, das sich als Vorschlaghammer entpuppte.

Hinter dem Atemschlitz der Maske blitzten plötzlich Zähne auf. Der Mensch vor ihnen grinste, dann wandte er sich um, holte mit dem Hammer aus und ließ ihn gegen die Glasscheibe sausen. Ein dumpfes Geräusch war zu hören, worunter sich das feine Klirren von Rissen mischte, die sich im Glas ausbreiteten. Die Gestalt holte ein weiteres Mal aus. Lombardi packte Amirpour am Ärmel, die von dem Geschehen wie versteinert zu sein schien, da traf der Hammer erneut auf die Scheibe, und diesmal gab das Glas nach. Mit einem Tosen entleerte sich der Tank. Wasser schwappte über Lombardis Schuhe, und während er zurückwich und Amirpour mit sich zerrte, hörte er, wie der Hammer auf die nächste Scheibe niedersauste.

Amirpour schien endlich aus ihrer Starre zu erwachen und rannte los, so plötzlich, dass Lombardi das Gleichgewicht verlor. Er rutschte mit dem Fuß weg und fiel auf die Seite, die er sich nicht bei dem Sturz aus dem Auto geprellt hatte. Er rappelte sich wieder auf und folgte Amirpour, die bereits bei der Tür war.

Lombardi stürmte hinaus auf den Gang und schlug die Tür hinter sich zu. Trotzdem lief sofort Wasser darunter hindurch. Er hörte, wie mehr Wasser gegen die Tür schwappte und sie unter der Last zu knarzen begann.

Er drehte sich zu Amirpour um, die zum anderen Ende des Gangs blickte, der tiefer in das Gebäude führte. Sie schien unschlüssig.

»Wir müssen raus!«, rief Lombardi.

Der Gedanke an einen Rückzug schmeckte ihr nicht, doch sie

schien einzusehen, dass es keinen Sinn hatte, weiter ins Gebäude vorzudringen. Sie mussten auf schnellstem Weg zum Ausgang.

Amirpour schlug den Weg in Richtung der Tür mit dem Nummernschloss ein, durch die sie gekommen waren, und Lombardi folgte ihr. Als sie sie erreichten, schwang sie plötzlich auf, und zwei Sicherheitsleute standen ihnen gegenüber. Sie schienen ihren Augen nicht zu trauen, dann fiel ihr Blick auf die nassen Fußspuren der beiden Fremden, und die erwachten aus ihrer Erstarrung.

»Stopp!«

Lombardi und Amirpour reagierten sofort und rannten in die Gegenrichtung.

»Skítur ...«, fluchte einer der beiden.

Amirpour erreichte das Ende des Korridors als Erste. Das Wasser stand inzwischen knöcheltief. Als sie eine weitere Tür öffnete, kam ihnen beißender, weißer Rauch entgegen. Von drinnen hörten sie ein schrilles Kreischen. Lombardi sah ihren entsetzten Blick.

Gar nicht gut!

Die Sicherheitsleute bemerkten den Rauch ebenfalls und blieben stehen. Einer von beiden griff an seinen Gürtel, wo sich ein Pistolenholster befand. Als Amirpour das sah, wandte sie sich der Tür zu und verschwand im Rauch. Lombardi blieb nichts anderes übrig, als ihr zu folgen.

Der Rauch brannte in seinen Augen, und kurz war er blind.

»Hier bin ich!«, rief sie.

Er tastete sich zu ihr vor.

»Wer kreischt da so?«, fragte sie.

Als er keine Antwort gab, griff sie nach seiner Hand und zerrte ihn mit sich.

Er hatte Mühe, Schritt zu halten. »Wo wollen Sie hin?«

Dann verstand er, dass sie auf das Kreischen zuhielt.

Das ist keine gute Idee.

Doch er hatte keine Gelegenheit, ihr das zu sagen, denn das Kreischen wurde immer lauter, bis es ohrenbetäubend war.

Sie erreichten einen Raum, der voller Käfige war, und sahen, dass es keine Menschen waren, die diesen Lärm verursachten, sondern Tiere – Affen. Sie waren in Käfigen eingesperrt und befanden sich in unterschiedlichen Zuständen der Hysterie. Der Gestank war kaum auszuhalten und verursachte Lombardi Kopfschmerzen.

Amirpour schien der Rauch nichts auszumachen. Sie drehte sich um, als wollte sie sehen, ob die beiden ihnen gefolgt waren, dann trat sie zu einem der Käfige und öffnete den Riegel.

»Worauf warten Sie?«, fuhr sie Lombardi an.

Er hatte Mühe, sich zu konzentrieren, so sehr setzte ihm der Rauch zu. Er verstand, dass sie in höchster Gefahr waren. Doch eine Diskussion mit Amirpour war die mit Abstand schlechteste Idee. Schließlich hatte sie vermutlich recht, sie mussten die Tiere befreien, bevor sie hier verendeten.

Also machte er sich ebenfalls an den Käfigen zu schaffen. Er befreite weiße Mäuse und große Schildkröten. Als er an einen großen Käfig trat und die Tür entriegelte, sah er darin zwei Affen, die nicht auf ihre Befreiung reagierten. Einer der beiden öffnete ein Augenlid, sonst zeigte er keine Regung.

Als Lombardi genauer hinsah, erkannte er, dass es nicht einfach nur zwei Affen waren, sondern dass etwas mit ihnen nicht stimmte. Es handelte sich um siamesische Zwillinge, an der Seite miteinander verbunden. Dort, wo sie zusammengewachsen waren, hatte jemand ihr Fell rasiert, und er konnte schwarze Fäden erkennen, als hätte jemand eine große Wunde genäht. Sein Verstand tischte ihm eine Idee auf, die so absurd war, dass er sich weigerte, sie zu akzeptieren.

Das ist der Rauch. Du halluzinierst.

»Lombardi!«, rief in diesem Moment Amirpour nach ihm.

Er riss sich von dem Anblick los und wankte in die Richtung, aus der er sie gehört hatte.

Die Rauchschleier lichteten sich, und er konnte Amirpours dunklen Lockenkopf ausmachen. Doch sie war nicht allein, neben ihr stand jemand, der sich auf die Knie stützte, als machte es ihm Mühe, aufrecht zu stehen. Sein rechter Unterschenkel war geschient worden. Er drehte sich nach Lombardi um, dann wandte er sich Amirpour zu.

»Wir müssen hier raus. Folgen Sie mir.«

Immer noch gebeugt humpelte er los und verschwand im Rauch. Nun erst verstand Lombardi. Sie hatte ihn aus einem der Käfige befreit.

»Lombardi, kommen Sie!«, drängte sie.

Gemeinsam folgten sie dem Mann.

»Wer ist das?«, fragte Lombardi und musste sofort husten. Dabei hatte er eine Ahnung. Während Lombardi den beiden hinterherrannte und der Rauch sich zu seiner Erleichterung langsam lichtete, wanderten seine Gedanken erneut zu den Affen.

War das etwa ein Tierversuch? Kann jemand wirklich so krank sein?

Er wurde aus seinen Gedanken gerissen, als vor ihm eine Tür aufging. Sofort wurde er geblendet, und kalte, frische Luft schlug ihm ins Gesicht.

Einer nach dem anderen tappten sie hinaus in den Schnee. Augenblicklich fraß sich die Kälte in Lombardis Schuhe, doch er spürte es kaum, so sehr war er damit beschäftigt, seine Lungen mit der reinen Luft zu füllen. Durch die Türöffnung drang Rauch ins Freie, der immer dichter zu werden schien. Das war gerade noch einmal gut gegangen.

Neben ihm wandte sich der Fremde an Amirpour. »Wie haben Sie mich gefunden?«

»Es war Zufall, Herr Meyer. Wir waren im Raum mit diesen Tanks, und dann war da jemand.« Sie trat zu ihm hin und sah ihn eindringlich an. »Die Tiere – warum hält man sie hier? Warum Wale? Warum die Aquarien?«

Das Antlitz des Naturschützers verzog sich vor Schmerz. »Niemand wollte mir glauben. Diese Leute nehmen auf nichts und niemanden Rücksicht! Ich habe sie reden hören, es soll eine Präsentation geben, schon in wenigen Stunden, alle bereiten sich darauf vor. Sie wollen das, was sie hier entwickeln, verkaufen, können Sie sich das vorstellen? Sie müssen allen erzählen, was Sie hier gesehen haben! Jeder muss über den Horror hier erfahren, bevor sie das zu Geld machen!«

Sie konnten hören, wie sich jemand von innen dem Ausgang näherte. Meyer nahm es auch wahr und wollte losrennen.

»Warten Sie!«, sagte Lombardi schnell. »Haben Sie einen Mann namens Badalamenti gesehen?«

»Wer soll das sein?«, fragte Meyer, dann stolperte er los.

Amirpour und Lombardi tauschten einen Blick aus.

Wohin jetzt?

Doch sie waren zu langsam, denn in diesem Moment ging die Tür auf. Zu ihrer Überraschung war es keiner von den Sicherheitsleuten, sondern die Forscherin, die sie durch das Gebäude geführt hatte, Gunda Sigrunsdottir.

Sie trat ins Freie, beugte sich vornüber und hustete heftig. Als sie sich wieder aufrichtete, stand ihr die Verblüffung ins Gesicht geschrieben.

»Sie sind noch hier?«, fragte sie. »Sagen Sie nicht, das waren Sie da drinnen! Das Feuer?«

»Wir haben nichts damit zu tun!«, beteuerte Amirpour. »Da war ein Mann in einem Overall!«

Sigrunsdottir riss überrascht die Augen auf, schien ihr aber zu glauben. Immerhin war der Aufruhr in der Eingangshalle entstanden, bevor sie Lombardi und Amirpour verabschiedet hatte.

»Aber wie sind Sie hierhergekommen?«

»Das ist doch jetzt egal«, hielt Amirpour dagegen.

Sigrunsdottir war nicht überzeugt. Sie warf einen Blick auf die Tür, aus der nun schwarzer Rauch kam, als wollte sie überlegen, ob sie zurückgehen konnte, um den Sicherheitsdienst zu rufen.

»Wir wollten uns nur umsehen«, beteuerte Amirpour.

»Ich muss das melden.«

Alle drei tauschten Blicke aus, und je länger sie dastanden, desto klarer wurde, dass Sigrunsdottir nichts unternehmen würde.

»Kommen Sie mit«, sagte sie schließlich.

Die Forscherin führte sie um das Gebäude herum und zu dem Schiebetor. Sie steckte einen Schlüssel in ein Zylinderschloss, und das Tor setzte sich langsam in Bewegung. Aus der Ferne waren plötzlich Sirenen zu hören. Alle blickten auf, um sich zu vergewissern, dass sie sich nicht täuschten.

Amirpour wollte loslaufen, um sich durch den größer werdenden Spalt des sich öffnenden Tors zu zwängen, doch Sigrunsdottir hielt sie zurück.

»Warten Sie. Wenn Sie es nicht waren, wer war es dann? Haben Sie etwas gesehen?«

»Wir haben jemanden gesehen, der die Tanks der Aquarien zerschlagen hat«, sagte Lombardi, »aber wir konnten ihn nicht erkennen.«

Sigrunsdottir schien wütend und enttäuscht.

»Warum ist das so wichtig?«, fragte Lombardi. »Stimmt es, dass Sie eine neue Entwicklung präsentieren wollen? Wurde Ihr Zentrum deshalb sabotiert?«

»Verschwinden Sie einfach«, fauchte Sigrunsdottir, »bevor ich es mir anders überlege!«

Sie wandte sich um und rannte zurück zum Gebäude. Lombardi sah ein, dass er keine Zeit mehr verlieren durfte. Er wechselte einen Blick mit Amirpour, dann rannten sie los.

Sie schafften es auf die Straße, als die Polizeiautos in Sichtweite kamen. Sie rasten mit großem Tempo auf sie zu, bogen aber durch das offene Tor auf das Gelände von Aetheromed ein. In einiger Entfernung wurde ein Feuerwehrauto sichtbar.

»Verdammt«, sagte Amirpour. »Die haben uns jetzt alle gesehen.«

Lombardi verstand, was sie ihm sagen wollte.

»Die Forscherin wird ihnen erklären, wer wir sind«, fügte sie hinzu. »Wir haben nicht viel Zeit.«

Sie nahm ihr Telefon heraus, um ein Taxi zu rufen.

»Was war das gerade?«, fragte Lombardi, als sie im Taxi saßen und in Richtung Reykjavik fuhren.

»Was fragen Sie mich?«, gab Amirpour zurück. »Sie haben es doch auch gesehen!«

»Konnten Sie feststellen, wer das war?«, fragte Lombardi.

»Wie denn? Mit der Maske?«

Lombardi wagte nicht, darauf zu antworten. Sie hatte recht, die Gestalt war nicht zu erkennen gewesen. Andererseits kannte sie Badalamenti nicht. Hatte sein Verstand ihm einen Streich gespielt?

»Wer immer es war, er hat versucht, die Arbeit von Aetheromed zu zerstören«, dachte Amirpour laut nach.

»Sie glauben, es ging ihm darum?«, fragte Lombardi.

»Wonach sah es denn für Sie aus?«

Er schüttelte den Kopf. »Das, was Sie zu der Wissenschaftlerin gesagt haben, dass sich Altern aufhalten lässt ... Es klang fast so, als würden Sie es ernst meinen.«

Amirpour lächelte grimmig. »Sie haben Laura gehört, es gibt einzelne Medikamente, die den Alterungsprozess massiv beeinflussen. Es gibt Fachleute, die behaupten, dass ein Durchbruch möglich ist.«

»Was für ein Durchbruch?«

»Alterung aufzuhalten.«

Lombardi sagte nichts. Je länger er schwieg, desto größer wurde sein Ärger. Dann schüttelte er energisch den Kopf.

»Alterung aufhalten? Sie meinen Unsterblichkeit. Das ist doch Unsinn!«

Sie zuckte mit den Schultern. »Was fragen Sie mich? Ich bin keine Medizinerin.«

Lombardi zog seine Schuhe aus, die immer noch nass waren,

und suchte nach einem Taschentuch. Dabei ertastete er etwas in seiner Tasche.

»Verdammt«, flüsterte er.

Er zog das feuchte Ding heraus, die in ein Tuch eingewickelte Tontafel aus Badalamentis Wohnung. Er schlug das Tuch auseinander, und Splitter fielen ihm entgegen.

»Sie hatten es dabei?«, fragte Amirpour erstaunt.

Lombardi wusste nicht, was er sagen sollte. Natürlich hatte er die Tontafel mitgenommen. Sie war ein Hinweis, dessen Sinn er nicht verstand und den er noch entschlüsseln musste. Doch als er hingefallen war, hatte der ungebrannte Ton Schaden genommen.

»Vorsicht!«, sagte Amirpour, als sie sah, wie ungeschickt er versuchte, das Tuch auf seinem Schoß auszubreiten. Nun, da es nicht mehr vom Gewebe gehalten wurde, fiel die Tafel schnell auseinander.

»Warten Sie einen Moment«, forderte sie und nahm ihr Handy heraus.

Sie aktivierte die Kamera und schaltete sie auf Videomodus um, bevor sie das Mobiltelefon über die von Rissen durchzogene Tafel schwenkte.

»Was tun Sie?«, fragte Lombardi.

»Nur zur Sicherheit.« Sie steckte ihr Telefon wieder ein, ohne den Blick von der Tafel zu nehmen. »Was ist das?«, fragte sie.

»Was meinen Sie?«

Sie zeigte mit dem Finger auf einen der Risse. Als Lombardi sich bewegte, klaffte der Spalt weiter auf, und er erkannte, was sie meinte.

»Hier muss es sein«, sagte Amirpour.

Sie standen in einer Fußgängerzone im Zentrum von Reykjavik. Die Straße war ungewöhnlich sauber, im Vergleich zu Rom fast steril in Lombardis Augen. Die kleinen Häuser waren bunt und sahen aus wie Spielzeuge.

Er hatte das feuchte Bündel wieder in seine Tasche gesteckt

und hielt es mit der Hand fest, auch wenn sie die Tafel inzwischen aufgegeben hatten. Ihr Interesse galt dem, was sich darin befand. Amirpour hatte Drähte entdeckt. Worum es sich handelte, wagten sie nicht zu sagen.

Amirpour deutete auf ein Haus neben einem Café. »Hier!«

Der Laden, den sie betraten, entpuppte sich als winziges Elektronikgeschäft, das aus allen Nähten zu platzen schien. Die drei Regale hatten kaum in dem Verkaufsraum Platz und quollen von Kabeln, Platinen und anderen elektronischen Bauteilen über. Hinter dem Tresen stand ein etwas dicklicher und äußerst unskandinavisch wirkender Typ mit dunkler Haut und schwarzen Locken, der ein Warhammer-T-Shirt trug.

»Góðan daginn!«, begrüßte er sie. »Wie kann ich euch helfen?«

Amirpour kam mit einem gewinnenden Lächeln auf ihn zu und erklärte, dass sie einen Rat suchten. Sie winkte Lombardi herbei, der das Tuch auf dem Tresen ausbreitete. Als der Inhalt zum Vorschein kam, pfiff der Typ anerkennend.

»Wir würden gern wissen, was das ist. Kannst du uns helfen?«

»Darf ich?«, fragte er und begann, mit den Fingern die Scherben auseinanderzuschieben. Ihm gefiel sichtlich, was er sah. »Was haben wir denn da?«

Ein etwa daumennagelgroßes, silbernes Bauteil wurde sichtbar. Es schien den Kern der Tafel zu bilden.

»Weißt du, was das ist?«, fragte Amirpour.

Er nickte. »Das ist ein RFID-Chip.«

Ihre Augen weiteten sich. Ihr schien ein Licht aufzugehen.

»Ein was?«, fragte Lombardi.

»Ein einfacher Chip ohne eigene Stromversorgung. Sie werden zur Diebstahlsicherung in Kaufhäusern verwendet. Aber man kann damit auch Türen öffnen.«

Amirpour und Lombardi starrten sich an. Beide wussten sofort, was das hieß.

Die Tür im Forschungszentrum, die sich plötzlich geöffnet hat!

Doch Lombardi schüttelte den Kopf. »Warum sollte dieser Chip …«

Der Verkäufer hörte ihnen aufmerksam zu. »Darf ich fragen, woher das stammt?«

»Das wüssten wir selbst gerne«, antwortete Amirpour wahrheitsgemäß.

»Ein Freund von mir hat es geschenkt bekommen«, erklärte Lombardi.

Der Verkäufer erkannte sofort, dass das nur die halbe Wahrheit war. Ihm schienen weitere Fragen auf der Zunge zu liegen, doch er hielt sich zurück.

»Wir würden gern wissen, wozu er dient und was darauf ist. Kannst du uns helfen?«

Der Mann nickte. »Aber nicht hier.«

Er ging zum Eingang, um seinen Laden abzusperren und ein Geschlossen-Schild vor die Scheibe zu hängen. Dann kehrte er zurück zum Tresen und öffnete eine Tür, die in ein Hinterzimmer führte.

»Kommt mit.«

Der Raum war noch kleiner, etwas muffig und roch nach Kaffee. Er enthielt ein Sofa und eine Werkbank mit Lötequipment, auf dem ein Mobiltelefon mit offener Abdeckung lag. Er räumte die Teile des Telefons vorsichtig beiseite und bat Lombardi, die Teile der Tontafel vor ihm hinzulegen. Dann schaltete er eine starke Schreibtischlampe ein, nahm ein Spannungsmessgerät zur Hand und wandte sich dem Chip zu.

»Das kann etwas dauern. Nehmt euch inzwischen Kaffee.«

Der Filterkaffee des Mannes, der sich als Steindór vorstellte, war so wässrig, dass Lombardi ihn nicht hinunterbekam. Amirpour hingegen trank gierig davon.

Steindór hatte derweil noch mehr Equipment ausgebreitet, unter anderem eine Drahtspule und eine Platine, auf die er Bauteile steckte. Es roch nach Lötzinn.

»Sieht gut aus«, sagte er nach überraschend kurzer Zeit.

Er nahm einen kleinen Laptop zur Hand und steckte ihn an die abenteuerliche Konstruktion.

»Viel ist es nicht«, erklärte er. »Wie ich schon gesagt habe, man kann damit Türen öffnen. Ich glaube, dass das die Funktion des Chips ist. Er trägt keinen Aufdruck, der uns etwas über den Hersteller sagen könnte. Ich habe gesucht, ob der Speicher etwas enthält, und da ist eine Datei, ein Konfigurationsfile mit einer Seriennummer. Eine Sache ist aber seltsam.«

Er deutete auf eine Codezeile auf dem Bildschirm, die Lombardi nicht von den anderen unterscheiden konnte.

»Hier sind drei Zahlen, deren Sinn ich nicht verstehe. Sie sind nicht binär gespeichert, sondern als Text. Mir scheint es fast so, als sollten wir sie lesen können.«

Lombardi sah die mehrstelligen Zahlen an und war ratlos. Er hatte keine Hoffnung, schnell eine Lösung für dieses Rätsel zu finden. Was ihm zu denken gab, war die Tatsache, dass sie hier wertvolle Zeit verloren. Die Polizei musste inzwischen mit den Mitarbeitern von Aetheromed gesprochen haben. Und schon bald würden sie sich fragen, wer die beiden Leute gewesen waren, die das Gelände verließen, als sie gerade eingetroffen waren. Es konnte nicht lange dauern, bis sie die richtigen Schlüsse zogen, falls das nicht schon geschehen war. Das hieß, dass bald auch hier die Polizei hinter ihnen her sein würde.

»Samira«, begann er, »wir können hier nicht ewig bleiben.«

Doch sie wollte davon nichts hören. »Haben Sie Internet?«, fragte sie Steindór – eine Frage, die Lombardi komisch vorkam, jedes Gerät hatte doch Internet. Steindór allerdings schien sie gar nicht komisch zu finden, sondern nickte nur, machte ein neues Fenster auf und machte Platz für sie. Sie öffnete eine Seite namens Wikimapia und gab Koordinaten dort ein. Sie probierte verschiedene Kombinationen aus, bevor sie zufrieden zurücktrat.

»Das ist es«, stellte sie fest.

Lombardi trat näher. Er verstand kein Wort.

»Koordinaten, Lombardi! Ein Ort und ein Zeitpunkt.«

Steindór schien ihrer Meinung zu sein. Seine Augen strahlten. »Dort muss es ein weiteres Gerät geben, das mit diesem Chip kommuniziert. Vielleicht ein Türöffner.«

Lombardi und Amirpour sahen sich an und wussten, dass sie das Gleiche dachten.

Der Countdown.

»Wo ist das?«, fragte Lombardi. Doch als er den Punkt auf der Karte sah, war er verwirrt.

»Ich muss meine Pilotenfreunde anrufen«, sagte Amirpour und wandte sich an Steindór. »Du glaubst gar nicht, wie sehr du uns geholfen hast.«

Das Lob rührte ihn sichtlich. »Selbstverständlich! Auch wenn ich, na ja, ich würde wirklich gern wissen, in was für einer Sache ihr da drinsteckt.«

Amirpour schien tatsächlich zu überlegen, wie viel sie ihm erzählen sollte.

»Nicht!«, warnte Lombardi.

Doch sie fragte nur nach seiner Visitenkarte und versprach ihm, beizeiten mehr zu verraten, wenn alles ausgestanden war.

Lombardi sah auf eine alte Digitaluhr in Steindórs Werkstatt, die mechanische Ziffern aus umklappbaren Kärtchen hatte, eine Antiquität.

»Wenn der Ort stimmt, ist ohnehin alles umsonst. Das schaffen wir nie rechtzeitig.«

Doch Amirpour hörte gar nicht zu. »Eine Bitte habe ich noch«, wandte sie sich erneut an Steindór. »Du hast nicht zufällig einen 3-D-Drucker?«

TURILLI

Er fand Kardinalstaatssekretär Gnerro in den Vatikanischen Museen, zwischen den Touristen stehend, die ihn neugierig beäugten. Als Nummer zwei hinter dem Papst war er ein Mann, der sich stets im Schatten aufhielt und dessen Gesicht trotz seiner enormen Macht fast niemand kannte. Die Museumsbesucher sahen einen Kardinal – das erkannten sie an der Soutane – vor einer Vitrine mit irgendwelchen Scherben und machten Fotos von dem nachdenklichen Mann, bevor sie weiterzogen.

Seit Stunden herrschte Funkstille im Vatikan. Keiner von Turillis Informanten hatte irgendwelche Neuigkeiten berichten können. Turilli hatte es schließlich selbst bei Gnerro probiert, war aber in dessen Büro abgeblitzt. Was immer auch in den Hinterzimmern zur Vorgangsweise im Fall Pabil Visconte entschieden wurde, geschah ohne Turillis Beteiligung.

Deshalb war die Nachricht umso überraschender gekommen: Gnerro wollte ihn sprechen. Turilli fand ihn in den Anblick einiger antiker Stücke vertieft, die hier gar nicht hingehörten. Die mesopotamischen Kunstwerke befanden sich in einem anderen Raum, aber diese Rollsiegel und Schrifttafeln enthielten eindeutig Keilschrift.

»Kollege Turilli, da sind Sie ja«, begrüßte ihn Gnerro. »Kommen Sie auch manchmal hierher?«

»Eigentlich nicht«, gestand er.

»Es ist ein Luxus, dessen wir uns hier viel zu wenig bewusst sind, finde ich. Wir konzentrieren uns auf die Heiligkeit dieser Orte, und dabei kann es passieren, dass wir ihre Schönheit übersehen. Über eine Million Touristen kommt jedes Jahr hierher, um sich die Schätze anzusehen.« Diese von ihm selbst vorgebrachte Tatsache schien Gnerro noch nachdenklicher zu machen. Er deutete auf eine rote Schatulle mit eingeprägten, goldenen Lettern. »Diese Stücke waren eine Schenkung an Papst Gregor XVI. im Jahr 1838. Sie stammen von Maximilian Ryllo, dem ersten Forscher, der die

Ruinen Ninives und Babylons erforschte. Gregor machte ihn später zum Leiter der Archäologischen Abteilung des Vatikans. Viele der wertvollen Stücke von seinen ersten Expeditionen befinden sich hier in unserem Museum. Besonders interessant finde ich das hier.«

Gnerro wandte sich einer Tontafel zu, die wie alle anderen Stücke mit Keilschriftzeichen übersät war. Sie schien beschädigt zu sein.

»Schade um das schöne Stück, nicht wahr? Aber sehen Sie genau hin.«

Turilli näherte sich der Glasscheibe, und da sah er es. In der Tafel war eine zweite, kleinere Tafel versteckt gewesen, von dunklerer Farbe und noch dichter beschrieben. Erst nachdem man die äußere Hülle aufgebrochen hatte, war sie zum Vorschein gekommen.

»Zerbrechen Sie sich nicht zu sehr den Kopf. Was Sie hier sehen, gibt es auch in unserer Zeit. Es handelt sich einfach um einen Brief. Die äußere Hülle ist der Umschlag, sie enthält den Adressaten. Auf der inneren Tafel befindet sich die eigentliche Nachricht, gut versiegelt und nur für den Empfänger lesbar.«

Für Turilli war das neu, aber ihn befremdete die Erzählung des Kardinalstaatssekretärs. Sie hatten viel Wichtigeres zu tun.

»Eure Eminenz, Sie wollten mich sprechen?«, versuchte er, auf das eigentliche Thema zu kommen.

Gnerro nickte. »Kommen Sie mit.«

Turilli folgte ihm, immer noch ratlos. Dieser verträumte Ausdruck sah Gnerro gar nicht ähnlich. Der Kardinalstaatssekretär war normalerweise notorisch ungeduldig. Turilli realisierte, dass sie auf die Sixtinische Kapelle zuhielten, die Teil der Museumsrunde für die Touristen war.

»Keine Fotos, keine Videos!«, rief ein Aufpasser auf Englisch.

Dort blieb Gnerro inmitten einer tuschelnden Menschenmenge mit in den Nacken gelegten Köpfen stehen, direkt vor dem Gemälde des Jüngsten Gerichts von Michelangelo.

»Sie wollen wissen, wie es um Gaisels Untersuchung steht«,

stellte Gnerro flüsternd fest. »Nach dem schrecklichen Ereignis letzte Nacht sind Sie noch nervöser als zuvor, nicht wahr?«

Turilli sah keinen Grund zu leugnen. »Ich glaube, dass Gaisel sich zu sehr von seiner Begeisterung leiten ließ. Er hätte nicht an die Öffentlichkeit gehen sollen, sondern sich seiner Untersuchung widmen. Und es hat mich gewundert, dass er Pabils Namen erwähnt hat.«

»Die Leute hätten ihn sowieso erfahren«, gab Gnerro ungerührt zurück.

»Ich mache mir Sorgen wegen Gaisel. Wie geht man mit der Situation um? Jemand hat Pabil getötet und seinen Körper auf bizarre Art geschändet. Niemand scheint zu wissen, was es damit auf sich hat. Aber es erscheint mir offensichtlich, dass die Veränderungen an Pabils Körper etwas damit zu tun haben. Jemand wollte ein Zeichen setzen, eine schreckliche Nachricht, die direkt an Gaisel und seine Untersuchung gerichtet sein könnte.«

Gnerro wandte sich ihm zu. »Sie glauben, derjenige will Gaisels Untersuchung unterminieren?«

»Denken Sie nach!«, forderte Turilli. »Gaisel will nicht ausschließen, dass an Pabil ein Wunder gewirkt wurde. Doch nach dem, was geschehen ist, kann man unmöglich von einem Wunder sprechen.«

»Warum nicht?«, fragte Gnerro sofort.

Turilli versuchte, in Gnerros Miene abzulesen, ob die Frage ernst gemeint war. Er senkte die Stimme zu einem Flüstern. »Wir beide wissen, was für ein Mensch Pabil war. Vielleicht hat das, was passiert ist, mit dem Skandal um das Krankenhaus zu tun? Womöglich wollte jemand sich rächen, oder noch schlimmer, auf ein Unrecht aufmerksam machen, das ihm widerfahren ist!« Das war es, wovor Turilli am meisten Angst hatte. Dass mehr von Pabils Geschichte ans Licht kommen könnte. »Bitte! Sie müssen Gaisel zur Vernunft bringen! Es muss wieder Ruhe einkehren, und vielleicht kommen wir mit einem blauen Auge davon.«

Gnerro schien über das Gesagte nachzudenken. »Ich nehme an,

Sie kennen Michelangelos Jüngstes Gericht gut«, begann er. »Auch den unteren Teil des Bildes, wo die Hölle dargestellt wird. Ich bin immer wieder überrascht, wie erschreckend die Darstellungen sind, in einem Bild, das uns zur Frömmigkeit erziehen soll. Aber das ist die Idee. Die Hölle ist real, sie ist eine immer präsente Drohung. Wenn wir sterben, wird über uns gerichtet. *Wenn* wir sterben.«

Turilli begann zu ahnen, worauf Gnerro hinauswollte.

»Das, was mit Pabil geschehen ist, und das schreckliche Schauspiel direkt vor unserer Nase, diese Dinge sind erst der Anfang. Sie sind Teil von etwas Größerem. Wir haben Informationen, dass sich ein medizinischer Durchbruch ereignet hat. In wenigen Stunden soll es eine Präsentation geben.« Gnerro wandte sich Turilli zu. »Was, wenn die Leute keine Angst mehr vor der Hölle haben? Wenn Hölle und Himmel für sie keine Bedeutung mehr haben?«

»Das glauben Sie doch nicht wirklich!«, gab Turilli zurück, wobei die Information, es solle eine Präsentation geben, für ihn neu war.

»Ich habe mich inzwischen auch informiert«, entgegnete Gnerro kühl. »Und was ich gehört habe, gefiel mir gar nicht. Wir werden seit Jahrhunderten zurückgedrängt, viele unserer Wahrheiten wurden infrage gestellt. Aber eines konnte uns bislang niemand nehmen: Unser Monopol auf die ewige Seligkeit. Im Tod sind wir alle gleich, und danach wird über uns gerichtet. Das ist unsere letzte Bastion, die wir nie aufgeben dürfen.«

»Was haben Sie vor?«, fragte Turilli, der Angst vor der Antwort hatte.

»Gaisel glaubt, ein Wunder gesehen zu haben, und sein Team wird das bestätigen. Sie haben die Befunde ja auch gesehen, nichts davon ergibt medizinisch irgendeinen Sinn. Wissenschaftlich ist es nicht erklärbar. Doch das ist nicht die entscheidende Frage. Wichtiger ist, was wir damit machen.«

Turilli sah ihn fragend an. »Was meinen Sie? Was soll man machen?«

»In die Offensive gehen«, sagte Gnerro.

Und da verstand Turilli. Ein starkes Schwindelgefühl erfasste ihn. »Darüber darf man nicht einmal nachdenken!«

»Wenn Sie es sich gründlich überlegen, werden Sie sehen, dass es die einzige Möglichkeit ist. Es geht hier um nichts Geringeres als um das Fortbestehen der Kirche. Es wird langsam Zeit, dass wir anfangen zu kämpfen, bevor es zu spät ist.«

»Sagen Sie mir, dass Sie nicht überlegen, ihn heiligzusprechen«, flehte Turilli.

Gnerros Schweigen bestätigte seine schlimmsten Befürchtungen.

»Pabils Vergangenheit wird ans Licht kommen«, gab Turilli zu bedenken.

»Niemand wird es glauben. Besonders, wenn man erfährt, welche Würden er eigentlich trägt.«

»Sie wollen das öffentlich machen?«

Langsam sah Kardinal Turilli die verrückte Logik des Ganzen. Alles in ihm wehrte sich gegen den Gedanken.

»Noch ist nichts entschieden«, sagte Gnerro. »Ein Verfahren wird eingeleitet, dessen Ausgang ungewiss ist. Aber ja, am Ende dieses Verfahrens könnte eine Seligsprechung stehen. Fürs Erste.«

»War das Gaisels Idee oder Ihre?«, fragte Turilli.

Gnerro sah Turilli in die Augen. Es war nichts von der sonstigen Strenge in seinem Blick. »Sehen Sie es nicht? Das hier ist die Sixtinische Kapelle, hier werden Päpste gewählt. Der Heilige Geist beseelt die Kardinäle, damit sie die Wahl treffen, die *Er* längst vorherbestimmt hat. Warum können wir hier einfach so hereinspazieren? An diesen heiligen Ort? Weil all das hier«, er machte eine ausladende Geste, »ein Museum ist. Wir sind die Hüter eines Erbes, das zur Kuriositätenschau verkommen ist.« Er hob den Blick zu Michelangelos Fresko. »Diese Bilder, all die Symbole hier – es liegt an uns, sie mit Bedeutung zu füllen. Das Wunderbare ist immer eine Frage des Blickwinkels.«

Er schwieg einen Moment, bevor er abschließend hinzufügte: »Was ich Ihnen erzählt habe, ist nicht meine Meinung, es ist seit heute die offizielle Linie des Heiligen Stuhls. Ich verlasse mich auf Ihren Gehorsam.«

Dann wandte er sich ab und eilte hinaus. Wie zum Beweis seiner Worte wurde er dabei von einem Touristen fotografiert.

»Keine Fotos, keine Videos!«, rief der Aufpasser, während ein Priester, der in der Ecke gewartet hatte, sich daranmachte, die Menge mit einem Gebet vor dem Altar zum Schweigen zu bringen.

LOMBARDI

Wie sie das Kunststück erneut zuwege gebracht hatten, wusste Lombardi nicht, aber kurz darauf saßen sie abermals in einer leeren Linienmaschine. Amirpour hatte nicht zu viel versprochen, es gab mehr als einen Pilotenfreund. Dieser hier hieß nicht Finn, sondern Jason und hatte grau meliertes Haar und müde Augen. Diesmal war es weniger einfach gewesen, es hatte hitzige Diskussionen gegeben. Lombardi, der meinte sehen zu können, wie die Stimmung zwischen Amirpour und zwei Flughafenmitarbeitern kippte, hatte sich ein Herz genommen. Er hatte seinen vatikanischen Pass gezückt und gefragt, ob es ein Problem gäbe.

»Es ist wichtig.«

Tatsächlich hatte einer der Mitarbeiter Lombardi einen Moment in die Augen gesehen, dann ein Kreuzzeichen gemacht und war dann mit seinen Kollegen beiseite gegangen. Er hatte hoch gepokert, doch es hatte funktioniert. An der Passkontrolle waren sie Jason unbehelligt gefolgt, niemand hatte weitere Fragen gestellt, und nirgends hatte Polizei gewartet, um ihn im letzten Moment abzufangen.

Ihr Ziel war Tschechien, die Adresse befand sich mitten in der Altstadt von Prag.

Sie hatten herausgefunden, dass Aetheromed eine Niederlassung in der tschechischen Hauptstadt hatte. In einer Industriezone am Stadtrand wurden unter Lizenz Arzneimittel bekannter Pharmaunternehmen produziert. Mit einem flauen Gefühl im Bauch war Lombardi in die auf einer Außenposition parkende Maschine gestiegen, nachdem sie ein Flughafenfahrzeug gemeinsam mit Jason und seinem Co-Piloten dort hingebracht hatte. Diesmal gab es kein Essen, nur je eine Flasche Wasser für sie beide. Sie saßen in der letzten Reihe der Businessclass, links und rechts des Gangs.

»Und Sie sind sich sicher, was die Koordinaten angeht?«, fragte Lombardi.

Amirpour war in ihren Laptop vertieft. Hier im Flugzeug gab es kein Internet, und die Piloten waren überhaupt nicht erfreut gewesen, als sie an die Tür zum Cockpit angeklopft und danach gefragt hatte.

»Sie haben gesehen, wir haben alle Varianten durchprobiert. Nur zwei der Zahlen kommen als Koordinaten infrage, und wenn man sie vertauscht, landet man irgendwo im Meer vor der Arabischen Halbinsel.«

»Die Uhrzeit stimmt überein?«, vergewisserte er sich.

Amirpour schienen die Fragen zunehmend zu nerven. »Wir werden es dann ja sehen! Wären Sie lieber auf Island geblieben?«

Sie hatte natürlich recht. Außerdem suchte in Prag niemand nach ihnen – noch.

Erst nach und nach gelang es ihm, die Erlebnisse im Forschungszentrum zu ordnen. Manches an den Erklärungen der Forscherin war sehr technisch gewesen, aber Lombardi hatte verstanden, dass es eine Reihe medizinischer Entwicklungen gab, die eine Revolution auslösen könnten. Was er bisher als gegeben hingenommen hatte, galt in vielerlei Hinsicht nicht mehr. Aber erklärte es den Zustand von Pabil Visconte? Das wollte nach wie vor nicht in Lombardis Kopf, auch wenn er überzeugt war, dass es eine rationale Erklärung dafür geben musste.

Was die Dinge anging, die er in der Forschungsanlage gesehen hatte, so verschwand alles zunehmend im Nebel. Er begann mehr und mehr an seiner Wahrnehmung zu zweifeln.

Inzwischen glaubte er nicht, dass es wirklich Badalamenti gewesen war, den er in dem Raum mit den Wasserbassins gesehen hatte. Doch gerade das gab ihm zu denken. Badalamenti wurde in Rom von der Polizei gesucht, und es gab eine Aufnahme einer Überwachungskamera, die ihn dabei zeigte, wie er in einen streng geschützten Bereich der Vatikanischen Museen eindrang und dort ein wertvolles Stück der Sammlung entwendete.

Ich hatte Angst vor ihm. Obwohl ich glaubte, dass es Badalamenti war. Oder vielleicht deshalb?

Auch wenn ihm der Gedanke Bauchschmerzen verursachte, war es ein weiterer Grund, seine Suche fortzusetzen. Er musste wissen, was hier nicht stimmte.

Was den Chip anging, so ergab das, was der Ladeninhaber gesagt hatte, irgendwie Sinn. Wenn der Chip ein Schlüssel war, musste es einen Ort und Zeitpunkt geben, wo er etwas öffnen sollte. Die Tafel war ein Rätsel, dessen Lösung dem Empfänger bekannt sein musste. Sonst verstrich die Frist.

Dennoch war es seltsam. Der vom Chip genannte Zeitpunkt war in weniger als drei Stunden.

Der Termin passt. Es könnte sich um die Präsentation von Aetheremed handeln. Doch warum genau dort?

»Sie sagten, die Stelle liege in der Prager Altstadt. Welches Gebäude steht dort?«

Amirpour seufzte. »Das habe ich Ihnen doch schon erklärt: Dort befindet sich eine historische Sternwarte. Ein astronomischer Turm, von dem aus man die Sterne beobachten konnte.«

»Und Sie sagten, dass Johannes Kepler …«

»Nicht Kepler«, unterbrach sie ihn, »sein Freund Tycho Brahe. Er war der führende Astronom seiner Zeit und machte die Beobachtungen, die es Kepler erlaubten, seine berühmten Planetengesetze aufzustellen.«

Amirpour hatte es sich nicht nehmen lassen, ihm alles über Kepler und seine Gesetze zu erzählen, doch er hatte sich nicht konzentrieren können.

»Richtig, Tycho Brahe. Ein astronomischer Turm. Nur, was sollen wir dort?«

»Wir müssen warten, bis wir dort sind. Dann werden wir es schon sehen!«

Lombardi verschränkte die Arme und lehnte sich genervt zurück. Er war nicht überzeugt, dass sich irgendetwas lösen würde.

Er versuchte, sich ihren Rat zu Herzen zu nehmen. In etwa einer Stunde würden sie in Prag landen, und dann würden sie mehr wissen.

Lombardi nahm die kleine PET-Flasche und setzte sich ans Fenster. Doch der Himmel war voller Wolken. Er versuchte sich vorzustellen, wo sie sich gerade befanden, doch sein Orientierungssinn ließ ihn im Stich.

Nach etwa zehn Minuten sah er ein, dass er keine Ruhe fand. »Samira. Da ist etwas, das ich Ihnen noch nicht erzählt habe.«

Sie blickte von ihrem Laptop auf. Er berichtete ihr von den Affen, die er gesehen hatte. Zuerst hatte er das Gefühl, dass sie nicht richtig zuhörte, doch als er die Naht erwähnte, schien sie hellwach.

»Warum sagen Sie mir das erst jetzt?«

Er zögerte. »Ich war mir nicht sicher, was ich gesehen habe. Außerdem ergibt es keinen Sinn. Warum sollte jemand so etwas tun?«

»Ich habe Ihnen doch von den Medikamenten gegen das Altern erzählt«, begann sie.

»Rapamycin. Was ist damit?«

»Es gibt noch eine Methode, den Alterungsprozess aufzuhalten, von der Laura mir erzählt hat, und die im Tierversuch ausgezeichnet funktioniert. Dabei wird alten Mäusen das Blut einer jungen Maus in die Blutbahn injiziert. Die Effekte sind verblüffend.«

»Aber ich verstehe nicht …«

»Weil Sie mich nicht ausreden lassen«, fiel sie ihm ins Wort. »Man zapft nicht einfach einer jungen Maus Blut ab und injiziert es einer älteren. Diese Altersforscher sind findige Leute, sie haben einfach eine alte und eine junge Maus an der Seite chirurgisch verbunden, sodass sie sich den Blutkreislauf teilen.«

Er verstand immer noch nicht. »Wie – *verbunden*?«

»Zusammengenäht!«

Lombardi blieb die Luft weg.

Zwei Affen, die wie Siamesische Zwillinge aussahen.

Er hatte sogar die Nahtstelle gesehen. Dazu der gequälte Blick des einen Affen, der vermutlich unter dem Einfluss von Schmerzmitteln gestanden hatte.

Konnte wirklich jemand so skrupellos sein?

»Ich hätte auf Meyer hören sollen«, sagte Amirpour leise und fluchte. *»Jeder muss über den Horror hier erfahren, bevor sie das zu Geld machen!«*, wiederholte sie dessen Worte.

Amirpour nahm ihr Handy hervor und holte sich die Bilder auf den Schirm, die sie bei den Aquarien gemacht hatte.

»Hydra. Sebastes Aleutianus.« Sie wandte sich zu Lombardi um. »Haben Sie diese Namen schon einmal gehört?«

Lombardi verneinte.

»Diese Tiere und jene in den Aquarien. Es muss einen Grund geben, warum sie gerade diese Tiere ausgesucht haben. Wenn ich hier nur Internet hätte!«

»Sie glauben es wirklich, oder?«, fragte Lombardi.

»Was?«

»Dass es ein Medikament gegen das Altern geben kann. Dass Aetheromed für Pabils Verjüngung verantwortlich ist.«

Amirpour sah aus dem Fenster, bevor sie antwortete. »Ich spekuliere nicht, ich bin Wissenschaftlerin. Aber wir können es nicht ausschließen.«

Lombardi war nicht dieser Meinung, aber er hielt den Mund. Er war überzeugt, dass es eine andere Erklärung geben musste.

Ewiges Leben ist nicht möglich. So viel Macht hat die Wissenschaft nicht. Auch wenn sie sich noch so rücksichtsloser Methoden bedient.

Lombardi grübelte den Rest des Flugs darüber nach, bevor ihn ein Rauschen aus den Lautsprechern aus seinen Gedanken riss.

»Hier spricht der Kapitän«, erklang Jasons Stimme. *»Bitte schnallen Sie sich an, wir beginnen mit dem Landeanflug.«*

TEIL 3

DER GOTTESFÜRCHTIGE

Als er das Reich des Footballers betrat, war er beeindruckt, und das gefiel ihm nicht. Auch er hatte viele Jahre seines Lebens in prunkvollen Räumlichkeiten verbracht, die von Raffael oder Michelangelo gestaltet worden waren, doch hatte er nie das Gefühl gehabt, Besitzansprüche stellen zu können. Für den Mann, den er hier treffen wollte, galt etwas anderes. Es stimmte, was die Leute sagten, dass Geld der neue Gott war. Und nun war dieser amerikanische Hinterwäldler drauf und dran, auch das große Ziel zu erreichen, das der Gottesfürchtige und seine Gleichgesinnten seit so langer Zeit verfolgten. Und das Schlimmste war, dass der Amerikaner es offenbar geschafft hatte, sich den Weg dahin zu erkaufen.

Der Gottesfürchtige war allein gekommen. Thor und die anderen hatten kalte Füße gekriegt. Es hatte ihnen nicht geschmeckt, die Leiche des Krankenpflegers und ihres Kollegen beseitigen zu müssen. *So arbeiten wir nicht.* Es war grotesk, das von jemandem wie Thor zu hören. Doch es ließ sich nicht ändern, und die Zeit drängte.

In Kürze würde die Präsentation in diesen prächtigen Räumlichkeiten beginnen. Leistner hatte sich hier eingemietet, zu welchem Preis, das wussten nur er und die glücklichen Eigentümer dieser Gebäude. Und trotz des Neides musste der Gottesfürchtige zugeben, dass es ein würdiger Rahmen für das Bevorstehende war. Er bezweifelte, dass der Amerikaner verstand, mit welchem außergewöhnlichen Ort er es zu tun hatte.

Bevor Leistner das Unternehmen Aetheromed gegründet hatte,

war er College-Footballer gewesen, der mehr Zeit mit Training als mit seinem Studium verbracht hatte, wie gemunkelt wurde.

In Amerika kann wirklich jeder alles werden.

Dass sich amerikanische Milliardäre mit dem Thema des Alterns befassten, war eigentlich keine Neuigkeit. Doch der Sportler Leistner hatte bestimmt besonders schmerzhaft erlebt, was es hieß, wenn die Anzeichen des Alters sich zu häufen begannen.

Und nun hatte er eine Lösung gefunden. Natürlich ging es bei der Ankündigung darum. Der Gottesfürchtige hatte die Andeutungen der seltsamen Einladung sofort verstanden, das Symbol auf der Tontafel.

Nur eine Handvoll Menschen hatten eine solche Tafel bekommen, aber es waren immer noch zu viele. Leistner durfte ihnen unter keinen Umständen zeigen, was er gefunden hatte. Deshalb war der Gottesfürchtige hier. Es hatte all seiner Kontakte und all seines Geschicks bedurft, um so kurz vor dem großen Event einen Termin zu bekommen. Leistners Sekretärin hatte erklärt, nichts versprechen zu können. Er hatte aufgeschnappt, dass irgendetwas auf Island passiert war, das alle nervös zu machen schien.

Doch nun war der Gottesfürchtige hier. Hinter einer schweren Tür befand sich Leistner, doch davor war ein Sicherheitsmann positioniert, ein junger Kerl, der überhaupt keinen Respekt gezeigt hatte, als der Gottesfürchtige hineingehen wollte. Er solle warten, hatte er ihn geheißen.

Der Gottesfürchtige wusste, dass Leistner sich einen sonderbaren, genau durchgetakteten Tagesablauf auferlegt hatte. Auch wenn sich der Ort oft änderte, das Programm war jeden Tag gleich. Es begann damit, dass er sich eine Gesichtsmaske auflegte, die den Schleim von Weichtieren enthielt, gefolgt von einem halbstündigen Work-out auf einem Trainingsgerät, das im Gepäckraum des Privatjets einen eigenen Platz hatte. Das Programm sprach alle Muskelgruppen an und trieb den Puls auf mindestens hundertsiebzig Schläge hoch. Danach folgte die einzige Mahlzeit des Tages, ein Shake aus hochwertigen Fetten, Extrakten von Weizenkeimen und einem Mix der wichtigsten Mineralien und Spurenelementen. Der Sud war angeblich von Ärzten zusammengestellt und nach neuesten Erkenntnissen der Forschung optimiert worden. Für den Gottesfürchtigen sah es eher so aus, als ließe sich der Milliardär von Quacksalbern über den Tisch ziehen. Moderate Effekte waren durchaus einfacher zu haben, auch bei Rotwein und Kaffee war lebensverlängernde Wirkung nachgewiesen.

Die Zeit verflog, und er wurde immer nervöser. Er holte seine Taschenuhr heraus, obwohl er wusste, dass sie ja stehen geblieben war. Doch in letzter Zeit hatte er das Gefühl, dass sich die Zeiger manchmal minimal bewegt hatten, wenn er die Uhr einige Stunden in seiner Tasche gehabt hatte.

Er hielt sie sich ans Ohr, um zu horchen, ob sie vielleicht doch wieder zu ticken begonnen hatte, doch da war nichts. Natürlich war da nichts.

Als er gerade zurück zu der Sekretärin gehen wollte, um seinen Unmut abzulassen, ging die Tür einen Spalt auf. Jemand sprach laut und heiser auf Englisch, mit einer seltsam müden Wut.

»Daniel. Daniel, wo bist du, du Versager? Ich habe es dir gleich gesagt, aber du hörst nicht auf mich. Du blamierst dich! Es fällt alles auf mich zurück!«

Zwei Männer traten durch die Tür und zogen sie hinter sich zu. Der eine schien ein Arzt zu sein. Er war an die sechzig, hatte eine gepflegte Frisur und trug einen weißen Kittel, den er gerade auszog und zusammenfaltete. Der andere war niemand Geringerer als Dan Leistner. Der Gottesfürchtige trat einen Schritt zurück, um nicht entdeckt zu werden.

»Was fehlt ihm?«, fragte Leistner. »Es geht ihm schlechter, nicht wahr?«

»So, wie ich das sehe, fehlt ihm nichts.«

»Nichts?«, fragte Leistner.

»Nein. In Anbetracht seines Alters …«

»Sie weichen mir aus«, unterbrach ihn Leistner. »Ich kann doch sehen, dass es ihm schlechter geht.«

»Nun ja, er hört schlecht, auf seinem linken Auge hat die Sehkraft stark nachgelassen. Die Osteoporose schreitet voran, und die Anzeichen von Demenz müssen wir im Auge behalten.«

»Na also. Sagen Sie nicht, er ist in Ordnung.«

Der Arzt hielt inne und sah Leistner an. »Ich weiß, Sie wollen das nicht hören«, erklärte er, »aber Ihr Vater ist nicht krank. Er ist achtundneunzig Jahre alt. Da ist so etwas normal.«

»Normal?« Leistner verengte die Augen.

Der Mann senkte traurig den Kopf. »Mr. Leistner, ich weiß, dass ich nicht der erste Arzt bin, den Sie kommen lassen. Ihnen scheint niemand reinen Wein einzuschenken, deshalb werde ich das jetzt tun. Was mit Ihrem Vater passiert, lässt sich nicht aufhalten. Es ist der Lauf des Lebens. Für sein Alter geht es ihm ausgezeichnet. Sie haben noch ein paar gemeinsame Jahre vor sich« – der Mediziner blickte zur geschlossenen Tür, hinter der es still geworden war – »und ich bin überzeugt, Sie können mit ihm ins Reine kommen, wenn Sie sich die Zeit nehmen. Aber Sie müssen den Tatsachen ins Auge sehen.«

Auch Leistner blickte zur Tür hin, als wäre ihm die Stille dahinter unheimlich.

»Danke für Ihr Kommen, Herr Doktor. Melden Sie sich bitte bei meiner Sekretärin. Sie stellt Ihnen Ihr Honorar aus.«

Der Arzt wollte noch etwas sagen, dann grummelte er etwas Unverständliches und verschwand grußlos.

Es stimmte also, was erzählt wurde. Leistner nahm seinen Vater überallhin mit. Die schwierige Beziehung der beiden war legendär, aber es nun selbst zu hören war noch einmal etwas völlig anderes. Vielleicht hatte er die Motive des Unternehmers falsch eingeschätzt.

Als er sah, dass Leistner sich sein Telefon ans Ohr hielt und im Begriff war, durchs Treppenhaus zu verschwinden, erwachte er aus seinen Gedanken.

»Mr. Leistner! Bitte, einen Moment!«

Der Milliardär drehte sich um, ohne sein Telefon vom Ohr zu nehmen. Tatsächlich schien er nicht wirklich zu telefonieren, vielleicht meldete sich sein Gesprächspartner auch nicht. Widerwillig steckte er das Telefon ein und wandte sich dem Gottesfürchtigen zu.

»Was?«, fragte er, nachdem sie einander einige Sekunden angesehen hatten.

»Sie kennen mich«, erklärte der Gottesfürchtige. »Wir waren wegen eines antiken Kunstwerks in Kontakt.«

Leistner schien sich zu erinnern. »Der Kunsthändler. Sie wollten mir eine Schrifttafel verkaufen. Wie war noch gleich Ihr Name? Am Ende haben Sie mich nur hingehalten und mir wertvolle Zeit gestohlen.«

»Mr. Leistner, ich habe Sie ganz und gar nicht hingehalten. Es ist nur so, dass das Stück sehr sensibel ist …« Der Gottesfürchtige wand sich. Es stimmte, er hatte die mesopotamische Tafel benutzt, um Leistners Aufmerksamkeit zu gewinnen. Die Sammelleidenschaft des Milliardärs, die sich auf diese ganz speziellen Stücke konzentrierte, war legendär.

Dass sie persönlich schon einmal in Kontakt getreten waren, daran schien sich der Unternehmer nicht zu erinnern.

»Bitte, Mr. Leistner, ich kann die Tafel immer noch beschaffen.«

»Sie sind zu spät«, sagte Leistner. »Unter uns gesagt: Ich habe das Stück, von dem Sie sprechen, vor wenigen Stunden erworben.«

Der Gottesfürchtige war einen Moment sprachlos. »Von wem?«

»Das ist unwichtig. Die Sache war ohnehin eine Enttäuschung. Sonst noch etwas?«

»Ich muss mit Ihnen über etwas anderes sprechen«, begann der Gottesfürchtige, nachdem er seine Fassung wiedererlangt hatte. »Es ist außerordentlich wichtig, dass Sie mir genau zuhören!«

Etwas in seinem Ton schien Leistner unsicher zu machen. »Reden Sie«, forderte er.

»Mr. Leistner, ich weiß, was Sie hier vorhaben. Was Sie in Kürze vorstellen wollen. Ich bin hier, um Sie zu warnen, dass das ein Fehler ist. Sie haben eine außergewöhnliche Entdeckung gemacht, die großes Fingerspitzengefühl erfordert.« Der Gottesfürchtige hatte schweißnasse Hände, doch er wählte seine Worte sorgfältig. »Sie wollen Ihre Entdeckung mit der Öffentlichkeit teilen, doch die Welt ist nicht bereit dafür.«

»Was soll das heißen?«, fragte Leistner irritiert.

Der Gottesfürchtige holte tief Luft. »Noch ist es nicht zu spät. Ich kenne Leute …«

»Sie sagen mir, ich soll die Präsentation absagen? Was glauben Sie eigentlich, wer Sie sind?«

»Sie verstehen nicht …«

»Verschwinden Sie, bevor ich Sie rauswerfen lasse!«

Der Gottesfürchtige spürte, dass ihm die Situation entglitt. Es war Zeit, die Sache anders anzugehen.

»Ich tue Ihnen einen Gefallen. Hierherzukommen ist auch für mich riskant«, erklärte er mit zur Schau getragener Gleichgültigkeit. »Ich bin hier, um Sie zu warnen. Was Sie gefunden haben, hat eine Dimension, die Ihnen nicht klar zu sein scheint. Die Entdeckung ist mit enormer Macht verbunden. Und es gibt Leute, die seit sehr langer Zeit danach suchen. Sie würden alles geben, es zu bekommen. Alles.«

Leistner sah ihn forschend an. »Sie drohen mir doch nicht etwa?«

»Ich bin auf Ihrer Seite, deshalb bin ich hier«, entgegnete der Gottesfürchtige. »Deshalb sollten Sie auf mich hören, wenn ich Ihnen sage, dass Sie für das hier nicht ausreichend vorbereitet sind.«

Leistner schien auf einmal tatsächlich verunsichert. »Was schlagen Sie vor?«

»Warum wollen Sie überhaupt damit an die Öffentlichkeit gehen? Es gibt andere Optionen.«

»Welche Optionen? Werden Sie deutlicher.«

»Ich möchte Ihnen einen Deal vorschlagen. Ich gehöre zu einer Gruppe von Leuten, die sich schon sehr lange mit den Fragen beschäftigen, bei denen Sie so beeindruckende Fortschritte gemacht haben. Wir kennen die Risiken und Möglichkeiten. Die medizinischen Mittel selbst bleiben natürlich vollständig unter Ihrer Kontrolle. Aber wir würden Sie beraten. Wir würden Ihnen zeigen, wie Sie aus Ihrer Entdeckung noch mehr herausholen können.«

Leistner sah ihn verblüfft an, dann schien er zu verstehen. »Ach, Sie gehören zu diesen Verrückten aus Rom! Was zum Teufel ist dort los? Ich bereue schon, Visconte eine Einladung geschickt zu haben. Ich wünsche, von Ihnen nicht mehr kontaktiert zu werden!«

»Bitte! Schicken Sie mich nicht weg, Sie müssen mir zuhören!«

Doch Leistners Augen wanderten zu einem Punkt hinter dem Gottesfürchtigen. Dort waren doch noch die Leibwächter aufgetaucht, drei beinah identische Männer mit der Physiognomie von Rausschmeißern, die in schwarzen Anzügen steckten. »Bringt ihn hinaus. Und seht zu, dass er dort bleibt.«

»Das ist ein Fehler, Mr. Leistner. Sie werden es noch bereuen.«

Doch Leistner hörte ihn nicht mehr.

Als die Männer ihn höflich, aber mit Bestimmtheit ins Freie beförderten, war der Gottesfürchtige wütend und enttäuscht. Er musste die Präsentation unbedingt aufhalten, aber ihm lief die Zeit davon.

LOMBARDI

Nach der Ankunft am Flughafen in Prag nahmen sie ein Taxi und erreichten in der Abenddämmerung unbehelligt das Stadtzentrum.

Während Amirpour ganz entspannt die Ankunftshalle betreten hatte, hatte Lombardi nach Polizisten Ausschau gehalten, die irgendwo unbemerkt warteten, um ihn festzunehmen. Doch niemand nahm von ihrer Ankunft Notiz. Lombardi ärgerte sich über seinen zunehmenden Verfolgungswahn. Er fühlte sich schuldig, als hätte er ein Verbrechen begangen.

Dabei habe ich nichts getan!

Ganz stimmte das natürlich nicht, er hätte sich stellen sollen, als er erfahren hatte, dass die Polizei ihn suchte, doch Turilli hatte ihn nervös gemacht. Und vermutlich hatte der Kardinal recht, etwas stimmte nicht. Selbst wenn sich schließlich seine Unschuld herausstellte, wovon er überzeugt war – in Polizeigewahrsam konnte er Alessandro nicht helfen. Sein Freund hatte ihn hierher geführt, und er musste wissen, was der Hinweis bedeutete, bevor er Kontakt mit den römischen Behörden aufnahm.

Nun standen sie in der Fußgängerzone der Prager Altstadt. Er war überrascht, wie sehr sich die Stadt von Rom unterschied. Alles hier schien härter, spitzer zu sein. Die Beleuchtung der Gebäude warf scharfe Schatten und betonte die Formen zusätzlich. Jedes Haus wollte ein Turm sein. Während seine Heimatstadt zwischen der geometrischen Harmonie antiker Relikte und prunkvoller, verspielter Renaissance-Architektur schwankte, herrschte hier die gotische Strenge vor – zum Himmel strebender, fragiler Sandstein, allerdings um nichts weniger ästhetisch als die Bauten Roms.

Während Amirpour in ihr Handy starrte, um die Koordinaten zu finden, die der Chip offenbart hatte, hob Lombardi den Blick zu einer riesigen Uhr, die viele, zum Teil sonderbar geformte Zeiger hatte. Das Bild kam ihm bekannt vor, er hatte bestimmt schon davon gehört, aber er konnte sich nicht mehr an die Geschichte dazu erinnern. In jedem Fall gehörte der Turm, an dem die Uhr prangte, nicht zu einer Kirche. Es war ein weltliches Gebäude. Lombardi fiel ein, was Amirpour über Prag gesagt hatte. Hier hatten Astronomen wie Kepler gewirkt. Als er darüber nachdachte, dass das womöglich den Sinn der Uhr erklärte, winkte Amirpour ihm zu. Sie war bereits vorausgegangen.

»Sind wir richtig?«, fragte Lombardi.

Sie deutete in eine schmale Gasse. »Ich glaube, es ist hier.«

Zwei Minuten später standen sie vor einem großen Gebäudekomplex, der deutlich jünger war als der gotische Uhrenturm.

»Hier ist die Stelle«, sagte Amirpour und blickte auf den Boden.

Es war ein einfacher Gehsteig. Amirpour steckte das Handy ein und drehte sich einmal um ihre eigene Achse. Lombardi folgte ihrem Blick, bis sie ein mit Stahl bewehrtes Holztor fixierte, auf dem ein rotes Schild mit der Aufschrift *Heute geschlossen* prangte.

Lombardi hob den Blick. Über ihnen erklärte ein Banner etwas auf Tschechisch. Obwohl er die Sprache nicht beherrschte, glaubte er zu verstehen, dass es um eine Bibliothek ging.

Sie seufzte. »Schade, wir sind so nah dran. Leider haben die geschlossen.«

»Das muss nichts bedeuten …«, begann Lombardi, bevor er ihr Grinsen bemerkte. »Sie machen sich über mich lustig«, stellte er fest.

Amirpour lächelte herzlich, dann trat sie zurück, um einen besseren Blick auf das Gebäude zu bekommen.

»Dass die Bibliothek geschlossen hat, ist natürlich ein gutes Zeichen. Es bedeutet, dass eine private Veranstaltung stattfindet. Zu der wir eine Einladung haben.«

»Sie meinen die Tafel? Wie ärgerlich, dass ich sie zerbrochen habe.«

Doch sie hörte nicht auf ihn, sondern hielt eine Passantin auf, die mit ihrem Fahrrad vorbeifuhr, und unterhielt sich mit ihr auf Englisch. Als sie zurückkam, wirkte sie zufrieden.

»Ich verstehe noch nicht, was wir hier genau suchen, aber ich bin mir ziemlich sicher, dass wir richtig sind. Das Gebäude gehörte früher zur Universität. Raten Sie, welche ihrer Fakultäten die erste ihrer Art in Europa war.«

Lombardi sah sie ratlos an.

»Medizin.«

Er verstand ihren Gedankengang, obwohl er nicht wusste, ob

das nicht zu weit hergeholt war. Eine historische medizinische Fakultät? Alles, womit sie es bisher zu tun hatten, war absolute Hightech-Medizin gewesen.

Amirpour ging zur Tür und betätigte die Klinke, doch natürlich war abgeschlossen.

»Und jetzt?«

»Wie wäre es mit Klingeln?«

Sie drückte auf einen altertümlichen, roten Knopf, ohne dass etwas geschah.

»Wollen Sie es wieder probieren?«, fragte sie Lombardi. Noch immer schien sie nicht darüber hinweg zu sein, dass er die Tür im Forschungszentrum aufbekommen hatte und nicht sie.

Ob es nun der Klingelknopf oder etwas anderes war – jedenfalls rührte sich etwas hinter der Holztür. Ein Schlüssel wurde in dem großen, alten Schloss gedreht, mit einiger Mühe, wie es schien, dann schwang die Tür nach innen auf und eine junge Frau in einem dunklen Kostüm und hochgestecktem Haar stand vor ihnen.

»Sorry, die Bibliothek hat heute leider geschlossen.«

Sie sprach akzentfreies Englisch und sah überhaupt nicht wie eine Bibliothekarin aus. Amirpour ergriff sofort die Initiative.

»Das wissen wir«, erklärte sie. »Heute findet dort eine Veranstaltung statt, nicht wahr?«

»Dazu kann ich nichts sagen«, gab sie freundlich zurück. »Sie müssen leider ein anderes Mal wiederkommen.«

Die Frau war im Begriff, die Tür wieder zu schließen, und Lombardi bemerkte, dass sie einen Knopf im Ohr hatte – Sprechfunk?

»Es ist nur so«, ließ Amirpour nicht locker, »die Veranstaltung – wir sind Gäste.«

Ein kurzer prüfender Blick huschte über das Gesicht der Frau. Sie spürte sofort, dass etwas nicht stimmte, wagte aber auch nicht, sie einfach abzuweisen. Sie wirkte ziemlich nervös und sah sich um, ob jemand sie gehört hatte.

»Kommen Sie rein«, sagte sie schließlich.

Sie schloss die Tür hinter ihnen, sperrte aber nicht ab.

»Sie sagen, Sie sind eingeladen?«, fragte sie.

»Ja, wir haben ein Päckchen erhalten. Und wir wollten uns dieses außergewöhnliche Event natürlich keinesfalls entgehen lassen.«

»Und Sie haben die Einladung natürlich dabei?«

»Natürlich.«

Amirpour holte zu Lombardis Überraschung die Tontafel hervor. Hatte er sie nicht auf Island zerbrochen? Doch dann erinnerte er sich an das Kunststoffteil, das der Besitzer des Elektronikladens ihr zum Abschied überreicht hatte. Das hatte er beinah vergessen. Es musste sich um einen 3-D-Druck der Tafel handeln. Doch wie war das möglich? Die Tafel war doch zerstört. Hatte sie es etwa geschafft, sie aus den Bruchstücken zu rekonstruieren? Die Farbe stimmte nicht zu hundert Prozent überein, und die Frau schien es zu bemerken.

Kurz dachte Lombardi, dass sie nach der Tafel greifen und den Betrug entdecken würde, doch sie nickte nur.

»Willkommen!«, sagte sie, als wäre nichts gewesen. »Bitte, hier entlang.«

Sie wies Amirpour den Weg, und auch Lombardi wollte folgen, doch sie hielt ihn zurück.

»Tut mir leid, die Einladung gilt nur für eine Person.«

»Ach so, wie dumm von mir«, sagte Amirpour und langte erneut in ihre Tasche, um eine zweite, identische Tafel zu präsentieren.

Sie hat noch eine Kopie angefertigt!

Lombardi wartete gespannt, wie die Frau reagieren würde. Selbst wenn es nun zwei Tafeln gab, er war sich ziemlich sicher, dass nur eine den Chip enthielt, den sie in der zerbrochenen Tontafel gefunden hatten. Doch davon wusste die Frau nichts, sondern bedachte Amirpour nur mit einem genervten Blick. Lombardi durfte mitkommen.

Sie führte sie eine Treppe hoch zu einer Tür mit barocken Holzschnitzereien. Davor stand ein Tisch, auf dem Namenskärtchen lagen. Daneben waren Schachteln mit Masken, sie waren grau und reichten bis unterhalb der Nase, wie venezianische Karnevalsmasken.

»Das ist ein Scherz«, sagte Amirpour leise.

»Bitte nehmen Sie sich je ein Schild und eine Maske.«

»Wofür soll das gut sein?«, fragte die Physikerin.

Die Frau sah fragend zu ihnen auf. »Anonymität. Für viele unserer Kunden ist das sehr wichtig. Auch wenn Sie beide keinen Wert darauf legen, bitte ich Sie, die Masken zu tragen und die anderen Teilnehmer mit den Namen auf ihren Schildern anzusprechen.«

Lombardi hob ein Schildchen hoch.

Charles Darwin.

Sie trugen die Namen historischer Forscherpersönlichkeiten. Erwin Schrödinger, Marie Curie, Edwin Hubble, Emmanuelle Charpentier, Kip Thorne.

Amirpour hatte sich auch den Schildchen zugewandt. »Schwierige Entscheidung …«

»Die Einladung ist der Schlüssel«, sagte die Frau im Kostüm. »Ich wünsche Ihnen einen schönen Aufenthalt.«

Dann verschwand sie.

»Hat doch gar nicht schlecht funktioniert«, sagte Amirpour zufrieden, als die Schritte der Frau verklungen waren.

»Wie haben Sie das gemacht?«, wollte Lombardi wissen. »Die Tafel war doch zerstört!«

»Ich habe sie gescannt! Erinnern Sie sich nicht?«

Lombardi musste nachdenken. Dann fiel ihm die Szene ein, als sie mit ihrem Handy ein Video davon gemacht hatte.

»Das hat genügt? Diese Kopien sehen absolut echt aus!«

Sie zuckte mit den Schultern. »Ich wusste, dass es möglich ist, aus solchen Aufnahmen ein 3-D-Modell zu erstellen. Eine Kollegin von mir forscht im Bereich der Bildverarbeitung. Es nennt sich Fotogrammetrie. Und unser Steindór ist ein findiger Kerl, er hatte ein Tool dazu auf seinem Rechner.«

Lombardi schüttelte ungläubig den Kopf. »Klingt wie Science-Fiction.«

Amirpour lachte. »Sie sind witzig. Das gibt es seit zehn Jahren. Inzwischen ist sogar Google auf den Zug aufgesprungen und tut wie immer so, als hätte man es sich dort selbst ausgedacht. Wenn Sie sich in das Handy von jemandem hacken und ein paar Tage die Kamerabilder aufzeichnen, können Sie ein komplettes 3-D-Modell von dessen Wohnung anfertigen.«

»Klingt erschreckend.«

»Das ist die Gegenwart, Lombardi. Ich habe aufgehört, mich zu fürchten. Ich will nicht immer die Kassandra sein. Da, nehmen Sie.«

Sie drückte ihm die zweite Tafel in die Hand, die leicht wie Bimsstein war. Wenn die Frau sie tatsächlich in die Hand genommen hätte, wären sie sofort aufgeflogen.

»Und wenn ich damit hier hingehe, sollten wir …« Sie schwenkte die zweite Tafel über den Türrahmen, als würde sie ein seltsames Ritual durchführen, bis ein Klicken ertönte. »Na, wer sagt's denn? Ich muss gestehen, ich liebe Schlösserknacken, aber Ihre Methode hat auch was.«

Lombardi sah sich um. Ihre Unbeschwertheit begann ihn zu irritieren. »Wollen wir jetzt endlich hineingehen?«

Sie drückte ihm das Schild mit dem Namen *Charles Darwin* in die Hand und steckte sich selbst *Marie Curie* ans Revers. Die Maske wog sie skeptisch in der Hand und sah sich die Innenseite genau an, bevor sie sie aufsetzte und mit einem Gummiband am Hinterkopf fixierte. Lombardi nahm ebenfalls eine, und sie traten ein.

Lombardi stellte zu seiner Erleichterung fest, dass die Maske überraschend angenehm zu tragen war. So vergaß er schnell das sonderbare Gefühl, einen historischen Maskenball oder das Treffen einer Geheimgesellschaft, möglicherweise sogar eine von deren verruchten Sexpartys zu betreten. In Wirklichkeit war er nicht unglücklich darüber, anonym bleiben zu können, nachdem sie sich hier eingeschlichen hatten.

Doch Alessandro war hier tatsächlich eingeladen gewesen. Warum hatte er davon nichts erzählt? Lombardi wurde wieder einmal schmerzlich bewusst, dass er ihre Freundschaft offenbar völlig falsch eingeschätzt hatte. Zwischen ihnen gab es weit mehr Geheimnisse, als ihm bewusst gewesen war.

Sie durchquerten einen dunklen Korridor, der sich in einen großen, hellen Raum öffnete. Der Anblick, der sich ihnen dort bot, raubte Lombardi den Atem.

Es handelte sich tatsächlich um eine Bibliothek, und mit Abstand die prunkvollste, die er je gesehen hatte.

Sogar Amirpour gingen einen Moment lang die schlauen Sprüche aus.

»Wow«, sagte sie nur.

Der Saal war gut dreißig Meter lang, zwei Stockwerke hoch, hatte einen bunten Marmorboden und Deckenfresken, die gut und gern die schönsten außerhalb Roms sein konnten. Doch beherrscht wurde der Raum von den geschnitzten Bücherregalen aus dunklem Holz, das zum Teil vergoldet und mit Einlegearbeiten verziert war. Gewundene Säulen, wie es sie sonst nur in Kirchen gab, stützten eine Galerie im ersten Stock, wo sich weitere Bücher befanden. Der Prunk brachte eine düstere Schwere mit sich. Einmal hatte Lombardi nach einem zu üppigen Festmahl mit Förderern der Kirche zu später Stunde ein Glas Whisky getrunken und dazu eine kubanische Zigarre geraucht, die ihm angeboten worden war. Genau so fühlte sich das hier an – so intensiv, dass es beinah wehtat. Erst viel später fiel Lombardi auf, dass er nicht ein einziges Mal auf die Bücher geachtet hatte. Sie waren bei diesem Schauspiel nur die Dekoration, wie die Reliquie unter dem Altar einer Kirche, von der man wusste, dass sie da war, ohne sie je zu sehen.

Lombardi vermutete, dass das der Sinn der Inszenierung war:

Dieser Ort war ein Tempel, an dem das Wissen verehrt wurde wie anderswo nur die Götter. Lombardi wusste, dass viele der Geheimbünde, die heute so geheimnisvoll wirkten – die Freimaurer, die Illuminaten –, genau in diesem Geist gegründet worden waren. Organisiert wie eine religiöse Gemeinschaft, aber statt religiösen Werten jenen der Vernunft gewidmet.

Lombardi war so gebannt von dem Anblick, dass er erst mit Verspätung den Mann bemerkte, der neben ihm stand. Er trug keine Maske, hatte ein bauchiges Glas Rotwein in der Hand und sah aus wie ein pensionierter Oberlehrer, komplett mit den drei »B«s, die diesen Lehrertypus ausmachten: Brille, Bart und Bauch. Obwohl er an die siebzig sein musste, war sein Haar so dunkel, dass Lombardi es für gefärbt hielt.

»Nicht schlecht, was meinen Sie? Nicht jeder hier bemerkt, was für ein außergewöhnlicher Ort das ist. Manche starren in ihr Handy, seit sie gekommen sind, andere sind direkt ans Buffet gestürmt.« Er zeigte die Richtung des Buffets mit der Hand, die das Weinglas hielt. »Dabei gilt diese Bibliothek als die schönste der Welt. Wussten Sie, dass sie von den Jesuiten gegründet wurde?«

Eine kleine Dame tauchte neben ihm auf, ebenfalls unmaskiert. »Anton, was tust du?« Sie wandte sich an Amirpour und Lombardi. »Ich muss mich für meinen Mann entschuldigen, er redet gerne. Wie kann man etwas Schönes genießen, wenn man die ganze Zeit redet?«

Lombardi sah sich um. Tatsächlich war an einer Seitenwand ein Buffet aufgebaut, das von mehreren Leuten belagert wurde, die sich daran bedienten. Insgesamt befanden sich vielleicht zwei Dutzend Menschen in der Bibliothek. Etwa ein Drittel hatte die Masken abgenommen. Manche schienen tatsächlich bestrebt, sich unauffällig im Hintergrund zu halten, wie es die Frau am Eingang angekündigt hatte. Das war angesichts der wenigen Leute natürlich unmöglich. Wer sich hier zu verstecken versuchte, machte sich nur verdächtig.

Der Mann mit dem Weinglas schien durch ihre Mahnung nicht im Geringsten verunsichert, sondern nahm das Glas in die linke Hand und streckte die rechte aus.

»Anton Friedrich aus Wien. Das ist meine Frau Beate.«

Amirpour schien nach ihren Namensschildern zu suchen. »Keine Masken und Wissenschaftlernamen?«

»Die Maskerade überlassen wir den Jüngeren. Bringt ohnehin nicht viel.«

Er deutete auf einen groß gewachsenen Mann, der sich nicht wohlzufühlen schien und in sein Handy starrte. »Erkennen Sie ihn?«

Weder Amirpour noch Lombardi hatten darauf eine Antwort.

»Leistner ist nicht der einzige Milliardär hier. Dieser hier war gerade eine Woche im Orbit, mit seinem eigenen Weltraumunternehmen. Beinahe hätte er es nicht rechtzeitig hierher geschafft. Und es gibt noch ein paar Leute, die mir bekannt vorkommen.«

»Sie haben recht«, sagte Amirpour und nahm ebenfalls die Maske ab.

Als sie sich vorstellte, hellte sich Friedrichs Miene auf. »Die Journalistin?« Er wandte sich an seine Frau. »Beate, das ist die Physikerin, die für *Wunder der Wissenschaft* schreibt.«

Lombardi hatte seine Begleiterin noch nie verlegen gesehen. Der Anblick gefiel ihm.

»Ach, das ist nur ein Zeitvertreib«, sagte sie.

»Ich bin Historiker im Ruhestand. Heute konzentrieren wir uns ebenfalls aufs Schreiben, nicht wahr, Liebling? Kürzlich haben wir eine Monografie über den Porzellanhandel im Habsburgerreich herausgebracht. Ein enorm spannendes Thema!«

Er schien auf eine Bestätigung Amirpours zu warten, die es zuwege brachte, zustimmend zu nicken.

»Und Sie?«, fragte Beate Friedrich an Lombardi gewandt. »Sind Sie auch Journalist?«

»Nein, ich …«

Amirpour unterbrach ihn. »Herr Lombardi ist Bischof. Aus Rom!«

Lombardi glaubte, vor Scham im Boden versinken zu müssen

Doch das Ehepaar Friedrich nickte anerkennend.

»Ich hatte schon gehofft, dass jemand von der Kirche hier ist«, sagte Friedrich. »Man hat bei Ihrer Institution viel zu oft die Zeichen der Zeit übersehen. Denken Sie nur an Galilei – nichts für ungut.«

Beate boxte ihn in die Seite, und er verstummte.

Lombardi nahm mit einem Seufzen seine Maske ab. Welchen Sinn hatte es, sich zu verstecken? Amirpour würde ohnehin jedem auf die Nase binden, wer er war.

Gerade als Lombardi sich zu fragen begann, worin eigentlich ihr Plan bestand, wandte sie sich verschwörerisch an Anton Friedrich.

»Darf ich fragen – was verschlägt Sie eigentlich hierher? Wurden Sie auch eingeladen?«

»Natürlich, sonst kämen wir doch niemals hier herein. Die Sicherheitsvorkehrungen sind äußerst streng.«

Das konnte Lombardi nicht wirklich bestätigen, doch er verkniff sich einen Kommentar. Er fragte sich, wie viele der Anwesenden noch blinde Passagiere wie sie waren.

Friedrich senkte die Stimme. »Ich berate Herrn Leistner seit Jahren.«

»Leistner?«, fragte Amirpour unschuldig.

»Ja. Er ist ja ein begeisterter Sammler von Antiquitäten, wie Sie sicher wissen. Und wenn man so viel Geld hat wie er, versucht jeder, einen darum zu erleichtern. Sie glauben gar nicht, was er für Ramsch angeboten bekommt!«

»Wir sind richtig«, flüsterte sie Lombardi zu. »Das hier ist die Präsentation.«

»Dabei hat er durchaus Sinn für Kultur. Man würde es einem ehemaligen Footballer aus der amerikanischen Provinz gar nicht zutrauen. Er hat geholfen, den Bestand dieser Bibliothek zu digitalisieren. Unentgeltlich.«

Lombardi nickte. Das erklärte, warum jemand wie er Zugang zu diesem außergewöhnlichen Ort erhalten hatte.

»Sammelt er auch mesopotamische Stücke?«, fragte Amirpour.

Anton Friedrich machte eine schnelle Handbewegung. »Das weiß doch jeder, seine Sammlung ist eine der wichtigsten auf der Welt. Er finanziert sogar eine eigene Ausgrabung im Irak.«

»Sammelt er auch Schrifttafeln?«, schaltete Lombardi sich ein.

»Besonders Schrifttafeln.«

Amirpour nickte. »Deshalb auch das Keilschriftzeichen auf der Einladung. Sie wissen bestimmt, was es bedeutet!«

»Natürlich. Es ist eine Acht. Zählen Sie einfach die Keile!«

Amirpour und Lombardi warfen einander einen Blick zu. Sie hatten richtig vermutet.

Sie konnten sehen, dass Anton Friedrichs gute Laune zu schwinden begann. Auch seine Frau schien sich über die Neugierde der beiden zu wundern.

»Was ist eigentlich das in der Mitte?«, fragte Amirpour, um abzulenken.

Dort standen verschiedene große Gerätschaften, die mindestens so alt wie die Bibliothek zu sein schienen und auf Tischen standen, um nichts weniger prunkvoll als die Regale. Anton Friedrich taute sofort wieder auf.

»Das sind astronomische Uhren«, erklärte er. »Die Bibliothek ist bekannt dafür. Doch nicht alle davon kenne ich. Manche scheinen extra für diese Veranstaltung herbeigeschafft worden zu sein. Ich versuche noch herauszufinden, welche es sind.«

In diesem Moment trat ein anderer Mann zu ihnen, der seine Maske trug und auf dessen Schildchen *Albert Einstein* stand. An seinem Hals war ein hässlicher roter Ausschlag zu sehen, der sich von der fast weißen, jugendlichen Haut markant abhob.

»Es ist doch ganz klar«, sagte er mit heller Stimme. »Sie symbolisieren die Zeit. Was glauben Sie, wofür die ganze Aufmachung hier gut ist?«

Trotz der Maske konnten sie sehen, dass er noch sehr jung war. An seinem Kinn prangte ein Pickel, doch das schien sein Selbstbewusstsein nicht im Geringsten zu trüben. Friedrich schien die ungestüme Art zu amüsieren.

»Ach ja? Inwiefern symbolisiert eine Uhr die Zeit?«

»Nicht nur eine Uhr«, wandte der Junge ein, »es sind Uhren aus unterschiedlichen Zeitaltern. Sehen Sie!«

Er deutete auf etwas, das nicht wie eine Uhr aussah, sondern eher wie ein kunstvoll gestalteter Trichter. »Das ist eine ägyptische Wasseruhr, die benutzt wurde, um Redezeiten in Diskussionen zu messen. Und das –«, er zeigte auf etwas, das definitiv jünger war als alles andere im Raum. Es bestand im Wesentlichen aus einem liegenden, silbrig glänzenden Zylinder, aus dem einige Kabel ragten. »Das ist eine Atomuhr aus einem Satelliten des Galileo-Navigationssystems. Sie geht pro Jahr nur etwa eine Nanosekunde falsch.«

»Das ist eine Milliardstel Sekunde«, erklärte Amirpour an Lombardi gewandt. »Versuchen Sie nicht, es sich vorzustellen. Hat keinen Sinn.«

Albert Einstein wandte sich sofort an sie, im Vertrauen, eine Gleichgesinnte gefunden zu haben.

»Diese Uhren haben alle etwas gemeinsam!«, erklärte er. »Ist es Ihnen aufgefallen?«

Amirpour dachte kurz nach. »Nein. Was?«

»Sie stehen still!«

Lombardi sah, dass er recht hatte. Die mechanische Uhr in ihrer unmittelbaren Nähe gab keinen Laut von sich, und die Wasseruhr enthielt keine Flüssigkeit.

»Waren Sie schon oben auf der Galerie?«, fragte er.

»Nein, wieso?«

»Die Fenster sind geschlossen, die Rollladen heruntergelassen. Wir haben hier nur künstliches Licht.«

»Und was soll das bedeuten?«, fragte Friedrich, dem nicht zu passen schien, dass jemand die Aufmerksamkeit an sich gerissen hatte.

»Die Sonne könnte uns einen Hinweis auf die Tageszeit geben«, triumphierte Einstein.

Anton Friedrich drehte sich zu seiner Frau um. »Ich hole mir noch etwas Wein. Kommst du mit?«

Sie nickten Amirpour und Lombardi zu und verließen die Runde in Richtung des Buffets.

»Sie scheinen sich ja hier gut auszukennen«, meinte Amirpour anerkennend. »Was denken Sie, was wir hier heute erleben?«

Er grunzte, als hätte sie etwas Komisches gesagt. »Was wohl? Warum, glauben Sie, ist hier alles auf Zeitlosigkeit getrimmt?«

»Sagen Sie es mir!«

»Es ist das Ende der Zeit, wie wir Menschen sie bisher erlebt haben! Leistner hat es geschafft.«

»Was geschafft?«, versuchte es Lombardi.

»Was schon? Unsterblichkeit!«

Lombardi sah ihn fragend an. »Das ist Ihr Ernst, nicht wahr?«

»Mein voller Ernst. Wir hier in diesem Raum, wir sind nicht irgendwelche Menschen. Einige von uns könnten die ersten Unsterblichen der Geschichte sein.«

»Unsinn«, sagte Lombardi, musste aber an das Bild Pabils denken.

Gaisel scheint etwas Ähnliches zu glauben. Alle sind plötzlich überzeugt, dass Wunder möglich sind.

»Ich habe vorhin zugehört«, gestand Einstein. »Sie sind Bischof? Dann müssten Sie doch wissen, was die Bibel sagt!«

Lombardi seufzte und warf Amirpour einen vorwurfsvollen Blick zu, bevor er sich an Einstein wandte. »Was sagt die Bibel? Ihrer Meinung nach?«

»Sie wissen, dass Abraham 175 Jahre alt wurde?«

Lombardi sah, worauf das hinauslief. Er hütete sich, ihm zu

erklären, dass man die Altersangaben in der Bibel nicht für bare Münze nehmen durfte. Allerdings musste auch er zugeben, dass es dafür keine wirklich schlüssige Erklärung gab.

»Ist Ihnen schon einmal aufgefallen, dass das Alter immer größer zu werden scheint, je weiter man zurückgeht?«, fuhr Einstein fort. »Methusalem soll über 969 Jahre alt geworden sein. Und haben Sie sich schon einmal die Ahnenreihen altmesopotamischer Könige angesehen? Manche davon wurden 30000 Jahre alt!«

Lombardi lächelte nachsichtig. »Ich bin kein Historiker, aber soviel ich weiß, existierte nicht einmal das Reich der Mesopotamier 30000 Jahre.

»Nicht annähernd«, stimmte Amirpour zu.

Kurz schien sich die Laune des Jungen zu trüben. »Sie werden schon sehen. Die Bibel enthält noch eine Reihe weiterer Hinweise, die immer falsch interpretiert wurden.«

»Sie scheinen sich da ja gut auszukennen. Sind Sie Bibelwissenschaftler?«, fragte Lombardi.

»Ich bin Schriftsteller«, erklärte der Junge mit geblähter Brust.

Amirpour horchte auf. »Ach, und was schreiben Sie?«

»Ich arbeite für eine Science-Fiction-Serie. Aber ich will bald meinen eigenen Roman schreiben. Nicht nur Sci-Fi, auch die fantastische Literatur ist voll von Konzepten der Unsterblichkeit, die zu Unrecht nie ernst genommen wurden.«

»Ach ja?«

»Denken Sie an Vampire! Sie nutzen das Blut von Lebewesen, um Unsterblichkeit zu erlangen. Genau wie die Wissenschaft! Die Ähnlichkeiten sind verblüffend.«

Lombardi nickte beiläufig. »Wann geht es eigentlich los?«

»Niemand kann das genau sagen! Es gibt keine Zeit, schon vergessen?«

»Dann müssen wir uns ja nicht stressen«, sagte Amirpour. »Wir sehen uns später. Und danke für die Ausführungen! Sehr spannend.«

Sie nahm Lombardi mit zum Buffet, während Einstein sich neues Publikum für seine Theorien suchte.

»Interessante Gäste«, stellte sie fest.

Lombardi sah sich um. »Sie müssen alle diese Einladungen bekommen haben. Meinen Sie, der Kleine hat recht? Nicht die Sache mit der Unsterblichkeit, aber dass Leistner etwas gefunden hat, das er hier präsentieren will?«

»Sie meinen das, was Meyer gesagt hat, über die Präsentation?«

Lombardi nickte. »Damit könnte dieses Event gemeint gewesen sein. Vielleicht ist es einfach so eine Produktvorstellung, wie sie große IT-Konzerne machen. Er lädt einige Gäste ein und überträgt alles ins Internet.«

Amirpour machte sich daran, zwei Gläser mit Rotwein zu füllen.

»Nicht«, sagte Lombardi. »Wir müssen konzentriert bleiben.«

»Kommen Sie schon. Wann haben wir das letzte Mal ein Glas Wein getrunken? Wir müssen doch feiern, dass wir wieder zusammen ein Abenteuer erleben!«

Lombardi fand das nicht besonders komisch, er war schließlich auf der Flucht vor der italienischen Polizei. Es war nicht auszuschließen, dass sie ihn international zur Fahndung ausschreiben würden. Menschen waren zu Tode gekommen, und wenn sie wirklich ihn dafür verantwortlich machten, war es nur eine Frage der Zeit.

Bevor Amirpour dazu kam, die Gläser anzuheben, schien sie jemanden zu bemerken.

»Überraschung«, sagte sie.

Am anderen Ende des Raums stand – Gunda Sigrunsdottir. Sie trug ein ähnliches Kostüm wie die Frau am Eingang, hatte die beiden bereits bemerkt und kam auf sie zu.

»Was zur Hölle tun Sie hier?«, sagte sie. »Wie sind Sie hier reingekommen?«

»Wir haben eine Einladung«, entgegnete Amirpour.

»Wir wissen beide, dass Sie nicht eingeladen sind«, widersprach sie und schien zu überlegen, was sie jetzt tun sollte.

»Werfen Sie uns jetzt raus?«, fragte Amirpour.

»Ich denke darüber nach«, gab sie zu.

»Haben Sie Ihren Eindringling gefunden?«, schaltete Lombardi sich ein.

Es machte sie wütend, auf das Thema angesprochen zu werden, doch auch Lombardi spürte Zorn in sich aufsteigen. So schnell vergaß er nicht, was er in Reykjavik gesehen hatte.

»Ich frage mich, ob es die Gäste hier interessieren würde, was Sie in Island wirklich tun. Glauben Sie, es kommt gut an, wenn alle erfahren, dass Sie dort Tierversuche machen?«

»Wagen Sie es nicht!«, drohte Sigrunsdottir. Doch ihre Wut begann zu bröckeln. »Ich war in diese Arbeiten nicht involviert. Das wurde auch bei uns in der Firma geheim gehalten. Ich habe es durch Zufall erfahren.«

»Sie dachten, die Glashäuser auf Island dienen dazu, Blumen zu züchten, nicht wahr? Sie wussten also nicht, dass Ihr Chef Leistner eigentlich andere Ziele hat. Dass er verrückten Ideen nachjagt und vor nichts zurückschreckt, um sie zu realisieren.«

Sigrunsdottir schien getroffen. Er realisierte, dass sie selbst im Konflikt war, was Aetheromed anging.

Plötzlich wurde das Gemurmel lauter. Etwas geschah.

»Machen Sie keine Dummheiten, sonst rufe ich den Sicherheitsdienst«, sagte sie schließlich.

Da verstand Lombardi: Die Präsentation begann.

Die Gruppe versammelte sich um ein Objekt am Ende des Raums, das ihm bisher nicht aufgefallen war. Es hatte ausgesehen wie eine weitere historische Uhr, doch das metallene Ding, das auf einem Holzpodest stand, entfaltete sich in vier Flügel, die wie Spinnenbeine aussahen und plötzlich zu rotieren begannen. Dabei blieb es aber vollkommen lautlos, es war auch kein Luftzug zu spüren. Allerdings leuchteten die schmalen Flügel bunt, wobei das Auge den Lichtern schon bald nicht mehr zu folgen vermochte. Währenddessen wurde der Raum gedimmt. Die Flügel wurden unsichtbar wie ein schnelldrehender Flugzeugpropeller, aber stattdessen erschien plötzlich ein Bild, das im Raum zu schweben schien und ein Raunen unter den Anwesenden auslöste.

Es war das Logo von Aetheromed, das sich um die eigene Achse drehte, dreidimensional im scheinbar leeren Raum und leicht flackernd.

»Ein holografischer Projektor«, murmelte Amirpour, »nicht schlecht.«

Lombardi hatte nicht gewusst, dass es so etwas wirklich gab, doch er verkniff sich, seine Unwissenheit der Physikerin gegenüber zu erwähnen, die ihm bestimmt erklärt hätte, dass das längst normal war und nur er es nicht mitbekommen hatte.

Als ein Spot eingeschaltet wurde, erkannten sie einen Mann vor dem Projektor, der unmaskiert war und sofort aufgrund seiner außergewöhnlichen Ausstrahlung auffiel. Er musste etwa Mitte sechzig sein, hatte graues, nach hinten frisiertes Haar und ein Gesicht, das mindestens einmal eine dezente chirurgische Anpassung erfahren hatte. Dazu trug er den unvermeidlichen Rollkragenpullover. Es gab ihm eine Anmutung der Gelassenheit, die trotz dem betriebenen Aufwand künstlich wirkte.

Lombardi beobachtete die anderen Teilnehmer, die vor Aufregung den Atem anzuhalten schienen. »Leistner?«, fragte er.

Amirpour nickte.

Lombardi konnte nicht anders, als ebenfalls beeindruckt zu sein. Es gab nur ein kniehohes Podest, keine große Bühne. Der Milliardär trat mitten unter sie, als hielte er eine Geburtstagsrede. Er gab ihnen das Gefühl, in einen erlauchten Kreis aufgenommen zu werden.

Während Lombardi noch damit beschäftigt war, die Eindrücke zu verarbeiten, begann der Mann zu sprechen. Obwohl sie kein

Mikrofon gesehen hatten, schien seine Stimme von überall im Raum zu kommen.

»Willkommen. Ich freue mich, dass Sie der Einladung gefolgt sind.«

Lombardi beobachtete Leistners Gesicht genau. Er konnte sehen, dass es nicht seine Worte waren, die er hier sprach. Seine Gesten waren sicher, aber in seinen Augen lag eine Anspannung, die nicht zum Ton der Stimme passte. Aus der Ferne mochte er wie ein CEO bei einer Keynote Speech erscheinen, doch bei genauerer Betrachtung sah man einen Sportler vor einer schwierigen Wettkampfsituation. Und doch war ein unbändiger Wille zu spüren, eine Wut, die seine Arbeit antrieb, aber sorgsam gezügelt wurde.

Das Logo verschwand, und das weichgezeichnete Bild einer Familie wurde sichtbar. Es waren Eltern, die ein kleines Kind im Arm hielten, flankiert von den Großeltern, die eine fast klischeehafte Gutmütigkeit ausstrahlten. Drei Generationen in einem Bild in völliger Harmonie vereint.

»Sie alle wissen, welchem Thema ich mein Leben gewidmet habe, seit ich meine aktive Karriere als Leistungssportler beendet habe. Menschen brauchen Gesundheit, um ein glückliches Leben führen zu können. Ihre Körper sind im Lauf ihres Lebens verschiedenen Gefahren ausgesetzt. Manche davon heilt der Körper selbst, andere können seit Jahrhunderten behandelt werden. Von den ersten steinzeitlichen Gehirnoperationen, die man an fossilen Schädeln nachgewiesen hat, über Pasteurs ersten Impfstoff bis hin zur Herzoperation und schließlich zur Gentherapie und mRNA-Impfungen hat sich die Medizin der Heilung des Körpers verschrieben.«

All die genannten Themen wurden hinter Leistner projiziert, als er sie aufzählte. Während die Aufnahmen des Schädels und der Herzoperation echt waren, waren die Doppelhelix-Stränge, die die Gentherapie darstellen sollten, computeranimiert.

»Doch es gibt in all diesem Streben einen Widerspruch, den

ich nie verstanden habe.« Hinter ihm wurde erneut das Bild der Familie sichtbar.

»Manche der Gefahren für den Körper werden als tragisch und ungerecht wahrgenommen, während andere als selbstverständlich akzeptiert werden. Letztere werden unter dem Begriff des *Alterns* zusammengefasst. Auch ich wurde in dem Glauben erzogen, dass Menschen ein Ablaufdatum hätten. Dass ihr Leben irgendwann scheinbar weniger wert wird und man sie entbehren kann.«

Das Bild der Familie veränderte sich, das Kind im Zentrum des Bildes wuchs heran, wurde erwachsen, während die Eltern älter wurden. Die beiden Großeltern verblassten langsam, bis sie ganz verschwanden.

»Man kann für diese Sicht der Dinge Verständnis aufbringen. Altern ist ein komplexes und mit solcher Regelmäßigkeit wiederkehrendes Phänomen, dass man es für ein Naturgesetz halten kann. Es ist die Rede vom Kreislauf des Lebens. Neues Leben ersetzt altes, und wie ein Tier in freier Wildbahn entbehrlich wird, wenn es seine Jungen großgezogen hat …« – der Bildschirm zeigte eine Antilope, die von einem Rudel Löwen zur Strecke gebracht wird – »so folgen auch wir Menschen dem Lauf der Natur. Wenn es um den Körper geht, gleichen wir Tieren. Trost finden Menschen in der Religion. Sie scheint das Merkmal zu sein, was uns vom Tier unterscheidet. Während Tiere einfach auftauchen und wieder verschwinden, dürfen Menschen Hoffnung haben, dass ihr Leben nicht nur einen Sinn hat, sondern unter Umständen nicht das Ende ist. Das Jenseits ist in jeder Religion das zentrale Element, um das sich alles dreht.«

Hinter Leistner erschienen in schneller Abfolge Jenseitsdarstellungen unterschiedlichster Kulturen. Höhlenmalereien und ägyptische Reliefs gingen über in römische Statuen, und Lombardi erkannte Michelangelos Jüngstes Gericht aus der Sixtinischen Kapelle. Er war von Leistners Vortrag vollkommen gefesselt und fragte sich, worauf der Unternehmer hinauswollte. Indem er die Religion ins Spiel brachte, schraubte er den Anspruch so weit hinauf, dass Lombardi sich fragte, wie er der Erwartung gerecht werden wollte.

»Gerade in diesen Tagen ist das Altern wieder Gegenstand religiöser Debatten. Die meisten von uns haben die Vorgänge in Rom verfolgt. Die Kirche spricht von einem Wunder, das durch wissenschaftliche Methoden nicht zu erklären ist. Bald wird die Kirche den Beweis antreten müssen, dass wirklich das Wirken einer höheren Macht für die beobachtete Transformation des Körpers dieses Mannes verantwortlich war, bei der es sich offensichtlich um eine Verjüngung handelte.«

Leistners Projektor zeigte Bilder des brennenden Obelisken.

»Was herauskommen wird, steht noch in den Sternen, aber eines scheint schon klar: Nicht alle scheinen die Entwicklung akzeptieren zu wollen. Sie führt nämlich zu etwas, das für die Religionen eine große Gefahr darstellt.«

In das Bild wurde hineingezoomt, bis es im Licht der Flammen unscharf wurde.

»Unsterblichkeit«, sagte Leistner. »Der Traum aller Menschen. Wir alle haben diesen Moment, wo wir uns zum ersten Mal mit dem Tod konfrontiert sehen. Wir wachsen mit dem Wissen auf, dass wir sterben werden. Aber wann realisieren wir zum ersten Mal, was das wirklich bedeutet? Dass unsere Zeit begrenzt und schrecklich kurz ist? Es ist die größte Kränkung, die der Mensch verkraften muss. Der Tod ist unausweichlich, alles Irdische ist endlich.«

Plötzlich gingen weitere Spots an, die nach und nach die Uhren beleuchteten.

»Dieser Raum ist etwas Besonderes. Sie haben bestimmt die Uhren bewundert. Manche von ihnen zeigen Planetenkonstellationen an. Es gibt aus der Zeit ihrer Entstehung solche, bei denen die Erde im Zentrum der Planeten steht, und wieder andere, bei denen die Sonne im Zentrum ist. Das Interessante ist, dass manche der älteren bereits die Sonne im Zentrum haben, während noch lange Zeit danach solche gebaut wurden, bei denen die Erde im Zentrum steht – zum Teil vom selben Uhrmacher. Beide Versionen der Geschichte existierten parallel. Und heute ist es genauso.«

Er blickte zu Boden, als müsste er nachdenken.

»Doch was meinen wir eigentlich, wenn wir von Unsterblichkeit reden? Ist Vergänglichkeit nicht eine fundamentale Eigenschaft der Welt? Es gibt Tiere, die uns an dieser Tatsache zweifeln lassen.«

Hinter Leistner wurde eine Schildkröte sichtbar.

»Sie kennen vielleicht die Geschichte der Schildkröte *Harriet*. Der Legende nach war sie eine von drei lebenden Schildkröten, die Charles Darwin von seiner Expedition auf Galapagos mit nach England brachte. Sie starb 2006 nach 176 erfüllten Lebensjahren. Und sie war weder die älteste Schildkröte noch das älteste Tier auf der Welt.«

Ein weiteres Bild zeigte einen Hai, der aus der Dunkelheit auftauchte.

»Dieser nette Zeitgenosse hat eine Lebenserwartung von mindestens 250 Jahren. Manche Exemplare werden bis zu 500 Jahre alt, wenn sie nicht vorher von isländischen Gourmets verspeist werden. Diese Individuen lebten schon im Polarmeer, lange bevor sich die Schiffe der ersten Entdecker dorthin aufmachten. Und selbst Grönlandhaie sind geradezu jung im Vergleich zu diesem Tier.«

Leistner wandte sich zum Projektor um, auf dem ein rudimentäres Wasserlebewesen auftauchte, das einen länglichen Körper und mehrere sternförmig abstehende Arme besaß. Lombardi folgte seiner Darstellung gebannt und musste an Island denken. Er blickte sich nach Amirpour um und sah, dass sie dasselbe dachte.

»Das ist die Hydra, ein Süßwasserpolyp«, fuhr Leistner fort. »Benannt nach dem mythologischen, mehrköpfigen Lebewesen. Wenn Sie einen abschlagen, wächst ein anderer nach. Sie ist mit den Quallen verwandt. Quallen sind Tiere, die zwei völlig unterschiedliche Lebensphasen haben, einmal als Polyp, dann als Qualle. Dasselbe Lebewesen. Die Hydra bleibt ihr Leben lang ein

Polyp, ohne jemals zur Qualle zu werden. Ihre Lebenserwartung ist schwer zu ermitteln, weil sie allein von äußeren Umständen abhängt. Eine Hydra zeigt keinerlei Anzeichen von Alterung. Sie ist ein Lebewesen, das theoretisch in der Lage ist, ewig zu leben. Doch so beneidenswert diese Eigenschaft auch erscheint, wir Menschen haben ihr etwas Entscheidendes voraus.«

Der Projektor zeigte plötzlich andere Tiere, Fische, Schlangen, Krustentiere, während Leistner erklärte, dass es noch eine Reihe weiterer Lebewesen gebe, die rekordverdächtig alt werden.

»... etwa der Nacktmull, ein Felsenbarsch oder der Grönlandwal, der als langlebigstes Säugetier der Welt zweihundert Jahre alt werden kann.«

Amirpour stieß neben ihm einen Seufzer aus und ballte die Fäuste. »Der Grönlandwal, natürlich. Davon hat Meyer gesprochen. Wie konnte ich so blind sein?«

»Sie alle verfügen über eine Eigenschaft, die sich *vernachlässigbare Seneszenz* nennt«, fuhr Leistner derweil fort. »Das bedeutet, dass die Wahrscheinlichkeit zu sterben bei ihnen ab einem gewissen Lebensalter nicht weiter zunimmt.«

Leistner machte eine Pause.

»Halten Sie sich vor Augen, was das bedeutet. Wir können natürlich immer durch Unfälle oder Krankheiten sterben. Auch junge Menschen haben ein gewisses Risiko zu sterben, und es nimmt normalerweise mit dem Alter dramatisch zu. Bei bestimmten Tieren ist das aber nicht der Fall. Das lässt nur eine Schlussfolgerung zu: Sie altern nicht mehr.«

Während Lombardi versuchte, sich darüber klar zu werden, was Leistner da behauptete, fuhr dieser fort zu erklären, dass Altern für manche Tierpopulationen ein evolutionär günstiger Effekt war und deshalb in unsere DNA eingeschrieben war. Er erwähnte Studien an Schlangen. Auch wenn Lombardi nicht wusste, ob er all das wirklich glauben wollte, verstand er nun den Sinn der Tierversuche im Forschungszentrum in Island. Leistner hatte versucht, an das

Geheimnis dieser langlebigen Tiere heranzukommen, indem er mit ihnen Versuche machte. Die kleineren von ihnen hatte er lebend fangen lassen, während größere wie der Grönlandwal gejagt und getötet worden waren. Und nun schien er zur Überzeugung gelangt zu sein, dieses Geheimnis gelüftet zu haben.

»Die Idee von Unsterblichkeit ist revolutionär, und lange Zeit galt sie als völlig absurd, undenkbar. Und zwar so lange, bis wir Menschen mehr über die Tiere und Pflanzen des Planeten lernten, mehr über Biochemie, bis wir verstanden, dass die Grenze nicht so klar zu ziehen ist. Es gibt unsterbliche Lebewesen, die immer schon unscheinbar unter uns leben. Bald ließ sich die naheliegende Frage nicht mehr ignorieren: Wären auch Menschen dazu fähig? Vor Jahren hätte man Ihnen noch gesagt, dass es medizinisch unmöglich ist, dass es zu viele Hürden gibt. Die Weltreligionen sagen Ihnen das noch heute. Aber diese Ansicht ist unseriös. Sie macht Annahmen über etwas, das wir nicht kennen.«

Er machte eine Kunstpause.

»Über die Zukunft. Die Wissenschaft macht seit einigen Jahren ungeheure Fortschritte. Meine eigenen Leute sind in diese Arbeiten involviert und berichten mir immer wieder von Durchbrüchen. Ich bin kein Wissenschaftler, aber ich kam irgendwann um die Frage nicht mehr herum: Wie können wir die Sterblichkeit von Menschen abschätzen, wenn wir immer nur die aktuellen medizinischen Methoden in die Zukunft projizieren? Ein Mensch, der jetzt geboren wird, wird im Alter völlig andere medizinische Möglichkeiten vorfinden, als wir heute kennen. Meine Frage war: Wie schätzen wir diesen unbekannten Effekt ab? Darauf habe ich ein Team angesetzt, und was meine Leute gefunden haben, ist erstaunlich: Die wissenschaftliche Entwicklung schreitet nicht stetig voran, sondern exponentiell.«

Hinter Leistner tauchte ein wissenschaftliches Diagramm auf, das zwei Kurven enthielt.

»Sie sehen hier zwei Graphen. Einerseits die Entwicklung der

Lebenserwartung des Menschen, andererseits die Entwicklung der Forschung, und zwar auf die einzige Größe reduziert, die wirklich relevant ist: Um wie viel Zeit kann die Wissenschaft die mittlere Lebenserwartung eines Menschen erhöhen, sagen wir, in einem Jahr? Die Antwort ist überraschend.«

Er zeigte auf den Schnittpunkt der Kurven.

»Es gibt, wenn die bisherigen Trends sich fortsetzen, einen Punkt in der Zukunft, in dem die mittlere Lebenserwartung durch die Entwicklung der Medizin pro Jahr um genau ein Jahr steigt.«

Im Raum war es totenstill. Amirpours Ausdruck schwankte zwischen Faszination und Unglauben.

»Erinnern Sie sich, wie ich gerade davon sprach, dass wir Menschen etwas Entscheidendes voraushaben? Es ist diese Fähigkeit zu unbegrenztem Fortschritt, die uns vom Tier unterscheidet. Sie ist essenziell, wenn wir echte Unsterblichkeit erreichen wollen, und wir haben sie Lebewesen wie Haien oder Polypen voraus. Nun ist es so, dass dieser Punkt, den wir Singularität genannt haben, offenbar noch einige Jahre entfernt ist. Noch ist nichts erreicht. Warum, fragen Sie wahrscheinlich, bitte ich Sie dann hierher? Ich hatte vorhin gesagt, dass wir die Zukunft nicht kennen. Wir können in Wirklichkeit den wissenschaftlichen Fortschritt nur unzureichend abschätzen. Das kann bedeuten, dass wir zu optimistisch sind. Dass die Entwicklung langsamer vorangeht, als wir es gern hätten, und dieser Punkt in weiterer Ferne liegt, als wir heute glauben. Es gibt aber noch eine andere Möglichkeit. Wissenschaftliche Erkenntnisse haben die Eigenschaft, dass sie spontan auftreten, und dass Wissen, das einmal vorhanden ist, nicht mehr verschwindet. Der Trend, von dem ich gesprochen habe, kann also nicht beliebig abgebremst werden, denn bekanntes Wissen geht nicht verloren. Er kann aber durch eine unvorhergesehene Entdeckung enorm beschleunigt werden. Ich bin heute hier, um Ihnen zu sagen, dass in unseren Labors eine solche Entdeckung gemacht wurde. Wir befinden uns also nicht mehr hier.«

Er rief eine andere Grafik auf, die diesen Sprung zeigte, und deutete auf den Schnittpunkt der beiden Kurven.

»In Wirklichkeit befinden wir uns hier. Die Singularität liegt nicht vor uns, sondern bereits hinter uns. Ab heute ist Unsterblichkeit keine Illusion mehr, sondern eine reale, medizinische Tatsache.«

Leistner machte eine Pause, und nach einer Schrecksekunde brandete spontan Applaus auf, der erstaunlich laut war angesichts der geringen Teilnehmerzahl. Einer, der immer noch seine Maske trug, klatschte euphorisch.

Während Leistner die Leute zu beruhigen versuchte, bemerkte Lombardi neben sich eine Bewegung.

An einem Bücherregal zu seiner Linken stand ein Mann mit einer Maske. Während alle anderen ihren Blick auf Leistner gerichtet hatten, schien er sich nur für die Menge zu interessieren. Und obwohl Lombardi das Gesicht nicht sehen konnte, hatte er keine Zweifel, um wen es sich dabei handelte.

TURILLI

In dem barocken Audienzraum war ein Projektor mit einer Leinwand aufgestellt worden, und aus zu kleinen Boxen ertönte schnarrend Leistners Stimme. Auf Holzstühlen saßen neben Gnerro und einem Sekretär außerdem Gaisel mit seinem Team und noch ein paar weitere Priester und Kardinäle mit wichtigen Funktionen im Vatikan. Es hieß, dass der Heilige Vater dem Stream in seinen Wohnräumen ebenfalls folgte.

Sie hatten die Nachricht von der Präsentation aus den Medien erfahren. Die Boulevardzeitungen hatten es sich nicht nehmen lassen, die Sache auf ihren Onlineseiten nach allen Regeln der Kunst zu dramatisieren.

MILLIARDÄR FINDET JUNGBRUNNEN
UNSTERBLICHKEITSSERUM – WERDEN WIR
JETZT ALLE 1000?

Der Heilige Stuhl musste reagieren, so viel stand fest. Und nicht wenige Stimmen forderten eine schnelle, entschlossene Reaktion, nicht das bedächtige Abwarten, das man dem Vatikan sonst nachsagte, wo die Zeit in Jahrhunderten gemessen wurde. Einige waren der Meinung, das PR-Desaster auf dem Petersplatz hätte sich durch ein früheres Herantreten an die Medien vermeiden lassen.

Deshalb war diesmal bereits vor einer Stunde eine Einladung an Medienvertreter ergangen. Unmittelbar nach Ende des Livestreams sollte der Saal geräumt werden und hier eine Pressekonferenz stattfinden. Die Order kam von Gnerro, zumindest war es das, was Turilli gehört hatte.

Es war totenstill im Raum, nur als Leistner das erste Mal Religion zur Sprache gebracht hatte, grunzte der eine oder andere vor Empörung.

Turilli lehnte sich zur Seite, um einen Blick auf Gnerro zu erhaschen, der vor ihm saß. Obwohl der Kardinalstaatssekretär schwieg, konnte Turilli die Anspannung in seinem Gesicht sehen. Seine Kiefermuskeln bewegten sich schnell.

Als sie den Applaus hörten, entlud sich die Anspannung.

»Was für eine Anmaßung!«, rief ein Mitarbeiter Gaisels.

Gnerro beugte sich zu Gaisel hinüber und flüsterte ihm etwas ins Ohr.

Turilli betrachtete die Leinwand genau und versuchte zu eruieren, wo sich dieser Raum befand. Als Leistner die Uhren erwähnte, hatte er gehofft, mehr davon zu sehen, doch die Kamera war auf Leistner und den Projektor fixiert geblieben. Im Hintergrund war nur ein Teil eines Bücherregals zu sehen. Das konnte auf eine Bibliothek hindeuten. Vielleicht an einer Universität?

Während der Applaus langsam abebbte, huschte ganz kurz eine Gestalt durch das Bild.

Er schreckte auf und sah die anderen an. Hatten sie es auch gesehen?

Nein, niemand reagierte darauf.

Turilli beherrschte sich, damit man ihm die Aufregung nicht anmerkte. Er überlegte, sein Handy zu zücken, doch er beschloss, damit bis zum Ende der Veranstaltung zu warten. Heimlich ballte er eine Faust.

Er war sich sicher: Die Gestalt im Bild war Bischof Lombardi gewesen.

LOMBARDI

Amirpour hatte ihn fragend angesehen und war im Begriff gewesen, ihm zu folgen, doch er hatte ihr bedeutet stehen zu bleiben. Es war auffällig genug, wenn er sich von der Präsentation entfernte. Außerdem wollte er nicht, dass sie etwas Wichtiges verpassten.

Aber er konnte nicht bleiben, er musste nachsehen, ob er sich getäuscht hatte.

Natürlich hatte er das Gesicht nicht erkennen können, doch Badalamenti war sein bester Freund. Er kannte die Gestalt mit den hängenden Schultern und den geschmeidigen Gang zu gut, um sich zu täuschen.

Lombardis erste Reaktion war riesige Erleichterung. Badalamenti war wohlauf!

Aber konnte er es wirklich sein? Was wollte er hier? Auch, wenn es im ersten Moment überraschend war, ihn hier zu sehen, so waren sie doch deshalb hergekommen. Badalamenti hatte ihm das Medikament als Hinweis gegeben, und sie waren ihm gefolgt.

Dennoch war etwas entschieden seltsam. Badalamenti hatte geradewegs zu ihm hingesehen. Er musste ihn erkannt haben. Warum war er so schnell verschwunden?

Schließlich hatte er sich hinter eine Gruppe Zuschauer zurückgezogen, und Lombardi hatte gerade noch gesehen, wie eine Tür am Ende des Saals aufgegangen war.

Nachdem Lombardi die Bibliothek verlassen hatte, fand er sich in einem leeren Korridor wieder.

In der Ferne hörte er eine Tür ins Schloss fallen. Ohne nachzudenken, rannte er in die Richtung, aus der das Geräusch gekommen war, erreichte ein Treppenhaus und nahm zwei Stufen auf einmal.

In der nächsten Etage angekommen, sah er sich um. Er befand sich in einem Gang, der exakt aussah wie der, aus dem er gerade gekommen war. Neben ihm musste sich also die Bibliothek befinden. An den jeweiligen Enden des Gangs warteten zwei schwere Türen. Doch welche von beiden war die richtige?

Warum läufst du vor mir davon? Was stimmt hier nicht?

Lombardi wusste, dass er etwas riskieren musste, wenn er seinen Freund noch einholen wollte. Weil ihm die Zeit davonlief, entschied er sich für die Tür zu seiner Rechten. Als er sie öffnete, sah er seinen Freund. Er stand am Ende eines weiteren Korridors und hatte seine Maske abgenommen. Kurz traf sich ihr Blick, dann rannte Badalamenti los.

»Warte!«, rief Lombardi ihm nach.

Er folgte ihm in einen Ausstellungsraum. An der Wand hingen Bilderrahmen mit kunstvoll drapierten Schmetterlingen. Unmittelbar vor einem Fenster stand ein astronomisches Instrument.

»Bitte, Alessandro! Ich muss mit dir reden!«

Doch Badalamenti war schon durch die nächste Tür verschwunden.

Sie folgte dem Vortrag nur noch halb. Lombardis seltsames Verhalten brachte sie durcheinander. Wo wollte er so schnell hin? Sie wurde das Gefühl nicht los, dass er jemanden suchte.

Doch sie widerstand der Versuchung, ihm nachzulaufen. Hier passierten gerade mehrere Dinge gleichzeitig, und sie fürchtete, etwas Wichtiges zu verpassen.

Lombardi, du Idiot!

Leistner schien sich inzwischen dem Höhepunkt seiner Inszenierung zu nähern. Doch statt endlich mit den relevanten Details der neuen Entdeckung herauszurücken, breitete er erst mal seine Familiengeschichte aus.

»Sie alle wissen vermutlich, dass ich eine sehr enge Beziehung zu meinem Vater habe. Er wurde letzten Herbst achtundneunzig Jahre alt, und sein Gesundheitszustand verschlechtert sich immer mehr. Die Ärzte sagen mir, ich muss mich darauf einstellen, dass er nicht mehr lange leben wird. Sie sprechen viel von Würde, wenn es um den Tod geht. Was macht einen würdigen Tod aus? Dass er ruhig über uns kommt? Das tut eine Vergiftung auch. Dass er nach einem langen Leben erfolgt? Nun, ein Gewaltverbrechen an einem alten Menschen wird zurecht als Verbrechen gewertet. Ich kann mit diesem Begriff der Würde immer weniger anfangen. Ich glaube, er verdeckt den Blick auf etwas viel Wesentlicheres.«

Amirpour blickte zur Tür, durch die Lombardi verschwunden war. Sie verfluchte sich dafür, dass sie ihm nicht gleich gefolgt war. Als sie gerade überlegte, wie sie sich möglichst unauffällig entfernen konnte, schien Leistner den privaten Teil seines Vortrags beendet zu haben.

»Ich will Ihnen nun mitteilen, warum ich Sie wirklich eingeladen habe. Ich habe Ihnen eine Revolution versprochen, und es wird Zeit, dass Sie die neueste Entwicklung von Aetheromed kennenlernen. Es ist ein Medikament, das die Welt verändern wird.«

Ein Mann und eine Frau in weißen Uniformen betraten den Raum, die einen Rollwagen mit einem medizinischen Gerät darauf vor sich herschoben. Ihre Kleidung sah aus wie eine Mischung aus Ärztekitteln und von Star-Designern entworfenen Filmkostümen. Sie stellten den Wagen neben Leistner ab, und die Frau krempelte seinen Ärmel hoch und desinfizierte seine Armbeuge mit einem Wattebausch, während Leistner ganz normal weitersprach.

»An einem geheimen Ort nicht weit von hier lagern gut gekühlt fünftausend Dosen eines neuen Wirkstoffs aus unserer Forschungsniederlassung bei Reykjavik. Dieser Wirkstoff hat erfolgreich die ersten für ein neues Medikament notwendigen Zulassungsschritte durchlaufen – In-vitro-Tests an Körperzellen, Versuche mit Standard-Modellorganismen. Und schließlich gab es auch eine Phase-I-Studie an Menschen. Es handelt sich um eine Kombination verschiedener Substanzen. Während bei manchen von ihnen die lebensverlängernde Wirkung seit Jahren bekannt ist, sind einige völlig neu und greifen auf Stoffwechselvorgänge zurück, die wir uns von tierischen Organismen abgeschaut haben.«

Während der Mann an dem Gerät ein Siegel brach und einen Knopf drückte, packte die Frau eine sterile Nadel aus einer Kunststoffhülle aus und legte an Leistners Arm einen venösen Zugang. Amirpour erkannte, dass es sich bei dem Gerät um einen Perfusor handelte, mit dem Medikamente präzise dosiert intravenös verabreicht werden konnten.

»Was nun dank der beiden Ärzte in meinen Körper fließen wird, ist das Produkt der Arbeit von drei Jahrzehnten. In weniger als drei Jahren sind wir bereit für eine Marktzulassung. Ein letzter Schritt fehlt noch: Studien mit einer größeren Zahl von Probandinnen und Probanden. Die erste davon, eine Phase-IIIa-Studie wird in den nächsten Wochen in mehreren Schritten durchgeführt werden. Der erste Schritt startet hier und jetzt.«

Die beiden Ärzte neben Leistner waren fertig und warteten mit hinter dem Körper verschränkten Armen. Der Milliardär war nun über einen durchsichtigen Schlauch mit der Maschine verbunden. Als er ihnen zunickte, schaltete der Mann das Gerät ein.

»Wie Sie sehen, werde ich der erste Proband der neuen Studie sein. Die weiteren Probanden sind noch nicht bestimmt, und hier kommen Sie ins Spiel. Sie sind auserwählt, weil Sie auf die eine oder andere Weise mit Aetheromed oder mit dem Thema Unsterblichkeit verbunden sind. Wir betrachten Sie als jene Menschen, die als Erste von dieser Revolution profitieren sollen. Nach Ende meiner Präsentation wird meine Kollegin Ihre Personalien notieren und Ihnen eine Dosis des Wirkstoffs anvertrauen, gemeinsam mit genauen Instruktionen …«

Alle sahen sich an. Leistner war auf einmal verstummt.

LOMBARDI

Was war mit Badalamenti los?

Sie waren durch weitere Museumsräume gelaufen und hatten eine Kapelle mit einer kleinen, aber prunkvollen und von Engeln gekrönten Orgel durchquert. Badalamenti antwortete nicht auf sein Rufen. Lombardi war, als hätte er es mit einem Fremden zu tun.

Noch immer war er seinem Freund auf den Fersen. Sie waren beide nicht besonders sportlich, auch wenn sie früher manchmal Fußball miteinander gespielt hatten. Lombardis Oberschenkel brannten vom Treppensteigen, und er musste sich auf die Knie stützen, um Luft zu holen. Als er über sich ein Knarren hörte, hielt er auf eine schmale Treppe zu, die weiter nach oben führte.

Ich dachte, wir sind schon ganz oben?

Lombardi nahm die Hände zu Hilfe, um sich am Geländer hochzuziehen, weil seine Beine ihm nicht mehr richtig gehorchen wollten. Er erreichte eine mit Dielen ausgelegte Zwischenetage, die vielleicht vier mal vier Meter maß und weitere Vitrinen mit Ausstellungsgegenständen enthielt. Die Seiten waren fensterlos, dennoch glaubte er zu erkennen, wo er sich befand. Das hier war ein Turm, und der einzige Zugang war die Treppe, über die er gekommen war.

Ich hab dich. Du kannst nirgendwohin.

Lombardis Aufregung stieg, als er den Turm immer weiter erklomm. Er erwartete, oben Glocken vorzufinden, doch als er einen hohen Raum erreichte, von dem es nicht weiterzugehen schien, waren dort nur große, metallene Geräte aufgestellt, die wie überdimensionale Sextanten aussahen. Was auch immer der Zweck dieses Turms gewesen war, es war kein Kirchturm.

War nicht von einem astronomischen Turm die Rede gewesen?

Lombardi sah sich um, doch er erkannte schnell, dass er in die Irre geführt worden war. Badalamenti war nicht da.

Er vergewisserte sich noch einmal, dass er nichts übersehen hatte, dann trat er enttäuscht den Rückzug an. Er hatte verloren.

Als er den Weg zurück in die Bibliothek suchte, hörte er plötzlich ein Tuten, das wie ein Alarm klang.

AMIRPOUR

Zuerst konnte sie nicht erkennen, warum Leistner seinen Vortrag unterbrach. Doch dann strömten Sicherheitsleute auf ihn zu.

Amirpours Blick fiel auf Anton Friedrich und seine Frau, die genauso überrascht zu sein schienen wie sie. Irgendetwas ging hier vor sich.

Lombardi, wo verdammt noch mal sind Sie?

Einer der Sicherheitsleute flüsterte Leistner etwas zu, dann bildeten sie eine Traube um ihn und wollten ihn in Richtung Ausgang zerren. Doch Leistner widersetzte sich und versuchte, sich ihren

Griffen zu entziehen. Er war am Höhepunkt seiner Präsentation, ein Moment, auf den er offenbar lange hingearbeitet hatte. Gerade hatte er über die Gene gesprochen, die menschliche Alterungsprozesse steuerten, und erklärt, wie sich Tiere mit vernachlässigbarer Seneszenz vom Menschen unterschieden. Er sprach über die Frage, wie man diese Gene bei lebenden Organismen mithilfe der Genschere CRISPR-Cas9 verändern könnte, oder ob es auch mit weniger invasiven mRNA-Technologien Lösungen geben könnte. Gerade, als er erste Studienergebnisse über Schlangen präsentieren wollte, unterbrachen seine Leute ihn.

Amirpour hob den Blick. Sie erinnerte sich, dass Lombardi das auch getan hatte, bevor er so plötzlich verschwunden war. Und tatsächlich: Oben auf der Galerie stand jemand. Er trug eine Maske und lehnte mit dem Rücken an den Bücherregalen, sodass er im abgedunkelten Raum kaum zu sehen war.

Was hat der Typ vor?

Während die Gäste zu tuscheln begannen und Leistner immer noch mit seinen Leuten diskutierte, bewegte sich der Mann oben plötzlich. Als er an das Geländer trat, sah Amirpour den Lauf einer Waffe.

»Da oben!«, rief sie, ohne zu zögern.

Doch ihre Warnung kam zu spät. Während Leistner und seine Leute den Blick hoben, krachten zwei Schüsse. Der Projektor zersplitterte neben Leistner, und einer der Sicherheitsleute ging zu Boden. Amirpour ging instinktiv in Deckung, während jemand neben ihr hell zu kreischen begann.

Leg dich auf den Boden.

Sie hörte nicht auf ihre innere Stimme. Sie konnte nicht anders, sie musste den Mann auf der Galerie im Auge behalten. Doch als sie wieder nach oben sah, konnte sie ihn nirgends mehr entdecken.

Leistner und seine Männer hielten auf den Ausgang zu. Als sie die Tür erreichten, blieben sie plötzlich stehen. Einer der Männer rüttelte an der Klinke.

Amirpours Nackenhaare stellten sich auf.

Wir sitzen in der Falle.

Sie realisierte, dass sie immer noch mitten im Raum stand, und stürzte zur nächstgelegenen Wand, wo sie sich an das Bücherregal lehnte. Währenddessen warfen sich zwei von Leistners Männern abwechselnd mit ihren Schultern gegen die Tür. Die anderen Gäste kauerten zum Teil immer noch in Panik auf dem Boden, während manche erkannt hatten, dass die Gefahr von oben kam und es Amirpour gleichtaten.

Ihr Blick fiel auf den Sicherheitsmann, der von einer Kugel getroffen worden war. Er lag regungslos neben dem zum Stillstand gekommenen Projektor. Niemand kümmerte sich um ihn. Er hatte seinen Chef geschützt und dafür mit seinem Leben bezahlt.

Der Milliardär selbst schien unversehrt zu sein.

Doch als Amirpour wieder zu ihm hinübersah, erkannte sie, dass sie falschlag.

LOMBARDI

Das dumpfe Donnern hatte ihn sofort an Explosionen denken lassen. Doch als er stehen blieb und horchte, blieb alles ruhig. War das innerhalb oder außerhalb des Gebäudes gewesen? Er vermochte es nicht zu sagen.

Alle anderen Geräusche waren außerdem von dem sirenenhaften Signalton überlagert, der durch die Tür vor ihm drang, die einen Spalt offen stand. Was er dahinter sah, waren definitiv keine barocken Kunstobjekte oder historische astronomische Instrumente. Was immer es war, es gehörte nicht in dieses Gebäude.

Lombardi wollte wissen, was sich hinter der Tür befand, doch etwas ließ ihn zögern.

Was ist das für ein Alarm? Bedeutet das, ich bin in Gefahr?

Er sollte umkehren und Amirpour holen, damit sie es sich gemeinsam ansahen. Doch er wusste nicht, wo er sich befand. Bei seinem Orientierungssinn war zweifelhaft, ob er den Raum wiederfand.

Lombardi nahm sich ein Herz und näherte sich langsam der Tür.

Als er sie aufstieß, strömte ihm kalte Luft entgegen. Der Signalton war nun ohrenbetäubend laut. Vor ihm befanden sich vier überdimensionale weiße Schränke. Auf der Vorderseite waren Paneele mit Tasten und einem Display, die Zahlenwerte darauf schwankten zwischen –80 und –5. Es musste sich um Temperaturangaben handeln. Kühlschränke. Nun erkannte Lombardi auch die Quelle des sirenenhaften Tons: Er rührte vom ersten der Kühlschränke her, der die höchste Temperatur anzeigte. Lombardi erkannte auch den Grund dafür: Die Tür stand offen.

Was ist das hier? Gehört es zu Leistners Präsentation?

Lombardi stieß die Tür mit dem Fuß auf, doch was er sah, verwirrte ihn noch mehr. Bevor er die Gelegenheit hatte, sich darüber Gedanken zu machen, hörte er, wie jemand hinter ihm den Raum betrat.

AMIRPOUR

Mit einem Krachen brach die Holztür aus den Angeln, doch da konnte Leistner sich schon nicht mehr auf den Beinen halten. Trotz des schlechten Lichts konnte Amirpour sehen, dass er Blut verlor, das sich zu seinen Füßen sammelte. Zwei Sicherheitsleute stützten ihn und trugen ihn hinaus. Im nächsten Moment stürmten auch schon die Gäste hinter ihnen her.

Amirpour ließ ihnen den Vortritt und spähte erneut hinauf zur Galerie. Dort war niemand mehr zu sehen, der Spuk war vorbei.

Vorsichtig trat Amirpour näher in die Mitte des Raums, um sich einen Überblick zu verschaffen. Noch traute sie dem Frieden nicht.

Sie entdeckte weitere Personen, die sich ähnlich langsam vortasteten: das Ehepaar Friedrich, das sich aneinanderklammerte, der junge Autor mit dem Albert-Einstein-Namensschild, der die Schultern hochgezogen hatte wie ein jemand, der unerwartet in den Regen kommt, und die Wissenschaftlerin Gunda Sigrunsdottir, die als Einzige ganz aufrecht dastand, aber um nichts weniger erschüttert zu sein schien als die anderen.

Amirpour wandte sich den Friedrichs zu. »Geht es Ihnen gut?«

Die beiden waren zu keiner Antwort fähig. Anton Friedrich sah mit bitterem Ausdruck seine Frau an, die ihre Augen immer noch in Panik geweitet hatte. Er streichelte ihr über den Kopf und nickte Amirpour kurz zu, zum Zeichen, dass sie unverletzt waren.

Der Autor schien inzwischen zu realisieren, dass die Gefahr vorüber war.

»Wow«, sagte er.

Amirpour wandte sich Sigrunsdottir zu. »Was ist geschehen?«

Sigrunsdottir war wie erstarrt.

»Jemand hat auf Leistner geschossen!«, wurde Amirpour laut. »Warum?«

»Was fragen Sie mich das?«, gab Sigrunsdottir zurück.

»Weil Sie mehr wissen, als Sie zugeben! So wie in Island – Sie führen dort illegal Experimente durch! Was Leistner heute hier präsentieren wollte, ist das Ergebnis dieser Experimente. Der Anschlag war kein Zufall!«

Doch Amirpour erkannte schnell, dass Sigrunsdottir mit der Situation überfordert war.

»Tut mir leid«, sagte Amirpour. »Sind Sie verletzt?«

Sigrunsdottir schüttelte den Kopf. Es sah aus, als würde sie gleich weinen, doch ihre Augen blieben trocken.

»Worum ging es hier wirklich?«, fragte Amirpour. »Leistner

hat seine Präsentation unterbrochen. Was wollte er vorstellen? Er sprach von einem Medikament. Reden Sie gefälligst!«

Da weiteten sich Sigrunsdottirs Augen. »Mein Gott.«

Sigrunsdottir wollte loslaufen, doch Amirpour hielt sie zurück. »Wo wollen Sie hin?«

»Etwas überprüfen – lassen Sie mich los!«

»Ich komme mit«, verkündete Amirpour, und gemeinsam rannten sie los.

LOMBARDI

»Sie sind das«, sagte der Mann.

Er trug eine der für die Veranstaltung ausgegebenen Masken und zielte mit einer schwarzen Pistole auf Lombardi, während er mit der anderen Hand gekonnt eine Taschenuhr hervorholte, sie schüttelte und an sein Ohr hielt. Es war nicht Badalamenti, auch wenn er das einen Moment lang geglaubt hatte, als der Mann hinter ihm eintrat. Doch die Waffe bewies ihm, dass es viel schlimmer war.

Der Mann steckte die Uhr wieder ein und kicherte freudlos.

»Kennen wir uns?«, fragte Lombardi, dem die Stimme vertraut vorkam

»Ja, wir kennen uns. Ich habe Sie gesucht. Sie treiben sich an Orten herum, an denen Sie nichts verloren haben. Und Sie sind ziemlich schlecht vorbereitet, wenn ich das sagen darf. Ich frage mich, wie es Ihnen gelungen ist, sich dem Zugriff der Polizei zu entziehen. Bis jetzt ist es gut gegangen, aber diesmal lasse ich Sie nicht davonkommen.«

Lombardi ging ein Licht auf. »Sie waren das in Rom, Sie haben uns entführt!«

»Nicht ich persönlich. Aber es waren meine Leute, ja. Die so unfähig waren, Sie laufenzulassen.«

»Aber Pabil … der Obelisk! Warum?«

Der Mann stutzte. »Sie glauben, ich habe all diesen Aufwand betrieben, um meinem Freund das Leben zu retten – nur um ihn danach selbst auf diese groteske Weise umzubringen?«

Der Mann streckte den Arm aus und zielte auf Lombardis Kopf. »Weg von den Kühlschränken. Da, an die Wand.«

Lombardi hob die Hände und gehorchte. Nach allem, was er über diesen Mann wusste, hatte er keine Zweifel, dass dieser ihn ohne Zögern erschießen würde.

»Natürlich. Ich tue alles, was Sie sagen.«

Der Mann sah ihn prüfend an. »Sie waren das«, sagte er.

Lombardi verstand nicht.«

»Sie haben die Tafel an Leistner verkauft. Sie haben sie aus dem Magazin der Vatikanischen Museen gestohlen und sich dafür eine Einladung zu dieser Veranstaltung erschlichen.«

Lombardi schüttelte den Kopf, doch dann verstand er, wovon der Mann sprach. »Die Keilschrifttafel aus dem Vatikan – Leistner hat sie?«

»Er hat es mir vorhin erzählt. Und Sie müssten das wissen, wenn Sie sie ihm verkauft hätten.« Der Mann musterte ihn skeptisch. »Vielleicht waren das doch nicht Sie.« Er schüttelte den Kopf. »Egal. An die Wand – jetzt sofort!«

Der Mann wartete, bis Lombardi mit dem Rücken zur Wand stand, dann wandte er sich dem ersten Kühlschrank zu. Als er sah, dass er leer war, wich sein überlegenes Grinsen.

Kurz schien er so perplex, dass Lombardi darüber nachdachte, zur Tür zu sprinten. Doch der Zeitpunkt verstrich, und der Mann wandte sich wieder ihm zu.

»Wo sind sie?«, fragte er.

Lombardi wusste nicht, was er sagen sollte, und das schien den Mann noch wütender zu machen.

»Diese Präparate müssen gekühlt gelagert werden! Wo haben Sie Idiot sie hingebracht?«

»Bitte«, winselte Lombardi, »ich weiß nicht, was in diesen Kühlschränken war! Ich habe sie so vorgefunden.«

»Lügen Sie mich nicht an! Sie haben danach gesucht, warum wären Sie sonst hier?«

»Ich habe mich verirrt!«

Der Mann schlug so schnell zu, dass Lombardi nicht mehr dazu kam, sich zu schützen. Der Schlag traf ihn am Kinn und schickte ihn zu Boden. Ohrensausen mischte sich in den Ton der Sirene.

»Sind Sie wirklich so blöd?«, schrie der Mann. »Die Dosen werden Schaden nehmen! Haben Sie irgendeine Idee, was das bedeutet?«

»Welche Dosen?«, fragte Lombardi, der sich aufrichtete und mit dem Rücken gegen die Wand lehnte, während er sein taubes Kinn betastete.

Der Mann holte mit der Faust aus, um ein weiteres Mal zuzuschlagen, doch er zögerte. »Sie wissen es wirklich nicht. Sie sind noch naiver, als Sie aussehen. Haben Sie jemanden gesehen, als Sie gekommen sind?«

Lombardi schüttelte den Kopf.

»Lügen Sie mich nicht an!«

»Ich habe niemanden gesehen!«, beteuerte Lombardi.

Wut und Verzweiflung spiegelten sich im Gesicht des Mannes. Er schien durch Lombardi hindurchzusehen. »Leistner hätte seine Forschungen nie so weit treiben dürfen. Er versteht das alte Wissen nicht, auch wenn er noch so viele Keilschrifttafeln zusammenkauft. Er kann die Gefahr nicht sehen.«

Lombardi wollte fragen, wovon er sprach, doch er wagte es nicht, ihn noch einmal anzusprechen. Er wünschte, der Mann würde die Pistole aus seinem Gesicht nehmen.

Der Mann, den er in diesem Moment zu erkennen glaubte, was auf einmal absolut keine Bedeutung hatte.

Wenn er schießt, würde ich das mitbekommen?

Der Gedanke schlich sich ganz unschuldig an, und mit einem

Mal realisierte Lombardi den Ernst der Situation. Es ging hier um sein Leben, und die Chancen standen schlecht. Er würde hier sterben. Amirpour würde ihn vermutlich finden, mit einem Loch in der Stirn.

Ich werde Chibuike nie wiedersehen. Ich hätte sie anrufen müssen.

Lombardi wurde aus seinen Gedanken gerissen, als der Bewaffnete sich zur Tür umdrehte. Es sah aus, als hätte er etwas gehört.

»Das Leben ist schon seltsam«, sagte der Mann. »Gerade noch hatten Sie die Chance auf Unsterblichkeit. Stattdessen endet Ihr Dasein auf der Welt hier und jetzt.«

Er hob die Waffe und drückte ab.

AMIRPOUR

Ein Schuss fiel. Sigrunsdottir und sie blieben stehen und sahen sich an.

»Da!«, sagte die isländische Forscherin und zeigte mit dem Finger auf eine Tür. Amirpour sah gerade noch, wie sich eine Gestalt entfernte.

Ihr Herz schlug schwer, als sie auf die Tür zurannte.

»Wir müssen ihm nach!«, rief Sigrunsdottir.

Doch Amirpour hörte sie kaum. Sie hatte eine schreckliche Vorahnung.

Als sie die Tür aufstieß, erkannte sie drei Hochleistungskühlschränke, wie sie in biochemischen Forschungseinrichtungen verwendet wurden. Alle drei standen offen, und der erste gab einen Warnton von sich, der anzeigte, dass die eingestellte Kühltemperatur unterschritten worden war. Gerade stimmte der zweite Kühlschrank ein, und eine himmelschreiende Kakofonie erfüllte den Raum.

Zuerst glaubte Amirpour, dass der Raum leer sei, doch unter die Sirenen mischten sich menschliche Laute. Jemand stöhnte.

Sie entdeckte Lombardis Beine, die hinter dem letzten Kühlschrank hervorragten. In der Wand dahinter befand sich ein Einschussloch.

Amirpour fand Lombardi in einer Nische hinter dem Kühlschrank. Er lehnte dort, mit kraftlos auf seinem Schoß liegenden Händen, und atmete schnell. Ihr Kommen schien er gar nicht zu bemerken. Sie scannte seinen Körper nach Spuren von Blut, fand aber keine.

»Ich bin auf die Seite gesprungen«, murmelte er, als könne er es immer noch nicht glauben.

»Lombardi! Geht es Ihnen gut?«

»Wenn ich nicht gesprungen wäre ... Ich weiß nicht, warum ich gesprungen bin.« Er sah zu ihr auf. »Haben Sie etwas gesagt?«

Als sie realisierte, dass lediglich sein Hörsinn Schaden genommen hatte, wurde sie von Erleichterung überwältigt.

»Was ist passiert?«, schrie sie ihm ins Ohr. »Wer war das?«

Doch er schien mit der Situation immer noch überfordert. Sie reichte ihm die Hand, um ihm auf die Beine zu helfen, und er griff zögerlich nach ihr, während hinter ihnen Sigrunsdottir die Kühlschränke inspizierte und fluchte. Inzwischen hatten auch Anton und Beate Friedrich den Raum betreten. Sie mussten ihnen gefolgt sein.

»Was ist los?«, fragte Amirpour.

Sigrunsdottir sah auf, und ihre Augen funkelten wie wahnsinnig. »Was los ist? Wir sind im Arsch, das ist los!

»Was war in diesen Schränken?«

»Das Medikament. Das nun verloren ist.«

Amirpour vergewisserte sich, dass Lombardi sicher stand und nicht wieder umfiel, bevor sie sich Sigrunsdottir zuwandte. »Warum verloren?«

Doch die Forscherin wandte sich an Lombardi. »Was ist damit geschehen? Wer war der Mann vorhin?«

Er sah sie fragend an, dann deutete er auf sein Ohr.

»*Wer hat die Schränke ausgeräumt?!*«, schrie sie ihm ins Gesicht.

Amirpour ging dazwischen. »Sie beruhigen sich jetzt! Auf meinen Freund wurde gerade geschossen, falls Sie das noch nicht bemerkt haben. Ich glaube auch nicht, dass er etwas weiß. Haben Sie die Temperaturangaben gesehen?« Sie deutete auf die Thermometer-Anzeigen. »Diese Schränke wurden nicht eben erst geöffnet. Das muss einige Zeit her sein.«

Sigrunsdottir schien das einzusehen.

Amirpour wandte sich an Lombardi. »Konnten Sie ihn erkennen?«, fragte sie laut, aber ohne zu schreien.

Lombardi schüttelte den Kopf. »Aber ich hatte schon mit ihm zu tun. Es ist kompliziert.«

Sigrunsdottir baute sich vor Lombardi auf. »Ich sage Ihnen jetzt etwas, das kompliziert ist: Dieses Präparat muss bei minus achtzig Grad gelagert werden, sonst degeneriert es!«

»Schon klar«, sagte Amirpour, die sich im Raum umsah. »Hunderttausende Euro futsch, so ein Jammer.«

Sie überlegte, was als Nächstes zu tun war, als Sigrunsdottir sie packte und ihr in die Augen sah.

»Sie haben es immer noch nicht kapiert. Hier geht es nicht ums Geld, es geht um etwas völlig anderes!«

Und dann erklärte sie ihnen, was das eigentliche Problem war.

DER GOTTESFÜRCHTIGE

Der Zorn war so groß, dass er kaum zu atmen vermochte. Leistner, dieser Idiot, hatte mit seiner dämlichen Show alles zerstört. Bei der Präsentation hatte er den Philosophen gegeben, doch es war eigentlich klar, dass jemand wie er – ein Sportler! – das wahre Ausmaß seiner Entdeckung nicht würde überblicken können. Die Implikationen, das Beben, das er auslösen würde. Seine Sicherheitsvorkehrungen waren völlig unzureichend gewesen, wobei fraglich war, wie man die Sicherheit bei einer solchen Veranstaltung überhaupt gewährleisten wollte. Das hier stellte alle Königskrönungen und jedes Konklave in den Schatten. Noch nie in der Geschichte der Menschheit war so viel Macht in einem Raum konzentriert gewesen.

Und damit war nicht die Bibliothek gemeint, sondern der Raum mit den Kühlschränken. Der Gottesfürchtige fragte sich, ob er überhaupt gesichert gewesen war. Jemand konnte dort einfach so hineinspazieren und das Medikament entwenden.

Denn um ein Medikament handelte es sich, so viel hatte der Gottesfürchtige verstanden. Vermutlich irgendein Präparat auf CRISPR-Cas9-Basis, das den Körper einer Gentherapie unterzog. Dieser Variante rechneten sie seit Jahren die größten Chancen aus, die Singularität herbeizuführen.

Wie weit fortgeschritten die Entwicklung war, ließ sich für den Gottesfürchtigen schwer abschätzen. Natürlich hatte es Tests an Menschen gegeben, im Geheimen, am Rande oder jenseits ethischer Normen. Es gab Gefängnisse in Asien, wo sich solche Dinge regeln ließen. Gegen einige Hafterleichterungen unterschrieben die Häftlinge dort alles, was man ihnen vorlegte. Auch Pabil hatte in seiner Verzweiflung alle Scheu vor experimentellen Wirkstoffen abgelegt, und sie hatten einige von Leistners Medikamentenprototypen beschaffen können, obwohl sie in vielen Fällen nicht einmal wussten, womit sie es zu tun hatten.

Nun war Leistner in die Offensive gegangen. Seine geladenen Gäste sollten als Testpersonen für das neue Präparat herhalten. Manche mochte der Gedanke abschrecken, aber andere durchschauten mit Sicherheit die tiefere Logik: Entweder man lebte, oder man starb. Was hatten sie schon zu verlieren?

Der Gottesfürchtige verfluchte sich dafür, dass er zu langsam gewesen war. Jemand hatte sich den gesamten Vorrat unter den Nagel gerissen.

Das war es, was ihn am wütendsten machte: Das erste wirkliche Lebenselixier der Geschichte würde nun vermutlich an irgendwelche Neureichen verhökert. Bald würde die Presse davon Wind bekommen, gefolgt von einer öffentlichen Diskussion, die schon sehr schnell Regulierungen und Verbote nach sich zöge. Diese Leute waren nicht vorbereitet, wie er es war. Er und seine Gruppe beschäftigten sich seit Jahrzehnten mit der Frage, wie man mit solch gewaltigen medizinischen Möglichkeiten umgehen sollte. Sie hatten ein Gesamtkonzept, wie man die Leute auswählte, wie man sich vor den Sterblichen schützte, und wie man – das hatten sie als unerlässlich identifiziert – Kontrolle über die Weltpolitik erlangte. Die Pläne lagen fertig ausgearbeitet in Tresoren an mehreren strategischen Punkten der Welt. Doch nun schien alles hinfällig zu sein.

Leistner hatte das Mittel entwickelt, aber sonst war er nicht vorbereitet. Und das rächte sich nun bitter.

Doch noch war nicht alles verloren. Wenn er an eine Probe des Wirkstoffs herankäme, konnten sie vielleicht die Zusammensetzung ermitteln. Und angesichts der Tatsache, dass der Dieb des Medikaments vermutlich nicht in der Lage war, die Ampullen richtig zu lagern, konnte sich diese Möglichkeit als entscheidend erweisen.

Der Gottesfürchtige tastete nach dem kleinen Kühlbehälter in seiner Tasche.

Eine einzige Probe, mehr brauchte er nicht. Und er hatte eine Idee, wo er sie finden würde.

Er erreichte die Tür, hinter der das Krankenzimmer von Dan Leistners Vater lag, vollkommen unbehelligt. Die beiden Frauen, die er vor dem Raum mit den Kühlschränken gesehen hatte, schienen ihm nicht gefolgt zu sein. Vielleicht hätte er dem Bischof doch noch mehr Zeit widmen sollen, statt vor den Frauen davonzulaufen. Er war ziemlich sicher, dass er ihn nicht richtig getroffen hatte.

Doch das war nicht so wichtig. Entscheidender war, dass er an das Mittel herankam. Und er wusste, dass er eine reelle Chance hatte, es hier zu finden. Leistner würde es unmöglich an seine Gäste verteilen, bevor er es dem Menschen verabreicht hatte, der ihm am wichtigsten war. Das war das Interessanteste an Leistner, dass es ihm nicht um ihn selbst zu gehen schien. Es sah so aus, als wollte er seinen Vater heilen. Auch wenn der Gottesfürchtige Leistners Antriebe nicht bis ins Detail nachvollziehen konnte, so erklärte es doch die Eile des Milliardärs.

Der Gottesfürchtige war überrascht, wieder keinen Sicherheitsmann vorzufinden. Sie schienen alle zusammengezogen worden zu sein, um ihren Boss zu schützen. Doch plötzlich erkannte er, dass er sich täuschte.

Neben der Tür lehnte ein Mann im schwarzen Anzug, der in sich zusammengesunken war.

Er fluchte. Jemand war vor ihm hier gewesen.

Tatsächlich war die Tür nicht abgeschlossen. Er drückte sie vorsichtig auf und lugte in den Raum. Als er niemanden sah, zog er sie hinter sich zu und begann den Raum zu durchsuchen. Leistners Vater lag ruhig da und schlief. Der Puls, der auf einem Monitor neben dem Bett angezeigt wurde, ging ruhig.

Doch wie zu erwarten, fand er nichts. Vielleicht war das Medikament doch nicht hier gewesen?

Der Gottesfürchtige drehte sich nach Leistners Vater um.

Ihm widerstrebte der Gedanke, aber es half nichts. Er musste wissen, ob der alte Mann etwas gesehen hatte. Vorsichtig begann er ihn wachzurütteln.

Doch es stellte sich heraus, dass der achtundneunzigjährige Greis keine Hilfe war. Schon bei dem geringsten Stress begann sein Puls zu rasen. Es war unmöglich, den Mann zu befragen.

Als der Puls immer unregelmäßiger ging und der Gottesfürchtige sah, dass es Zeit war zu verschwinden, hörte er hinter sich ein Geräusch und drehte sich um. Trotz des diffusen Lichts erkannte er die Person sofort, die dort stand.

Du. Ich hätte es wissen sollen.

Noch bevor er dazu kam, seine Glock zu ziehen, trafen ihn die Drähte eines Tasers.

LOMBARDI

Sie hatten ihn in ein Hotel gebracht. Nun lag er auf einer Chaiselongue in einer Prager Hotelsuite, wo die Anspannung langsam nachließ. Er fühlte sich wie in Watte gehüllt, Samira Amirpour sprach ihn immer wieder an, wenn sie ihm Wasser brachte oder eine seiner Schürfwunden verarztete. Er musste sich konzentrieren, um sie zu verstehen. In seinen Ohren sang es immer noch, aber langsam schien sein Gehör zurückzukommen.

Er hatte verstanden, dass es die Suite des Ehepaars Friedrich war, in die man ihn gebracht hatte. Außer den Friedrichs und Amirpour waren da noch Gunda Sigrunsdottir und der Autor dort, der als Letzter zu ihnen gestoßen war und sich den anderen inzwischen als Kevin Herrero vorgestellt hatte. Herrero war noch jünger, als er ausgesehen hatte, mit Pickeln im Gesicht und dem braven Seitenscheitel eines Klosterschülers. Der Ausschlag an seinem Hals zog sich bis zu seinem Ohr und sah aus, als könnte er jeden Moment aufreißen und zu bluten beginnen, was der guten Laune des Jungen keinen Abbruch zu tun schien. Amirpour und Sigrunsdottir hatten ihre Laptops auf den Couchtisch im Salon der Suite positioniert und mehrere Nachrichtenseiten geöffnet, die Friedrichs hatten Getränke und Essen geordert, wodurch die Suite mehr und mehr wie eine Kommandozentrale aussah. Allerdings wurde dieser Eindruck durch die Art der Verpflegung gestört. Anton Friedrich hatte mehrere Flaschen Wein und einen Cognac neben einigen kurzstieligen Weingläsern auf ein Tablett gestellt und eine der Flaschen zur Sicherheit gleich entkorkt, während Beate

Friedrich Antipasti und kalten Fisch in verschiedenen Varianten angerichtet hatte. Auf Nachfrage hatte sie erklärt, dass sie sich doch sicher stärken wollten. Amirpour hatte zuerst Zweifel angemeldet, ob das nun so wichtig sei, dann aber doch dankbar zugegriffen.

Lombardi hatte keinen Hunger verspürt, nur zu einem Schluck Cognac hatte er überredet werden können. Danach hatte er sich in der Lage gefühlt, ihnen zu erzählen, was geschehen war, von jenem Moment, als er Badalamenti unter den Gästen zu sehen glaubte, bis hin zu dem Zeitpunkt, als sie ihn hinter einem der Kühlschränke entdeckt hatten.

Nun telefonierte Sigrunsdottir, während Herrero ganz aufgeregt diverse Theorien über das Geschehene äußerte. Niemand wollte sie wirklich hören.

Als Sigrunsdottir ihr Gespräch beendet hatte, richteten sich alle Augen auf sie.

»Nichts Neues über Leistner. Niemand weiß, wo er sich befindet und ob es ihm gut geht. Aber etwas anderes habe ich erfahren.«

Alle hörten erwartungsvoll zu, selbst Herrero. Lombardi drehte den Kopf zur Seite und wandte ihr das Ohr zu, das weniger taub war.

»Sie wissen, dass Leistner eine besondere Beziehung zu seinem Vater hat?«

Amirpour nickte. »Sie sind sich sehr nah, oder?«

»Das trifft es nicht ganz. Ihre Beziehung ist kompliziert. Der alte Mann hält seinen Sohn für einen Versager. Dass er Milliardär ist, hat daran nichts geändert. Manchmal habe ich das Gefühl, dass Leistner junior nie aufgehört hat, an eine Versöhnung zu glauben. Jedenfalls nimmt er seinen Vater überallhin mit, was ein außergewöhnlicher logistischer Aufwand ist, denn der Mann ist ein Pflegefall.«

Anton Friedrich bekam große Augen. »Er wollte mehr Zeit mit seinem Vater!«

Lombardi verstand, worauf Friedrich hinauswollte. Konnte es

sein, dass Leistner nicht in erster Linie sein eigenes Leben verlängern wollte, sondern das seines Vaters?

»Dazu wird er keine Gelegenheit mehr haben«, erklärte Sigrunsdottir. »Man hat Leistner senior soeben tot in seinem Krankenbett gefunden.«

Alle versuchten zu verstehen, was das bedeutete.

»Wie ist es passiert?«, fragte Amirpour.

»Das ist noch nicht bekannt. Es könnte ein natürlicher Tod gewesen sein. Wir wissen aber mit Sicherheit, dass jemand im Raum war. Seine Medikamente wurden durchsucht. Und es ist auch offensichtlich, warum.«

»Jemand hat wohl geglaubt, dort eine Dosis von Leistners Unsterblichkeitsmittel zu finden.«

Herreros Augen leuchteten vor Aufregung. »Jemand hat sich die ganze Ladung des Medikaments unter den Nagel gerissen! Er will es ganz für sich allein!«

»Was eine außergewöhnlich dumme Idee ist«, fügte Sigrunsdottir hinzu. »Der Wirkstoff ist hoch experimentell. Die Kühlkette darf nicht unterbrochen werden, und die Verabreichung muss einem ganz bestimmten Prozedere folgen. Diese Informationen hat Leistner in seinem Vortrag nicht preisgegeben. Ich bezweifle, dass derjenige, der die Kühlschränke ausgeräumt hat, etwas damit anfangen kann. Ich würde entschieden davon abraten, mir das spritzen zu lassen.«

»Sie wissen, worum es sich handelt, habe ich recht?«, begann Amirpour.

Sigrunsdottir funkelte sie böse an. »Ich bin mir nicht sicher.«

»Aber Sie arbeiten für Leistner«, erinnerte Amirpour. »Sagen Sie nicht, Sie wissen nichts.«

»So ist es aber.«

Sie blickte in die Runde. Alle Anwesenden starrten sie erwartungsvoll an.

»Sie haben auf Island an langlebigen Tieren geforscht«, fuhr

Amirpour fort. »Leistner hat das in seinem Vortrag bestätigt. Er hat versucht, dem Geheimnis auf die Spur zu kommen, offensichtlich ist es ihm gelungen. Kommen Sie schon, Sie müssen eine Idee haben, wie der Wirkstoff funktioniert.«

Sigrunsdottir schien einzusehen, dass sie nicht ohne eine Einschätzung davonkam. »Wie Sie vielleicht wissen, gibt es eine Reihe von Medikamenten, die erwiesenermaßen lebensverlängernd wirken, zumindest im Tierversuch. Können Sie für Unsummen bei irgendwelchen Anti-Aging-Gurus erwerben. Es gab auch schon Unternehmen, die Bluttransfusionen zur Verjüngung anboten.«

Amirpour nickte. »Die zusammengenähten Affen, die Sie gesehen haben, Lombardi.«

Er sah sie fragend an, bevor er verstand, was sie gesagt hatte. Nicht nur seine Ohren hatten gelitten, sondern auch sein Verstand arbeitete schrecklich langsam.

»Die Effekte sind im Tiermodell signifikant. Aber meiner Ansicht nach ist das zu wenig, um von einem Durchbruch zu sprechen. Leistner hat etwas anderes gemeint.«

»Sagen Sie schon«, drängte Amirpour.

Sie seufzte. »Um das Altern wirklich an der Wurzel zu bekämpfen, müssen Sie an die Gene ran. Sie müssten den Körper einer Gentherapie unterziehen.«

»Die Gene, die für den Alterungsprozess zuständig sind, ausschalten!«, sagte Herrero mit leuchtenden Augen.

»Solche Gene gibt es?«, fragte Amirpour.

Sigrunsdottir nickte widerwillig. »FOXO3 zum Beispiel, ein Gen, das mit Wachstum und mit der Verarbeitung von Insulin zu tun hat. Oder ApoE, das ein Protein codiert, das für den Transport von Cholesterin wichtig ist. Es gibt noch eine Reihe weiterer Gene, die mit Alterung zu tun haben. Eines sorgt für die vermehrte Produktion von Telomerase. Es verlängert die Telomere der Chromosomen, wodurch die Zellen länger leben. Dieses Gen wurde beim Menschen sogar schon erfolgreich verändert.«

Amirpour riss die Augen auf. »Natürlich, das ist es!«

»Ist es nicht!«, widersprach Sigrunsdottir energisch. »Gentherapien sind viel zu experimentell und riskant. Sie können nicht einfach hingehen und einzelne Gene im Körper ändern.«

»Nein?«, fragte Amirpour schnippisch. »Ich dachte, genau das bedeutet Gentherapie.«

Sigrunsdottir war ertappt. »Natürlich bedeutet es das, im Prinzip. Dank CRISPR-Cas können Sie das sogar ziemlich präzise tun.«

Herrero zeigte auf wie ein Schuljunge und begann zugleich zu reden. »Ich habe von Leuten gehört, die das im Selbstversuch machen! Biohacker.«

»Das sind Verrückte!«, gab Sigrunsdottir zurück.

»Das ist Leistner auch«, erwiderte Amirpour lapidar. »Abgesehen davon gibt es eine ganze Reihe zugelassener Gentherapien, oder etwa nicht? Und immerhin gab es bei Leistners Medikament offenbar eine Phase-I-Studie.«

»Verzeihen Sie meine naive Frage, aber was für eine Studie?«, hakte Anton Friedrich ein.

»So nennt man das, wenn ein Medikament erstmals an Menschen getestet wird. Dazu müssen alle bisherigen Versuche erfolgreich gewesen sein.«

»Davon weiß ich nichts«, sagte Sigrunsdottir. »Wenn er es sagt, wird es stimmen. Trotzdem, ich halte es für unwahrscheinlich, dass Leistner eine experimentelle Gentherapie einfach so auf Gäste seiner Veranstaltung loslässt.«

»Aber es ist nicht ausgeschlossen, oder?«, bohrte Amirpour nach. »Er könnte ein Präparat entwickelt haben, das die Expression mehrerer für Alterung verantwortliche Proteine im Körper verändert. Und die Phase-I-Studie ist so vielversprechend, dass er beschließt, damit an die Öffentlichkeit zu gehen.«

Sigrunsdottir lachte schrill. »Vielversprechend, wie will er das beurteilen? Er weiß ja nicht, wie lang die Probanden leben! Um ihre Lebenserwartung zu beurteilen, müsste er genau das tun: warten.«

Doch Amirpour ließ sich nicht aus der Ruhe bringen. »Eine Möglichkeit gäbe es: die Horvath-Uhr«, sagte sie. »Sie misst das biologische Alter eines Menschen, nicht wahr?«

Sigrunsdottirs Schweigen zeigte, dass Amirpour recht hatte. »Es stimmt, es gibt diese Methode, das biologische Alter eines Menschen zu messen. Dazu sehen Sie sich die DNA an. Normalerweise sind bestimmte Teile davon inaktiv, sie werden von bestimmten Molekülen, den Methylgruppen, umklammert und können so nicht abgelesen werden. Mit dem Alter geht die Zahl dieser Klammern zurück. Das nennt sich Horvath-Uhr. Interessanterweise messen Sie damit nicht das tatsächliche Alter eines Menschen, sondern sein biologisches Alter.«

»Eben«, sagte Amirpour. »Und so können Sie sehr wohl beurteilen, ob Probanden, die ein Medikament bekommen haben, verjüngt wurden oder nicht.«

Sigrunsdottir starrte auf den Boden. »Trotzdem. Eine in Entwicklung befindliche Gentherapie ist eine riskante Sache. Es gibt verschiedene mögliche Komplikationen. Leistner würde das nicht tun. Nicht einmal er.«

Amirpour seufzte. »Wenn ich das richtig verstehe, ist es ohnehin irrelevant. Sie sagten, die Kühlkette wurde unterbrochen. Dann ist diese Tranche des Medikaments also verloren.«

Doch Sigrunsdottirs Reaktion zeigte, dass da noch etwas anderes war.

»Was ist los?«, fragte Amirpour.

»Es ist nicht sicher, ob es je eine andere Tranche geben wird.«

»Warum?«

Es fiel Sigrunsdottir sichtlich schwer, es auszusprechen. »Weil die Ergebnisse der Altersforschungen absolute Chefsache sind. Niemand außer Leistner selbst hat Zugang.«

»Das kann er doch nicht machen!«, rief Herrero beleidigt aus.

»Und wir wissen nicht, wie schwer Leistner verletzt ist«, sagte Amirpour zu sich selbst, bevor sie sich an Sigrunsdottir wandte:

»Sie glauben, er könnte die chemische Formel mit ins Grab nehmen, wenn er stirbt?«

»Leistner traue ich es zu. Das ist keine Medizin im klassischen Sinn. Er weiß sehr wohl, dass Unsterblichkeit eine Riesengefahr für die Welt ist. Sie können damit jedes gesellschaftliche System an die Wand fahren.«

»Glauben Sie wirklich, dass es so schlimm ist?«, wandte Anton Friedrich ein.

»Stellen Sie sich vor, die Alten sterben nicht, sondern bleiben einfach. Wenn es nach der zweiten, dritten Generation kein Problem ist, wird es spätestens nach der vierten, fünften, sechsten unweigerlich eines. Es läuft dann auf einen Verteilungskampf hinaus, außerdem würde es ziemlich eng werden!«

Lombardi dachte darüber nach. Natürlich hing das von verschiedenen Faktoren ab – wie viele Kinder wurden geboren, wie lange arbeiteten die Menschen. Aber er sah ein, dass es gewaltige Umwälzungen zur Folge hätte.

Es war still geworden. Alle versuchten auf ihre Art, die Situation zu verarbeiten.

»Danke, dass Sie uns helfen«, wandte Amirpour sich schließlich an Sigrunsdottir.

Diese verzog das Gesicht. »Dabei weiß ich nicht, wobei ich Ihnen eigentlich helfe. Ich verliere vermutlich meinen Job, bei all dem, was ich Ihnen an Interna verrate.«

»Sie versuchen einfach, das Richtige zu tun. So wie wir.«

»Ich rufe noch mal den Zimmerservice an«, sagte Beate Friedrich. »Wir brauchen dringend Kaffee, um uns zu konzentrieren.«

Doch dazu kam es nicht, denn Sigrunsdottir bekam eine Nachricht. Als sie den Inhalt las, weiteten sich ihre Augen vor Schreck.

»Was ist los?«, wollte Amirpour wissen.

»Wir müssen sofort los, in die Innenstadt!«

DER GOTTESFÜRCHTIGE

Ein Ruck, der durch seinen Körper ging, weckte ihn auf. Ein kühler Luftzug drang unter seine Kleider, und alles fühlte sich taub an. Seine Augen zeigten ihm nur verschwommene Bilder. Ein seltsames Klicken war zu hören.

Wo war er? Wie war er hierhergekommen? Er konnte sich nicht erinnern.

Ich muss bewusstlos gewesen sein. Aber warum?

Nach und nach tauchten Erinnerungsfetzen der letzten Stunden auf und setzten sich zu einem Bild zusammen, bis sein Gedächtnis ihn endlich zu der Szene führte, die sich im Zimmer von Dan Leistners Vater abgespielt hatte.

Mit einem Mal war er hellwach. Er wollte sich aufrichten, stellte aber fest, dass er sich nicht bewegen konnte. Ein weiterer Ruck erschütterte ihn.

Was zur Hölle …

Er kniff die Augen zusammen und blinzelte schnell, bis er besser sehen konnte, und Panik erfasste ihn. Er wagte es nicht, sich noch einmal zu bewegen. Nun verstand er auch den Ursprung der ruckartigen Bewegungen und des Klickens, das mehr ein Ticken war.

Es gelang ihm, den Kopf weit genug zu drehen, um zu erkennen, dass er mit dünnen Spanngurten gefesselt war. Neben ihm hing ein Seil herab, das im Wind hin und her schwang.

Wenn es ihm gelang, seine Hand zu befreien, konnte er es vielleicht erreichen, doch was dann? Er sah nach unten, wo Menschen stehen geblieben waren. Sie zeigten mit dem Finger auf ihn.

Er versuchte, um Hilfe zu rufen, doch ein Gurt engte seinen Brustkorb ein, und er schaffte es nicht, seine Lungen mit genügend Luft zu füllen.

Wenn er doch zumindest einen Arm hätte befreien können, um in seine Tasche zu fassen und die Uhr hervorzuholen, um sicherzugehen, dass sie nicht wieder zu laufen begonnen hatte. Dann konnte er bestimmt auch wieder klar denken.

Als ein erneuter Ruck ihn erfasste, hörte er hinter sich etwas brechen. Ein betäubender Gestank fuhr ihm in die Nase. Er wusste sofort, was das bedeutete.

Bitte nicht. Lass es nicht wahr sein.

Es gab doch eine göttliche Gerechtigkeit, dachte er noch. Ich wusste, worauf ich mich einlasse, und nun bezahle ich den Preis dafür.

GAISEL

Die Presseleute saßen tuschelnd im Audienzraum, aus der die Leinwand entfernt und durch ein Banner mit dem Siegel des Heiligen Stuhls ersetzt worden war. Viele waren trotz der späten Stunde kurzfristig direkt aus ihren Redaktionen gekommen, wo sie den Livestream des Milliardärs bis zu seinem abrupten Ende mit angesehen hatten. Sie waren außer Atem und schlecht gelaunt, was Gaisels Anspannung nicht eben verringerte.

Doch das Chaos bei der gestreamten Präsentation spielte ihnen in die Hände. Irgendetwas war dort passiert, bevor die Übertragung unterbrochen worden war. Einige glaubten sogar, Schüsse herausgehört zu haben. Es half ihnen, die Ankündigung des Milliardärs als das zu entlarven, was sie war: Größenwahn. Eine Anmaßung eines Menschen, die keine Grenzen kannte und an seiner Überheblichkeit scheitern musste.

Gaisel hatte seinen Platz bereits eingenommen. Neben ihm saß seine Eminenz Gnerro, der seinen Worten zusätzliches Gewicht verleihen sollte. Hier sprach nicht nur Severin Gaisel, ein einfacher Priester. Er vertrat den Heiligen Stuhl. Es war nicht leicht zu verarbeiten. Gaisels Hände schwitzten.

Doch als Gnerro ihm zunickte und er die Hand hob, zum Zeichen, dass er um Ruhe bat, verschwand die Nervosität augenblicklich.

»Danke, dass Sie gekommen sind«, begann Gaisel. »Ich entschuldige mich für die Eile, aber es sind außergewöhnliche Umstände. Sie alle haben die Übertragung gesehen, die vor wenigen Minuten im Internet gestreamt wurde. Der Chef eines der führenden Biotechnologieunternehmen hat von neuen Ergebnissen seiner Forschungen berichtet, und weil diese Dinge auch den Heiligen Stuhl betreffen, wollen wir dazu Stellung nehmen.«

Gaisel nahm mit Genugtuung zur Kenntnis, dass er sich von Sekunde zu Sekunde sicherer fühlte. Die Worte kamen ihm leicht über die Lippen, und er genoss die volle Aufmerksamkeit der Anwesenden im Saal.

»Gesundheit ist die vielleicht größte Gnade, die wir Menschen im Leben erhalten können. Und viele unserer größten Ängste drehen sich um den Verlust der Gesundheit.« Er machte eine Kunstpause und sah den Journalisten in der ersten Reihe einem nach dem anderen in die Augen. »Letztlich ist es die Angst vor dem Tod, die uns am meisten beschäftigt. Diese Angst treibt uns an, wir wollen unsere Gesundheit mit allen Mitteln erhalten. Auch wir, die wir im direkten Umfeld des Heiligen Stuhls unseren Dienst versehen, wissen, welche Gnade die Errungenschaften der modernen Medizin sein können. Menschen zu heilen ist etwas zutiefst Gutes, und viele Ärzte sehen ihre Arbeit zurecht als Gottesdienst.«

Gaisel nahm sich einen Moment Zeit, diesen Fakt stehen zu lassen. Er wollte sie in Sicherheit wiegen, bevor er zum Angriff überging.

»Doch in letzter Zeit beobachten wir noch etwas anderes, und wir sehen es mit Sorge. Es scheint nicht mehr zu genügen, Nächstenliebe zu praktizieren und Menschen zu helfen. Nein, Medizin ist zu einem Vehikel des Egoismus geworden. Vielleicht sollten wir über die aktuellen Entwicklungen nicht verwundert sein, vielleicht sind sie nur die konsequente Fortführung dieses Prozesses. Wie dem auch sei, in den letzten Tagen sehen wir Bestrebungen, weit über das hinauszugehen, was die Medizin bisher zu versuchen wagte. Sie haben es selbst gehört, ein amerikanischer Unternehmer scheut nicht mehr vor kühnen Versprechungen zurück. Er behauptet, und das offenbar mit vollem Ernst, *den Tod selbst heilen* zu können.«

Gaisel gönnte sich ein Lachen, das im Saal verhallte.

»Abgesehen von der unglaublichen Anmaßung eines Menschen, der glaubt, Gott spielen zu können, muss uns doch allen die Aussichtslosigkeit dieses Unterfangens klar sein.« Gaisel hob den Finger. »Der Kreislauf von Leben und Tod ist *gottgegeben*. Nur wer rechtschaffen lebt und die Gnade des Herrn empfängt, kann auf ewiges Leben hoffen – im Jenseits! Der Herr allein kann den Tod besiegen. Davon berichtet auch die Bibel: Denken Sie an Lazarus. Leider wird diese Geschichte von vielen als reine Fabel abgetan. Sie sei ein Gleichnis, das man interpretieren müsse, kein Tatsachenbericht. In letzter Zeit scheute vor allem die Naturwissenschaft keine Mühen, uns zu erklären, was möglich sei und was nicht.«

Gaisel warf Gnerro einen Seitenblick zu, um zu sehen, ob der Kardinal mit dem Gesagten zufrieden war, doch Gnerro schien ganz in sich versunken und zeigte keine Regung.

»Doch auch wir greifen auf Methoden der Wissenschaft zurück«, fuhr Gaisel fort. »Wie Sie vielleicht wissen, leite ich eine Abteilung, die intensiv mit wissenschaftlichen Methoden arbeitet. Unsere Aufgabe ist es, Wunder zu untersuchen. Ja, Sie hören richtig: Wunder wie die Auferstehung des Lazarus, die sich nach wie vor ereignen. Die Idee von Gottes Wirken in dieser Welt ist nicht in Mode, weshalb wenig über unsere Arbeit berichtet wird, und für uns ist das ganz gut so. Nur in Ausnahmefällen erfahren Menschen von dem, was wir tun. So ist es auch im Fall von Pabil Visconte, dessen tragischer Tod große Aufmerksamkeit erregt hat. Doch ich möchte Sie einladen, sich vom Mord an ihm, der noch zu untersuchen sein wird, nicht vom Wesentlichen ablenken zu lassen. Pabil Visconte wurde zum Zeugen von etwas, das alle Anzeichen von Gottes Wirken aufweist. Alle Untersuchungen zu seinem biologischen Alter sind diametral zu seinem tatsächlichen Alter, und während die Untersuchungen noch andauern, darf ich hier betonen, dass nach wie vor keine wissenschaftliche Erklärung für die Transformation von Viscontes Körper gefunden wurde. Es entbehrt nicht der Ironie, dass gerade jetzt jemand wie der Unternehmer Daniel Leistner kommt und sagt: Seht mich an, ich bin es, der Wunder wirken kann. Sie haben gesehen, dass die Veranstaltung im Chaos endete, und obwohl bis dato nicht klar zu sein scheint, was dort wirklich geschah, ist Leistners Scheitern doch offenkundig.«

Gaisel blickte in die Runde und war zufrieden. Niemand widersprach ihm. Es war Zeit, zum entscheidenden Schlag auszuholen.

»Der Grund, warum wir Sie hier eingeladen haben, ist nicht die Präsentation Leistners, die wir alle wohl nicht ganz für voll nehmen müssen. Wir möchten Sie über etwas anderes informieren, eine frohe Botschaft, und ich kann es gar nicht erwarten, sie mit Ihnen zu teilen.«

Als im Publikum ein Handy klingelte, zuckte er zusammen. Er warf einen bösen Blick in die Richtung, aus der das Klingeln gekommen war, bevor er seine Konzentration zusammennahm.

»Es sind großartige Neuigkeiten, und ich bin sicher, dass …«

Plötzlich läutete ein zweites Handy. Die Leute im Publikum drehten sich zueinander um und begannen zu tuscheln. Einige griffen ebenfalls zu ihren Mobiltelefonen und checkten ihre Nachrichten. Plötzlich sprang jemand auf und verließ den Saal. Gaisel wusste nicht, wie ihm geschah. Er war zu schockiert, um Wut zu empfinden.

»Bitte, beruhigen Sie sich! Nur noch einen Moment!«

Doch mehr und mehr Journalisten verließen den Raum. Kurz darauf war nur noch etwa ein Drittel der Medienleute übrig. Gaisel hatte es die Sprache verschlagen. Er spürte, wie ihn von der Seite ein Ellbogen anstieß.

»Bringen Sie es zu Ende«, sagte Gnerro.

Gaisels Stimme brach, als er den Höhepunkt seiner Rede in den halb leeren Raum entließ.

»Es geht um ein Heiligsprechungsverfahren. Der Märtyrertod Pabil Viscontes erlaubt uns, die Seligsprechung vorzubereiten. Aber das soll erst der Anfang sein. Wir werden weiter das Wunder untersuchen. Unser Ziel ist die Heiligsprechung von Pabil Visconte.«

LOMBARDI

Amirpour hatte ihn überreden wollen, in der Suite zu bleiben, doch er hatte darauf bestanden, mit ihnen zu kommen, und so hasteten sie gemeinsam durch die nächtliche Prager Altstadt. Noch fühlte er sich etwas schwindlig und musste sich auf ihre Schulter stützen, wodurch sie hinter die Gruppe zurückfielen. Der Schmerz war immer noch da, doch er veränderte sich, und mit jedem Schritt wurde es besser.

»Was ist geschehen?«, fragte er.

»Ich habe es nicht verstanden, aber wir müssen zum alten Stadtplatz.«

»Warum?«

Eine Antwort bekam er nicht, denn vor ihnen wurde eine Menschenmenge sichtbar. Sie alle hatten den Blick zu etwas erhoben, das noch hinter den Gebäuden verborgen lag.

Als sie den Platz betraten, sahen sie dort bereits die anderen stehen. Sigrunsdottir, die ihre Ankunft bemerkte, zeigte mit dem Finger nach oben.

»Da!«

Zuerst verstand er nicht, was sie meinte. Vor ihnen stand der wuchtige Turm, den er bereits bei seiner Ankunft bemerkt hatte. Im Gegensatz zu den anderen Gebäuden lag er im Dunkeln – sollte eine solche Sehenswürdigkeit nicht von Scheinwerfern erhellt werden? Als er die astronomische Uhr genauer betrachtete, erkannte er, was alle so aufregte.

Dort oben hing ein Mensch, der sich wand, als kämpfe er um sein Leben. Er war an einen der Zeiger gebunden, der schräg nach unten zeigte. Lombardi strengte seine Augen an. Er versuchte, das Gesicht zu erkennen, doch dazu musste er näher ran.

»Warten Sie!«, rief Amirpour, als er die Menschen vor sich beiseite schob.

Als er sich dem Turm bis auf zehn Meter genähert hatte, konnte er das Gesicht erkennen. Nun verstand er auch, dass er es gewesen war, der im Raum mit den Kühlschränken auf ihn geschossen hatte.

Der Hängende erkannte ihn ebenfalls.

»Bitte!«, rief er heiser.

In diesem Moment leuchtete es hell auf. Das Donnern einer Explosion hallte über den Platz, und die Leute duckten sich. Teile der Uhr flogen über den Platz. Als Lombardi es wagte, wieder nach oben zu sehen, war der Mann auf der Uhr erstarrt, und sein Körper brannte lichterloh.

TEIL 4

GAISEL

Die Stunde nach der Pressekonferenz durchlebte Severin Gaisel wie in Trance. Er bekam mit, wie die letzten Presseleute fluchtartig den Vatikan verließen und seine Mitarbeiter in einer Gruppe beisammenstanden, wo sie in ihre Handys starrten. Er ging einfach an ihnen vorbei. Nur am Rande bekam er mit, dass etwas in Prag passiert war, doch er wollte davon nichts hören.

Das hätte der große Moment sein sollen. Sie wollten in die Offensive gehen und das Thema vorgeben. So hatte es Gnerro ihm erklärt. Nichts sei heutzutage so wichtig wie die Themenführerschaft, da habe gerade der Heilige Stuhl viel zu lange passiv agiert.

Sie mussten zu dem stehen, woran sie glaubten, und durften keine Rücksicht auf die aktuelle Mode nehmen. Nicht der Heilige Vater, der nur der Letzte in einer Abfolge von Menschen war, die bis zu Petrus zurückreichte. Jahrhunderte bedeuteten für sie nichts, sie kamen und gingen. Sie waren verpflichtet, die ganze Geschichte zu erzählen, nicht nur von Nächstenliebe und christlichen Werten, sondern auch von der Magie dahinter, den Wundern, den Regeln, dem, was bei den Ritualen wirklich geschah. Und sie mussten irgendwann beginnen, über den Teufel zu sprechen, sein Wirken in der Welt. Über Dämonen und wie sie von Menschen Besitz ergriffen.

Es hätte die Wende sein sollen – ein echtes, für alle sichtbares Wunder, mit dem Prozess der Heiligsprechung konsequent zu Ende gedacht. Es war so unerhört, dass niemand es ignorieren konnte.

Hatte er zumindest geglaubt.

Tatsächlich genügte die nächste Nachricht auf ihrem Smartphone, um ihre Aufmerksamkeit weiterziehen zu lassen. Das Wunder war gestern, heute gab es ein anderes Thema. Noch nie hatte er sich so verletzt und hoffnungslos gefühlt. Und nie hatte er sich so sehr geschämt.

Nun stand er vor den Büroräumlichkeiten des Kardinalstaatssekretärs und wagte nicht anzuklopfen. Inzwischen hatte Gaisel erfahren, dass es Vermutungen gab, auch die Präsentation des Milliardärs könnte in Prag stattgefunden haben. Mehr wusste er nicht.

Gnerro hatte ihm sein Vertrauen geschenkt, hatte ihn das auf seine Art anpacken lassen, zum ersten Mal überhaupt. Gaisel hatte sich vollkommen sicher gefühlt, zu sicher. Er hatte versagt, und nun musste er dafür Rechenschaft ablegen.

Er wusste, was das bedeutete. Er würde sein Amt aufgeben. Die Heiligsprechung Pabil Viscontes würde jemand anderem übertragen werden. Er war der Aufgabe nicht würdig. Gaisel spürte, wie es ihm den Hals zusammenschnürte, doch er schaffte es, seine Beherrschung zu wahren. Weinen konnte er später, wenn er allein war.

Gaisel atmete tief durch, bevor er klopfte und gleich die Tür öffnete.

Gnerros Sekretär nickte ihm zu und bedeutete ihm, in das Büro des Kardinals weiterzugehen.

Als er Gnerro sah, fühlte er seine Kräfte zurückkehren. Er war bereit, seinem Schicksal ins Auge zu sehen.

»Eminenz«, sagte er und setzte sich ungefragt. »Bevor Sie beginnen, lassen Sie mich bitte sprechen.«

Gnerro schrieb auf ein Blatt Papier und ließ sich Zeit. Er setzte den Stift ab, legte ihn hin und sah Gaisel an. In seinen Augen schien kein Zorn zu sein.

»Eminenz, ich übernehme die Verantwortung für das, was passiert ist«, begann er. »Ich war überheblich, die Aufgabe war zu groß

für mich. Sie haben mir Ihr Vertrauen geschenkt, und ich habe Sie enttäuscht. Ich weiß, was das bedeutet. Ich werde mich zurückziehen und Buße tun. Wo und wie, das lege ich in Ihre Hände.«
Gaisel verstummte.

»Wie gnädig von Ihnen«, entgegnete Gnerro trocken.

»Sie können auch, wenn Sie ... ich meine, ich richte mich natürlich nach dem, was Sie sagen ... was ich ohnehin getan hätte ... «

»Seien Sie still, Gaisel. Sie wurden informiert, was geschehen ist?«

Gaisel nickte. »Etwas in Prag. Ein Toter auf einer riesigen Uhr oder so.«

Gnerro lachte auf. »Auf einer Uhr?«, wiederholte er.

»So habe ich es gehört.«

»Sie haben auch gehört, dass der Mann an einen der Zeiger gebunden wurde? Und dass man ihn angezündet hat?«

Gaisels Hände wurden kalt. »Nicht genau, nein. Ich dachte nicht, dass es ...«

»Dass es wichtig ist? Die Medien scheinen vom Gegenteil überzeugt, und ich kann es ihnen nicht übel nehmen. Einige haben inzwischen entdeckt, dass die Uhr die falsche Zeit anzeigte, angeblich acht Uhr.«

Gaisel riss die Augen auf.

Die Acht. Wie auf dem Obelisken!

»Das muss ein Zufall sein.«

»Jemand stellt die weltberühmte Aposteluhr am Prager Rathaus auf acht, bevor er einen Mann an die Zeiger bindet? Und anzündet, genau wie hier in Rom?«

»Aber warum? Ich verstehe den Zusammenhang nicht.«

»Etwas haben die Medien noch nicht herausgefunden«, fuhr Gnerro fort. »Aber hier im Haus kursieren weitere Bilder, die vor dem Feuer gemacht wurden. Und darauf erkennt man das Gesicht des Mannes, der zu diesem Zeitpunkt noch am Leben ist. Es ist nur eine Frage der Zeit, bis die Medien es herausfinden.«

Gaisel schluckte schwer. »Wer ist es?«

Als Gnerro ihm den Namen sagte, verstand er. Der Zusammenhang war kein Zufall. Die Sache hatte System.

Der Kardinalstaatssekretär wirkte nachdenklich.

»Sie machen sich umsonst Vorwürfe«, sagte er. »Sie haben alles richtig gemacht. Es war mein Fehler, Sie vorzuschicken. Ich dachte … Ich weiß nicht, was ich genau dachte. Vielleicht wollte ich Ihnen einfach glauben. Ihr Glaube hat mich beeindruckt.«

Gaisel spürte, wie sich ihm erneut der Hals zuschnürte. »Ich habe Sie enttäuscht, es tut mir so leid. Wenn ich Sie nur um eines bitten darf: Bitte lassen Sie mein Team weiterarbeiten. Es sind sehr gute Leute.«

Gnerro machte eine wegwerfende Geste. »Natürlich wird Ihr Team weiterarbeiten. Und Sie auch.«

»Wie bitte?«

»Warum wollen Sie aufhören? Ich habe gerade gesagt, es war meine Schuld! Sie müssen weitermachen, ich brauche Sie.«

Damit hatte Gaisel nicht im Geringsten gerechnet. »Ich muss nachdenken, aber ja, wenn Sie der Meinung sind …«

»Jetzt hören Sie auf, sich selbst zu bemitleiden, Gaisel!«, schimpfte Gnerro. »Ich kann Sie gar nicht austauschen, das würde Aufmerksamkeit auf sich ziehen, und Aufmerksamkeit ist das Letzte, was wir jetzt brauchen.«

»Natürlich.«

»Das Problem ist: Nun haben wir aller Welt erzählt, dass Pabil heiliggesprochen werden soll. Die Sache in Prag hat zwar überall die Hoheit über die Schlagzeilen, aber einige Zeitungen werden trotzdem über uns schreiben. Wir müssen uns überlegen, wie wir diese Ankündigung möglichst dezent widerrufen.«

»Widerrufen?«, wiederholte Gaisel ungläubig. »Aber warum denn?«

Gnerro sah ihn an, als wäre er schwachsinnig. »Sie wissen doch genau, wer Pabil Visconte war! Seine Machenschaften. Die Ankündigung war so schon riskant genug, aber jetzt ist das ein Himmelfahrtskommando.«

»Sie wollen die Anfrage zurückziehen«, sagte Gaisel zu sich selbst.

Diese Anfrage war der Ausgangspunkt jedes Heiligsprechungsverfahrens. Sie musste eigentlich von der Heimatdiözese der infrage kommenden Person gestellt werden. Dass Gaisels Behörde diese Anfrage selbst stellte, war ungewöhnlich und inzwischen eigentlich gar nicht mehr vorgesehen. Gnerro hatte es nur ausnahmsweise erlaubt und außerdem die Beschleunigung des Verfahrens ermöglicht, sodass sie gleich mit den forensischen Untersuchungen begonnen hatten. Und diese Erlaubnis wollte er nun widerrufen.

Gaisel richtete sich auf. »Ich ersuche Sie dringend, das zu überdenken. Tagespolitik darf niemals einen Einfluss auf diese Dinge haben.«

»Darüber werde ich nicht diskutieren«, entgegnete Gnerro.

Gaisels Atem ging langsam und zitternd. »Die Zeichen sind alle eindeutig«, erklärte er. »Es ist Gottes Wille.« Er wunderte sich selbst, dass er das gerade zum Kardinalstaatssekretär gesagt hatte

»Wir können ihn immer noch seligsprechen«, setzte Gaisel nach, als der Kardinalstaatssekretär nicht reagierte. »Die Regeln dazu sind eindeutig, wenn er als Märtyrer gestorben ist, braucht es dazu kein Wunder, das wissen Sie.«

Gnerro sah verwundert zu ihm auf, dann lachte er.

»Gehen Sie mir aus den Augen, Gaisel.«

LOMBARDI

Kevin Herrero war außer sich. »Haben Sie das gesehen?«, rief er immer wieder.

Sie alle hatten es gesehen. Vor ihren Augen war ein Mensch gestorben. Lombardi fühlte sich schuldig – er war nur wenige Meter von ihnen entfernt gewesen, und sie hatten ihm doch nicht helfen können. Dass der Mann vorhin versucht hatte, ihn zu erschießen, änderte daran gar nichts.

Sie erreichten die Suite des Ehepaars Friedrich, nachdem sie durch die Eingangshalle gerauscht waren und alle Blicke auf sich gezogen hatten. Die Leute würden bald erfahren, was geschehen war, und es würde nicht lange dauern, bis sie Fragen stellten. Sie hatten nicht viel Zeit, und Lombardi hatte das Gefühl, dass Amirpour und Sigrunsdottir ähnlich dachten. Nur Herrero schien so euphorisiert, dass er sich über solche Dinge nicht den Kopf zerbrach.

»Es ist dieselbe Inszenierung wie in Rom!«, erklärte Herrero. »Der Stundenzeiger stand auf acht, jemand hat die Zeit verstellt. Das ist nicht nur einfach ein Mord, es ist ein Zeichen! Jemand will, dass alle es mitbekommen!«

Lombardi hörte nach wie vor sehr schlecht, doch Herreros sich überschlagende Stimme drang trotzdem zu ihm durch.

»Können Sie einen Moment leise sein?«, flehte Lombardi, als er sich hinsetzte.

Auch die beiden Frauen ließen sich ins Sofa fallen. Sigrunsdottir stützte den Kopf in die Hände.

Lombardi versuchte, seine Gedanken zu ordnen, doch in seinem Kopf drehte sich alles. Die Präsentation von Dan Leistner, seine Andeutungen auf eine Art antireligiöse Mission, dann Badalamentis plötzliches Auftauchen, und schließlich der Mordversuch an ihm, begangen von einem Mann, der kurz darauf selbst einem schrecklichen Mord zum Opfer fiel. All das wollte in seinem Kopf nicht recht zueinanderfinden, obwohl es offensichtlich zusammengehörte, genauso wie der Anschlagsversuch auf Leistner, von dem man ihm erzählt hatte.

Erst langsam realisierte er, was das bedeutete. Jemand hatte den Wirbel um den Anschlagsversuch auf Leistner genutzt, um den Medikamentenvorrat zu plündern. Oder war das schon davor passiert? Und wer war dafür verantwortlich?

Lombardi wusste, dass es darauf eine unangenehme Antwort gab, an die er nicht recht zu denken wagte.

Alessandro ist hier gewesen!

Inzwischen spann der Science-Fiction-Autor seine eigenen Theorien, wobei sein Ausschlag vor Aufregung rot hervortrat. Er redete über die Symbolik der Morde, die Analogie zu Hexenverbrennungen und fabulierte etwas über Geheimbünde, bevor Amirpour der Kragen platzte.

»*Halt endlich die Klappe, oder verschwinde!*«, herrschte sie ihn an.

Der Kleine hielt vor Überraschung inne und wollte weiterreden, bevor ein bitterböser Blick Amirpours ihn endgültig zum Schweigen brachte. Er schien einzusehen, dass ihre Warnung ernst gemeint war.

Amirpour wandte sich an Lombardi. »Wer war der Mann auf der Uhr?«, fragte sie. »Ich habe Sie beobachtet, Sie haben ihn erkannt.«

Lombardi widerstrebte, darüber zu sprechen. Er verstand selbst noch nicht, was das bedeutete, und hatte keine Lust, dazu auch noch Fragen beantworten zu müssen.

»Ich weiß nicht, was ich gesehen habe«, erklärte er.

Er spürte selbst, wie unglaubwürdig es klang. Doch er konnte es sich immer noch nicht vorstellen, es war einfach zu absurd. So wie alles hier.

»Ich meine, was geschieht eigentlich hier?«, ereiferte er sich. »Sind alle plötzlich verrückt geworden? Ein Mann prahlt damit, ewiges Leben schenken zu können, und jeder glaubt ihm.«

Niemand antwortete ihm.

»Sie glauben es doch nicht wirklich, oder?«, fragte er in die Runde.

Amirpour wiegte den Kopf.

»Gerade Sie!«, setzte Lombardi nach.

»Es klang alles recht plausibel für mich«, erklärte sie und sah sich nach Sigrunsdottir um, die nicht widersprach. »Leistner hatte recht, wenn sich die Menschheit wie bisher weiterentwickelt, kommt sie unweigerlich irgendwann an diesen Punkt. Die Singularität, wie er sie genannt hat. Es ist eine Frage der Zeit, bis das auch für Sie und mich relevant wird – wollen wir ewig leben? Was sind wir bereit, dafür zu opfern?«

Lombardi schnaubte vor Wut. Amirpour sah es und legte nach.

»Haben Sie sich nie überlegt, warum Lebewesen altern?«, fragte sie ruhig.

Er zögerte. Die Antwort war so offensichtlich, dass er sich wunderte, ob die Frage eine Falle war.

»Na ja, Verschleiß«, entgegnete er ungeduldig. »Wie bei einer Maschine, wenn Sie so wollen. Ein Lager einer Achse hat nur eine bestimmte Haltbarkeit, dann muss es ausgetauscht werden. Bei einem Gelenk ist das eben schwierig …«

»… auch wenn man beim Menschen inzwischen Hüftgelenke ganz selbstverständlich austauscht. Sie haben schon recht, Organismen verschleißen bis zu einem gewissen Grad. Aber sie haben auch etwas, das Maschinen fehlt.«

Lombardi horchte auf. »Was meinen Sie?«

»Wenn Sie sich in den Finger schneiden, was geschieht dann?«

Er verstand, worauf sie anspielte. »Die Wunde heilt. Aber das ist etwas anderes.«

»Inwiefern?«

Nun musste Lombardi nachdenken. »Nun, diese Regenerationsfähigkeit ist nicht unbegrenzt. Auch bei Wunden bleibt ja eine Narbe.«

Sie nickte. »Sie glauben also, der Alterungsprozess ist die Unfähigkeit des Körpers, gewisse Schäden zu reparieren. Und dass diese Schäden sich summieren.«

»So könnte man es ausdrücken, ja.«

Sie sah ihn mit einem Lächeln an, das ihn unsicher machte. Worauf wollte sie hinaus?

»Das gilt für alle Lebewesen?«, fuhr sie fort.

Nun musste er zum ersten Mal nachdenken. »Ich denke schon«, sagte er schließlich. »Alles, was lebt, muss irgendwann sterben.«

Doch er erkannte seinen Fehler. Das, was Leistner über die Hydra gesagt hatte, legte etwas anderes nahe. »Das mit der Hydra war doch nur aufgebauscht«, erklärte er.

»Sagen Sie es ihm«, wandte sich Amirpour an Sigrunsdottir.

»Sie hat recht«, bestätigte die Wissenschaftlerin. »Das, was Sie vorhin über die Regeneration gesagt haben: Die Schäden, die sich nicht reparieren lassen – das gibt es bei der Hydra nicht. Sie ist in der Lage, sich *vollständig* zu regenerieren, wenn sie Schaden nimmt.«

»Auch die Hydra wird irgendwann Alterserscheinungen zeigen«, behauptete Lombardi, weil er sich nicht auf das Spiel einlassen wollte.

Sigrunsdottir schüttelte den Kopf. »Tut mir leid, Lombardi, die Hydra ist *unsterblich*.«

Lombardi spürte, wie sein Widerstand schwand, auch wenn ihm von den Konsequenzen schwindlig war.

»Es gab also tatsächlich Hydras auf Island?«, wandte er sich an Sigrunsdottir.

Sie nickte ernst. »Es sieht so aus. Hydras und andere Tiere mit vernachlässigbarer Seneszenz. In den Tanks, die Sie gesehen haben, zu denen ich und viele der Angestellten keinen Zugang hatten.«

Amirpour ballte vor Frust die Fäuste, schien Lombardi aber nicht überfordern zu wollen, nachdem er gerade selbst erst knapp dem Tod entronnen war.

Lombardi bemerkte, dass Beate Friedrich neben ihm stand und ihm ein Glas mit verdünntem Wein reichte, den er dankbar annahm. Als er schluckte, machten seine Ohren seltsame Geräusche, doch der Wein tat ihm gut, und seine Gedanken wurden klarer.

»Was wollen Sie jetzt tun?«, wandte sich Amirpour an Sigrunsdottir.

Die Isländerin nahm ihr Gesicht aus den Händen und funkelte Amirpour wild an. »Was meinen Sie? Gibt es denn irgendetwas, das ich tun kann?«

»Wie geht es Ihrem Chef? Sie müssen doch irgendwelche Informationen haben.«

Sigrunsdottir schüttelte den Kopf. »Niemand in der Firma weiß etwas.«

Amirpour wandte sich an Lombardi.

»Vorhin haben Sie erzählt, Sie sind während der Präsentation aus der Bibliothek hinaus, weil Sie jemanden gesehen haben. Sie sagten, es könnte Ihr Freund Badalamenti gewesen sein.«

Lombardi nickte widerwillig.

»Sind Sie sicher? Oder glauben Sie es nur?«

Er sah nun das Bild des Mannes in der Bibliothek ganz deutlich vor sich, und es gab keinen Zweifel.

»Ja oder nein? Antworten Sie!«

»Ja.«

Amirpour atmete langsam und schwer. »Es gibt jetzt genau zwei Möglichkeiten, Lombardi. Sie müssen ganz genau nachdenken, was Sie mir sagen. Der Mann auf der Uhr. Wer war das?«

Er verstand, worauf sie hinauswollte, und kurz riss er die Augen vor Schreck auf.

»War es Badalamenti?«

Lombardi schüttelte energisch den Kopf, als wollte er den Gedanken abwehren, bevor er Wurzeln schlug. »Nein, er war es bestimmt nicht. Ausgeschlossen.«

Doch Amirpour schien diese Antwort nicht zu beruhigen.

»Dann bleibt nur noch eine Möglichkeit«, erklärte sie. »Ihr Freund Badalamenti hat Sie zu Pabil Visconte geführt, bevor er verschwand. In seiner Wohnung fanden Sie die Einladung, die uns zu Dan Leistners geheimer Präsentation brachte. Und Sie haben gesagt, die römische Polizei sucht nach ihm. Sehen Sie es? Alle Spuren führen zu Ihrem Freund.«

»Was wollen Sie damit sagen?«

»Dass der Vatikan in all das hier verwickelt ist. Und wir kennen eine Person, die an beiden Tatorten war und die einer Agenda folgt, die wir nicht verstehen. Lombardi, wir müssen die Möglichkeit in Betracht ziehen, dass Ihr Freund für all das verantwortlich ist. Für die Morde, für den Anschlag auf Leistner und für den Diebstahl des Medikaments.«

Während Lombardi begann, seinen Kopf zu schütteln, zuerst leicht, dann immer heftiger, sprang Sigrunsdottir auf. »Sie kennen den Täter?«

»Nein!«, wehrte er sich. »Was sie sagt, ist Unsinn! Mein Freund würde so etwas nicht tun!«

Amirpour zuckte in gespielter Gleichgültigkeit mit den Schultern. »Na dann, wenn Sie das sagen. Alle Fakten sprechen gegen ihn, aber ich schätze, wenn Sie ihn so gut kennen, müssen wir Ihnen einfach vertrauen.«

In Lombardi kochte der Zorn hoch. »Ich hätte Ihnen nie davon erzählen sollen!«

Sie sahen sich in die Augen, keiner von beiden blinzelte.

»Darf ich auch etwas sagen?«, mischte sich Herrero ein.

»Nein!«, gaben Amirpour und Sigrunsdottir wie aus einem Mund zurück.

»Sehen Sie, man hat den Toten identifiziert!«

Toter auf Uhr war Geistlicher – Mordserie?

Prag. Heute wurden Passanten in Prag Zeugen eines makabren Schauspiels: Ein Mann wurde an die berühmte astronomische Uhr am Prager Stadtturm gefesselt und in Brand gesteckt. Der offenbar aufwendig geplante Mord geschah vor den Augen von Hunderten Menschen. Bei dem Toten soll es sich um einen ka-

tholischen Priester aus Rom im Dienst des Vatikans handeln. Während eine offizielle Bestätigung der Behörden noch aussteht, sind die Parallelen zum Mord am Petersplatz in Rom erst vor wenigen Stunden offensichtlich. Über das Motiv kann derzeit nur spekuliert werden, doch ein Zusammenhang mit den jüngsten Berichten von Wundererscheinungen in der italienischen Hauptstadt kann nicht ausgeschlossen werden. Die plakative Zurschaustellung der Leichen könnte auf ein religiöses Motiv hindeuten.

(red)

»Ein Priester aus Rom?«, sagte Amirpour, nachdem Herrero den Artikel vorgelesen hatte, den er im Internet gefunden hatte. »Sie kennen ihn, na los, reden Sie.«

Lombardi wand sich, aber er sah ein, dass das die Bestätigung war, die seine Zweifel zerstreute.

»Er stammt tatsächlich aus dem Vatikan«, erklärte Lombardi. Er holte Luft, bevor er es aussprach. »Sein Name ist Carlo D'Emilia. Er war Leiter der Vatikanischen Akademie für Archäologie.«

GAISEL

Als er von hinten angesprochen wurde, schreckte er auf.

Normalerweise ging Gaisel zum Beten gern in den Dom des Heiligen Petrus. Dass er von Tausenden Touristen umgeben war, kümmerte ihn nicht, dort fühlte er sich Gott am nächsten. Aus seiner kleinen Kammer kommend in die prunkvolle Basilika zu treten, rührte ihn immer wieder aufs Neue.

Doch heute war alles anders. Er wagte sich nicht in die Nähe des Doms und war schließlich in der Kapelle Chiesa di Santa Maria della Pietà im Deutschen Kolleg gelandet, einer von insgesamt neun Kirchen auf der nicht einmal einen Quadratkilometer großen Fläche des Vatikanstaats.

Dort lag er auf dem Boden wie ein Priester, der auf seine Weihe wartete, und weinte hemmungslos. Er schluchzte so heftig, dass sein ganzer Körper durchgeschüttelt wurde. All die Wut und die Scham bahnten sich ihren Weg nach draußen. Er konnte seine Gefühle nicht mehr bändigen. All die Selbstbeherrschung, die ihn von einem armen Sünder zu einem rechtschaffenen Christen gemacht hatte, war in sich zusammengebrochen, und er hatte das Gefühl, auf den erbärmlichen, wertlosen Menschen reduziert zu sein, der er im Kern immer gewesen war. Er schuldete Gnerro Gehorsam, doch wie sollte er so weitermachen? Nie hätte er sich vorstellen können, bei der ersten echten Prüfung so ganz und gar zu scheitern.

Der Mann hinter ihm räusperte sich, und Gaisel versuchte, sein Schluchzen zu kontrollieren.

»Endlich habe ich Sie gefunden«, sagte der Mann.

Als Gaisel sich umdrehte, traute er seinen Augen nicht.

LOMBARDI

Es kann nicht sein. Alessandro würde das nie tun.

Lombardi hielt sich vor Augen, dass Amirpours Argumente nur Vermutungen waren. Nichts davon bewies, dass Alessandro Badalamenti wirklich in die Vorgänge involviert war.

Er war der Meinung, dass etwas Wunderbares geschieht. Und er wollte mich hierher führen.

Doch warum lief er dann davon, als Lombardi ihn zur Rede stellen wollte? Er hatte etwas vor, nur was?

Hatte er sich nicht vor Kurzem selbst eingestehen müssen, dass Badalamenti auch für ihn immer geheimnisvoll gewesen war? Er hatte nie alle Karten auf den Tisch gelegt.

Weil er im Vatikan in Dinge involviert war, von denen er gar nichts hätte wissen dürfen! Er durfte nicht reden!

Doch er wusste, dass das nicht der ganzen Wahrheit entsprach. Da war noch diese andere Episode gewesen, die sich plötzlich in Lombardis Bewusstsein drängte. Die Sache mit der Sporttasche, die er seit Jahren zu vergessen versuchte, weil sie nicht ins Bild passte und nach der zu fragen er sich nicht getraut hatte.

»Tut mir leid, Sie so enttäuschen zu müssen, Lombardi«, riss Amirpour ihn aus seinen Gedanken. »Aber auch wenn das schwer ist, Sie müssen sich jetzt zusammennehmen. Ihr Freund Badalamenti ist der Schlüssel zu all dem hier.«

Lombardi realisierte, dass alle ihn ansahen. »Sie haben unrecht«, sagte er voller Überzeugung.

Amirpour seufzte. »Wenn nicht er, wer dann?«

»Ich weiß es nicht, aber in einer Sache gebe ich Ihnen recht. Wir müssen ihn finden. Wir müssen ihn selbst fragen, was er heute in der Bibliothek wollte.«

»Wenn Sie sich damit wohlfühlen«, sagte sie.

»Sie meinen, dieser Badalamenti ist der Mann, der das Medikament gestohlen hat?«, fragte Sigrunsdottir.

»Es deutet vieles darauf hin«, sagte Amirpour.

Lombardi hatte nicht die Kraft zu widersprechen. Sein geschundener Körper mischte sich zusehends ein und befahl ihm eine Ruhepause.

»Nur stellt sich die Frage, wo er sich aufhalten könnte«, sagte Amirpour. Sie wandte sich an Lombardi: »Könnte er versuchen, das Medikament nach Rom zu bringen?«

Er grunzte widerwillig. »Wie denn? Das ist doch eine ganze Wagenladung!«

»Was weiß ich, mit einem Kühllaster? Ihr Freund ist doch ein Unternehmer mit erheblichen finanziellen Mitteln. Er könnte das organisieren.«

»Ein Kühllaster«, wiederholte Sigrunsdottir verächtlich. »Als könnte man einen solchen Wirkstoff einfach auf Eis legen, wie Tiefkühlfleisch.«

»Das könnte sogar funktionieren!«, warf Herrero ein. »Ich habe einmal gelesen …«

Mehrere feindselige Blicke ließen ihn verstummen.

Amirpour ignorierte ihren Einwand. »Bitte, Lombardi. Sie wollen Badalamenti doch auch finden. Wir können Ihnen dabei helfen.«

Auch wenn es ihm nicht gefiel, sie hatte recht. Er zögerte, bevor er es aussprach. »Ich habe vorhin etwas erfahren, das ich nicht verstehe«, gestand er und wandte sich an Friedrich. »Sie hatten erzählt, dass Sie Leistner bei seiner Sammlung beraten.«

»Das stimmt«, antwortete Friedrich traurig.

Lombardi realisierte, dass er der Einzige war, der zu Leistner eine persönliche Beziehung hatte. Der Mordversuch schien ihm nahezugehen.

»Herr Friedrich, Sie wissen, dass die Vatikanischen Museen auch mesopotamische Exponate besitzen?«

Friedrich nickte. »Einige sehr schöne sogar. Ich kenne die Sammlung aber nicht im Detail.«

Lombardi erzählte, dass Badalamenti dabei beobachtet worden war, wie er ein Stück entwendet hatte. »Es ist eine Keilschrifttafel aus Ninive, so viel wissen wir. Angeblich erzählt der Text die Geschichte eines mesopotamischen Königs. Wie er es geschafft hat, die Sicherheitsvorkehrungen zu überwinden, wissen wir nicht. Aber er hat das Exponat offenbar aus dem Vatikan herausgeschmuggelt.«

»Was ist damit geschehen?«, fragte Friedrich mit weit aufgerissenen Augen.

»Die Tafel war verschollen. Aber vorhin hat mir Carlo D'Emilia erzählt, dass Leistner mittlerweile im Besitz dieser Tafel ist.«

Amirpour riss die Augen auf. »Wie?«

»Angeblich hat er sie gekauft.«

Die anderen versuchten zu verarbeiten, was das bedeutete.

Erst als Lombardi es ausgesprochen hatte, wurde ihm bewusst, wie sehr der Gedanke schmerzte. Er glaubte nicht, dass Badalamenti ein Mörder war. Das hielt er für völlig ausgeschlossen. Aber er musste zugeben, dass alles darauf hindeutete, dass sein Freund ein antikes Artefakt aus dem Magazin der Vatikanischen Museen gestohlen und an den Milliardär Dan Leistner verkauft hatte.

Anton Friedrich schien nicht minder schockiert.

»Halten Sie das für möglich?«, fragte Amirpour ihn.

Friedrich schüttelte den Kopf, aber aus Fassungslosigkeit, wie es schien. »Wir haben darüber gesprochen, er wollte keine Stücke aus zweifelhaften Quellen kaufen.«

»Aber Sie können nicht ausschließen, dass er es getan hat, oder?«

Friedrich verneinte. »Er hat mehrere solcher Tafeln aus Ninive.«

Lombardi konnte sehen, was das für ihn bedeutete. Leistner hatte hinter seinem Rücken eigene Deals gemacht, ohne seine Expertise einzuholen.

Beate Friedrich nahm die Hand ihres Mannes.

»D'Emilia, der Ermordete, hat etwas Seltsames gesagt, bevor er auf mich geschossen hat: ›Leistner versteht das alte Wissen nicht. Er kann die Gefahr nicht sehen.‹ Was kann er damit gemeint haben?«

»Ich habe es Ihnen gesagt, aber Sie wollten nicht hören«, sagte Herrero.

»Was meinen Sie?«, wollte Amirpour wissen.

»Das Alter der mesopotamischen Könige. Je weiter Sie zurückgehen, desto höher sind die Altersangaben. Mehrere Tausend Jahre waren ganz normal! Allerdings nicht in jedem Kulturkreis. Die ägyptischen Könige wurden normal alt. Vielleicht bauten sie deshalb die Pyramiden, um das zu kompensieren, was sie über ihre Nachbarn wussten.«

»Was sind Sie? Ein Altertumsforscher?«, ätzte Sigrunsdottir.

»Ich habe das für ein Buch recherchiert«, entgegnete Herrero nicht ohne Stolz. »Die Mesopotamier waren erstaunliche Leute.

Sie erfanden die Schrift, betrieben Astronomie und bauten riesige Türme nur aus Lehm.«

»Das mit der Schrift ist nicht abschließend geklärt«, warf Friedrich ein.

»Sie alle kennen die Geschichte vom Turmbau zu Babel«, fuhr Herrero fort. »Der Turm war eine Zikkurat, eine mesopotamische Tempelpyramide. Man kennt sogar die Position seiner Grundmauern.«

Amirpour seufzte genervt.

»Sie hatten geheimes Wissen!«, behauptete Herrero. »Dieses Wissen ging verloren, weil es nicht aufgeschrieben wurde.«

»Bitter, wo sie doch gerade die Schrift erfunden hatten«, ätzte Amirpour.

Er setzte zu einer Erklärung an, sah aber ein, dass niemand ihn mehr ernst nahm.

»Das ist ja alles recht schön«, warf Sigrunsdottir ein. »Aber wie hilft uns das bei der Suche nach diesem Badalamenti?«

»Ihr wollt es nicht verstehen«, stellte Herrero fest. »Es hängt alles zusammen. Warum ist diese Tontafel so wichtig? Vielleicht wegen dem, was darauf steht!«

»Antikes Geheimwissen«, spottete Amirpour. »Warum gehen Sie nicht nach nebenan und schreiben es auf? Während Sie die Erwachsenen hier arbeiten lassen.«

Lombardi bemerkte, dass Friedrich etwas sagen wollte. »Was ist?«, fragte er.

»Was er sagt, ist nicht ganz abwegig«, begann der Wiener Forscher. »Leistners Sammeltätigkeit war nicht einfach ein Hobby, er verfolgte das mit großer Leidenschaft. Wenn er die Tafel, von der Lombardi spricht, wirklich auf dem Schwarzmarkt gekauft hat, hat er dafür Millionen bezahlt.«

»Und wenn schon«, sagte Amirpour. »Er ist Milliardär, diese Leute geben auch Millionen für Autos aus.«

Doch Friedrich war nicht überzeugt. »Unser junger Mann hier

hat recht. Leistner hatte keinen Sinn für mesopotamische Kunst, ihm ging es nur um die Tafeln. Als hätte er gehofft, dort etwas Bestimmtes zu finden.«

Alle schwiegen.

Vielleicht ist es ihm ja gelungen.

Der Gedanke blieb unausgesprochen im Raum stehen.

»Ich kenne jemanden, der uns bestimmt mehr erzählen kann«, begann Friedrich.

GAISEL

»Hier, trinken Sie.«

Gaisel nahm das Glas mit Tee dankbar an. Sein Körper war ausgekühlt, als er auf dem Steinboden der Kirche gelegen hatte.

Nun befand er sich im Wohnzimmer der Wohnung des Mannes, den er bisher für seinen Feind gehalten hatte, der ihm aber nun ohne Zögern seine Gastfreundschaft angeboten hatte. Er lag auf einem riesigen Sofa unter einer Wolldecke. Gaisel war dankbar und verwirrt zugleich. Und er erinnerte sich wieder daran, in welchem Prunk manche Kardinäle in Rom lebten.

»Sind Sie hungrig?«, fragte Turilli. »Sie sehen aus, als hätten Sie seit Tagen nichts gegessen.«

Gaisel verneinte, obwohl der Kardinal nicht weit danebenlag. In der Aufregung der letzten Tage hatte er kaum etwas zu sich genommen.

Turilli wirkte verändert. Er kannte den Kardinal als emotional und einfühlsam, doch heute wirkte er dumpf, als wäre er nicht ganz bei der Sache.

Da entdeckte Gaisel unter dem Couchtisch eine leere Flasche. Zuerst glaubte er, es sei eine Wasserflasche, doch dann sah er, dass es etwas anderes war.

Wodka. Weil man es nicht riecht.

»Danke«, sagte Gaisel. »Ich hätte nicht erwartet, dass Sie mir helfen.«

»Ich bitte Sie.«

Gaisel spürte, wie die Ereignisse der letzten Stunden wieder in ihm hochkochten.

»Gnerro hat das Verfahren eingestellt«, sagte er mit erstickter Stimme.

»Ich weiß.«

»Sie haben recht behalten.«

»Darum geht es doch überhaupt nicht.«

Gaisel sah zu ihm auf. »Sie hatten immer Zweifel, dass es sich um ein Wunder handelt. Von Anfang an. Woher wussten Sie es?«

Turilli sah ihn nachdenklich an. »Sie sind die Sache zu einfach angegangen. Es war offensichtlich, dass das nicht gut gehen konnte.«

Gaisel nickte. »Ich hätte es auch sehen müssen. Das war mein Fehler.«

»Seien Sie nicht zu streng mit sich. Sie lagen nicht ganz verkehrt. Die Dinge sind nur etwas komplizierter, als Sie glaubten.«

Gaisel sah Turilli fragend an. Das Gesicht des Kardinals war unergründlich. Was wollte er?

»Warum helfen Sie mir?«, fragte er.

Turilli sah zum Fenster, als müsste er die richtigen Worte suchen. »Vielleicht habe ich den Eindruck, dass Sie ungerecht behandelt wurden. Man hätte Ihnen schon von vornherein reinen Wein einschenken sollen.«

Gaisel fand, dass die Ruhe des Kardinals etwas Befremdliches hatte. Etwas stimmte hier nicht.

»Man hätte Sie davor bewahren müssen, eine Dummheit zu begehen. Das war nicht sehr schön von Gnerro. Er hat Sie benutzt.«

»Wie meinen Sie das?«

Turilli lächelte väterlich. »Wir sind uns ähnlicher, als Sie vielleicht denken. Auch ich war zu naiv. Ich habe auch geglaubt, dass etwas Wunderbares geschieht. Aber dann wurden mir die Augen geöffnet. Es ist noch nicht zu spät für Sie, Gaisel. Sie können die Dinge noch richtigstellen.«

Gaisel nippte von seiner Tasse.

»Na, geht es Ihnen besser?«

Der Tee wirkte tatsächlich Wunder. Er war jetzt wieder klar im Kopf. Doch als er sich bewusst machte, wo er sich befand, fand er das noch seltsamer. Er gab Turilli die Tasse zurück. Draußen vor den Fenstern war es dunkel.

»Wie spät ist es?«

»Kurz nach elf«, sagte der Kardinal.

»Ich sollte jetzt nach Hause gehen. Ich möchte morgen pünktlich im Büro sein.«

»Natürlich. Auch wenn ich nicht glaube, dass Sie jemand dort vermissen wird. Aber das ist Ihre Sache. Ich möchte Ihnen zuvor etwas erzählen, das Ihnen, wie ich vermute, noch niemand erzählt hat. Man hat Sie im Dunkeln tappen lassen wie einen Narren.«

»Was meinen Sie?«, fragte Gaisel, überrascht von der Wortwahl Turillis.

»Ich habe versucht, Sie vor einer Dummheit zu bewahren, aber Sie waren sich Ihrer Sache so sicher, und Gnerro hielt es für eine gute Idee, Sie zu bestärken.«

»Das ist es, was ich nicht verstehe!«, platzte es aus Gaisel heraus. »Zuerst unterstützt er mich, und dann lässt er mich einfach so fallen. Warum?«

»Weil er nicht ehrlich zu Ihnen war. Niemand, auch ich nicht. Man hatte Angst, es Ihnen zu erzählen, aber Sie müssen es erfahren.«

»Was erfahren?«

»Die Wahrheit über Pabil Visconte. Was wissen Sie über den Ausdruck *in pectore*?«

Und da begann der Kardinal zu erzählen.

LOMBARDI

»Was ist los?«, fragte Amirpour, als Beate Friedrich ganz außer Atem die Suite betrat. Sie war erst wenige Minuten zuvor in die Lobby gegangen, um die Rechnung zu begleichen.

»Unten sind Leute, die Fragen stellen«, erklärte sie. »Sie tragen keine Uniformen, aber ich glaube, es sind Polizisten.« Sie wandte sich an Lombardi. »Ich glaube, sie haben Ihren Namen genannt.«

Lombardi spürte, wie ihm das Adrenalin in die Adern schoss. »Okay«, sagte er, obwohl nichts okay war und er nicht wusste, was er jetzt tun sollte.

»Wir können nicht bleiben, Lombardi«, sagte Amirpour und half ihm auf die Beine.

Herrero aß gerade mit Heißhunger die Reste des Buffets, während Sigrunsdottir telefonierte.

»Vielleicht ist es dafür zu spät«, sagte Lombardi, der müde war. »Ich bin es leid, immer davonzulaufen.«

Amirpour rang entnervt die Hände. »Kommen Sie einfach mit, okay?« Sie klatschte in die Hände. »Aufbruch, na los!«

Fünf Minuten später hatten alle ihre Sachen gepackt und traten einer nach dem anderen hinaus auf den Flur.

»Wir nehmen die Treppe«, entschied Amirpour, und niemand widersprach.

Sie erreichten unbehelligt die Lobby, doch dort sah Lombardi sofort die beiden Männer, von denen Beate Friedrich gesprochen hatte.

»Was jetzt?«, flüsterte er.

»Lasst mich vor«, sagte Herrero und ging zur Überraschung aller direkt auf die Polizisten zu.

»Scheiße!«, fluchte Amirpour. »Los, wir müssen weg von hier.«

»Warten Sie«, sagte Sigrunsdottir.

Gemeinsam sahen sie vom Ausgang des Treppenhauses aus zu, wie Herrero die Männer ansprach.

»Sind Sie von der Polizei? Mein Gott, ich habe alles gesehen! Es war so schrecklich! Wissen Sie schon, wer es war? Wie konnte das passieren?«

»Jetzt«, sagte Sigrunsdottir.

Lombardi und Amirpour erwachten aus ihrer Erstarrung und hielten auf den Ausgang zu, wobei sie sich bemühten, ganz ruhig zu gehen und sich nicht umzusehen. Beate und Anton Friedrich gingen zur Rezeption, legten direkt neben den beiden Polizisten ihre Schlüssel ab und verabschiedeten sich mit einem Nicken, wobei sie noch einen Zwanzigeuroschein hinlegten.

Lombardi erwartete, jeden Moment von hinten angesprochen zu werden, doch nichts geschah. Sie erreichten die Straße, entfernten sich ein ganzes Stück weit vom Hotel und hielten Ausschau nach einem Taxi.

Es dauerte eine Weile, bis ein Großraumtaxi rechts ranfuhr. Als sie gerade einstiegen, stieß auch Herrero zu ihnen.

Amirpour hielt ihm die Tür auf und musterte ihn anerkennend.

»Ich soll morgen aufs Revier kommen«, sagte er.

»Nicht schlecht. Danke.«

»Das war doch ganz leicht«, sagte Herrero betont lässig und setzte sich auf die Rücksitzbank, wobei er sicherstellte, dass alle sein souveränes Grinsen gesehen hatten.

Zehn Minuten später standen sie am Bahnhof.

»Wir nehmen den Zug«, erklärte Anton Friedrich. »Es sind nicht einmal fünf Stunden nach Berlin.«

»Sie wollen zu Ihrer Expertin?«, fragte Amirpour.

Friedrich hatte vorhin von ihr erzählt. Sie wusste über Leistners Sammelleidenschaft Bescheid.

»Ich muss zu ihr«, erklärte er. »Ich brauche Klarheit.«

Amirpour nickte. »Wir werden mitkommen.«

»Dann trennen sich wohl unsere Wege«, sagte Sigrunsdottir.

Alle sahen sie an.

»Tun Sie das?«, fragte Amirpour.

Sigrunsdottir schien nicht zu verstehen. »Ich werde zurück nach Island fliegen.«

»Fliegen Sie doch von Berlin«, schlug Amirpour vor.

»Netter Versuch, aber keine Chance. Ich werde sicher nicht mit Ihnen auf eine archäologische Schatzsuche gehen.«

»Wenn wir Alessandro Badalamenti finden, finden wir vielleicht auch die Medikamente.«

»Die sind inzwischen längst zerstört. Millionen Euro, die in den Gully wandern.«

»Sie wissen immer noch nichts von Leistner?«, fragte Lombardi.

Sie schüttelte den Kopf.

»Trotzdem danke, dass Sie uns geholfen haben.«

Sigrunsdottir nickte. »Ich bin nicht so, ich hoffe, das wissen Sie. Ich will forschen, die Menschheit weiterbringen. Kranke heilen. Das hier war nie geplant.«

»Kommen Sie doch mit«, sagte Amirpour in das anschließende Schweigen hinein. »Was Herr Friedrich erzählt hat, klingt vielversprechend.«

Sigrunsdottir sah Friedrich an. »Sie glauben, diese Expertin kann uns helfen?«

»Es stimmt, dass ich Leistner bei seinen Einkäufen beraten habe. Aber auch meine Expertise ist begrenzt. Wenn es um diese mesopotamischen Tafeln ging, habe ich eine Kollegin hinzugezogen. Sie weiß alles über Keilschrift, kennt den internationalen Markt und ist darüber im Bilde, wer wann welche Stücke kauft.«

Sigrunsdottir seufzte.

»Meinetwegen. Heute bekomme ich ohnehin keinen Flug mehr.«

Amirpour drehte sich zur Seite und klatschte triumphierend in die Hände.

Und während man sich auf die Reise im Nachtzug vorbereitete, öffnete am westlichen Stadtrand von Prag, ganz in der Nähe des

Václav-Havel-Flughafens, ein Kühllaster seinen Laderaum. Auf dem unbeleuchteten Parkplatz wartete eine Gruppe, einige im Anzug und aalglatt, andere im Kapuzenpullover mit aufgesetzter Kapuze, wieder andere stiernackig und in schlecht sitzenden Sakkos. Darunter war auch ein groß gewachsener Mann in einem Kaschmirmantel, der sich auf dem Parkplatz nicht wohlfühlte und die anderen misstrauisch beäugte.

Allen gemeinsam waren nur die Gummihandschuhe, in schwarz oder weiß. Die Lieferung, die der Laster enthielt, war kurz zuvor im Darknet versteigert worden, wobei die Summen astronomische Ausmaße angenommen hatten. Nach Ablauf der weniger als halbstündigen Deadline waren über ein Dutzend hohe Bitcoin-Transaktionen getätigt worden. Nun wurden leise die Codenummern der Anwesenden aufgerufen, und jeder von ihnen bekam eine abgezählte Anzahl von kleinen, durchsichtigen Ampullen ausgehändigt, die er vorsichtig in einen gekühlten Koffer verstaute. Der jeweilige Empfänger wartete nervös, bis er die bestellte Menge erhalten hatte und erleichtert den Koffer zuschnappen ließ. Eine Frau im Kostüm kettete sich sogar mittels Handschelle an ihren Koffer.

Kurz darauf verließen die Empfänger den Parkplatz in ihren Limousinen. Die meisten hatten es eilig, zum Flughafen zu kommen, von wo aus die wertvolle Ware in alle Welt transportiert wurde.

Ein paar der Ampullen blieben aber auf dem Boden, und eine davon wurde direkt zurück in die Innenstadt gebracht.

AMIRPOUR

Der Nachtzug nach Berlin war nur spärlich besetzt, sodass Amirpour ein eigenes Abteil für sich hatte, wo sie mit ihrem Laptop auf dem Schoß saß. Lombardi hatte sich in ein Nebenabteil verzogen, wo er zu schlafen versuchte. Auf dem Boden neben dem Fenster stand eine Schachtel mit Fingerfood, das dem von Leistners Buffet um nichts nachstand, und eine Flasche Wein, die Anton Friedrich ihr aufgedrängt hatte, zusammen mit zwei in Papier eingewickelten Gläsern. Beim Reisen sei das notwendig, hatte er ihr erklärt, was bei ihr nur die Frage aufgeworfen hatte, wo sie all das am Bahnhof so schnell hergezaubert hatten. Wenn der Wein ähnlich gut war wie jener in der Suite, dann musste sie ihn fast probieren. Vielleicht tat Lombardi ein Schluck Wein auch gut. Doch vermutlich hatte er andere Dinge im Kopf. Er war in den letzten Stunden durch die Hölle gegangen, und angesichts dessen hielt er sich ganz gut, fand sie.

Gerade war sie dabei, eine Zusammenfassung der Ereignisse in ihren Laptop zu tippen, damit sie kein Detail vergaß. Lombardi wusste, dass sie die Geschichte an *Wunder der Wissenschaft* verkaufen würde, wenn alles vorbei war. Sie hatte es erwähnt, und damit war sie ihm keine weitere Rechenschaft schuldig. Er durfte davon nicht überrascht sein, wenn er mit einer Journalistin zusammenarbeitete.

Matthias Wank, wenn du mich sehen könntest! Glaubst du immer noch, ich gehöre ins Labor?

Doch auf die E-Mails ihres Redakteurs hatte sie immer noch nicht geantwortet. Sie wollte ihm schon seit Stunden schreiben, dass sie an der Sache in Rom dran war. Schließlich wusste Paul, dass sie Kontakte in den Vatikan hatte.

Doch irgendwie war sie nicht dazu gekommen. Er hatte keine Ahnung, was sie in Island gesehen hatte und dass sie in Prag auf der geheimen Präsentation gewesen war, deren Austragungsort der Weltpresse immer noch rätselhaft war.

Ich muss ihm bald irgendwas geben. Wenn er erfährt, dass ich ihm das verschwiegen habe …

Doch sie zögerte ihr Antwortschreiben hinaus. Leider war die Internetverbindung in tschechischen Zügen inzwischen ausgezeichnet, sodass sie keine Ausrede hatte.

Selbst wenn sie Paul darum bat, mit der Veröffentlichung zu

warten, würde er die Sache niemals für sich behalten können. Ihr Redakteur war extrem gut vernetzt, und er würde ihr erklären, dass die Story wichtiger sei. Versprechen wie das ihre, mit einer Veröffentlichung zu warten, seien nicht Teil des journalistischen Ethos. Hier würden größere Brötchen gebacken – Unabhängigkeit, Quellenschutz, Sorgfalt, das war in seiner Welt wichtig. Aber jemand, der einer Journalistin etwas erzählt, muss damit rechnen, dass es in der Zeitung steht, und zwar zu einem Zeitpunkt, der nicht von beiden Parteien vereinbart wurde.

Irgendwann musste sie Lombardi die Wahrheit sagen. Die Geschichte konnte nicht länger warten. Was sie tun würde, wenn er Nein sagte, daran wollte sie nicht denken.

Als sie ihren Laptop gerade zuklappte, ging die Schiebetür auf. Im Halbdunkel zeichnete sich Herreros schmale Gestalt ab.

»Kaffee?«, fragte er und schob die Tür hinter sich mit dem Ellbogen zu, weil seine Hände mit zwei Kaffeebechern blockiert waren.

Sie wollte ihn reflexartig abweisen. Es war dreist, einfach so hereinzuplatzen, aber die Aktion vorhin in der Hotellobby hatte ihr Respekt abgenötigt, und sie musste zugeben, dass sie wirklich Lust auf Kaffee hatte.

Also zog sie so leise wie möglich das Tischchen vor sich heraus und bedeutete ihm mit einem Kopfnicken, den Kaffee dort abzustellen. Nachdem er das getan hatte, klappte er ohne Rücksicht auf Lautstärke das zweite Tischchen aus und setzte sich ihr gegenüber.

»Was schreiben Sie?«, fragte er.

»Ich? Gar nichts. Das sind nur Laborergebnisse.«

Sein Grinsen zeigte, dass er ihr nicht glaubte. *»Wunder der Wissenschaft«*, sagte er. »Ich habe mich dort einmal beworben, man hat mich nicht genommen.«

»Immer wieder probieren«, gab sie zurück. Sie würde den Teufel tun und ihm erzählen, dass sie und der Chefredakteur Best Buddys waren.

Sie nahm einen Schluck von dem Kaffee, der sich als cremiger Cappuccino entpuppte und so gut schmeckte, dass sie eine Gänsehaut bekam.

Herrero griff sich seinen kleinen, schwarzen Rucksack und nahm etwas Längliches heraus, was Amirpour als Medikamentenbox identifizierte, wie sie in Krankenhäusern verwendet wurden. Ein Fach für jeden Wochentag. Herrero öffnete den Deckel, schüttete mehrere Pillen in seine Hand und warf sie sich ein, wobei er sie mit dem Kaffee hinunterspülte.

»Sind Sie krank?«, fragte Amirpour.

Er schluckte schwer und stellte den Becher ab. »Fragen Sie nicht, ich wüsste gar nicht, wo ich anfangen soll.«

»Das tut mir leid. Gute Besserung!«

Sie kam sich dumm vor, das gesagt zu haben. Diese Pillendosen verwendeten Leute mit chronischen Krankheiten, für gewöhnlich ältere und nicht ein junger Mann wie er.

»Ein kleines Andenken an meinen Erzeuger«, sagte er. »Einige Gene sind nicht dort, wo sie hingehören.«

»Das tut mir wirklich leid«, sagte Amirpour.

»Muss es nicht. Kinder wie ich kommen heute womöglich gar nicht mehr auf die Welt. Präimplantationsdiagnostik! Ich bin froh, dass ich da bin. Auch wenn mir keiner sagen kann, wie lange es gut geht.«

Amirpour konnte nicht anders, sie musste über den Galgenhumor des Jungen lachen, was ihn nicht zu beleidigen schien.

»Und?«, fragte sie. »Genug Stoff für neue Geschichten?«

»Neue Geschichten?«, gab er fragend zurück. »Ich habe schon als Teenager über Unsterbliche geschrieben. Das einzig Neue ist, dass es nun wirklich geschieht.«

»Das haben Sie geschrieben?«, fragte Amirpour. »Respekt!«

»Frage: Welches fantastische Genre entspricht zu hundert Prozent dem, was wir hier erleben?«

Sie sah ihn unschlüssig an.

»Ewiges Leben, modernste wissenschaftliche Erkenntnisse, ein Kampf zwischen Kirche und Menschen, die ohne Gott leben wollen. In Reichtum, aber von der Welt isoliert?«

Er wartete auf eine Antwort.

»Blut als Mittel zur Verjüngung?«

Sie verstand und zog eine angewiderte Grimasse.

»Geben Sie es zu! Alles deutet darauf hin, dass wir uns in einer Vampirgeschichte befinden! Nur weil es plötzlich real ist, bemerkt es keiner.«

Amirpour konnte nicht anders, sein Lachen war ansteckend.

»Im Ernst«, sagte er, »würden Sie es tun? Sie wissen, wovon ich rede. Die anderen frage ich nicht, sie würden mir eine ausweichende Antwort geben. Aber Sie, bei Ihnen ist das anders. Wenn ich Ihnen eine Dosis von Leistners Medikament geben würde – würden Sie sie nehmen?«

»Nicht vor der Phase-II-Studie. Außerdem haben Sie keine Dosis.«

Herrero seufzte. »Was für eine langweilige Antwort.«

»Was ist mit Ihnen?«, fragte Amirpour zurück. »Würden Sie?«

»Selbstverständlich!«, antwortete er, ohne zu zögern.

Sie plauderten noch eine Weile über dieses und jenes, und Amirpour hoffte, dass er nicht noch einmal nachfragte. Sie wusste nicht, ob ihr die Lüge noch einmal so leicht über die Lippen kommen würde.

Währenddessen bekam ihr Redakteur eine E-Mail auf sein Handy, die ihn während einer schlaflosen Nacht aus dem Bett aufstehen ließ.

Vatikan …

Als er den Inhalt überflog, wusste er, dass er nun definitiv keinen Schlaf mehr finden würde. Er sah sich die Liste seiner Autoren durch und traf eine Entscheidung.

WANK

Als er auftauchte, kontrollierte er zuerst seine Kamera, bevor er sich umsah. Vorhin hatte er das Gefühl gehabt, als hätte ihn jemand gerufen, doch vermutlich hatte er es sich eingebildet. Unter ihm war eine Perlentaucherin damit beschäftigt, Austern mit einem Messer zu öffnen, um sie nach natürlichen Perlen zu durchsuchen. Wank war ihr hinterhergetaucht, wie sie ohne Atemgerät und nur mit einer Badehose bekleidet, doch schon nach einer Minute hatte er den Rückzug antreten müssen, während sie keine Eile hatte.

Es war eine gute Entscheidung gewesen, Island hinter sich zu lassen. Der Vulkan war ohnehin überlaufen, das Internet war voll mit Fotos des Phänomens. *Wunder der Wissenschaft* hatte kein Interesse mehr daran.

Also hatte er kurz entschlossen ein Ticket auf die Philippinen gebucht und auf dem Weg zum Flughafen seinen Freund angerufen, dem das Hostel am Strand gehörte. Er hatte ihm vorgeschlagen, die Unterkunft zu erwähnen, wenn er kurzfristig ein Gratis-Zimmer bekam, was ihm schnell zugesagt worden war.

Wank strampelte mit seinen zu großen Flossen, seine Wadenmuskeln waren die Belastung nicht gewohnt. Er wartete darauf, dass die Taucherin wieder an die Oberfläche kam. Er war nun gar nicht unzufrieden, dass Samira Amirpour nicht mit dabei war. Vielleicht gelang es ihm, die Kleine abends noch auf einen Drink einzuladen.

Doch da hörte er vom Strand aus seinen Namen. Sein Freund, der Hostelbesitzer, winkte ihm zu.

Schweren Herzens wandte er sich von der Taucherin ab und schwamm an den Strand. Dort informierte ihn sein Freund, dass er einen Anruf von seinem Redakteur bekommen hatte.

LOMBARDI

Eine Weile hatte er zu schlafen versucht, es jedoch bald aufgegeben. Nun starrte er durchs offene Fenster in die Dunkelheit. Er teilte sich das Abteil mit Gunda Sigrunsdottir, deren Gesicht vom bläulichen Licht des Handydisplays erhellt war. Im Nebenabteil hörte er eine Frau kichern. Eigentlich hatte er geglaubt, dass Amirpour dort saß, doch so hatte er sie noch nie lachen gehört. Vielleicht war es jemand anderes.

Vor ihm lag sein Handy, das immer noch ausgeschaltet war. Er wagte nicht, es zu aktivieren, weil er befürchtete, damit seinen Standort preiszugeben. Seit er mit Amirpour befreundet war, begann er sich zunehmend über solche Dinge Gedanken zu machen, und er fand es ungeheuer anstrengend. Vielleicht sollte er wieder auf ein einfacheres Handy umsteigen, wo er weniger das Gefühl hatte, überwacht zu werden. Doch er wusste, dass er auch damit getrackt werden konnte.

Der einzige Grund, warum er immer noch auf freiem Fuß war, war der vatikanische Pass, den Turilli ihm verschafft hatte. Es war unglaublich, wie schnell so etwas gehen konnte, wenn man Beziehungen hatte. Seit Monaten arbeitete er an einer Lösung, wie er Chibuike nach Europa holen konnte, doch war er im Behördendschungel stecken geblieben.

Das hätte ihr Pass sein sollen, nicht meiner.

Obwohl er streng genommen nichts dafür konnte, fühlte er sich unendlich schuldig. Er hätte viel schärfer reagieren sollen, als Turilli ihm das Ausweisdokument gegeben hatte. Doch der Kardinal hatte ihm versprochen, sich auch um Chibuikes Antrag zu kümmern. Vielleicht sollte er ihn einfach beim Wort nehmen.

Dass die Kommunikation mit ihr nur noch auf ein Minimum reduziert war, machte die Sache nicht eben leichter. Nach ihrem letzten Gespräch waren sie im Streit auseinandergegangen.

Krieg endlich dein Leben auf die Reihe, Herr Bischof!

Sie waren nicht einmal sicher, ob es mit ihnen überhaupt funktionieren konnte, geschweige denn, ob sie zu ihm nach Italien gehen wollte. Wie würden sie dort leben? Er verstand, dass die Situation sie belastete. Außerdem hatte sie einen Beruf. Sie war eine ausgezeichnete Lehrerin. Sie wurde gebraucht, und Lombardi wollte sie von dort wegholen.

Er stand auf und streckte sich.

All das waren eigentlich nur Ausreden. Er wollte sie seit Tagen anrufen. Amirpour konnte ihm vielleicht sagen, wie er das bewerkstelligte, ohne internationalen Ermittlungsbehörden seine Position zu verraten.

Als er die Schiebetür öffnete und ins Nebenabteil ging, traute er seinen Augen nicht. Amirpour und Herrero tranken den Wein, den die Friedrichs ihnen gebracht hatten.

»Sie scheinen ja eine richtig gute Zeit zu haben!«, stellte er fest.

SIGRUNSDOTTIR

Kurz nachdem Lombardi das Abteil verlassen hatte, hatte das Kichern nebenan aufgehört. Sigrunsdottir war froh darüber.

Nicht, dass sie hätte schlafen können. Sie war viel zu aufgewühlt. Seit zwei Stunden checkte sie nun immer wieder ihre E-Mails und diverse Signal-Gruppen ihrer Kollegen in Reykjavik. Dort ging es heiß her, alle fragten sich, was geschehen war. Sie spekulierten über den Anschlag und das Medikament, über das sie alle gleich wenig zu wissen schienen. Auch Sigrunsdottir hatte bis vor wenigen Tagen nicht einmal von der Präsentation gewusst.

Worauf habe ich mich da eingelassen?

Sie hätte wissen sollen, dass alles zu schön klang, um wahr zu sein. Nach dem Studium in Uppsala hatte sie damit gerechnet, mehrere Jahre auf Wanderschaft zu verbringen, wie es in Forscherkarrieren üblich war. Forschung war heute international, und wer das Glück hatte, eine Position zu finden, die einigermaßen dem eigenen Interessenprofil entsprach, durfte nicht wählerisch sein, was das Land oder gar den Kontinent der Arbeitsstätte anging. Sigrunsdottir hielt sich durchaus für eine abenteuerlustige Person, doch Abenteuer hatte für sie etwas mit Freiheit zu tun, und die Wanderjahre einer Forscherin waren vieles, nur nicht frei.

Auch wenn es ihre Konstitution nicht verriet, Sigrunsdottir spielte seit ihrer Kindheit Eishockey in einem Reykjaviker Verein. Schon der Wechsel nach Uppsala war schwierig gewesen, weil sie das Team, mit dem sie zusammengewachsen war, hinter sich hatte lassen müssen.

Deshalb hatte sie es kaum glauben können, als direkt neben Reykjavik dieses Forschungszentrum seine Tore öffnete, das genau die Position anbot, die sie suchte. Wie hätte sie da Nein sagen können?

Natürlich hatte die Sache einen Haken, denn dass etwas nicht stimmte, bemerkte sie bald. Das Gebäude war in mehrere Sicherheitszonen unterteilt, die streng voneinander getrennt arbeiteten. Zwar waren Geheimhaltung und Verschwiegenheitserklärungen im milliardenschweren Biotech-Business keine Seltenheit, doch auch ihren ehemaligen Kollegen in Uppsala kam das, was sie erzählte, sonderbar vor. Und schon bald gab es im Haus Gerüchte, dass die Geheimhaltung weniger mit der Angst vor dem Diebstahl geistigen Eigentums zu tun haben könnte, sondern eher mit Fragen der Bioethik. Tierversuche mussten, wie in anderen Ländern, von der nationalen Bioethikkommission genehmigt werden. Diese Kommissionen setzten sich aus erfahrenen Fachleuten zusammen, die Fragen des Tierwohls gegenüber dem Nutzen der Forschungen abwogen und von Zeit zu Zeit auch Anträge ablehnten. In Island gab es diesbezüglich immer wieder Diskussionen. Die isländische Kommission stand vor Jahren in der Kritik, weil sie politisch besetzt worden war und es ihr, wie es hieß, an Unabhängigkeit mangelte. In diese Zeit fiel auch die Standortentscheidung von Aetheromed.

In den drei Jahren, die sie nun dort arbeitete, war sie das Gefühl nie losgeworden, dass der Grund, warum Leistner sich für Island entschieden hatte, nichts mit der schönen Landschaft und der Offenheit der Leute in Reykjavik zu tun hatte.

Doch hatte sie irgendwelche Konsequenzen gezogen? Etwa ihrem Chef unangenehme Fragen gestellt? Nein. Sie hatte einfach weitergemacht, als kleines Rädchen in einem großen Getriebe, das sie gar nicht so genau kennen wollte.

Glaubte sie das, was sie den anderen erzählt hatte? Dass sie Wissenschaftlerin war, weil sie hoffte, zu einer besseren Welt beitragen zu können? Wenn sie es je geglaubt hatte, war sie vom Weg abgekommen.

Und das machte sie wütend. Schon als Schülerin hatte es für sie nur ganz oder gar nicht gegeben. Sie hatte sich Leuten, die Dinge halbherzig taten, immer überlegen gefühlt. Es war ein Grund, warum sie Wissenschaftlerin geworden war, weil sie glaubte, dort von Menschen umgeben zu sein, die wie sie waren. Doch nun war sie selbst einer dieser Menschen geworden, die sie als Teenagerin so verachtet hatte.

In der Forschungsstation waren Tiere gequält worden, nur wenige Meter von ihrem Labor entfernt. Das Ziel war nicht etwa die Heilung schwerer Krankheiten gewesen, sondern die Verlängerung des Lebens von Superreichen, denn jemand anderes würde sich das von Leistner vorgestellte Medikament nie leisten können.

So bin ich. Das muss ich akzeptieren. Die Frage ist, ob ich so bleiben will.

Wenn sie ehrlich war, kam ihr die bunte Truppe, die gemeinsam mit dem Zug nach Berlin fuhr wie bei einem Schulausflug, gerade recht.

Vor allem, weil sie eine Befürchtung hatte, von der die anderen noch nichts wussten. Wenn sie recht hatte, würde sie schon bald jede Hilfe brauchen, die sie bekommen konnte.

Nun bereute er, keinen Laptop mitgenommen zu haben, sondern nur das alte, abgegriffene Notizbuch. Das Gespräch mit Amirpour hatte ihn inspiriert, und ihm waren ein paar Szenen für seinen Roman eingefallen, die er nun im Licht der Leselampe des leeren Abteils skizzierte, bevor sie ihm entfielen.

Was er ihr erzählt hatte, war nicht gelogen gewesen. Er hatte schon als Teenager geschrieben. Weniger gern erzählte er von seinen Schwierigkeiten. Dass die Geschichte, immer wenn er sie zu fassen glaubte, eine neue Wendung nahm. Als wollte eine höhere Macht verhindern, dass er seinen ersten Roman fertigstellte.

Denn der Roman, an dem er arbeitete, war immer noch derselbe, an dem er bereits mit achtzehn geschrieben hatte. Das war in Ordnung, hielt er sich selbst immer wieder vor Augen. Schließlich war es das Buch, das seine ganze Karriere begründen sollte. Es musste perfekt werden.

An Tagen wie diesen war er auch sicher, es schaffen zu können. Material war genügend vorhanden, er musste nur zur richtigen Form vordringen, wie ein Bildhauer, der die Skulptur bereits sieht, wenn er den Marmorblock betrachtet.

Doch manchmal hatte er dunkle Gedanken. Dann fragte er sich, ob es nicht so war, wie alle sagten. Dass er sich etwas vormachte.

An Tagen wie diesen fiel ihm auch schwer, die Leute zu benennen, die so etwas von ihm behaupteten. Er erzählte schließlich niemandem von seinem Buch. Es war eher so, dass er überzeugt war, sie würden reden, wenn er ihnen davon erzählte.

Ist es nur in deinem Kopf?

All das war sehr verwirrend, und er bemühte sich, nicht zu viel darüber nachzudenken. In letzter Zeit hatte er neue Erfahrungen gemacht, die alles, was er bisher zu verstehen glaubte, infrage stellten. Er hatte immer zu viele Ideen gehabt, um alle aufzuschreiben.

Doch vor Kurzem hatte er festgestellt, dass es manchmal überraschend einfach war, die Ideen umzusetzen – einfacher, als sie aufzuschreiben.

Und zum ersten Mal in seinem Leben zweifelte er daran, ob er dafür geschaffen war, Schriftsteller zu sein.

Mein Leben ist die interessantere Geschichte. Mit den Entscheidungen, die ich treffe, schreibe ich die Geschichte meines Lebens.

Er hätte gern seinem Bruder davon erzählt. Als er an ihn dachte, traf ihn das Gefühl des Verlusts so heftig, dass er nach Luft schnappte. Nachdem er sich wieder im Griff hatte, horchte er in die Stille, um sicherzugehen, dass niemand seinen Gefühlsausbruch bemerkt hatte.

Da hörte er vor dem Abteil ein Geräusch.

GAISEL

»Warum erzählen Sie mir das, Eminenz?«, fragte Severin Gaisel.

Seine Erschöpfung war wie weggeblasen, an ihre Stelle war Erschütterung getreten und ein bitteres Gefühl von Klarheit.

Turilli sah ihn väterlich an. »Sie sind ein guter Kerl, Gaisel. Sie haben es nicht verdient, dass man Sie ausnutzt.«

»Ich weiß nicht, was ich sagen soll«, gestand er. »Danke.«

Der Kardinal stand auf. »Jetzt wissen Sie, warum Ihre Mission zum Scheitern verurteilt war. Was mit Pabil geschehen ist, hätte nie an die Öffentlichkeit gelangen sollen.«

Gaisel fühlte, wie sich ihm der Hals zuschnürte. »Ich habe Schande über uns alle gebracht.«

»Seien Sie nicht kindisch. Sie haben nur getan, was Gnerro Ihnen aufgetragen hat. Es war sein Fehler.«

Doch Gaisel schüttelte heftig den Kopf. »Ich verschwinde aus Rom. Ich werde in einen Orden eintreten, irgendwo weit weg.«

»Gaisel, reißen Sie sich zusammen!«, tadelte Turilli. »Lassen Sie mich nicht bereuen, dass ich es Ihnen erzählt habe. Sie werden jetzt nach Hause gehen und sich ausschlafen. Und morgen werden Sie ganz normal zur Arbeit erscheinen. Ich werde inzwischen bei Gnerro ein gutes Wort für Sie einlegen. Sie haben es gut gemeint, wir alle wissen das. Halten Sie sich im Hintergrund und lassen Sie Gras über die Sache wachsen. Sie können immer noch Karriere machen.«

Gaisel horchte auf.

»Darum geht es Ihnen doch, oder?«, fragte Turilli. »Leute wie Sie braucht man beim Heiligen Stuhl.«

»Aber wenn die ganze Wahrheit über Pabil an die Öffentlichkeit kommt …«

»Es wird nicht an die Öffentlichkeit kommen.«

Gaisel sah Turilli verständnislos an. »Wie?«

»Glauben Sie, das ist das einzige Geheimnis der Kirche? Es gibt viele, manche davon gefährlicher als andere. Sie haben sich … nun ja, ein wenig lächerlich gemacht, aber die Leute werden es vergessen.«

Gaisel richtete sich auf und schob den Tee von sich weg. »Die Leute dürfen es aber nicht vergessen. Wir müssen unseren Fehler anerkennen.«

Turilli lachte kurz auf. »Sie meinen das doch nicht ernst?«

»Wir können diese Lüge nicht stehen lassen.«

»Lüge – niemand hat gelogen, wie kommen Sie darauf?«

»Wenn wir nicht an die Öffentlichkeit gehen, machen wir alles noch schlimmer! Wir sind der Wahrheit verpflichtet.«

»Der göttlichen Wahrheit, ja.«

Gaisel schüttelte den Kopf. »Der einen Wahrheit.«

»Es gab noch nie nur die eine Wahrheit.«

Doch Gaisel wollte nichts mehr davon hören und stand auf.

»Beruhigen Sie sich, Gaisel. Wir werden die Geschichte nach außen tragen, zu gegebener Zeit. Und Sie können mir dabei helfen. Zuvor möchte ich Ihnen aber etwas zeigen. Kommen Sie mit.«

LOMBARDI

Als er aufschreckte, wusste er zuerst nicht, wo er war. Er spürte nur zwei Hände, die an ihm rüttelten.

»Lombardi, kommen Sie schon!«

Es war Amirpours Stimme. Sie stand über ihn gebeugt in der Dunkelheit des Abteils. Lombardi erinnerte sich nach und nach an das, was geschehen war. Ihre Abfahrt von Prag, sein Streitgespräch mit Amirpour wegen des Telefonats, und erst zuletzt an das, was in Prag geschehen war. Mit einem Mal war er hellwach. Er sah sich um, Sigrunsdottir war nirgends zu sehen. Als er eingeschlafen war, war sie noch hier gewesen.

»Was ist los? Sind wir schon da?«

Doch das Rütteln des fahrenden Zugs war immer noch da, sie waren also noch nicht in Berlin.

»Kommen Sie einfach mit«, sagte sie.

Lombardi rappelte sich auf. Doch seine Glieder waren steif, und Schwindel überkam ihn, sodass er zurück auf die Sitzpolster sank.

Amirpour schien davon keine Notiz zu nehmen, also atmete er nur einmal kurz durch und probierte es noch einmal. Diesmal gelang es ihm aufzustehen, und er folgte ihr.

Als sie ihn in das Nebenabteil führte, wo sie zuvor mit Herrero gesessen hatte, musste er an ihren Streit vorhin denken. Seine Bitte war unerfüllt geblieben, sie hatte ihm untersagt zu telefonieren, es sei zu riskant.

Sie hatte ihm noch angeboten, er könne Herrero ablösen und ein Glas Wein mit ihr trinken. Herrero wolle ohnehin gerade gehen – eine offensichtliche Lüge, denn der Autor amüsierte sich köstlich und schien nicht im Mindesten daran interessiert.

Schließlich war Herrero doch gegangen, doch Lombardi hatte keine Lust mehr auf Wein verspürt und war wieder zurück in sein Abteil gegangen, wo er vor Erschöpfung neben der an ihrem Handy hängenden Sigrunsdottir eingeschlafen war.

Was wollte sie nun wieder von ihm?

Als sie ihr Abteil betraten, war dort das Licht an. Zuerst war Lombardi geblendet und musste sich erst einmal an die Helligkeit gewöhnen.

»Fällt Ihnen irgendetwas auf?«, wollte sie wissen.

Er sah zuerst sie, dann das Abteil an. »Was sollte mir auffallen?«

Mit der Antwort offensichtlich unzufrieden, nahm sie ihre Umhängetasche von der Gepäckablage.

»Jemand hat meine Sachen durchsucht. Ich war auf der Toilette, und als ich zurückkam, habe ich es bemerkt.«

»Meine Güte. Fehlt etwas?«

Sie schüttelte den Kopf.

»Sind Sie sicher?«

Sie funkelte ihn böse an. »Glauben Sie, ich bilde mir etwas ein?«

Amirpour zeigte auf den Reißverschluss. »Er ist ganz geschlossen. Ich mache ihn nie ganz zu, weil er dann festsitzt.«

Er sah, dass sie es ernst meinte.

»Ich glaube, der Eindringling hat versucht, mein Handy zu entsperren«, fuhr sie fort. »Aber ich bin mir ziemlich sicher, dass es ihm nicht gelungen ist.«

»Dann ist ja nichts passiert«, stellte Lombardi fest.

»Sie sind keine Hilfe«, murmelte sie. »Jemand öffnet meine Tasche, hat meine Brieftasche in der Hand, stiehlt aber kein Geld. Verstehen Sie das?«

Er schüttelte den Kopf, doch er wusste, was sie ihm sagen wollte. »Jemand folgt uns.«

»Ihr Freund Badalamenti?«

»Ich sagte doch schon, ich glaube nicht, dass er für die Dinge in Prag verantwortlich ist.«

»Aber Sie haben ihn gesehen, oder etwa nicht?«

Er musste zugeben, dass sie recht hatte. Es konnte Badalamenti sein. Aber warum sollte er ihnen folgen?

»Wollen wir es den anderen erzählen?«, fragte Lombardi.

»Noch nicht«, gab sie zurück. »Aber halten Sie die Augen offen. Sie kennen ihn, die anderen nicht.«

Lombardi versprach es ihr, und mit einem mulmigen Gefühl ging er zurück in sein Abteil, wo inzwischen Sigrunsdottir auf der Sitzbank gegenüber saß.

»Wo waren Sie?«

»Auf der Toilette«, log Lombardi. »Und Sie?«

»Ebenso.«

Er konnte nicht feststellen, ob das die Wahrheit war, doch er fand, dass das in gewisser Weise gerecht war. Ihm fiel auf, dass sie ihr Handy in der Hand hielt. Sie umklammerte es regelrecht.

»Alles in Ordnung?«, fragte er.

»Ja, warum?«

So, wie sie das sagte, glaubte er ihr nicht. Es hatte ausgesehen, als hätte sie gerade etwas gelesen, das sie aufgeregt hatte, doch er war zu müde, um nachzufragen.

»Ich glaube, wir sollten uns bereit machen. Unser Zug hält in wenigen Minuten.«

Breaking News – Premierminister krank

Prag. Der tschechische Ministerpräsident musste heute ins Krankenhaus gebracht werden, wo er sich in intensivmedizinischer Betreuung befindet. Welches gesundheitliche Problem vorliegt, ist bislang Gegenstand von Spekulationen. Die Rede ist von Vergiftungssymptomen, womöglich durch radioaktive Strahlung, doch eine Bestätigung steht aus. Aus der Regierung gibt es bislang keine Stellungnahme.

(red)

LOMBARDI, BERLIN

Es war kühl in der Berliner Innenstadt, als sie gemeinsam in der Dunkelheit aus dem Taxi stiegen. Es würde noch einige Stunden dauern, bis der Morgen graute. Die Schlaflosigkeit hatte sie empfindlich gemacht, wobei der leichte Wind vermutlich nicht einmal besonders kalt war.

Nur das Ehepaar Friedrich war gut gelaunt und schritt voller Energie voran.

Lombardi ließ sich ein paar Schritte zurückfallen, weil er nicht neben Amirpour gehen wollte. Vor ihnen tauchte eine dunkle Silhouette auf, die wie ein römischer Tempel aussah – ein Museum? Oder einfach nur exzessiv ausgelebter Klassizismus?

Anton Friedrich hatte ihnen nichts erzählt, sondern sie nur gewarnt, das Reden ihm zu überlassen.

»Seit ihr Mann tot ist, lebt sie sehr zurückgezogen. Sie hat ihn verloren, als ihre Ausgrabungsstätte im Irak vor fünf Jahren vom IS überfallen wurde. Seither arbeitet sie als Restauratorin.«

Die Gruppe hielt auf ein Nebengebäude des Tempels zu und wartete dort gemeinsam. Anton Friedrich telefonierte mit seinem Handy, als plötzlich die Tür aufging. Ein verschlafener Wachmann musterte sie missmutig, ließ sie aber eintreten.

Friedrich ging eilig voran, und Lombardi hatte Mühe, mit der Gruppe Schritt zu halten. Die Räume waren hoch und lagen im Zwielicht. Er erkannte die Details weiterer Tempel, die griechisch aussahen.

Also ein Museum.

Nur eine schwache Notbeleuchtung war an, gerade hell genug für Wachleute auf ihren Rundgängen. Lombardi war überrascht, wie hoch die Räume waren. Kurze Zeit war er sich nicht sicher, ob er sich nicht unter freiem Himmel befand. Der Platz, den sie überquerten, erinnerte ihn an das Forum Romanum, nur war hier alles viel besser erhalten.

Als sie einen Raum betraten, der noch größer war als die bisherigen, blieb Lombardi gebannt stehen.

Vor ihm befand sich ein riesiges, dunkles Tor. Der Stil war ein völlig anderer, hier erinnerte nichts mehr an Rom. Er glaubte nur zu sehen, dass die Artefakte hier älter sein mussten – viel älter.

Während die Gruppe weitergegangen war, ohne erkennbar von der Umgebung Notiz zu nehmen, war Herrero stehen geblieben.

»Was ist denn das?«, fragte Lombardi.

»Das Tor von Babylon«, erklärte Herrero.

Lombardi war nicht nach Scherzen zumute. »Nein, im Ernst.«

Herreros Grinsen war auch im schlechten Licht deutlich zu erkennen.

»Das ist das Tor von Babylon. Kennen Sie das etwa nicht?«

Er ging zur Wand neben ihnen und deutete auf das Bild eines lebensgroßen Löwen, dessen Antlitz so echt aussah, dass Lombardi kurz zusammenzuckte. Bei genauerer Betrachtung erkannte er, dass es sich um glasierte Ziegel handelte. Es gab hier mehrere solcher Löwen, sie bildeten eine Prozession, die zum Tor hinführte. Offensichtlich Teil einer Prachtstraße. Nun glaubte er sich zu erinnern, dieses Bild schon einmal gesehen zu haben.

»Deutsche Archäologen haben es um 1900 ausgegraben, in Kisten verpackt und gleich nach Berlin gebracht, bevor jemand auf die Idee kam, Fragen zu stellen. So machte man das damals. Man konnte die damaligen Beamten sogar dazu überreden, weitere Funde zu schicken. Heute wollen die Iraker ihr Tor zurück, doch hier will niemand etwas davon hören.«

»Woher wissen Sie das? Waren Sie schon hier?«

»Noch nie. Aber ich habe viel darüber gelesen.«

»Sie scheinen sich mit der Antike gut auszukennen«, musste Lombardi wider Willen anerkennen.

Herrero schien irritiert. »Wie meinen Sie das? Es ist mein Job. Glauben Sie, in Science-Fiction geht es nur um Technik?«

»Das meinte ich nicht«, beeilte sich Lombardi zu versichern.

Doch Herrero war schon ein paar Schritte weitergegangen. »Das Tor ist nett, aber besonders interessant finde ich das hier.«

Er zeigte auf ein glasiertes Relief eines anderen Tieres. Lombardi erkannte nicht gleich, worum es sich handelte.

»Sehen Sie genau hin!«, forderte Herrero.

Und da erkannte Lombardi, was er meinte. Das Tier, das hier dargestellt war, existierte nicht. Es war schlank wie ein Windhund, hatte schuppige Haut, vorne Löwentatzen und hinten die Füße eines Greifvogels. Der Kopf sah aus, als stamme er von einer Schlange.

»Es ist eines von drei Tieren, die auf dem Tor dargestellt sind. Löwen, Rinder und diese Wesen hier. Sie sind genauso detailreich ausgeführt wie die anderen Tiere. Lebensnah. Ich frage mich, welche Vorlage sie verwendeten.«

Lombardi verstand, worauf der Junge hinauswollte, und hatte keine Lust, sich darauf einzulassen.

»Ich sage ja nur, vieles von damals ist verloren gegangen«, sagte Herrero, der Lombardis Abneigung spürte und zu genießen schien.

Sie hatten die Gruppe aus den Augen verloren und beeilten sich aufzuschließen. Als sie durch das Tor traten, konnten sie die anderen nirgends mehr sehen. Nur leise Stimmen waren zu vernehmen.

»Wohin?«, fragte Lombardi.

»Sie sind da!«

Herrero nahm eine Treppe, die ins Untergeschoss führte. Tatsächlich hörten sie von dort Stimmen. Er folgte Herrero in einen Raum, der ein wenig wie ein Labor aussah, nur dass auf den mit weißen Papierbahnen ausgelegten Tischen Fundstücke lagen und nicht Halterungen für Pipetten oder Reagenzgläser. An den Wänden befanden sich Regale mit Tongefäßen, Statuen und anderen Artefakten. Nur eine einzige Arbeitsfläche wurde von einer Lampe erhellt. Dort standen die anderen, während Anton Friedrich ins Gespräch mit einer älteren Dame vertieft war, die in einem Rollstuhl saß und Englisch mit deutschem Akzent sprach.

Lombardi trat zu Sigrunsdottir hin, auf die diese Umgebung Eindruck zu machen schien.

»Wer ist das?«, fragte er.

»Wenn ich es richtig verstanden habe, ist sie die besagte Kollegin von Friedrich. Sie führt hier Restaurierungen durch.«

»Um diese Tageszeit?«

Sigrunsdottir zuckte mit den Schultern. Für sie schien es nichts Außergewöhnliches zu sein, die Nacht mit ihrer Arbeit zu verbringen.

»Ich arbeite gern nachts, seit mein Mann tot ist«, sagte die Frau im Rollstuhl zu Friedrich. »Das hier ist meine Welt, und ich bin ganz froh, wenn ich sie für mich habe und niemand mich stört.«

»Es tut mir auch sehr leid …«, begann Friedrich, doch sie lachte.

»Nur ein Witz. Ich helfe natürlich gern einem alten Freund.«

Es hatte allerdings nicht wie ein Witz geklungen, und Lombardi hatte das Gefühl, als könnte sie es nicht erwarten, wieder allein zu sein. Als Friedrich ihn entdeckte, wandte er sich an ihn.

»Das ist Stefano Lombardi aus Rom«, erklärte er. »Er kann uns alles über die Tafel aus dem Vatikan erzählen. Lombardi, das ist Annika Niedermann.«

Lombardi war das unangenehm. »Ich weiß leider nicht viel darüber«, gestand er. »Nur, dass sie aus Ninive stammt. Und aus dem … siebten Jahrhundert ist, glaube ich.«

Niedermann zog ein Gesicht, als hätte er etwas Dummes gesagt.

»Das schränkt die Sache nicht besonders ein. In Ninive befand sich die Bibliothek des Königs Assurbanipal, die über fünfzigtausend Tontafeln enthielt. Die meisten dieser Tafeln befinden sich heute in London. Der Vatikan besitzt aus Ninive hauptsächlich Reliefs und Rollsiegel. Was für eine Tafel soll das sein?«

»Leider weiß ich das nicht.«

»Dann hilft uns diese Information nicht besonders weiter. Die Sammlung in Ninive war eine echte Bibliothek in dem Sinn, dass sie die ganze Bandbreite des damaligen Wissens abdeckte, von Gebetstexten über Astronomie hin zu Mathematik oder auch Geschichten, die man damals Kindern erzählte.« Sie musterte die Anwesenden. »Sie kommen um diese Zeit zu mir, das bedeutet, es muss wichtig sein. Aber wenn Sie mir nicht sagen, worum es geht, kann ich Ihnen nicht helfen.«

Alle sahen Lombardi an, der nicht wusste, wie er es am besten in Worte fassen sollte. »Es hat mit Pabil Visconte zu tun«, erklärte er. »Sie haben gehört, was in Rom geschehen ist?«

Sie schien nicht im Geringsten überrascht zu sein. »Natürlich geht es um Pabil Visconte. Kommen Sie mit, Sie alle. Ich zeige Ihnen etwas.«

Niedermann wechselte einen Blick mit Anton Friedrich, der hinter den Rollstuhl trat, um ihn zu schieben.

»Das kann ich machen«, bot sich Sigrunsdottir an.

Während Niedermann und Sigrunsdottir den Lift riefen, nahmen Lombardi und die anderen die Treppe. Oben führte Niedermann sie die Galerie der Löwen entlang in einen Raum an der Seite, wo sich Glasvitrinen mit unregelmäßig geformten Scherben befanden.

»Wir befinden uns im Pergamonmuseum. Die Leute behaupten allen Ernstes, die Hauptattraktion wäre der Altar des alten Pergamon. Dabei war der Hellenismus in meinen Augen nichts als ein müder Abklatsch der antiken Griechen. Das Ischtartor ist vierhundert Jahre älter und galt als achtes Weltwunder. Außerdem kann jedes Kind sehen, dass es viel schöner ist.«

Lombardi verstand, dass sie damit das Tor von Babylon meinte, das Herrero ihm gezeigt hatte. Niedermann nahm eine Stabtaschenlampe in Form eines Kugelschreibers heraus und leuchtete in eine der Vitrinen. In die Scherben waren winzige Zeichen eingeprägt.

»Wir haben hier selbst eine kleine Sammlung von Keilschrifttafeln. Wie gesagt, es existieren Abertausende in aller Welt. Während die Ägypter Papyrus verwendeten, der nur mit viel Glück bis heute erhalten blieb, waren diese Tontafeln viel haltbarer. Und Ton war ungeheuer praktisch, es gab ihn in Hülle und Fülle. Sie brauchten nur noch einen Holzgriffel und konnten sofort zu schreiben beginnen. Einfacher als ein Post-it.«

Amirpour verdrehte die Augen. »Jetzt übertreiben Sie.«

»Wie oft ist Ihnen schon passiert, dass Sie dringend etwas aufschreiben wollen und gerade keiner Ihrer Kugelschreiber funktioniert? Ton und Griffel funktionieren immer. Kein Wunder, dass so viel geschrieben wurde.«

Genau deshalb, dachte Amirpour, *hab ich beides immer bei mir.*

Anton Friedrich lächelte. »Alle lieben die alten Griechen oder die Ägypter und ihre Pyramiden. Aber Sie mögen die mesopotamischen Hochkulturen lieber, hab ich recht?«

»Warum fragen Sie? Sie wissen es selbst. Niemand konnte den Mesopotamiern das Wasser reichen, weder die Ägypter noch die Griechen. Jeder kennt die Bibliothek von Alexandria, aber Assurbanipals Bibliothek war ähnlich groß, Hunderte Jahre älter und ist nahezu vollständig erhalten. Warum kennen wir die Ägypter? Weil ihre Könige in ihrem religiösen Wahn diese kranken Bauwerke schaffen ließen. Die Mesopotamier waren viel zu klug. Sie hatten in vieler Hinsicht eine moderne Gesellschaft wie die heutige, obwohl es nur sehr begrenzte Ressourcen gab. Alles, was sie brauchten, war Lehm, Wasser und Information. Und alles, wofür die Griechen später so bekannt wurden, war bei den Mesopotamiern schon da. Es geriet nur in Vergessenheit – bis man die Bibliothek von Ninive ausgrub.«

»Ninive, das kommt doch in der Bibel vor, wenn ich mich recht erinnere«, sagte Amirpour.

»Stimmt. Es ist dasselbe Ninive. Das Alte Testament steckt überhaupt voller Verweise auf die Mesopotamier.«

Lombardi wurde ungeduldig. »Sie wollten uns erklären, was das mit Pabil Visconte zu tun hat.«

»Der Vatikan interessierte sich von Anfang an sehr für diese Funde, und einige der ersten Stücke, die dort ausgegraben wurden, liegen heute noch im Vatikan. Ein Archäologe und Sammler namens Maximilian Ryllo hat sie dem Papst geschenkt.«

»Aber warum sind diese Stücke so wichtig?«

Niedermann nickte. Sie leuchtete eine Tafel an, die etwa handtellergroß war.

»Diese Tafel stammt nicht aus Ninive, sondern aus Assur, das heute im Irak liegt. Sie erzählt die Geschichte von Uta-napišti. Die Götter hatten beschlossen, die Menschheit auszulöschen, doch der Weisheitsgott warnte ihn und riet ihm in einem Traum, eine Arche zu bauen und neben seiner Familie und verschiedenen Handwerkern auch seine Tiere und eine Reihe wilder Tiere dort aufzunehmen. Kaum war er damit fertig, kam eine Sintflut und zerstörte alles, was Uta-napišti nicht mit seiner Arche in Sicherheit gebracht hatte.«

»Die Sintflut«, sagte Sigrunsdottir. »Die Geschichte ist sehr ähnlich, oder?«

»Es ist dieselbe Geschichte. Nur dass diese Tafel hier älter ist als das Alte Testament.«

Lombardi nickte. Er konnte sich erinnern, gelernt zu haben, dass die Sintflut bereits in älteren Quellen erwähnt wurde.

»Und Sie glauben, dass die Tafel aus dem Vatikan auch davon handelte?«

Sie wandte sich wieder an ihn. »Sie haben mir nicht erzählt, was mit dieser Tafel geschehen ist. Warum ist sie so wichtig?«

»Sie wurde vor Kurzem gestohlen«, erklärte Lombardi, »und vermutlich an einen privaten Sammler verkauft.«

In ihrem Blick war Bedauern. »Der Schwarzmarkt ist ein echtes Problem. Viele dieser Stücke verschwinden für immer in Panzerschränken privater Sammler. Aber wie ist das möglich? Gibt es keine Sicherheitsvorkehrungen?«

»Ein Insider«, erklärte Lombardi.

Niedermann warf einen Blick auf Friedrich. »Dann gehe ich

recht in der Annahme, dass Sie einen Verdacht haben, wer der Käufer sein könnte?«

Anton Friedrich senkte betreten den Blick. Niedermann schien zu wissen, wen Friedrich als Berater bei seiner Sammlung unterstützte.

»Leistner«, sagte sie. »Der Mann glaubt, dass es für ihn keine Grenzen gibt. Er würde auch unser Museum leer räumen, wenn er könnte.«

Sie seufzte. »Dann gibt es keinen Zweifel. Die Tafel enthält Teile einer Erzählung, zu der auch die Sintflut gehört. Es handelt sich dabei um nichts Geringeres als die älteste Geschichte der Menschheit.«

TURILLI

Als der Morgen graute, stand Turilli auf. Er hatte mehr getrunken als sonst, doch schlafen hatte er dennoch nicht können. Sein Körper war den Alkohol inzwischen erschreckend gut gewöhnt, und der Bereich zwischen unerträglicher Nüchternheit und Koma wurde immer schmaler.

Er hätte gern vergessen, und sei es nur für eine Weile. Doch seine Gedanken waren schmerzhaft klar.

War es ein Fehler, Gaisel alles zu erzählen?

Er bereute zunehmend, dem jungen Priester die Wahrheit gesagt zu haben. Wie hätte er ahnen können, dass dieser so überreagieren würde?

Es widerstrebte Turilli zutiefst, doch er musste wieder zurück in den Vatikan und einige Vorbereitungen treffen, falls Gaisel sich nicht zur Besinnung bringen ließ.

Nicht auszudenken, wenn die falschen Leute erfuhren, dass er vorhatte, alles auszuplaudern.

Er würde duschen und sich zwingen, zwei Scheiben trockenes Weißbrot mit Prosciutto zu essen. Davon würde ihm wie immer schlecht werden, doch im Lauf des Tages, wenn der Stress zunahm, würde er es nicht mehr spüren.

Bevor er sich auszog, schaltete er sein Handy ein. Er hatte eine Nachricht erhalten.

Es war der Leiter des Deutschen Kollegs. Gaisel war letzte Nacht nicht in seinem Zimmer gewesen. Er wollte sich nur erkundigen, ob alles in Ordnung war.

Turilli rannte los und bewegte seine füllige Gestalt durch die antiken Gemäuer der Vatikanstadt, hin zu ihrem mysteriösesten, geheimsten Ort. Als die elektrische Schiebetür aufging, inhalierte er feuchte Luft, die nach Erde schmeckte. Er musste den Kopf einziehen, um den schmalen Korridor, der in den ältesten Teil des Vatikans führte, zu durchqueren. Dort fand er zu seiner Erleichterung Gaisel, der im Licht mehrerer Baustellenscheinwerfer stand, der Saum seines Talars lehmig und das Gesicht voller Erde.

»Eminenz, Sie hatten recht. Jetzt ergibt alles Sinn.«

Turilli nickte zufrieden.

Gaisel war hier vorerst beschäftigt. Das bedeutete, dass die Zeit für den nächsten Schritt gekommen war. Er machte sich auf den Weg zur Wache der Gendarmeria Vaticana, wo ein junger Mann in einer Zelle saß, von dem man ihm erzählt hatte, dass er die Glocken des Petersdoms läuten lassen konnte. Turilli wollte herausfinden, was der Mann sonst noch so alles draufhatte.

LOMBARDI

»Noch mal, bitte«, sagte Sigrunsdottir. »Wie wollen Sie so sicher sein, dass es sich um diese Geschichte handelt?«

Niedermann ließ sich nicht aus der Ruhe bringen.

»Es gibt eine Reihe von Hinweisen. Die Geschichte von Gilgamesch ist ein Epos, ähnlich wie die Odyssee, aber viel älter. Sie handelt vom König von Uruk, der einen unzivilisierten Wilden namens Enkidu kennenlernt. Gemeinsam erleben sie Abenteuer und bringen einen mächtigen Gegner zur Strecke. Es ist die Geschichte einer Männerfreundschaft, bis Enkidu eines Tages stirbt. Darüber kommt er nicht hinweg.«

Sigrunsdottir verschränkte die Arme. Sie schien nicht zu verstehen, worauf das hinauslaufen sollte. Vor Stunden war ein Medikament vorgestellt worden, das Unsterblichkeit versprach, und nun war sie in einer Reisegruppe gelandet, die eine Museumsführung machte, in der man über alte Epen palaverte.

»Ich verstehe schon. Die Bibel hat doch recht, nicht wahr?«

Niedermann lächelte ob der Provokation. »Man könnte es auch andersherum sehen.«

»Ach ja?«

»Überlegen Sie: In der Bibel straft Gott die Menschen mit einer riesigen Flut, um dann doch einige von ihnen zu retten, indem er Noah einen Tipp gibt. Die Arche muss er aber selbst bauen. Warum so kompliziert? Im Gilgamesch-Epos ist die Geschichte ein Streit verschiedener Gottheiten. Der Sturmgott will die Menschheit auslöschen, der Gott der Weisheit versucht, sie heimlich zu retten. Entscheiden Sie selbst, welche Version Ihnen besser gefällt!«

Doch Sigrunsdottir ließ sich von der Begeisterung nicht anstecken. »Von mir aus, ein Epos«, sagte sie und wandte sich an die anderen. »Was tun wir eigentlich hier? Haben wir nicht Wichtigeres zu tun?«

Niedermann lächelte nachsichtig. »Sie verstehen es immer noch nicht. Kommen Sie, ich zeige Ihnen etwas anderes.«

Sie gingen zurück zur Galerie und in einen anderen Raum. Niedermanns Rollstuhl schob nun Friedrich.

»Das sind die ältesten Stücke, die wir hier im Haus haben«, erklärte sie und deutete auf eine Wand, die bauchige Ausbuchtungen hatte und mit fingernagelgroßen, bunten Plättchen verziert war, die Zickzack- und Rautenmuster bildeten.

»Diese Mauer wurde vor etwa viertausend Jahren von den Sumerern gebaut. Sie brachten die erste mesopotamische Hochkultur hervor. Einige Dinge, die wir heute für ganz selbstverständlich halten, wurden damals erfunden – die Schrift, die Mathematik, die Astronomie.«

»Warum bringen Sie uns hierher?«, wollte Sigrunsdottir wissen.

»Ich habe gesagt, dass die Geschichte ein Epos ist. Aber das ist nicht die ganze Wahrheit. Gilgamesch war einst König von Uruk, und diese Stadt gab es wirklich.« Niedermann beschrieb mit der Hand eine kreisförmige Bewegung. »All die Funde hier stammen aus Uruk. Einige der Stücke könnten Gilgamesch selbst gehört haben.«

Doch Sigrunsdottir schien nicht überzeugt. »Okay, Dan Leistner hat auf dem Schwarzmarkt eine Keilschrifttafel gekauft. Ich weiß, dass er solche Stücke sammelte, auch wenn ich es nicht verstehe.«

»Vielleicht hatte er es auf geheimes Wissen der Sumerer abgesehen«, warf Herrero in verschwörerischem Ton ein. »Erinnern Sie sich an die Altersangaben in der Bibel! Gab es in diesen Bibliotheken nicht auch medizinisches Wissen?«

»Sogar eine ganze Menge«, stimmte Niedermann zu. »Aus Ninive haben wir viel über die Medizin Mesopotamiens erfahren. Worauf ich hinauswill, ist etwas anderes. Weiß jemand von Ihnen, wovon das Gilgamesch-Epos eigentlich handelt?«

»Eine Männerfreundschaft«, antwortete Sigrunsdottir. »Das sagten Sie doch gerade.«

Niedermann nickte. »Der erste Teil. Aber nachdem sein Freund Enkidu verstorben war, verließ Gilgamesch seine Heimat und ließ sein Königreich hinter sich. Er konnte den Tod Enkidus nicht ertragen, weil er Fragen nach seiner eigenen Sterblichkeit aufwarf.«

Lombardi konnte sehen, wie Sigrunsdottirs Ärger sich verflüchtigte. Er selbst begann sich zu erinnern. Die Dinge, die er im Studium gelernt hatte, kamen langsam zurück. Wie hatte er so blind sein können? Er hätte es gleich sehen müssen.

»Worauf wollen Sie hinaus?«, fragte Sigrunsdottir.

Niedermann schien von ihrem Drängen zunehmend genervt zu sein und wandte sich an Anton Friedrich. »Was wollen Sie wirklich hier? Wer sind diese Leute?«

Als niemand antwortete, ergriff Amirpour die Initiative. »Sie haben bestimmt von der Präsentation gehört, die Dan Leistner vor ein paar Stunden abgehalten hat.«

Niedermann nickte, bevor sich ihre Miene aufhellte. »Sie waren dort?«

»Wir haben alles miterlebt, den Anschlag auf Leistner und den Mord in der Prager Innenstadt.«

»Prag«, sagte Niedermann. »Ich dachte es mir gleich. Das Klementinum ist unverkennbar.«

Lombardi verstand, dass sie die Bibliothek meinte. Sie hatte den Ort der Präsentation offenbar sofort identifiziert.

»Wissen Sie mehr über das Medikament, von dem Leistner sprach?«, fragte sie aufgeregt.

»Da müssen Sie mit ihr reden«, sagte Amirpour und deutete auf Sigrunsdottir. »Sie hat nämlich für Leistner gearbeitet. In Leistners Forschungszentrum auf Island, wo das Medikament entwickelt wurde. Nicht wahr?«

Sigrunsdottir biss die Zähne zusammen. Ihr war es nicht recht, darauf angesprochen zu werden.

»Dann können Sie die Antwort ja selbst geben«, sagte Niedermann. »Es gibt nur einen einzigen Grund, warum Leistner sich für das Epos interessiert.«

Nun schien auch Sigrunsdottir zu verstehen.

»Unsterblichkeit«, sagte Niedermann. »Davon handelt das Epos eigentlich. Gilgamesch hatte Angst vor dem Tod und machte sich auf die Suche nach einem Mittel, das ihn unsterblich machen sollte. Er reist dazu bis ans Ende der Welt, wo er einen Mann namens Uta-napišti trifft, der selbst unsterblich ist und das Geheimnis kennt – der biblische Noah.«

Stille erfüllte das Museum.

Niedermann genoss es sichtlich, sie sprachlos zu sehen. »Das Gilgamesch-Epos ist die bei Weitem am meisten unterschätzte Geschichte der Menschheit. Sie ist nicht nur älter als alle anderen, sondern war ihrer Zeit auch um Jahrtausende voraus. Während die Odyssee sich wie ein Fantasyroman mit Riesen und Seeungeheuern liest, in dem die Menschen von göttlichen Mächten fremdbestimmt sind und nur in Ausnahmefällen eigene Entscheidungen treffen, kämpft Gilgamesch mit den großen Problemen, die uns heute immer noch beschäftigen. Er ist ein reicher Mann, der alles hat, was man sich wünschen kann. Doch er gibt all das auf, um ein Mittel gegen den Tod zu suchen – nicht etwa einen Gott, den er darum bitten kann. Das Zentrum der Geschichte ist ein Gespräch Gilgameschs mit einer Wirtin, die Bier ausschenkt. Sie will ihn überreden, von seiner Suche abzulassen und Zufriedenheit zu finden mit dem, was er hat. Lebe im Moment! Doch Gilgamesch hört natürlich nicht auf sie und macht weiter. Er findet den Unsterblichen Uta-napišti, der ihm von einer Pflanze erzählt, die unsterblich machen soll. Gilgamesch findet diese Pflanze tatsächlich, doch sie wird ihm im letzten Moment entrissen. Leider ist dieser Teil des Epos nicht besonders präzise. Woran man die Pflanze erkennt, wird nicht genau erklärt. Wir erfahren nur, dass eine Schlange kommt, die vom Duft der Pflanze angelockt wurde und sie in einem unbeobachteten Moment entwendet. Als die Schlange die Pflanze frisst, häutet sie sich und ist verjüngt.«

Amirpour sah Sigrunsdottir an. »Sagte Leistner nicht etwas über Schlangen? Gehören sie etwa auch zu der Gruppe der unsterblichen Tiere?«

Sigrunsdottir gefiel die Frage nicht. »Es gibt die Vermutung, dass auch bestimmte Spezies von Schlangen über vernachlässigbare Seneszenz verfügen, aber das ist nicht bewiesen.«

»Hatten Sie Schlangen auf Island?«

»Wir hatten viele verschiedene Tiere.«

»Also ja«, schloss Amirpour. »Gibt es im Gilgamesch-Epos vielleicht Hinweise darauf, um welche Spezies es sich handelte?«

Niedermann schüttelte den Kopf. »Aber das heißt nichts. Das Gilgamesch-Epos ist keine abgeschlossene Geschichte.«

»Wie«, begann Amirpour, »ich dachte, diese Tafeln sind uralt! Wie kann die Geschichte nicht abgeschlossen sein?«

»Weil es verschiedene Versionen des Epos gibt, ähnlich wie beim Nibelungenlied mit seinen verschiedenen Handschriften. Und weil immer wieder Tafeln mit Teilen der Geschichte gefunden werden, teilweise schon bekannte Passagen, die leichte Veränderungen aufweisen.«

»Deshalb sammelt Leistner antike Stücke«, sagte Lombardi, der fasziniert von der Leidenschaft dieser Frau war, die offenbar schwer mit den vergangenen Schicksalsschlägen kämpfte. »Er identifiziert sich mit der Geschichte von Gilgamesch.«

Niedermann nickte. »Leistner sucht intensiv nach antiken Tafeln mit bisher unentdeckten Variationen des Gilgamesch-Epos. Er kauft alles, was er finden kann. Seit den Neunzigern auch auf dem Schwarzmarkt. Es gab bereits damals Gerüchte, dass er versucht hat, an Stücke aus der Sammlung der Vatikanischen Museen heranzukommen. Er glaubt, dass eine davon genauere Informationen über die Pflanze enthält, die Menschen unsterblich macht. Das ist keineswegs auszuschließen, auch wenn es sich natürlich um eine Geschichte handelt. Leistner sammelt diese Tafeln. Aber eigentlich jagt er einem Mythos hinterher.«

»Welchem Mythos?«, fragte Lombardi.

»Die Tafeln, die heute bekannt sind, enthalten verschiedene Versionen der Geschichte, aber es gibt eine Urform, auf die alle anderen Versionen zurückgehen.«

»Natürlich gibt es die«, stellte Herrero fest, als hätte er es schon immer gewusst.

Lombardi wurde langsam schwindlig von den vielen neuen Informationen. »Kommen Sie schon«, warf er ein. »Das klingt für mich ein wenig zu sehr nach Indiana Jones. Sie glauben doch nicht wirklich, dass es eine verlorene Urform des Epos gibt, in dem das Geheimnis ewigen Lebens enthalten ist?«

Niedermann zuckte mit den Schultern. »Sie können es ein Märchen nennen, aber diese Originalversion ist nicht nur ein Gerücht, sie wird in den Texten eindeutig erwähnt.«

»In welchen Texten?«

Niedermann sah Lombardi eindringlich an. »Im Epos selbst! Am Ende der Erzählung ist Gilgamesch zurück in Uruk, wo er eine Schatulle aus Zedernholz anfertigt, die er unter der Stadtmauer vergräbt. Darin findet sich, auf Tafeln aus Lapislazuli, das Original der Geschichte.«

»Die Mauern von Uruk«, wiederholte Amirpour ungläubig, deren journalistischer Spürsinn offenbar von der unglaublichen Geschichte angesprochen wurde.

»Diese Mauern«, sagte Niedermann und deutete auf den Teil der Artefakte neben sich. »Auch wenn man dort keine derartigen Tafeln gefunden hat, ganz abwegig ist die Geschichte nicht.«

Alle schwiegen. Niedermann schien plötzlich nachdenklich. Sie sah Anton Friedrich an, der ihrem Blick auswich.

»Sie haben ihnen nicht alles erzählt, oder?«, fragte sie.

Anton Friedrich sah seine Frau an, dann Niedermann. »Was meinen Sie?«

»Sie wissen es doch auch«, wandte sich die Restauratorin an Beate Friedrich. »Die Leute, mit denen er sich trifft. *Viri Timorati.*«

Lombardi brauchte einen Moment, um zu verstehen, dass es sich um Latein handelte.

»Viri Timorati?«, sagte Sigrunsdottir. »Was bedeutet das?«

»Ich weiß nicht, wovon Sie sprechen!«, entgegnete Anton Friedrich.

»Was meinen Sie?«, schaltete Amirpour sich ein. »Machen Sie keine kryptischen Andeutungen, dafür ist keine Zeit.«

»Ich mache keine Andeutungen. Herr Friedrich kann das besser erklären.«

Alle sahen Anton Friedrich an, doch bevor er noch etwas sagen konnte, ertönte das schrille Rasseln eines Alarms.

Während alle einander fragend ansahen, hörten sie von draußen Schritte, die sich schnell näherten. Der Wachmann, der ihnen die Tür geöffnet hatte, betrat den Raum.

»Was haben Sie getan?«, wollte er wissen.

»Gar nichts!«, gab Niedermann zurück.

»Sie müssen irgendetwas berührt haben!«

Niedermann sah die Gruppe an, dann wieder den Wachmann. »Ich habe aufgepasst, niemand hat die Vitrinen berührt. Stimmt doch, oder?«

Alle nickten. Da riss Niedermann die Augen auf.

»Die Schrifttafeln … die Tafeln, die zum Epos gehören! Jemand versucht, sie zu stehlen!«

»Aber warum?«, fragte der Wachmann.

»Sehen Sie nach!«

Lombardi blickte Amirpour an. Er musste sofort an das denken, was sie ihm im Zug gezeigt hatte.

Kann es sein, dass uns jemand hierher gefolgt ist?

Sosehr es Lombardi widerstrebte, er hatte selbst eine Videoaufnahme davon gesehen, wie Badalamenti den Vatikan bestahl. Würde er so weit gehen, auch dieses Museum zu erleichtern?

Er und Amirpour rannten gleichzeitig los. Sie fanden den Wachmann im Raum mit den Schrifttafeln, den Niedermann ihnen zuvor gezeigt hatte, doch dort schien alles in Ordnung zu sein, alle Vitrinen waren intakt.

»Es muss hier sein«, sagte der Wachmann.

In diesem Moment kamen zwei Kollegen von ihm angelaufen.

»Was ist los?«, fragte einer von ihnen. Als er Lombardi und Amirpour sah, blieb er stehen. »Wer sind diese Leute?«

»Die gehören zu Frau Doktor Niedermann.«

»Hast du sie etwa hineingelassen?«

Er schlug die Augen nieder. »Ich dachte, wenn sie Freunde von Niedermann sind …«

»Wir waren das nicht mit dem Alarm«, mischte Amirpour sich ein. »Es ist noch jemand hier.«

Die drei Wachmänner sahen sich abwechselnd an. »Kann endlich jemand diese verdammte Klingel ausschalten?«, sagte der erste Wachmann, woraufhin einer der beiden anderen davonlief. Der zweite blieb im Raum und sah sich um.

»Also falscher Alarm?«

»Ich bin mir nicht sicher. Mach einen Rundgang.«

Der andere verdrehte die Augen und begab sich auf den Weg.

Inzwischen hatte auch Amirpour sich davon überzeugt, dass die Vitrinen alle unbeschädigt waren.

»Wenn es nicht um die Keilschrifttafeln geht, worum geht es dann?«

»Ich habe keine Ahnung«, gestand Lombardi.

Sie ließen den Wachmann allein und gingen wieder zurück in den Raum, wo die Funde aus Uruk ausgestellt waren, doch dort war niemand mehr.

»Wo sind sie hin?«

»Vielleicht in den Keller?«, riet Lombardi.

Sie eilten zur Treppe und warfen einen Blick nach unten, doch auch dort war niemand.

Es war Amirpour, die auf die offensichtlichste Idee kam, es am Ausgang zu probieren. Dort fanden sie die Gruppe. Niedermann hatte sie hierher geführt.

»Es tut mir leid«, sagte die Restauratorin, »aber Sie müssen jetzt gehen.«

»Natürlich«, sagte Amirpour. »Danke, dass Sie uns geholfen haben.«

»Sehen Sie zu, dass Sie Leistner und diese Tafel finden. Er kann nicht einfach wichtige Kulturgüter zusammenkaufen, wie es ihm passt. Und Friedrich soll Ihnen die Wahrheit erzählen.«

Da erst fiel ihnen auf, dass das Ehepaar Friedrich fehlte.

»Wo sind sie?«, fragte Amirpour.

»Ich dachte, die wären bei Ihnen«, gab Sigrunsdottir zurück.

»Sie finden selbst den Weg nach draußen«, sagte Niedermann und wollte die Gruppe zur Tür hinausscheuchen, doch Amirpour und Sigrunsdottir blieben stehen und sahen sich an.

»Ich habe ein ungutes Gefühl«, sagte Amirpour, und die Isländerin nickte.

Die beiden wandten sich um und rannten zurück ins Museum.

Lombardi lächelte entschuldigend und nahm ebenfalls die Verfolgung auf.

»Wir trennen uns«, sagte Amirpour, als sie die erste Abzweigung erreichten.

Widerwillig ließ Lombardi die beiden Frauen ziehen.

Sie haben sich bestimmt nur verlaufen.

Doch er hatte das Gefühl, dass das nicht stimmte. Das Ehepaar Friedrich schien nicht zum ersten Mal hier zu sein, sie kannten das Museum bestimmt wie ihre Westentasche.

Lombardi rannte ebenfalls los, während der Alarm immer noch schrill durch die Gänge hallte und jedes andere Geräusch dämpfte. Das Klingeln schallte unangenehm in seinen Ohren. Sein Gehör kam langsam zurück, doch alles, was lauter war als ein Gespräch, fühlte sich seltsam und unangenehm an.

Als er erneut das babylonische Tor durchquerte, drang ihm ein scharfer Geruch in die Nase, den er nicht zuordnen konnte. Als er weiterging, ließ der Geruch nach und er landete in einem Raum mit riesigen Säulen. Während er sich fragte, was hier so seltsam roch, hörte er Stimmen aus der Ferne. Sie riefen aufgeregt durcheinander. Er versuchte, ihren Ursprung zu eruieren, doch das Klingeln machte jeden Orientierungsversuch unmöglich. Als er sich erneut nach dem Tor umdrehte, sah er dort etwas, das ihm zuvor nicht aufgefallen war.

Im selben Moment hörte er hinter sich die Stimme von Amirpour.

»Lombardi, kommen Sie schnell, wir haben Beate Friedrich gefunden!«

Doch Lombardi konnte nicht antworten, so gefesselt war er von dem Anblick vor ihm. Er wusste, dass er nicht zögern durfte, sondern dass jede Sekunde zählte, doch er war wie gelähmt.

Hinter ihm tauchte Amirpour auf und fuhr ihn an.

»Lombardi – sind Sie taub?« In diesem Moment sah sie es auch. »Ich werd' verrückt …«

Mitten über dem Durchgang des Tors hing eine menschliche Gestalt. Lombardi musste seine Augen anstrengen, um im schwachen Licht erkennen zu können, dass ein Seil um ihren Fuß geschlungen war, das oben um eine der Zinnen des Tors lief. Lombardi hoffte, sich zu täuschen, doch als er näher trat, erkannte er, dass es sich um Anton Friedrich handelte. Er hing kraftlos herab, sodass Lombardi befürchtete, zu spät zu kommen. Doch dann hörte er ein schwaches Stöhnen. Nun stieg ihm erneut der betäubende Geruch in die Nase. Er musste unwillkürlich an das denken, was bei der astronomischen Uhr in Prag passiert war.

Was immer das ist, es ist brennbar!

»Lombardi! Sie riechen das auch, oder?«, sagte Amirpour hinter ihm.

Er hörte sie kaum.

Ich habe Friedrich gerade noch gesehen – wie ist das möglich?

Er folgte dem Lauf des Seils mit dem Blick. Es führte von der Zinne wieder herab und war an einer eisernen, kniehohen Begrenzungskonstruktion fixiert, die Besucher auf Abstand halten sollte. Und dort sah er plötzlich etwas leuchten.

Er zögerte keine Sekunde, sondern rannte hin, um sich den Knoten vorzunehmen. Amirpour brauchte einen Moment länger, um die Situation zu erfassen.

Das Licht kam von einem Benzinfeuerzeug, das direkt neben dem Seilende lag, als hätte es jemand dort fallen lassen. Es lag auf der Seite, doch die Flamme war nicht erloschen.

Wenn die Dämpfe sich entzünden …

Lombardi versuchte, den Knoten zu lösen, doch das Seil war so glitschig, dass seine Finger abglitten. Er ließ Amirpour ihr Glück versuchen, während er sich um das Feuerzeug kümmerte. Was hatte es damit auf sich? Hatten sie den Täter bei seinem Werk unterbrochen? Lombardi zögerte nur einen Moment, doch lange genug, dass sich das zum Tor hinauflaufende Seil entflammte. Lombardi trat kurz entschlossen auf das Feuerzeug, das erlosch. Doch es war zu spät. Amirpour sah es auch: Das Seil hatte Feuer gefangen, und die Flammen wanderten nach oben.

»Ich schaffe es nicht!«, sagte Amirpour.

Lombardi rannte in die Mitte des Tors und versuchte, zu Friedrich hochzuspringen, doch er war zu klein.

»Tun Sie etwas!«, schrie Amirpour.

Mitten in der größten Verzweiflung hatte Lombardi eine Idee, und da es die einzige war, die ihm noch blieb, rannte er los. Er suchte den nächstbesten Ausstellungsraum und sah sich nach etwas Scharfem um – ein Messer oder ein Schwert. Doch der Raum enthielt nur Statuen und Tontafeln, jedoch keine einzige Waffe.

Was für ein Volk wart ihr überhaupt? Habt ihr keinen Krieg geführt?

Erst im nächsten Raum wurde er fündig. Er sah eine verbogene, rostige Klinge und trat zweimal gegen die Scheibe, bis sie brach. Am Alarm, der immer noch durchdringend schrillte, änderte das nichts, doch Lombardi rannte mit einem Schwert bewaffnet zurück zu Amirpour, die inzwischen den bereits brennenden Knoten mit ihren Schuhen bearbeitete. Das Feuer hatte die Zinne erreicht und breitete sich nach unten aus. Kurz glaubte Lombardi, dass jede Hilfe zu spät kam und das Feuer Friedrich jeden Moment erreichen würde, doch von oben nach unten breitete es sich langsamer aus. Dennoch würden ihnen nur noch wenige Sekunden bleiben.

Lombardi ließ das Schwert auf das Seil niedersausen. Beim dritten Mal klappte es, und das Seil riss. Amirpour war bereits beim Tor, um den herabfallenden Körper abzufangen; immerhin konnte sie verhindern, dass der Kopf des Historikers auf dem Steinboden aufschlug.

Friedrich bewegte sich, doch es ging ihm nicht gut. Als Lombardi über dessen Kopf strich, fühlte sich dieser feucht und warm an – Blut.

»Seine Kleidung!«, sagte Amirpour.

Er verstand, was sie meinte. Der Gestank war jetzt durchdringend. Friedrichs ganze Kleidung schien in irgendetwas getränkt zu sein. Das Feuer kroch immer noch das Seil entlang und hatte Friedrich fast erreicht.

Lombardi kappte das Seil, und gemeinsam zerrten sie Friedrich beiseite, während das Seilende Feuer fing. Sie lehnten den Körper des Historikers mit dem Rücken gegen ein Wandrelief und sanken daneben erschöpft zu Boden.

Lombardi gönnte sich nur zwei Atemzüge, bevor er sich wieder aufrappelte. Er wandte sich Friedrich zu, um zu sehen, wie schwer der Historiker verletzt war. Seine Augenlider flatterten, und sein Mund bewegte sich. Er war bei Bewusstsein, aber offenbar in ziemlich schlechter Verfassung.

»Alles wird gut, Herr Friedrich«, sagte er. »Wir holen Hilfe.«

Doch als er das sagte, riss der Mann die Augen auf.

»Was ist? Wollen Sie nicht, dass ich gehe? Keine Sorge, Frau Amirpour hier bleibt bei Ihnen.«

Friedrich versuchte, mit ihm zu sprechen. Seine Stimme war so leise, dass er sich zu ihm beugen musste, um ihn zu verstehen.

»Beate – wie geht es ihr?«

Lombardi sah Amirpour an. »Was ist mit seiner Frau?«

»Wurde ebenfalls niedergeschlagen. Aber sie ist wieder zu sich gekommen.«

»Hören Sie das, Friedrich?«, wandte sich Lombardi an ihn. »Ihrer Frau geht es gut. Sie müssen sich keine Sorgen machen.«

Er schien erleichtert, schüttelte aber trotzdem den Kopf. »Sagen Sie ihr, es tut mir so leid. Ich hätte ehrlich zu ihr sein sollen.«

Dann verlor er das Bewusstsein.

»Wir müssen einen Rettungswagen rufen«, erklärte Lombardi. »Mir ist egal, ob wir gefunden werden.«

Bevor Amirpour antworten konnte, tauchte Niedermann aus dem dunklen Durchgang des Tors auf. Sie bewegte ihren Rollstuhl selbst, und als sie Friedrich auf dem Boden liegen sah, erstarrte sie.

»Er auch?«, fragte sie.

»Schnell, rufen Sie den Notarzt!«, forderte Lombardi.

Niedermann brauchte einen Moment, um ihren Blick von Friedrich loszureißen, dann nickte sie. »Natürlich.«

Sie nahm ein Handy heraus und begann zu telefonieren. Hinter ihr tauchte der Wachmann auf, der sie eingelassen hatte. Sie setzte das Handy ab.

»Friedrich ist verletzt! Kümmern Sie sich um ihn!«, herrschte sie ihn an.

Der Mann sah den Verletzten und schien einen Moment lang von der Situation überfordert zu sein, bevor er sich zu Lombardi und Amirpour hockte.

»Was in Gottes Namen ist hier geschehen?«, sagte Niedermann, die zum hängenden Seil hochsah.

»Jemand wollte ihn umbringen«, gab Lombardi ungeduldig zurück. »Genau wie Pabil Visconte!«

Jemand, der ihnen gefolgt war. Doch warum Friedrich? Was hatte der alte Mann getan?

»Lombardi«, meldete sich Amirpour. »Wenn der Rettungsdienst Friedrich hier findet, werden sie die Polizei einschalten.«

»Natürlich werden sie die Polizei einschalten! Wir sollten selbst die Polizei rufen – wer immer das getan hat, könnte noch hier sein!«

Doch er sah, worauf sie hinauswollte. Lombardi wurde von der italienischen Polizei gesucht, und wenn man ihn hier fand, saß er erst einmal in Polizeigewahrsam. Ob es ihm gelang, die Situation den deutschen Behörden schlüssig zu erklären, war äußerst zweifelhaft.

Hinter ihnen betraten Sigrunsdottir und Beate Friedrich den Raum, gefolgt von Kevin Herrero. Friedrich hatte den Arm um die Wissenschaftlerin gelegt. Von ihrer Stirn lief Blut. Als sie ihren Mann da liegen sah, löste sie sich und stolperte auf ihn zu.

»Anton!«

Sie nahm seinen Kopf in die Hände, und als er die Augen aufschlug, stieß sie einen Schluchzer der Erleichterung aus.

»Vorsicht!«, sagte Lombardi. »Es ist etwas in seiner Kleidung. Er hätte fast Feuer gefangen!«

Dabei kam ihm ein Gedanke, der ihn verwirrte. Doch bevor er Zeit hatte, sich damit zu beschäftigen, zog Niedermann plötzlich an seinem Ärmel.

»Ein Rettungswagen wird bald hier sein. Sie müssen gehen.«

Er sah die Frau überrascht an.

»Sie haben alles getan, was Sie tun konnten«, fügte sie hinzu. »Wenn man Sie findet, wird alles nur komplizierter.«

Der Wachmann hatte sie gehört und blickte auf. »Sie wollen sie wegschicken?«

»Kümmern Sie sich um Ihren eigenen Kram!«, fuhr Niedermann ihn an und wandte sich an Beate Friedrich. »Frau Friedrich, diese Leute haben recht. Was mit Ihrem Mann geschehen ist, ist kein Zufall. Sie müssen ihnen alles erzählen!«

Beate Friedrich umarmte weinend ihren Mann.

»Ich wusste es«, sagte sie. »Ich wusste, dass irgendwann so etwas passieren würde.«

Niedermann schien einzusehen, dass Beate Friedrich ihr nicht zuhörte. Sie wandte sich wieder an Lombardi und Amirpour.

»Gehen Sie! Ich kümmere mich um alles Weitere. Ich habe in der Nähe eine Wohnung.«

Sie kramte in ihrer Tasche nach einem großen Schlüsselbund und löste einen einzelnen Schlüssel heraus. Währenddessen waren draußen Sirenen zu hören. Ob sie von Rettungswagen oder von der Polizei stammten, konnte Lombardi, dem die deutschen Folgetonhörner nicht geläufig waren, nicht sagen.

»Es tut mir leid wegen des Schwerts«, sagte er. »Ich wusste keine andere Lösung.«

Sie warf einen Blick auf das auf dem Boden liegende Museumsstück. »Das war nur hellenistisch. Jetzt gehen Sie schon.«

Doch es war zu spät. Die Sirenen, die sie gehört hatten, waren jene der Polizei gewesen.

TEIL 5

EINE GRUPPE SEHR MÄCHTIGER LEUTE IM PALAZZO CHIGI IN ROM

»Und sonst gibt es keine Informationen?«, fragte der Premier. »Wir wissen nur, dass das Präparat von diesem Leistner stammt?«

Die Geheimdienstchefin nickte. »Es ist mit Sicherheit das Präparat, das er vor wenigen Stunden in der tschechischen Hauptstadt Prag präsentiert hat.«

»Warum Prag, verdammt noch mal? Warum nicht, was weiß ich, Amsterdam? Oder Tokio?«

»Sein Vater. Er hatte tschechische Vorfahren, Signore.«

Der Premier seufzte und wandte sich an seine medizinische Beraterin. »Und Sie sagen, er hat es getestet?«

»Eine Phase-I-Studie. Nicht nach korrekten ethischen Maßstäben durchgeführt, aber die Qualität stimmte nach unseren Informationen. Wir haben die Ergebnisse vorliegen, und sie sind so weit in Ordnung. Dennoch würde ich Ihnen dringend raten, die Phase-II-Studie abzuwarten.«

»Aber er hat es doch selbst genommen, oder etwa nicht?«, wandte der Premier ein.

Während die Geheimdienstchefin vor Anspannung die Luft anhielt, blieb die medizinische Beraterin nach außen hin betont ruhig.

Der Premier musterte sie.

Wie steif kann man sein?

Diese Wissenschaftler waren alle gleich: kein Humor, keine Schwächen, wie die Maschinen. Wo war die Menschlichkeit, wenn man nicht auch einmal etwas Unvernünftiges tun konnte? Er verbrachte zu viel Zeit mit diesen Experten, er hatte Angst, dass es auf ihn abfärbte. Wie sollten sich die Wähler von ihm verstanden fühlen, wenn er auch so steif wurde? Vielleicht sollte er doch etwas mit dieser Praktikantin anfangen, die ihn manchmal länger ansah, als gut für sie war. Zumindest bildete er sich das ein. Und selbst wenn nicht, er musste wieder einmal etwas Unvernünftiges tun, sonst drehte er irgendwann durch.

»Er kann als Privatmann natürlich tun, was er will. Jeder Mensch hat das Recht, sich in einem gewissen Rahmen selbst zu gefährden.«

»Und ich darf das nicht?«

»Natürlich dürfen Sie. Aber ich würde davon abraten. Ich bin selbst keine Medizinerin, aber …«

Der Premier stieß ein verächtliches Grunzen aus. »Warum zum Teufel ist meine medizinische Beraterin keine Medizinerin?«

»Signore, ich habe Biochemie und Politikwissenschaften …«

»Verzeihung«, fiel er ihr ins Wort. »Ich habe wohl versehentlich den Eindruck erweckt, dass mich interessiert, was Sie studiert haben. Wir wissen also auch nichts über die Haltbarkeit des Wirkstoffs?«

»Leider nicht.«

»Das heißt, er könnte bald ablaufen.«

»Das könnte passieren. Weshalb es wichtig ist, dass wir ihn möglichst schnell ins Labor bringen.«

»Und wir wissen nicht, ob Leistner etwas davon nachproduziert hat. Ob er überhaupt noch lebt.«

»Wissen wir nicht, Signore.«

Er hielt die kleine Phiole in der Hand. »Verabreichen Sie es mir. Ich übernehme die Verantwortung.«

»Aber wir kennen die Zusammensetzung nicht. Wir müssen mindestens die Hälfte davon zurückhalten.«

»Meine Entscheidung. Holen Sie meinen Arzt.«

LOMBARDI

Die Polizei hatte das Museum gesichert, und als sie den schwer verletzten Friedrich gesehen hatten, waren erst einmal alle festgenommen worden.

Lombardi saß nun seit einer Stunde in einem Verhörzimmer, wie er es aus Filmen kannte, komplett mit im Boden verankertem Tisch und Venezianischem Spiegel an der Wand. Was die Filme nicht zeigten, war der muffige Geruch des alten Teppichbodens. Lombardi vermutete, dass hier früher geraucht worden war, und wieder war da die Lust auf eine Zigarette.

Wird das denn nie aufhören?

Vorhin war ein junger Beamter hier gewesen, der Lombardis Personalien überprüft hatte, ohne sich die kleinste Gefühlsregung anmerken zu lassen. Lombardi hatte ihm seinen vatikanischen Diplomatenpass ausgehändigt, und der Mann war damit verschwunden.

Das war es also. Sein Abenteuer war vorbei.

Lombardi fühlte sich erschöpft und leer. Der Weg, den er vor zwei Tagen begonnen hatte, als er zu dem Termin mit Turilli gewollt hatte, war zu Ende, und trotz der Gefahren, denen er sich ausgesetzt hatte, hatten sie im Prinzip nichts erreicht.

Er hatte sich davor gefürchtet, sich den Behörden erklären zu müssen. Immerhin war er mit dubiosen Methoden aus Rom nach Island geflohen, obwohl bereits nach ihm gefahndet worden war. Er fragte sich, wie die Medien in Rom die Sache inzwischen behandelten. Ob sein Foto immer noch in den Zeitungen stand? Berichteten sie von seiner Flucht?

Das alles war ihm inzwischen seltsam gleichgültig. Er würde ihnen einfach die Wahrheit sagen: dass er selbst nicht genau wusste, wie es so weit gekommen war.

All das verblasste neben einer tiefen Erschütterung, die ihn seit der Verfolgungsjagd bei der Prager Bibliothek nicht mehr losließ.

Badalamenti war dort gewesen, doch er hatte sich ihm entzogen. Er hatte ihn angesehen wie einen Fremden.

Das war es, was nicht in seinen Kopf wollte. Der Alessandro Badalamenti, den er kannte, hätte ihn nie auf diese Weise abserviert. Er hätte längst Kontakt aufgenommen, sich für sein Verhalten entschuldigt und ihm alles erklärt. Doch diese Version Badalamentis schien eine Illusion gewesen zu sein. Wenn er seinen Freund also vor den Anschuldigungen der anderen in Schutz nahm, dann tat er das, ohne wirklich davon überzeugt zu sein.

Es stimmt. Ich habe ihn nie wirklich gekannt.

An einem hatte er inzwischen kaum noch Zweifel: Badalamenti hatte eine antike Schrifttafel aus dem Vatikan gestohlen und an den Milliardär Dan Leistner verkauft. Dass die Gegenleistung Geld gewesen war, schien ihm äußerst unwahrscheinlich. Badalamenti hatte mehr als genug Geld. Leistner musste ihm etwas geboten haben, das man nicht kaufen konnte.

Hat er dir Unsterblichkeit versprochen? War das der Punkt, an dem du nicht widerstehen konntest?

Lombardi musste an das Penthouse denken – an die Bilder und die Automodelle. Und plötzlich erschien es ihm logisch, dass jemand wie Badalamenti von dem, was Leistner versprach, geradezu magisch angezogen werden musste.

Doch wie weit würde er gehen? War es vorstellbar, dass er gegen Gesetze verstieß? Gegen die irdischen Gesetze oder sogar gegen seine religiösen Überzeugungen?

Wie es um Badalamentis Glauben stand, hatte er sich nie gefragt. Sein Freund war ihm immer so gefestigt vorgekommen. Bei ihm schien alles, was den Glauben anging, immer ganz einfach zu sein. Konnte sich hinter dieser Fassade der Souveränität ein dunkler Abgrund verbergen?

Lombardi sah mit einem Mal, dass alles, was bisher seinem Leben Stabilität gegeben hatte, fragil und zerbrechlich wurde. In seinem alten Leben gab es nichts mehr, woran er sich festhalten konnte. Er musste es hinter sich lassen, das spürte er. Entscheidungen treffen, neue Wege beschreiten.

Ich habe es doch schon versucht. Es hat nicht funktioniert.

Chibuike hätte dieser Rettungsanker sein können, den er gesucht hatte. Die Frau, mit der ihn ein Verständnis verbunden hatte, wie er es zuvor nicht gekannt hatte.

Doch als er wieder zu ihr zurückgekehrt war, war alles anders gewesen, und nun war er wieder hier.

Es war seine Idee gewesen, sie nach Europa zu holen. Vielleicht, weil er das Gefühl gehabt hatte, ihr sonst nichts bieten zu können. Sie hatte *Ja* gesagt, also war er zurück nach Rom gegangen und hatte Vorbereitungen getroffen, sie nachzuholen. Doch dann war es kompliziert geworden. Ein paarmal hatte er sie vertröstet, dann hatte er nicht mehr gewagt, sich zu melden.

So ist das, wenn man an nichts glaubt. Man ist allein, hat keinen Halt, und alles stellt eine Bedrohung dar.

Doch als eine Frau mit kurzen Haaren und militärischem Habitus den Raum betrat, wurde er prompt aus seiner Spirale des Selbstmitleids gerissen.

»Sie?«, fragte er ungläubig. »Wie kommen Sie denn hierher?«

»Mit dem Flugzeug«, gab Silvia Rogora auf Italienisch zurück. »Die Frage ist, was Sie hier verloren haben!«

Tschechiens Premierminister verstorben

Prag. Heute hätte Tomáš Kubiš einen Empfang für eine Delegation von Diplomaten aus dem Nahen Osten geben sollen, doch letzte Nacht musste der Premierminister wegen gesundheitlicher Probleme von seiner Privatwohnung in das Prager Militärkrankenhaus gebracht werden, wo er intensivmedizinische Betreuung erhielt. Über Nacht verschlechterte sich sein Zustand rapide, sodass um kurz nach fünf Uhr Multiorganversagen festgestellt wurde. Über die Todesursache gibt es noch keine gesicherten Informationen, die Rede ist von Symptomen wie bei Strahlenschäden. Spekulationen über eine Vergiftung konnten bislang nicht bestätigt oder widerlegt werden. In einer offiziellen Stellungnahme drückt seine Stellvertreterin im Namen aller Regierungsmitglieder ihre Erschütterung aus: »Er war eine Stütze für dieses Land und ein besonderer Mensch.« Landesweit wurde Staatstrauer ausgerufen, die Flaggen an den öffentlichen Gebäuden wehen bereits auf Halbmast.

(red)

LOMBARDI

Silvia Rogora brachte ihn aus der Polizeistation nach draußen, was von den Beamten mit ungläubigen Blicken quittiert wurde. Der Mann, der Lombardi vorhin befragt hatte, war nirgends zu sehen. Rogora gab ihm seinen Pass zurück und hieß ihn, in einen Mercedes mit abgedunkelten Scheiben einzusteigen. Rogora nahm auf dem Beifahrersitz Platz, und ein Mann in Anzug mit Sonnenbrille setzte das Auto in Bewegung.

Lombardi wagte nicht, die Beamtin der italienischen Regierung zu fragen, wohin die Reise ging. Erst mal war er froh, die Polizeistation verlassen zu können, doch er vermutete, dass die Dinge nicht eben einfacher werden würden.

Silvia Rogora und er hatten schon einmal miteinander zu tun gehabt. Sie war vor etwa zwei Jahren Teil eines Teams gewesen, das ihm das Leben gerettet hatte, als man ihn und Amirpour mit einem Hubschrauber aus einer brennenden Benediktinerabtei evakuiert hatte. Er hatte sie als energisch, aber herzlich kennengelernt, die ihren Beruf über alles stellte und sich Humor erst erlaubte, wenn der Job erledigt war. Danach konnte sie aber auch laut und ausgiebig lachen, aber nur bis 22 Uhr, denn am nächsten Tag musste man ja pünktlich bei der Arbeit sein.

Das Gebäude, vor dem der Mercedes hielt, wurde von wuchtigen Säulen dominiert, die nicht so recht mit der rosa Wandfarbe zusammenpassen wollten.

»Wo sind wir?«, fragte er.

»Die italienische Botschaft«, erklärte sie. »Ich muss mich für die faschistische Architektur entschuldigen, geht noch auf Albert Speer zurück. Nur die besten Freunde der Deutschen durften hier ihre Botschaftsgebäude bauen. Und bevor Sie fragen: Nein, ich bringe Sie nicht in die vatikanische Nuntiatur. Das mit dem vatikanischen Pass glaubt Ihnen nämlich kein Mensch.«

»Der ist echt!«, rechtfertigte sich Lombardi.

»Umso schlimmer.«

Sie führte ihn ins Innere des Gebäudes, wo ein Saal, der für Empfänge gedacht sein mochte, als Krisenzentrum eingerichtet war. Ein Oval aus Tischen beherrschte die Hälfte des Raums, an dessen Ende mehrere große Fernseher auf einem Stativ hingen. Zwei davon zeigten irgendwelche Diagramme, während auf einem internationale Nachrichten liefen. Männer und Frauen in Business-Anzügen standen herum, tranken Kaffee aus Bechern.

Rogora fand an den Tischen den Platz mit ihrem Namensschild, klappte den dort stehenden Laptop auf und checkte offenbar kurz die Nachrichten.

»Setzen Sie sich. Ich habe gehört, was im Museum passiert ist. Geht es Ihnen gut?«

Lombardi nickte. »Ich bin unverletzt. Was ist denn hier eigentlich los?« Er deutete auf die Fernseher.

»Erkläre ich Ihnen später. Zuerst Sie. Ich habe den Polizisten erzählt, dass Sie an dem, was dort geschehen ist, unschuldig sind. Ich hoffe, das entspricht der Wahrheit.«

Einen Moment zögerte Lombardi mit seiner Antwort. Seine Gefühle waren ein wilder Mix aus Erschöpfung, Erleichterung und

Schuldgefühlen. Dass er unschuldig war, hätte er im Moment so nicht unterschreiben wollen.

»Sie machen mich nervös«, erklärte Rogora. »Die römische Polizei war kurz davor, einen internationalen Haftbefehl zu beantragen. Die wollen Sie immer noch befragen, und ich musste bis weit nach oben telefonieren, um sie kaltzustellen. Bitte sagen Sie mir, dass das kein Fehler war.«

»Ich war es nicht«, versicherte er ihr. »Das mit Friedrich.«

»Das will ich schwer hoffen. Haben Sie irgendetwas mitbekommen?«

Lombardi überlegte, dann erzählte er ihr knapp, was geschehen war.

»Ich konnte nicht sehen, wer es getan hat. Aber jemand scheint mit uns in diesem Zug gewesen zu sein. Für mich sieht es so aus, als wäre es derselbe Täter wie in Prag. Und in Rom.«

Dass seine Freunde Badalamenti verdächtigten und vielleicht damit recht haben konnten, erwähnte er nicht, sondern fragte stattdessen: »Wo sind die anderen?«

»In einem Nebenraum, nicht weit von hier. Amirpour wollte weder in die österreichische noch in die iranische Botschaft. Sie wollte zu Ihnen.«

Lombardi war erleichtert. Sie war also auch nicht mehr in Polizeigewahrsam. »Holen Sie sie doch her.«

»Langsam, Lombardi. Eins nach dem anderen. Können Sie mir sagen, wer der Mann da neben ihr ist?«

Sie drückte auf eine Taste ihres Laptops und ein Videobild erschien, das von schräg oben aufgenommen war. Er erkannte Samira Amirpour, die auf einer Bank neben Herrero saß. Die beiden unterhielten sich angeregt, und Herrero schien ihr aufgeregt etwas zu erzählen, wobei er ihr ins Ohr flüsterte. Er kam ihr dabei irritierend nahe, was sie überhaupt nicht zu stören schien. Im Gegenteil, sie lachte immer wieder.

Lombardi musste sich zusammenreißen.

Ich bin doch nicht etwa eifersüchtig?

Der Gedanke verwirrte ihn, und er schob ihn beiseite.

»Kevin Herrero«, erklärte er. »Ein Science-Fiction-Autor, den wir in Prag getroffen haben. Mehr weiß ich nicht über ihn. Außer, dass er sehr jung ist und man ihn nicht ganz ernst nehmen kann.«

Rogora nickte. Sie ließ das Bild wieder verschwinden und machte sich am Rechner eine Notiz.

Lombardi sah sich um. »Was ist hier eigentlich los? Zieht das, was wir tun, wirklich solche Kreise?«

Rogora lachte freudlos. »Glauben Sie mir, wenn Sie wirklich etwas damit zu tun hätten, würden wir hier nicht so entspannt sitzen.«

»Was ist es dann?«

»Haben Sie das mit dem tschechischen Premier gehört?«

Er hatte es noch nicht gehört.

»Und die sind alle krank?«

Lombardi konnte es nicht glauben, als Rogora ihm die Bilder zeigte. Es handelte sich um verschiedene europäische Politiker, Spitzenbeamte und Unternehmer, darunter der ungarische Premierminister, der österreichische Innenminister und der Chef eines großen deutschen Medienhauses.

»Die Symptome sind dieselben wie bei Kubiš. Als hätten sie Strahlenschäden. Was keine gute Nachricht ist, denn der hat nach Auftreten der Symptome nur wenige Stunden überlebt. Und laufend kommen neue Meldungen herein.«

Der tschechische Premierminister.

Er war der Erste gewesen, nun folgten die anderen. Ein Zufall?

»Wir können derzeit nicht ausschließen, dass es sich um einen Terrorakt handelt. Das ist es, was wir herausfinden wollen. Ich hoffe, dass Sie etwas Licht in die Angelegenheit bringen können.«

»Ich bezweifle, dass ich Ihnen helfen kann.«

»Mir wäre lieber, wenn Sie mit mir reden würden. Ich glaube

nämlich, dass Sie etwas wissen. Sie scheinen mir im Zentrum von all dem zu stehen.«

Rogora rief einen Artikel auf, der vom Vatikan handelte. Als Lombardi die Quelle sah, stutzte er.

Wunder der Wissenschaft – war das nicht das Magazin, für das Samira Amirpour schrieb? Doch als Autorin war nicht sie eingetragen, sondern ein gewisser Matthias Wank.

»Kennen Sie den?«, fragte Rogora.

Lombardi verneinte, dann las er den Inhalt. Und plötzlich wusste er, warum Rogora sich so auf ihn konzentrierte. »Ich schwöre, ich weiß nicht, was hier vorgeht.«

»Das habe ich schon befürchtet«, gestand die Regierungsbeamtin. »Sie wissen nicht zufällig, wo sich Alessandro Badalamenti befindet?«

»Nein, warum?«

Rogora deutete auf die anderen Leute im Raum. »Er gilt hier als Hauptverdächtiger.«

Das Vatikan-Komplott – warum Visconte und D'Emilia sterben mussten

von Matthias Wank

Rom. Die Bilder sind uns allen noch lebhaft in Erinnerung – brennende Körper, die wie Fackeln in den Nachthimmel leuchten. Viele von uns fragen sich: Warum dieses Schauspiel? Welche symbolische Bedeutung steckt hinter der Acht?

Um das zu verstehen, ist es nötig, in die Hintergründe der Ermordeten einzutauchen. Beide leiteten eine Einrichtung, die sich Vatikanische Akademie für Archäologie nennt und im Zentrum dieser Affäre steht. Ihre Aufgabe ist die Verwaltung des archäologischen Erbes der Kirche. Obwohl wissenschaftlich im Anspruch, geht es hierbei nicht um Archäologie im üblichen Sinn. Ihr Ziel ist vielmehr das Aufdecken religiöser Wahrheiten.

Ihren Ausgang nahmen diese Aktivitäten mit einem Mann namens Maximilian Ryllo ...

AMIRPOUR

Als sie den Namen über dem Beitrag auf der Website von *Wunder der Wissenschaft* las, traute sie ihren Augen nicht.

Ich habe es verbockt.

Schnell las sie den Artikel, der nur eine Art Online-Teaser eines längeren Beitrags im neuen Magazin war. Das Magazin erschien schon in wenigen Tagen und musste in Kürze in Druck gehen, doch Paul war bekannt dafür, im letzten Moment Dinge umzustellen, wenn es der Auflage diente.

Sie konnte ihm nicht einmal einen Vorwurf machen, das Thema war zu gut, um es nicht sofort zu bringen. Aber ausgerechnet Wank!

Dabei musste sie zugeben, dass der Text nicht einmal schlecht war. Das war vielleicht sogar das Schlimmste. Sie mochte Wank nicht, aber das lag eher an seiner Philosophie als an seiner Arbeit. Schreiben konnte er offenbar so gut wie sie.

Noch einmal las sie den Artikel durch, diesmal genauer.

Maximilian Ryllo war ein polnischer Jesuit, der 1802 geboren wurde und als Missionar im Nahen Osten aktiv war. Dort verschlug es ihn in die Nähe von Bagdad, wo er einige Entdeckungen machte, die er für so außergewöhnlich hielt, dass er sie dem damaligen Papst Gregor XI. zeigen wollte. Zum Dank nahm ihn Gregor in die damals noch junge Vatikanische Akademie für Archäologie auf. Die Funde waren babylonischen Ursprungs, es handelte sich um einige Tontafeln mit Keilschrift, ein Stück Lapislazuli und eine Handvoll Rollsiegel. Die Rollsiegel zeigten eine Gestalt der mesopotamischen Mythologie: den König der Stadt Uruk, Gilgamesch. Damit setzte Ryllo einen Prozess in Gang, der in den letzten Tagen seinen Höhepunkt fand.

Wank brachte weitere Informationen über die Akademie für Archäologie und die Gründung einer Kommission, die ihre Arbeit verwalten sollte. In den Sechzigern waren unter dem Dom große Ausgrabungen durchgeführt worden. Sie glaubte, schon davon gehört zu haben. Pabil Visconte sei danach Chef der Akademie geworden. Und mit ihm habe sich die Arbeit von den frühchristlichen Funden wieder mehr der Zeit des Alten Testaments zugewandt – den mesopotamischen Hochkulturen und den Funden, die Ryllo damals gemacht hatte. Funden, die offenbar weitgehend vergessen irgendwo in den Vatikanischen Museen lagen.

Amirpour war verwirrt. Woher wusste er all das? Wollte er nicht irgendwelche Perlentaucher fotografieren?

Zum Abschluss hieß es, Pabils plötzliches Ausscheiden aus allen seinen Ämtern habe mit seiner Besessenheit für die Forschungsarbeit zu tun gehabt. Er habe Gelder veruntreut, um auf dem Schwarzmarkt mit mesopotamischen Stücken zu handeln. Die ganze Wahrheit darüber, was er dort gefunden habe, was das mit seiner wundersamen Verjüngung zu tun habe und warum er sterben musste, könne man dann in der Printausgabe des neuen Magazins erfahren. Kein Hinweis darauf, worin das große Geheimnis bestehen sollte. Sie hätte nicht überrascht sein sollen.

»Was ist?«, fragte Herrero, der gerade von der Toilette zurückkam und ihre Aufregung bemerkte.

»Nichts. Ich muss los.«

LOMBARDI

Als zum dritten Mal nur die Mailbox anging, steckte Lombardi fluchend sein Telefon wieder ein und ging zurück in den Konferenzraum.

»Irgendetwas Neues?«, fragte Rogora, als er sich zu ihr setzte und Müdigkeit ihn zu übermannen drohte.

»Nein. Ich erreiche niemanden im Vatikan.«

»Samira Amirpour wollte Sie sprechen«, sagte die Beamtin.

Lombardi nickte. »Gut. Ich gehe gleich zu ihr.«

Er stand wieder auf, doch dann sah er, dass Rogora zögerte.

»Was ist los?«

»Ich habe Ihrer Freundin gesagt, dass Sie nicht zu sprechen sind.«

»Warum denn das?«, fragte Lombardi verblüfft.

»Das hier ist jetzt eine Regierungssache. Ich gehe ein ziemliches Risiko ein, indem ich Sie hier in diesen Raum lasse. Die Informationen, die hier zusammenkommen, stammen zum großen Teil von befreundeten Geheimdiensten. Ich bin mir nicht sicher, ob ich will, dass Sie mit einer Journalistin sprechen.«

»Sie ist doch eigentlich Wissenschaftlerin!«

»Sie wissen, was ich meine.«

Lombardi wollte entgegnen, dass das unerhört war und sie sich ihm gegenüber bisher immer als absolut vertrauenswürdig erwiesen hatte. In Wirklichkeit gab es kaum eine Person, der er mehr vertraute. Das war auch der Grund, sie zu kontaktieren, als er nicht mehr weitergewusst hatte.

Doch nun, da er darüber nachdachte, verstand er ihren Standpunkt. Mit Rogora zusammenzuarbeiten und Kontakt zu Amirpour zu halten war nicht miteinander vereinbar.

»Ist gut«, sagte Lombardi. »Dann werde ich jetzt gehen.«

Rogora sah verwirrt zu ihm hoch. »Was soll das heißen, Sie gehen?«

»Ich muss meinen Freund finden, und dazu brauche ich die

Hilfe von Samira Amirpour. Wenn Sie sie nicht zu mir lassen, ist es das. Dann müssen Sie sich woanders Hilfe suchen.«

»Lombardi, machen Sie sich nicht lächerlich.«

Er ballte die Fäuste. Innerlich tobte er vor Wut über ihren geringschätzigen Ton. Auch Rogora schien langsam wütend zu werden.

»Ich kann Sie schnell wieder in diese Zelle bringen lassen«, erklärte sie. »Oder ich lasse Sie mit einer Militärmaschine nach Rom bringen, wo man sie befragen wird. Sagen Sie einfach Bescheid!«

»Sie drohen mir«, stellte Lombardi fest.

Doch Rogora beruhigte sich schnell. »Tut mir leid, so ist es nicht gemeint. Aber hier geschehen Dinge, die wir nicht verstehen. Mittlerweile kommt es in den Ländern, in denen mächtige Personen erkrankt sind, zu Demonstrationen. Wir durchschauen noch nicht, was diese Leute antreibt, es scheinen irgendwelche Verschwörungstheorien zu sein. Ich will nur sagen, wir haben dasselbe Ziel, und Sie brauchen dringend Hilfe. Es ist Ihnen eine Zeit lang gelungen, sich den Behörden zu entziehen, aber das kann nicht auf Dauer gut gehen. Amirpour mag geschickt sein, aber sie kann den Apparat nicht ersetzen, der uns hier zur Verfügung steht. Ich weiß, was Sie wollen! Wir wollen beide das Gleiche!«

»Sie glauben, Badalamenti ist der Täter!«, erwiderte Lombardi entrüstet.

»Können Sie es ausschließen?«

»Zu hundert Prozent!«, behauptete er.

»Dann helfen Sie uns, seine Unschuld zu beweisen!«

Als Lombardi wartete, dass Rogora weitersprach, wurde sie von etwas auf ihrem Bildschirm abgelenkt.

»Und während wir hier plaudern, läuft uns die Zeit davon«, sagte sie.

»Was jetzt?«

»Der italienische Premierminister. Er wurde soeben ins Krankenhaus eingeliefert.«

»Weiß man, was ihm fehlt?«, fragte Lombardi schnell.

»Was schon? Dieselben Symptome.«

Er verstand, was das hieß. Die Krankheit schien sich kreisförmig in Europa auszubreiten. Und im Zentrum dieses Kreises lag Prag. Es gab keinen Zweifel, sein Verdacht bewahrheitete sich. Rogora sah ihn erwartungsvoll an, und er nahm sich ein Herz.

»Ich muss Ihnen jetzt etwas erzählen, das sich verrückt anhört. Aber ich glaube, ich weiß, was diese Leute krank macht.«

AMIRPOUR

Sie konnte sich nicht erinnern, wann sie sich das letzte Mal so hilflos gefühlt hatte. Sie stand in einem Flur mit hohen Säulen und einem Marmorboden mit Rautenmuster. Neben ihr fand irgendeine Besprechung statt, und sie war sich ziemlich sicher, dass Lombardi sich dort befand. Der Mann, den sie gefragt hatte, schien den Namen gekannt zu haben. Er war durch eine der Türen verschwunden und wenige Minuten später wiedergekommen, um ihr zu versichern, dass es Lombardi gut gehe, dass er aber gerade verhindert sei und sich so bald wie möglich bei ihr melden würde. Sie hatte erwidert, dass sie ihm das nicht glaube, was ihn ziemlich kalt gelassen hatte.

Sie erinnerte sich an ihre Ankunft in Rom, wie er mit der Kapuze über dem Kopf dagestanden hatte. Die Polizei war hinter ihm her gewesen, und nun war er neben einem Schwerverletzten erwischt worden, der beinah in Flammen aufgegangen wäre.

Was machen sie gerade mit ihm? Geht es ihm gut?

Amirpour überlegte, einfach durch diese Tür zu gehen, sobald sie sich das nächste Mal öffnete, doch wohl war ihr dabei nicht. Einige der Leute, die hier aus- und eingingen, trugen Waffen. Und sie befand sich nicht irgendwo, sondern in der italienischen Botschaft. Sie bezweifelte, dass sie weit kommen würde.

Also blieb ihr nichts anderes übrig, als die Worte des Mannes für bare Münze zu nehmen und zu warten. Und wenn sie später immer noch Lust hätte, etwas Dummes zu tun, dann musste es eben so sein.

»Da sind Sie ja!«, hörte sie die Stimme von Kevin Herrero hinter sich. »Sie waren plötzlich weg.«

Sie seufzte, bevor sie sich zu ihm umdrehte und ihm ein halbherziges Lächeln schenkte. »Tut mir leid, ich musste telefonieren.«

Herrero schien sich dafür gar nicht zu interessieren. Er hatte gerade mehr über das Gebäude herausgefunden und erzählte begeistert von seiner faschistischen Vergangenheit.

Amirpour ließ ihn reden. Sie hatte das Gefühl, dass sie ihn noch brauchen würde, nun, da Lombardi nicht greifbar war.

LOMBARDI

Eine Weile hatte er mit sich gekämpft und überlegt, wie er Amirpour ansprechen sollte. Sie stand mit dem Rücken zu ihm da und schien nervös. Was sie beschäftigte, konnte er nicht sagen. Rogora hatte ihm nur diese eine Chance gegeben, hinauszugehen und ihr zu erklären, dass er nun mit den italienischen Behörden zusammenarbeiten würde. Er hatte seine Kraft zusammengenommen, doch als er sie so stehen gesehen hatte, hatte ihn der Mut verlassen. Die Worte, die er sich zurechtgelegt hatte, kamen ihm wie eine faule Ausrede vor.

Gerade als er sich entschlossen hatte, einfach zu sagen, was ihm gerade in den Sinn kam, und ihre wütende Antwort über sich ergehen zu lassen, tauchte Kevin Herrero auf, der sogleich begann, sie vollzulabern. Sie lächelte, als sie ihn sah.

Und da war das bisschen Mut, das Lombardi zusammengekratzt hatte, auch wieder verflogen. Vorsichtig zog er sich zurück und ging wieder zu Rogora, die schon auf ihn wartete. Es schien weitere Neuigkeiten zu geben. Er hoffte, dass sie ihm sagte, seine Theorie wäre Unsinn, es gäbe eine andere Erklärung. Doch seine Hoffnung zerschlug sich. Es ging um etwas anderes.

»Lombardi, es gibt da jemanden, der mit Ihnen sprechen möchte.«

Der Raum war abgedunkelt, schwere Vorhänge waren zugezogen worden, nur durch über den eigentlichen Fenstern liegende runde Buntglasfenster drang etwas Licht. Doch Lombardi erkannte dennoch gleich, dass es tatsächlich Beate Friedrich war, die vornübergebeugt an einem Tisch in der Mitte des Raums auf ihn wartete. Leise näherte er sich ihr. Als sie ihn sah, hob sie das Haupt. In ihren geröteten Augen spiegelte sich Erleichterung.

»Wie geht es ihm?«, fragte Lombardi.

»Besser. Dank Ihnen. Ich weiß nicht, wie wir das jemals gutmachen sollen.«

»Bitte«, winkte Lombardi ab. »Es gibt nichts gutzumachen. Dass ich als Erster dort war, war pures Glück. Sie haben mir geholfen, meinen Freund zu finden, und Ihr Mann wäre fast gestorben. Ich bin es, der etwas gutzumachen hat. Auch wenn ich nicht weiß, wie.«

Sie schüttelte den Kopf wie aus Nachsicht über die Dummheit eines Kindes. Lombardi setzte sich ihr gegenüber. Er erinnerte sich nun an Niedermanns Worte.

Die Leute, mit denen er sich trifft. Viri Timorati.

»Sie wollten mir etwas erzählen?«

»Es tut mir leid, ich hätte das viel früher tun sollen. Doch ich wusste, Anton würde das nicht wollen.«

Sie schien nach den richtigen Worten zu suchen, und Lombardi wagte nicht, sich zu bewegen.

»Ich weiß, warum jemand versucht hat, meinen Mann umzubringen«, erklärte sie schließlich.

Lombardi hielt vor Aufregung die Luft an.

»Sie müssen wissen, Anton hat eine offene, gewinnende Art, mit der er schnell Vertrauen erweckt. Doch er nutzt das, um etwas zu verbergen, auch vor mir. Zumindest versuchte er es bis zuletzt, doch wir sind fast fünfzig Jahre verheiratet, da merkt man solche Dinge, wenn man es will. Er unternahm manchmal Reisen unter einem Vorwand. Er gab vor, zu einem archäologischen Kongress nach Jerusalem zu fahren, doch über den Kongress konnte ich nichts finden. Ich glaube nicht, dass er jemals stattgefunden hat. Ein anderes Mal war er tatsächlich auf einer Fachtagung, täuschte aber vor, seinen Zug versäumt zu haben. Zuerst dachte ich, er hätte eine Affäre. Ich konnte es nicht glauben, weil es nicht Antons Art war. Doch ist es nicht oft so? Dass ein solcher Vertrauensbruch ganz plötzlich kommt, aus heiterem Himmel?« Ein gequältes Lächeln umspielte ihre Lippen. »Doch es war keine Frau. Er traf Männer, manchmal jedes Jahr, manchmal jedes halbe Jahr. Es waren immer dieselben, soweit ich das beurteilen kann.«

»Was hatte er mit ihnen zu schaffen?«, fragte Lombardi.

»Ich habe es nie herausgefunden.«

»Warum glauben Sie dann, dass das etwas mit dem Anschlag auf sein Leben zu tun hat?«

»Weil ich sie einmal gesehen habe, diese Männer. Ich kannte sie nicht und habe auch ihre Namen nie herausgefunden, außer dass mindestens einer davon ein Priester war.«

Sie starrte nachdenklich in die Luft, während Lombardi sich zurückhalten musste, sie nicht zu drängen.

»Ich wusste also nicht, wer sie waren, und ich glaubte auch, es niemals herauszufinden. Bis dieser schreckliche Mord in Rom passierte. Als ich das Gesicht in den Zeitungen sah, wusste ich sofort, dass ich diesen Mann schon einmal gesehen hatte.«

»Ihr Mann hat sich mit Pabil Visconte getroffen?«

Sie nickte. »Und das ist noch nicht alles.«

Lombardi ahnte, was sie als Nächstes sagen würde, und er verstand sofort, dass sie mit ihrem Verdacht recht hatte.

»Der Mann, der in Prag gestorben ist, den man auf die Zeiger der Uhr gebunden hat.«

»D'Emilia.«

»Ihn habe ich damals auch gesehen.«

»Wer waren die anderen?«, fragte Lombardi.

Sie schüttelte den Kopf. »Ich habe keine Namen, aber ich habe gehört, dass sie von sich als *Viri Timorati* gesprochen haben. Gottesfürchtige Männer.«

»Haben Sie das schon irgendjemandem erzählt?«

»Nein. Ich bezweifle, dass mir das jemand glauben wird.«

»Warum sollte man Ihnen nicht glauben?«

Sie lächelte schüchtern. Er sah, dass sie noch nicht fertig war.

»Bitte, erzählen Sie weiter«, sagte er sanft.

»Ich glaube, dass etwas geschehen ist, das sie nervös macht. Sie trafen sich vor einem halben Jahr, und dann vor wenigen Wochen wieder. Ich hörte meinen Mann vor ein paar Tagen telefonieren. Sie vereinbarten ein neues Treffen, größer diesmal. Ich bereue inzwischen, nie genauer nachgeforscht zu haben. Wissen Sie, in einer Ehe sind Geheimnisse erlaubt, ich bin keine Anhängerin der totalen Offenheit. Ich wusste, dass mein Mann keine Affäre hatte, und das war alles, woran ich interessiert war. Diesen Freiraum wollte ich ihm geben, wenn er ihn benötigte. Ich habe selbst meine Geheimnisse. Aber eine Veränderung bahnte sich an, das spürte ich. Ich wollte wissen, was los war. Sie wollten sich an einem symbolträchtigen Ort treffen, einem Ort mit religiöser Bedeutung. Das war nichts, was mich überraschte. Ich wusste ja bereits, dass einer der Männer ein Priester war. Vor meinem geistigen Auge sah ich sofort eine Kirche, doch ich bin mir nicht sicher, ob ich das wirklich gehört habe. Jedenfalls sprachen sie davon, dass es ein neutraler Boden sein solle, der für verschiedene Glaubensrichtungen akzeptabel wäre. Sie sprachen davon, dass sie schnell sein müssten, weil ihnen die Zeit davonliefe. Das war nur Tage bevor ich die schrecklichen Bilder des brennenden Mannes in Rom sah.«

»Mehr wissen Sie nicht über den Ort dieses Treffens?«

Sie verneinte. »Es tut mir leid. Das müssten Sie meinen Mann fragen, aber die Ärzte haben mir gesagt, dass er bis auf Weiteres im Tiefschlaf bleibt.«

Lombardi dachte nach. »Ich glaube, Sie haben recht. Diese Verbindung kann kein Zufall sein. Ihnen ist klar, was das heißt, oder? Sie kennen die Gesichter der nächsten Opfer!«

Sie zog eine Grimasse. »Aber ich kenne doch ihre Namen nicht!«

»Dann müssen wir versuchen, sie anders zu identifizieren. Die Leute hier haben einen Krisenstab gebildet, die sind sehr fähig. Es muss möglich sein, die Leute, die infrage kommen, irgendwie einzugrenzen, damit Sie sie anhand von Bildern identifizieren können.«

Beate Friedrich schüttelte den Kopf. »Sie wissen genauso wie ich, dass das viel zu lange dauern wird.«

»Warum erzählen Sie es dann mir?«, gab er frustriert zurück. »Wenn Sie nicht mehr wissen, kann ich nichts tun!«

Er konnte sehen, dass sie den Tränen nahe war, und verstummte.

»Sie sind ein guter Mensch. Das gilt nicht für alle im Vatikan. Ich glaube, dass mein Mann und seine Freunde etwas Schreckliches getan haben. Sie müssen an diesem Treffen teilnehmen. Und dann müssen Sie zusehen, dass alle die Wahrheit erfahren.«

»Könnte es nicht bereits stattgefunden haben?«

»Ich glaube nicht. Das hätte ich meinem Mann angemerkt. Das Treffen steht noch bevor, da bin ich mir sicher.«

Nachdenklich kehrte Lombardi zu Rogora zurück. Ihm gingen die letzten Worte der Frau nicht aus dem Kopf.

»Adieu, Lombardi. Es hat mich gefreut, Sie kennenzulernen.«

Er hatte ihr versichert, dass sie sich bald wiedersehen würden.

»Das bezweifle ich«, hatte sie trocken zurückgegeben. »Auf meinen Mann wurde ein Mordversuch verübt, und wer immer es war, hat auch Visconti und D'Emilia auf dem Gewissen. Das bedeutet, er ist sehr hartnäckig. Er wird es wieder tun, und nicht immer können Sie da sein, um ihn zu retten. Ich gehe jetzt zu ihm ins Krankenhaus, wo ich nicht mehr von seiner Seite weichen werde, und mir ist völlig klar, was das bedeutet. Es ist gut so. Wir haben alles gemeinsam durchgestanden, auch die Gefahren. Solche Abenteuer genossen wir am meisten. Ich durfte an diesem Teil seines Lebens nie teilhaben, nun will ich bei ihm sein.«

Nichts, was Lombardi gesagt hatte, hatte sie davon abbringen können, und so war er irgendwann gegangen.

Rogora saß an ihrem Platz und erwartete ihn bereits.

»Lombardi, gut dass Sie da sind. Wir konnten auch die letzten Zweifel beseitigen. Es wird Ihnen vielleicht nicht gefallen, aber Alessandro Badalamenti steht eindeutig im Zentrum dieser Geschichte.«

GAISEL

Die monotone Arbeit hatte etwas Reinigendes, fand Gaisel. Seine Muskeln brannten, und er hatte Blasen an den Fingern, die nach und nach aufplatzten, doch er hörte nicht auf, die Spitzhacke zu schwingen.

Natürlich kannte er diese Gänge unter dem Petersdom, der schon vor der Kirche da gewesen war und dessen genaues Alter unbestimmt war. Jeder im Vatikan kannte ihn, und doch blieb er auch für Insider wie ihn rätselhaft. Erst in den Sechzigerjahren hatte man diesen Bereich ausgegraben, und trotz der Dinge, die man gefunden hatte, waren viele Fragen offengeblieben. Es waren im Übrigen vatikanische Grabungsteams gewesen, ausgewählte, vertrauenswürdige Leute, was neidische Archäologen zu Bemerkungen über deren mangelnde Kompetenz animiert hatte. Er hatte immer das Gefühl gehabt, dass man niemandem die ganze Wahrheit über diesen Ort erzählte.

Das, was Turilli ihm gezeigt hatte, bestätigte diesen Verdacht. Daraus, dass nur ein kleiner Teil der unterirdischen Anlage ausgegraben worden war, hatte nie jemand ein Geheimnis gemacht.

Weiter kann nicht gegraben werden, weil sich darüber der Petersplatz befindet. Der Boden würde instabil werden.

Aber die Leichtigkeit, mit der er mit seiner Spitzhacke in die Erde vordrang, bestätigte ihm etwas anderes. Dieser Bereich *war* ausgegraben worden. Und es sah ganz so aus, als hätte man ihn vor kurzer Zeit wieder zugeschüttet. Warum, darüber hatte Turilli ihm keine genauen Angaben machen können oder wollen. Aber etwas anderes hatte Turilli ihm anvertraut: Das hier war das Metier von Pabil Visconte und Carlo D'Emilia gewesen. Sie und nur wenige Eingeweihte hatten davon gewusst.

Das war es, was Gaisel so antrieb, dass er immer wieder und wieder mit der Spitzhacke Erde lockerte, die er mit Schaufeln in Körbe lud und nach oben in einen Raum mit Ausgrabungsequipment schleppte, wo er sie vorerst lagern würde. Nachts wollte er die Erde irgendwo in den Gärten loswerden, vielleicht hinter dem Lager des Supermarkts. Gaisel musste die Wahrheit erfahren. Vorher konnte er nicht weitermachen. Er wollte wissen, was wirklich mit Pabil Visconte geschehen war. Was hatte er in diesen Gängen gefunden? War er ein Sünder oder ein Heiliger? Gaisel würde es bald erfahren.

Als seine Spitzhacke ein Loch in die Erde vor ihm stieß, war er dennoch überrascht. Dahinter befand sich durchdringende Schwärze. Er begann, mit bloßen Händen Erde beiseite zu räumen, bis er sicher war, nicht nur einen kleinen Hohlraum gefunden zu haben, sondern einen Gang, der weiter in die Erde führte. Gaisel öffnete das Loch so weit, dass er seinen Arm mit einer Taschenlampe hindurchstrecken konnte. Der Strahl traf auf Säulen und ein antikes Relief. Ungeduldig zog er den Arm zurück und vergrößerte das Loch mit seiner Schaufel. Er wurde immer hastiger und rücksichtsloser, schob Erde einfach beiseite, ohne sie in den Korb zu schaufeln, bis das Loch groß genug aussah, um hindurchzukriechen. Dann warf er die Schaufel weg, kontrollierte die Taschenlampe und wandte sich dem neu entstandenen Durchgang zu.

Immer tiefer drang Severin Gaisel in die Dunkelheit vor. Er bereute bereits, nicht mehr Ausrüstung mitgenommen zu haben. Er hatte nur diese eine Taschenlampe, und während die Luft in dem Bereich, wo er gegraben hatte, klimatisiert gewesen war, um den besten Erhaltungszustand der Anlage zu gewährleisten, war es hier bedeutend kälter, sodass er in seiner schweißdurchtränkten Kleidung fror.

Es gab keinen Zweifel, jemand hatte die Gänge freigelegt, die offenbar römischen Ursprungs waren. Ein antiker Portikus reihte sich an den anderen, dahinter befanden sich Kammern, die zum Teil ausgegraben und zum Teil noch mit Erde gefüllt waren. Die Decke war mit Holz abgestützt. Die Arbeit musste Jahrzehnte gedauert haben, und niemand wusste davon. Vermutlich hatte Pabil damit begonnen, und Carlo D'Emilia hatte sie fortgesetzt.

»Warum habt ihr niemandem davon erzählt?«, sagte er leise. »Was habt ihr gesucht?«

Als er gerade darüber nachdachte, es für heute gut sein zu lassen und besser vorbereitet zurückzukehren, weitete sich der Korridor zu einem Raum. Hier waren die Grabungen zum Stillstand gekommen, und es sah aus, als hätten die Arbeiter die Stätte gerade erst verlassen. Er fand noch Harken, Pinsel und Kunststoffgefäße. Ihm fiel sofort auf, dass Feuchtigkeit in den Raum eingedrungen war. Ein Rinnsal hatte sich in die weiche Erde gegraben. Als er mit seiner Lampe seinem Lauf zum Ursprung folgte, tauchten Bretter auf, mit denen die Decke verstärkt worden war. Manche davon bogen sich bedenklich. Es gab stützende Säulen aus Stahl, die aber sichtlich nicht ausreichend waren. An einer Seitenwand lehnte eine Leiter, die auf den ersten Blick ins Nichts zu führen schien. Doch dann sah er, dass er sich täuschte. Über der Leiter fehlten die Stützbretter. Dort befand sich eine Steinplatte, und von dort stammte auch das Wasser.

Gaisel legte die Taschenlampe so auf den Boden, dass sie nach oben leuchtete, bevor er auf die Leiter stieg und die Platte genauer in Augenschein nahm. Es bestand kein Zweifel: Die Platte war bewegt worden, worüber Gaisel sich wunderte, denn sie sah unheimlich schwer aus. Doch als er sich ohne besondere Hoffnung mit der Schulter dagegenstemmte, bewegte sich die Platte, und plötzlich wurde er von einem messerdünnen Strahl aus weißem Licht geblendet. Er schloss kurz die Augen, dann probierte er es noch einmal. Diesmal gelang es ihm, die Platte vollständig anzuheben und zur Seite zu schieben. Als er in die Helligkeit blinzelte und auf der Leiter eine Sprosse höher stieg, um zu sehen, wo er sich befand, traute er seinen Augen nicht.

LOMBARDI

Sylvia Rogora gab ihm ein Update. Die Regierungsbeamtin war so fahrig, dass er Mühe hatte, ihrem Geplapper zu folgen.

»Es sieht so aus, als hätten Sie recht. Wir wissen inzwischen mit Bestimmtheit, dass diese Krankheit von Prag ausging. Vom italienischen Premier gibt es leider nichts Neues, aber ein Kollege vom Geheimdienst hat uns gesagt, dass sein Zustand stabil ist. Allerdings soll er kurz davor irgendein Mittel eingenommen haben. Das kann alles Mögliche heißen. Wir versuchen noch herauszufinden, ob es besagtes Medikament aus Prag sein könnte, von dem Sie sprachen. Es gab in den letzten Stunden einige große Bitcoin-Transaktionen. Zu Hause sind jedenfalls alle ziemlich nervös. Vor dem Parlament hat sich eine Menschenmenge gebildet. Ein paar haben versucht einzudringen.«

»Im Ernst?«

»Sie müssen sich vor Augen halten, wie kompliziert Politik inzwischen ist. Jede Schwäche des Gegners wird ausgenutzt, Falschinformationen gehören zum normalen Handwerkszeug. Umso wichtiger ist es, Gewissheit zu haben, was die Ursache seines Zustands ist.«

Sie sah hinüber zu einer Gruppe von hemdsärmligen Männern, die aufgeregt diskutierten. Lombardi versuchte zu verarbeiten, was da gerade geschah, und ihm wurde ganz schwindlig.

»Okay«, sagte er. »Was ist mit dem, was Friedrich erzählt hat? Das hat bestimmt etwas zu bedeuten.«

»Gut möglich. Aber Sie sagten doch, sie will nicht mit uns reden.«

»Sie müssen trotzdem jemanden ins Krankenhaus schicken, um sie zu befragen. Wir müssen die Namen der anderen Männer herausfinden. Einer von ihnen könnte das nächste Opfer sein.«

Rogora schien ungeduldig zu werden und deutete auf einen der Bildschirme, der eine Weltkarte zeigte. Dort waren eine Handvoll roter Punkte verstreut, die anzeigten, wo Verdachtsfälle der seltsamen Krankheit aufgetreten waren. »Das nächste Opfer – sehen Sie nicht, dass wir hier ganz andere Probleme haben?«

»Es gibt da einen Zusammenhang«, erklärte Lombardi trotzig. »Ich bin mir sicher.«

»Da stimme ich Ihnen sogar zu. Der Zusammenhang ist Ihr Freund Badalamenti. Er ist in all das verwickelt.«

»Bitte sagen Sie nicht, dass Sie sich auch auf ihn eingeschossen haben!«

Einige Diplomaten drehten sich nach ihm um.

»Es gibt noch andere Spuren«, fuhr er ruhiger fort. »Wenn wir Frau Friedrich dazu bringen, weitere Leute dieser mysteriösen Gruppe zu identifizieren, können wir vielleicht mehr über sie erfahren. Oder den Ort dieses Treffens, von dem sie gesprochen hat!«

»Ein Ort, der für verschiedene religiöse Strömungen offen ist«, wiederholte sie. »Das ist viel zu vage. Wo soll das sein?«

Darüber hatte Lombardi auch schon nachgedacht. Es gab mehrere Möglichkeiten, aber eine davon sprang ihm besonders ins Auge.

»Haben Sie schon einmal an Jerusalem gedacht? Beate Friedrich erwähnte, dass ihr Mann einmal dort gewesen ist. Das ist der Ort, wo sich die Weltreligionen am nächsten sind. Es gibt dort verschiedene heilige Stätten, die mehreren religiösen Strömungen gemein sind, etwa den Tempelberg. Oder kennen Sie die Grabeskirche? Sie wird von gleich sechs christlichen Konfessionen gemeinsam genutzt.«

Rogora tippte mit dem Zeigefinger auf den Tisch. Sie schien sich Mühe zu geben, Lombardis Gedanken nachzuvollziehen, aber nichts davon schien sie zu überzeugen.

»Ich zeige Ihnen jetzt etwas, Lombardi. Etwas, das Sie eigentlich nicht wissen dürfen, aber Badalamenti ist Ihr Freund, und ich will verhindern, dass Sie etwas Dummes tun.«

Sie öffnete ihren Laptop. »Wir haben ein Bewegungsprofil von Badalamenti erstellt, das wir aus verschiedenen Informationen zusammengestellt haben – Augenzeugenberichten wie Ihrem in Prag, aber auch Verbindungsdaten seines Mobiltelefons, bevor er es ausgeschaltet hat. Hier, das sind die Orte und Zeitpunkte der Morde.«

Sie zeigte auf Punkte in Rom und Prag.

»Sie sehen, dass er beide Male vor Ort war. Aber da ist noch etwas: Er wurde auch hier in Berlin gesehen, kurz bevor der Anschlag auf Friedrich verübt wurde.«

Lombardi konnte es nicht glauben. »Alessandro war in Berlin?«

»Wir haben eine KI alle Aufnahmen von Überwachungskameras nach seinem Gesicht durchsuchen lassen. Am Bahnhof haben wir ihn dann gefunden.«

Sie öffnete ein verwaschenes Schwarz-Weiß-Bild und vergrößerte einen Ausschnitt. Der Mann dort trug einen Hut, aber es war eindeutig Badalamenti.

»Wann wurde dieses Bild gemacht?«

»In der Nacht, vor ein paar Stunden. Wie gesagt, zeitlich passt es zu dem Mordversuch.«

Lombardi hatte einen schrecklichen Verdacht. Er ging die Uhrzeit selbst im Kopf durch und fand, dass es stimmen konnte. Badalamenti war etwa zur selben Zeit auf dem Bahnhof gewesen, als auch sie in Berlin angekommen waren. Konnte es sein, dass er sogar im selben Zug mit ihnen gefahren war?

»Sie sagten doch, er verhielt sich seltsam. Er wich Ihnen aus. Welchen Grund könnte er dafür gehabt haben?«

»Vielleicht wollte er mich schützen«, mutmaßte Lombardi.

»Das glauben Sie doch selbst nicht. Ich vermute vielmehr, dass Sie vorsichtig sein sollten. All die Leute, die angegriffen wurden, waren mit Badalamenti bekannt. Das trifft auch auf Sie zu. Ich will verhindern, dass Sie Dummheiten machen. Vielleicht sind Sie in Gefahr.«

Lombardi wollte das einfach nicht glauben.

»Wir glauben, dass er etwas mit den Morden zu tun hat. Und wir vermuten, dass es dabei um das Medikament geht.«

»Inwiefern?«

»Wir glauben, dass es Badalamenti war, der den Wirkstoff verkauft hat. Und dass er dafür seine Geschäftspartner aus dem Weg geräumt hat.«

»Das würde er niemals tun.«

»Sie wissen, dass das nicht stimmt. Bitte, Lombardi, helfen Sie uns, ihn zu finden, bevor er mehr Schaden anrichten kann.«

»Wie soll ich das anstellen?«

»Indem Sie uns helfen zu verstehen, was er als Nächstes vorhat. Wir haben nämlich einen Zeugen, der ihn da gesehen haben will.«

Sie zeigte mit dem Finger auf einen roten Punkt auf ihrem Display.

Als Lombardi kurz darauf auf der Suche nach Samira Amirpour durch die italienische Botschaft irrte, waren seine Gefühle ein wirres Durcheinander. Rogora hatte ihm nicht sagen können, wo sie sich aufhielt, und war bereits von der eben begonnenen Besprechung so abgelenkt, dass Lombardi die Hoffnung aufgab, von ihr weitere Hilfe zu bekommen. Außerdem war er wütend auf sie.

Ich will verhindern, dass Sie Dummheiten machen. Vielleicht sind Sie in Gefahr.

Alle schienen sich einig zu sein, was Badalamenti anging, doch Lombardi konnte den Blick nicht vergessen, als sie sich im Van getrennt hatten.

Hab keine Angst. Es sieht nicht so aus, aber das ist der Beweis, dass etwas Wunderbares geschieht.

Dann hatte er die Tür aufgestoßen und Lombardi hinausgeschubst, war selbst aber bei den Entführern geblieben. Badalamenti hatte sich für ihn geopfert.

Oder war es tatsächlich ganz anders? Fürchtete er die Entführer nicht, weil er dazugehörte?

Lombardi konnte sich nicht konzentrieren. Immer wieder drängten sich Szenen aus der Vergangenheit in sein Bewusstsein, gemeinsame Erlebnisse mit Badalamenti, die er längst vergessen hatte.

Eine davon verwirrte ihn ganz besonders. Es war vor Lombardis Zeit in Afrika gewesen, er hatte gerade erfahren, dass erwogen wurde, ihn zum Bischof zu weihen. In dieser Phase voller unklarer Hoffnungen hatte ihn Badalamenti eines Nachts angerufen und ihn gebeten, etwas für ihn zu erledigen. Seine Stimme war ganz ruhig gewesen, und doch war eine große Dringlichkeit spürbar gewesen. Lombardi war also wie gebeten ins Auto gestiegen und zu einer Adresse in Rom gefahren. In einem Innenhof hatte er eine schwarze Sporttasche gefunden, die er zu einer Polizeistation gebracht hatte. Ein Beamter hatte sie mit sichtlichem Unwohlsein entgegengenommen. Kurz darauf war Badalamenti erschienen und hatte sich zu ihm ins Auto gesetzt.

»Fahr los«, hatte er nur gefordert.

Erst kurz vor Badalamentis Haus hatte Lombardi sich zu fragen getraut, was all das sollte. »Besser, du fragst nicht«, hatte sein Freund wehmütig geantwortet. Am Tag darauf hatte Lombardi die Adresse noch einmal bei Tageslicht überprüft. Es handelte sich um ein in Renovierung befindliches Kinderkrankenhaus. Bis heute wusste Lombardi nicht, was sich in der Tasche befunden hatte, wobei er natürlich sofort an Geld gedacht hatte.

War Badalamenti wirklich der, für den er ihn hielt?

Lombardi konnte sich keinen Reim darauf machen, aber er wusste, wenn er mit Samira Amirpour sprach, wäre er in der Lage, seine Gedanken zu ordnen. Sie hatte bestimmt einen Vorschlag, was sie als Nächstes tun konnten. Angeblich war sie noch im Gebäude. Die Botschaft wimmelte inzwischen nur so vor Menschen, doch Amirpour konnte er nirgendwo finden. Frustriert gab er seine Suche auf.

Da stand er also. Nach allem, was vorgefallen war, hatte er nichts in der Hand. Keine Informationen, was mit Badalamenti wirklich los war, ob es ihm gut ging und warum er sich so seltsam verhielt. Während Rogora und bestimmte Geheimdienstkreise über seine Rolle informiert waren, stand sein Foto in Rom immer noch in den Zeitungen. Seinen vatikanischen Pass hatte Rogora ihm weggenommen, doch wenn er sich recht erinnerte, lag das Dokument nach wie vor auf ihrem Schreibtisch.

Eilig ging Lombardi zurück in den Sitzungsraum, wo die Teilnehmer der Besprechung gerade konzentriert einem Mann in Militäruniform zuhörten. Offenbar war auch ein wichtiger deutscher Politiker erkrankt. Er hörte etwas von Demonstrationen.

»Wir haben Informationen, dass diese Demonstrationen gezielt von außen befeuert werden. Wie so oft kursieren Falschinformationen, hinter denen wir einen staatlichen Akteur vermuten …«

Lombardi fand den Pass und steckte ihn ein. Dann ging er zu Rogora und tippte ihr auf die Schulter. Sie wurde aus ihrer Konzentration gerissen und sah ihn wütend an, doch er ließ sich davon nicht einschüchtern.

»Wegen Badalamenti – ich habe meine Meinung geändert. Ich helfe Ihnen. Aber Sie müssen mich an den Ort bringen, den Sie mir gezeigt haben.«

AMIRPOUR

Sie fühlte sich seltsam erleichtert, als sie gemeinsam mit Sigrunsdottir das Botschaftsgebäude verließ. Ursprünglich hatte sie auch Herrero mitnehmen wollen, doch sie hatte ihn auf die Schnelle nirgendwo finden können und dann beschlossen, ihn zurückzulassen. Sie waren einfach zur Tür hinaus, und niemand hatte sie aufgehalten.

»Was tun wir jetzt?«, fragte Sigrunsdottir.

Amirpour sah sie neugierig an. Sie hatte nicht erwartet, diese Frage von ihr zu hören. »Ich dachte, Sie wollten nach Hause?«

»Ich habe gehört, was überall getuschelt wurde. Es ist offenbar streng geheim, aber das scheint jedem scheißegal zu sein. Ich hätte gern meine Hilfe angeboten, aber niemand wollte mir zuhören.«

»Mir auch nicht«, sagte Amirpour.

Sie waren ein paar Schritte gegangen, und nun blieb Sigrunsdottir am Rand eines Parks stehen und blickte ins Grüne hinein. »Wir wissen beide, woher diese Krankheit kommt«, stellte sie fest.

»Wissen wir das?«

»Die Medikamente aus Prag. Ich wollte es den anderen nicht erzählen, aber ich vermutete es schon eine ganze Weile.«

Amirpour nickte. Sie hatte schon dasselbe gedacht. »Jemand hat die Vorräte geplündert und die Ampullen verteilt.«

»Ich vermute, dass der Dieb sie versteigert hat. Auf einer Plattform, die er bereits zuvor im Internet vorbereitet hatte.«

»Und all die mächtigen Persönlichkeiten, die jetzt erkranken, haben sich das Mittel selbst verabreicht«, setzte Amirpour den Gedankengang fort. »Die Verzögerung, mit der die Erkrankungen auftreten, würde zu der Zeit passen, die es braucht, um das Medikament von Prag aus in die ganze Welt zu fliegen. Aber warum sollten sie sich das Mittel so überhastet selbst verabreichen? Sie müssten doch um das Risiko wissen.«

»Sie haben doch gesehen, die Kühlkette war unterbrochen. Der Verkäufer muss ihnen das gesagt haben. Das Medikament würde irreparablen Schaden nehmen, wenn sie noch länger warteten.«

Amirpour glaubte zu verstehen. »Er hat ihnen gesagt, jetzt oder nie.«

Sigrunsdottir nickte. »Die Chance auf Unsterblichkeit. Wer würde da Nein sagen? Und Sie wissen, wie diese Tech-Milliardäre vergöttert werden. Manche lassen sich von ihnen ins All schießen, auch wenn die Mitarbeiter des Weltraumunternehmens warnen, die Rakete sei nicht sicher und sie persönlich nicht damit fliegen würden.«

Sigrunsdottir drehte sich um, und Amirpour sah ihr in die Augen.

»Sie sind also sicher, dass das Medikament diese Symptome auslösen könnte?«, fragte Amirpour.

»Ich bin von der Heftigkeit der Reaktion überrascht«, gestand Sigrunsdottir. »Aber es ist möglich.«

Amirpour nickte. »Worauf warten wir dann noch?«

»Was haben Sie vor?«, fragte die isländische Wissenschaftlerin.

»Na was schon? Leistner finden. Sie sagten, dass er die chemische Zusammensetzung kennt.«

»Aber niemand weiß, wo Leistner ist! Haben Sie die ganzen Leute in der Botschaft gesehen? Sie wissen auch nicht, wo er sich befindet.«

»Die nicht«, sagte Amirpour. »Aber Sie sind bei Aetheramed angestellt. Wenn jemand eine Chance hat, dann Sie!«

LOMBARDI

Noch nie hatte Stefano Lombardi sich so allein gefühlt. Er hatte sich von einem Taxi in die Innenstadt Roms bringen lassen, wo er nun ziellos umherirrte.

Die Militärmaschine war riesig gewesen. Er hatte ganz allein auf einer Sitzbank am Rand des leeren, fensterlosen Frachtraums gesessen, wo ihn Turbulenzen durchgeschüttelt hatten.

Kein Wunder, dass es auf der Erde wärmer wird, wenn ständig leere Flugzeuge überallhin fliegen.

Er hatte dem Taxifahrer jenen Ort genannt, an dem Badalamenti nach den Angaben Rogoras zum letzten Mal gesehen worden war. Ein Polizist hatte seiner Dienststelle gemeldet, einen Verdächtigen gesehen zu haben. Doch die Suche war ergebnislos geblieben, und schließlich konnte der Beamte nicht mehr sagen, ob es wirklich der gesuchte Verdächtige von den Fahndungsfotos gewesen war.

Nun stand Lombardi auf der Piazza Navona und wusste nicht, was er tun sollte. Denn natürlich war hier nichts. Der Platz war belebt, Menschen gingen an ihm vorbei, ohne ihn zu beachten. Es mochte an anderen Orten Roms Demonstrationen geben, hier lief das Leben ganz normal weiter.

Lombardi entdeckte einen Mann, der versuchte, eine Zigarette aus einer Packung zu klopfen, doch die Glimmstängel schienen sich zu wehren. Als es ihm gelang, fielen plötzlich zwei davon zu Boden, und er fluchte. Lombardi näherte sich ihm vorsichtig, als er gerade im Begriff war, sich eine anzuzünden.

»Es ist mir sehr unangenehm«, begann Lombardi, »aber dürfte ich Sie um eine davon bitten? Ich würde sie auch bezahlen.«

Der Mann nahm einen tiefen Zug und sah Lombardi dabei aus dem Augenwinkel an. Er bedachte ihn mit einem Blick, der zum Ausdruck brachte, auch eine hohe Geldsumme könne die Störung nicht wettmachen. Doch schließlich gab er Lombardi eine und bot ihm sogar Feuer an.

Lombardi ging auf den Brunnen mit dem Obelisken zu, der von irgendeinem bedeutenden Künstler gestaltet war, so wie alles hier in Rom. Er wandte den Marmorstatuen den Rücken zu und setzte sich auf den Rand des Wasserbeckens. Vom Nikotin bekam er augenblicklich kalte Fingerspitzen, weil er es nicht mehr gewohnt war. Und als sich die beruhigende Wirkung entfaltete, löste sich der Druck, und die Gefühle drohten Lombardi zu übermannen.

Ich kann das nicht.

Erinnerungen von gemeinsamen Zeiten mit Badalamenti tauchten vor seinem geistigen Auge auf. Als Lombardi noch jung gewesen war, waren sie oft durch die Innenstadt spaziert, hinaus aus den engen vatikanischen Mauern und rein in die lebendige, pulsierende Stadt, die Rom trotz der Last der Geschichte immer noch war. Wenn man zwischen unbezahlbaren Kunstwerken aufwuchs, lernte man vermutlich, sie irgendwann zu ignorieren und sich auf das eigene Leben zu konzentrieren. Lombardi war das nie wirklich gelungen, und Badalamenti hatte seinen Anteil daran. Er hatte bei Spaziergängen immer wieder mit seinem kunstgeschichtlichen Wissen geprotzt, war dabei aber nie aufdringlich gewesen. Bei ihm hatte immer der Genuss im Vordergrund gestanden, niemals irgendwelche Daten und Fakten. Er liebte die römischen Kunstschätze, weil sie schön waren, genauso wie er guten Kaffee oder seinen neuesten Sportwagen liebte.

Lombardi wurde aus seinen Gedanken gerissen, als eine junge Frau von vielleicht zwanzig Jahren mit einem Kinderwagen ihn ansprach.

»Wissen Sie eigentlich, wie weit man das riecht?«, fuhr sie ihn an. »Machen Sie das irgendwo anders, wo Sie weniger Menschen belästigen.«

Lombardi nickte nur schuldbewusst, drückte die Zigarette am Fundament des Brunnens aus und suchte einen Mülleimer, um den Stummel loszuwerden. Er spürte den Blick der Frau auf sich ruhen, bis die Kippe entsorgt war. Schnell suchte er das Weite.

Doch wohin? Er hatte keine Ahnung, wie er Badalamenti finden sollte. Vielleicht sollte er einfach nach Hause gehen, ein wenig schlafen und darauf warten, dass die Polizei ihn dort fand, wenn sie nichts Besseres zu tun hatte.

Als er vor sich einen riesigen antiken Portikus auftauchen sah, blieb er stehen. Das Bild erinnerte ihn an irgendetwas. Er brauchte mehrere, quälend lange Minuten, bis er darauf kam.

GNERRO

Was wollte Turilli?

Sie hatten sich in den Gärten getroffen, wie so oft. Wer etwas zu besprechen hatte, das nicht für aller Ohren bestimmt war, ging in die Gärten. Hier gab es Winkel, wo man ungestört war, und Gnerro hatte mehrmals den Gedanken gehabt, dass gerade das vielleicht der Hauptgrund war, warum in einem Staat, der nur einen halben Quadratkilometer groß war, mehr als die Hälfte von Grünflächen bedeckt war. Die Wände hatten überall Ohren, weshalb man dorthin ging, wo es keine Wände gab.

Sie waren die alte Leonidische Mauer mit dem Verwaltungsgebäude von Radio Vatikan hinaufspaziert, hatten das Kloster Mater Ecclesiae passiert, in dem der emeritierte Papst lebte – im Exil, wie viele hinter vorgehaltener Hand sagten –, und auf den Hubschrauberlandeplatz zugehalten, der inzwischen von einem nahen Krankenhaus benutzt wurde. Dabei hatten sie nur Small Talk betrieben, eine Tatsache, die Gnerro verunsicherte. Und er hasste es, verunsichert zu sein.

Turilli hingegen spazierte hoch erhobenen Hauptes neben ihm her, lachte ungezwungen, wenn er etwas komisch fand, und schien nicht daran zu denken, ihn, den Kardinalstaatssekretär Gnerro, über den Grund für diese Unterredung zu informieren, um die er gebeten hatte. Außerdem war er einigermaßen nüchtern, auch das war ungewöhnlich. In letzter Zeit hatte er mehr getrunken als sonst.

Es war nicht zu leugnen, Turilli führte etwas im Schilde. Und Gnerro wollte sich nicht die Blöße geben, ihn danach zu fragen.

»Was sich wohl die Leute denken, wenn sie uns so gehen sehen«, sinnierte Turilli. »Sie halten uns für Kontrahenten.«

»Selbst wenn wir Kontrahenten wären, könnten wir trotzdem hier spazieren, nicht wahr?«

»Könnten wir«, stimmte Turilli zu. »Aber zum Glück sind wir keine. Wir wollen beide dasselbe.«

»In letzter Zeit muss das nach außen ganz anders gewirkt haben. Ich habe auf Gaisel und seine Untersuchung gesetzt, während Sie skeptisch waren.«

Turilli antwortete nicht darauf.

»Sie haben schließlich recht behalten«, zwang sich Gnerro, es auszusprechen.

Turilli wiegte den Kopf. »Auch ich habe die Ausmaße dieser Sache unterschätzt. Sie sollten sich keine Vorwürfe machen.«

Gnerro räusperte sich. Er spürte Wut in sich aufkeimen. »Sparen Sie sich Ihr Verständnis. Ich bin der Kardinalstaatssekretär, das ist das höchste Amt nach dem Heiligen Vater. Doch im Gegensatz zu ihm habe ich nicht den Schutz eines Unfehlbarkeitsdogmas. Ich darf mir keine Fehler erlauben, so einfach ist das. Und Gaisel zu vertrauen war ein Fehler. Die Folgen lassen sich noch nicht abschätzen.«

Turilli nickte nachdenklich. »Was wollen Sie tun?«

Gnerro zögerte. Er hatte bereits mit dem Papst darüber gesprochen, doch sonst wusste noch niemand von seinen Gedanken. Doch er fand, dass er genug von der Geheimniskrämerei hatte

»Ich habe dem Heiligen Vater meinen Rücktritt angeboten«, erklärte er. »Falls er jemanden hat, der es besser macht, soll er mich von meinen Aufgaben entbinden. Doch er hat sich geweigert. Sie wissen ja, wie er ist. Unerschütterliches Vertrauen in die Menschen, so fehlbar sie auch sein mögen.«

Turilli machte nicht den Eindruck, als wäre er überrascht. »Die Frage ist ja vielmehr, was jetzt zu tun ist, nachdem Ihre Strategie mit Gaisel gescheitert ist.«

»Was meinen Sie? Wir können nichts mehr tun. Abwarten heißt die Devise.«

Turilli zeigte mit dem Finger über die Stadt hinaus, die von der erhöhten Position des Parks gut zu überblicken war. »Es geschehen gerade verschiedene Dinge, auch hier in Rom. Sie haben von den Demos gehört. Die Lage ist komplex, aber ich frage mich, ob wir uns Abwarten leisten können.«

»Was sollen wir denn sonst tun?«

»Wir müssen eine Strategie finden, wie wir die Menschen über die *Viri Timorati* informieren.«

Gnerros Herz setzte einen Schlag aus. »Das können wir niemals tun!«

»Sie werden von selbst dahinterkommen«, erklärte Turilli ungerührt. »Dann verlieren wir jegliche Kontrolle.«

»Das ist viel zu riskant!«, rief Gnerro aus.

Ein Gärtner, der gerade ein Beet mit einem Rechen bearbeitete, sah zu ihnen auf.

»Es ist riskant, aber möglich. Und es gibt noch eine Reihe weiterer Dinge, die wir tun könnten. Die Welt ist instabil geworden. Die Kirche muss ein sicherer Hafen sein. Doch dafür müssen wir sie erneuern. Wir müssen sie auf ein stabileres Fundament stellen.«

Gnerros wurde endgültig wütend. »Zerbrechen Sie sich nicht zu sehr den Kopf, Kollege. Das zu entscheiden liegt zum Glück nicht in Ihrer Verantwortung, sondern in meiner.«

»Noch«, sagte Turilli.

Gnerro riss vor Überraschung die Augen auf. »Sie wagen es? Ich hätte Ihnen das nie erzählen dürfen!«

»Es hätte keinen Unterschied gemacht«, gab Turilli kühl zurück. »Geheimnisse verbreiten sich schnell innerhalb dieser Mauern. Ich habe schon vermutet, dass Sie amtsmüde sind. Früher waren Sie selbstsicherer, beinah arrogant. Sie sind demütig geworden in letzter Zeit. Das verträgt sich nicht damit, täglich schwierige Entscheidungen treffen zu müssen.«

Gnerro war so durcheinander, dass er über eine Gehsteigkante stolperte. Turilli griff nach seinem Arm, um ihn zu stützen, doch der Kardinalstaatssekretär schüttelte die helfende Hand schnell ab.

»Ich habe viel zu tun«, erklärte Gnerro hart. »Sie haben um dieses Treffen gebeten. Was wollten Sie besprechen?«

»Ich wollte nur Ihre Meinung zu ein paar Dingen hören. Jetzt ist mir einiges klarer, danke. Ihre Offenheit will ich gern erwidern, ich habe nämlich in wenigen Minuten ein Gespräch mit dem Heiligen Vater. Dabei werde ich ihm meinen Plan vorstellen. Er kann sich aussuchen, meinen Plan zu unterstützen oder zuzusehen, wie die ganze Wahrheit über Pabil ans Licht kommt.«

»Pabils Geheimnis darf niemals bekannt werden! Das wäre unser Ende!«

»Dann wird der Heilige Vater meinem Plan bestimmt zustimmen.«

»Welchem Plan?«, fragte Gnerro.

Doch dann verstand er.

»Das würden Sie niemals wagen!«

Turilli lächelte nur.

»Ich bin der Kardinalstaatssekretär! Der Heilige Vater hat mir sein Vertrauen ausgesprochen. Und selbst wenn er seine Meinung ändert, er wird niemals Sie mit diesem Amt betrauen!«

»Vielleicht legen Sie ja ein gutes Wort für mich ein?«

Gnerro schnappte nach Luft. Er konnte die Dreistigkeit des Kardinalkollegen nicht fassen.

»Denken Sie in Ruhe darüber nach. Auch Sie werden feststellen, dass es die richtige Entscheidung ist. Der Papst wird mich zum

Kardinalstaatssekretär machen. Sonst gebe ich alles, was ich über Pabil habe, an die Medien.«

»Das werde ich niemals tun! Niemals werde ich Sie unterstützen!«

»Auch nicht, wenn ich allen sage, dass Sie Bescheid wussten?«

Gnerro glaubte zu spüren, wie der Boden der Gärten erbebte. Er war unfähig zu antworten.

Turilli zuckte mit den Schultern. »Es wird auch so gehen. Sie hätten einfach nicht Ihren Rücktritt anbieten sollen. Und jetzt entschuldigen Sie mich bitte, ich muss zu meinem Termin.«

LOMBARDI

Vor ihm lag ein Tempel, der allen Touristen in Rom bekannt war. Es war die am besten erhaltene Kultstätte aus römischer Zeit, aber in vielerlei Hinsicht kein gewöhnlicher Tempel. Wie so viele religiöse Orte hatte auch dieser im Lauf der Geschichte eine neue Gottheit erhalten. Heute handelte es sich um eine Kirche, deren Kuppel als Vorlage für Michelangelos Kuppel des Petersdoms gedient hatte. Doch diese hier war aus antikem Beton geformt – mit solcher Kunstfertigkeit, dass sie auch die nächsten Jahrtausende überdauern würde.

Neutraler Boden. Ein Ort, der vielen Religionen gemeinsam ist.

All das traf nicht nur auf Jerusalem zu, sondern auch auf ein Gebäude in Rom: das Pantheon, der römische Tempel für alle Götter.

Fand das Treffen der Freunde Friedrichs also in Wirklichkeit in Rom statt, nicht im Heiligen Land, sondern mitten in Europa? Ganz in der Nähe des Vatikans, wo Pabil und Carlo D'Emilia lebten?

Vielleicht war Alessandro wirklich hier. Vielleicht ist es kein Zufall, dass er zurück nach Rom kam.

Lombardi stieg die Stufen zum Eingang hinauf. Er war schon oft hier gewesen, doch das Innere beeindruckte ihn immer wieder aufs Neue. Viele Touristen waren enttäuscht, wenn sie hierherkamen, denn das Innere sah aus wie eine gewöhnliche Kirche, doch bei genauerer Betrachtung war gerade das erstaunlich, denn die Marmorvertäfelung der Wände stammte aus römischer Zeit, lange bevor die ersten Kirchen erbaut wurden.

Das Pantheon besaß keine Fenster, und doch war es von einem angenehmen Licht erfüllt. Lombardi blickte nach oben zu der Quelle des Lichts. Die Kuppel war nicht vollständig geschlossen. Oben hatten die römischen Baumeister eine Öffnung frei gelassen. Er hatte einmal gehört, dass diese Jahrtausende alte unbewehrte Kuppel nach wie vor die größte auf der Welt war – eine Geschichte, die er nie hinterfragt hatte und die ihm jetzt, da er direkt darunter stand, verrückt erschien. Es handelte sich um ein in jeder Hinsicht absurdes Bauwerk, das es bei genauerer Betrachtung eigentlich gar nicht geben dürfte.

Doch als Lombardi sich umsah, begann er zu zweifeln, ob er hier richtig war. Das Pantheon war, wie die anderen Kirchen Roms, für Besucher geöffnet. Ein ständiger Strom von Menschen bewegte sich im Kreis durch das riesige, kreisrunde Innere. Sie machten Fotos mit ihren Handys und Kompaktkameras, bevor sie das Gebäude wieder durch die Eingangspforte verließen und sich der nächsten Attraktion zuwandten. Nichts deutete darauf hin, dass hier ein geheimes Treffen stattfinden würde.

Doch dann entdeckte Lombardi eine junge Frau, die damit beschäftigt war, eine Hinweistafel zum Eingang zu tragen. Er folgte ihr, um die Tafel besser sehen zu können, und als er die Aufschrift entzifferte, war er sich nicht mehr so sicher, ob er hier falsch war.

AMIRPOUR

»Was soll das heißen, ich habe mich nicht gemeldet?«

Samira Amirpour war außer sich. Sie hatte wieder einmal Paul angerufen, ihren Redakteur, und endlich war sie durchgekommen. Er hatte ihr erklärt, dass er selbst ihren Konkurrenten Matthias Wank mit der Vatikan-Story beauftragt hatte. Weil sie nicht erreichbar gewesen war.

»Du weißt doch, dass ich Kontakte in den Vatikan habe! Du hättest mich fragen müssen!«

»Tut mir echt leid, Samira«, gab Paul zurück. »Das hast du dir selbst zuzuschreiben. Die Story ist zu gut, um sie zu ignorieren. Und ich dachte, du bist auf Island!«

»Nein, ich bin in Berlin!«

»Berlin?«

»Hör zu, ich bin mittendrin in dieser Sache! Und ich weiß Dinge, von denen Wank keine Ahnung hat! Aber er hat irgendeinen Informanten. Das sind Insiderinformationen. Ich muss wissen, wo er das herhat.«

»Es ist Wanks Geschichte. Ich werde sie ihm bestimmt nicht wegnehmen. Wie würdest du dich fühlen?«

Amirpour tobte innerlich vor Wut. »Wank wird diese Geschichte nie so gut schreiben wie ich. Komm schon, ich muss wissen, wer sein Informant ist. Es geht um Leben und Tod!«

»Genug jetzt! Wank ist gut, auch wenn dir das nicht passt. Den Informanten hat er von mir. Und wenn du nicht aufhörst, gegen deine Kollegen zu intrigieren, dann hast du das letzte Mal für uns geschrieben.«

»Habe ich ohnehin. Ich verkaufe die Geschichte nämlich an eine andere Zeitschrift.«

»Viel Glück«, sagte Paul und legte auf.

Amirpour widerstand der Versuchung, ihr Handy quer durch das Café zu werfen. Ihr lautes Telefonat hatte die Blicke anderer

Gäste auf sich gezogen. Sie schenkte ihnen ein aufdringliches Lächeln.

Hier gibt es nichts zu sehen!

Dann wandte sie sich Sigrunsdottir zu, die ganz in ihr Laptop vertieft war.

»Kein Erfolg?«, wollte die Forscherin wissen.

»Frag nicht. Wie kommst du voran?«

Sigrunsdottir schüttelte den Kopf. »Ich habe einige Kollegen angerufen und alle kontaktiert, die etwas wissen könnten. Nichts.«

Amirpour rang die Hände und schüttete fast den Cappuccino um, der seit einer halben Stunde unberührt vor ihr stand. »Das glaube ich nicht! Geheimhaltung hin oder her, kein Unternehmen der Welt kann verhindern, dass sich Gerüchte ausbreiten.«

»Ich gehöre nicht zum engsten Kreis, das habe ich dir schon gesagt.«

Doch Amirpour ließ nicht locker. »Dann mach es wie ich, sag deinen Kollegen, dass es um Leben und Tod geht! Hast du die Bilder von den Demos gesehen? Ich will nicht wissen, was dabei herauskommt.«

»Aber was soll ich tun?«, wurde Sigrunsdottir laut.

Am Nachbartisch stand eine ältere Dame auf und zog ihren Mantel an.

»Ruf sie noch einmal an, deine Kollegen. Bring sie zum Reden!«

Sigrunsdottir funkelte sie wild an. Da fiel Amirpours Blick auf ihren Bildschirm. »Was hast du da?«

Sie klappte den Laptop zu. »Nichts.«

Doch Amirpour hatte es genau gesehen. Es war die Website der irakischen Botschaft gewesen.

»Sag nicht nichts. Was willst du im Irak?«

Sigrunsdottir seufzte. »Leistner betreibt dort eine Ausgrabung. In der Nähe von Samawah.«

»Du glaubst, er ist dort?«

»Ich halte es für unwahrscheinlich. Aber es ist ein Ort, über den es bei uns in der Firma viel Gerede gab. Leistner soll dort die meiste Zeit verbracht haben, und wir haben nicht verstanden, was er dort überhaupt zu suchen hatte.«

»Das ist es«, sagte Amirpour.

Sigrunsdottir schüttelte den Kopf. »Es ist sehr unwahrscheinlich. Außerdem gilt für den Irak eine Reisewarnung.«

»Für die nördlichen Gebiete, ja.«

»Nein, für das ganze Land. Und außerdem: Er ist definitiv nicht dort. Sein Privatjet steht immer noch auf dem Flughafen in Prag.«

»Dann wissen wir also nicht weiter«, sagte Amirpour genervt.

Sie schwiegen.

Amirpour wollte von ihrem Cappuccino nippen, ließ es aber bleiben. Es gab da einen Gedanken, der seit einiger Zeit immerzu präsent war und ihr die Konzentration raubte. »Würdest du es tun?«, fragte sie.

»Was tun?«

»Du weißt, was ich meine.«

Sigrunsdottir sah sie an. »Du siehst, was das Medikament auslöst.«

»Das ist keine Antwort.«

»Es funktioniert nicht, im Gegenteil«, ereiferte sich Sigrunsdottir. »Die Leute werden krank!«

»Vielleicht ist es fehlerhaft, oder es liegt an der Unterbrechung der Kühlkette. In der Phase-I-Studie scheint es funktioniert zu haben.

»Ich bezweifle es.«

Amirpour grinste. »Du weichst der Frage aus.«

»Würdest *du*?«, fragte Sigrunsdottir genervt zurück.

Da zögerte Amirpour. »Tut ja auch nichts zur Sache. Ich bin jedenfalls der Meinung, dass wir in den Irak müssen.«

»Hör zu! Ich fliege sicher nicht auf Verdacht hin in ein Krisengebiet, von dem ich keine Ahnung habe!«

»Du vielleicht nicht, aber ich.«

»Ich weiß nicht, ob das eine gute Idee ist«, murmelte Sigrunsdottir, als sie kurz darauf beim Flughafen aus dem Taxi stiegen.

»Ich bin keine zweihundert Kilometer von der irakischen Grenze entfernt geboren«, hatte Amirpour erklärt, als Sigrunsdottir partout nicht aufgehört hatte zu jammern.

Der Streit war noch eine Weile hin und her gegangen, bis Amirpour einen Anruf getätigt hatte und Sigrunsdottir bedeutet hatte, mit ihr zu kommen. Auf der Fahrt hatte sie ihren Zugang zu Flugreisen erklärt, was Sigrunsdottir mit einem *Du bist ja verrückt* quittiert hatte.

In weniger als einer halben Stunde ging jedenfalls ein Leerflug vom Flughafen Berlin-Tegel zum Najaf International Airport, und es sah im Moment ganz danach aus, als würden sie ihn gerade so erwischen.

Als sie das Flughafengebäude betraten, hielt Amirpour gleich auf einen Laden zu. »Warte hier.«

Wenige Minuten später kam sie mit zwei Kleidungsstücken zurück.

»Was ist das?«

»Werden wir brauchen«, sagte Amirpour.

Sigrunsdottir nahm eines der beiden Teile aus dunklem Stoff. Zuerst schien sie verwirrt, doch dann riss sie überrascht die Augen auf.

»Sag, dass es nicht das ist, was ich glaube.«

Amirpour nahm ihr das Tuch weg. »Wir wollen unauffällig bleiben. Und das ist die beste Möglichkeit.«

Sie steckte die beiden Schleier in ihre Tasche und machte sich auf die Suche nach dem Piloten, dessen Kontaktdaten Finn ihr zähneknirschend gegeben hatte.

GABRIELE

Sein Enkel winkte ihm zu, und er winkte zurück, bevor sich der Kleine wieder seinem Sandkasten zuwandte. Es gab nichts Schöneres als das Lachen dieses Jungen. Es gab ihm die Kraft, die er täglich brauchte, um aus dem Bett zu kommen.

Ich muss nichts mehr beweisen. Das hier genügt mir.

Nicht immer hatte er diese Kraft in sich gefunden. Vor ein paar Jahren war es schwierig gewesen. Er hatte dunkle Zeiten durchgemacht. Auf Anraten seiner Frau war er sogar bei einem Psychiater gewesen. Das hatte wenig gebracht. Als Arzt kannte Gabriele die Ausbildung des Kollegen zu genau, um ihm vertrauen zu können.

Weder der Psychiater noch seine Frau wussten von den Drogenproblemen. Sie waren kurioserweise ein Andenken an eine Zeit, in der er sich unbesiegbar gefühlt hatte.

Der beste Gefäßchirurg Italiens.

Jeder hatte um seinen Rat gefragt, Superreiche aus ganz Europa waren zu ihm gekommen, damit er ihre Kinder operierte. Er hatte zu viele Überstunden im Operationssaal gemacht und mit seinem pharmazeutischen Wissen Ablenkung gefunden wie so viele andere Ärzte. Eine kleine Dosis ab und zu, die half, die Anspannung zu lösen, die er nach langen Arbeitstagen nicht loswerden konnte, wenn er nachts wach lag.

Irgendwann sah er, dass es so nicht weitergehen konnte. Also hörte er von einem Tag auf den anderen damit auf und fiel in ein tiefes Loch. Doch plötzlich funktionierte er auch als Arzt nicht mehr. Die Schulden waren dann schnell da.

Ich konnte den Auftrag nicht ablehnen.

Die Chance, seine Schulden zu begleichen, kam ganz unvermittelt. Eine außergewöhnliche Anfrage, bei der all seine Kunstfertigkeit gefragt war, so etwas kam nur noch sehr selten vor. Das Geforderte war kühn, nicht ganz legal, aber im Einklang mit dem Eid, den er damals geschworen hatte.

Er half einem Menschen, mehr nicht – einem Mann namens Pabil Visconte, der sterbenskrank war und sich freiwillig für diese Behandlung entschieden hatte, im vollen Bewusstsein um die Risiken.

Eine Nacht Bedenkzeit nahm er sich, dann unterschrieb er den Vertrag, mit Ort und Zeitpunkt des Eingriffs, Verschwiegenheitsklausel und einem Honorar, das so hoch war, dass er die Nullen zweimal hatte zählen müssen.

Als er die ehemalige Kinderklinik betrat, war er skeptisch. Er erinnerte sich, dass es darum einen Skandal gegeben hatte. Die Kirche hatte in den Neunzigern Geld für die Renovierung bereitgestellt, das aber irgendwo versickert war. Er fragte sich, ob er hier die notwendigen technischen Möglichkeiten vorfinden würde. Vielleicht bot es ihm ein Schlupfloch, aus dem Deal auszusteigen, mit dem er sich nicht mehr wirklich wohlfühlte. In einem abgesperrten Trakt des Krankenhauses fand er dann alles vor, was er brauchte.

Doch als der junge Mann im künstlichen Tiefschlaf zu dem bereits vorbereiteten Patienten hereingebracht wurde, verstand er schnell, dass man ihn getäuscht hatte und dass er im Begriff war, etwas Schreckliches zu tun. Als er vierundzwanzig Stunden später im Morgengrauen das Krankenhaus verließ, ging er nicht nach Hause, sondern ließ sich in der nächstbesten Bar volllaufen. Am Abend des nächsten Tages sah er bereits die Nachrichten. Sie hatten Pabil Visconte gefunden, ohne zu verstehen, womit sie es zu tun hatten.

Seither wartete er. Er wusste, dass jemand kommen würde. Verbrechen wie das seine ließ das Schicksal nicht ungestraft.

Als er kurz darauf das Haus verließ, um seine tägliche Laufrunde zu machen, sah er die beiden Männer schon von Weitem und war nicht überrascht, als sie ihm folgten.

LOMBARDI

Lombardi traute der Ruhe nicht.

Er hatte die letzten Stunden in einem Café mit Sicht auf den Eingang des Pantheons verbracht. Als die junge Frau sich daranmachte, das Schild hinauszustellen, hätte Lombardi es beinahe übersehen.

Heute geschlossen.

Lombardi hatte genügend Kleingeld auf den Tisch gelegt und war hinausgeeilt. Er hatte das Tor immer noch offen vorgefunden, die junge Frau aber nirgends mehr gesehen. Ein Absperrband und das Schild hielten neue Besucher ab, während die letzten Touristen das Gebäude verließen.

Lombardi drängte sich entschuldigend an einem älteren Ehepaar mit kurzen Hosen und Sandalen vorbei und trat ein, ohne sich umzusehen. Er versuchte, eine Selbstverständlichkeit vorzutäuschen, die er nicht empfand. Es war der beste Weg, sich unsichtbar zu machen, und er wusste, dass er dazu in der Lage war, auch wenn er diese Übung hasste.

Er hielt auf eine Nische zu, in der die antiken Wandvertäfelungen fehlten und die nur aus groben Ziegelmauern mit vorgelagerten korinthischen Säulen bestand. Hinter einer der Säulen ging er in die Hocke und wartete.

Es wurde still. Lombardi konnte zusehen, wie das ohnehin schon dumpfe Abendlicht noch schwächer wurde, bevor er die schweren Türflügel zufallen hörte. Dann wurde es vollständig ruhig.

Lombardi wagte es, hinter der Säule hervorzuspähen und einen Blick in den Raum zu werfen. Soweit er es beurteilen konnte, war er allein.

Toll. Jetzt habe ich mich hier einsperren lassen.

Er hatte keine Garantie dafür, dass sein Verdacht stimmte. Im Gegenteil, seine Theorie war sogar mehr als abenteuerlich. Aber

Badalamenti war hier gewesen, vor wenigen Stunden erst. Sein Bauchgefühl sagte ihm, dass er auf der richtigen Spur war.

Doch wenn hier ein Treffen stattfinden sollte, wo waren dann die Teilnehmer? Er war allein, die Tore verschlossen. Gab es etwa andere Eingänge? Er hatte keinen gesehen. Die Wände waren massiv, um die schwere Kuppel zu tragen, und nichts deutete darauf hin, dass es einen anderen Ausgang gab. Lombardi musste einsehen, dass er sich in eine Sackgasse manövriert hatte.

Als er gerade aufstehen wollte, um nachzusehen, wie er wieder zurück auf die Straße kam, veränderte sich plötzlich das Licht im Raum. Das Tor war geöffnet worden.

Es handelte sich nur um Geflüster, doch Lombardi glaubte zu verstehen, dass es zwei Männer waren, die hier sprachen. Nach dem Öffnen des Tors war es einige Minuten ruhig gewesen, bevor das Flüstern begonnen hatte. Es klang wie zwei Freunde, die sich lange nicht gesehen hatten. Zu Lombardis Überraschung kam eine weitere Stimme hinzu. Und da erkannte er, dass geschah, was er kaum noch für möglich gehalten hatte: Das Treffen begann.

Nach einer Weile erklang eine Art Stampfen, und die Stimmen erstarben. Lombardi riskierte einen Blick und erwartete halb, im Kreis stehende Gestalten in Kapuzen zu sehen, doch es waren durchwegs ältere Männer, die im schwachen Licht schlecht zu erkennen waren. Sie richteten ihren Blick in die Mitte, wo es durch das Loch in der Kuppel etwas heller war. Dort stand ein Mann, der bis auf einen dünnen grauen Haarkranz glatzköpfig war. Obwohl er ihm den Rücken zuwandte, glaubte Lombardi nicht, dass er ihn kannte.

»Brüder«, begann der Mann, »danke, dass ihr gekommen seid. Ich weiß, es ist unüblich, euch schon wieder zusammenzurufen, aber die Ereignisse verlangen es.«

Lombardi musste sich vorbeugen, um ihn verstehen zu können.

»Wir alle haben die schrecklichen Bilder gesehen. Pabil und

Carlo sind nicht mehr unter uns, und von Anton wissen wir nicht, ob er durchkommt. Ich weiß nicht, wie es euch geht, aber ich vermute bei jeder neuen Kleinigkeit gleich das Schlimmste. Es kann keinen Zweifel mehr daran geben, dass es jemand auf uns abgesehen hat. Hat irgendeiner von euch etwas Neues erfahren, seit wir uns zuletzt gehört haben?«

Stille erfüllte den Raum. Lombardis Puls beschleunigte sich. Beate Friedrich hatte also recht gehabt. Das hier waren die Männer, die ihr Gatte getroffen hatte. Eine Gruppe, die irgendetwas mit den Ereignissen zu tun hatte. Doch wenn Lombardi richtig hörte, wussten sie selbst nicht, was vor sich ging.

»Ich muss gestehen, dass es für mich nur schwer zu ertragen ist. Ich bin sicher, euch geht es ähnlich. Das Ziel, auf das wir so lange hingearbeitet haben, ist nun zum Greifen nahe, doch unsere große Hoffnung droht sich in eine Katastrophe zu verwandeln. Das Elixier wurde gefunden, doch es ist nicht in unserem Besitz. Ein Unbeteiligter ist uns zuvorgekommen, Dan Leistner, unser ehemaliger Partner, den wir nicht ernst genommen haben, was sich nun rächt. Carlo hat versucht, mit ihm in Verhandlungen zu treten oder zumindest eine Probe des Wirkstoffs zu besorgen, und wir wissen, dass er gescheitert ist.«

»Weiß einer von euch mehr über den Wirkstoff?«, fragte jemand. »Es soll eine große Menge von Ampullen gegeben haben, die gestohlen wurden.«

»Vielleicht hat Leistner gelogen!«, warf ein anderer ein. »Es wurde die Vermutung geäußert, dass es der neue Wirkstoff ist, der das seltsame Leiden verursacht, an der all die Politiker erkranken.«

Plötzlich begannen mindestens eine Handvoll Leute wild durcheinanderzurufen, bevor wieder das Stampfen ertönte.

»Ruhe! Hysterie bringt niemandem etwas! Carlo hat gesagt, er hat Studienergebnisse des Wirkstoffs gesehen. Er war überzeugt, dass er funktioniert. Was das Krankheitsbild bei den Politikern angeht, so wissen wir auch nicht mehr. Vielleicht handelt es sich um Sabotage? Vielleicht um eine falsche Anwendung? Das ist in Wirklichkeit nicht unser drängendstes Problem. Viel wichtiger ist für uns die Frage, wie wir den Angreifer finden, der uns einen nach dem anderen nach dem Leben trachtet. Ihr wisst, Unsterblichkeit bedeutet nicht Unverletzlichkeit. Gerade jetzt, wo so viel auf dem Spiel steht, müssen wir uns schützen.«

»Wie willst du das anstellen? Der Kerl ist ein Phantom!«

Wieder begannen die Leute durcheinanderzurufen.

»Ich kenne einen Weg«, sagte eine tiefe Stimme, die mit einem Mal alle anderen zum Verstummen brachte.

»Was tust du hier?«, fragte der Mann in der Mitte. »Du bist nicht willkommen. Woher weißt du, dass wir hier sind?«

Lombardi versuchte, den Sprecher zu erkennen, doch er hielt sich etwas abseits im Dunkel an einer Seitenwand. Ein kehliges Lachen war von dort zu hören.

»Eure ach so geheimen Treffen«, lästerte der Mann mit der tiefen Stimme. »Es ist ein neues Zeitalter, solche Geheimnisse existieren nicht mehr. Jeder weiß inzwischen alles. Was früher geheim war, kommt ans Licht, unaufhaltsam.«

»Verschwinde. Du hast in unserem Kreis nichts mehr verloren!«

»Das sehe ich anders. Ich denke, dass ihr allen Grund habt, mir zuzuhören.«

In den Worten war ein solcher Nachdruck gewesen, dass niemand zu widersprechen wagte.

»Es gibt eine Lösung für euer Problem, und die liegt in den Mauern des Vatikans.«

Ein Raunen ging durch den Raum.

»Niemals!«, sagte jemand.

»Ich weiß, es ist nicht das, was ihr hören wollt. Aber lasst mich ausreden. Wir sind vor mehreren Hundert Jahren getrennte Wege gegangen. Es war eine Entwicklung, die sich abgezeichnet hat. Ihr habt euch von der Kirche entfremdet und konntet irgendwann eure Überzeugungen nicht mehr mit den unseren in Einklang bringen.

Es war nur konsequent, dass ihr gegangen seid. Aber seht euch an, was inzwischen passiert ist! Die Kirche hat sich verändert. Unsere Positionen sind nicht mehr so verschieden.«

»Lächerlich!«, rief der Glatzköpfige im Zentrum aus. »Ihr seid meilenweit von uns entfernt!«

»Überhaupt nicht. Und es gibt Bestrebungen, die Position der Kirche weiter zu verschieben. Einige von uns sind bereit, der neuen Situation ins Auge zu sehen. Die Singularität als das anzuerkennen, was sie ist: Eine Erschütterung des Selbstverständnisses der Kirche. Der Umbau muss grundlegend sein, und er muss sofort begonnen werden.«

»Lüge.«

Nun bekam die tiefe Stimme einen warmen Klang. »Niemand erwartet von euch, dass ihr euch sofort entscheidet. Wichtig ist nur, dass ihr wisst: Die Tür steht euch offen. Wir können euch Sicherheit bieten, fürs Erste.«

»Gnerro wird das nie zulassen.«

»Es gibt Entwicklungen, die auch Gnerro nicht aufhalten kann.«

»Ihr habt uns nichts zu bieten. Die Singularität ist ein Ereignis, auf das ihr euch nicht einstellen könnt. Sie ist der Beweis, dass Gott die Kirche verlassen hat. Er hat die Macht über Leben und Tod endgültig in die Hände der Menschen gelegt. Es ist der Beweis, dass Gott nicht mehr vorhat, ins Weltgeschehen einzugreifen. Niemals würden Gnerro und der Heilige Stuhl eine solche Wende billigen. Eher friert die Hölle zu.«

Die Worte hallten lange nach, und es war, als würden sie wie kalter Rauch im Raum hängen bleiben.

»Es gibt etwas, das ihr überseht«, stellte der Sprecher mit der tiefen Stimme fest. »Die Macht wird in Zukunft in den Händen der Menschen liegen, das steht fest. Aber Gottes Rolle in dieser Entwicklung ist eine Frage der Interpretation.«

»Inwiefern?«

»Das, was ihr Singularität nennt, ist nicht zwingend eine Errungenschaft der Menschen. Ihr wisst, dass der amerikanische Milliardär sich für mesopotamische Altertümer interessiert. Er ist geradezu besessen davon. Es ist kein Zufall, dass gerade die Texte aus dieser Zeit der Stoff sind, aus denen die Bibel hervorgegangen ist. Mit dieser Besessenheit ist er nicht allein, er teilte sie mit Pabil, der die Unsterblichkeit nicht in der Wissenschaft suchte, wie wir alle wissen. Er suchte sie in alten Texten und fand sie dort auch. *Wahrlich, ich sage euch: Einige von denen, die hier stehen, werden den Tod nicht schmecken, bis sie das Reich Gottes sehen.*«

»Dass du es wagst …«

»Sprechen wir es doch aus! Pabil glaubte, dass ewiges Leben keine Errungenschaft des Christentums war. Es war ein älteres Wissen, das man vergessen machen wollte, damals wie heute revolutionär. Was, wenn der Mensch gerettet werden kann? Jeder Einzelne, nicht nur der Geist, sondern auch das Fleisch? Ihr glaubt, dass Pabils Forschungen ein Geheimnis sind, doch viele wissen davon. Und vielleicht interessiert es euch zu hören, dass seine Ausgrabungen derzeit wieder aufgenommen wurden.«

Ein Stöhnen war zu hören. Die Nachricht war für die Anwesenden ein Schock.

»Das könnt ihr euch sparen, er hat nie etwas gefunden«, stieß der Glatzköpfige aus.

»Was nicht bedeutet, dass nichts dort ist. Unter dem Petersplatz, wo man angeblich nicht graben darf.«

»Du willst uns demütigen, ist es das?«

»Nein, ich will euch die Hand reichen!«, sagte der Mann mit der tiefen Stimme vorwurfsvoll. »Euch ist vielleicht bekannt, dass Leistner eine der antiken Keilschrifttafeln aus den Vatikanischen Museen gekauft hat?«

»Ja. Wir wissen nicht, wer sie ihm verkauft hat. Aber das ist nicht wichtig. Wir glauben nicht, dass die Tafel von Bedeutung ist.«

»Darüber gibt es unterschiedliche Ansichten. Aber seht es so: Leistner hat ein Unsterblichkeitsmittel gefunden, dessen Zusammensetzung unbekannt ist. Wer sagt, dass er es nicht von diesen Tafeln hat, die er sammelt?«

Ein Raunen machte die Runde.

»Das ist doch absurd. Er bezahlt Unsummen für wissenschaftliche Forschung …«

»Und greift trotzdem auf altes Wissen zurück. Seht ihr nicht die Chance, die darin liegt?«

Er machte eine Kunstpause, um seinen Worten die richtige Wirkung zu geben. Niemand wagte zu sprechen.

»Es bedeutet, dass Gott ihm diese Macht gegeben hat, so wie er sie Noah gegeben hat. Die Singularität ist keine Errungenschaft des Menschen, sie ist ein Geschenk Gottes.«

»Selbst wenn ihr wirklich damit in die Welt hinausgeht, was ich erst glaube, wenn ich es sehe, ist es zu gewagt. Damit kommt ihr nie im Leben durch.«

Doch es klang nicht mehr so überzeugt wie zu Beginn.

»Und wenn es die Wahrheit ist?«, fragte er. »Das ist das Angebot, das ich euch mache.«

»Du hast die Informationen an die Medien gespielt«, dämmerte es dem Glatzkopf, doch der andere ließ ihn nicht weiterreden.

»Ich will euch nur zurückholen in den Schoß der Kirche. Immerhin nennt ihr euch immer noch *Viri Timorati* – Gottesfürchtige, oder etwa nicht?«

»Das wird nicht möglich sein. Wir sind zu weit weg. Wir haben Dinge getan, von denen du nichts weißt. Die Brücken sind zerstört.«

»Denkt darüber nach.«

Doch bevor jemand antworten konnte, hörten sie eine weitere Stimme von irgendwoher, ein Wimmern.

»Wer ist das?«, fragte der Glatzköpfige. »Antwortet mir! Wer macht dieses Geräusch?«

»Bitte. Helft mir!«

Die Worte waren leise, und doch deutlich zu vernehmen.

»Gabriele«, sagte jemand. »Der Arzt, der Pabil behandelte.«

»Das kann nicht sein«, sagte der Mann mit der Glatze. »Wir hätten ihn doch kommen sehen!«

»Gabriele, geht es dir gut?«, rief der andere.

Lombardi, der sich bisher mit Lauschen zufriedengegeben hatte, wollte nun auch wissen, was genau sich dort abspielte. Wer auch immer um Hilfe flehte, es hatte kraftlos und verzweifelt geklungen. Etwas Schlimmes musste geschehen sein.

Doch wo war der Klagende? Dann hatte Lombardi eine Eingebung und sah nach oben. Und da war tatsächlich eine Bewegung gewesen. Nun schienen die anderen es auch zu bemerken.

»Seht doch!«

Ein Rumoren füllte den Kirchenraum.

»Was sollen wir tun?«

»Wir müssen nach oben! Kennt jemand den Weg?«

Doch in diesem Moment erklang ein markdurchdringender Schrei. Die Wände wurden in ein gelbliches Licht getaucht, flackernd, wie von Kerzen. Auch die Anwesenden begannen vor Angst zu schreien. Manche liefen in die Mitte, während andere zur Wand hin flüchteten. Plötzlich wurde das Licht so grell, dass die Säulen scharfe Schatten warfen, und ein Feuerball fiel durch das Loch in der Kuppel hinab, begleitet vom Zischen der Flammen. Er schlug mit einem schrecklich klingenden Knacken auf dem Steinboden auf, begleitet von einem Geruch nach Treibstoff und verbranntem Fleisch.

Lombardi wollte wegsehen, doch er konnte nicht. Obwohl er keinen Zweifel hatte, was da gerade geschehen war, suchte etwas in ihm die Bestätigung für das Unerhörte. Und tatsächlich: Der Feuerball war ein Mensch gewesen.

Panik brach aus, und die Männer strömten zum Tor. Als es sich nicht öffnen ließ, hämmerten sie mit den Fäusten dagegen.

Plötzlich wurde der Geruch nach Brennbarem stärker. Eine Flüssigkeit tropfte durch das Loch in der Kuppel auf den Boden. Aus den Tropfen wurde ein Sturzbach. Das Hämmern an die Tür hörte auf und alle starrten gebannt zur Mitte des Raums, wo sich die Flüssigkeitssäule mit dem dumpfen Knall einer Explosion in Licht verwandelte, das alles in gleißende Helligkeit tauchte.

MACHTKAMPF IM VATIKAN

Rom. Hinter den vatikanischen Mauern ist überraschend ein Machtkampf entbrannt. Berichten zufolge soll Kardinalstaatssekretär Valentino Gnerro vor seiner Abdankung stehen. Ein Nachfolger wurde noch nicht genannt, eine Stellungnahme des Heiligen Stuhls steht bislang aus.

Ganz überraschend kommt dieser Schritt nicht. Gnerro stand wegen der chaotischen Krisenkommunikation rund um den spektakulären Mord des Priesters Pabil Visconte am Petersplatz in der Kritik. Nach außen hin war aus dem Vatikan kein Widerspruch gegen die offizielle Linie zu vernehmen, doch dass Gnerro freiwillig Platz macht, darf bezweifelt werden. Eine schnelle Entscheidung über seine Nachfolge wird erwartet. Ob und wie die Entwicklungen mit der mysteriösen Krankheit zusammenhängen, die von Prag aus Entscheidungsträger auf der ganzen Welt erfasst hat, ist derzeit völlig unklar.

(agi – Italian Journalist Agency)

LOMBARDI

Das Pantheon hatte sich in eine Flammenhölle verwandelt, und es herrschte Chaos. Während durch das Loch in der Decke immer neuer Brandbeschleuniger hinabgegossen wurde, hatten sich die meisten Teilnehmer des Treffens vom Tor abgewandt und suchten verzweifelt in den Nischen Schutz oder sahen sich nach einem Ausgang um. Auch Lombardi begriff, dass es keinen Sinn mehr hatte, sich zu verstecken. Die Halle füllte sich mit Rauch und machte das Atmen zur Qual. Er musste schleunigst raus hier, doch am Tor angekommen erkannte er, selbst gemeinsam hätten sie niemals eine Chance, die schweren Flügel aufzustemmen.

Bisher hatte Lombardi die Szenen mit Unglauben verfolgt, doch langsam ergriff Verzweiflung Besitz von ihm, als er die Tragweite dessen zu verstehen begann, was gerade geschah.

Jemand will diese Gottesfürchtigen auslöschen. Und nun hat er sie alle in einem Raum versammelt.

Lombardi realisierte, dass dieses Chaos gewollt war. Sie saßen in der Falle, und dass er ebenfalls zugegen war, wusste ja niemand. Und selbst wenn – der Attentäter hatte bisher nicht den Eindruck erweckt, bei der Verfolgung seiner Ziele auf irgendetwas Rücksicht zu nehmen.

Ich werde hier mit ihnen sterben.

Wie zur Bestätigung seiner Gedanken stürzte neuer Brennstoff ins Zentrum des Raums. Lombardi sah nach oben. Der einzige Ausweg lag genau da über ihm. Doch es gab keine Möglichkeit, dorthin zu gelangen.

Seine Augen begannen zu tränen, und er wischte sich mit dem Ärmel übers Gesicht, doch das Bild blieb verschwommen. Ein Gefühl von Leichtigkeit stieg ihm in den Kopf, und er erkannte, dass das kein gutes Zeichen war.

Das Feuer verbraucht den Sauerstoff.

Mit seltsamer Klarheit formte sich in seinem Kopf der Gedanke, dass er nichts tun konnte, außer sich in eine Ecke zu verkriechen und zu warten, ob jemand sie befreite, auch wenn er bezweifelte, dass rechtzeitig Hilfe käme.

In diesem Moment griff jemand nach seinem Arm und drückte gnadenlos zu.

GNERRO

Noch nie war der Kardinalstaatssekretär so aufgewühlt gewesen. Seit er die Zeitungsmeldung gelesen hatte, in der von seiner bevorstehenden Abdankung berichtet wurde, war er vom Regierungsgebäude in den Apostolischen Palast gelaufen und von dort zum Gästehaus mit der Papstwohnung. Überall hatte er gefragt, ob jemand wisse, von wem die Meldung stammte, doch niemand hatte ihm Auskunft darüber geben können. Die meisten hatten den Artikel noch gar nicht gesehen, und diejenigen, die ihn kannten, verlangten ihrerseits Auskunft. Er konnte es ihnen nicht verdenken, und zu gern hätte er ihnen gesagt, dass es eine Falschmeldung war und er nicht im Geringsten daran dachte abzudanken. Aber er verstand inzwischen, dass es nicht so einfach war. Er hatte Turilli in ihrem Gespräch vorhin kaum wiedererkannt. Der Kardinal war ihm immer etwas langsam und unentschlossen vorgekommen. Zuletzt hatte er auch noch zu trinken begonnen. Nie hätte er gedacht, dass Turilli ein ernsthafter Konkurrent für das höchste Amt nach dem Papst sein könnte.

Doch der Turilli, den er gerade eben kennengelernt hatte, war ein völlig anderer gewesen. In seinen Worten schwang eine Kälte mit, die Gnerro immer noch Gänsehaut verursachte, wenn er darüber nachdachte. Dennoch war er sicher gewesen, dass der Heilige Vater sich nicht so leicht unter Druck setzen lassen würde. Gnerro hatte beschlossen, erst einmal abzuwarten.

Doch nun geisterte diese Pressemeldung durch die italienischen Medien. Eine Meldung, die der Heilige Stuhl sonst schnell mit einem Dementi beantwortete, was aber nicht geschehen war. Gnerro hatte also beschlossen, den Papst selbst um ein Gespräch zu bitten, doch niemand konnte ihm sagen, wo er sich aufhielt.

Etwas war in Bewegung geraten, das sich außerhalb seiner Kontrolle befand, das spürte Gnerro ganz deutlich.

Turilli kann das nicht durchziehen. Niemand wird diesem Wechsel zustimmen.

Doch Gnerro wollte es aus dem Mund des Papstes selbst hören. Der Heilige Vater hatte den Vatikan nicht verlassen, so viel stand fest. Er war also ganz in der Nähe. Sein Weggefährte der letzten Jahre, mit dem er gemeinsam den Kirchenstaat geführt hatte, würde ihm das Gespräch nicht verweigern, auch wenn ihre Zusammenarbeit nicht ohne Konflikte verlaufen war. Er würde zuhören, und dann würden sie gemeinsam eine Lösung finden, wie sie mit Turilli umgehen wollten. Je früher das geschah, desto höher waren die Chancen, größeres Unheil abzuwenden.

Gnerro hatte seine Hoffnungen darauf gesetzt, Seine Heiligkeit im Gästehaus vorzufinden, doch man hatte ihm versichert, dass er seit dem Morgen nicht mehr dort gewesen war. Er hatte also beschlossen, es doch noch einmal im Apostolischen Palast zu versuchen, in dem die Amtsgeschäfte geführt wurden und wo auch Gnerro sein Büro hatte, in dem er sich allerdings kaum aufhielt. Er war meist den ganzen Tag auf den Beinen und ging lieber direkt auf die Menschen zu, anstatt sie zu sich zu bitten, und sei es nur, um sie immer im Auge zu behalten.

Auf dem Weg vom Gästehaus hatte er beschlossen, eine Abkürzung durch die Vatikanischen Museen zu nehmen. Er war schon kurz davor, den Palast zu erreichen, als ihm zwei Arbeiter auffielen, die etwas Schweres zwischen den Touristen hindurchtrugen. Zuerst wollte er sie ignorieren, er hatte schließlich Wichtigeres zu tun, doch dann wurde er stutzig. Er blieb stehen und betrachtete das schwere Ding genauer. Es handelt sich dabei um einen grauen Ofen, einen Ofen, den er kannte.

Gnerro widerstand der Versuchung, die beiden anzusprechen, sondern hielt sich einige Schritte entfernt, während er zu erkennen versuchte, welches Ziel die beiden hatten. Bis zum Schluss wollte er nicht glauben, dass sie tatsächlich auf die Sixtinische Kapelle zuhielten.

Er folgte ihnen in den hohen Kirchenraum, der für Besucher gesperrt war und dessen Eingang ein Gardist bewachte, der zuerst die Arbeiter und dann ihn anstandslos passieren ließ. Im Inneren sah Gnerro seine schlimmsten Befürchtungen bestätigt.

Ein Gerüst war im hinteren Teil der Sixtinischen Kapelle aufgestellt worden, das vom Boden bis zu einem der hohen Fenster verlief. Es sollte einen Schornstein tragen, der nur zu ganz bestimmten Anlässen verwendet wurde.

»Was macht ihr da?«, fuhr Gnerro die beiden an. »Wer hat die Order gegeben?«

Sie erschraken und sahen sich an. Dann stellten sie den Ofen auf den Boden und wischten sich den Schweiß ab.

»Die Order kam von oben«, erklärte der eine.

»Was heißt, von oben? Vom Papst persönlich?«, fragte Gnerro drohend. Er platzte schier vor Wut.

»Nein, das nicht.«

»Dann frage ich mich, wen ihr meint! Von oben würde bedeuten, dass die Order von mir stammt, aber ich kann mich nicht erinnern, es euch aufgetragen zu haben. Ihr etwa?«

»Nein, das nicht. Aber …«

»Was aber?«

»Seine Eminenz der Kardinalstaatssekretär hat es befohlen.«

»*Ich* bin der Kardinalstaatssekretär!«

Die beiden Arbeiter starrten betreten zu Boden. Doch Gnerros Wut verebbte so schnell, wie sie gekommen war. Ihm war auf einmal eiskalt.

»Wir wurden doch alle informiert«, begann der Arbeiter, »von dem Wechsel. Die E-Mail kam aus Ihrem Büro.«

»Worüber informiert?«

»Dass es einen neuen Kardinalstaatssekretär gibt. Dass Sie sich für die gute Zusammenarbeit und das Vertrauen bedanken.«

Gnerro blieb die Luft weg, und er musste sich zwingen weiterzuatmen.

»Aber ihr wisst, wofür dieser Ofen gut ist, nicht wahr?«, flüsterte Gnerro.

Die beiden sahen sich an. Einer zuckte mit den Schultern, der andere nickte verschämt.

»Dann erklärt mir, was das bedeutet!«

»Wir verstehen es selbst nicht. Seine Eminenz Turilli hat uns aufgetragen, wir sollen den Ofen aufstellen. Es hat nichts zu bedeuten, sagte er. Es ist nur eine Vorsichtsmaßnahme, für den Fall des Falles.«

LOMBARDI

Als er hinter dem Pantheon durch eine Tür ins Freie stürzte und seine Lungen mit Luft füllte, hatte er zum ersten Mal Gelegenheit, den Mann zu betrachten, der ihn durch einen versteckten Hinterausgang hinausgezerrt und ihm damit das Leben gerettet hatte. Als er ihn erkannte, übermannten ihn die Gefühle, und Tränen stiegen ihm in die Augen. Er fiel ihm um den Hals.

»Alessandro!«

Doch Badalamenti schüttelte ihn ab und schenkte ihm nur ein flüchtiges Lächeln. »Ich freue mich auch. Aber wir haben keine Zeit.«

Lombardi wollte noch etwas sagen, doch Badalamenti war schon losgelaufen.

Sein Freund rannte die Mauer des Pantheons entlang, bis er auf zwei Feuerwehrleute traf. Offenbar hatte jemand den Brand bereits gemeldet. Er erklärte ihnen, dass Menschen da drin eingeschlossen waren und jemand die Tür aufbrechen musste. Bevor sie nachfragen konnten, war er auch schon wieder auf und davon.

Sie rannten durch enge Gassen in südlicher Richtung. Lombardi keuchte und hustete. Er hatte größte Mühe, seinen Freund nicht aus den Augen zu verlieren, der topfit zu sein schien, als wäre er nicht gerade knapp dem Tod entronnen. An der Corso Vittorio Emanuele II blieb er stehen und streckte den Arm aus, um ein Taxi herbeizuwinken. Lombardi war dankbar dafür, denn er hätte keinen Schritt länger laufen können. Seine Kehle fühlte sich an, als hätte er nicht den Qualm, sondern das Feuer inhaliert. Er hatte Tausende Fragen, doch nicht genügend Atem, um auch nur eine einzige davon zu stellen.

»Du musst ein eigenes Taxi rufen«, sagte Badalamenti. »Wir können nicht zusammenbleiben.«

»Warum nicht?«, brachte Lombardi hervor.

»Du hast doch gesehen, was da drin gerade passiert ist!«, sagte Badalamenti. »Ich will dich nicht in Gefahr bringen. Was hattest du dort überhaupt zu suchen?«

»Dich! Ich habe dich gesucht!«

Badalamenti sah ihn prüfend an und seufzte schließlich. »Dann komm.«

Ein Taxi hielt, und sie stiegen ein.

»Zur Via della Sacrestia!«, verlangte Badalamenti.

Die grauhaarige Taxifahrerin sah ihn überrascht im Rückspiegel an.

»Città del Vaticano?«, fragte sie.

»Natürlich Vatikan, was denn sonst?«

Papst erkrankt?

Rom. Es ist ein Paukenschlag. Nachdem vor wenigen Stunden der Rücktritt des Kardinalstaatssekretärs, des zweithöchsten Mannes im Vatikan, verkündet wurde und nach wie vor auf eine Stellungnahme des Heiligen Stuhls gewartet wird, überschlagen sich die Ereignisse, als ein weiteres Gerücht die Runde macht. Es gibt Hinweise, die auf eine bevorstehende Papstwahl hindeuten. Obwohl es keine Bestätigung von offizieller Seite gibt, kursieren Fotos von der Sixtinischen Kapelle, die Arbeiten am Schornstein zeigen, der nur für das seltene Ereignis der Wahl eines neuen Papstes verwendet wird. Beim sogenannten Konklave werden nach jedem Wahlgang die Stimmzettel verbrannt, wobei die Farbe des Rauchs der Weltöffentlichkeit anzeigt, ob die Kardinäle zu einer Entscheidung gelangt sind.

Sollte sich das Gerücht bestätigen, wäre das ein für die Katholische Kirche bisher beispielloser Machtwechsel. Und es wirft Fragen über die Gründe des möglicherweise bevorstehenden Abtretens beider Kirchenführer auf. Eine immer häufiger geäußerte Theorie lautet, es bestehe ein Zusammenhang mit den mysteriösen Krankheitsfällen von hohen Persönlichkeiten aus Politik und Wirtschaft, deren Zahl stündlich steigt und in mehreren Ländern für politische Instabilität sorgt. Es sei nicht auszuschließen, so ein Vatikan-Kenner, dass kursierende Gerüchte über den Rücktritt des Staatssekretärs bewusst platziert wurden, um von den wahren Gründen für die Abdankung abzulenken. »Was, wenn auch sie mit der unbekannten Krankheit infiziert sind?«, so der Experte. »Was, wenn einer von ihnen bereits tot ist?«

Alles wartet auf eine Stellungnahme des Heiligen Stuhls, die den Nebel lichten soll.

(red)

»Du bist mir eine Erklärung schuldig«, sagte Lombardi leise, als sich das Taxi in Bewegung setzte. Er wusste nicht, ob er erleichtert oder wütend sein sollte. Ein Teil von ihm war so enttäuscht von seinem Freund, dass er nie wieder etwas mit ihm zu tun haben wollte. Doch zu sehen, dass es ihm gut ging und er voller Energie war, nahm auch eine riesige Last von seinen Schultern. Ihm wurde nun klar, dass er sich schuldig gefühlt hatte, weil er davongekommen war, während Badalamenti im Wagen bei den Entführern geblieben war. Nun, da das Schuldgefühl nachließ, konnte er es nicht fassen, dass sein Freund ihn nicht ein einziges Mal kontaktiert hatte, um ihm zu sagen, wie es um ihn stand.

»Ich bin dir durch mehrere Länder nachgereist. Zuerst habe ich geglaubt, du bist tot. Dann habe ich dich in Prag gefunden, mit der Schachtel aus deiner Wohnung, und du hast nicht ein einziges Wort mit mir gesprochen! Was sollte das, verdammt noch mal?«

»Du hast die Tafel in meiner Wohnung gefunden?«, fragte Badalamenti in normaler Lautstärke, ohne sich um die Taxifahrerin zu kümmern. »Gut. Ich hab schon befürchtet, dass sie in falsche Hände gerät.« Badalamenti sah aus dem Fenster, als wäre er in Gedanken. »Ich habe gleich geahnt, dass die Präsentation eine Katastrophe werden wird.«

Er wandte sich an Lombardi.

»Es tut mir leid, dass ich davongelaufen bin. Aber es gab keine andere Möglichkeit. Ich habe selbst jemanden verfolgt.«

»Den Mörder?«, fragte Lombardi. »Der Carlo D'Emilia an die Zeiger der Uhr gebunden und bei lebendigem Leib verbrannt hat, genau wie Pabil hier in Rom?«

Die Taxifahrerin starrte sie mit weit aufgerissenen Augen im Rückspiegel an.

»Sie schauen auf die Straße!«, rief Badalamenti streng zu ihr nach vorn.

»*Scusa …*«

»Ich war mir nicht sicher, aber ja. Er muss es gewesen sein.«

»Derselbe, der im Pantheon ein Massaker anrichten wollte?«

Badalamenti nickte. »Wer es ist, weiß ich immer noch nicht. Aber eines steht mit Sicherheit fest: Er hat es auf die *Viri Timorati* abgesehen.«

»Die Leute, die sich im Pantheon getroffen haben – wer sind sie?«

Badalamenti schnaubte. »So viel Zeit haben wir nicht.«

»Ich muss es wissen!«

»Eine Vereinigung, die nach dem Prozess gegen Galilei gegründet wurde. Sie wollten der Kirche eine neue Richtung geben. Aber mit der Zeit haben sie sich verändert.«

»Pabil Visconte – du wusstest, wer da im Bett lag, nicht wahr? Dass er einer der *Viri Timorati* war!«

»Ich wusste es«, gab Badalamenti widerwillig zu.

»Du hättest es mir sagen können!«

»Dazu war keine Zeit!«

Lombardi konnte es nicht fassen. Badalamenti hatte auf alles eine Antwort. Doch mehrere Teile der Geschichte ergaben keinen Sinn.

»So leicht kommst du mir nicht davon«, sagte er. »Ich wäre selbst fast gestorben in Prag. Carlo D'Emilia hat auf mich geschossen. Für mich sind die *Viri Timorati* gefährlich. Und es wundert mich nicht, dass ihnen jemand an den Kragen will.«

»Du verstehst immer noch nichts«, gab Badalamenti zurück. »Und ich habe keine Zeit, alles zu erklären. Glaub mir, es ist besser, du steigst an der nächsten Ampel aus und gehst zu einem Arzt. Ich könnte es mir nie verzeihen, wenn dir etwas zustoßen würde.«

»Keine Chance.«

Badalamenti nickte. »In Ordnung. Dann musst du mit mir mitkommen. Wir müssen in den Vatikan. Ich muss dringend mit Turilli sprechen.«

ROGORA

Die Lage in der italienischen Botschaft in Berlin wurde immer chaotischer. Noch immer kamen neue Berichte über Erkrankte herein. Inzwischen gab es auch weitere Informationen über die Quelle der mysteriösen Krankheit, und sie bestätigten Lombardis abenteuerliche Theorie. Bei mehreren der Kranken war eine Ampulle eines Medikaments mit dem Logo von Leistners Unternehmen Aetheromed gefunden worden. Obwohl es verrückt schien, verdichteten sich die Anzeichen, dass sich die Leute vergiftet hatten. Absurderweise war das nicht so weit von den Verschwörungstheorien entfernt, die überall die Demonstrationen anheizten. Laut diesen versuchten die Mächtigen der Welt, im Geheimen Unsterblichkeit zu erlangen und die Weltherrschaft an sich zu reißen, wobei der Rest der Menschheit versklavt und als biologische Ersatzteillager für die Elite verwendet werden sollte. Die Krankheitsfälle seien auf Konflikte innerhalb dieser Gruppe zurückzuführen.

Verifizieren ließ sich das bislang nicht, die Untersuchungen der Medikamentenflaschen dauerten an, wirkten aber nicht sehr vielversprechend. Die Reste der Flüssigkeit darin waren marginal, und das Etikett verriet nichts über den Inhaltsstoff.

Doch viele der Anwesenden, die aus Diplomaten, Mitarbeitern von Ministerien und Geheimdienstbeamten bestanden, wollten es immer noch nicht glauben. Dementsprechend heiß wurde diskutiert. Und so hitzig die Stimmung war, hatte sie auch keine Lust, jemanden davon zu überzeugen. Zuvor wollte sie Beweise haben.

Inzwischen bereute sie, Bischof Lombardi gehen gelassen zu haben. Sie hatte das bestimmte Gefühl, dass sich alles um ihn drehte, auch wenn er das gar nicht so wirklich mitbekam. Sie hätte einfach zwei Leute abstellen sollen, die ihm unauffällig folgten – er hätte sie bestimmt zu Antworten geführt. Doch Lombardi war in Rom untergetaucht, wie ihr ein Telefonat mit ihren Kollegen vor Ort verriet. Sie hatte Befehl gegeben, ihn aufzuspüren, doch sie wusste, dass das dauern konnte, sofern er nicht sein Handy benutzte oder zufällig vor eine der öffentlichen Kameras lief, die sie unter ihrer Kontrolle hatten.

Die neueste Information hatte sie den anderen hier im Raum noch gar nicht erzählt. Sie wusste, dass das nur Ärger geben und ihr nicht weiterhelfen würde. Lange durfte sie die Erkenntnisse ihrer Kollegen in Rom allerdings nicht mehr verheimlichen. Sie hoffte nur, zuvor noch einmal mit Lombardi telefonieren zu können.

Eine Gruppe für Computerkriminalität des italienischen Innenministeriums hatte die Quelle der Verschwörungstheorien, mit denen die Demonstrationen angeheizt wurden, identifizieren können. Der Verbreiter nutzte den Anonymisierungsdienst Tor, aber mit der Hilfe befreundeter Geheimdienste konnte dennoch eine IP-Adresse in Rom identifiziert werden. Wenn die Angaben stimmten, handelte es sich um einen Computer im Vatikan.

Rogora wurde aus ihren Gedanken gerissen, als sie realisierte, dass jemand neben ihr stand.

»Was gibt es?«

»Signora Rogora? Wir haben soeben einen Anruf vom Flughafen Tegel erhalten. Zwei Frauen sind gerade mit einer Maschine von dort abgehoben. Ich glaube, Sie kennen die beiden. Sie heißen Samira Amirpour und Gunda Sigrunsdottir.«

»Wo sind sie hin?«

»Soweit ich erfahren habe, ist das Ziel der Maschine im Irak.«

LOMBARDI

Badalamenti fielen die vielen Leute und die Übertragungswagen zuerst auf.

»Hier stimmt etwas nicht«, stellte er fest.

Die Menschen auf dem Platz blickten hinauf zu den Gebäuden zwischen dem Apostolischen Palast und dem Petersdom. Sie zeigten mit dem Finger auf etwas in der Dunkelheit. Ein Fernsehteam hatte sich so positioniert, dass die Kamera ebenfalls auf diesen Punkt zeigte, während eine Sprecherin mit einem Knopf im Ohr sich für ihren Einsatz bereit machte.

»Habe ich etwas verpasst?«, fragte Lombardi.

Doch Badalamenti hörte ihm nicht zu. Er starrte hinauf zu den erhöht liegenden Gebäuden.

»Das kann nicht sein«, sagte er schließlich.

»Was?«

»Siehst du das auch?«

Er deutete auf einen Schatten über der Sixtinischen Kapelle. Lombardi brauchte einen Moment, um zu verstehen. Eine kleine Erhebung über den Dächern. War die vorhin nicht da gewesen?«

»Was soll das sein?«

Doch noch bevor er es ausgesprochen hatte, kam ihm ein verwirrender Gedanke.

»Unmöglich«, murmelte er.

»Komm«, sagte Badalamenti.

Sie gingen zurück zur Via della Sacrestia und auf die Schranken zu, die von zwei Gardisten bewacht wurden. Die beiden erkannten sie und ließen sie durch. Badalamenti eilte voraus, durch die beiden Torbögen hindurch und zum Regierungsgebäude.

»Er wird nicht mehr im Büro sein«, gab Lombardi zu bedenken.

»Er ist bestimmt im Büro.«

Badalamenti sollte recht behalten. Turilli war allerdings nicht allein, er war umgeben von einer Handvoll Möbelpackern, die Einrichtungsgegenstände in große Umzugskartons räumten.

Als Turilli sie sah, erstarrte er für einen Moment, bevor er ein Seufzen der Erleichterung losließ, das bis auf den Gang zu hören gewesen sein musste. Dann stolperte er auf Badalamenti zu, und sie fielen sich in die Arme. Erst als sie voneinander abließen, schien Turilli auch Lombardi zu bemerken.

»Gott sei Dank, es geht euch beiden gut. Ich habe das Schlimmste befürchtet.«

Lombardi musste an das denken, was gerade im Pantheon geschehen war, und fand, dass er damit gar nicht so weit danebenlag.

Turilli wandte sich wieder an Badalamenti. »Was ist geschehen? Wo warst du? Nach dem, was Lombardi mir erzählt hat, dachte ich, du wärst tot!«

Badalamenti lächelte wehmütig. Nun war ihm erstmals die Müdigkeit anzusehen. Auch er hatte Unglaubliches durchgemacht.

»Ich bin der Spur gefolgt, wie wir es besprochen hatten. Pabil, das war erst der Anfang. Die Spitze des Eisbergs. Die *Viri Timorati* sind aus dem Schatten getreten. Sie haben ihr Werk bedroht gesehen und waren bereit, bis zum Äußersten zu gehen. Doch jemand wollte das verhindern. Jemand versucht sie zu töten, einen nach dem anderen.«

Badalamenti erzählte knapp, was im Pantheon geschehen war.

»Meine Güte! Wie geht es den anderen?«

»Ich weiß es nicht. Die Feuerwehr war bereits auf dem Weg, um das Tor aufzubrechen, aber ob es ihnen gelungen ist, weiß ich nicht.«

»Moment«, wandte Lombardi sich an den Kardinal, »Sie kennen die *Viri Timorati* auch?«

Turilli sah ihn schuldbewusst an.

»Ihr beide habt mich da reingezogen, ohne mir etwas zu sagen, obwohl ihr beide mehr wusstet?«

»Es ging alles so schnell«, rechtfertigte sich Turilli.

»Als ich zurückkam, war jede Menge Zeit, mir alles zu erzählen!«

Turilli verschränkte die Arme. »Die *Viri Timorati* sind eines der größten Geheimnisse innerhalb dieser Mauern. Damit sind unwägbare Gefahren für die Kirche verbunden. Und ich wusste nicht, ob es wirklich eine Verbindung gab.«

Doch Lombardi interessierte sich nicht dafür. »Was wollen die *Viri Timorati*? Worum geht es ihnen? Unsterblichkeit?«

Turilli sah Badalamenti an, als wollte er dessen Meinung hören, ob Lombardi es wert war, ihn einzuweihen. Schließlich begann er zu erklären.

»Zuerst nicht. Ihnen ging es ursprünglich nur darum, sich für die Wahrheit zu öffnen. Die ersten *Viri Timorati* waren eigentlich nur Geistliche innerhalb des Vatikans, die sich Sorgen wegen des Prozesses gegen Galilei machten. Was, wenn er recht hatte? Nur sieben der zehn Kardinäle, die über Galileis Urteil bestimmten, unterschrieben es auch. Drei von ihnen hielten es für ein großes Risiko, auf den alten Dogmen zu bestehen und Galilei zu verurteilen. Entscheidend sei allein die Wahrheit, egal, wie sie auch aussehen mag.«

Badalamenti nickte, und Turilli fuhr fort.

»Heute wissen wir, dass sie recht hatten, die aktuelle Position der Kirche entspricht quasi eins zu eins ihren damaligen Forderungen. Doch niemand sprach es offen aus, niemand entschuldigte sich für die Anfeindungen und Drohungen, denen die *Viri Timorati* über die Jahrhunderte ausgesetzt waren. Mit der Zeit stieg der Frust, die Gruppierung veränderte sich. Einige der Mitglieder wurden radikaler und begannen, noch mehr kirchliche Dogmen zu hinterfragen. Ist es aus medizinischer Sicht möglich, dass Maria als Jungfrau Jesus gebar? Müssten nicht viele der als heilig verehrten Reliquien einer Prüfung mit heutigen wissenschaftlichen Mitteln unterzogen werden? Damit nahm die Kritik an ihnen zu. Ihre Vereinigung wurde in einem internen Verfahren der Glaubenskongregation verboten und ihnen mit Exkommunikation gedroht. Doch natürlich lösten sie sich nicht auf, sondern agierten im Hintergrund weiter.«

»Aber warum interessieren sie sich so für Dan Leistner und sein Unsterblichkeitsmedikament?«

Badalamenti schien ungeduldig zu werden. »Die *Viri Timorati* interessierten sich nicht nur für aktuelle wissenschaftliche Forschung«, übernahm er. »Sie dachten auch in die Zukunft. Sie fragten sich, welche Risiken in der Zukunft für die Kirche entstehen konnten. Sie erkannten, dass eines der Risiken darin bestand, dass der Mensch selbst mittels der Wissenschaft gottähnliche Fähigkeiten erlangen würde. Und das ist ja nun offenbar passiert.«

Badalamenti wollte sich wieder an Turilli wenden, doch Lombardi war noch nicht fertig. »Ich weiß nicht, wie es dir geht, aber mich hätte einer von diesen *Viri Timorati* fast erschossen. D'Emilia, in Prag. Ich hatte nicht den Eindruck, dass es ihm um die Kirche geht.«

»Tut es auch nicht«, sagte Badalamenti. »Zuerst wollten sie den Heiligen Stuhl warnen, als sie feststellten, dass ein Unsterblichkeitsmedikament in erreichbare Nähe rückte. Pabil übernahm diese Aufgabe. Doch als er zugab, dass die *Viri Timorati* nach wie vor existierten, verlor er seinen Posten im Vatikan. Er musste ihn an D'Emilia abtreten.«

»Der ebenfalls zu den *Viri Timorati* gehörte.«

Badalamenti nickte. »Nachdem sie erneut abgewiesen wurden, hat sich ihr Fokus verändert. Sie scheinen von da an selbst nach Unsterblichkeit getrachtet zu haben. Sie wollten das Mittel für sich.«

Nun begann Lombardi zu verstehen. »Und der Kirche endgültig den Rücken kehren«, beendete er den Gedanken.

»Darauf läuft es hinaus.« Badalamenti wandte sich an Turilli. »Ich war auf dem Petersplatz. Das Fernsehen ist dort. Sie fragen sich, was der Schornstein dort auf der Sixtinischen Kapelle macht. Und ehrlich gesagt frage ich mich das auch.«

»Vorbereitungen«, sagte Turilli knapp.

»Vorbereitungen worauf?«

»Darüber darf ich nicht sprechen, aber wir werden es bald kommunizieren. Du wirst informiert, sobald wir Genaueres sagen können.«

Badalamenti schüttelte den Kopf. Er war verärgert. »Komm schon, speis mich nicht so ab. Die Zeitungen schreiben, Guerro dankt ab. Das kann ich mir nicht vorstellen. Doch nun stellt ihr den Rauchfang für das Konklave auf. Die Leute werden glauben, dass ihr einen neuen Papst wählen wollt.«

Turilli lachte. »Sie glauben es tatsächlich. Hast du keine Zeitung gelesen?«

Badalamenti sah den Kardinal entgeistert an. Die Selbstverständlichkeit, mit der er das sagte, irritierte ihn.

»Es wird sich bald alles aufklären, ich bitte nur um etwas Geduld. In Kürze gibt es eine neue Besprechung, die meine Anwesenheit erfordert. Wir sehen uns später.«

»Eine Besprechung?«, fragte Badalamenti. »Sie binden dich also endlich in ihre Entscheidungen ein? Das kann nur bedeuten, dass Gnerro tatsächlich abdankt. Glückwunsch!«

Badalamenti legte beißende Ironie in diese Worte. Er war wie Lombardi in den letzten Stunden durch die Hölle gegangen, und etwas am Ton des Kardinals passte ihm überhaupt nicht. Sein Blick fiel auf die Kartons, die die Möbelpacker stehen gelassen hatten.

»Wo willst du eigentlich hin? Ziehst du um?«

»Ich erkläre dir alles«, sagte Turilli. »Später.«

Die beiden sahen sich an, und Lombardi spürte plötzlich die Spannung zwischen ihnen. Da schien Badalamenti ein Licht aufzugehen.

»*Du?* Sag, dass es nicht wahr ist!«

Turilli starrte unschlüssig auf den Boden.

»Du kannst unmöglich zum Kardinalstaatssekretär ernannt werden.«

Doch der Geistliche widersprach nicht.

»Sind Sie sicher, dass die Adresse richtig ist?«, fragte der Fahrer. Amirpour wurde aus dem Schlaf gerissen. Sie sah, dass sie an einem Parkplatz vorbeifuhren, auf dem zwei Reisebusse standen. Ein Schild zeigte die Abzweigung zur Ausgrabungsstätte an.

Amirpour bedeutete ihm, geradeaus weiterzufahren. Die Luft, die ihnen beim Verlassen des Flughafengebäudes entgegengeschlagen war, war heiß gewesen und hatte nach Wüste gerochen. Sigrunsdottir hatte nur widerwillig den Schleier aufgesetzt, wobei Amirpour ihr zur Hand gegangen war.

»Ich kann nicht glauben, dass ich da mitspiele«, hatte die Isländerin gemurmelt. »Das ist purer Sexismus.«

»Besser, Sie sprechen nicht so laut. Wir wollen unauffällig bleiben. Hier im Irak ist das Tragen nicht vorgeschrieben. Ein paar Hundert Kilometer weiter, wo ich herkomme, ist das anders. Da kann es schon sein, dass Sie am Flughafen von einer alten Dame angemacht werden, wenn Ihr Schleier nicht richtig sitzt.«

Sie hatten sich ein Taxi genommen und dem Fahrer die Adresse auf Sigrunsdottirs Handy gezeigt. Der Fahrer hatte ihnen begeistert von Uruk erzählt. Die Adresse, die sie suchten, befand sich ganz in der Nähe der antiken Stätte.

Deshalb war der Fahrer auch verwirrt, als sie ihm bedeuteten, die Ausgrabungsstätte hinter sich zu lassen. Ihr Weg führte sie in eine Wohnsiedlung aus niedrigen Häusern mit Flachdach, deren Mauern dieselbe Farbe hatten wie der umgebende Sand, und wo die Straße an einem kleinen Dorfplatz endete. Sigrunsdottir checkte die Position auf ihrem Handy und nickte. Der Fahrer musste einsehen, dass er keine Erklärung bekommen würde, steckte das Geld ein und fuhr davon.

Als sich die Staubwolke des Taxis verzog, erkannte Amirpour als Erste, dass hier etwas nicht stimmte.

»Sieh, die Häuser!«

Sigrunsdottir schien es auch zu sehen. Die Scheiben waren staubig, als wären sie seit Monaten nicht geputzt worden.

»Hier lebt niemand«, stellte Sigrunsdottir fest.

Amirpour spürte, wie sie sich verkrampfte. Während der Fahrt hatte sie noch gezweifelt, ob sie hier überhaupt irgendetwas vorfinden würden. Das Satellitenbild hatte ihnen nur diesen winzigen Vorort von Samawah gezeigt. Nichts deutete auf eine Ausgrabung hin, die der Milliardär hier angeblich vornahm.

Doch vor Ort war zu erkennen, was auf dem Luftbild unsichtbar gewesen war: Das Dorf lag verlassen, obwohl die Häuser in gutem Zustand waren. Das konnte kein Zufall sein.

»Unheimlich ist das«, stellte Sigrunsdottir fest.

»Komm, gehen wir«, sagte Amirpour.

Sie machten sich auf den Weg zu einem der Häuser. Amirpour wischte den Staub von der erstbesten Scheibe und lugte ins Innere. Hier standen Möbel, es gab eine simple Küche. Doch die Küchengeräte fehlten, die Regale waren leer.

Plötzlich näherten sich stampfende Schritte von mehreren Personen. Eine Stimme sprach sie auf Arabisch an.

Amirpour und Sigrunsdottir drehten sich um und sahen zwei Männer mit Maschinengewehren.

Na toll, wir laufen direkt in eine Falle.

Die beiden trugen braune Uniformen, aber nicht die langen Bärte von Gotteskriegern, sondern kurz geschnittene Vollbärte. Einer der Männer probierte es auf Englisch.

»Was tun Sie hier? Das ist Sperrgebiet!«

Amirpour nahm ihren Mut zusammen. »Wirklich? Ich habe nirgends ein Schild gesehen.«

»Sie müssen gehen. Sie befinden sich auf Privatgrund.«

Da trat Sigrunsdottir auf ihn zu. Sie hatte den Ausweis des Forschungszentrums auf Island in der Hand.

»Bitte. Wir müssen mit Dan Leistner reden. Wir wissen, dass er hier ist.«

Turillis Schweigen war Antwort genug.

»Dann bist du auch für das Aufstellen des Schornsteins verantwortlich?«, fragte Badalamenti fassungslos. »Was soll das werden? Der Papst ist doch gesund, oder etwa nicht?«

»Wir bereiten uns auf verschiedene Szenarien vor«, gab Turilli kühl zurück. Sein Ton war plötzlich ein völlig anderer, und Lombardi hatte auf einmal einen schrecklichen Verdacht. Dieser Ton kam ihm nämlich bekannt vor.

Lombardi war diese Situation zunehmend unheimlich, und obwohl er noch nicht alle Puzzleteile beisammen hatte, spürte er, dass sie nicht hier sein sollten.

Er stieß Badalamenti mit dem Ellbogen in die Seite.

»Was?«, fuhr ihn sein Freund an.

»Lass Seine Eminenz zu der Besprechung gehen. Wir reden später mit ihm.«

Doch Badalamenti konnte das nicht auf sich sitzen lassen.

»Du sagst mir jetzt, was los ist. Sofort!«

Doch Turilli sah die beiden plötzlich mit einer Kälte an, die Lombardi bisher noch nicht von ihm kannte.

»Ich hätte das gern auf später verschoben, doch es scheint, als wäre uns bis auf Weiteres keine Ruhe vergönnt. Ich habe nämlich auch eine Frage: Was wolltest du im Lager des Museums?«

Badalamenti riss die Augen auf. »Was soll das heißen? Du hast mich dorthin geschickt!«

»Warum hätte ich dich dorthin schicken sollen?«

»Du hast mir gesagt, ich soll die Tafel in Sicherheit bringen!«

»Aha«, sagte Turilli, als verstünde er nun. »Das ist mir wohl entfallen. Dann gib sie jetzt bitte wieder zurück.«

»Aber ich habe sie doch zurückgegeben! Gleich bevor ich mit Stefano zu Pabils Wohnung gefahren bin!«

Turilli schüttelte den Kopf. »Du hast mir gar nichts zurückgegeben. Im Gegenteil. Die Tafel ist verschwunden, und es gibt Gerüchte, dass sie an einen Sammler verkauft wurde.«

»Was?«, rief Badalamenti verblüfft aus. »Das ist unmöglich!«

Er sah Lombardi an, der nichts zu erwidern wusste.

Turilli sagt die Wahrheit. Dan Leistner hat die Tafel gekauft. Aber von wem?

Badalamenti machte einen Schritt auf Turilli zu und fasste ihn am Arm, worauf dieser vor Schmerz zusammenzuckte.

»Was hast du? Bist du verletzt?«, fragte Badalamenti, der ebenfalls erschrocken war. Dann hob er plötzlich den Kopf und sog Luft durch die Nase ein. »Warum riechst du nach Rauch?« Er riss die Augen auf. »Du! Du warst das im Pantheon!«

Der Blick des Kardinals ließ keinen Zweifel zu.

»Aber warum, um alles in der Welt?«

»Sie müssen gehen«, sagte Turilli zu Lombardi. »Das ist zu groß für Sie.«

Doch Lombardi rührte sich nicht.

»Sie vertrauen ihm immer noch, nicht wahr?«, begann der Kardinal. »Er ist derart manipulativ, dass er selbst seine engsten Freunde täuscht.«

»Hör nicht auf ihn«, sagte Badalamenti.

»Sie haben sich zu seiner Marionette machen lassen«, fuhr Turilli ungerührt fort. »Mich wundert immer wieder, wie er damit durchkommt. Dachten Sie wirklich, er hat sein Geld mit Autoteilen gemacht? Fragen Sie ihn einmal nach dem Kinderspital in Rom. Wo sind die Gelder hingeflossen, die für seine Renovierung gedacht waren?«

Badalamenti verschlug es einen Moment die Sprache, dann riss er die Augen auf. »Du!«, rief er aus. »Du hast den Medien die Geschichten von Pabil zugespielt. Dass er sich mit Ryllo beschäftigt hat und etwas in der Nekropole gefunden hat!«

»Jetzt dreht er völlig durch«, sagte Turilli in Lombardis Richtung. »Merken Sie es?«

Badalamenti schien außer sich vor Wut. Und als Lombardi zu ihm hinsah, hatte er plötzlich eine Pistole in der Hand.

In Turillis Augen blitzte Angst auf, doch das hielt ihn nicht davon ab, verächtlich den Mund zu verziehen. »Ich versuche wenigstens, das Richtige zu tun.«

»Das Richtige? Du lügst die Leute an. Was soll das bringen?«

»Ich erzähle ihnen eine Geschichte, die sie glauben können. Die Wahrheit ist zu schrecklich.« Dann riss er den Mund auf. »Hilfe! *Zu Hilfe*!«

Badalamenti machte vor Schreck einen Schritt zurück.

»Tut mir leid, mein Freund, es geht nicht anders«, sagte der Kardinal. »Die Welt darf die Wahrheit über Pabil nie erfahren, deshalb nehme ich die Dinge jetzt in die Hand.«

Er wartete, bis zwei Männer der Gendarmeria Vaticana auftauchten.

»Das sind die Männer!«, sagte er dann und zeigte auf Lombardi und Badalamenti. »Sie haben sich hier unbefugt Zutritt verschafft. Nehmt sie fest!«

AMIRPOUR

Als sie im Schlepptau der beiden Soldaten den Keller betraten, erkannte Amirpour ihren Irrtum.

Der Kellerraum war komplett freigeräumt worden, jemand hatte Wände herausgerissen und die Decke mit Stahlstreben abgestützt. Mehrere starke Scheinwerfer auf Stativen sorgten für solche Helligkeit, dass man meinen konnte, sich unter freiem Himmel zu befinden.

Der Boden vor ihnen war aufgegraben. Darüber waren feine Schnüre gespannt, um die Fläche in mehrere gleich große Quadrate aufzuteilen. Am tiefsten Punkt der Grube in der Mitte kauerte Dan Leistner, der ihnen den Rücken zudrehte. Er schien ihr Eintreten noch nicht bemerkt zu haben und widmete sich ganz dem Fleckchen Erde vor sich. In seiner rechten Hand hielt er einen Pinsel, seinen linken Arm trug er in einer Schlaufe.

Der Soldat sprach ihn auf Arabisch an. Als er sich umdrehte, war es, als würde er aus einem Traum aufwachen. Sigrunsdottir erkannte er augenblicklich.

»Was tun Sie denn hier?«

Sigrunsdottir trat vor. »Wir versuchen das Chaos zu beseitigen, das Sie angerichtet haben.«

Er richtete sich auf und schickte die beiden Soldaten mit einem Kopfnicken hinaus.

Seit der Präsentation in Prag waren nur wenige Stunden vergangen, doch Leistner schien derweil um Jahre gealtert zu sein. Die Frisur war immer noch dieselbe, doch das Gesicht darunter war eingefallen und die Augen waren blau unterlegt.

Es kostete den Milliardär Mühe, aus der Grube zu steigen, weshalb Amirpour ihm die Hand reichte, um ihm dabei zu helfen. Alle seine Bewegungen waren langsam, wie in Trance. Vielleicht hatte er wegen seiner Verletzung ein Schmerzmittel genommen, sein rechter Ellbogen war verbunden. Leistner wirkte auf Amirpour wie ein Schüler, der verprügelt worden war. Etwas Kindliches war an dem alten Mann.

»Geht es Ihnen gut?«, fragte Amirpour. »Ich war dabei, als man auf Sie geschossen hat.«

Leistner wandte sich einem Infusionsstativ zu, das ihr erst jetzt auffiel. Er fasste den von dem prall gefüllten Beutel herabhängenden Schlauch und zupfte an seinem Verband herum, bis ein durchsichtiges Kunststoffröhrchen sichtbar wurde, das offenbar zu einem intravenösen Zugang in seiner Armbeuge gehörte. Dort koppelte er den Schlauch an.

»Sie waren da? Dann haben Sie ja gesehen, dass meine Sicherheitsleute versagt haben.« Er wandte sich an Sigrunsdottir. »Ich kenne Sie, Sie arbeiten in meinem Labor in Island. Gehen die Aufräumarbeiten voran? Wir müssen möglichst schnell wieder einsatzbereit sein.«

Sigrunsdottir schüttelte den Kopf. »Ich weiß nichts über Island. Das ist doch im Moment überhaupt nicht wichtig.«

Er sah sie fragend an, dann wandte er sich einem Tischchen an der Seitenwand des Kellerraums zu. Er musste das Infusionsstativ anheben, da der Boden für die Rollen zu uneben war. Dort stand ein Krug Wasser, und er schenkte sich ein. Als er trank, musste er husten, als wäre er nicht in der Lage, richtig zu schlucken.

Amirpour verstand, was das bedeutete.

Er ist auch krank. Er leidet ebenfalls unter den Nebenwirkungen des Medikaments.

»Mr. Leistner, haben Sie mitbekommen, was überall auf der Welt gerade geschieht?«, fragte Sigrunsdottir.

Er trank, doch nichts deutete darauf hin, dass er die Frage verstanden hatte.

»Menschen erkranken, von Stunde zu Stunde mehr. Sie zeigen Anzeichen einer starken Autoimmunreaktion, einige sind gestorben. Die Öffentlichkeit rätselt, aber wir wissen, dass sich die Sache von Prag aus ausbreitet. Der tschechische Premier ist tot, und nun sind weitere Politiker betroffen. Der Premier in Rom zeigt dieselben Symptome!«

Leistner trank sein Wasser in kleinen Schlucken und wartete darauf, dass Sigrunsdottir weitersprach. Amirpour wurde ungeduldig.

»Es deutet alles darauf hin, dass sich diese Leute das Medikament verabreicht haben, das aus den Kühlschränken in Prag gestohlen wurde. Und sie reagieren darauf offenbar so stark, dass sie daran versterben.« Amirpour rang die Hände. »Sie verstehen doch, was das bedeutet? Sie haben den Menschen Unsterblichkeit versprochen, und dieser Hype wird nun lebensgefährlich. Und das ist noch nicht alles! Es kommt in den betroffenen Ländern gerade zu Unruhen. In Europa ist ein Machtvakuum entstanden, das radikale

Gruppen zu füllen versuchen.« Sie deutete auf den Infusionsbeutel. »Sie wissen, wovon ich rede, nicht wahr? Sie sind auch krank.«

»Mir geht es gut.«

»Bitte, Mr. Leistner, wir sind hier, weil die Ärzte wissen müssen, womit sie es zu tun haben. Ich weiß, dass die chemische Zusammensetzung ein großes Geheimnis ist – nicht einmal Ihre Mitarbeiter kennen sie. Niemand kann diesen Menschen helfen, wenn Sie nicht die Zusammensetzung veröffentlichen. Oder wenigstens eine Probe des Wirkstoffs herausgeben!«

Leistner stellte sein Glas wieder ab, wobei er vor Schmerz das Gesicht verzog. »Und wer sind Sie noch mal genau?«

Sigrunsdottir schaltete sich ein. »Das ist doch völlig irrelevant! Sie hat recht, Sie müssen etwas tun!«

»Das geht mich nichts mehr an«, erklärte er ruhig.

Da explodierte Amirpour. »Es geht Sie nichts an? Sie erzählen den Leuten von Unsterblichkeit, und weil Sie riesige Summen Geld in diese Forschungen investiert haben, glaubt man Ihnen! Und jetzt sterben Menschen – Menschen, die Ihnen vertraut haben! Sie tragen eine Verantwortung!«

Sie hatte geschrien. Er schien darüber verwundert, aber nicht zu sehr. »Menschen sterben, oder sie leben«, gab er zurück. »Ich weiß nicht, was mit dem Mittel los ist. In den Studien hat es funktioniert.«

»Ich weiß nichts von Studien!«, entgegnete Sigrunsdottir schroff.

»Weil Sie nicht eingebunden waren. Wir mussten das ohne die Abnahme durch die Ethikkommission machen, die hätten das nicht erlaubt. Nur ein kleiner Kreis an Wissenschaftlern war involviert, Sie nicht.«

»Wer dann?«

»Das ist doch irrelevant.«

»Haben Sie überhaupt nicht zugehört?«, ereiferte sich Sigrunsdottir.

Leistner seufzte. »Ich kann Ihnen die Namen geben, wenn Ihnen das so wichtig ist. Aber ich glaube nicht, dass Sie von denen etwas erfahren. Ich weiß nicht, warum diese Leute krank werden. In unseren Tests war das Mittel in der überwiegenden Mehrheit der Fälle gut verträglich.«

»In der *Mehrheit* der Fälle?«, hakte Amirpour nach.

»Es handelt sich um einen experimentellen Wirkstoff, nicht um ein zugelassenes Medikament. Natürlich gibt es Restrisiken.«

»Sie haben es an Menschen getestet?«

»An einer kleinen Gruppe. Zwanzig Personen.«

Sigrunsdottir konnte es nicht glauben. »An wem? So eine Studie muss doch von der Ethikkommission abgesegnet werden.«

»Das sagte ich doch schon«, entgegnete Leistner müde. »Wir konnten die Ethikkommission nicht einbinden. Es gibt andere Wege. Wir gaben Strafgefangenen eine Möglichkeit, etwas zum Fortschritt der Menschheit beizutragen.«

»Sie haben es an Häftlingen getestet?«, fragte Amirpour.

»Unter anderem. Und das mit gutem Erfolg. Es gab die eine oder andere Komplikation, aber sie sind inzwischen bei guter Gesundheit.«

»Bitte«, sagte Sigrunsdottir, »Sie müssen die Zusammensetzung des Wirkstoffs veröffentlichen.«

Leistner schüttelte den Kopf.

»Geben Sie uns wenigstens einen Hinweis. Oder eine Probe! Damit wir wissen, womit wir es zu tun haben. Wir wissen nicht einmal, um welche Technologie es sich handelt. Ist es eine klassische Gentherapie? Mit einem Adenovirus als Vektor? Oder handelt es sich um mRNA?«

»Ich werde Ihnen das Mittel nicht geben«, erklärte Leistner. »Und meine Mitarbeiter auch nicht. Ich habe fast mein ganzes Vermögen darin investiert. Aber ich zeige Ihnen etwas anderes, kommen Sie.«

Amirpour entdeckte ein dunkles Loch unter der Seitenwand

ihnen gegenüber, zu dem Stufen hinabführten. Sie erkannte, dass es ein Tunnel war. Sigrunsdottir und sie folgten ihm und traten vielleicht zwanzig Meter weiter wieder ins Licht. Dort befand sich ein zweiter Keller, der dem ersten ähnelte. Leistner schien seine Grabungen unter den Häusern durchzuführen, wo niemand ihn sehen konnte. Doch was suchte er hier?

Dann sah sie, dass dieser Keller doch nicht wie der andere war. Sie erschrak so sehr, dass ihr die Luft wegblieb.

LOMBARDI

Die Zelle war so schmal, dass er fast die Wände berührte, wenn er seine Arme ausstreckte. Darin befand sich ein Tisch und ein Bett, beides auf dem Boden fixiert. In der Ecke war eine Toilette, darüber ein vergittertes Fenster.

All das sah Lombardi nur undeutlich durch einen Schleier aus Tränen. Seine Hände waren zusammengebunden und wurden von einem an der Decke fixierten Seil nach oben gezogen. Um seine Arme zu entlasten, musste er auf Zehenspitzen stehen, doch auf Dauer ging das nicht, weshalb er an seinen Armen hing, was ihm höllische Schmerzen in den Handgelenken verursacht hatte.

Er hätte nie geglaubt, dass diese alte Foltermethode hier immer noch angewandt wurde. Aber nachdem er zwanzig Minuten lang nicht aufgehört hatte, nach einem Wärter des kleinen Gefängnisses zu verlangen, waren zwei Polizisten gekommen, die er noch nicht gekannt hatte, und hatten ihn mit dem Seil gefesselt.

Seither war er ruhig. Er sah ein, dass es keinen Sinn hatte. Sie würden ihn nicht gehen lassen, und er würde auch keine Gelegenheit bekommen, mit Badalamenti zu sprechen. Er saß in der Falle, und aus ihr gab es kein Entkommen.

Lombardi scheiterte immer noch daran, das ganze Ausmaß der

Geschehnisse zu begreifen. Die Morde waren nicht zufällig geschehen, so viel stand fest. Sie richteten sich gegen eine Gruppe, die sich die *Viri Timorati* nannte, die Gottesfürchtigen. Es waren Leute, die ursprünglich versucht hatten, die Kirche zu erneuern. Doch aus Enttäuschung hatten sie ihre Ausrichtung verändert. Sie hatten genau jene Dinge, die sie als Gefahr für die Kirche erkannten, plötzlich aktiv gesucht.

War das die Wahrheit, von der Turilli gesprochen hatte? Die er zu bewahren trachtete?

Das war der eigentliche Schock gewesen: Wenn es stimmte, was Badalamenti angedeutet hatte, sollte Turilli zum Kardinalstaatssekretär ernannt werden und Gnerro ersetzen. Den herrischen Gnerro, von dem Lombardi nie gedacht hätte, dass er so etwas zulassen würde. Vielleicht gab es dafür gute Gründe, vielleicht war Gnerro krank. Doch irgendwie wollte Lombardi das nicht glauben. Er hatte in dem Gespräch des Kardinals mit Badalamenti den Eindruck gewonnen, dass Turilli die treibende Kraft hinter Gnerros Demission war. Ein Turilli, der ganz anders war als der zögerliche, verunsicherte Mann, den er kennengelernt hatte.

Er und Badalamenti hatten sich gegenseitig Vorwürfe gemacht. Lombardi wusste nicht mehr, was er glauben sollte. Sein Vertrauen in seine Menschenkenntnis war erschüttert. Turillis Vorwürfe waren schwerwiegend gewesen, doch dann hatte Badalamenti plötzlich eine Waffe gezückt. Nie im Leben hätte Lombardi es für möglich gehalten, dass sein Freund mit so einem Ding umgehen konnte, doch tatsächlich schien er sogar Übung darin zu haben.

War einer von den beiden für die Morde verantwortlich? Vielleicht sogar Badalamenti, wie es Sylvia Rogora vermutet hatte?

Er konnte es nicht glauben. Und da musste er an etwas denken, das er im Büro des Kardinals gesehen hatte: leere Flaschen. Turilli schien zu trinken, doch das erklärte nicht die seltsame Verwandlung. Was hatte Turilli vor? Der Schornstein auf der Sixtinischen Kapelle – auch wenn es absurd erschien, Turilli traf Vorbereitungen, die nur auf eine bevorstehende Papstwahl hindeuten konnten. Doch warum? Der Papst war doch gesund, oder etwa nicht? Warum sollte ein neues Konklave vorbereitet werden?

Lombardi wusste keine Antworten, aber er verstand, dass alles mit den *Viri Timorati* zusammenhing. Und während er hier hilflos an seinen Armen hing und von Minute zu Minute schwächer wurde, nahmen draußen vor dieser Zelle Ereignisse ihren Lauf, die nicht nur den Vatikan für immer verändern würden.

Als die Tür aufging, bekam er es kaum mit. Er hatte in den letzten Minuten immer wieder das Bewusstsein verloren, bevor er vom Schmerz in den Schultern aufgeschreckt wurde. Die Handgelenke spürte er inzwischen kaum noch, sie waren völlig taub.

Lombardi konnte nicht sehen, wer da eintrat. Als sich der Zug an seinen Armen plötzlich löste, traf es ihn völlig unvorbereitet, und er sackte zu Boden. Jemand schnitt ihm mit ruhigen, bestimmten Handbewegungen die Fesseln durch. Lombardi zwang sich, die Augen zu öffnen, und erkannte eine Gendarmerieuniform.

»Danke«, hauchte er.

Er zog die Knie zur Brust wie ein Kind und wartete darauf, dass die Zellentür wieder geschlossen wurde, doch jemand packte ihn am Oberkörper und versuchte, ihn aufzurichten.

»Kommen Sie, wir haben keine Zeit. Sie können sich später erholen.«

Lombardi wollte nicht aufstehen, er wollte nur hier liegen, ohne einen Gedanken fassen zu müssen. Was auch immer das für ein Kampf war, der da draußen geführt wurde, er war kein Teil mehr davon. Er hatte aufgegeben.

Doch jemand schien sich damit nicht zufriedengeben zu wollen und zog ihn erneut hoch. Als Lombardi seine Knie streckte, trugen ihn seine Beine wider Erwarten.

»Gut, jetzt los.«

Er blickte hoch und sah in Augen, die er kannte. Es dauerte

einen Moment, bis er verstand, dass es sich um jenen Beamten der Gendarmerie handelte, dem er nach den Ereignissen in Pabils Wohnung seine Geschichte erzählt hatte.

»Wo bringen Sie mich hin?«

»Es gibt da jemanden, der Ihnen helfen wird.«

Sie erreichten das Deutsche Kolleg. Es grenzte an ein Wunder, dass sie niemandem begegnet waren. Keiner hatte Fragen gestellt, was ein vatikanischer Gendarmeriebeamter mit einem offensichtlich Verletzten wollte.

Der Beamte führte Lombardi direkt in den Innenhof, wo sich der deutsche Friedhof befand. Es handelte sich um den vielleicht malerischsten Ort im gesamten Vatikan, ein kleines, von einer Mauer eingefasstes Gräberfeld, das wunderschön mit Palmen und Zypressen begrünt war. Hier waren sie vor Blicken geschützt, während der Beamte an eine Tür in das nebenan befindliche Gebäude klopfte. Lombardi saß auf einer Mauerstufe und hatte Mühe, seinen Oberkörper aufrecht zu halten, während er hörte, wie sich der Gendarm mit jemandem unterhielt. Dann half man Lombardi abermals auf.

Über mehrere Treppen erreichten sie eine Bibliothek. Als Lombardi aufblickte, stand Severin Gaisel mit einem großformatigen Buch in der Hand vor ihm.

AMIRPOUR

Gebannt starrten Amirpour und Sigrunsdottir auf die Leiche, die auf eine Steinplatte gebettet war, während Leistner sie gar nicht zu beachten schien. Neben dem Körper brannten zwei Öllampen aus unglasiertem Ton, von denen feine Rauchsäulen aufstiegen.

»Sie haben bestimmt von der Bibliothek des Assurbanipal gehört. Sie befand sich in Ninive, einige Hundert Kilometer nördlich von hier. Als man 1849 begann, die Stadt im großen Stil auszugraben, stieß man auf eine Unzahl von Schrifttafeln, Zigtausende. Ich sammle diese Tafeln seit Jahren, und dort fand ich auch die Inspiration für meine Forschung. Mich faszinierte der Gedanke, dass schon die ältesten Geschichten, die der Mensch kennt, sich mit der Suche nach Unsterblichkeit auseinandersetzen. Und nicht nur das, diese Geschichten behaupten eindeutig, dass Unsterblichkeit möglich ist. Nicht durch das Wirken der Götter, sondern durch einen pflanzlichen Wirkstoff. Der Mensch ist selbst in der Lage, ein Mittel zur Unsterblichkeit zu finden – das ist die Kernaussage dieser Geschichten.«

Leistner sah zu der Leiche hin, doch er schien durch sie durchzusehen, als wäre er mit seinen Gedanken ganz woanders.

»Es war Pabil Visconte, der mir die Augen dafür geöffnet hat. Ich habe in den Neunzigern mit ihm zusammengearbeitet. Er hat mir dafür einige Keilschrifttafeln aus dem Vatikan versprochen, die er aber nie geliefert hat. Die Geschichten sind ziemlich präzise, es handelt sich um eine Unterwasserpflanze. Eine Schlange, die davon frisst, wird verjüngt und häutet sich. Doch wie die Pflanze genau aussieht und wo sie zu finden ist, steht nicht geschrieben. Allerdings gibt es nicht nur eine einzige Geschichte, sondern mehrere Versionen. Man darf sich diese Erzählung nicht als zusammenhängendes Buch vorstellen, das einen Anfang und ein Ende hat. Es sind einzelne Tafeln, von denen jede einen Teil der Geschichte erzählt. Als ich hörte, dass hier im Irak immer wieder neue Tafeln gefunden wurden, die neue Teile der Geschichte enthalten, sammelte ich wie besessen alle Informationen darüber. Ich hoffte, mehr über diese Pflanze zu erfahren.« Leistner lachte bitter. »Mein Vater hielt das immer für Humbug. Als ich auf dem College mit Football begann, brach er über ein Jahr den Kontakt zu mir ab. Er war der Meinung, dass das meinen Weg nach oben behindern würde. Es passte nicht zu der Unternehmerkarriere, die er für mich vorgesehen hatte. Erst als ich damit erfolgreich war, akzeptierte er meine Entscheidung.

Als ich dann längere Zeit verletzt war und viel zu lesen begann, kritisierte er mich wieder. Er traute mir nicht zu, das Gelesene intellektuell verarbeiten zu können. Er war der Meinung, ich hätte mich nun für den Sport entschieden und müsste damit leben, nie wieder mein geistiges Potenzial erreichen zu können. Dass ich ein Buch nach dem anderen verschlang und begann, alte Sprachen zu lernen, passte nicht in sein Weltbild.«

Wieder sah er die Leiche an. Und jetzt erst verstand Amirpour.

Sein Vater. Er hat ihn hierher mitgenommen.

Nun erinnerte sie sich daran, dass Leistner seinen Vater immer dabeihatte, wenn er reiste. Doch sie hatte nicht geglaubt, dass er so weit gehen würde, seinen Leichnam mit sich zu führen.

»Die Entdeckung neuer Tafeln mit der Geschichte von der Suche nach Unsterblichkeit war die Initialzündung für meine Ausgrabungstätigkeit. Ich beteiligte mich an offiziellen Grabungen, stellte Mittel zur Verfügung, doch ich war unzufrieden mit dem Fortschritt. Und außerdem gefiel mir der Gedanke nicht, die Fundstücke abgeben zu müssen.« Er deutete mit einer Geste an die Decke. »Das Verrückte ist, dass der Krieg die Sache für mich leichter machte. Der IS ist eine radikale Organisation, aber wenn es um Geld geht, sind sie ein ziemlich verlässlicher Partner. Ich konnte vielversprechende Stätten wie diese hier erwerben und unbehelligt meine Grabungen durchführen, sofern nur die Summe stimmte. Viele historische Stätten sind ja noch unter der Erde verborgen, und oft verhindern die darauf stehenden Gebäude eine Erforschung. In diesem Fall ist das ein Vorteil. Nach der Vertreibung des IS konnte ich das Dorf behalten und hier weitergraben.«

Leistners Augen leuchteten plötzlich. Er schien nicht mehr im Hier und Jetzt zu sein, sondern völlig in seiner Welt aufzugehen.

»Die Bibliothek von Ninive ist aber nicht die einzige Quelle für das Epos. Es gibt frühere Versionen. Doch auch sie sind nur Kopien, Nacherzählungen des einen Originals. Das soll bei der Stadtmauer von Uruk zu finden sein, auf Tafeln aus Lapislazuli, die von

Gilgameschs Taten erzählen.« Leistner deutete mit einer Geste in den Raum, in dem sie sich befanden. »Es gibt eine reelle Chance, dass sich die originalen Tafeln nach wie vor in Uruk befinden.«

»Das ist alles sehr interessant, Mr. Leistner«, sagte Sigrunsdottir. »Aber es bringt uns nicht weiter. Da draußen sterben Menschen!«

Leistner schien aus seinem Traum zu erwachen. Er sah die Forscherin an.

»Jeden Tag, da haben Sie recht. Weil die Medizin nicht in der Lage ist, ihnen zu helfen. Wie meinem Vater. Er litt an verschiedenen Krankheiten, die man in der Medizin *altersbedingt* nennt. Als ob das etwas ändert! Als in Prag der Anschlag auf mich verübt wurde, war auch jemand im Zimmer meines Vaters. Man sagte mir, dass jemand seine Sachen durchsucht und versucht hat, von ihm Informationen zu bekommen. Doch mein Vater war nicht immer ganz bei sich. Ich bezweifle, dass er etwas Sinnvolles von sich hätte geben können, wenn man ihn unter Druck setzte. Als meine Leute ihn fanden, war er tot. Ein natürlicher Tod, hieß es, verursacht durch den Stress. Was für ein schrecklicher Ausdruck! Der Tod ist nie natürlich, kein Mensch sollte sterben.«

»Es hat keinen Sinn«, flüsterte Sigrunsdottir. »Er ist wahnsinnig.«

Amirpour war durchaus auch dieser Ansicht, doch sie wäre nicht auf die Idee gekommen, es dem Milliardär so ins Gesicht zu sagen.

Wir brauchen eine Probe des Medikaments! Und er muss irgendwo eine haben!

Vielleicht war sogar die Formel selbst hier versteckt. Amirpour hielt das nicht für ausgeschlossen. Leistner kam ihr verrückt genug vor, dass er hier unter den Gebäuden irgendeinen Luxusbunker errichtet hatte, wie das Versteck eines James-Bond-Bösewichts. Doch wenn Sigrunsdottir ihn provozierte, würde das zu nichts führen.

»Mr. Leistner, bitte. Wenn es auch nur eine geringe Chance gibt, dass Ihr Medikament für diese Krankheitsfälle verantwortlich ist, dann müssen Sie uns helfen!«

»Mein Medikament ist wissenschaftlich getestet. Ich selbst habe es mir verabreichen lassen!«

Amirpour sah ihn mit seinem Infusionsbeutel dastehen und wagte nicht, ihm zu widersprechen. Offensichtlich hatte es auch bei ihm Komplikationen gegeben.

»Vielleicht hat jemand die Proben vergiftet, um mir zu schaden«, warf Leistner ein. »Haben Sie daran schon gedacht?«

Daran hatte sie tatsächlich schon kurz gedacht. Und sie musste zugeben, dass es nicht ganz auszuschließen war. »Aber wer soll das getan haben? Haben Sie jemanden im Verdacht?«

»Tatsache ist, dass sich mehrere Personen an jenem Tag unbefugt Zutritt zur Präsentation verschafft haben, Sie zum Beispiel. Wir wussten davon und ließen es geschehen, weil wir der Meinung waren, dass Menschen, die so hartnäckig sind, für uns von Interesse sein könnten. Aber es hat sich schließlich als Fehler erwiesen.«

»Das bedeutet, Sie kennen die Identitäten der Leute? Haben Sie jemanden im Verdacht?«

»Es ist eigentlich recht klar, wer dafür verantwortlich ist.«

Amirpour staunte. Damit hatte sie nicht gerechnet. »Und wer?«

»Bevor die Präsentation begann, war jemand aus dem Vatikan bei mir, um mir eine Keilschrifttafel zu verkaufen.«

LOMBARDI

»Ich muss mich bei Ihnen entschuldigen, Herr Bischof. Ich habe mich wie ein Idiot benommen.«

Lombardi wusste nicht, was er darauf sagen sollte. Sein Freund Badalamenti saß immer noch hinter Gittern, Turilli zettelte gerade eine Palastrevolte von historischen Ausmaßen an, und da stand Severin Gaisel, der Wunderuntersucher, und bat um Entschuldigung.

»Ich weiß, dass die Polizei nach Ihnen gesucht hat. Ich muss gestehen, daran war ich nicht ganz unbeteiligt. Ich dachte, dass Sie mein Feind sind, aber wir wurden beide getäuscht. Ich hätte mich dazu nicht hinreißen lassen sollen.«

Lombardi saß auf einem Sessel mit hohen Lehnen und umfasste seine Schultern. Seine Hände kribbelten, als das Gefühl in die Finger zurückkehrte, aber wenn er seine Arme bewegte, fühlte es sich an, als würde jemand ihm einen Spieß in die Schultern treiben und dann kräftig umrühren.

»Ich habe gehört, Sie wollen mir helfen«, wechselte Lombardi das Thema. »Wissen Sie, was mit Turilli los ist? Er plant etwas, und niemand scheint sich dafür zu interessieren.«

Gaisel nickte und legte das Buch weg. »Auch Seine Eminenz Turilli hielt ich für meinen Feind. Aber ich lag falsch. Nachdem Kardinalstaatssekretär Gnerro mich fallen ließ, war es Turilli, der mir geholfen hat.«

Lombardi wurde hellhörig. Gaisel schien tatsächlich mehr zu wissen, doch etwas sagte ihm, dass er wachsam sein musste.

»Wie hat er Ihnen geholfen?«

»Er hat mir alles gezeigt«, erklärte Gaisel. »Das, was Gnerro mir vorenthalten wollte. Seither lese ich alles nach.« Er deutete auf die Bücher. »Wussten Sie, dass das Deutsche Kolleg von einem Archäologen gegründet wurde? Diese Bibliothek hier ist eine der umfangreichsten Sammlungen von Werken über christliche Archäologie auf der Welt. Es ist schon ironisch, ich wohne seit Jahren hier, aber erst jetzt beginne ich, die Geheimnisse zu entdecken.«

»Welche Geheimnisse?«

Gaisel schien nachzudenken, wie viel er Lombardi erzählen konnte. »Sie wissen, dass Pabil Visconte der Leiter der Vatikanischen Akademie für Archäologie war?«

Lombardi nickte, auch wenn er nicht wusste, was das zu bedeuten haben sollte.

»Er übergab das Amt an seinen Nachfolger Carlo D'Emilia. Hier im Vatikan war man bemüht, die Sache nicht an die große

Glocke zu hängen, und tatsächlich war die Angelegenheit in den Medien der Welt nur eine Fußnote. Das war gut so, niemand sollte von dem Streit erfahren, der seiner Absetzung vorausgegangen war.«

»Die *Viri Timorati*«, sagte Lombardi.

Gaisel zuckte zusammen. »Es wäre besser, wenn wir diesen Namen hier nicht aussprechen.«

»Ich weiß, dass Visconte wegen seiner unorthodoxen Ansichten abgesetzt wurde«, erklärte Lombardi, der nicht verstand, worauf das hinauslaufen sollte.

Gaisel nickte. »Pabil Visconte hatte nicht nur unkonventionelle Ansichten, wie Sie es nennen, er hatte auch eine Reihe weiterer Geheimnisse. Unter anderem war er ein äußerst aktiver Archäologe. Allerdings wussten nur wenige von seinen Aktivitäten.« Gaisel zeigte auf das Buch in seinen Händen. Lombardi erkannte, dass es ein Notizbuch war, mit handschriftlichen Einträgen, Schwarz-Weiß-Fotos und Bleistiftskizzen. »Dabei waren seine Notizen die ganze Zeit hier. Alles, was er bei seinen Ausgrabungen gefunden hat, alle seine Theorien und die Beweise, die er dafür gesammelt hat.« Gaisel blickte verträumt auf die Bücherregale. »Pabil Visconte hatte eine Vision. Er glaubte, dass wissenschaftliche Wahrheit und jene der Bibel kein Widerspruch sind. Und er war bereit, dieser These weiter zu folgen als alle seine Mitstreiter.«

»Die Altersangaben des Alten Testaments«, begann Lombardi. »Wir wissen doch, dass man die nicht für voll nehmen kann.« Er wollte sich angesichts der angespannten Situation auf keinen Fall auf diese Diskussion einlassen.

»Ich rede nicht vom Alten Testament, ich rede vom Neuen Testament! *Jeder, der lebt und an mich glaubt, wird ewig nicht sterben.*«

»Damit ist die Auferstehung gemeint, kein hohes Alter.«

»Ach ja?«, fragte Gaisel mit echtem Staunen. »Aber was ist damit: *Wahrlich, ich sage euch: Einige von denen, die hier stehen, werden den Tod nicht schmecken, bis sie das Reich Gottes sehen.*«

Lombardi kannte die Passage, aber er hatte nie ernsthaft darüber nachgedacht.

»Pabil Visconte hatte eine Theorie, dass Jesus und seine Jünger über Wissen aus früherer Zeit verfügten. Wissen, das sie in die Lage versetzte, Kranke zu heilen und Tote zum Leben zu erwecken. Er war besessen davon, dass es Geschichten gibt, die älter als die Bibel sind und die Hinweise auf dieses Wissen geben.«

»Das Gilgamesch-Epos …«

Gaisels Augen leuchteten. »Wissen Sie, woher der Name Pabil stammt? Es ist eine Kurzform von *Pabilgamesch*, was wiederum von Gilgamesch stammt.«

Lombardi wurde unruhig. »Was wollen Sie mir sagen? All das, was Sie hier erzählen, erklärt nicht, was ich in der Wohnung gesehen habe, in der Pabil gefunden wurde. Es erklärt nicht die Befunde und die Hand, die unter der Decke hervorragte. Eine junge Hand!«

Gaisel nickte nachsichtig. »Ich verstehe, es erscheint alles wie ein riesiges Rätsel. Aber wenn ich Ihnen die Wahrheit sage, werden Sie sich fragen, warum Sie nicht selbst draufgekommen sind.«

»Also, die Wahrheit. Ich höre.«

Gaisel seufzte, und es sah aus, als würde er ein Stoßgebet in den Himmel schicken. »Es steht in seinen Aufzeichnungen: Pabil suchte das Grab des Petrus.«

Lombardi war irritiert. »Das Grab des Petrus? Aber man weiß, wo das liegt. Es wurde in den Sechzigern ausgegraben. Und überhaupt: Was hat das mit dem zu tun, was Turilli gerade macht? Er scheint ein Konklave vorzubereiten! Stimmt etwas mit dem Papst nicht?«

Gaisel legte den Kopf schief. »Ich weiß nur, dass Turilli gute Gründe für sein Tun hat.«

»Welche?«

Gaisel zögerte. »Es ist besser, Sie kommen mit.«

Lombardi rappelte sich auf. »Wohin? Ich kann nicht hinaus

auf die Straße! Die Gendarmeria sucht nach mir! Wenn sie mich finden, bringt man mich in die Zelle zurück!«

»Darum geht es ja gerade«, sagte Gaisel. »Ihr Freund von der Gendarmeria sagte, ich solle Ihnen helfen, den Vatikan zu verlassen. Und das will ich gern tun.«

AMIRPOUR

»Meinen Informationen zufolge plante dieser Mann von Anfang an, die Dosen des Medikaments zu stehlen«, erklärte Leistner. »Ein gewisser Carlo D'Emilia.«

»Der Mann, der auf der astronomischen Uhr verbrannte?«

Leistner nickte.

»Aber er kann es nicht gewesen sein, er starb doch kurz darauf!«

»Es waren an diesem Abend mehrere Leute aus dem Vatikan hier. Vielleicht gab es einen kircheninternen Streit, was weiß ich. Aber Sie haben sicher mitbekommen, dass die Kirche just wenige Stunden vor meiner Präsentation versucht hat, das Thema Unsterblichkeit für sich zu vereinnahmen und so ihren Machtanspruch zu verteidigen. Sie ertragen es nicht, wenn Menschen ihr Schicksal selbst in die Hand nehmen.« Leistner lachte glucksend. »Die Ironie dabei ist, dass ich diese Tafel bereits erworben habe. Es ist diese da, sehen Sie.«

Leistner ging zu einer Kiste, die achtlos hineingeworfene antike Stücke enthielt, und wühlte darin herum, bis er etwas fand, das in ein Tuch gewickelt war. Als er das Tuch aufschlug, entpuppte es sich als antike Tontafel.

Leistner sah Amirpours verwirrten Blick.

Er verwahrt dieses Stück bei seinem Gerümpel?

»Ich weiß, was Sie denken. Aber leider ist die Tafel wertlos.«

»Stammt sie nicht aus den Vatikanischen Museen?«

»Richtig. Und ich habe ein kleines Vermögen dafür bezahlt. Man hat sie mir unter falschen Voraussetzungen verkauft. Ich suche nämlich nach etwas ganz Bestimmtem. Wissen Sie, wie man im alten Mesopotamien Briefe schrieb? Man drückte Zeichen mit einem Griffel in eine Tontafel. Und wenn man den Brief versiegeln wollte, knetete man noch einmal Ton drum herum, um außen den Absender draufzuschreiben. Ich bin überzeugt, dass die Tafeln, die ich suche – auf denen die originale Geschichte über die Suche nach Unsterblichkeit steht –, genau auf diese Weise verborgen wurden. Wahrscheinlich wurden die wertvollen Tafeln mit einer neuen Schicht Lehm überzogen, um sie zu tarnen.« Leistner sah zu der Tafel in seiner Hand hinab. »Leider ist diese Tafel ein Reinfall, sehen Sie her.«

Leistner beugte sich zu einem kleinen Hammer, der neben der Kiste lag, und bevor Amirpour verstand, was passierte, hatte der Milliardär die alte Tafel in zwei Teile geschlagen. Er hob eine Hälfte hoch und zeigte sie Amirpour.

»Sehen Sie? Nur Ton. Das Original soll mit Lapislazuli verziert sein. Ich bin sicher, dass es hier zu finden ist.«

Er schleuderte die Reste auf den Boden, sodass weitere Splitter von der wertvollen Tafel abbrachen. In seinen Augen stand ein wildes Glitzern, und auf einmal wirkte er überhaupt nicht so schwach wie vorhin.

LOMBARDI

Verstohlen blickte er um sich, als sie das Deutsche Kolleg verließen. Gaisel hingegen schien völlig unbekümmert, wie von einer seltsamen religiösen Trance befallen. Er hatte Pabils Notizbuch unter dem Arm und sah aus, als könne ihn nichts aus der Ruhe bringen.

»Hier entlang, kommen Sie mit!«

Sie gingen am Büro des Ausgrabungsamts vorbei und hielten auf eine Tür an der Außenmauer der Basilika zu. Lombardi erinnerte sich, dass sie zum Petrusgrab führte.

»Was wollen wir dort? Das ist kein Ausgang.«

»Sie werden schon sehen!«

Gaisel schloss die Tür auf, und Lombardi ließ sich auf keine weiteren Diskussionen ein. In Wirklichkeit war er froh, von der Straße wegzukommen.

Sie betraten einen fensterlosen Raum, der ein Modell der alten St.-Peters-Basilika enthielt. Gaisel sperrte hinter ihnen ab und ging voraus.

»Kommen Sie.«

Sie durchquerten einen niedrigen Gang, der durch das Fundament der Basilika führte, und erreichten eine steile Treppe.

»Hier hinab.«

Lombardi war einmal hier unten gewesen. Dunkel erinnerte er sich, dass diese Anlage in den Sechzigern freigelegt worden war. Unten angekommen, standen sie vor einer automatischen Glastür. Gaisel hatte einen Schlüssel in ein an der Wand befindliches Schloss gesteckt, doch nichts tat sich. Gaisel probierte es noch einmal, doch als immer noch nichts passierte, half er mit den Händen nach. Er bekam die Seitenkante der Tür zu fassen, und es gelang ihm, sie aufzuziehen. Warme, feuchte Luft schlug ihnen entgegen.

Sie betraten eine antike, römische Totenstadt. Es war der Friedhof, über dem die Kathedrale errichtet worden war. Bei deren Bau hatte man die eigentlich unter freiem Himmel liegende Nekropole mit Erde angefüllt, um einen stabilen Untergrund für den Sakralbau zu schaffen. Doch irgendwann hatte man die Vatikanische Akademie für Archäologie beauftragt, diese Ruhestätte freizulegen und zu untersuchen. So hatte man begonnen, direkt unter dem Marmorboden der Kirche Ausgrabungen durchzuführen.

Das Gefühl von Unwirklichkeit, das Lombardi beim Anblick der römischen Ziegelmauern und marmornen Pforten überkam, war schwer zu ertragen. Er war aufgewühlt und erschöpft, und er glaubte, eine Traumwelt zu betreten. Hier galten die Regeln des gesunden Menschenverstandes nicht, alles schien möglich, Wunderbares, aber auch Schreckliches. Nichts würde ihn davor beschützen.

»Sie wissen, warum die Nekropole ausgegraben wurde. Man suchte das Petrusgrab. Der Legende nach war der Altar unmittelbar darüber errichtet worden. Weil man Angst um die Statik des Gebäudes hatte, grub man an einer anderen Stelle in die Tiefe, bevor man einen horizontalen Tunnel direkt unter den Altar vorantrieb und von dort nach oben grub. Dort fand man tatsächlich ein einfaches Erdgrab, doch es war leer.«

Lombardi erinnerte sich an die Geschichte.

»Unmittelbar darüber hat man schließlich ein altes Heiligtum mit einer Mauernische gefunden, in der sich einige Knochen befanden, in ein kostbares Gewand gewickelt. Ein unvollständiges Skelett, bei dem die Füße fehlten. Tatsächlich hatte man bei Petrus' Leiche die Füße entfernt, als man ihn vom Kreuz abnahm, auf dem er mit dem Kopf nach unten hingerichtet worden war.«

Gaisel blieb stehen und zeigte auf eine weiße Säule.

»Das hier war die erste Gedenkstätte für den verstorbenen Apostel. Die gefundenen Knochen liegen heute wieder in dieser Nische, verwahrt in einer durchsichtigen und wie ich finde etwas unwürdigen Plastikbox. Direkt unter dem Altar des Petersdoms, wo sie hingehören. Laut offizieller Position der Kirche handelt es sich dabei um die Gebeine des Petrus. Doch natürlich gab es immer wieder Zweifel, außerhalb und innerhalb der Kirche. Wenn das leere Erdengrab das von Petrus gewesen war, warum hatte man die Gebeine dann direkt darüber versteckt? Pabil Visconte war nicht überzeugt, dass es sich um die richtigen Gebeine handelte. Deshalb grub er weiter.«

Gaisel ging voran, und Lombardi schleppte sich hinterher.

»Aber warum interessierte sich Pabil dafür? Was hoffte er zu finden?«

»Das ist es, was ich auch nicht verstanden habe«, gab Gaisel zu. »Ich dachte, es wäre um die Wahrheit gegangen. Die *Viri Timorati* waren Kritiker der Reliquienverehrung. Doch Turilli hat mir die Augen geöffnet.«

Gaisel stieg über ein Absperrband, und hinter einer Ecke, wo der Tunnel zu Ende zu sein schien, gab es plötzlich einen niedrigen Durchgang. Gaisel duckte sich, trat hindurch und schaltete eine Taschenlampe an.

Der Gang hier war deutlich länger als jener, aus dem sie kamen. An diesen Teil erinnerte Lombardi sich nicht.

»Wir befinden uns hier unter dem Petersplatz, wo die Nekropole sich fortsetzt. Diesen Bereich hat Visconte freigelegt.«

Sie folgten dem Gang, während der Geruch nach Erde immer stärker wurde. Dieser Teil der Anlage war in deutlich schlechterem Zustand. Marmorstatuen waren stumpf und verwittert, auf dem Boden befanden sich Pfützen, durch die Decke war Wasser eingedrungen. Der Lichtkegel von Gaisels Taschenlampe erzeugte zitternde Schatten.

Schließlich weitete sich der Gang zu einem Raum, dessen Decke von Brettern und einem guten Dutzend stählernen Stützsäulen gehalten wurde. In der Mitte befand sich eine gemauerte Struktur von mehreren Metern Breite, die sich vom Boden bis zur Decke zog. Von hier aus schien es keinen weiteren Ausgang zu geben. Doch dann entdeckte Lombardi eine Leiter, die an der Wand lehnte.

»Wir befinden uns jetzt genau in der Mitte des Petersplatzes. Das hier ist das Fundament des Obelisken. Wenn Sie hier die Leiter hinaufsteigen und den Stein wegschieben, sind Sie frei.«

Nun verstand Lombardi. Gaisel wies ihm einen Fluchtweg.

»Sie helfen mir tatsächlich.«

Gaisel strich mit den Fingern über die Steine des Fundaments. »Ich mache Ihnen keine Vorwürfe. Wir wurden beide getäuscht. Wer bin ich, dass ich über Sie richte?«

Er war erleichtert, und ein Teil von ihm drängte darauf, diese Leiter hinaufzusteigen. Aber er zögerte.

»Sie sagen, Turilli hat Ihnen das hier gezeigt. Sie wissen, dass er etwas plant, nicht wahr? Macht Ihnen das keine Sorgen?«

»Das ist Kirchenpolitik. So etwas gab es immer im Vatikan.«

»Aber das Konklave …«

»Ich glaube, dass Turilli versucht, das Richtige zu tun. Jemand muss die Dinge in die Hand nehmen, und Gnerro war nicht dazu bereit. Er hat alles gewusst, und doch nichts unternommen.«

»Was gewusst?«

Gaisel suchte die richtigen Worte. »Pabil suchte das Petrusgrab aus einem ganz bestimmten Grund. Es ging ihm nicht um Petrus. Er hatte eine Theorie, dass es für die Wunderheilungen Jesu eine reale medizinische Grundlage geben könnte. Und das Wunder, das an ihm gewirkt wurde, scheint diese These zu bestätigen.«

»Was für eine Grundlage?«, schimpfte Lombardi. »Pabil wurde einer schwerwiegenden Behandlung unterzogen! Er war in intensivmedizinischer Behandlung und hat kein biblisches Wundermittel erhalten. Bei ihm haben wir außerdem ein Medikament des Unternehmens Aetheromed gefunden, das Dan Leistner gehört. Pabil vertraute offensichtlich auf modernste medizinische Methoden!«

Doch Gaisel nickte nur. »Natürlich. Pabil Visconte hat schon früh mit Unternehmen zusammengearbeitet, die medizinische Forschungen betrieben. Ihm war klar, dass er bei den Gebeinen des Petrus kein Wunderpulver finden würde, das er in einem Mörser zerstampfen müsste, um daraus Tee zu machen. Er hoffte, eine genetische Analyse der Gebeine von Petrus durchführen zu können, um herauszufinden, ob es dort Veränderungen gab.«

Lombardi war fassungslos. »Das ist völlig verrückt.«

Gaisel lächelte. »Religiöse Menschen und Wissenschaftler können manchmal wie Verrückte wirken, das stimmt. Aber wenn ich richtig informiert bin, handelt es sich bei Dan Leistners Medikament um eine Gentherapie.«

»Was tut das zur Sache?«

»Dabei werden sogenannte Adenoviren verwendet, um Moleküle in den Zellkern einzuschleusen, die dann bestimmte Veränderungen an der DNA durchführen.«

»Ja, und?«

»Adenoviren sind keine Erfindung der modernen Wissenschaft. Es gibt sie so lange wie die Menschheit. Sie lösen Erkältungen aus.«

Lombardi war sprachlos.

»Dass Sie ein Mittel aus Leistners Labor bei Pabil Visconte fanden, wundert mich nicht. Pabil grub diese Gänge bereits in den Neunzigern aus. In dieser Zeit nahm er auch erstmals Kontakt zu Dan Leistner auf. Er verkaufte dem Unternehmer einige Antiquitäten. Warum, frage ich Sie? Warum sollte er ein Biotechnologieunternehmen kontaktieren? Ich sage es Ihnen: Weil er etwas gefunden hat.«

»Die Gebeine von Petrus«, ergänzte Lombardi ohne Überzeugung.

»Vielleicht. Jedenfalls etwas, das mit modernsten Methoden untersucht werden musste. Vielleicht sogar Reste des Gencodes eines bestimmten Adenovirus, das günstige Veränderungen am Erbgut auslöst.«

Lombardi deutete auf das Buch in Gaisels Hand. »Wenn er etwas gefunden hat, dann hat er doch sicher darüber geschrieben – lesen Sie es doch nach!«

Gaisel nahm das Buch unter dem Arm hervor und schlug es auf. »Das würde ich gerne, aber es ist mir noch nicht gelungen.«

Lombardi sah, dass die Seite, auf die Gaisel deutete, nicht mit Pabils feiner Schreibschrift ausgefüllt war, sondern mit einer Art Gekrakel. Er erkannte, worum es sich handelte.

»Keilschrift.«

Gaisel nickte. »Pabil hat sie verwendet, wenn ihm Informationen zu brisant erschienen, um sie für jeden lesbar hier niederzuschreiben. Er beherrschte die Schrift ausgezeichnet und nutzte sie als Geheimschrift. Ich bin gerade dabei, die Passagen zu übersetzen. Babylonische Keilschrift ist leider äußerst komplex, schwieriger als andere Formen der Keilschrift.«

Lombardi schüttelte den Kopf. »Das ist absurd.«

Gaisel zuckte mit den Schultern. »Vielleicht. Aber das sind Wunder immer. Sie sind das Unerhörte, das nicht in unsere Welt zu passen scheint. Manche dieser Wunder verschwinden, wenn man versucht, sie wissenschaftlich zu fassen. Aber manche lassen sich auf unerklärliche Phänomene zurückführen. Genau die Phänomene, nach denen ich mein Leben lang gesucht habe, weil sie integraler Bestandteil jedes Heiligsprechungsprozesses sind.«

Gaisel sah nach oben.

»Ich glaube jedenfalls, dass Pabil nicht zufällig auf dem Obelisken hingerichtet wurde. Es war ein Versuch, auf das aufmerksam zu machen, das sich direkt darunter befindet.« In diesem Moment fiel Gaisels Blick auf etwas, das auf dem Boden lag. Er bückte sich danach und beäugte es erstaunt.

»Was ist das?«, wollte Lombardi wissen.

Als Gaisel nicht antwortete, ging er selbst in die Knie. Vor ihm lag eine kleine Schachtel aus Karton, daneben eine Metallhülse.

Das kann nicht sein.

»Was stimmte eigentlich mit der Tür nicht?«, fragte Lombardi. »Sie hatten Schwierigkeiten, sie zu öffnen.«

»Ja. Jemand hat sie beschädigt. Warum fragen Sie?«

Und da verstand Lombardi. Eine Welle aus Hitze fuhr durch seinen Körper.

Badalamenti war unschuldig, das hier war der Beweis. Jemand anderes war hier gewesen.

Lombardi fasste Gaisel am Ärmel. »Kommen Sie, ich erkläre es Ihnen auf dem Weg. Wir müssen zurück.«

TURILLI

Als niemand hinsah, nahm er einen Schluck aus dem Flachmann, den er seit einigen Monaten immer bei sich trug. Er musste darauf achten, bei Sinnen zu bleiben. Doch als er zusah, wie in der Sixtinischen Kapelle die Sitzbänke für die Kardinäle aufgestellt wurden, überkam ihn Schwindel. Der Weg, der ihm so klar vorgezeichnet erschienen war, kam ihm nun bei Weitem nicht mehr so selbstverständlich vor.

Was ich hier tue, ist richtig. Doch das bedeutet nicht, dass ich keine Angst haben darf.

Diese Gefühle durfte er niemandem zeigen, er musste sich im Griff haben, sonst konnte er seinen Plan gleich vergessen. War das nicht vielleicht die bessere Idee? Er war so weit gekommen, als Kardinalstaatssekretär hatte er so viel Macht, wie er sich nie hatte vorstellen können. Vielleicht genügte es. Vielleicht musste er nicht zum äußersten Mittel greifen.

Doch wenn er ehrlich war, glaubte er diese Beschwichtigungen selbst nicht. Solange das Momentum auf seiner Seite war, musste er diesen Weg weitergehen. Noch war seine Position nicht gefestigt, und der Heilige Vater konnte jederzeit ein Machtwort sprechen. Turilli kannte ihn als nachdenklich und manchmal etwas langsam, aber wenn er sich erst einmal zu etwas entschlossen hatte, konnte er durchaus mutig sein. Das durfte nicht passieren. Der Heilige Vater war für das, was vor ihnen lag, zu zögerlich. Er würde nicht schnell genug die richtigen Entscheidungen treffen. Dafür brauchte es einen neuen Papst. Er wusste, dass es nur eine geringe Chance gab, in dem Chaos, das sich auf der Welt anbahnte, den richtigen Weg zu finden. Die Kirche durch die unsicheren Gewässer zu steuern.

Das Chaos, das ich gewollt habe.

Als Turilli darüber nachdachte, was das bedeutete, nahm er einen weiteren Schluck. Bei dem Gedanken, schon bald auf dem Balkon des Petersdoms zu stehen und die erwartungsvolle Menge als neuer Papst zu begrüßen, bekam er eine Gänsehaut. Doch er erstickte das Gefühl im Keim. Nicht er war wichtig, nur seine Mission.

Er wird keine andere Möglichkeit haben, als abzudanken.

Auch wenn der Papst in ihrem kurzen Gespräch vorhin zu dem Angebot nichts gesagt hatte, wusste Turilli, dass er das Ausmaß der Drohung verstand.

Turilli hatte alles vorbereitet. Er würde die schreckliche Wahrheit über Pabil an alle wichtigen Nachrichtenredaktionen schicken. Von diesem Schlag würde sich die Kirche nicht erholen. Seit er diese Drohung ausgesprochen hatte, hatte er den Heiligen Vater nicht mehr erreicht. Niemand konnte ihm sagen, wo er sich befand. Doch das bedeutete auch, dass niemand da war, um Turillis Entscheidungen infrage zu stellen. Die Medien machten sich inzwischen ohnehin ihr eigenes Bild. Und je länger sich der Papst nicht zeigte, desto mehr festigten sich die Gerüchte um seine Abdankung.

Was Turilli verschwieg: Er war überzeugt, dass die Wahrheit ohnehin ans Licht kommen würde. Deshalb brauchte es Schritte zur Vorbereitung. Die Kirche musste von Grund auf neu aufgestellt werden. Nur dann hatte sie eine Chance, den Sturm zu überstehen, der sich anbahnte.

Der Mensch war im Begriff, sich selbst zu Gott zu erklären. Die Kirche musste dem Rechnung tragen. Sie musste dem neuen Gott einen angemessenen Platz geben. Die *Viri Timorati* hatten das verstanden. Dafür waren sie ausgegrenzt worden. Diesen Fehler musste Turilli korrigieren.

Ich muss zwei gegensätzliche Welten miteinander verbinden. Diese hier und die Welt der Menschen da draußen. Jemand muss ihnen erklären, dass es Verantwortung braucht, wenn man ein Gott sein will.

Und vielleicht hatte er so eine Chance, seine eigene Verfehlung wiedergutzumachen. Die schreckliche Tat, deren Ausmaß er erst verstanden hatte, als er erkannt hatte, was wirklich mit Pabil geschehen war. Welche bestialische Sünde er begangen hatte.

Bist du sicher, dass du nicht nur deine Haut retten willst?

Turilli trank hastig ein paar Schlucke aus der kleinen Flasche. Bis vor wenigen Stunden hatte er geglaubt, sich dessen sicher zu sein. Doch der Alkohol begann ihn zu verwirren, er hatte Schwierigkeiten, die Konzentration aufrechtzuerhalten.

Als Turilli einen Mann zu sich kommen sah, steckte er den Flachmann schnell ein.

»Was wollen Sie?«, fragte Turilli schroff.

»Verzeihung, Eminenz. Da ist jemand, der Sie sprechen will.«

Turilli folgte dem Blick des Mannes zum Eingang. Dort stand jemand, der ihm entfernt bekannt vorkam. Er trug eine Reisetasche, was seltsam war, denn sie befanden sich hier im Areal des Museums. Solche Gepäckstücke waren nicht erlaubt.

Als der Mann Turilli sah, stellte er die Reisetasche ab und öffnete sie. Er fasste hinein und holte ein schwarzes Sturmgewehr hervor.

LOMBARDI

Als er die Schüsse hörte, wusste er, dass er zu spät kam. Menschen rannten ihm entgegen, offenbar auf der Flucht vor den Schüssen. Sie zeigten Lombardi die Richtung an, in die er laufen musste. Es dauerte nicht lange, bis er erkannte, woher die Schüsse gekommen waren.

Die Sixtinische Kapelle.

Der Ort, an dem das Konklave vorbereitet wurde.

Als Lombardi die Sixtinische Kapelle betrat, stellte er fest, dass die Vorbereitungen beinah abgeschlossen waren. Alles war bereit, um einen neuen Papst zu wählen. Und doch erkannte Lombardi schnell, dass diese Wahl nicht stattfinden würde.

Auf dem Boden lag Kardinal Turilli. Über ihm stand ein junger

Mann mit einem Sturmgewehr, der auf seinen Kopf zielte. Lombardi kannte diesen Mann: Es handelte sich um den Science-Fiction-Autor Kevin Herrero.

»Bleiben Sie, wo Sie sind!«, herrschte der Junge Lombardi an, als er ihn bemerkte.

Lombardi erstarrte. Er blickte gebannt auf Turilli und sah, dass der Kardinal zwar getroffen war, aber noch lebte. Er versuchte über den Boden zu robben, auf den Altar zu, hinter dem sich das Gemälde des Jüngsten Gerichts befand. Unmittelbar unter der schrecklichen Darstellung der Hölle befand sich ein Ausgang, und auf den schien Turilli abzuzielen. Doch Herrero drückte ihm die Mündung des Gewehrs in den Rücken.

»Sie bleiben hier. Wir sind noch nicht fertig.«

»Bitte«, sagte Lombardi. »Tun Sie ihm nichts.«

Doch er war sich der Wirkungslosigkeit seiner Worte bewusst. Vor ihm stand ein Mann, der bewiesen hatte, dass er zu allem fähig war. Er musste es gewesen sein, der Pabil Visconte an den Obelisken gebunden und angezündet hatte. In Prag hatte er Carlo D'Emilia vom Stadtturm abgeseilt und für alle Welt sichtbar auf der astronomischen Uhr drapiert. Und im Pantheon hatte er versucht, die ganze versammelte Gruppe der *Viri Timorati* in einem Rutsch auszulöschen, nicht ohne einen von ihnen brennend durch das Loch in der Kuppel zu werfen, als Ausdruck seines Hasses. Eines Hasses, den Lombardi sich immer noch nicht erklären konnte. Was trieb den jungen Mann an, den er als so leidenschaftlich und so voller wunderlicher Ideen erlebt hatte? Und was wollte er von Turilli, der doch offenbar gar nicht Teil der *Viri Timorati* war?

Lombardi näherte sich vorsichtig, als Herrero sich plötzlich umdrehte und mit der Waffe auf seinen Bauch zielte. Im Gesicht des Autors war ein groteskes, freudloses Grinsen. Er sah einen Mann, der alles für diesen einen Moment aufgegeben hatte.

»Bitte, lassen Sie ihn leben. Turilli hat Ihnen doch nichts getan.«

Herrero sah ihn an, als hätte er gerade das absurdeste Kunststück der Welt aufgeführt, und lachte auf. Im leeren Raum hallte das Geräusch gespenstisch nach.

»Haben Sie wirklich überhaupt nichts verstanden? Glauben Sie, ich würde diese Dinge tun, wenn er unschuldig wäre?«

Lombardi war sich nicht sicher. Vielleicht war Turilli nicht unschuldig, aber Lombardi war dennoch überzeugt, dass nichts auf der Welt diese Gewalt rechtfertigen konnte.

»Ich verstehe schon, die *Viri Timorati* haben offensichtlich schreckliche Dinge getan«, begann er. »Einer von ihnen hat auch versucht, mich zu töten! Aber wir können deshalb doch nicht persönlich Rache üben. In unserer Welt löst man so etwas anders.«

»Diese Welt, von der Sie da sprechen, existiert nicht. Sie sprechen von Ihrer Traumwelt, die reale Welt ist eine völlig andere. In der Realität gibt es keine Gerechtigkeit, wenn man sie nicht selbst in die Hand nimmt. Die Realität ist aus den Fugen geraten, es gibt keinerlei Grenzen mehr. Das, was die Science-Fiction-Literatur in den letzten Jahrzehnten an Dystopien hervorgebracht hat, ist ein Witz gegen die Wirklichkeit, in der wir leben. Sie glauben mir nicht? Werfen Sie einen Blick in die Tasche!«

Lombardi wagte nicht, sich zu bewegen. Immer noch war der Lauf der Waffe auf ihn gerichtet.

»Na los!«, befahl Herrero.

Lombardi hob beschwichtigend die Hände und trat zu der Tasche, deren Reißverschluss geöffnet war. Ein sonderbarer Geruch ging davon aus, und alles ihn ihm wehrte sich dagegen, nachzusehen. Doch Herrero ließ ihm keine Wahl, also griff er nach der Tasche und zog die Öffnung nur ein kleines bisschen weiter auf.

Er hatte geglaubt, auf das Schlimmste vorbereitet zu sein, doch was er sah, raubte ihm den Atem.

Aus der Tasche starrte ihn ein trübes Auge an – das Auge eines Menschen.

»Darf ich vorstellen? Das ist Salvador. Er war ein Freund von mir, wir wuchsen gemeinsam auf. Doch er musste sterben, weil Pabil Visconte leben wollte. Salvador war nie ein freier Mensch, das war nur eine Illusion, und er wurde zu einem bestimmten Zweck erschaffen. Wissen Sie, wie der Vatikan es nannte? Ein Wunder. Hat man Ihnen gezeigt, welche Gänge er gegraben hat? Er glaubte, dort unter dem Obelisken sein Glück zu finden, das Mittel, das ihn unsterblich machen würde. Und als es damit nicht klappte, griff er auf Menschenmaterial zurück, um seine Ziele zu erreichen.«

Herrero schnappte nach Luft, so aufgewühlt war er. Lombardi sah sich um, ob ihm jemand zu Hilfe kam, doch niemand war zu sehen. Wo blieb die Gendarmeria? Die Schweizergarde?

Herrero deutete inzwischen auf den Ausschlag an seinem Hals, der sich weiter ausgebreitet zu haben schien.

»Sehen Sie das? Es ist der Preis für den wissenschaftlichen Fortschritt. Manchmal passieren Fehler. Man muss sie verstehen und korrigieren und immer weitermachen. Der Fortschritt lässt sich nicht aufhalten. Fortschritt dient immer der Menschheit als Ganzes, wussten Sie das? Was ist schon ein Einzelschicksal wie meines? Ein verpfuschter Mensch, weil das, was mit Schafen funktioniert, ja auch mit Menschen funktionieren muss.«

Lombardi hatte einen Verdacht, was der junge Mann da andeutete, doch es schien zu absurd. »Sie glauben, mit Ihnen wurde experimentiert? Bevor Sie geboren wurden?«

Lombardi bemühte sich um einen beruhigenden Ton, doch er musste dazu all seine Kraft zusammennehmen. Zu viel war in den letzten Stunden passiert. Auch ihn hätten die Aktionen Herreros beinah das Leben gekostet.

»Das, was Sie da andeuten, ist verboten. Ich kann mir nicht vorstellen, dass jemand so weit gehen würde.«

Doch während Lombardi es aussprach, wusste er, dass das so nicht stimmte. War nicht der chinesische Arzt, der menschliche Embryonen gentechnisch verändert und dann von Leihmüttern hatte zur Welt bringen lassen, inzwischen aus dem Gefängnis entlassen worden? Ganz abwegig war es nicht, was Herrero da sagte, am Ende setzte sich der Fortschritt immer durch.

Aber war es nicht viel wahrscheinlicher, dass Herrero, der Science-Fiction-Enthusiast, sich etwas einbildete? Sich seine Krankheiten, die genetisch bedingt sein mochten, dadurch erklärte, dass er sich eine Geschichte zusammenreimte?

Eines stand fest: Herrero glaubte offenbar, ein geklonter Mensch zu sein. Er hatte den Kopf eines Menschen in seiner Tasche, von dem er dasselbe behauptete. So oder so, Herrero war bereit, bis zum Äußersten zu gehen.

Herrero senkte den Lauf der Waffe und schulterte sie. »Sie werden mir jetzt helfen«, sagte er. »Fassen Sie mit an.«

Er ging zu Turilli und nahm seine Schultern.

»Los jetzt!«, schrie er, als Lombardi nicht reagierte.

AMIRPOUR

Leistner hatte in der Kiste weitere Tafeln gefunden und begonnen, eine nach der anderen mit seinem Hammer zu zerschlagen. Amirpour wurde schwindlig, als sie zusah, wie Kunstschätze im Millionenwert vor ihren Augen in Schutt verwandelt wurden.

»Es hat keinen Sinn«, flüsterte sie Sigrunsdottir zu. »Wir müssen weg von hier.«

»Wir brauchen die chemische Zusammensetzung!«, beharrte die Forscherin.

Der Lärm hatte inzwischen die Soldaten angelockt, die hinter ihnen auftauchten und das Treiben mit fragenden Blicken verfolgten.

Amirpour spürte, dass die Situation auf der Kippe stand. Die Soldaten fragten etwas auf Arabisch, und Leistner antwortete.

Amirpour brauchte einen Moment, um die Worte zu verstehen.

Sie hatte als Kind etwas Arabisch gelernt, die Sprache aber nicht gemocht. Ihre Muttersprache war Farsi, und wenn sie eine Fremdsprache lernte, dann am liebsten Englisch, die Sprache der Wissenschaft und die Muttersprache ihrer großen Vorbilder – Roger Penrose, Stephen Hawking, Richard Feynman.

Doch auch wenn es Jahre her war, sie verstand immer noch ein paar Fetzen Arabisch. Genug, um zu erkennen, dass es in der kurzen Unterhaltung um sie ging.

Sie griff nach Sigrunsdottirs Hand. »Jetzt oder nie«, sagte sie.

Doch als einer der Männer auf sie zukam, erkannte sie, dass es bereits zu spät war. Der Soldat fasste blitzschnell ihren Arm und bog ihn ihr so heftig auf den Rücken, dass sie einen Schrei unterdrücken musste.

»Bringt sie weg«, sagte Leistner.

Da kam auch der zweite Soldat auf sie zu. Und zu ihrem Schrecken sah Amirpour, dass es den beiden ausschließlich um sie ging. Sigrunsdottir ließen sie unbehelligt.

»Wenn du die Möglichkeit hast, tu es«, sagte Amirpour. »Du weißt, wovon ich rede. Menschen wie du sollten mehr Zeit auf dieser Erde verbringen.«

Sie sandte Sigrunsdottir ein Lächeln zum Abschied, die zu erschrocken war, um es zu erwidern.

»Und Sie bleiben hier«, wandte sich Leistner an die Isländerin. »Sie müssen mir helfen zu entscheiden, wie es mit Aetheromed weitergeht.«

Die Blicke der beiden Frauen trafen sich, doch als Amirpour weggebracht wurde, griff Sigrunsdottir nicht ein.

Kurz darauf saß sie in einem kleinen Wagen, der über eine schlechte Straße durch die Dunkelheit holperte, neben ihr ein Soldat, der sie nicht zu beachten schien. Der andere steuerte das klapprige Gefährt. Sie überlegte, ob es realistisch war, die Tür neben ihr aufzureißen und sich hinauszustürzen. Das Auto fuhr nicht allzu schnell, es konnte funktionieren. Doch sie waren hier in einer dünn besiedelten Gegend, nur ab und an war durch das Fenster ein Licht zu sehen. Zu Fuß zu fliehen wäre sinnlos. All ihre Nerd-Qualitäten, ihr Computerwissen und Fähigkeiten im Knacken von Codes waren hier nutzlos. In einer Stadt unterzutauchen wäre für sie verhältnismäßig einfach. Ihr kam kurz der Gedanke, dass es den meisten Menschen wohl genau umgekehrt ging. Sie fühlten sich in der menschenleeren Natur sicherer als in den zunehmend technisierten Städten.

Diese Ohnmacht – jetzt weiß ich wieder, wie sich das anfühlt.

»Wohin bringt ihr mich?«, brachte sie in gebrochenem Arabisch hervor.

Sie glaubte zumindest, dass die Worte diese Bedeutung gehabt hatten. Sicher war sie nicht, denn der Mann neben ihr reagierte nicht darauf, ebenso wenig wie auf die in englischer Sprache gestellten Fragen. Er war jünger, als er zuerst ausgesehen hatte. Der dichte Bart täuschte darüber hinweg, dass er maximal Mitte zwanzig war.

»Ich will mein Handy«, setzte sie nach.

Sie hatten es ihr vorhin abgenommen. Amirpour hatte gehorcht, um zu verhindern, dass jemand sie anfasste. Sie hatte geglaubt, bald jemandem gegenüberzustehen, mit dem sie normal reden konnte, bereute nun aber bereits, ihre einzige Kommunikationsmöglichkeit nach außen so leichtfertig hergegeben zu haben. Doch war ihr etwas anderes übrig geblieben?

Als vor ihnen die Fenster eines größeren Gebäudes auftauchten, schob sie den Gedanken beiseite. Sie waren am Ziel ihrer Fahrt angekommen.

Der Fahrer stieg aus und ging nach hinten, um Amirpours Tür zu öffnen, während der andere geduldig wartete. Von den Soldaten flankiert, stiegen sie einige Stufen zu einem Portal hinauf.

Sie kamen in einen Raum, wo Männer mit Uniformen an Schreibtischen saßen. Einer sah kurz auf, bevor er sich wieder seiner Arbeit zuwandte. Amirpour erwartete, einem Vorgesetzten vorgeführt zu werden, doch stattdessen geleitete man sie in einen Zellentrakt, wo man sie in einen schmalen Raum steckte und eine Gittertür hinter ihr schloss. Sie wollte noch etwas sagen, doch da waren die beiden schon wieder zur Tür hinaus.

Die ganze Absurdität der Situation brach mit einem Mal über sie herein.

Ich habe nichts getan!

Sie wusste, dass es einen Ausdruck für das gab, was mit ihr geschah. *Behördenwillkür.* In Wirklichkeit war es nicht ungewöhnlich.

Amirpour wartete also, zunehmend angespannt. Wegen ihrer eigenen Situation, aber auch, weil sie sich fragte, wie es Sigrunsdottir gerade erging. Würde sie auch in einer Zelle wie dieser landen, wenn sie nicht tat, was Leistner von ihr verlangte?

Von Sigrunsdottir hing nun alles ab. Amirpours Situation war vergleichsweise banal. Und auch einfach zu lösen. Sie wusste genau, was zu tun war: Kontakt mit der Botschaft aufnehmen und einen Namen nennen.

Ein kalter Schauer lief ihr über den Rücken.

Sie hatte gewusst, dass dieser Tag einmal kommen würde. Dass sie in einer ausweglosen Situation einen Pakt mit dem Teufel eingehen musste.

LOMBARDI

Es war einer der exponiertesten Punkte des Vatikans. Von der Straße aus gesehen ragte dieser Trakt so hoch über der Umfassungsmauer auf, dass er wie eine uneinnehmbare Festung wirkte.

Sie befanden sich am oberen Ende der Bramante-Treppe – nicht der modernen Version aus den Dreißigerjahren, sondern der originalen Doppelwendeltreppe, die sich direkt neben dem Turm befand, in dem einst Leonardo da Vinci lebte, bevor er nach Frankreich gegangen war.

Knapp unter dem Dach wies der Zubau mit der Treppe große Öffnungen auf, die einen spektakulären Blick über die Stadt boten. Es war einer der höchsten Punkte Roms, nur geringfügig niedriger als die Spitze des Petersdoms, der nach einem ungeschriebenen Gesetz nicht überragt werden durfte.

Lombardi lehnte an der Mauer. Er war völlig erschöpft. Vor ihm lag Turilli, der flach atmete – noch. Auf der Rampe – die Bramante-Treppe hatte trotz ihres Namens keine Stufen, sondern nur eine gepflasterte Fläche, die sich nach oben wand – hatten sie eine Blutspur hinterlassen. Wenn Turilli nicht bald ärztliche Hilfe bekam, war es um ihn geschehen. Wenn es nicht ohnehin schon zu spät war.

Als Lombardi den Blick hob, um zu sehen, was Herrero tat, erkannte er, was er nicht für möglich gehalten hatte: dass es noch schlimmer kommen sollte. Herrero band ein Seil an eine der Säulen. Das andere Ende befestigte er an Turillis Füßen. Dann griff er in seine Tasche und holte einen kleinen Benzinkanister hervor.

»Bitte, tun Sie das nicht.«

Herrero hielt inne. »Haben Sie immer noch nicht verstanden, dass er es verdient hat? Sie haben den Kopf meines Freundes gesehen! Turilli wollte das Gleiche mit mir tun! Es wäre nur eine Frage der Zeit gewesen, bis er den Plan umgesetzt hätte. Vielleicht nicht jetzt, aber in ein paar Jahren. Wenn die Angst vor dem Tod größer geworden wäre. Wenn er verstanden hätte, dass er mit dem, was er getan hat, nie eine Chance hätte, in den Himmel zu kommen. Ich wäre der Nächste gewesen!«

Was redete der junge Mann da? Lombardi verstand nicht, warum er sich so auf Turilli eingeschossen hatte.

Herrero nahm eine Sprühdose aus seiner Tasche und sprayte eine große, leuchtend orange Acht auf das dunkle Gewand des Kardinals. Er warf die Dose zur Seite und beugte sich zu Turilli hinab. »So, und jetzt helfen Sie mir.«

Er wartete darauf, dass Lombardi aufstand, doch als dieser nicht reagierte, hob er Turilli allein hoch.

Herrero grunzte vor Anstrengung, und mit schier übermenschlichen Kräften hievte er den Kardinal auf das Geländer. Dabei besudelte er sich über und über mit dessen Blut. Als der Oberkörper Turillis vornüberhing, nahm Herrero den Kanister und goss Benzin über den Kardinal. Lombardi sah es mit Schrecken.

Er versuchte aufzustehen, doch seine Beine versagten ihm den Dienst.

Ich muss das verhindern!

Erneut versuchte er es, und diesmal gelang es ihm, sich an der Wand hochzuschieben. Herrero war so mit dem Kardinal beschäftigt, dass er es nicht bemerkte. Lombardi zögerte keine Sekunde. Er griff nach dem Seil, das um Turillis Füße geschlungen war, und zog mit aller Kraft daran. Es genügte, um den Körper des Kardinals aus dem Gleichgewicht zu bringen. Er kippte nach hinten und schlug schwer auf dem Steinboden auf.

Herrero war davon völlig überrascht. Er drehte sich um und stieß einen Wutschrei aus. Er begann nun, ihn ebenfalls mit dem Benzin zu übergießen. Lombardi trat einen Schritt zurück, wobei seine Knie wieder nachgaben.

Ich muss hier weg. Sonst sterbe ich.

Lombardi begann, die Rampe hinunterzukriechen, doch er wusste, dass er viel zu langsam war. Seine Kleidung war inzwischen mit dem Benzin getränkt. Ein hingeworfenes Streichholz genügte, und er würde brennen wie Zunder. Es konnte nur noch eine Frage von Sekunden sein. Er schloss die Augen.

Das ist das Ende.

Doch in diesem Moment hörte er Schritte von unten. Mehrere Personen näherten sich.

»Gendarmeria Vaticana! Bleiben Sie stehen, keine Bewegung!«

Zuerst glaubte Lombardi zu träumen. Es konnte sich nur um Wahnvorstellungen handeln, ausgelöst von den Benzindämpfen, die ihn betäubten. Doch dann verstand er, dass das Geschehen real war.

»Lassen Sie es!«, rief eine Stimme, die Lombardi kannte. Es war Badalamenti. »Es ist genug. Ich weiß, was Pabil getan hat«, erklärte er. »Er hat Ihren Freund ermordet. Sie haben alles Recht, wütend zu sein. Aber bitte, lassen Sie Turilli am Leben. Er hat Ihnen nichts getan.«

Lombardi öffnete die Augen und sah in Herreros hasserfüllte Augen.

»Nichts getan? Sie wissen, dass er dasselbe mit mir tun wollte!«

»Das ist nicht wahr«, erklärte Badalamenti ruhig. »Er hat sich vor langer Zeit von den *Viri Timorati* distanziert. Er hat sich verändert, so etwas hätte er nie gewagt.«

»Was wissen Sie schon!«

»Ich kenne Turilli. Er ist mein Freund. Auch ich habe mich schuldig gemacht.« Badalamentis Stimme bekam einen bitteren Ton. »Ich wäre selbst einmal fast Mitglied der *Viri Timorati* geworden. Das war, bevor ich verstanden habe, was sie planen. Turilli hat es auch erkannt, aber zu spät. Sie gab es zu diesem Zeitpunkt schon.«

»Das ist eine Lüge!«, schrie Herrero. »Turilli war genau wie die anderen! Er wollte hier die Macht an sich reißen, genau wie einst Pabil!«

»Aber Pabil wurde gestoppt. Und Turilli wäre auch gestoppt worden. Der Papst hatte nicht vor abzutreten. Er bereitet gerade ein Pressestatement vor, in dem er alles zugeben will.«

Herrero lachte hysterisch. »Das wird nie passieren. Es würde die Kirche zerstören!«

»Im Gegenteil, es wird sie retten. Die Wahrheit wird schmerzhaft sein, aber sie wird der Beginn einer Reinigung sein.«

»Er wird niemals alles zugeben. Das glaube ich nicht.«

»Stellen Sie den Kanister ab, und wir können es uns gemeinsam ansehen.«

Einen Moment lang schien Herrero zu überlegen. Plötzlich fiel ein Schuss, und ein Ruck ging durch Herreros Körper. Der Kanister hatte ein Loch, aus dem Benzin floss. Der Autor sackte in Zeitlupe zusammen.

Alle waren wie erstarrt, bis Badalamenti das Schweigen brach.

»Was steht ihr da rum? Bringt ihn in Sicherheit!«

Mit einem Mal brach Chaos los. Der Großteil der Bewaffneten stürmte zu Turilli hin und zerrte ihn von der Brüstung weg. Auch Badalamentis Aufmerksamkeit galt dem Kardinal. Nur ein Gendarm wandte sich Herrero zu, der mit vornübergesunkenem Kopf an der Brüstung lehnte, und hielt ihn in Schach, ohne sich in seine Nähe zu wagen. Weiteres Benzin sickerte aus dem lecken Kanister, der neben Herrero lag, und mischte sich mit seinem Blut.

Doch Lombardi sah, dass der Autor zwar getroffen, aber am Leben war.

Warum hilft ihm keiner?

Der Gedanke kam ganz plötzlich, und er verfestigte sich in Lombardis Kopf. Sein Leben war in Gefahr, Herrero war ein Mörder, der es vermutlich nicht besser verdient hatte. Und doch hatte er in diesem Augenblick Mitgefühl mit dem jungen Mann.

Lombardi sah die beiden Gendarmen an, die eingeschüchtert schienen. Im Vatikan gab es keine Schießereien wie diese, und wenn, holte man römische Spezialeinheiten. Auf das hier waren sie nicht vorbereitet. Herreros Augen öffneten sich, und er sah Lombardi unverwandt an. Sein Blick war leer, als hätte er mit seinem Leben abgeschlossen.

Nein.

Lombardi begann, auf den Verletzten zuzukriechen. Die Gendarmen brauchten eine Weile, bis sie ihn bemerkten.

»Nicht!«

Doch Lombardi ließ sich nicht beirren. Er erreichte Herrero

und legte ihm die Hand auf die Schulter. Der Gestank des Benzins war überwältigend.

»Sie müssen durchhalten«, sagte Lombardi. »Bleiben Sie am Leben.«

Ein bitteres Lächeln umspielte die Lippen des Jungen. »Helfen Sie mir hoch«, sagte er.

»Sie sind doch verletzt!«, antwortete Lombardi verblüfft.

»Es geht schon.«

Lombardi war erleichtert, dass es Herrero scheinbar doch besser ging, als es den Anschein hatte. Er richtete sich auf, bis er neben dem Verletzten kniete, und legte den Arm um ihn.«

»Nicht, was tust du?«, rief Badalamenti hinter ihm.

Herrero nahm die Hilfe gern an. Er schien plötzlich wieder bei Kräften zu sein, stützte sich mit seinem ganzen Gewicht auf Lombardi und schaffte es, auf die Beine zu kommen. Einen Moment lang stand er aufrecht da, stolz, wie es schien. Er bot den Bewaffneten, die auf ihn zielten, die Stirn. Dann wandte er sich noch einmal Lombardi zu und sah ihm in die Augen.

»Sehen Sie zu, dass die anderen sicher sind«, sagte er. »Es darf nie wieder passieren.«

Lombardi verstand nicht, wovon er sprach. Bevor jemand reagieren konnte, stieg Herrero über das Geländer und ließ sich in die Tiefe fallen.

AMIRPOUR

Es wird nicht funktionieren. Das war ein Fehler.

Seit einer Stunde harrte sie nun schon an der Grenze aus, ihre Ausweisdokumente hatte man ihr weggenommen. Eine verschleierte, verunsicherte Frau ohne gültiges Visum, am Grenzübergang Tolafarush zwischen dem Irak und dem Iran.

Ich habe mich immer gefragt, wann ich wieder hierher zurückkommen würde. Aber so habe ich es mir nicht vorgestellt.

Es hatte sie Mühe gekostet, den Namen auszusprechen. Danach hatte es zwanzig Minuten gedauert, bis man sie aus der Zelle geholt und in ein anderes Auto gesetzt hatte, das sie an die Grenze gebracht hatte. Dort hatte man sie gehen lassen.

Ihr Onkel war Mitglied einer Behörde, mit der sie nie wieder etwas zu tun haben wollte. Die Differenzen ihrer Familie mit ihm waren einer der Gründe, warum sie nach Österreich gegangen waren. Welche Ironie, dass sie nun ausgerechnet zu ihm musste.

Nun war sie ganz allein, gescheitert. Ohne das Medikament, ohne eine Story. Sie fragte sich, wie es Lombardi gerade ging. Mit ihm hatte sie das Abenteuer begonnen, doch dann hatten sie sich voneinander entfremdet.

War ich nicht ehrlich genug zu ihm? Wollte ich ihn nur für meine Story benutzen?

Sie stellte fest, dass sie ein schlechtes Gewissen ihm gegenüber hatte. Er hatte ihre Hilfe gebraucht, und sie hatte nur an ihre Geschichte gedacht. Vielleicht war es fair, dass ausgerechnet Wank nun ihren Platz einnahm.

Ich hätte ihm einfach nur helfen sollen. Wahrscheinlich braucht er jetzt gerade meine Unterstützung. Und ich bin nicht da.

Vielleicht hatte Wank recht gehabt. Sie gehörte in ihr Labor. Sie fragte sich allerdings, wann sie es wiedersehen würde. Je länger sie hier vor dem Schlagbaum wartete, während zwei Soldaten sie im Auge behielten, desto schlechter schätzte sie ihre Chancen ein. Bald würde die irakische Polizei auftauchen und sie mitnehmen. Und dann würde sie die nächste Zeit in einem Gefängnis in Bagdad verbringen. Als sie nachdachte, was das bedeutete, bekam sie das kalte Grausen.

Doch plötzlich tauchte der Mann wieder auf, der ihre Dokumente entgegengenommen hatte.

»Jemand will mit Ihnen sprechen, kommen Sie mit.«

Es hat nicht funktioniert, war ihr erster Gedanke.

Doch zu ihrer Überraschung führte er sie auf die andere Seite des Schlagbaums. Dort stand eine schwarze Limousine mit getönten Scheiben, auf deren Motorhaube ein Pferdekopf prangte, der an die silberne Kühlerfigur eines Jaguars erinnerte. Ein Mann in einem schwarzen Anzug hielt ihr die Tür auf. Amirpour versuchte vergeblich, in seinem Gesicht etwas zu lesen. Schließlich stieg sie ein.

»Samira. Es tut so gut, dich nach all den Jahren wiederzusehen«, sagte ihr Onkel und drückte sie so fest an sich, dass es sich wie eine Umklammerung anfühlte. »Gut, dass du dich gleich gemeldet hast.«

ROGORA

In der italienischen Botschaft war es still geworden. Niemand wagte mehr zu sprechen, man hörte nur noch den Rufen der Demonstranten zu, die draußen vorbeizogen. Auf den Bildschirmen liefen stumm Nachrichtensendungen. Die Bilder glichen einander, überall in Europa fanden Demonstrationen statt. Inzwischen wurde aus Geheimdienstkreisen bestätigt, dass eine Hackergruppe die Unruhen anheizte. Wie sie an eine vatikanische IP-Adresse gelangt waren, war nach wie vor ein Rätsel. Obwohl die Anbieter der wichtigsten Internetportale versuchten, die Meldungen zu blockieren, hinkten sie immer einen Schritt hinterher. Überhaupt, die Leute wandten sich zusehends von Twitter sowie Facebook ab und vernetzten sich auf Portalen, die es mit der Moderation weniger ernst nahmen. Rogora und ihren Mitstreitern waren die Hände gebunden. Sie konnten nur zusehen, was passierte.

Rogora hielt sich die Ohren zu, sie ertrug die skandierten Parolen nicht mehr. Der Zug war auf dem Weg in Richtung Reichstag, und so aufgehetzt, wie die Meute war, befürchtete sie das Schlimmste.

Überall auf der Welt waren weitere Wirtschaftstreibende und Politiker verstorben, und so, wie sie die Lage einschätzte, gab es mindestens noch einmal so viele Fälle, von denen sie nichts wussten.

Inzwischen war es gelungen, mehrere unbenutzte Ampullen des Medikaments zu beschaffen und zu analysieren. Sie waren kurz nach Dan Leistners Präsentation übers Darknet zu horrenden Preisen verkauft worden, und offenbar waren doch einige der begüterten Käufer klug genug gewesen, das Mittel nicht einzunehmen.

Doch obwohl die Untersuchungen andauerten, hatte sie ein Freund, der als medizinischer Sachverständiger für die italienische Regierung arbeitete, gewarnt, nicht zu viel zu erwarten. Die Kühlkette war offensichtlich unterbrochen worden, sodass der komplexe Wirkstoff gelitten hatte. Außerdem würde es zu langsam gehen, um den Betroffenen wirklich zu helfen.

Wie es dem deutschen Kanzler ging, wussten nicht einmal sie hier in diesem Raum. Die deutsche Regierung hatte eine Nachrichtensperre verhängt, doch je länger die Entwarnung auf sich warten ließ, desto mehr verschlechterten sich die Chancen, dass alles doch noch ein gutes Ende nehmen würde. Die Chatverläufe, die man ihnen vor einer Stunde gezeigt hatte, ließen nichts Gutes vermuten. Die Demonstranten waren offenbar wild entschlossen, in den Reichstag einzudringen. Manche besaßen Waffen. Es waren Leute, die vor einem Jahr noch simple medizinische Fakten geleugnet hatten und lieber pauschal alle Menschen aus Wissenschaft und Medizin der Lüge bezichtigten, statt zu akzeptieren, dass es eine neue Krankheit namens Covid-19 gab, an der viele Menschen starben, wenn man nichts dagegen unternahm, insbesondere die Alten und Schwachen. Nun waren sie bereit, mit schärferen Mitteln gegen die Wirklichkeit aufzubegehren. Und gegen alle, die sich erdreisteten, ihnen zu widersprechen.

Sie hielt sich die Ohren so fest zu, dass sie das Klingeln ihres

Telefons nicht gleich hörte. Erst das Blinken des Geräts machte sie darauf aufmerksam.

Der Anruf kam von ihrem Chef in Rom. Rogora zögerte einen Moment, bevor sie das Gespräch entgegennahm. Sie befürchtete die nächste Horrormeldung. Doch sie hatte sich getäuscht, der Kollege war euphorisch und sie musste ihn bitten, alles noch einmal langsamer zu wiederholen. Doch was sie dann hörte, ließ sie die Demonstranten vergessen.

Ein Labor aus dem Irak hatte Daten zu dem Medikament geliefert, das mutmaßlich für den schlechten Zustand des italienischen Premiers verantwortlich war. Man behandelte den Kranken gerade auf Basis dieser Informationen, und auch wenn es noch zu früh für eine finale Einschätzung war, so sah es nicht schlecht aus. Vielleicht wäre diese Sache bald ausgestanden.

Rogora legte auf, und obwohl sie die guten Neuigkeiten noch nicht ganz glauben wollte, ließ sich ein Gefühl der Erleichterung nicht ganz abschütteln.

Während sie noch beschäftigt war, das Gehörte zu verarbeiten, schaltete jemand vorne bei den Bildschirmen den Ton ein. Es gab Neuigkeiten aus dem Vatikan, der Heilige Stuhl gab gerade eine Pressekonferenz.

SIGRUNSDOTTIR

Der Soldat mit dem Bart stand immer noch unmittelbar hinter ihr. Sie wagte nicht, ihn wegzuschicken, auch wenn seine Waffe sie nervös machte und sie sich kaum konzentrieren konnte.

Das Labor, in dem sie sich befand, gehörte zu den modernsten, die sie je gesehen hatte. Einige der Analysegeräte kannte sie nur vom Hörensagen. Andere wiederum erinnerten sie an die Ausrüstung, die sie bei Aetheromed in Island verwendet hatte.

Nicht lange nachdem Amirpour weggebracht worden war, hatte Leistners Zustand sich verschlechtert. Die Soldaten hatten nach einem Arzt telefoniert, dabei aber mehr als ratlos gewirkt. Sigrunsdottir hatte versucht, ihnen zu erklären, dass sein schlechter Zustand von einem seiner eigenen Medikamente verursacht wurde und dass sie in der Lage wäre zu helfen, wenn sie eine Probe davon bekäme. Als die beiden Männer nicht reagiert hatten, war sie den einen so angefahren, dass er den Kopf eingezogen und ihr von da an nicht mehr in die Augen gesehen hatte. Wahrscheinlich hatte noch nie eine Frau so mit ihm gesprochen, außer vielleicht seine Mutter. Dem anderen Soldaten, der offensichtlich der Untergebene war, war ein anerkennendes Lächeln entschlüpft.

Schließlich hatte man sie in ein Auto gesetzt und zu einem einige Kilometer entfernten Industriegebiet gefahren. In einem Gebäude, das von außen so unscheinbar war wie das Forschungszentrum in Reykjavik, hatte sie dann dieses Labor vorgefunden, das verlassen dalag. Man hatte ihr einen Kühlschrank gezeigt, und zu ihrer großen Überraschung waren dort Medikamentendosen gewesen, die identisch mit denen aus Prag waren – mehrere Dutzend Ampullen, perfekt gekühlt bei minus achtzig Grad.

Seit fünf Stunden versuchte sie nun, mehr über das Präparat herauszufinden. Sie hatte auch Zugang zum Computersystem erbeten und nach einigem Hin und Her einen Zugangscode mit weitreichenden Befugnissen bekommen. Doch sie fand es schwer, sich zu orientieren. Hier waren Forschungen von Aetheromed gesammelt, von denen sie noch nie gehört hatte, auch wenn manche davon offenbar in Reykjavik durchgeführt worden waren.

Vor einer Stunde hatte sie langsam eine Idee bekommen, womit sie es zu tun hatte. Leistners Zustand war offenbar auf eine fehlgeleitete Gentherapie zurückzuführen, mit Symptomen, die denen von Strahlenschäden ähnelten. Sie hatte schnell eine E-Mail mit den wesentlichen Details aufgesetzt, adressiert an jene Leute in der italienischen Botschaft in Berlin, die sie befragt hatten.

Sigrunsdottir machte sich Notizen, als der Soldat einen Anruf bekam. Kurz darauf sprach er sie an – sie müsse mitkommen.

Sie bedeutete ihm zu warten. Doch als sie versuchte, drei Flaschen des Medikaments in eine Kühltasche zu packen, um sie mitzunehmen, verlor der Soldat die Geduld. Das Medikament müsse hierbleiben, gab er ihr zu verstehen.

Man brachte sie zum Auto, und sie fuhren wieder zurück zur Ausgrabungsstätte. Als sie den Keller betrat, wo sie Leistner zurückgelassen hatten, sah sie, dass sie zu spät waren. Der Milliardär lag auf dem Boden, direkt neben dem Podest, auf dem sein Vater aufgebahrt war.

Seltsam berührt von dem Anblick der beiden fremden Männer, trat sie näher und beugte sich zu Leistner, um den Puls zu kontrollieren. Doch seine Haut war bereits merkbar abgekühlt.

Ob sie etwas für ihn tun könne, fragte der Soldat in gebrochenem Englisch.

Sie schüttelte nur den Kopf. Eine der beiden Öllampen war erloschen. Vorsichtig hob sie die andere der beiden auf, um damit die Flamme neu zu entzünden. Dann nickte sie dem Soldaten zu. Sie waren hier fertig.

In der Faust hielt sie die ganze Zeit eine Ampulle des Medikaments, das sie aus dem Labor entwendet hatte.

TEIL 6

LOMBARDI

Als er gehört hatte, dass Badalamenti sich am Eingang des Krankenhauses befand und nicht zu ihm vorgelassen wurde, hatte er darauf bestanden, sofort entlassen zu werden. Der zuständige Arzt hatte ihm widerwillig die Papiere zum Unterschreiben hingehalten und war dann abgerauscht, um sich um Patienten zu kümmern, die seine Hilfe mehr zu schätzen wussten.

Unsicher auf den Beinen, war er mit dem Lift ins Erdgeschoss gefahren und hatte sich gefragt, ob er einen Fehler machte. Zu viel war zwischen ihnen geschehen, um es einfach zu übergehen. Waren sie noch Freunde? Lombardi war noch nicht so weit, diese Frage beantworten zu können. Er brauchte Erklärungen, und bei manchen Dingen, die er erfahren hatte, fragte er sich, ob es die Erklärungen, die er suchte, wirklich gab.

Doch als sie einander im Erdgeschoss gegenüberstanden, traten die Zweifel in den Hintergrund. Sie wankten aufeinander zu und fielen sich in die Arme.

»Ich bin so froh, dass es dir gut geht«, sagte Badalamenti.

Gut gehen? Na ja.

Aber er war am Leben, keine Selbstverständlichkeit nach dem, was vor wenigen Stunden geschehen war.

»Komm, verschwinden wir von hier. Bevor sie es sich anders überlegen und mich hierbehalten.«

Als sie vor die Tür traten, kamen zwei Presseleute auf sie zu.

»Signore Lombardi? Was sagen Sie zu den Enthüllungen des Vatikans?«

Lombardi winkte ab und musste die beiden anrempeln, als sie ihm den Weg versperrten. Badalamenti winkte ein Taxi herbei.

»Wo ist dein Maserati?«

»In der Werkstatt. Aber ich überlege, ihn zu verkaufen.«

»Gefällt er dir nicht mehr?«, wunderte sich Lombardi.

»Sagen wir doch, wie es ist: Ich bin ein schrecklicher Autofahrer. Irgendwann werde ich noch jemanden verletzen. Es ist besser, ich fahre eine Zeit lang nicht selbst.«

Als das Taxi losfuhr, sah Lombardi den Presseleuten nach. Zwei Fernsehteams waren ebenfalls vor Ort, eine geschminkte Dame mit Mikrofon lief ihnen hinterher, während ihr Kameramann versuchte, Schritt zu halten.

Die Presse. Ich frage mich, was bei denen gerade los ist.

Lombardi hatte im Krankenhaus vom Statement des Papstes gehört, das in Windeseile alle anderen Nachrichten verdrängt hatte, sogar die Demonstrationen. In den zwei Tagen, die Lombardi im Krankenhaus verbracht hatte, waren die Unruhen zurückgegangen. Manche führten das auf die Genesung des italienischen Premiers zurück. Andere lästerten, dass sie nicht ertragen hatten, nicht mehr das mediale Topthema zu sein. Demonstrieren war dann doch ziemlich anstrengend, wenn sich niemand dafür interessierte. Daran konnten auch die mysteriösen Desinformationskampagnen nichts ändern, die inzwischen auch von den Medien als Ursache der Eskalation identifiziert worden waren.

»Der Papst hat alles zugegeben?«, fragte Lombardi, nachdem sie einige Minuten stumm nebeneinandergesessen hatten.

Seit den Ereignissen um den Autor Kevin Herrero bei der Bramante-Treppe hatten sie noch nicht miteinander gesprochen. Es gab für sie beide viel aufzuarbeiten. Das verlorene Vertrauen war noch nicht wieder hergestellt. Alessandro hatte ihn belogen, und auch wenn Lombardi immer noch vermutete, dass es dafür gute Gründe gab, konnte er nicht so einfach zur Tagesordnung übergehen.

Sie mussten reden, und es war besser, sich einen Ruck zu geben und gleich damit zu beginnen.

Badalamenti nickte. Er schien froh, nicht direkt zur Sache kommen zu müssen. Das Papst-Statement hatte auch ihn überrascht.

Der Industrielle erzählte Pabils Geschichte. Manches davon wusste Lombardi bereits, anderes war neu.

»Pabil Visconte war Mitglied der *Viri Timorati*. Obwohl vielen im Vatikan bekannt war, dass diese Vereinigung nach wie vor existierte, wollte niemand zugeben, Mitglied zu sein. Es interessierte sich auch niemand besonders für sie, sie wurden als Kuriosum betrachtet, wie die heutigen Freimaurer. Eine Gruppe alter Männer, die an Ritualen festhielt. Dabei waren die *Viri Timorati* alles andere als inaktiv. Nachdem sie Jahrhunderte im Verborgenen verbracht hatten, realisierten sie in den letzten Jahrzehnten, dass ihre Themen nach wie vor präsent waren. Mehr noch, sie schienen immer drängender zu werden. Doch mit ihren Warnungen hatten die *Viri Timorati* schlechte Erfahrungen gemacht, also versuchten sie im Verborgenen, ihre Machtposition im Vatikan auszubauen. Das scheiterte daran, dass sie niemanden in hohen Positionen hatten. Sie versuchten also in den Neunzigern einerseits, Kardinäle für ihre Sache zu interessieren. Das war die Zeit, in der sie Turilli in alle Geheimnisse einweihten. Sie machten ihm Versprechungen und scheinen auf Gegenliebe gestoßen zu sein.«

Badalamenti stockte kurz. Dieser Teil war schwer für ihn.

»Auch ich war damals mit ihnen in Kontakt. Was sie erzählten, klang ja recht schlüssig: Sie wollten engere Bande zur Wissenschaft knüpfen. Es ging hier nicht um philosophische Fragen. Ob die Erde um die Sonne kreist, ist für unser tägliches Leben ja völlig unerheblich, auch wenn Astronomen das nicht gern hören werden. Sie warnten Turilli und mich davor, dass die Medizin das Selbstverständnis der Kirche erschüttern würde. Menschen wären in der Lage, Embryonen nach ihren Vorstellungen zu verändern, maßgeschneiderte Menschen zu erschaffen. Sie würden in verschiedener

Hinsicht Gott spielen. Ein Thema, das damals schon im Zentrum stand, war die Frage: Was würde geschehen, wenn es Menschen gelänge, auf medizinischem Weg den Tod zu besiegen?« Badalamenti blickte aus dem Fenster des Taxis, bevor er fortfuhr. »Diesen Teil nahm ich damals nicht ernst. Wie sollte so etwas funktionieren? Erst in den letzten Jahren verstand ich, dass das eine reale Option war. Es gab physisch unsterbliche Lebewesen – warum nicht auch unsterbliche Menschen? Während ich an diesem Punkt ausschied und auf Distanz ging, blieb Turilli meines Wissens dabei. Doch ein paar Jahre später brach auch er mit den *Viri Timorati*. Sie schienen gescheitert zu sein. Was wir nicht wussten: Sie hatten bereits einen Kardinal in ihren Reihen. Wie sie es geschafft haben, weiß ich nicht, aber Pabil Visconte wurde in den Siebzigern zum Kardinal ernannt.«

Lombardi horchte auf. Diesen Teil hatte er bereits gehört, doch er verwirrte ihn nach wie vor.

»Aber niemand wusste davon, richtig?«

Badalamenti nickte. »Pabil wurde zum Kardinal *in pectore* ernannt. Du kennst das Konzept, er wurde zu einem Kardinal, der nur dem Papst bekannt war. Und damit wurde er bei der Papstwahl 1978 zu einer Schlüsselfigur.«

Lombardi glaubte zu verstehen.

»Die *Viri Timorati* wollten ihn zum Papst machen. Damit hätten sie die Kontrolle über die katholische Kirche erlangt. Über die Wahlgänge selbst dringt nie etwas an die Öffentlichkeit, die Sixtinische Kapelle wird für die Wahl ja verschlossen. Die einzige Information, die nach außen gelangt, ist der Rauch, der entweder weiß oder schwarz ist. Wir wissen nur, wie die Sache ausging. Johannes Paul II. wurde der erste nicht italienische Papst der Neuzeit. Fällt dir etwas auf?«

Lombardi sah seinen Freund fragend an.

»Er war nicht aus dem Vatikan, sondern ein Außenstehender. Als hätte man den Kandidaten seitens des Vatikans nicht getraut.«

Als hätte man verhindern wollen, dass jemand von den Viri Timorati *Papst wird.*

Doch der Gedanke war unerhört. Papst Johannes Paul II. war inzwischen heiliggesprochen und hatte ein Ehrengrab im Petersdom. Allein der Gedanke, dass er nur aufgrund politischer Überlegungen Papst geworden war, kam einem Sakrileg gleich. Allerdings wusste Lombardi selbst, welche Ränke in diesen Mauern geschmiedet wurden. Auszuschließen war es nicht.

»Nachdem sie in den folgenden Jahren auch daran scheiterten, andere Kardinäle für sich zu gewinnen, muss etwas passiert sein. Sie zogen sich komplett in den Hintergrund zurück und folgten ihrer eigenen Agenda. Manche sagen, sie hätten sich von Gott abgewendet.«

»Das klingt ziemlich drastisch.«

»Es kommt dem, was dann geschehen ist, ziemlich nahe. Nachdem sie die Kirche nicht auf die kommenden medizinischen Entwicklungen vorbereiten konnten, konzentrierten sie sich ganz auf die Medizin. Sie wussten, dass Menschen, wären sie erst einmal unsterblich, zu Göttern werden würden. Sie beschlossen also, sich selbst zu Göttern zu machen. Heute nennt man das Transhumanismus. Sie suchten nach Wegen, ihre Körper zu optimieren. Es gab keine Tabus. Das war auch die Zeit, als Visconte sich den Vornamen Pabil gab. Er hieß eigentlich Giuseppe.«

»Doch dann wurde Pabil aus dem Vatikan verbannt, richtig? Er war ja Leiter der Akademie für Archäologie.«

Badalamenti nickte. »Man kam dahinter, dass er etwas Schreckliches getan hatte. Und bis vor Kurzem glaubte ich auch zu wissen, worum es sich handelte. Als man es bemerkte, verlor er seine Position und wurde in ein Kloster geschickt, wo er allerdings nicht blieb. Er lebte fortan in der schäbigen Wohnung, in der wir ihn gefunden haben.«

»Was ist geschehen?«

»Bisher war es eines der größten Geheimnisse des Vatikans,

doch seit der Pressekonferenz des Papstes weiß es die ganze Welt: Pabil unterzog sich einer Geschlechtsumwandlung.«

Lombardi stutzte. Davon hatte er noch nicht gehört.

»Heute ist das in unserer Gesellschaft eigentlich keine große Sache mehr. Viele Personen des öffentlichen Lebens wechseln das Geschlecht, unter dem sie auftreten. Doch für die Kirche war das ein Schock. Es musste unter allen Umständen geheim gehalten werden. Pabil scheint es schon eine ganze Weile geplant zu haben. Der Vorname Pabil ist ja kein reiner Männername, auch Frauen können so genannt werden. Ich dachte also, das wäre der Grund, warum man ihn ausgeschlossen hat. Doch ich lag falsch.« Badalamenti fiel es sichtlich schwer, weiterzusprechen. »Pabil und seine Leute beschäftigten sich intensiv mit Methoden, wie sie den Alterungsprozess des Körpers aufhalten könnten. Und 1996 geschah etwas, das für sie alles veränderte: Aus einer Stammzelle aus dem Euter eines erwachsenen Schafs wurde der Zellkern entfernt und in eine Eizelle eingesetzt. Daraus entwickelte sich ein gesundes Schaf, das berühmt-berüchtigte Schaf Dolly. Es war also möglich, von einem erwachsenen Organismus eine Kopie herzustellen. Die *Viri Timorati* verstanden sofort, was das bedeutete. Was bei Schafen möglich war, war natürlich auch bei Menschen machbar. Technisch stand dem Klonen von Menschen nichts im Wege. Es war einfach nur verboten, und Verbote konnte man umgehen. Es war der Punkt, an dem die *Viri Timorati* ihr letztes Fünkchen christlichen Glauben beerdigten. Sie trafen eine Entscheidung und ließen Klone ihrer Personen anfertigen.«

Lombardi verstand, worauf Badalamenti hinauswollte, doch es fiel ihm immer noch schwer, es sich vorzustellen. Währenddessen hatte das Taxi an einer stark befahrenen Straße gehalten. Der Fahrer wartete, und Badalamenti bedankte sich bei ihm.

»Als wir Pabil in seinem Zimmer fanden, verstanden wir nicht, was mit ihm geschehen war. Ich erkannte nur, dass an ihm eine schwere Operation durchgeführt worden war. Ich glaubte, dass es im Ausland geschehen war, doch ich täuschte mich. Die Operation geschah in dieser Klinik.«

Er deutete aus dem Fenster auf einen Gebäudekomplex aus Beton. Lombardi erinnerte sich an das Gebäude. Es war dunkel gewesen, als er damals die Reisetasche geholt hatte, aber er war ziemlich sicher, dass es dasselbe Gebäude war.

»Ein Kinderkrankenhaus, das du nicht kennen wirst. Es gibt viele davon, oft aus Klöstern hervorgegangen, die sich auf gut zahlende Klientel konzentrierten – Menschen mit frommer Gesinnung und dem nötigen Kleingeld. Für Pabil ließen die *Viri Timorati* einen ganzen Gebäudetrakt sperren. Die Operation war notwendig geworden, weil Pabil im Sterben lag. Verschiedene experimentelle Behandlungen hatten ihren Tribut verlangt. Er hätte eine Lebertransplantation und eine neue Niere gebraucht, außerdem war sein Herz zu schwach. Und plötzlich stand das Undenkbare im Raum, das bisher nur eine theoretische Möglichkeit gewesen war. In einer spanischen Kleinstadt lebte ein junger Mann, der als Waise in einem Heim aufgewachsen war und nicht wusste, wer seine Eltern waren. Er hatte keine Ahnung, dass er eine genetische Kopie von Pabil Visconte war, ein eineiiger Zwilling, nur dreiundsechzig Jahre jünger. Ein Mensch, geboren 1997, ohne eigene Lebensberechtigung, der nur einen Zweck hatte. Doch weil Pabils Zustand so schlecht war, schien das Projekt zu scheitern, bevor es richtig begonnen hatte. Bis die *Viri Timorati* auf eine bisher nur theoretisch vorhandene Möglichkeit zurückgriffen – eine Operation, deren prinzipielle Durchführbarkeit seit Jahren bekannt war, die aber wie das Klonen aus ethischen Überlegungen heraus bislang nie versucht worden war. Pabil Visconte sollte nicht nur neue Organe bekommen, er sollte einen neuen Körper bekommen. Das Undenkbare geschah, ein Verbrechen, wie es vielleicht noch nie zuvor begangen worden war. Der junge Mann wurde überfallen, in künstlichen Tiefschlaf versetzt und per Flugzeug nach Rom gebracht. In einer mehr als zwanzigstündigen Operation wurde ihm bei lebendigem

Leib der Kopf abgetrennt und der Kopf des neunzigjährigen Pabil auf den jungen Körper genäht.«

»Das geht?«, fragte Lombardi erschrocken.

»Es ist aufwendig, man braucht zwei Herz-Lungen-Maschinen und einen Chirurgen, der ebenso fähig wie skrupellos und bereit ist, große Risiken einzugehen. Aber denk daran, was es bedeutet, ein Herz zu transplantieren. Auch das ist absolut verrückt, wenn man genauer darüber nachdenkt. Bei der Transplantation des Kopfs ist das Problem das Rückenmark. Es muss durchtrennt werden, was eine vollständige Lähmung des Patienten zur Folge hat. Doch Pabil war bereit, das Risiko in Kauf zu nehmen. Er setzte darauf, dass die Forschung in einigen Jahren eine Antwort darauf finden würde. So lange musste er mithilfe des neuen Körpers überleben.«

Lombardi wurde schlecht bei dem Gedanken. Pabil Visconte hatte aus purem Egoismus einen Unschuldigen ermorden lassen. Wie konnte jemand mit so etwas leben?

»Sie fanden ihren Chirurgen, einen Mann namens Gabriele Zanotta, der dringend Geld brauchte. Er war es auch, den wir brennend durch das Loch in der Kuppel des Pantheons fallen sahen. Tatsächlich schien er seine Arbeit gut gemacht zu haben, die Operation dürfte gut verlaufen sein, bis plötzlich eine Reporterin vor der Tür stand und Fragen stellte. Es stellte sich heraus, dass sich jemand aus dem Krankenhaus für die geheimnisvolle Sperrung des gesamten Trakts zu interessieren begonnen hatte. Zwar hatte er nicht erkennen können, was dort genau geschehen war, aber es war ihm gelungen, Befunde zu stehlen, die nicht zusammenpassten. Er gab sie einem Freund im Vatikan, der sie an Gaisel weiterleitete. So bekamen auch Turilli und ich Wind davon. Dabei muss Turilli gleich vermutet haben, worum es sich handelte. Dementsprechend nervös war er. Ich bot an, ihm zu helfen, und gemeinsam beschlossen wir, dich hinzuzuziehen. Dann ging alles schief, wie du weißt.«

Lombardi lachte bitter. So konnte man es natürlich auch ausdrücken. »Und dann wolltest du plötzlich nichts mehr mit mir zu tun haben.«

»Es tut mir leid. Ich wusste nicht mehr, wem ich vertrauen konnte. Mir war klar, dass du immer noch in Kontakt mit Turilli standest. Der Vatikan durfte nicht erfahren, was ich vorhabe.«

»Sie suchten nach dir. Weil du die Tafel aus dem Museum gestohlen hast.«

»Ich habe sie nicht gestohlen!«, gab Badalamenti beleidigt zurück. »Turilli hat mir aufgetragen, sie in Sicherheit zu bringen! Wir wussten, dass etliche Leute sich brennend für diese Tafeln interessierten, unter anderem Dan Leistner. Es war nur eine Frage der Zeit, bis jemand sie entwenden würde. Ich habe die Tafel aus dem Lager geholt, um sie Turilli zu geben.«

»Dann hat er sie an Leistner verkauft?«

»Ich wollte es zuerst nicht glauben. Deshalb bin ich untergetaucht. Ich wusste, dass jemand aus dem Vatikan versuchte, mir die verschwundene Tafel anzuhängen. Aber ich glaubte nicht, dass es Turilli war. Er muss damit versucht haben, Einfluss auf Leistner auszuüben. Vermutlich wollte er sie gegen Informationen über das Medikament tauschen, das er als Bedrohung für die Kirche empfand.«

Lombardi hatte den Eindruck, dass es wie eine Ausrede klang. »Du hättest es mir sagen können.«

Badalamenti zog eine Grimasse.

»Aber dann hättest du mit der ganzen Wahrheit rausrücken müssen, nicht wahr?«

»Es tut mir leid. Dich einzubinden war eigentlich Turillis Idee. Ich habe den Verdacht, dass er jemanden im Spiel haben wollte, der nicht Bescheid weiß. Jemand, der kontrollierbarer ist.«

»Weil du sein Geheimnis kanntest.« Lombardi dachte nach. »Was ist mit Herrero? Er hat angedeutet, dass er auch ein Klon war. Stimmt das?«

Badalamenti nickte. »Er kannte den jungen Mann, der für Pabil sein Leben ließ. Er folgte ihm nach Rom und bekam Wind von der Operation. Es gelang ihm sogar, an den Kopf seines Freundes zu kommen, bevor die *Viri Timorati* ihn verschwinden lassen konnten. Als er die Wahrheit erkannte, schwor er Rache. Er wollte alle *Viri Timorati* zur Rechenschaft ziehen. Und nicht nur das, er wollte sie an den Pranger stellen. Deshalb diese Inszenierungen. Er wollte, dass alle Welt von dem Unrecht erfährt.«

»Also war Herrero ein Klon. Aber wessen Klon? Und warum ging er auf Turilli los? Er war doch gar nicht Mitglied der *Viri Timorati*!« Noch während Lombardi es aussprach, erkannte er seinen Denkfehler.

»Ich dachte, dass Turilli nur kurz mit den *Viri Timorati* in Kontakt gewesen wäre. Aber das war offensichtlich falsch. Um sicherzugehen, müssten wir einen DNA-Abgleich machen, aber ich befürchte, wir müssen davon ausgehen, dass Herrero ein Klon von Turilli war.«

Badalamenti musste blinzeln. Lombardi konnte sehen, dass seine Augen glasig waren.

»Auch nach allem, was geschehen ist: Du darfst nicht glauben, dass Turilli ein schlechter Mensch ist. Er hat Schwächen wie wir alle. Manchmal setzte der gute Turilli sich durch, aber manchmal schien er gewissen Versuchungen nicht widerstehen zu können. Ich kann mir nicht vorstellen, dass er dazu fähig gewesen wäre, was Pabil getan hat. Der Plan war ursprünglich ja ein anderer. Du weißt, dass Blut eine verjüngende Wirkung hat?«

»Herrero hat so etwas erwähnt. Er hat behauptet, es stammt aus einem seiner Bücher.«

»Herrero hat nie ein Buch geschrieben, das war gelogen. Er hat seine eigene Geschichte recherchiert. Ihm ist nämlich aufgefallen, dass ihm ab und zu eine größere Menge Blut abgezapft wurde. Die Erklärungen der Ärzte kamen ihm nicht schlüssig vor, also stellte er Nachforschungen an. Ich weiß von Pabil, dass er sich das Blut seines Klons spritzen ließ. Die Methode funktioniert bei Mäusen so gut, dass es geradezu unheimlich ist. Du könntest es wissenschaftlich fundierten Vampirismus nennen. Als schließlich sein Freund verschwand, mit dem er zusammen in einem Heim aufwuchs, folgte er seiner Spur und erfuhr von der Operation. Doch er kam zu spät, um ihn zu retten.«

»Herrero kannte Pabils Klon. Er wollte sich also rächen«, vervollständigte Lombardi den Gedanken. »Deshalb die Morde.«

»Nachdem sein Freund getötet worden war, wollte er auf die Wahrheit aufmerksam machen. Zuerst ging es darum, Pabils Operation öffentlich zu machen. Man hat Fotos des Krankenhauses gefunden, und er wollte sie an die Medien weiterspielen. Doch dann versuchten die *Viri Timorati*, Pabil zu verstecken. Er merkte, dass ihm die Zeit davonlief. Da ging er aufs Ganze.«

»Aber warum die Acht?«

»Er hatte inzwischen herausgefunden, dass Aetheromed ihn geklont hatte. Pabil hat damals Leistner mit Tafeln des Gilgamesch-Epos gelockt.«

»Also ist die Acht ein Hinweis auf das Logo von Aetheromed …«

Badalamenti nickte. »Das ist die Vermutung. Es gibt aber noch eine andere Theorie. Sie besagt, dass die *Viri Timorati* genau acht solcher Klone quasi *anfertigen* ließen.«

»Wo sind die anderen?«, fragte Lombardi.

»Ihre Spur verläuft sich. Die *Viri Timorati* haben alles darangesetzt, ihre Identität geheim zu halten. Aber irgendwie muss Herrero von den anderen erfahren und Pabils Klon aufgespürt haben.«

»Wenn Herrero Blut abgenommen wurde, dann muss Turilli die Methode auch angewendet haben.«

»Nicht zwingend. Es kann sein, dass man das Blut tiefgefroren hat.«

Lombardi verstand, dass Badalamenti trotz allem an seinem Freund festhielt. »Wie geht es ihm?«, fragte er sanft.

»Die Ärzte wissen noch nicht, ob er durchkommt.«

»Er schafft es bestimmt«, sagte Lombardi. »Er ist viel stärker, als es den Anschein hatte. Es ist unglaublich, wie weit er mit seinem Plan gekommen ist.«

Badalamenti nickte dankbar und gab dem Taxifahrer ein Zeichen, der daraufhin weiterfuhr.

»Überhaupt darfst du dir die *Viri Timorati* nicht als Gruppe von Wahnsinnigen vorstellen. Sie hatten interessante Ziele. Für Pabil Visconte und Carlo D'Emilia galt das nicht. Sie waren von der Papstwahl und von Pabils Diskreditierung so enttäuscht, dass sie alle Hemmungen fallen ließen. Sie waren schon in ihrem Glauben radikal. Ihre Überzeugungen schöpften sie nicht aus Nächstenliebe oder Einfühlungsvermögen, sondern in ihrem Glauben an Gott als eine höhere Macht, und danach richteten sie alles aus. Der Mensch war für sie per se wertlos. Er wurde mit der Erbsünde geboren und musste erst von Gott gerettet werden, um Würde zu erhalten. Als sie feststellten, dass Gott ersetzt werden konnte, wandten sie sich auch von den Menschen ab.«

»Pabil hat unter dem Petersplatz Grabungen angestellt.«

»Ich glaube, dass er eine Leere in seinem Leben spürte, die er zu füllen versuchte. Er begann sich obsessiv mit der Idee von körperlicher Unsterblichkeit in biblischer Zeit auseinanderzusetzen. Aus diesem Grund machte er sich auf die Suche nach den Gebeinen des Apostels Petrus.«

»Hat er sie gefunden?«

Badalamenti schüttelte den Kopf. »Er grub bis zum Obelisken, mit dem ständigen Risiko, das Fundament unter dem Petersplatz zu destabilisieren. Er vermutete, dass der Obelisk eine Art Markierung darstellte, doch er täuschte sich. Pabil war besessen, das beweist auch seine Namensänderung von Guiseppe in Pabil. Pabil ist eine Kurzform von *Pabilgamesch*, eine andere Form des Namens Gilgamesch.«

»Ich erinnere mich, Gaisel hat mir so etwas erzählt.«

»Pabil war der Radikalste der *Viri Timorati*. Er war es, der die anderen antrieb, der Kirche den Rücken zu kehren, nachdem seine Wahl zum Papst gescheitert war.«

Das Taxi war inzwischen vor Lombardis Adresse stehen geblieben. Der Fahrer wartete, während der Motor leise brummte und seine beiden Gäste sich anschwiegen. Lombardi senkte die Stimme.

»Im Lieferwagen hast du etwas gesagt, das ich nicht verstanden habe. Du meintest, dass hier etwas *Wunderbares* geschieht. Was sollte das bedeuten?«

Badalamenti dachte nach, als müsste er sich an die Szene erinnern. Dann lachte er gequält. »So wunderbar war es ja wohl nicht.«

»Ich verstehe nicht, was du gemeint hast«, setzte Lombardi nach.

Badalamenti nahm sich Zeit, die richtigen Worte zu finden. »Erinnerst du dich daran, als du mich nach dem Glauben gefragt hast? Auf der Kuppel des Petersdoms?«

»Ich muss oft daran denken.«

»Ich erklärte dir den Glauben als Wette. Darüber habe ich nachher immer wieder nachgedacht, und eigentlich ist es nicht in Ordnung. Unsere Überzeugungen sollten nicht von solchen Faktoren abhängen. Glauben wir wirklich an Gott, weil wir so eine höhere Wahrscheinlichkeit haben, die ewige Seligkeit zu erlangen? Ich dachte, dass medizinische Unsterblichkeit etwas Positives sein könnte. Wenn wir Menschen wirklich die freie Wahl haben, ohne Angst.«

Lombardi bemühte sich, dem Gedankengang zu folgen. Doch er ahnte, dass ihn das Gespräch noch länger beschäftigen würde. Es gab eine drängendere Frage.

»Das Krankenhaus«, begann er. »Ich kenne es. Du hast mich selbst hingeschickt.«

Badalamenti fühlte sich ertappt. Er schien sich an die Aktion mit der Sporttasche zu erinnern.

»Für wen war das Geld?«, wollte Lombardi wissen.

Badalamenti machte ein gequältes Gesicht.

»Ich weiß, dass Pabil Geld abgezweigt hat. Ich vermute, es waren Spenden, die für das Krankenhaus gedacht waren. Er hat damit seine Suche nach Unsterblichkeit finanziert, nicht wahr?«

Badalamenti sah aus dem Fenster, dann nickte er.

»Mir ist egal, was mit dem Geld war«, sagte Lombardi nach einer Weile. »Du hast dich mit den *Viri Timorati* abgegeben und bist da in etwas hineingezogen worden. Das verstehe ich. Aber für die Zukunft musst du mir etwas versprechen.«

»Was du willst.«

Lombardi sah ihm in die Augen. »Lüg mich nie wieder an.«

Badalamentis Blick war ausdruckslos. »In Ordnung. Ich verspreche es.«

Doch er hatte für seine Antwort eine ganze Weile gebraucht. Lombardi verstand, dass er von seinem Freund nicht mehr bekommen würde.

Die Aufarbeitung des Falls sollte sich danach noch über Monate hinziehen. Während viele Geschehnisse geklärt werden konnten, blieb manches im Dunkeln. So suchte Interpol noch viele Wochen später erfolglos nach dem Verkäufer der Medikamentendosen. Herrero konnte es nicht gewesen sein, ein Einzelner hätte niemals so schnell die Dosen in Sicherheit bringen und danach den Mord an Carlo D'Emilia verüben können. Es blieb die Theorie im Raum stehen, dass jemand von den Gästen es von vornherein darauf abgesehen hatte, was allerdings eine weitere Frage aufwarf. Es stellte sich nämlich heraus, dass die Phase-I-Studie des Präparats bei Weitem nicht so erfolgreich verlaufen war wie von Leistner behauptet. Die Komplikation war schon früher aufgetreten, und einige bei Aetheromed dürften davon gewusst haben. Es stellte sich also die Frage, ob der Verkäufer davon Kenntnis gehabt hatte. War es von vornherein nie darum gegangen, ein funktionierendes, sicheres Medikament zu verkaufen, sondern Chaos zu verbreiten?

Die Frage blieb unbeantwortet. Dagegen konnte der Ursprung der Verschwörungstheorien geklärt werden. Sie gingen auf das Konto von Turilli. Er hatte sich mit einem jungen Hacker zusammengetan, einem neunzehnjährigen Römer namens Sandrone, dem es mit ein paar Freunden gelungen war, sich in das Computersystem des Petersdoms zu hacken und die Glocken läuten zu lassen. Er wurde gefasst, als er in den Vatikan eindringen wollte, wo er weitere Aktionen plante. Turilli hatte es irgendwie geschafft, den jungen Mann, der sich als linker Aktivist verstand, zu einer Zusammenarbeit zu überreden. Gemeinsam streuten sie jene Theorien – der Aktivist, um die »Diktatur« der Reichen und Mächtigen zu torpedieren, als auch Turilli, um zu zeigen, dass die Idee von ewigem Leben zu Chaos führte, wenn nicht die Kirche darüber wachte. Der junge Mann berichtete auch, dass Turilli versucht habe, das lebensverlängernde Medikament auf dem Schwarzmarkt zu erwerben. Mithilfe Gaisels hatte er eine neue mystische Geschichte entwerfen und so der Welt letztendlich doch noch ein reales Wunder präsentieren wollen.

Die Probleme mit dem Medikament schienen damit aber nichts zu tun zu haben. Sie konnten dank der Arbeiten von Gunda Sigrunsdottir schnell gelöst werden, doch da die restlichen Präparate, die sie im Irak gesehen hatte, verschollen blieben, ließ sich nicht mehr herausfinden, ob damit das Problem dauerhaft behoben werden und das Medikament sicher gemacht werden konnte. Die chemische Zusammensetzung und das Wissen darüber hatte Leistner mit ins Grab genommen. Es sah nicht so aus, als ob es gelänge, sein Medikament zu reproduzieren. Doch inzwischen waren die Forschungslabore anderer Milliardäre damit beschäftigt, ähnliche und womöglich bessere Wirkstoffe zu entwickeln. Die Revolution war also nur um ein paar Jahre verschoben.

Die Ermittlungen gegen den verstorbenen Herrero wurden jedenfalls nach drei Monaten offiziell eingestellt. Er wurde als Täter identifiziert, und damit wanderte der Fall zu den Akten. Erst viel später machten Investigativjournalisten darauf aufmerksam, dass an mehreren Orten, wo Herrero den offiziellen Ermittlungen zufolge die Taten verübt hatte, nicht einer, sondern zwei junge Männer gesehen worden waren.

LOMBARDI

Der erste Schluck Wein schmerzte in seiner Kehle. Sein Hals war immer noch rau vom Qualm, den das Feuer im Pantheon verursacht hatte. Doch nach dem zweiten Schluck ging es besser, und als der Druck mit einem Mal von ihm abfiel, stiegen Lombardi Tränen in die Augen.

Er saß auf der Terrasse von Badalamentis Landhaus. Sein Freund war gerade hineingegangen, um ein paar Häppchen zuzubereiten. Badalamenti war ein ausgezeichneter Koch, wenn ihn die Inspiration packte.

Niemand konnte ihn sehen, also ließ Lombardi seinen Tränen freien Lauf.

Es ist vorbei. Du hast es überstanden.

Als er es im Kopf wiederholte, um sicher zu sein, dass er es auch glaubte, flossen die Tränen schneller. Das Abenteuer war vorbei, alles, was nun blieb, war sein eigenes, verwirrendes und ein wenig unglückliches Leben. Keines seiner Probleme war gelöst.

Und doch saß er hier bei einem Freund, den er verloren geglaubt hatte und mit dem er nun einen Moment der Unbeschwertheit genoss. Es war dieses Gefühl, das ihn überwältigte. In Wirklichkeit waren es Tränen der Freude. In diesem Augenblick war die Welt in Ordnung, und mehr als je zuvor war ihm die Vergänglichkeit seines Daseins bewusst.

Vielleicht galt das nicht für alle Menschen für alle Zeiten, aber sein eigenes Leben war vergänglich. Er würde irgendwann sterben.

Und er wusste, dass es kostbare Momente wie dieser waren, auf die er dann zurückblicken würde.

Als er Schritte hörte, freute er sich auf ein paar Antipasti aus Badalamentis Küche, doch stattdessen stand plötzlich Samira Amirpour vor ihm. Sie trug ein Kleid, das fremd an ihr wirkte.

Einen Moment musterten sie einander vorsichtig, wie Freunde, die gestritten hatten und die versuchten herauszufinden, ob dieser Streit zu weit gegangen war, oder ob man ihn ad acta legen konnte, um nie wieder davon zu sprechen.

»Bin ich froh, dass es Ihnen gut geht«, sagte sie schließlich und lächelte mit einer Bitterkeit, die neu war.

Lombardi stand auf, und sie umarmten sich lange und fest.

»Wo waren Sie?«

»Fragen Sie nicht.«

Da tauchte auch Badalamenti auf, der nur schnell das Essen auf den Tisch stellte, um ein drittes Glas zu holen.

Nachdem sie die Flasche geleert hatten, ging Badalamenti in eine Gartenhütte und zauberte dort plötzlich einen Fußball hervor. Während Lombardi entschieden ablehnte, war Amirpour sofort Feuer und Flamme. Und als die Physikerin erst einmal mit Badalamenti den Ball hin und her kickte, konnte Lombardi nicht anders. Er humpelte zu ihnen, zog seine Schuhe aus und spielte mit, auch wenn ihm jede Bewegung Schmerzen verursachte.

Amirpours Kichern zog ihn so sehr in seinen Bann, dass er zuerst nicht bemerkte, wie sehr die Szene jener von damals ähneln musste, als er mit Badalamenti und Turilli in den vatikanischen Gärten Fußball gespielt hatte. Turilli fehlte, und noch war nicht klar, ob er sich je von seinen Verletzungen erholen würde. Auch wenn er den Kardinal nie gut gekannt hatte und sie nur in den letzten Tagen mehr Kontakt gehabt hatten, fühlte es sich an, als hätte er einen Freund verloren. Es war eine von vielen Verletzungen der letzten Tage.

Während sie spielten, wurden sie vom Rand von Badalamentis

Grundstück aus von einer Gruppe junger Männer beobachtet, die Spaziergänger hätten sein können. Sie waren zu sechst, alle etwa Mitte zwanzig, und es sah fast so aus, als wären sie im exakt gleichen Alter.

Die Fußball-Runde war vom Wein beschwingt, dass sie davon keine Notiz nahm. Vielleicht wäre ihnen sonst aufgefallen, dass einer der Jungen die markanten Gesichtszüge von Anton Friedrich hatte.

Die drei lachten nach einer Weile alle so ausgelassen, dass Lombardi das Klingeln seines Handys zuerst nicht bemerkte. Er hatte es gerade erst wieder eingeschaltet, als er in den Garten gekommen war, und hatte es dort auf dem Tisch liegen lassen. Der Anrufer blieb hartnäckig, also entschuldigte sich Lombardi und hob ab.

»Stefano Lombardi?«, fragte ein Mann mit sizilianischem Akzent, der sich als Mitglied der Küstenwache vorstellte. Er fragte, ob ihm eine Frau namens Chibuike bekannt war.

Und als er ihren Namen hörte, kam Lombardi ganz unvermittelt der Gedanke, dass Badalamenti unrecht gehabt hatte. Religion war keine Wette, in der es um die eigene Seligkeit ging. Ihre wirkliche Bedeutung bekam sie erst durch die Liebe zu anderen Menschen. Da erst entwickelte sie ihre ganze Wucht, wenn Menschen aus Angst um ihre Liebsten zu beten begannen.

Bitte, lieber Gott, lass es nicht wahr sein. Mach, dass es ihr gut geht. Ich werde nie wieder an dir zweifeln, das gelobe ich.

Als Lombardi bejahte, erklärte der Mann, Chibuike sei auf einem Flüchtlingsboot gewesen, das hundert Kilometer vor der sizilianischen Küste gekentert war. Es war gelungen, etwa die Hälfte der zweihundert Insassen zu retten. Chibuike hingegen sei nicht dabei gewesen, man habe nur ihre Dokumente gefunden und darunter Lombardis Kontaktdaten. Er rufe an, um ihm mitzuteilen, dass man die Suche nach Überlebenden aufgegeben habe.

Lombardi schaffte es noch, sich bei ihm zu bedanken und das

Gespräch zu beenden. Dann sank er ins weiche Gras, mit dem Wissen, dass er nie wieder derselbe sein würde. Sein Leben hatte sich gerade für immer verändert.

NACHWORT

Ich liebe Science-Fiction, aber sie hat einen Nachteil: Ihre Themen werden oft als Zukunftsthemen empfunden, die mit unserer aktuellen Lebenswelt nichts zu tun haben. Als ich begann, über Unsterblichkeit zu recherchieren (ich wollte als Teenager eine Vampirgeschichte mit realem wissenschaftlichen Hintergrund schreiben), war viel die Rede von Superreichen, die sich einfrieren lassen oder ihren Geist auf einen Computer hochladen wollen. Beides sind schöne Themen für Science-Fiction-Geschichten, aber bei der realen Umsetzung sah ich unüberwindliche Hürden. Das Tiefkühlen von menschlichem Gewebe hat irreparable Schäden zur Folge, während das Kopieren eines Gehirns eben nur eine Kopie erzeugt, einen künstlichen beziehungsweise digitalen Zwilling. Unsterblichkeit stelle ich mir anders vor.

Es gab ein drittes Feld, das meine Aufmerksamkeit weckte: Äußerst langlebige Tiere und medizinische Studien, die lebensverlängernde Wirkung von Medikamenten nachwiesen. Ich las erstmals über Rapamycin und war gefesselt. Das konnte funktionieren.

Doch in jeder Dokumentation zu dem Thema, in allen Büchern, die ich fand, wurden die drei Methoden zur Lebensverlängerung immer gemeinsam behandelt, medizinische Unsterblichkeit zusammen mit tiefgefrorenen Körpern und Gehirnen in der Cloud. Ich glaube, dass das Kombinieren von Science-Fiction-Ideen und realen medizinischen Methoden mit nachweisbarem Effekt viele Jahre den Blick darauf verstellt hat, wie konkret die Idee von körperlicher Unsterblichkeit geworden ist. Ich wusste also: Wenn ich ein Buch über Unsterblichkeit schreiben würde, sollte es nur die medizinischen Möglichkeiten behandeln.

Nachdem die Idee einige Jahre in meinen Notizbüchern gut aufgehoben war, wurde mir eines Tages eine verblüffende Tatsache bewusst. Die Science-Fiction-Idee von menschlichen Klonen, die als Ersatzteillager für skrupellose Superreiche dienen, hat eine lange Tradition in Büchern und Filmen, doch erst mit Klonschaf Dolly wurde aus dieser Idee eine reale Möglichkeit. Vor ein paar Jahren erkannte ich, dass geklonte Menschen, die nach Dolly zur Welt kamen, langsam in ein Alter kamen, um als Figuren in meinem Roman aufzutreten. Science-Fiction war einmal mehr Wirklichkeit geworden.

Wirklichkeit? Immerhin gibt es nach heutigem Wissen bislang keinen aus einer erwachsenen Zelle geklonten Menschen. Zugegeben, wir wissen es nicht. Aber mir fiel auf, dass Medien, die über neue medizinische Methoden berichten, hier sehr zurückhaltend sind. Unethische Dinge werden so behandelt, als würden sie nicht existieren. Als hätten Verbote Menschen jemals von irgendetwas abgehalten.

Die Idee, einen Kopf auf einen neuen Körper zu transplantieren, gibt es ebenfalls seit vielen Jahren. Tatsächlich ist es ein italienischer Arzt, der die Sache bis ins Detail durchgeplant hat und bereit ist, die Operation durchzuführen. Nur ein Verbot und gewisse Restrisiken halten ihn davon ab. Wenn mein Buch also von dieser Operation handelt, dann handelt es ebenfalls nicht von etwas Zukünftigem, sondern nur von etwas Verbotenem. Ich befinde mich also eindeutig im Genre des Thrillers, nicht in der Science-Fiction.

Was das Gilgamesch-Epos angeht, so bin ich unendlich dankbar für die Verbindung zum Thema Unsterblichkeit. Die Position der Annika Niedermann ist zu hundert Prozent die meine, in meinen Augen gibt es keine faszinierenderen antiken Gesellschaftsformen als die mesopotamischen Hochkulturen. Traditionell wurde in der Vergangenheit stark die Verbindung zur Bibel betont (Immer mit dem Ziel: Hat die Bibel doch recht?) und die Kultur des Zweistromlandes darauf reduziert. Vielleicht sind die Mesopotamier deshalb weniger populär als die Ägypter. Mir jedoch erscheinen sie viel vertrauter. Und als jemand, der große Teile von Ilias und Odyssee im griechischen Original gelesen hat, darf ich sagen: Vergesst Homer, das sind Gutenachtgeschichten für Kinder mit Riesen und Seeungeheuern. Gilgameschs Geschichte erinnert mich eher an Sophokles, er ist ein moderner Mensch, und seine Kultur war allem, was danach kam, um Jahrtausende voraus. Dass immer wieder neue Tafeln mit leicht veränderten Versionen des Gilgamesch-Epos auf dem Schwarzmarkt auftauchen, ist natürlich genauso wahr wie die Tatsache, dass im Epos selbst auf eine Urfassung hingewiesen wird, die unter den Stadtmauern Uruks zu finden sein soll. Wenn es irgendwo Informationen aus erster Hand über die unsterblich machende Pflanze gibt, dann dort.

Natürlich interessierte sich auch der Vatikan schon früh für diese Kultur. Die Vitrine in den Vatikanischen Museen, vor der Gnerro und Turilli stehen und in der Keilschriftfunde des Jesuiten Ryllo ausgestellt sind, gibt es wirklich, auch wenn ich den Brief (die mit Ton versiegelte Keilschrifttafel) aus einer anderen Vitrine »geborgt« habe. Ryllo gilt als der erste Forscher, der die mesopotamische Kultur untersuchte, und tatsächlich berichtete er alles, was er fand, direkt an den Vatikan.

Die Nekropole unter dem Petersdom ist natürlich so beschrieben, wie sie wirklich ist. Nur der Gang, der zum Obelisken führt, ist fiktiv. Die alte römische Nekropole setzt sich unter dem Petersplatz fort, doch angeblich kann man dort nicht graben, weil das den Platz destabilisieren würde. Warum unter dem Boden des Doms hingegen problemlos gegraben werden konnte, bleibt unbeantwortet.

Am weitesten ins Ungewisse wage ich mich bei Leistners revolutionärem Medikament. Derzeit ist nichts über ein derartiges Medikament bekannt, das als Gentherapie gleich mehrere für das Alter relevante Gene verändert.

Aber behalten Sie Folgendes im Hinterkopf: Es gibt Menschen, die in Eigenregie in ihrem Erbgut Gene verändern ließen, die für die Telomerlänge zuständig sind. Die Telomerlänge ist ein wichtiger Marker für das Alter, und Zellen mit kürzeren Telomeren sterben früher. Abgesehen von solchen Einzelfällen sind etliche bekannte Milliardäre mit ihren Firmen damit beschäftigt, Forschung zum Verhindern von Alterung zu finanzieren oder zu betreiben. Man kennt die Gene, mit der Genschere CRISPR gibt es Methoden, sie präzise zu verändern, es wurde bereits gemacht. Würden Sie es tun?.

Die Entdeckung, dass zur Ermöglichung von Unsterblichkeit nicht sofort eine Lösung für alle Altersprobleme gefunden werden muss, ist ebenfalls nicht neu. Der Fachbegriff heißt »Langlebigkeits-Fluchtgeschwindigkeit«. Und auch wenn es einige Unsicherheiten gibt – wird der wissenschaftliche Fortschritt immer in dieser Geschwindigkeit weitergehen? –, so ist doch die Aussage, dass Unsterblichkeit unmöglich ist, wissenschaftlich nicht fundiert. Manche Dinge wissen wir nicht, und das ist gut so.

Der Vatikan nimmt auch in dieser Geschichte wieder einen prominenten Platz ein, und obwohl die Details alle recherchiert sind (ja, das Dikasterium für Wunder gibt es wirklich), sind die Figuren fiktiv. Ich kann nicht für mich in Anspruch nehmen zu wissen, wie Entscheidungsträger im Kirchenstaat wirklich ticken. Ich stelle sie mir als normale Menschen vor, die unter außergewöhnlichen Rahmenbedingungen agieren. Sie haben eine riesige Verantwortung und halten sich an Glaubenswahrheiten, die immer wieder Konflikte mit unserer modernen Welt provozieren. Diese Konflikte finde ich am interessantesten. Das ist der Grund, warum ich weder über die Missbrauchsfälle noch über die Finanzskandale schreibe. Das haben andere schon getan.

Übrig bleibt die Frage, die Amirpour ihrer Forscherkollegin Sigrunsdottir stellt: Würden Sie es tun? Würden Sie ewig leben wollen?

Ich selbst bin mir nicht hundertprozentig sicher. Ein angenehm verwirrendes Gefühl, wie ich finde.

MEIN DANK GILT:

Maria und Andreas Kleindl, Evelyn und Florian Dorfmeister, Lars Schultze-Kossack, Martina Wielenberg, Julia Dösch, Gernot Reiter, Jan Beck, Jennifer B. Wind, meinem Expert:innen-Team Marc Pincus, Clara Schmikl-Reiter, Werner Engwicht und Michael Gruber, des Weiteren Tanja Traxler, Martin Kugler und natürlich dir, Romy Supp. Danke, dass ihr mich auf dieser Reise begleitet habt! Mögt ihr immer gesund bleiben und niemals alt werden